重庆日报报业集团新闻奖获奖作品选

管洪 主编

2017

年度卷

重庆大学出版社

图书在版编目(CIP)数据

重庆日报报业集团新闻奖获奖作品选. 2017年度卷 / 管洪主编. -- 重庆:重庆大学出版社,2020.1

ISBN 978-7-5689-1966-1

Ⅰ. ①重… Ⅱ. ①管… Ⅲ. ①新闻—作品集—中国—当代 Ⅳ. ①I253

中国版本图书馆CIP数据核字(2020)第004852号

重庆日报报业集团新闻奖获奖作品选(2017年度卷)

CHONGQING RIBAO BAOYE JITUAN XINWEN JIANG HUOJIANG ZUOPIN XUAN

管 洪 主编

责任编辑:李桂英 版式设计:李桂英

责任校对:谢 芳 责任印制:邱 瑶

*

重庆大学出版社出版发行

出版人:饶帮华

社址:重庆市沙坪坝区大学城西路21号

邮编:401331

电话:(023)88617190 88617185(中小学)

传真:(023)88617186 88617166

网址:http://www.cqup.com.cn

邮箱:fxk@cqup.com.cn(营销中心)

全国新华书店经销

重庆共创印务有限公司印刷

*

开本:787mm×1092mm 1/16 印张:40.25 字数:790千

2020年1月第1版 2020年1月第1次印刷

ISBN 978-7-5689-1966-1 定价:98.00元

编委会名单

目 录 Contents

上篇:中国新闻奖获奖作品

中篇:年度优秀新闻奖获奖作品

2017 年重庆日报报业集团年度优秀新闻作品

下篇：月度优秀新闻奖获奖作品

2017 年 1 月重庆日报报业集团新闻奖获奖作品

2017 年 2 月重庆日报报业集团新闻奖获奖作品

2017 年 3 月重庆日报报业集团新闻奖获奖作品

2017 年 4 月重庆日报报业集团新闻奖获奖作品

2017 年 5 月重庆日报报业集团新闻奖获奖作品

2017 年 6 月重庆日报报业集团新闻奖获奖作品

2017 年 7 月重庆日报报业集团新闻奖获奖作品

2017 年 8 月重庆日报报业集团新闻奖获奖作品

2017 年 9 月重庆日报报业集团新闻奖获奖作品

2017 年 10 月重庆日报报业集团新闻奖获奖作品

2017 年 11 月重庆日报报业集团新闻奖获奖作品

2017 年 12 月重庆日报报业集团新闻奖获奖作品

上篇：中国新闻奖获奖作品

逐梦他乡重庆人

王鼎盛：
不要抱“冲刺诺奖”的想法搞科研

重庆日报记者　杨骏

王鼎盛，中国科学院物理研究所研究员，中国科学院院士。他主要从事磁学和表面物理问题的计算研究，曾先后获得中科院自然科学奖、国家科技进步奖和中国物理学会叶企孙物理奖。

■感言：做科研的人，有可能长期坐“冷板凳”，所以千万要耐得住寂寞。只有这样，才可能潜心于自己的事业。

在记者想象中，中科院院士作为中国学术界“最高级的存在”，应该是严肃、不苟言笑的。

可是在见到王鼎盛院士的那一瞬间，记者的这一想法就烟消云散了——眼前这位长者衣着朴素，面容慈祥，给人的感觉更像是一位和蔼可亲的邻家老伯。

北京，中国科学院物理研究所。不久前，王鼎盛院士在自己简朴的办公室里接受了记者的采访。

南川首批“天之骄子”之一

虽然学习物理并非自己的初衷，但在已经作出选择的情况下，王鼎盛很快拿定主意：一定要在这方面做出成绩来。

王鼎盛于1940年出生于南川，高中毕业后考上北京大学物理专业。

“我初中读的是南川中学，当时整个南川都还没有高中。”王鼎盛回忆起往事时一直感叹自己很幸运。

他初中毕业那年，正好赶上南川设立高中，于是很幸运地成为南川第一批高中生之一；随后，又顺利考入大学，成为解放后南川第一批考入大学的“天之骄子”之一。

他选择物理学专业，有点阴差阳错。

“我读高三时，有一些高校来南川做宣传。因为本地工业欠发达，那时南川学生普遍喜欢报考地质专业。”王鼎盛回忆说，他的高中同班同学就有一些报考了地质专业，大学毕业后还曾前往涪陵等地进行石油勘探，结果石油没找到，倒是挖出来一些黑乎乎的东西。

“或许那就是页岩气吧，只是当时大家不懂。”王鼎盛笑着对记者说。

那时候，王鼎盛的个子在班上算比较矮的，身体也不太好，经常咳嗽。鉴于此，他接受老师的建议，填报志愿时选择了物理专业——事实上，他的物理成绩在各科中也是最好的。

“人生充满巧合。其实当时我比较倾向于学数学。要是走了这条路，现在我可能就天天和数字打交道了。”王鼎盛感叹。

虽然学习物理并非自己的初衷，但在已经作出选择的情况下，王鼎盛很快拿定主意：一定要在这方面做出成绩来。

大学毕业后，他进入中科院物理研究所工作。

“做研究应耐得住寂寞”

“不要期望别人能给予你多少喝彩，更不要指望专业知识在一夜间就转化为物质财富。”

在近 50 年时间里，王鼎盛专注于磁学和表面物理问题的计算研究，所取得的代表性成果主要有三项：针对亚单层碱金属提出的吸附理论，针对界面磁性和表面巨磁矩的理论，以及针对表面磁各向异性能和自旋轨道耦合效应的理论。

这一系列专业术语和概念，对大多数人来说显然太过晦涩难懂。

王鼎盛深入浅出地解释：“以前的存储单位较大，但随着科学技术持续发展，储存单位将越来越小，甚至小到原子层级。届时，一个手指甲大小的电子元件就可能储存数百 T 的信息。这些就是我需要研究的。”

这些年来，他先后获得了中国科学院自然科学奖、国家科学技术进步奖和中国物理学会叶企孙物理奖。2005 年，他当选中国科学院院士。

事实上，自从进入中科院物理研究所以来，科研才是一直被王鼎盛放在第一位的。至于学术论文发表数量、研究成果能否获奖、自己能否当选院士、收入多少、个人知名度高低，他从来都不关心。

“既然干了这一行，就应该全身心投入其中，研究出真正有分量的成果，并运用到实际中。这才是最值得高兴的事。”王鼎盛说，目前中国的物理学学术论文数量世界领先，但在单篇引用次数上则远不如美国、德国等国家，这说明我们的学术论文质量和世界水平相比还有很大差距。

他再三强调，搞科研这条路枯燥乏味，也很辛苦，贵在坚持和专一。

从这个角度出发，他向所有有志于从事科学研究的年轻人建议：“不要急于求成，不要抱着类似于‘冲刺诺贝尔奖’的想法来搞科研，不要期望别人能给予你多少喝彩，更不要指望专业知识在一夜间就转化为物质财富。既然选择了这条路，就有可能长期坐‘冷板凳’，所以千万要耐得住寂寞。”

盼家乡培育更多人才

“目前在全国排得上号的重庆高校不算多，重庆市还可以进一步加大投入。”

虽定居北京多年，但在王鼎盛心中，家乡一直是沉甸甸的，近年来他每年都要回重庆五六次。

“重庆日新月异的变化令人震撼，尤其是在交通建设方面，每次回家，我都会眼前一亮。”王鼎盛说，以前南川到重庆主城每天只有一班长途客运车，公路路况也差，来往十分不便；如今高速公路通了，车也多了，单程仅需 1 个多小时。

“我每次经由重庆主城返回南川，都喜欢坐大巴车，那种边走边看风景、感受家乡发展的感觉，非常美好。”他告诉记者，南川的城镇化水平也远远超出了他的想象，家乡已经和儿时记忆中的完全不一样了。

南川的工业发展同样让王鼎盛欣慰：“以前南川的工业非常差，但现在已经集聚了一批先进产业，进步非常大。”

王鼎盛十分关心重庆教育事业的发展和人才培养。他说：“目前在全国排得上号的重庆高校不算多。重庆市还可以进一步加大投入，以培养更多专业人才。毕竟，人才是支撑城市发展的关键要素之一。”他举例说，中铝集团曾在南川招人，但收获甚微，因为南川范围内这方面的专业性人才实在太少。

作品标题　王鼎盛：不要抱“冲刺诺奖”的想法搞科研
首发日期　2016-03-10
作　　者　杨骏
奖　　项　中国新闻奖新闻名专栏一等奖

作品评价

该作品紧扣逐梦他乡采访主题，记者远赴北京实地采访，稿件文风朴实、现场感强，用鲜活的文字、精美的图片，从记者的视角，展现了科研工作者严肃、谨慎的工作态度，展现了他乡重庆人吃苦耐劳、敢为人先的奋斗精神。

采编过程

记者深入北京采访在他乡奋斗的重庆科学家王鼎盛，采访扎实，文字流畅优美。

社会效果

系列报道见报后，国内外媒体广泛转载，新华网、人民网、新浪网等多家主流媒体原文转载，众多网友留言点评。

业界认为，“逐梦他乡重庆人”全媒体大型人物故事寻访报道生动再现了重庆人在异乡追梦、逐梦的精彩故事，反映了中国人自信、自强、和善、友爱的精神，传递了社会正能量，是讲好中国故事的生动实践。

李应红：
当好中国空军战机的“心脏科医生”

重庆日报记者　汤艳娟

李应红，奉节人，航空动力技术专家，空军工程大学航空等离子体动力学国家级重点实验室主任，空军飞机推进高新技术中心主任，教授，专业技术少将军衔，中国科学院院士。

■感言：任重道远，我将不忘初心，继续前行，执着追寻航空强军梦。

他 15 岁时考上重点大学，大学期间便取得了被钱学森誉为“有重要影响”的科研成果；他成功破解俄制三代战机发动机高原启动难题，在国际上首开先河将激光强化技术用于高温涡轮部件处理；他是我国空军第一个中科院院士……

这位传奇式人物叫李应红，是重庆奉节人。

不久前，李应红在位于陕西西安的空军工程大学接受采访，向记者介绍了他数十年来执着追寻航空强军梦的历程。

一位年轻人义无反顾的选择

1963年1月，李应红出生于奉节县一个偏僻的小山村。

还很小时，他便听长辈们讲过许多有关抗日战争、抗美援朝、川东游击队的故事，心里渐渐有了个梦想：长大后，要参军报国！

1978年，年仅15岁的他考上全国重点大学空军工程学院（现空军工程大学），成为村里第一个大学生。

就读空军工程学院期间，在全年级年龄最小的李应红经受住了严格的军事训练的考验，学习成绩更是名列前茅。他在大四时就致力于飞机发动机故障分析与诊断研究，是我国最早从事此项工作的人员之一。他和老师共同署名发表了国际上第一篇有关运用模糊数学方法对飞机发动机进行故障诊断的论文，该研究成果被著名科学家钱学森誉为“模糊数学在应用领域有重要影响的成果之一”。

发动机是战机的“心脏”，倘若“心脏”出现问题，则战机很难具有战斗力。

我国的航空发动机技术相对落后。这意味着，要当好一名战机的“心脏科医生”，注定十分艰难。

“我从小就吃惯了苦，不怕困难！”李应红说。

1983年，留校任教的这位年轻人义无反顾地作出了自己的选择：投身于战机发动机故障分析与诊断事业，执着追逐航空强军梦。

治愈三代战机发动机“高原病”

2000年6月28日上午，我国两架战机在青藏高原上腾空而起，引发广泛关注。

个中原委还得从20世纪90年代说起。当时，我国空军遇到了一道难题：从俄罗斯引进的三代战斗机在青藏高原的机场上无法起飞。

事实上，无论是俄罗斯、美国，还是欧洲各国，这些国家因为没有海拔3000米以上的军用机场，所以在战机研制过程中都未曾专门研究过发动机高原启动问题。很大程度上缘于此，当时有外国专家断言：中国解决不了发动机高原启动这一技术问题。

“岂能让数亿元一架的先进战机在高原上成为废铁？我青藏高原又岂能有空无防？”身为空军工程学院飞机与发动机工程系主任，李应红主动请缨，率团队迅速开展战机高原战训工程研究。

那时，我国连一台新型发动机实验台都没有。李应红多方设法，硬是将一台闲置的俄罗斯产发动机利用起来建成了国内首个某型发动机实验台，并研制出一套移动式试验设备，三上青藏高原进行实验。

经在不同海拔、不同气温条件下反复进行实验，李应红发现，发动机在高原地区使用功率下降，是发动机无法正常启动的主要原因。

在一次次研究、分析数据后，李应红提出采用液压卸压方法来降低起动过程中的负载，随后又提出液压恢复脉冲调宽控制方法和起动温度控制方法，成功解决了发动机高原启动问题。

2000 年 6 月 28 日，两架俄制三代战机在青藏高原上顺利起飞。美国《防务周刊》发表评论文章称，中国空军从此具有青藏高原制空作战能力。

李应红因此获得国家科技进步一等奖，被中央军委记一等功。

全力诊治战机发动机“短寿病”

“发动机寿命短、可靠性不高，是制约空军战斗力的主要因素。”李应红介绍，20 世纪 90 年代初，我国部分主战飞机就曾因发动机寿命到期而面临停飞的困局。

部队的需要，就是命令。

如何才能延长战机发动机的使用寿命呢？为解开这道难题，李应红率团队查阅了 1000 多本发动机的履历簿，开展可靠性统计分析和故障发生规律分析，并有针对性地进行了数次长期试车考核。

最终，李应红找到了“使用载荷调控”这一途径，成功将 6 种型号的战机发动机使用寿命或日历寿命成倍延长。

战机发动机叶片振动疲劳断裂也是一道国际性难题。2003 年，空军首长对李应红说：“这件事情比较麻烦，你得想想办法。”

为此，李应红瞄准了最新的激光冲击强化技术。当时，世界范围内该技术只有美国实现了工业化应用。

2008 年，在李应红主持下，我国第一条激光冲击强化应用示范线建成，成功用于航空发动机部件强化。中国成为继美国之后，全球第二个实现了激光冲击强化技术工业化应用的国家。

随后，李应红又带领团队在国际上率先开展激光冲击表面纳米化研究，并提出了新工艺，揭示了新机理，将激光冲击强化技术首次用于高温涡轮部件处理。

这一创新成果，后来获得了国家技术发明二等奖。

“要想实现强军梦须脚踏实地”

“要想实现强军梦、航空强国梦，必须脚踏实地。”李应红说。

未来军用航空发动机的主要特征是适用范围更大、推进效能更高，这对发动机的气动稳定性、燃烧稳定性提出了更高要求。因此，这些年来，李应红一直致力于等离子体技术和航空动力技术结合领域的研究。

前些年，美国航空航天学会将新兴的等离子体流动控制技术称作十大航空前沿技术之一。但该技术当时面临一个重大问题：只能在低速下起作用。

李应红受激光冲击波原理启发，提出等离子体冲击波激励概念，基于大量实验和仿真研究，建立了等离子体冲击波流动控制理论，将抑制流动分离的速度从低速提高到高速范围。

2006 年，李应红和他的学生共同署名发表了国际学术领域第一篇有关航空发动机压气机等离子体流动控制试验研究的论文；2008 年获压气机等离子体流动控制发明专利，比美国同行获得同类专利早了 4 年。

十多年来，在等离子体技术与航空技术相结合的领域，李应红所率团队在等离子体点火助燃、材料处理等多方面均取得显著成绩：发明了等离子体燃油裂解喷嘴，这是提高燃烧效率的一项重要创新；研制的直升机发动机叶片抗砂粒冲蚀涂层，也即将投入应用。

2013 年，李应红当选中科院院士。

“搞科研必须埋头苦干，有的项目要干几年甚至几十年，才能出成果。”他自豪地说，自进入空军工程学院以来，38 年时间里他只干了一件事——当好中国空军战机的“心脏科医生”。

李应红表示，如今，根治飞机“心脏病”已成为国家意志，我国正实施航空发动机国家重大科技专项，“任重道远，我将不忘初心，继续前行。”

作品标题　李应红：当好中国空军战机的“心脏科医生”
首发日期　2016-11-07
作　　者　汤艳娟
奖　　项　中国新闻奖新闻名专栏一等奖

作品评价

该作品紧扣逐梦他乡采访主题，记者远赴西安实地采访，稿件文风朴实、现场感强，用鲜活的文字、精美的图片，从记者的视角，展现了航空工作者严肃、谨慎的工作态度，展现了他乡重庆人吃苦耐劳、敢为人先的奋斗精神。

采编过程

记者深入西安采访奋斗他乡的重庆航空工作者李应红，采访扎实，行文生动优美，更突出了当前的航空前沿科技，读来趣味性强。

社会效果

系列报道见报后，国内外媒体广泛转载，新华网、人民网、新浪网等多家主流媒体原文转载，众多网友留言点评。

业界认为，“逐梦他乡重庆人”全媒体大型人物故事寻访报道生动再现了重庆人在异乡追梦、逐梦的精彩故事，反映了中国人自信、自强、和善、友爱的精神，传递了社会正能量，是讲好中国故事的生动实践。

栏目名称 **逐梦他乡重庆人**
首发日期 **2015-06-18**
刊登周期 **每周 4—5 期**
刊登版面 **每期 3 版或 4 版**
语　　种 **中文**
刊登单位 **重庆日报**
主创人员 **李诗**
作　　者 **张莎　张启华　杨骏　向婧　龙丹梅　申晓佳　匡丽娜　汤艳娟　吴刚　彭瑜　张珺　王翔　黄乔　张亦筑　黄琪奥　王伟　何欣　左黎韵　夏婧　戴娟　兰世秋　陈波　杨冰　李幸　颜若雯**
编　　辑 **邱碧湘　逯德忠　袁文蕙　杨晓峰**

专栏简介

全媒体大型人物故事寻访“逐梦他乡重庆人”，是重庆日报 2015 年 6 月 18 日起在工作日持续推出的大型系列报道。该系列报道持续两年，直到 2017 年 6 月 18 日，采访报道约 520 人。

自 2016 年 3 月 10 日起，重庆日报“逐梦他乡重庆人”数十批采访团分赴全国各大省市、港澳地区以及五大洲国家等深入寻找、采访在他乡逐梦的重庆老乡，不断深入挖掘出有温度、有深度的人物故事，以或细腻或深刻的手法生动展现在他乡逐梦的重庆人打拼的精彩故事。

其中，被报道的人物既有王鼎盛（《王鼎盛：不要抱“冲刺诺奖”的想法搞科研》）、李应红（《李应红：当好中国空军战机的“心脏科医生”》）、陈希垚（《陈希垚：新西兰的重庆“天才移民”》）等成功人士，也有陈登群（《陈登群：靠重庆味道在香港闯出一片天地》）、张师与（《张师与：15 岁成为世界上最年轻的记忆大师》）、乐宏（《志愿者乐宏在新疆：赠人玫瑰，手留余香》）等平民英雄。

推荐理由

该组报道采访全面扎实、文风朴实生动、人物励志感人，揭示出了逐梦他乡的重庆人如何将个人梦想与伟大中国梦相结合的感人故事，展示出了他们坚守中华传统美德、为个人梦想及家乡发展和国家富强做出的精彩贡献。这是一组有高度、有思想、有温度的系列报道。稿件见报后，引起了国内外读者的广泛关注，新华网、人民网、新浪网等多家主流媒体原文转载。业界认为，“逐梦他乡重庆人”全媒体大型人物故事寻访报道生动再现了重庆人在异乡追梦、逐梦的精彩故事，反映了中国人自信、自强、和善、友爱的精神，传递了社会正能量，是讲好中国故事的生动实践。

以创新型校对机制防范采编数字化的技术性差错

重庆日报记者　张小良　卢曦知　李娇

内容提要

新闻媒体的技术性差错是指由传播者操作失误而呈现在广大受众面前的符号缺位、错位，文字冗余或者错用，而不是因为价值判断出现的问题。一段时间以来，新闻媒体频现技术性差错，造成严重负面影响。追根溯源，业内往往从领导重视、加强管理、落实责任等着手，却忽略了传统校对机制与当前传播格局和数字化采编系统的不匹配，忽略了构建适应当前传播格局、融入数字化采编系统、从根本上防范差错的新型校对机制。本文对此提出一些设想。

关键字　技术性差错　采编数字化　新校对机制

当前传播格局，以高速、快节奏、海量、多主体、多媒体竞争为标志。为此，主流新闻媒体普遍采用电脑（含智能手机、IPAD）写稿，用数字化采编系统修改、编排、传送，再通过网络传播到手机、电脑等各种终端，即“屏幕”对“屏幕”传送。

纸质媒体的写稿、传稿、修改、编排一般也在数字化平台上进行，只是最后印在纸上，分发给读者。

采用数字化采编系统，效率提高的同时，差错也呈现新特点。

采编数字化后技术性差错呈现新特点

（一）音近字和形近字引发的语义差错增多

手写时代，就有“音近而误”“形近而误”的说法；使用电脑，问题更突出。由于录入速度快，用拆分字形输入法时，拆分错误、记错代码都会造成文字形近而误。而拼音类输入法，容易因音近而误，如将“担心”写成“丹心”，将“凸起”写成“突起”等。用拼音输入时，若干个读音相同的字在一起，顺手一敲，一键之差，谬之千里。

（二）联想功能造成差错

电脑存储海量词组供选择，“云计算”也根据用户习惯，罗列相关字词供挑选。这些被称为“联想”功能，意在提高录入速度。但在录入过程中，容易因操作失误而选择错误。比如，键入“chaye”拼音，电脑给出词组 1. 茶叶；2. 茶业；3. 查夜；4. 插页。假如正确词组为“茶业”，而第一“联想”是“茶叶”，两组词意义相近，用户容易习惯性敲击空格键选择“茶叶”，而不是使用数字键 2 来选择“茶业”。比如，2015 年 11 月 13 日的南方某报就将“众创”写成“重创”。

麻烦的是，这类差错本身不是错别字或词组不含错别字，常用校对软件很难识别或提示修改。

这些，属于清代段玉裁所说“定本子之是非”范畴，要求根据文本逻辑、语言环境等，判断文本作者要说什么，说得是否正确，核实后修改。这就要求从记者、部门编辑、主任，到夜班的编辑、值班主任、值班负责人，认真阅读、逐字研判、核实修订；稍有疏漏就会出差错。

（三）无意碰触，光标移位导致差错

使用电脑录入文字，显示输入情况的光标跟随字符移动；而光标的移动，鼠标也可操作。笔记本电脑键盘底部有一块触控区，它能代替外接鼠标操作。记者赶稿时，在车上、飞机上，或者其他嘈杂、拥挤、狭窄、颠簸的环境中，无意触碰这些区域，就出现光标移位，书写位置出错。

（四）复制粘贴、删减的差错

过去写稿，抄写修改都是手动，速度慢，差错率也低。电脑写稿以键盘鼠标输入为书写工具，快速简单便捷的复制、粘贴、删减广泛使用。有的复制、粘贴的文本来源不一样，造成当前文本字体、字号不一；有时张冠李戴，想要的文字，忘记点“复制”键，结果贴了别的文字；或没删除干净，也形成差错。

（五）网络传输出错

数字化采编，稿件用有线或无线网络传输，方便快捷；但受信号和传输介质限制，易致文字丢失、符号变形等。新闻媒体稿件传输常用网络社交工具有手机短信、QQ、邮箱、微信等。有的传输工具会对稿件进行压缩，图片可能变形。网络信号不稳则会造成传输中稿件被损坏，出现掉字、掉句，或者文字乱码、图片无法显示等情况。传输过程中还需防范黑客攻击，内容被篡改。

（六）传统纠错机制失效

传统报纸发稿周期为 24 小时，一家媒体将稿件发给另一家媒体后，如发现重大差错，付印前还有机会改。数字化格局下，媒体收到别的媒体的新闻稿件，就会争分夺秒发出，改稿机会锐减！

对于当今受众，手机既是阅读工具又是取证工具和传播设备。许多人一发现专业媒体技术差错，就当成新闻，通过拍照或截图，在网络上迅速传播。例如，某媒体将“奥巴马”错写成“奥马巴”，虽然很快发出改稿，但是第一，个别纸媒疏漏，不等改稿或者没有按改稿纠错；第二，受众已把错误文本传播开，结果依然造成不良影响。

而且，如今受众往往把媒体发布的改稿看成独立文本，不看作原文本的纠错。过去的做法，现在已不能改变差错给受众的消极影响，反而引起关注扩大影响，这意味着传统纠错机制失效。

总之，数字化采编给新闻媒体带来便捷，也隐藏漏洞。这些漏洞，有的已造成差错，引起注意；有的尚不为人知，随时可能出现差错，新闻媒体必须从根本上防范。

数字化采编对传统校对机制的冲击

当前，新闻媒体校对方式大致有三种情况：一是设有专门的校对机构，稿件进入编排阶段，由专人分别进行“三校一读”；二是人工+校对软件，即最先或最后用电脑校对软件，把拟上版稿件检查一遍，其余按传统人工校对程序运行；三是取消专门的校对机构，把“三校”纳入“三审”过程，借助数字化采编系统和相关软件中集成的敏感词抓取功能、校对功能，加上采编人员把关，完成校对。

前两种属于一类，传统主流媒体目前使用较多。差别在于是否引进校对软件，从笔者了解的近10家省级党报情况看，多数使用电脑软件辅助校对。

这类一般按传统校对机制运行，程序严密、差错少，但校稿所花时间长、工序多、人员成本高，面对海量信息有力不从心之感。

另一类是新媒体，由于发稿量大、节奏快、更新快，相当部分没有设校对机构和专职校对。其一般把“三校”融于“三审”过程，校对工作由电脑中集成的软件负责发现敏感词，再加上记者、编辑、部门值班主任、值班总负责分层监管，通过他们层层阅读、反复阅读、交叉阅读来实现校对。

两类方法都面临数字化采编挑战。

（一）没有原稿参照，新格局使校对形势更复杂

清代段玉裁将校雠概括为：校异同，校是非。这六个字也是现代校对的基本要义。校异同，即“照本改字，不讹不漏”，突出所校文本与原稿的关系，强调遵循原稿改错；校是非，就是发现并改正原稿差错，“定本子之是非”。

现代新闻媒体传播的文本因发稿节奏快、压力大，各环节校对功能分工模糊，难以承担“原稿”校对依据的功能。所以，现在许多新闻媒体的编辑、校对人员在接到数字新闻稿时，第一遍既要改文本与作者意图之间的差错，

也要边摸索边请示，依据常识改原稿谬误。先“做”一份原稿，作为后面校对工序依据。这样，传统的“两校”合一，哪些改哪些不改？顾此失彼，容易出错。

（二）屏幕对屏幕如何核查，如何“唱校”？

纸质稿的审核、校对，一目了然。采编数字化环境下，校对在网上进行，没有勾画、涂抹的痕迹。虽然采编系统有修改痕迹记录，但没有硬性规定必须用此功能核验校对制度运行状况。这就难以直观判断稿件校对质量，校对无从核验，“三校”面临被架空危险！

传统校对中的“唱校”工序，要求一位校对拿着纸样（即原稿）逐字阅读，另一位拿着校样边听边核对修改，一遍以后对换角色。面对数字化采编系统固定的工位和屏幕，如何“唱校”？负责任的校对，仍旧打纸样“唱校”，但有多少新闻媒体坚持这么做？

（三）校对重心的偏移

传统校对机制，一般先“校异同”，然后“校是非”；现在要二者并重，没有先后轻重之分。对校对软件的要求，也从“揪错别字”为主向发现并提防“发表”写成“发飙”这样的“语义差错”转变，强调校对软件既要“校异同”，更要“校是非”，堵塞新漏洞。

（四）校对进入“过渡状态”

一位媒体校对室主任承认，许多新闻媒体的校对，目前处于“过渡状态”：传统机制在用，有些规定又没严格执行；某些电脑校对软件在用，也没纳入校对机制，没有相应规范；校对人员因为传统媒体不景气，人手和培训也难到位；数字化采编系统使用10多年，校对和采编一直没融为一体；各新闻媒体也没有建立一套适应当今传播格局，充分发挥人、电脑和网络特长，高效堵漏的新校对机制。

而各类新媒体，仅靠记者、编辑、部门负责人和老总“看”，没有严格校对程序，更易出错！因为“看”和“校”，方法、技术不一样，对人员要求完全不一样。

构建适应数字化采编的新闻媒体校对新机制

数字化采编，应该依靠现代计算技术和人工智能（AI），保证信息生产传播准确、安全。应该写、传、编、校一体，实现人与电脑、网络各展所长，取长补短，架构一个人机结合、软硬结合、内外结合，根植于现代计算技术和网络信息技术之上，具有前瞻性的新型校对软件。

人机结合，是指人的分析判断能力与电脑的高速运算能力在校对上结合，二者各做其最擅长的工作；形成合力，筑起天罗地网，使差错无所遁形。

软硬结合，是指高效的电脑校对软件与制定严格、规范的校对制度结合；电脑运行，既查找各种差错，也履行对校对制度的监督职能。

为真正把校对责任落实到相应环节和人身上，系统必须加入制度检查功能。相关人员使用校对软件进行校对，软件自动记录校对行为，这样，打开系统就能清晰掌握校对情况，发现差错后责任自然落到人头。

内外结合，电脑既在采编系统内部搜索、查询、比对，也在整个互联网上搜索、查询、比对，充分利用网上信息，为校对判断信息正误提供依据。这样一个开放的系统，还可经常自动搜索固定词组或者排序，利用最新网络信息技术提升系统功能。

（一）电脑高速计算技术+“人工智能（AI）”技术和网络信息技术打造新校对软件。

新软件既能校对文字，又能校正图片图示图表；能“校异同”，也能“校是非”。特别是针对电脑录入容易出现的语义差错、逻辑差错，文字图片识别等提升功能，而不是主要“揪错别字”。

当今新闻媒体，既不能为抢时效而降低校对要求，又不能因为防堵差错而降低时效。要兼顾两者，必须充分利用电脑强大的计算功能和网络丰富的知识储备。

2016 年 6 月，中国研制的“神威·太湖之光”超级计算机的运算速度已达每秒 9.3 亿亿次；现代高速计算技术为新型校对软件提供了技术支撑，加上我国人工智能（AI）产业正蓬勃发展，二者结合于校对软件领域，将带来校对质量的飞跃。

传统校对工作，一是以严密的形式组织人的感官——眼、耳等，加上大脑，以对照原文、对照相关符号等形式，反复比对，找出文本中存在的、不符合作者意图或者不符合基本常识的细微差异。例如“晴天”与“睛天”、“已经发生”和“己经发生”、“拨款”与“拔款”等。

二是组织人的感官加大脑依据现有事实、知识、逻辑和信息，判断稿件是否有误。例如：“某女”出席某会议，她可能在会上讲话，但不会在会上“辞职”，她要辞职也不会这样发稿！因此判断：作者把“致辞”误写为“辞职”。

在对比、比对、核对上，高速运算的电脑绝对比人做得好，电脑负责这些事，采编、校对就可做人更擅长的“校是非”。比如：“美国总统奥巴马”错为“美国总统奥马巴”，电脑堵住；而“致辞”写成“辞职”则主要由人判断、校正，因为两种情况皆有可能。

（二）新软件关口前移、分类分层校对、交叉检查。

新软件融入数字化采编系统，将校对环节前移，分层校对。记者、编辑、部门主任、值班老总，分别运用软件对稿件分类分层校对，稿件的每个经手人都校对，增加关口，落实校对措施。

这样，记者写稿用的手机、平板电脑、笔记本电脑、台式电脑，都必须安装校对软件。软件词汇覆盖面广，不断纳入新的报道用语；写稿完毕，电脑自动校对；稿件出错，自动提示。

（三）重要稿件实行特殊的校对方法。

重要稿件除了走常规流程，还要采取图文互校、数字辅助校对等方法。新机制要规定，重要稿件写完后，作者应在文尾单独标明稿件字数、段数。让编辑、校对人员心中有数，杜绝漏字、漏段。特殊稿件还要求作者用手机拍照，短信、微信发送，以便编辑、校对利用手机图片与社交媒体传输稿件对比，防范差错或人为破坏。

（四）把传统校对方法及创新固化到数字化采编校系统，纳入新机制。

例如，有报纸规定：编辑和校对末次校稿时，出声朗读稿件，并用红笔在所读文本每个符号下加点。这样，耳朵听符号声音、眼睛看符号外形、大脑想符号意义，音形义互校、感官互校；加上手指握笔逐字画点，大大降低阅读速度，几方配合，校对效果甚好。这实际是“唱校”的创新，新软件应将其固化。

在新软件中添加语音阅读功能，是人工智能（AI）的一种运用。记者写完稿或者校对校稿时，打开语音功能（戴着耳机），边看边听字句检查正误，有利于防堵语义差错。

（五）自动校对，稿件凡动必校。

新机制要利用电脑强大的计算功能，每天、每次开机，都自动对相应稿件进行校对。做到稿件出入系统必校，出入某些环节必校；稿件进入系统，先行自动校对；稿件修改传入下一环节，必须校对；层层把关，确保安全。

（六）新机制的软件和制度设计都要适应各类新闻媒体需要。

目前，即使新闻媒体使用较多的校对软件也存在问题。比如：宽严失度，功能设计和词汇更新跟不上瞬息万变的社会生活，思路上偏重“揪错别字”，忽略电脑录入技术性差错新特点，可扩展性差，当然也难以赶上记者写稿使用新词汇的步伐。

有单位购买了正版校对软件，校对却愿意使用盗版。问原因，正版的密钥设计使用和管理不便！

所以，在新机制里，不管是软件设计、制度设计还是人机工程，都必须认真听取常年使用它们的新闻采编校人员的意见。由内行挂帅，把他们的诉求尽量落实；用户导向，而不是“我怎么设计，你就怎么使用”。

（七）合力打造高品质新闻媒体专用校对软件，结合新校对制度，建立从根本上防堵技术性差错的新机制。

新传播格局下，一些新闻媒体为抢新闻，稿件校对关口虚设，导致特殊技术性差错频发，令公众质疑新闻媒体权威性和管理水平。

生产技术进步后，质量保障技术和机制跟不上，必然出事故！信息生产概莫能外！

当前，防堵技术性差错，我们既不可能要求所有新闻媒体都像传统媒体一样，设立专人专业校对机构；也不可能像许多新媒体一样，集“三审”“三校”于一体，靠敏感词抓取和采编人员层层看、交叉看、反复看来履行校对职能。

前者的弊端是新闻媒体数量大，中国已跨越“刘易斯拐点”，劳动力渐趋短缺、成本高、层次多，难以应对海量信息等；后者存在软件水平参差不齐，采编人员没受过专业校对训练，“三校”不落实，靠“看”校对效率低下等问题。

解决问题的根本办法只能是立足于现代高速计算技术+“人工智能”技术和网络信息技术，大胆创新，开发与数字化采编匹配的新校对软件，辅之以新的校对制度。构建起适应当前传播格局的新校对机制，在新闻媒体推广，从源头降低技术性差错发生率。

作品标题　以创新型校对机制防范采编数字化的技术性差错
参评项目　论文
奖　　项　中国新闻奖论文二等奖
作　　者　张小良　卢曦知　李娇
编　　辑　陈国权
刊播单位　中国记者
首发日期　2016 年第 11 期（总第 515 期）
刊播版面　第 13-16 页

采编过程

本文从采编数字化后技术性差错的新特点和成因入手，就如何构建适应当前传播格局的创新型校对机制、从根本上防范技术性差错，提出独到观点和设想。论文选题新颖，论证充分，层次清晰，理论和实践结合紧密，可操作性强，其新思路、新对策对新形势下预防报纸技术性差错、提高版面质量有很高的借鉴和参考价值。

社会效果

论文发表后，社会关注度高，新华网、中国论文网、参考网、龙源期刊网、百度学术、道客巴巴等一批知名网站和有影响力的平台纷纷转载，产生了良好的传播效果和社会影响。

推荐理由

本文选题很有新意和时代感，作者以独特的视角，对新闻媒体中采编数字化后技术性差错的预防提出新的思路，论证有理有据，逻辑性强，主题突出，见解独到，对提高报纸把关水平和版面质量，具有很强的借鉴价值和指导性。

梁平率先在全国试点退出承包经营权

重庆日报记者　张国勇　罗成友

梁平区礼让镇川西村农民王元超，有技术专长和稳定收入，全家早已进城居住。8 月 8 日，他与村民小组签下协议，自愿将 4.23 亩土地承包经营权退还给集体，并获得了集体给予他的每亩 1.4 万元的补偿金。

"截至目前，全县已有 99 户农民，在自愿的前提下，有偿将 223.68 亩土地的承包经营权退还给了集体。"8 月 16 日，梁平区农村经营管理站站长张强说，"这是梁平率先在全国进行的改革试点。"

梁平区是全国农村改革试验区，承担着农村土地制度改革的试点任务。今年年初，在上级相关部门的指导下，梁平区委、县政府决定，2016 年，全县要在"农村土地承包经营权如何退出"这项改革上进行突破。他们选择了礼让镇川西村、屏锦镇万年村进行试点。

川西村实行"整户退出、集中使用"模式。这种退地模式设置有门槛，要求退地农民必须有城镇住房，有稳定的职业收入，有社会保障，确保退地后生活无忧；退地农户必须整户退出，以保证其免除农耕牵挂；对退出的地，通过"小并大、零拼整"或"确权确股不确地"等方式，集中到一块，以便统一整治，然后对外出租发包，确保退地不荒地。

在万年村，则进行"部分退出，定制用地"模式的试点。承接土地的业主看中某一块地后，涉及该地块承包经营权的农户、村民组、承接业主三方联动，共同商定退地价格、用地方式等事宜。这种模式要求农户只退出部分承包地，不设置退地门槛。有一位业主看中了该村四村民组一片 20 余亩的地，准备租用来建大棚，种植水果和蔬菜。经三方协商，共 19.7 亩地所涉及的 29 户农民，全都自愿申请将这部分土地的承包经营权退出，并获得每亩 1.4 万元的补偿金。所退出的地，由村民组集中租给业主经营。

张强说，不管哪种退地方式，他们都坚持三个原则：一是农民自愿，由退出承包经营权的农民自己写退地申请；二是有偿，由集体给予退地农民一次性的补偿，现在协商的补偿额为每亩 1.4 万元；三是对整户退出的，坚持所设置的"门槛"，如川西村九村民组虽有 21 户村民自愿申请退地，但经过审核，只有 15 户符合条件准予退出。

作品标题　梁平率先在全国试点退出承包经营权
参评项目　报纸消息
奖　　项　中国新闻奖报纸消息三等奖
作　　者　张国勇　罗成友
编　　辑　隆梅
刊播单位　重庆日报
首发日期　2016 年 8 月 17 日
刊播版面　第 1 版

采编过程

这是一篇率先反映农村改革新进展的新闻。

全国农村改革试点区县之一的梁平区率先试点农村土地承包经营权退出改革，以农民自愿和有偿退出为原则，引导不愿种地的农户退出承包地，走在了全国农村深化改革的前列。稿件通过一位农户的情况，总结出两种承包地退出模式，将深化改革予以具体化，为其他地区的改革指出了一个可操作、可借鉴的方向，是一篇具有深远意义的前瞻性消息。

社会效果

农村改革历来都是改革的突破口之一，梁平承包地退出机制改革稿件见报后，引起了市内外众多读者的热议，舆论对这一探索予以了较高的肯定，梁平县有关部门也表示深受鼓舞。

推荐理由

题材新颖、采访扎实、文字生动，是难得的新闻佳作。

溜索法官（存目）

作品标题 溜索法官
参评项目 网络访谈
奖　　项 中国新闻奖网络访谈三等奖
刊播网站 华龙网
首发日期 2016-12-26
语　　种 汉语
页面点击量
　　（PV）　　154110 单独访客数
　　（UV）　　132050 独立地址
　　访问量（IP）　　112380
主创人员 李斌　周秋含　张一叶（张勇）　康延芳　林楠　李力

作品简介

党的十八届四中全会指出，依法治国，是坚持和发展中国特色社会主义的本质要求和重要保障。实现中华民族伟大复兴的中国梦，必须全面推进依法治国。依法治国离不开法治人的作为、努力和付出，该网络访谈正是对准了这样一个特殊的群体——以危险的“溜索”作为交通工具，以田间院坝为普法阵地，长期行走在基层，为普法默默贡献的青年法官。

该访谈主要有以下 5 个特点：

1. 立意高远，展现国家法治建设成果，发掘基层法治建设正能量。访谈从溜索法官的“溜索”二字展开，从大山里的现场到演播厅，将重庆市奉节县人民法院第三法庭五位成员的日常工作娓娓道来。庭长程政清、审判员舒涛、审判员李明航、书记员王威、司法警察严辉，五个人组成了这个“特别”的法庭，与网友畅谈他们的工作。访谈中，“职业认同感”这个词是他们提到最多的。在他们看来，“溜索”代表的是一种精神、一种情怀，体现的是基层法律工作者为做好普法工作而甘愿贡献的纯粹信仰。

全面推进依法治国，工作重点也在基层，基层法治建设在法治中国建设中占有十分重要的地位。而基层的普法人，也正是推进依法治国的坚强基石。报道将镜头对准“溜索法官”这一特殊的群体，体现的其实是国家法制建设路上的缩影。

2. 是走基层、转作风、改文风的代表之作。记者有着高度新闻敏感性，偶然了解到奉节大山深处有一群需要依靠“溜索”从一座山抵达另一座山，历经危险去工作的基层法官，抓住这个典型展开策划、安排访谈、制作专题。为了将他们的事迹更加生动地展现，采编团队多次驱车近 9 小时，前往大山深处溜索法官们工作的地方，与法官同吃同住，一起溜索过河，到老百姓家里办案，前后采访时间近半个月，深入了解每位法官的故事、性格，了解他们之所以选择并坚守的原因，并为他们拍摄了人物纪录短片，让每一个人物更加有血有肉，之后再将“溜索法官”请进演播厅，详细讲述他们的故事。访谈现场，主持人深入挖掘“溜索法官”工作和生活中的酸甜苦辣，生动展现了基层法律工作者们扎根基层、服务群众的高尚情怀，恪尽职守、敬业奉献的务实作风。

3. 采访扎实，人物有血有肉有温度，凸显了国家青年法官的风采。通过记者的报道，“溜索法官”呈现在世人面前的不是以往典型人物高大全的形象，而是有血有肉、性格各异。看上去老成其实也只是“80 后”的法庭庭长程政清，活泼好动但是细腻的“90 后”大男孩、书记员王威，总是跑在最前面的“跑跑哥”、审判员李明航……每个人都有自己鲜明的特色，展现出了真实的、有血有肉的青年法官形象。

4. 互动性强，让“溜索法官”与网友对话。在访谈专题里设置了《溜索法官面对面》栏目，网友有什么想问的都可以留言，“溜索法官”会进行解答。网友提问多达数百条，关注度高。

5. 影响巨大、传播广泛。华龙网的报道发出后，迅速在全国引起反响，包括新华社、中央电视台、人民网等在内的中央媒体纷纷采访报道“溜索法官”群体，为这群俯得下身、沉得下心的青年法官们点赞，“溜索法官”群体也得到更多的认可和肯定。2017 年 1 月，他们当选了 2016 年度人民法院十大亮点人物。

推荐理由

该访谈是在党的十八届四中全会召开后，全面推进依法治国背景下，关于基层法治建设的一次有深度、有重要意义的“对话”，关注度高，具有话题性，有鲜明的时代特征。

访谈立足小人物，以小见大，通过重庆市奉节县几位溜索法官的履职尽责，反映了国家法治建设这一宏大主题。

访谈有层次感，通过报道、评论，访谈、问答的设计，层层递进，让法治中国建设的理念深入人心。新闻有细节，采访接地气，访谈见真情，文图很鲜活，是有高度又接地气的新闻佳作，通过小人物讲好了中国故事。

表现形式多样，传播范围广，访问人次超过 10 万。为国家法治建设起到了很好的宣传作用，推进了依法治国理念的全面深入。专题设计简洁清爽，符合新媒体的传播规律和要求，效果较好。

先烈不容亵渎　正义从不缺席（存目）
——加多宝侮辱邱少云案全追踪

作品标题　先烈不容亵渎　正义从不缺席
　　　　　——加多宝侮辱邱少云案全追踪
参评项目　网络专题
奖　　项　中国新闻奖网络专题三等奖
刊播网站　华龙网
首发日期　2016-09-20
语　　种　汉语
页面点击量
　（PV）　125 万　单独访客数
　（UV）　97 万　独立地址
　访问量（IP）　70 万
主创人员　李斌　周秋含　张一叶（张勇）　康延芳　黄宇　袁佳莹

作品简介

此专题报道，是针对网上污化革命先烈行为的一次媒体“亮剑”行动。对该专题报道，《人民日报》内参作了专题刊发。该事件还入围了2016年推动法治进程十大案件。中宣部部长刘奇葆批示“保卫英雄是一场战斗，重庆做得很好”。

习近平总书记曾指出，一个有希望的民族不能没有英雄，一个有前途的国家不能没有先锋。新闻舆论工作要高举旗帜、引领导向、澄清谬误、明辨是非。

一段时间以来，一些历史虚无主义者诬蔑、诋毁英模人物，把否定历史当时髦，以解构崇高为能事，将民族英雄、革命先烈污名化。正面抵制和批判加多宝及“@作业本”孙杰借侮辱革命先烈邱少云进行恶意商业炒作，可以说是一场英雄保卫战。

事件发生后，作为烈士家乡主流责任媒体的华龙网第一时间跟进，全程跟踪事件发展。在自媒体上，通过调查问卷收集网友对此事的看法，揭露恶意炒作行径，迅速给恶意炒作者以舆论压力；新闻报道上，一方面采访烈士纪念馆馆长、烈士亲属，考证烈士事迹，用真相回击质疑，另一方面采访“@作业本”孙杰和加多宝公司，发布多篇评论文章，追问其为何这样做，对其行径进一步揭露。至此，成功地将舆论引导到英雄不容亵渎，炒作者必须道歉上来，也为烈士亲属起诉炒作者提供了正义的支持。随后，法院立案、审理，直至2016年9月20日宣判原告邱少华胜诉，判决二被告赔礼道歉，并赔偿精神损害抚慰金1元。

经过一年多的持续关注，烈士亲属等来正义的结果，整个报道取得胜利。为了客观公正地将事态发展呈现给公众，正确引导舆论，华龙网推出全新专题，集纳了此次事件的完整报道，于宣判当天上线。通过事件始末、本网追踪、本网评论、网友讨论等板块设置，实现了内容的完整展示。还利用H5适配技术，在手机上也能轻松阅览，起到了很好的互动体验作用。整个专题页面大气简洁，富有震撼力，向全社会传递了铭记英雄、捍卫英雄的信念。

传播影响上，专题稿件被新华网、人民网、中新网等中央重点新闻网站转载。各网络平台上发布的稿件得到10多万网友互动留言，网友纷纷表示要为烈士正名，支持家属立场，谴责以侮辱革命先烈手段进行商业炒作的卑劣行径。专题页面总点击量达125万，独立访客数97万、独立IP地址访问量70万。这些都印证了此专题系列报道的感染力、说服力、影响力。

推荐理由

敢于亮剑、勇于亮剑、善于亮剑，是体现党媒姓党的正义之举，华龙网此次专题报道，正是一次针对网上污化革命先烈行为所发起的正义之举，经过持续跟进的舆论引导，最终取得很好的效果，成功践行了新闻舆论工作者的职责使命。《人民日报》内参对此作专题刊发，中宣部部长刘奇葆批示“保卫英雄是一场战斗，重庆做得很好”便是最好的证明。

中篇：年度优秀新闻奖获奖作品

2017 年重庆日报报业集团年度优秀新闻作品

重庆市首个大学生宣讲十九大精神讲习所成立

重庆日报记者　颜安　李星婷

11 月 7 日下午，西南政法大学毓才楼报告厅座无虚席，该校新成立的习近平新时代中国特色社会主义思想大学生讲习所（以下简称“讲习所”）首场宣讲会在此举行。该讲习所是我市首个以大学生为主体的宣讲学习十九大精神的社团组织，致力于培养和造就一批青年马克思主义学者和马克思主义传播人才。

据了解，西南政法大学讲习所成立于今年 10 月 25 日。“大学生是建设中国特色社会主义的生力军、接班人，大学是他们形成正确世界观、人生观和价值观的关键时期，因此他们尤其需要理论的浸润。”西南政法大学党委书记樊伟告诉记者，十九大刚结束，学校就迅速启动、成立了讲习所，其目的是改变传统的宣讲学习方式，让大学生们用自己的视角来学习、宣传十九大精神，真正成为习近平新时代中国特色社会主义思想的传播者和践行者。

记者了解到，该讲习所是我市首个以大学生为主体的宣讲学习十九大精神的社团组织。讲习所首批共吸纳了 100 名大学生宣讲员，主要从该校马克思主义学院、新闻与传播学院优选了数十名学生党员和入党积极分子，民商法学院、经济学院等 10 余个学院则各推荐了两名学生党员加入。这 100 名宣讲员又分成 10 个小组，每个小组由两名党员教师进行指导。

在集中进行了几次十九大报告的学习交流会后，通过研读报告、拟订宣讲学习主题，以及几次演讲选拔，西南政法大学挑选出 7 名宣讲员举行首场宣讲会。

当天的宣讲会气氛热烈，7 名宣讲员轮流上台，从大学生的视角阐释了他们对十九大精神的理解，引起现场学生深深的共鸣。

“接下来，讲习所将采取‘项目制’‘班团制’相结合的方式，让大学生宣讲员走进课堂、宿舍、社区，通过读书会、研讨会、讲座、论坛、社会实践等形式，面向全校学生及周围居民进行宣讲学习。”樊伟表示，这样不仅可以让习近平新时代中国特色社会主义思想在大学生心中生根发芽、枝繁叶茂，还可以提高他们的理论水平、演讲和表达能力，培养和造就一批青年马克思主义学者和马克思主义传播人才。

“过去我们常常是被动地听，现在则要主动学、主动讲。学而讲之，讲而习之。不仅将理论知识内化于心，还要外化于行。”讲习所宣讲员、该校民商法学院研究生丁永巷表示。

作品标题　重庆市首个大学生宣讲十九大精神讲习所成立
参评项目　消息
作　　者　颜安　李星婷
责任编辑　兰世秋　李薇帆
刊播单位　重庆日报
首发日期　2017-11-09
刊播版面　第3版

作品评价

作品清晰简洁，交代了西南政法大学成立习近平新时代中国特色社会主义思想大学生讲习所的背景，以及其构架组成、运行方式等。“青年兴则国家兴，青年强则国家强。”值十九大刚刚结束不久之际，作为培养青年一代马克思主义接班人的主要阵地之一的高校，西南政法大学迅速成立了该讲习所，其形式新颖，意义重大。作品简明扼要、高屋建瓴地阐述了讲习所的独特、重大价值，对推动其他高校积极创新学习十九大精神有很好的促进作用。

采编过程

十九大会议结束后，全市掀起了学习十九大精神的高潮。我市各高校也迅速行动，11月初，报社获悉西南政法大学成立了习近平新时代社会主义思想大学生讲习所。记者马上与西南政法大学联系，商量报道事宜。西南政法大学讲习所成立于10月25日，学校原本打算一个月后启动首次宣讲，但经过沟通后他们决定于11月7日启动首次宣讲。当天，重庆日报派出了两位文字记者和一位摄影记者前往采访。宣讲安排在下午4：30，时间很紧，几位记者于下午2：30提前到达，合理分工、通力合作，分头采访老师、学生，然后于第二天完成整版报道（消息+通讯）。

社会效果

该报道为全市独家新闻。报道推出后，反响极为强烈，不仅受到陈敏尔书记的表扬，搜狐网、新浪网、人民网等多家网站纷纷转载，中青网、华龙网等20余家媒体纷纷跟进。尤其值得一提的是，央视在看到本报报道后也跟进采访，CCTV-1《新闻联播》于11月15日播出对该讲习所的报道。

注：本作品同时获得“2017年11月重庆日报报业集团新闻奖”。

几江形势甲川东　山势崔巍类鼎钟
——探寻古诗中的江津之秘

重庆日报记者　姜春勇　匡丽娜

江津，夏商属梁州，周属巴国，秦属巴郡。南北朝时期，南齐武帝永明五年（487 年）建县，称为江州县。西魏时改为江阳县，隋开皇二年（582 年），改江阳为江津。

江津地处长江要道，古时的江津已是川东重镇，千帆汇集，商肆林立，文人骚客、商贾走卒往来于此。陈子昂、司马光、黄庭坚、范成大……他们写景、咏物、怀古，留下了千古绝唱。

谁人写下江津第一诗

7 月，记者在江津龙华镇的老街上穿行，炽热的阳光穿透旁边破旧的老屋，洒在凹凸不平的石板路上，沿石梯而下，就到了龙门滩。

龙门滩被称为“上川江第一峡水险滩”，由龙门滩、朱家滩、小滩子三道险滩构成，以龙门滩最为凶险，江水湍急。如今，放眼望去，浩荡长江水依旧奔流不息，回旋而下。

虽然这里已繁华不再，但诗人留下的诗句却千古流传。

江津最早的古诗与龙门滩有关。

明朝万历《重庆府志》记载，唐代诗人陈子昂应该是诗咏江津的第一人。圣历元年（698 年），陈子昂在乘船回乡（四川射洪）途中，路过巴蜀名邑江津，被这里的风光和险胜之景感染，在船上挥毫写下《过巴龙门》：“龙门非禹凿，诡怪乃天功。西南出巴峡，不与众山同。长窦亘五里，宛转复嵌空……”

江津区文联主席庞国翔介绍，诗歌标题中的“巴龙门”及诗中提到的“龙门”，就是现在龙华镇的龙门滩，龙门滩的壮景也因此得以进入《全唐诗》，这是江津唯一进入唐诗视野的风物。

“蜀江春涨涌波澜，泛溢龙门两岸宽。羊角风生滩正险，峨眉雪化水偏寒。鱼龙泼刺飞腾远，舟楫沿流济渡难。谁解扬鳍三汲去，早乘雷雨拜金銮。”曾评定“江津八景”（前、后八景）的江津人、明代工部尚书、诗人江渊，就把“龙门春浪”评定为“江津八景”（前八景）之第三景。

“千百年来，这里就是一个码头，原先一直兴旺繁华得很，前些年从这里赶过河船到对面坐火车的，赶‘揽栈’上白沙下重庆的，每天不下两三百人，有时候等船的人把这码头都站满了，还有运煤、运盐、运木材的货船也多得很。从 20 世纪 90 年代前后开始，兴修公路后，这码头就渐渐变得萧条了。”龙华镇书记李仁华介绍。该镇计划借厚重的历史文化资源，打造滨江小镇风景带，重现“龙门春浪”的美景，以带动当地旅游的发展。

人文荟萃地，留诗千余首

从古至今，有多少诗人踏足这片土地，留下传世名篇？

记者翻开今年出版的《江津古今诗词选集》一书时发现，先后有 100 多名诗人题写了 1000 余首有关江津的古诗词，这让我们的寻诗之旅少了很多周折。

“江津历来重视兴学教育，注重文化传承。明清时期的栖清书院、梅溪书院、双峰书院，办学严谨，培养了不少文人学士。”《江津古今诗词选集》一书主编、江津区诗词学会顾问林发礼介绍，以清代江津人杨昙为例，其著有《卧云诗草》八卷，里面有 800 多首诗与江津有关。

“几江形势甲川东，山势崔巍类鼎钟。岚净天空青嶂耸，雨余烟敛翠华重。”江渊以一首《江津八景诗》之《鼎山叠翠》，生动地描绘出江津美妙绝伦的自然景观，勾画了诗人情牵故园、梦耽天下的心路历程。

“天下第一长联”的作者——清代诗人钟云舫，也在游历江津后，写下了《登观音岩挹翠楼》，抒发了“眼界好从宽处放，人生得意几登楼”的豪迈情怀。

细细追寻，在江津的东南西北，诗人们都留下了一串串深深浅浅的脚印。

在东面的珞璜镇，清代诗人赵熙以“猫儿峡”为题，描写了长江小三峡第一峡——猫儿峡“高逾江面知几里，刀截悬崖无寸土”的壮观。珞璜镇如今已经成为全国产业转移最具吸引力乡镇之一、最具投资价值小城镇之一、重庆市文明镇，全镇经济社会各项事业蓬勃发展。

南面的四面山上，清代诗人龚懋熙在游览四面山洪洞后，以“洪洞”为题，描写出“幽洞纳天地，木杪送日月”的别样景致。如今的四面山，已经是国家级风景名胜区，获“新巴渝十二景”“中国最美十大瀑布”“中国最美十大森林公园”等美称，是市民旅游休闲的好去处，成为重庆乃至全国重要的旅游地。

西面的石蟆镇，清代诗人杨昙在其所作的《田家五月》一诗中，用一句

“漠漠平田万绿笼，山村深住翠微中”，生动地展现了闲适的田园生活。

北面的石门镇，清代诗人程春台在一个清风习习的傍晚，写下《石门晚眺》一诗，展现了“落日半山吞，江声下石门”的旷达景象。

江津也有一个“白鹤梁”？

“涪陵有白鹤梁，我们江津也有莲花石水文诗碑题刻，上面还题刻有 30 多首古诗呢！”林发礼说。

据了解，30 多首古诗中，就有江渊的《江心砥石》。

据了解，江渊的诗词中，《江津八景诗》最为世人称道。《江津八景诗》共有组诗 16 首，生动地描绘了鼎山叠翠、华盖晴岚、龙门春浪等江津前、后八景，其中《江心砥石》（共有两首）最为有趣。

“江心砥石即江津几江城东门外江中的莲花石，又称‘跳蹬石’。”江津区诗词学会会长王锡权介绍，“跳蹬”是巴蜀人对原始的墩步桥的俗称，江渊书写的江心砥石由 36 块礁石组成，其如莲花一般隐现于江中，为川江著名的七大枯水题刻之一。

江渊在《江津八景诗》的《江心砥石》中这样写道：“江心砥石激奔湍，砥柱中流障百川。”“屹立中流作砥柱，百川倒障皆朝宗。”

尽管江渊吟咏莲花石的两首诗并未题刻于莲花石上，但是，他题咏的两首《江心砥石》被世人所称道。江渊之后，明成化年间江津籍进士、甯州刺史曹邦化刻诗于莲花石江岸石壁。

“原是华山十丈花，何年移植几江涯。浮沉世态知多少，引得游人日泛槎。”曹邦化的这首《题几江莲花石》与江渊的两首《江心砥石》相映成趣。

自此，水落石出之季，文人雅士纷纷登临莲花石题咏诗句。“《江津文史资料》记载，莲花石上的题刻共计 28 处。民间传言，莲花石上的古诗题刻露出水面时，当年必是丰收之年。”庞国翔称，史料记载，最近 800 多年来，该莲花石出共计 14 次，第一次是在南宋乾道年间，距今最近的一次是 1981 年 3 月。

如今，由于水文变化，江津的莲花石水文诗碑题刻已沉入水底，难再一现。

黄庭坚做客江津乘兴留诗　杨贵妃吃的荔枝出自江津？

“一骑红尘妃子笑，无人知是荔枝来。”唐代著名诗人杜牧的一首《过华清宫绝句》，写尽了当时朝廷骄奢淫逸的生活，道出了诗人体恤民间疾苦的忧国忧民之心。

可是你知道吗？当年黄庭坚做客江津，也写下了脍炙人口的关于荔枝的诗句，当地还流传着杨贵妃吃的荔枝来自江津的传说。

黄庭坚是北宋著名文学家，江西诗派开山之祖。因修《神州实录》获罪，黄庭坚被贬为涪州别驾，安置在今黔江地区。又因他表兄在夔州路做官，为避亲嫌，怕有包庇行为，朝廷便把他推置到宜宾。

宋哲宗元祐三年（1088 年），正值荔枝成熟之际，寓居江津的梓州文人李任道知道黄庭坚要由涪州乘船过江津去宜宾，就邀他下船做客吃荔枝。

黄庭坚到江津后，李任道请知县冉木出面作陪。他们摘来味道鲜美的荔枝，在县衙后心舟亭（今江津区盐业公司后临江处）一边叙旧，一边品尝荔枝。李任道乘兴赋诗，黄庭坚当场步韵作《心舟亭次韵李任道食荔枝有感三绝》。

其一
一钱不值陈卫尉，万事称好司马公。
白发永无怀橘日，六年惆怅荔枝红。
其二
今年荔枝熟南风，莫愁留滞太史公。
五月临江鸭头绿，六月连山柘枝红。
其三
舞女荔枝熟虽晚，临江照影自恼公。
天与蹙罗装宝髻，更挼猩血染衣红。

江津区诗词学会会长王锡权说：“早在隋唐之前，我国已经形成塘河荔枝、涪陵荔枝、岭南荔枝三大种植基地。在汉晋隋唐时，江津塘河荔枝就已是进贡皇家的贡品了。”

正因为如此，江津民间一直有杨贵妃吃的荔枝来自江津的说法。

杨贵妃吃的荔枝究竟是否来自江津，已无确切史料记载。眼下正是荔枝挂果即将成熟的季节，记者沿着荔枝古道来到塘河古镇，这里的大小荔枝园一个接一个，家家有荔枝，户户卖荔枝。

据了解，目前塘河全镇的荔枝林多达 8000 亩，上果的荔枝林面积达 4000 余亩，两三百年的荔枝树多达几十棵，荔枝品种多达七八种。种荔枝，已成为当地人脱贫致富的一条重要途径。

要吃烧酒中白沙

“江津豆腐，油溪的粑，要吃烧酒中白沙。”一句民间谚语，道出了江津白沙镇烧酒的江湖地位。

江津白沙于北宋前期建场。长江沿镇而过，溪流环绕，借水驿之利，白沙逐渐形成区域性物质集散枢纽。又因其扼黔北、川东咽喉要道，成为川黔滇驿道上繁荣的商贸集镇，素有“天府名镇”“川东文化重镇”等美誉。

“白沙有两样最出名，一是聚奎书院，二是白沙烧酒。”江津区诗词学会会长王锡权称，白沙烧酒距今有数百年历史。

《江津县志》记载，白沙烧酒酿于明嘉靖年间，兴盛时期，当地有酿酒槽房（酿酒人家）300 余家，并形成以卖酒为产业的槽坊街。那时的人们就把这条酿酒的街叫作“槽坊街”（现存江津区白沙镇槽坊街社区）。

当地史料记载，清光绪年间，白沙烧酒的年产量已达七八千缸，每缸重四五十斤。当地史料记载，当年白沙“槽坊街”上商铺林立，酒幌飘展，槽坊相连，四季酒香缭绕，故又有“江津产酒甲于省，白沙烧酒甲于津”的说法。乡民过客无不贪杯豪饮，江湖人又将白沙烧酒称为“江津茅台”。

好酒自然酝酿出好诗。相传，清代诗人、著名书法家赵熙沿江而下，距江津白沙镇十里就闻到酒香，因而提笔，以《白沙烧酒》为题，写下了一首脍炙人口的诗歌：“十里烟笼五百家，远方人艳酒堆花。略阳路远茅台俭，酒国春城让白沙。”

如今，白沙镇上的重庆市江津区驴溪酒厂、重庆市黑石山酒厂、重庆江小白酒业有限公司和重庆江津红花村甘酒有限公司，还保留着当年白沙烧酒的酿制技艺。它们分别生产的“槽坊街”“黑石山”“江小白”“甘大哥”等烧酒，清香馥郁、醇厚爽洌，深受广大消费者喜爱。

漫步白沙，清静之中，能感受到她的几分超然和淡定。特别值得一提的是，白沙古镇上那一排排旧时的吊脚楼，沿江而建，最早的可以追溯到明代。这些吊脚楼多以条石砌墙基，以木柱为支撑，穿斗结构，高踞危岩，最高达 20 米，国内罕见，被誉为“最高吊脚楼”。

作品标题　儿江形势甲川东　山势崔巍类鼎钟——探寻古诗中的江津之秘

系列标题　重走古诗路　思君下渝州

参评项目　系列报道

作　　者　姜春勇　匡丽娜

责任编辑　姜春勇　吴国红　兰世秋

刊播单位　重庆日报

首发日期　2017-06-05

刊播版面　第 4 版

作品评价

重庆日报于6月5日开始重点推出“重走古诗路　思君下渝州”探寻重庆古诗地图全媒体系列报道，因其较高的文化价值、较好的传播力和较广的关注度，推出伊始就引起积极反响。该系列报道在追寻古诗人留下的足迹中穿越历史、连接时空，倾听诉说、见证辉煌、感悟变革，通过系列化、大版面、融合式、持续性传播，让受众在审美沉醉中浓郁乡愁，在古今对比中触摸沧桑，进而领略重庆美丽多姿的山川景物和魅力独特的风土人情。本文为系列报道中的一篇。

采编过程

该系列报道可谓教卫文体部门的浓墨重彩之手笔。所有记者均参与采访，深入全市38个区县，重走了当年的古诗路，挖掘重庆历史文化，展现古今变化和时代变迁，耗时数月，精心打磨，为重庆直辖20周年献上一份文化大礼。

社会效果

该系列中不少报道见报后，立即获评当日好新闻奖。此外，诗人及诗歌研究者或爱好者、所涉及地域及附近的市民在读到相关报道后，会自发地对相关诗歌进行收藏和分享、研读和传播，进一步增强了报道的传播力。这些富有历史感的呈现，让每一个重庆人的归属感、依恋感、自豪感油然而生。

全媒体传播效果

报道见报后，及时在区县头条、重庆日报、同茂大道416号等公号推出相关推文，受到市民的广泛关注，效果很好。

注：本作品同时获得“2017年10月重庆日报报业集团新闻奖”。

漠上花开
——乌兰布和“沙变土”试验调查

重庆日报记者　周季钢

乌兰布和之所以广受关注，是因为这里的沙粒会随风而起，从阿拉善出发，越过内蒙古高原，飘到千余公里外的北京上空，变成黑黄色的恶魔——沙尘暴。

■一群重庆的科学家用一种全新的技术手段，在半年时间里，让荒凉的乌兰布和沙漠生发出了数千亩茂密绿洲。

■“沙变土”试验，开创了人类在沙漠中快速、规模化种植植物和修复生态的先例，为全世界的沙漠治理展示了一种全新的可能。

漠上花开——乌兰布和“沙变土”试验调查（上）

2017 年 8 月，内蒙古自治区阿拉善盟环保局工作人员通过卫星遥感画面发现：在磴乌穿沙公路旁、阿左旗巴音树贵嘎查（嘎查，蒙语意为“村庄”。——笔者注）附近，出现一大片绿洲！

而在 3 个月之前乃至更早，这里还是“沙漠漠而鸥寒，天苍苍而雁没”的景象。

工作人员驱车前往察看，眼前的一切让人惊诧：这是一片宽 0.8 公里、连绵近 3 公里的绿洲，长满沙漠中鲜见的高粱、麻子、葵花、糜子、苜蓿，以及西瓜、西红柿、茄子、荞麦，甚至还有青蛙，蹦跳着捕食地里的昆虫……

不可思议的是，“闯入”这片沙漠并创造生态奇迹的人，来自千里之外、山清水秀的重庆。他们原本从事的也不是与生态、农业相关的工作，他们是重庆交通大学的一群科研人员，是一群力学家。

“闯入者”们要做什么？他们将如何改写人类沙漠治理的经验？

8 月 17 日，笔者来到乌兰布和，展开了调查。

巴音树贵的忧伤
如果不尽快治住沙漠，村庄恐怕都会被沙子埋没

张国富一辈子都和沙漠为邻。他黝黑的脸庞，刻有风吹日晒的痕迹，身上的衣服已经看不出原本的色泽。

张国富和全嘎查的人，都居住在政府集中安置的农民新村。农民新村有20多栋两层楼的小洋楼和几栋高楼。从外观上，几乎很难分辨这里和江南小镇的区别。

但如果在起风的时节，农民新村便是另一番景象。“沙子到处都是，我得一桶一桶地从院子里抬出去。如果不尽快治住沙漠，村庄恐怕都会被沙子埋没。”张国富说。

张国富的家乡——阿拉善盟阿左旗乌兰素海嘎查，“深陷”于乌兰布和沙漠之中。

乌兰布和位于阿拉善境内、黄河西岸，面积达1.4万平方公里。它曾是“人民炽盛、牛马布野”，“将军塞外游，杏花撒满头”的富庶草原。而今，草原已不复存在。

每当夕阳西下，长河落日、大漠孤烟，便构成了一幅壮丽的塞上风景。到了夜里，这里便荒凉而凄黯，阴冷的风阵阵刮过。除了那叫不破的寂静之外，一无所有。

乌兰布和之所以广受关注，是因为这里的沙粒会随风而起，它从阿拉善出发，越过内蒙古高原，飘到千余公里外的北京上空，变成黑黄色的恶魔——沙尘暴。更为可怖的是，在过去的几十年里，它还“拉帮结派”，和巴丹吉林沙漠、腾格里沙漠在阿拉善境内形成“握手”之势。

荒漠化是中国目前最严重的环境问题之一，是全球共同面临的严峻挑战。

习近平总书记说过，荒漠化防治是人类功在当代、利在千秋的伟大事业。治理好沙漠，刻不容缓。

改革开放以来，党中央、国务院高度重视生态建设和荒漠化防治工作，相继实施了“三北”防护林体系建设、天然林资源保护、京津风沙源治理、退耕还林还草、石漠化综合治理、沙化土地封禁保护等一系列重大生态修复工程。

这些工程对重点地区和薄弱环节的集中治理及严格保护起到了关键作用。最新数据显示，中国荒漠化土地面积由20世纪末每年扩展1.04万平方公里，转变为每年缩减2424平方公里；沙化土地面积由20世纪末每年扩展3436平方公里，转变为每年缩减1980平方公里，实现了从“沙进人退”到“绿进沙退”的历史性转变。

“中国计划到2020年，实现50%以上可治理沙化土地得到治理，到2050年使可治理的沙化土地得到全部治理。”6月17日，在世界防治荒漠化与干旱日全球纪念活动暨“一带一路”高级别对话上，国家林业局局长张建龙说。

“不速之客”闯入
罗志铁暗忖：“沙变土”，不就是“水变油”吗

要实现上述治沙目标，技术突破最关键。

易志坚——重庆交通大学副校长、教授，博士生导师，国家有突出贡献中青年专家。易志坚和力学、道桥工程打了大半辈子交道。

“闯入”沙漠治理领域，纯属偶然。2009年，易志坚和研究团队在做力学研究时发现，干土壤是固体状态，湿土壤是流变状态。土壤在固体状态和流变状态之间是可以转换的，并拥有自修复和自调节的能力。

“大地像母亲，其实就是因为土壤拥有这些特性。”易志坚解释道，因为拥有自修复属性，土壤在固体状态下发生破坏，能在流变状态下得到修复，才能生生不息、年复一年地生长植物；因为有了自调节属性，才能让植物根系进入土壤并让其生长。如果土壤自修复属性丧失，就会出现退化——板结或沙化；如果失去自调节属性，土壤就不能成为植物生长的载体。

而土壤能够在固体状态和流变状态之间转换，其密码是——土壤颗粒之间存在万向结合约束（简称“ODI约束”）。“土壤沙化，根本原因就是失去了ODI约束，处于一种离散状态，丧失了自修复和自调节的能力。若要将沙子变成土壤，就需要重新赋予它ODI约束。”易志坚说。

那么，有没有一种物质，能够黏合沙粒，让沙粒之间获得万向结合约束，拥有土壤的“DNA”呢？

研究团队就此展开实验。易志坚回忆道：“我们用纯净的河沙，粗的、细的，各种各样的沙子，做了3年的实验，得到了大量验证和数据，形成了基础理论框架。”

2013年，研究团队发明了一种植物性纤维黏合材料，开始进行模拟沙漠环境的种植试验，取得良好效果；2016年，研究团队的前期理论成果、应用成果以英文先后在中国科学院权威刊物《中国科学》、中国工程院院刊《工程》上发表，引起了学界的关注。

但是，任何一项科学探索都不能只停留在实验室里。研究团队亟须一片广阔沙漠，真正干上一场。

2015年年底，研究团队找到了内蒙古自治区发改委主任包满达。包满达随即致电阿拉善盟发改委主任罗志铁：“这个项目很好，你们关注关注。”

罗志铁将信将疑。他打小在沙漠中长大，见过各式各样的治沙模式，“沙

变土”还是第一次听说。

罗志铁暗忖：“沙变土”，不就是“水变油”吗？众所周知，“水变油”是举国震动的一场科学闹剧。

罗志铁并没有直说，只是问了一句：“安全吗？”

易志坚竟当着罗志铁的面，将植物性纤维黏合材料兑水喝了下去……

但易志坚的这一举动，反而让罗志铁觉得“不靠谱”。

罗志铁决定到重庆，到易志坚的试验地看个究竟。

当看到茂盛的植物从沙里长出，罗志铁动心了。他在黄河西边两公里处、乌兰布和沙漠的边缘，为易志坚团队圈了25亩沙漠。

这块沙漠没有名字，研究团队索性称它为“25亩”。

“25亩”地里的春天

薛飞斌说：“治理20多年了，这种景象还头一次见到。”

“25亩”并非一处孤立的所在。

它的周边紧挨着还有几片试验地，分别为北京、宁夏、新疆等地的科研团队或企业拥有。

56岁的薛飞斌，乌海市乌达区乌兰乡人，一直在这片试验地打工。他对周遭试验地的变化了如指掌：

“有种做法是，在沙漠中挖个坑，从别处运来土填上，然后又在土里种上树。这种做法养护成本高，死亡率也高。”

“有的用一种藻类植物，通过孵化培养并和水溶在一起，用高压水枪洒到沙漠上。但这个地方沙子流动速度快，可能一晚上，藻类植物连同沙子就被风给刮走了。这个试验已经失败。”

唯独“25亩”的植物活得很好。

2016年5月20日起，研究团队陆续在“25亩”种上了苜蓿、玉米、向日葵等40多种植物。第二年春天，这些植物不仅又长了出来，“队伍”还不断壮大，甚至超过了70种，其中还有马齿苋等沙漠中从未见过的植物。此外，青蛙、老鼠、蚱蜢等小动物也不客气地在这里安了家。“这里治理20多年了，这种景象还头一次见到。”薛飞斌说。

随着周遭试验地相继失败，薛飞斌便成了“25亩”的“专职”农民顾问。如今，他隔三岔五地去一趟“25亩”，按试验计划给地里浇水、施肥，乐在其中。

这厢，“25亩”的成功，让易志坚团队信心倍增。“从原理上来讲，‘沙变土’没有问题了，但要规模应用，还有技术、工程、经济指标等问题要攻克。如果没有更大规模的试验，这些问题解决不了。”易志坚说。

那厢，罗志铁也密切关注着“沙变土”试验的进展。他怀揣着一个“小秘密”：“25 亩”所在地是乌兰布和沙漠的一个风口。乌兰布和沙漠每年大约有 1 亿吨沙子被刮进黄河。特别是冬天，黄河结冰后，沙子便从黄河上奔袭而过，直捣对岸。

“研究团队能把‘25 亩’做好，在其他区域做更大的试验便轻而易举。”罗志铁说。

于是，罗志铁在乌兰布和生态沙产业示范区里，为研究团队找到了一块更大的地——长 11.85 公里、宽 0.8 公里，大约 14000 亩。然而，这块地也没有名字。于是，大家便约定俗成地称之为“一万亩”。

一场更加壮观、更加艰辛的试验随即展开。

一群“野蛮人”
一切在南方不成问题的问题，在这里都成了大问题

2017 年 2 月 5 日，农历正月初九。

到了晌午时分，乌兰布和沙漠的气温仅为零下 19 摄氏度。黄河冻住了，沙漠也被冻住了，周遭人们都在猫着过冬，毫无生机。

这一天，巴音树贵嘎查附近的“一万亩”来了 9 个人。他们拿着各种测量工具，在这片沙海之中比画起来。

张国富在“工地”旁揣手伫立了许久，硬是没看明白，只甩下一句：“这群人有点意思。”

过了两天，数十辆汽车、挖土机、搅拌车，也陆续开到了这里。

张国富近前询问，才知这是一支来自重庆的施工队伍（下称“项目组”），他们要将这片沙漠平场，然后“沙变土”，种上庄稼。

听完，张国富止不住地乐：“还别说‘沙变土’，你最好‘沙变金’，我们就都不用干活了——尽瞎捣鼓事。”况且，在这种天寒地冻的时节施工，张国富一辈子没见过，“真是一群野蛮人”。

张国富的嘲笑并非完全没有道理。一切在南方不成问题的问题，在这里都成了大问题。

首先是电的问题。这里没有电。为了解决住宿，项目组买来了类似于“集装箱”的工棚。这种“集装箱”为铁皮所制，保温功能弱，一到晚上，大伙儿冷得直哆嗦。于是，项目组又买来了烤火炉。但烤火炉生火会产生一氧化碳，为避免中毒，只得打开窗户。一旦开窗，风便裹着雪、刮着沙呼呼地往工棚里灌。

其次是施工的问题。由于气温处于零度以下，由重庆运来的很多设备无法启动，成了摆设。

怎么办?

项目组负责人严官成找到一间厂房，把所有大型机械都拉进去加温。温度上升后，把原有的燃油放掉，重新加上-35 号柴油，冷却液也全部放掉，加上当地能使用的专用防冻液。

即便如此，仍然有很多机械设备不能用，陷在沙漠中出不来是常事。不得已，严官成只得把众多施工车辆全部换掉。

在这个经常有风雪天气的时节，项目组工作人员“全副武装”，用衣物将耳朵、鼻子全部遮掩起来，带上防沙镜，操作着 62 台大型设备同时施工。两个多月后，他们硬是在一片沙漠里，建好了蓄水池、公路，平整出了一片沙地。

漠上花开——乌兰布和“沙变土”试验调查（下）

三次试种皆失败
风沙如刀，“绞杀”着一切幼小的生命

4 月 20 日，项目组开始进行土壤化施工。

他们要将沙子和植物性纤维黏合材料按照一定比例搅拌、混合，然后均匀地铺在沙漠上。至于铺设的厚度要不断反复试验，20 厘米、15 厘米、10 厘米、5 厘米……最终找到最适合当地种植的厚度。

在数千亩的沙漠上铺设混合材料，人工难以完成。严官成想到了撒布车和撒布机。但传统的撒布机大多是用来撒布肥料的，如果用来撒布沙子，则在液压和驱动方面满足不了。

严官成设法联系到了一家生产撒布机的工厂，提出改装要求。经过反复试验、修改，厂家还真生产出了国内第一台专用于沙漠撒布的机器。

撒布车也要改装，轮胎、大梁等全部需更换。

撒布完成之后，用旋耕机旋耕三五遍，便可以播种、浇水了。这原本顺理成章的事，没想到也困难重重。

5 月 16 日，项目组进行了第一次试种，播下了 4. 8 亩大葱种子。眼看着大葱的幼苗长出地面，一场风刮来，幼苗无一存活。

这是一段令人沮丧的日子。

项目组成员、重庆交通大学教授杨庆国回忆，那时几乎每天都刮风，最大的风有 9 ~10 级。刮风时，沙吹到手背上，一阵刺痛。车开不动，连车漆都会被擦掉。在地面，风刮着沙仿佛刀割般，“绞杀”着一切幼小的生命。

第一次试种失败了。平整好的土地上，又堆积了十几厘米高的沙。项目组只得进行第二次旋耕、播种、浇水。

这一次，他们种上了玉米、高粱。杨庆国心想，玉米苗、高粱苗应当比大葱有韧性。

结果，一场风沙下来，照样全部毁掉。

项目组又进行第三次旋耕、播种……到了 5 月底，项目组反反复复试种了 1000 余亩、十余种植物，仍丝毫不见成效。原本意气风发的一群人，都像缺水的向日葵，垂头丧气、无精打采。

万念俱灰之际，项目组又想到了一个新招儿——稻草制成草垫，播种后铺上，然后在周边安上用稻草制成的篱笆。

6 月 20 日，项目组进行了第四次试种。

这一次，他们的努力没白费：一茬茬嫩芽，终于从乌兰布和沙漠中长出来，渐渐茁壮。

收获的季节

严官成接到一个电话，对方想收购“一万亩”的牧草

8 月中旬，当笔者来到“一万亩”时，这里已俨然一片绿色的海洋——3000 余亩的地上，大葱长壮了，玉米冒须了，小麦挂穗了，西瓜成熟了，御谷狼尾草长到两米多高了……一阵风吹来，眼前就是一排排绿浪。

“一万亩”迎来了第一个收获的季节。

项目现场，100 多号工人、研究人员平时吃的蔬菜，大多已能自给自足。

作为一种优质牧草，御谷狼尾草可以收割了。严官成接到一家畜牧企业的电话，对方想以 400 元/吨的价格收购。御谷狼尾草每年可以割 3 ~ 5 次，初步估算，亩产超过 10 吨。

“原本项目组只想做试验，并没有想要销售。但既然客户走到家门口了，何乐而不为呢?”严官成说，这也是对试验项目的一种认可。

而易志坚则更关注试验的安全性、生物的多样性，以及项目的经济性。

从今年 4 月开始，研究人员便按相关规范采集了“25 亩”和“一万亩”的沙土样本，送往法定第三方检测机构——西安国联质量检测技术股份有限公司检验。

检验数据表明：研究团队 4 月 19 日提交的样本中，苯、游离甲醛、挥发性有机化合物等 7 项指标全部合格；研究团队 6 月 30 日提交的样本中，铜、锌、铅、铬等 11 项指标全部合格。

检验数据还表明：“25 亩”的样本中，微生物已非常丰富，接近附近农民耕地里的正常土壤；“一万亩”的样本中，微生物的数量也与日俱增。

微生物是肉眼无法看见的，但动植物的变化却逃不过研究人员的眼睛。“蚱蜢、青蛙、野兔、鸟类渐渐多了起来，老鼠更是猖獗得很。”严官成说。

无论如何，这都是可喜的变化。“这是对质疑者最有力的回应——科学原理和事实比什么都重要，成果就摆在那里。”重庆交通大学副教授彭凯说。

最后是经济性。通过测算，采用“沙变土”技术进行大规模沙漠改造的成本在1500～2700元/亩，离水源较近或有充足地下水的沙漠，都可以实现“沙变土”。该数据远远低于内地每亩过万元的土地复垦成本，以及其他沙区高达6万元/亩的沙地修复成本。

“目前我国沙漠化土地有26亿亩，其中有6亿亩是可以修复的。‘沙变土’项目前景可期。”“沙变土”项目投资人之一的重庆博恩科技有限公司董事长熊新翔说。

沙漠治理新革命

“沙变土”或成为沙漠治理的有效手段

“一万亩”的初步成功，引起各界关注。

乌兰布和生态沙产业示范区产业发展局局长张虎生坦承，在茫茫黄沙中，有这么一大片绿洲，效果确实震撼。单单就人的感官而言，“沙变土”项目的效果，是整个示范区最好的。

“‘沙变土’项目的推广和实施，对于阿拉善盟全面落实绿色发展理念，阻止阿拉善三大沙漠‘握手’，推动沙区群众脱贫致富，实现沙产业高新技术新突破，具有重要意义。”阿拉善盟发改委主任罗志铁说。

国家林业局治沙办主任潘迎珍在实地考察后感慨道：“如果不是亲眼所见，难以置信。”在她的治沙经验中，能在1年内将沙漠治理成如此景象，实属罕见！

中国工程院院士钟志华表示，运用力学原理实现沙子向土壤性能的逆转，目前国际上没有公开报道的先例。此项技术有望成为沙漠变绿洲的有效手段。

各界充分肯定的同时，当地老百姓的生活也悄然发生着变化。

张国富曾是一名治沙工人，从1968年起，便在阿拉善种树、治沙。几十年来，他和同事总共种树6万亩，但其长势总不见好，“种了又死，死了又种，广种薄收”。

2002年，当地政府关停了旗内总计7个治沙站，一夜间，所有治沙工人都下岗了。张国富一人分得了29亩地，包括河滩地和沙漠，成了农民。

2010年，因为建设黄河海勃湾水利枢纽工程，乌兰素海嘎查的所有土地被当地政府征收。张国富除获得200多万元的一次性赔偿外，政府还按5000元/人/年的标准发放补助。

“农民没有土地就没有了根。本地消费很高，就那点钱，只能坐吃山空。”张国富说。

“沙变土”项目让张国富看到了新的希望。项目组租用他家作为办公室，一年向他支付房租2.6万元；儿子在“一万亩”开铲车，每小时收入160元，一天的纯利有四五百元；他还有一辆拖拉机租给项目组，一天也有百多元的纯利；弟弟张国民之前也是治沙工人，现在项目组做水电工，一个月能挣6600元。

在“25亩”工作的薛飞斌，原本是鄂尔多斯人，因生态而搬迁，他被安排到乌海市乌达区落户。因为地少、环境恶劣，他家生活很困难。

多年前，他外出打工，一天也就挣10多元。如今，隔三岔五去“25亩”浇浇水、施施肥，一个月能挣到五六千元，家庭状况明显改善。

下一个目标

在这个秋天，他们又完成了千余亩的平场和播种

在“一万亩”一期3000余亩试验成功之后，严官成又开始了新的忙碌。

8月12日起，近百人的团队、数十台机械设备又开进了黄沙之中——秋播开始了。按照计划，在这个秋天，他们还要完成第二期1000余亩沙漠的平场和播种。第三期播种将在明年内全部完成，从而使播种总面积突破1万亩。

每天早上6点半，乌兰布和的天空霞光初现，工人们便起床，下到地里去。

大约7点，拖拉机、旋耕机、撒布机、平移灌溉机的轰鸣声震彻大地。

中午12点，工人们回到驻地——“集装箱”里，吃饭、午休。

避过太阳最毒的阶段，下午4点，工人又集体出工，直到晚上8点半收工。

8月30日，项目组完成了1000多亩的秋播任务，一些之前不曾在“一万亩”种植的新品种，比如杨树、沙枣等乔灌木，枸杞、甘草等中草药材，都陆续从沙里长了出来……

与此同时，易志坚又带领研究团队向新疆进军了。他们在新疆有200余亩试验地，并于2017年7月开始播种。

对新疆的试验，易志坚充满信心：“相较而言，新疆的沙更细一点，风也小一点。即便起风了，也只会有扬尘，不会对植物造成很大伤害。”

9月11日，《联合国防治荒漠化公约》第十三次缔约方大会高级别会议在内蒙古鄂尔多斯市举行。《联合国防治荒漠化公约》是联合国里约可持续发展大会框架下的三大环境公约之一，旨在推动国际社会在防治荒漠化和缓解干旱影响方面加强合作，而缔约方大会是公约的最高决策机构。

在大会期间举办的沙区生态文明建设暨“一带一路”蒙元文化传承高峰论坛上，研究团队成员、重庆交通大学副教授赵朝华作的名为《沙漠土壤化快速生态恢复技术》的主题报告，引起了全球的高度关注。澳大利亚媒体称：“这一突破有可能终止世界和中国国内的沙漠化。”

来自沙特阿拉伯、阿联酋等中东国家的政府代表，纷纷向“沙变土”项目组发出邀请。

但易志坚却认为“时机不到”。对于研究团队而言，当下最为重要的，是试验、试验、再试验。

重庆交通大学副教授王敏介绍，研究团队成员被分成了植物观测和生物量测试组、灌溉量分析组、力学分析组、含水量测试组、土壤理化测试组等若干小组，正在努力获取适合在“沙变土”中生长的植物类型，以及灌溉量等数据。

“当更多的植物品种从沙漠里生发出来，当更多的动物在沙漠绿洲中安家，当更多的微生物滋生，当更多数据印证‘沙变土’的科学性和有效性，乌兰布和沙漠治理试验才算完成了阶段性任务。”易志坚说。

春风又度玉门关。无论如何，“沙变土”试验，开创了人类在沙漠中快速、规模化种植和修复生态的先例，为全世界的沙漠治理展示了一种全新的可能。

作品标题　漠上花开——乌兰布和“沙变土”试验调查
参评项目　副刊
作　　者　周季钢
责任编辑　张永才　隆梅
刊播单位　重庆日报
首发日期　2017-10-15
刊播版面　第6版　第7版

作品评价

土地荒漠化是影响人类生存和发展的全球重大生态问题，乌兰布和沙漠是中国沙尘暴发源地之一。关注、报道乌兰布和“沙变土”试验，在中国当下的绿色发展、建设美丽中国的语境下，意义重大。

采编过程

早在今年8月，重庆日报记者便获悉乌兰布和“沙变土”试验的线索。记者两次前往乌兰布和，实地对“沙变土”试验展开调查，推出了《漠上花开——乌兰布和“沙变土”试验调查》报道。

社会效果

本报道引起了国际国内知名媒体的关注。

中国日报、南华早报等都先后根据重庆日报文图素材，推出了整版报道，引起了国际舆论的关注。中国网、凤凰网等进行了转载。

注：本作品同时获得“2017 年 10 月重庆日报报业集团新闻奖”。

背媳妇29年从没说过一个爱字

重庆晚报记者 李琅 吴娟

最近，重庆一对老夫妻曹树才和许厚碧火了。曹树才先天患有眼疾，许厚碧比曹树才小4岁，幼年患有软骨病，逐渐失去了直立行走能力。于是看不见的曹树才背着老伴在仅有30多厘米宽的田坎上行走，靠手中的两根竹竿和老伴的指挥确定方向，这一走就是29年。曹树才已经63岁了，120多斤的媳妇背得驼背了。29年来，哪怕每天只背媳妇一回，次数也早已破万，他却似乎很享受这个过程。

20日午后，微雨。江津区石门镇永安村，田地，房屋，鸡鸭，一切都静静的。一对老夫妻坐在家门前，认真编着背篓——一人编竹，一人编绳。

没错，背篓就是他们的标志，近日的网红背篓夫妻——曹树才和许厚碧，感动了无数小年轻。

听见我们进门，曹树才抓过几根板凳，摸着墙壁摆成一排。许厚碧没起身，老伴走到哪儿，她眼睛就盯着哪儿，小心指挥着。原来，他俩一个没有视力，一个走路不好。

“他们两个感情好得很哟，成天离不得。”有村民过路随口说了一句。曹树才听见笑得眼睛眯成月牙，一脸鱼网纹仿佛也沾上了喜气。许厚碧转脸看着老伴，轻声地说：“是哟，相依为命一辈子咯。”

看不见的曹树才背着老伴在仅有30多厘米宽的田坎上行走，靠手中的两根竹竿和老伴的指挥确定方向。

“这姑娘跟我，我才放心”

看着这对残疾老夫妻，别以为又是“苦大仇深”的套路——他们在生人面前很能侃，气氛很快变得既轻松又好玩，反而让采访他们的我们觉得很不适应了。

摆起以前相亲的事，曹树才特别来劲。

曹树才在家里排行老四，先天患有眼疾，婚前只有左眼有一点视力，个子不高，但力气大，挑砖、盖房、挞谷、种地，样样能干。见他勤快，村里不少老人都当过他的媒婆。隔壁村的许厚碧，是相亲姑娘之一，比曹树才小4岁，幼年患有软骨病，逐渐失去直立行走能力，相亲那会儿，走路已离不开竹竿。

“看她那双腿，我晓得我要照顾她了。”第一眼看见许厚碧，她扎着两个大辫子，曹树才既心动又心疼。

“他那个时候看起也可以，白白胖胖的，上身白衬衣，下身蓝裤子。”许厚碧比曹树才的记性还好。

“后来我给丈母娘说，我没钱，我有力气，她跟着我，我才放心。”曹树才话虽不多，却打动了丈母娘。1982年元旦，两人在家里准备了两桌席：洋芋饭、腊肉炒咸菜、葱烧鱼……简简单单办完喜事，成了。

“她是我媳妇，我不背谁背”

我们聊天时，曹树才右眼微闭，左眼睁开大半只，谁跟他说话，他就把脸对着谁，直觉准。

“一点也看不见了啊，老曹?”在座的人问他。

“结婚第6年就看不见咯，做活路摔了，左眼坏了，躺了40天，医生说（眼球）取了难看，给我留下了。”你以为这话不该问，曹树才反倒很乐观，说：“人啊，各有各命。”

曹树才说，失明起初，没有方向感，他急；去地里干活，怕踩坏菜，他急；媳妇走路恼火，全靠他照顾，他急；没人再请他挞谷子、做活路，他急；媳妇不小心摔了几次，腰椎立不起来了，他更急。

“老是让别人帮忙也不是办法，她是我媳妇，我不背谁背?”曹树才说，从1988年开始，就把媳妇装进背篓，一来自己有责任照顾，二来干活有了一双眼睛。

第一个背篓，是用曹树才的大哥砍来的老竹做的，用刀削成一条一条竹篾，手巧的许厚碧编了一个口径1.2米的大背篓，曹树才负责把饲料袋编成绳。就这样，媳妇成了曹树才的眼睛，曹树才成了媳妇的腿。

“田间小路难走，不怕摔啊?”在座的人问。曹树才说：“摔啊，早就摔习惯了，现在不得摔了。”然后非要演示给我们看。

他摸着背篓往台阶一放，一手把许厚碧扛过头，轻轻放进背篼，然后下蹲，把背篓的绳子往两肩一跨，一鼓劲起身，径直走出门。

支撑他们前行的，是三根竹竿——两根曹树才握着，过小路时用来夹两边的路沿判断距离；一根许厚碧捏着，防摔，许厚碧另一只手负责提粪桶，用来干活。背篓的其他部位，则插锄头、挂水壶。

眼前的曹树才63岁了，已经被120多斤的媳妇压得驼背了。29年来，哪怕每天只背媳妇一回，次数也早已破万，他却似乎很享受这个过程。

“我就坐在田边，等他”

年轻时，曹树才身体和精神都好，天天背媳妇出去转悠，媳妇说方向，他负责迈腿，赶集，走家串户。虽然通常就在家附近走不了多远，他俩却积累了不错的人缘。

两人相处的时间，更多是在自家两亩地里，那里种着玉米、红苕、洋芋等。为让他们方便些，村干部主动协调，把田地调到他们家门口。不过，就是这点常人只需步行两分钟的距离，曹树才背着媳妇得走十来分钟。

为给我们演示，曹树才硬是把媳妇背到了地里。许厚碧要曹树才给她脱鞋，说既然来了，就顺便下地干活。脱下胶鞋，许厚碧的那双脚白白的，曹树才把她照顾得很好。

许厚碧用粪桶作支撑，俯着身子，逐一把大白菜秧苗往地里栽。田里迈出的每一步，对许厚碧来说都不易。不过，曹树才早已磨出耐心，只管坐在田边，守着媳妇。

同样的，许厚碧也守着他。

每到收获季节，许厚碧要从早到晚在田里忙。至于午饭，曹树才靠竹竿挪回家做，她就等着他来送饭。

“我就坐在田边，等他。”许厚碧说。

“人活着，不是为了要钱”

两人除了种地，还养了两头猪，一头自己吃，一头拿去卖，卖猪每年能挣一千来块。他们还养过鸡，但捉不着，丢了好几只，只好放弃。总之，两人鼓捣着生活，就是停不下来。

村干部告诉我们，曹树才夫妇自力更生能力很强，而且有低保。“两口子从不叫苦，直到村干部发现他家房屋不行了，一查，D级危房，他们先前也不吭声，现在正为他们申请资金修复。”村干部说，曹树才的房子实际上是土坯房，后来逐渐加了石头和砖，都是他女儿找人加的。

“其实，我们以前也想过找镇上要钱，女儿教育我们，不能给别人落下闲话。人活着，不是为了要钱。”许厚碧觉得女儿说得在理，他们就这么一个女儿，一家人的意见总要达成一致，要钱的事，从此再没提过。

女儿曹英，在镇上卖服装，如今为他们添了一个外孙、一个外孙女，日子打理得井井有条。

“身上的衣服，家里的米，都是女儿买的。”曹树才说，他心里唯一过不去的，是没给女儿创造好的读书条件。但曹英并不这样觉得，她告诉我们，父母生她有恩，父母靠背篓也能活，自己还有啥过不去的呢?

“背一辈子，背不动了，我还牵她”

有一个细节，让我们特别感动——曹树才始终打着光脚，满脚的泥、灰、小伤口，也不怕人笑。为啥不穿鞋?曹树才解释:“打光脚保险些，更好掌握地面的情况。如果我摔了，等于我媳妇就摔了。”从他背许厚碧开始，打光脚早已成习惯，只是睡前洗脚时才穿一会儿。

“嘿，说来也怪，我这脚从来不长冻疮。”回家路上，曹树才背着许厚碧笑呵呵地一边爬坡，一边对我们说。

周围村民讲，他们也没少吵架，还很大声，但第二天又会和好。正因为有好口碑，村民一致推荐他们为今年镇上为数不多的“最美家庭”。

两人虽然经常拌嘴，但很快又会一起恢复笑容。

“老曹，这媳妇你打算背好久哟?”我们问了一个等于是废话的问题。

“背一辈子，背不动了，我还牵她。”曹树才握了握许厚碧的手。

“你对媳妇说过爱她没有呢?她呢?”我们又问了一个等于是废话的问题。

“农村人，哪个会说这些哟，从来没说过。”曹树才笑起来，反倒是我们觉得有些尴尬了。

突然想到一首歌，他们这辈子可能都没听过，陈奕迅的《I DO》:

“当陪伴变成了老伴，餐桌摆设再也不孤单，我愿浪漫到永远，习惯有你在身边……”

作品标题　背媳妇29年从没说过一个爱字
参评项目　通讯
作　　者　李琅　吴娟
责任编辑　马京川
刊播单位　重庆晚报
首发日期　2017-09-22
刊播版面　头版

作品评价

《背媳妇29年从没说过一个爱字》的整版报道，真实记录了江津区石门镇一个没有视力、一个不能直立行走的一对夫妻，朴实平凡的一天，因为一个背篓维系生活和婚姻的平凡一生，甚至发掘出这对农村夫妻从不把“爱”字挂在嘴边的浪漫。背篓夫妻，进入人们的生活，让返璞归真的情感回归。

这是一篇深入实地、深入基层、深入生活的新闻稿件，故事温馨感人，朴实真切，整个报道语言生动鲜活，真情真爱扑面而来，透露出新闻独特的文化味、生活味、文字味。

从报道中，读者注意到的是他们从不说爱的婚姻和浪漫；而记者想要呈现的是他们在逆境中愈挫愈勇的生活态度，夫妻间相互扶持陪伴左右的温情，面对困难自力更生的坚毅。

今天，社会浮躁，鸡汤文、八卦文泛滥，不管是个人还是时代，都需要深厚的文化传统和强健的心智去深思命运的浮沉，去抵御时间的倾斜，这正是新闻的时代价值和意义。“背篓夫妻”为浮躁、抱怨甚至绝望的一些人注入了能量。这篇稿子生动体现了用正能量引导人、熏陶人，是当下我们需要的新闻产品、精神产品。

采编过程

2017 年 9 月 20 日，记者三人前往江津区深入基层采访，在塘河古镇实地探访 7 公里红岩硐寨群时，从当地老百姓那里听闻一段佳话——在距离古镇不远的石门镇，一对特殊夫妇，一人双目失明，一人患软骨病无法独立行走，在生活困难的情况下，两人依然不离不弃，被当地有关部门评为“最美家庭”。

在此之前，记者曾在江津第十届七夕东方爱情节活动现场，也听闻过这对夫妇的爱情故事。这样的故事，我们也有过担心，会不会又是“苦情剧”。但是既然已经来了，我们觉得还是应深入了解一下。三人商量后决定驱车前往，实地走访。

从塘河古镇到石门镇要开一个多小时车，到达石门镇永安村已是午后，天空下着毛毛细雨，田地、房屋、鸡鸭，浓浓的乡土气息尽收眼底。夫妻俩坐在家门口，镇上的工作人员上前一步向老人介绍我们。许厚碧从板凳上站起来，拄着竹竿，佝偻着腰，笑脸相迎；光着脚的曹树才看不见路，却非要摸着墙壁搬板凳招待我们……看到两位老人的那一瞬间，我们原先顾虑的题材是否新颖、角度是否恰当、人物是否鲜活等问题，在他俩从头到尾质朴无邪的笑容中全部消失殆尽。

我们把板凳搬出来，坐在院子里像朋友、子女一样闲聊开来。从他们的第一次见面，到用背篓背老婆下地干活……采访时，我们没有使用采访技巧，而是用拉家常的办法来拉近距离。观察、感受他们的语言、表情、行为。

采访过程中，我们注意到老曹的脚，没有穿鞋的脚，黢黑，好奇地问他为什么不穿鞋，他下意识地两只脚相互搓了搓，利落地回答：“光脚能更好地感受道路情况。”这是一个让人看着心疼的细节，尤其是盯着老曹的脚就会心生怜悯。可是，在他们轻松的话语里，这些好像都不是事了。

下午3点，许厚碧要下田种大白菜，我们静静地观察老曹是怎么一步一步将她放进背篓，又是怎么背着媳妇、依靠许厚碧的口令指挥和手里的两根竹竿走在乡间小路上，到达自家田地的。跟在他们身后，我们没有问话，没有打扰，只是用眼睛和心感受着这个画面，用镜头记录下这个瞬间。整个采访过程，在陪伴他们编背篓，陪老曹背媳妇，陪许厚碧种大白菜，陪这对夫妇回忆年轻往事中完成。

社会效果

这篇报道，通过报纸、APP、微信等传播，被国内各大主流媒体推到热门文章、热门头条的位置，包括人民网、新华网、中国新闻网、搜狐网、网易网、新浪网、凤凰网、澎湃网等国内主流网媒在内。另外，包括《成都商报》《宁波晚报》《大河报》等各大地方媒体在内的平台，纷纷通过新浪官微、官方APP、微信公众号等方式推送这篇通讯。参与热门推送的还有多个自媒体大咖，在新浪微博输入“背媳妇”关键词，便能发现一长串相关新闻。无数网友被他们的故事感动了，留言跟帖中出现频率最高的，是“正能量”“榜样”“相信爱情”等词句。

这篇报道还得到了市委主要领导批示，并得到市新闻评阅小组的点评表扬。

看似“苦情”的题材，但在一线记者采访中，发现了他们面对不幸命运所表现出的乐观心态，以及自力更生的生活态度。对于“你是我的眼，我是你的腿”题材，记者从温馨、轻松的相处细节下手，从每个人生命中的闪光点进行挖掘。这种采写方式所取得的效果，从见报后的反响可见一斑。

注：本作品同时获得“2017年9月重庆日报报业集团新闻奖”。

涪陵一个人的动物园，见到有人来，非洲狮惊恐得像个孩子

重庆晚报记者　刘春燕　杨帆

想要了解人性，最好去看看动物。涪陵望州动物园，一个人的动物园，一个只能看一次的动物园。

近来，网上流传着一组涪陵动物园的照片——窄小的铁笼、锈蚀的栏杆、青苔、荒草、垃圾、污水，动物的眼睛穿过镜头看着你，生无可恋，直刺人心。来采访的路上，我们心里想，但愿这只是一种片面的夸张。

这里安静得像没有生命

2月15日上午，重庆大雾，涪陵出现能见度不足200米的浓雾天气。我们中午12点到达望州公园动物园，门锁着，地上有一张纸片，写着看动物请打电话。显然，整个潮湿阴冷的上午，都没人来过。

喊了一声有人吗，谭德才很快就来开门。一人10元，交费参观。他是这里的老板、园长、饲养员、清洁工、兽医、保安、门卫、讲解员、采购员，身兼数职。

沿着10多米的短廊进园，左边靠壁一排笼舍，小的两三平方米，大的五六平方米，猫头鹰、珍珠鸡、孔雀、小猴子各占一格，看不出形态也没介绍的类似山猫的动物蜷缩着沉睡，敲栏杆也一动不动。几个小时后我们离开，看见它换了一个姿势，才确定它是活着的。

谭德才站在院中间的坝子里，指了一下上坡小路说："上面去看嘛，笼子里有的就有，空的就是没有。"然后他就往反方向下台阶去忙自己的，那是他住的地方，凌乱堆着煤气罐，锅碗瓢盆，散落的饲料，厚厚的一摞衣服，他自己说堆了两个月都没来得及洗。一个破得没有盖子的老式双杠洗衣机靠在墙角。

顺着台阶往上走，路边有废弃广告布遮住大半的笼子，窸窸窣窣传出声音，仔细看才看清里面有两只鸵鸟，听到人经过，它们急着踢笼子要吃的。后来谭德才还抓住另一只因为腿部受伤单独关在室内的鸵鸟，也放进这个室

外的笼子。鸵鸟挣扎扑跌，显然很不情愿跟另外两只同伴共处两三平方米的笼子。谭德才解释，广告布遮着是因为天气冷，“相当于给房子加件衣服”。

鸵鸟笼旁边是一个更小的关宠物狗的笼子，一只秃了毛的老孔雀瑟缩在里面。喂食的罐子是锈迹斑斑的雀巢奶粉罐，里面空无一粒。笼子旁边是一个已经装满的垃圾筐。谭德才说，院子里那几只孔雀要啄它，只能单独关。

往上的第一层笼舍是猕猴和狒狒混住的大笼子，见有人来，它们就扒拉着铁笼眼巴巴看着你，无声无息。一只猕猴被单独关在宠物犬住的笼子里，垂着眼帘。谭德才说，因为它很调皮，春节期间游客多，怕它伤人，专门关禁闭。

背面一排笼舍，有两只一岁多的小黑熊，在无声地打架玩，从地上一直打到笼子顶上，一遍一遍机械地重复着抓挠对方的动作。博物杂志微博介绍这叫“刻板行为”，动物太无聊，闲疯了，就会重复做某个动作，是一种心理问题。给动物玩具、多变的环境、取食困难的容器，动物有事做，刻板行为就会消失。我翻出包里早上没来得及吃的小面包，撕碎成四五块扔进笼子，每次都是小公熊抢到，小母熊稍微靠近，就被嘶吼吓到角落里哀号。

再往上，一个不足20平方米的笼子住着一只快20岁的老年母狮。笼子外的牌子写着：非洲狮，产于非洲，属大型动物，喜群居，在辽阔的草原上团结一致捕食猎物。牌子下方，狮子蜷着睡觉，看上去像体型稍大的松狮。

最上端的笼舍关着一头趴在地上的骆驼，我们无意中掀开搭着的篷布才发现它，它惊恐地突然站起来往后缩，其实这个笼子刚好能容它转个身，但因为脖子被铁链套在栏杆上，它也转不了身。

此时整个动物园只有我和摄影记者两个游客，20多只各类动物悄无声息，寂静得仿佛可以听到露水从树叶滚落，寂静得没有生命的迹象。

我们下到院子里，谭德才正从猩红色的污水里拎出两条动物腿。他解释说这是刚刚死掉的鸵鸟腿。鸵鸟本来住在狐狼的邻舍，晚上睡觉不小心，头从笼子的缝隙伸到隔壁，被狐狼咬死了。“肉不要浪费了，可以给狮子吃。”谭德才说。

我们想看看狮子醒来进食，谭德才说一天只能定量喂8斤，早上喂过了。但是他答应带我们上去喊醒狮子拍照。他走近笼舍的时候狮子已经醒来，眼神紧跟着他移动，为了展示狮子对他的驯服，他从地上捡了一根竹棒在笼前挥动，狮子吓得翻身跳起躲到墙角，紧紧贴在墙壁上，像个孩子一样惊恐地望着他。

“它最怕的还不是棍棒，是麻醉枪。”谭德才倒拿扫把，作抱枪射击状，狮子赶紧从墙壁一个小洞钻进隔壁，匍匐在地上，嘴里发出嘶嘶的哈气声。此时有游客上来，谭德才和游客都哈哈大笑。

也不是没有温情的瞬间。一只 4 个月的小猕猴被单独关在小笼子里，谭德才提着笼子带我们去看猴子妈妈。见到孩子的时候，猴妈妈蹿上笼子顶，情绪突然很激动，拼命摇栏杆，“啊啊啊吱吱吱”含混不清地叫喊。小猴子则抓着谭德才的裤子，像小孩子抓着父亲一样。

为什么要让母子分离？谭德才说母猴子又怀孕了，必须让小猴子断奶，否则妈妈营养不够。他又补充了一句：“小笼子关小猴子，放在门口，也让游客有个耍事，可以逗一下。”

4 个月前的某天早上，谭德才发现小猴子出生了，猴妈妈把它抱在怀里。两个月后，小猴子凭着瘦小体形从笼子越狱，一路跑到院子短廊的顶上，谭德才抓不到，只得把猴妈妈装在小笼子里提下来，母子之间互相吼着喊着有几个回合的对话，然后，小猴子才慢慢下来走近妈妈，妈妈一把抓住它再也不放开。猴妈妈也很聪明，笼舍有两道门，谭德才用钥匙锁好内舍的门，把钥匙挂在栏杆上，转身去清理其他笼舍，猴妈妈抓起钥匙自己打开门，然后用力把钥匙扔得老远。

院子的角落里还有用篷布遮着的两个笼子，一个笼子关着的是白狐，一个笼子关着的是谭德才自己也说不出名字的像獾一样的动物。“都是被林业局救助下来，送来我这里的。还在生病，我每天都要给它们打针。我这里像个救助站一样。”他嘟哝了一句。石凳上放着一些药品，有个注射器针头都已经打歪斜了。

重庆动物园是他的业务指导上级，但是他从来没寻求过帮助。他说：“我跟动物 20 多年了，我啥病不懂？就那几种嘛，感冒、外伤、瘟热病，我都治不好的，那是本来就没救了。”就像农民对土地，他有一种经验带来的自信。

谭德才反复问我们多次，网上是不是有游客投诉他、批评他，说动物园臭、脏？他自己不会上网，亲友会从微信上发给他一些东西，他点开看。

谭德才今年 56 岁，20 多年前离开四川达州农村老家后，就跟动物打交道。“老婆在外打工，我在这里，孩子成家了，孙子都六七岁了。”问他春节回家没有，他说：“没啥家的概念了，这么多年都在这里。”再问他老婆和孩子来看他没有，他没吭声，顿了一阵儿，又说：“还是要来的。”

谭德才还雇了一个老头，每月给 2000 元，帮着他打扫笼舍。这段时间老头做手术回家休息，他一个人有些忙不过来，反复跟我们说了三四次：“我只有一个人啊，游客可能刚看到某个动物拉屎，就嫌臭，我只是没来得及打扫……”据说一墙之隔的新修小区，低楼层业主投诉动物园的臭气，他还是很介意的。他指给我们看正在翻新的笼子：公园出钱来改造的，地上修个水池，上面是镂空的，动物大小便就落到池子里，不会那么臭了。

对于克扣动物口粮，饿坏动物的说法，谭德才跟我们算了一笔账：

喂养动物、采购饲料、雇请人工、水电开支等成本都依靠 10 元一张的门票收入。如果有结余，那才是他的利润。一年中最好的大假，个别天数能有近2000元收入，冬夏两季最淡的时候也有挂白板不开张，平均下来每天200多元收入，一个月七八千，扣除雇人2000元和水电费1000元左右，剩下的4000多元也就刚好能保证20多只动物不饿死。

就这10元的门票，下午陆续来的游客，还在讲价："就收5块钱嘛……我们7个人，就少收1个人嘛……"

吃肉的动物少，谭德才承认猪肉太贵，主要买鸡肉给狮子，黑熊、猴子都喂的玉米糁和大米混合物，高压锅压熟，禽类喂的饲料混合菜市场丢弃的菜叶子。"烂菜叶子不要钱，但要人工背上山来，4角钱一斤。"谭德才记得很清楚。

面对面>>>

它们吃饱就睡，幸福着呢

记者：你这些年都在这里跟动物在一起，是不是特别喜欢动物？

谭德才：你们是喜欢，我们是当成职业，当然我也喜欢，动物是为我挣了钱的，对我来说是生存。

记者：十几年下来，有没有最喜欢的动物？或者哪一只动物跟你之间发生过令你难忘的事情？

谭德才：都喜欢，它们都创造了价值。

记者：被动物伤过吗？

谭德才：给骆驼打扫，都要用布包住头，不然每次都喷我一脑袋口水和痰。给豪猪打扫，要拿一个铁皮撮箕挡在前面，一点一点移动着扫，我的腿被扎过很多次，手指也被猴子咬过（记者看到，他左手中指第一节因为没有及时医治，已经弯曲变形）。

记者：为什么感觉动物都很瘦？

谭德才：吃肉的动物长不胖，吃粮食的才可能长胖，也不能让动物太胖，不健康。

记者：是不是应该让它们吃饱呢？我看到喂食容器都是空的。

谭德才：你们不懂，喂动物要定量，如果要依着它们吃饱，那一只小熊一顿都吃你20斤苞谷，那是吃撑。我要靠它们赚钱，怎么会让它们饿死？网上是乱说的。

记者：它们看起来很可怜……

谭德才：动物可怜？它们吃饱就睡，幸福着呢，人才可怜，我还要喂它们，给它们打扫。

记者：这些年你都像单身汉一样在过，现在经营情况也不好，将来怎么办？

谭德才：我只能这样维持着让动物别死吧，希望经济恢复起来，游客多起来，能够赚个 10 万 20 万的。再拖几年，我也 60 多了，拖不动了就转给别人。

记者手记>>>

请还给它们可以奔跑的腿

出门的时候我在想，我最喜欢的还是狮子。但我不能再来一次，人对自己不能改变的东西会本能逃避。我的微信朋友圈，友人正好在肯尼亚国家野生动物园拍照，他的签名是：当你凝视非洲象时才能感到世界的沉重。他发的图片是非洲狮掏空了斑马的内脏，悠然趴在树旁打盹。但我所见到的狮子却惊恐、忧伤和孤独。

我想起一首日本歌曲《迎风挺立的非洲狮》：

百万只火烈鸟一齐升空后变暗的天空
乞力马扎罗的雪帽
草原上非洲象的身影……
还有南十字座　漫天的群星　和浩瀚的银河……
我希望有清澈不息的生命
就像那乞力马扎罗的白雪
和依托它的碧空
我希望成为迎风挺立的非洲狮……

人是万物的尺度，但人也可以在超越了茹毛饮血之后，对人以外的事物，放宽一些尺度。至少，还给它们可以奔跑的腿，和哪怕可以迈开 10 步以上的路。

万物有灵。

官方声音>>>

涪陵市政园林管理局园林绿化管理处王处长：

老谭每次找我们都眼泪花花的

记者：网上已经有一些关于望州动物园的声音，不知处里是否注意到了？

王处长：看到了，这个也不需要回避和隐藏。这个动物园现在的情况确实很艰难。

记者：公园方面跟老谭是一种怎样的合作方式？

王处长：我们跟老谭是以承包的方式签订的合同，合同还有一年多才到期。严格地说，是我们把公园里这块区域承包给老谭用作动物展览的经营。老谭是动物的所有者和经营者。他一年的承包费大约是4位数，动物饲养和清洁维护、人工等成本，都需要从门票收入中支出。动物园里的其他硬件，如绿化修剪、安全设施的维护，是由公园出资出人来管理的。

记者：处长进去看过吗？感觉如何？

王处长：每周都要去，这是我们的工作。要对动物的管理、卫生什么的提出意见。个人感觉嘛，我觉得可能笼舍是比较小，这是客观条件，暂时也无法扩建。至于网友说动物饥饿，这个我不认同。不能说是精细化喂养，但是基本量也是够的。周围有的业主反映说狮子饿了在吼，这也是不了解动物，吼叫是本能嘛。

记者：那狮子吃得如何呢？

王处长：还是定量喂的，我看到老谭是买的鸡骨架，不是那种纯鸡肉，是剔过肉的骨架。

记者：老谭说现在很困难，有无办法改善或者帮助他？

王处长：他多次找到我们，说句不该说的，他经常都是眼泪花花的。

大家也看到了，现在动物园经营非常困难，主要是人流量太小，没收入。他跟我们提出，看有无办法提前解除合同。但是动物是他的，他没地方安置，找我们也是希望能够有机构或者单位接收这些动物，妥善安置。他还是在给动物想办法的。

记者：你们的考虑呢？

王处长：一方面对周围群众的投诉，我们也在积极处理，比如笼舍的清洁、动物排泄的处理。另一方面，我们也在给上级打报告，看能不能拆迁动物园，包括把动物送到重庆动物园这种条件更好的地方。

重庆动物园动物管理科唐科长：野生动物最好的“福利”就是野生动物园的放养方式

记者：涪陵望州动物园的情况现在很困难很具体，有想法把动物转交给重庆动物园，有过接触吗？

唐科长：没有，不太清楚情况。国内动物园的管理差别很大，行业标准也不完全相同。即使要转移给我们，也需要具体分析我们的笼舍条件能不能接纳，鸟类还好一点，黑熊这些就很复杂，主要是安全问题。

记者：狮子笼舍有行业标准吗？10平方米会不会太小了？

唐科长：非洲狮在笼舍大小上好像没有严格的标准，大熊猫有，很复杂，很详细。10 平方米是小了一点。

记者：有条件的、规范的动物园，一只或者一种动物，都是几个人的饲养小组在服务？

唐科长：我们动物园基本上是这样配置人员的。全国各地动物园在人员配置上差异也很大。

记者：20 多种、30 只动物，每个月饲养费 4000 元左右，这个数据在业内看来有无问题？有人说养只哈士奇，贵一点的也要这个价。

唐科长：不能简单地下个合适或者不合适的结论。各地物价水平，动物的种类、年龄、食物结构都要具体分析。

记者：野生动物最佳的饲养环境应该是什么？

唐科长：社会进步了，人们经常谈到动物福利，我觉得野生动物最好的福利就是野生动物园的放养方式。

作品标题　涪陵一个人的动物园，见到有人来，非洲狮惊恐得像个孩子
参评项目　全媒体
作　　者　刘春燕　杨帆
责任编辑　官毅
刊播单位　重庆晚报
首发日期　2017-02-21
刊播版面　慢新闻 APP

作品评价

跟很多批评监督类的新闻报道强烈的爱恨与是非判断不同，这篇稿件呈现了一种复杂的视野和思考。野生动物简陋凄惨的饲养环境和方式，有特殊的历史成因，吃不饱，挨打，狭窄得难以转身的笼子，病、死、脏、臭，周围居民的投诉，承包者的困苦挣扎……构成了一个复杂的生存链条。记者实地探访，采访了承包者、园林主管部门、动物科的专业人士等，并没有简单作一个批评结论。记者的视角从动物的眼睛出发，也从人的挣扎和生存出发，提供给读者多个感受和思考的角度，比如，人作为万物的尺度，如何理解尊重其他的生命？在今天，什么是野生动物的福利与保护？历史的遗留问题如何解决？取决于多大的决心和人类的善意？一个孤独的承包者的生存问题如何解决？虐待动物的边界和尺度是什么？人和动物应该怎样才是最好的相处？

新闻作品受限于事实，往往思想内涵比文学作品单薄，但是，如何在有限的事实中更多呈现广阔复杂的意义空间，这在很大程度上取决于记者的思维能力和眼界。同时，这篇通讯也在克制的写作中用事实本身去打动读者，将自己的同情与理解深藏，但又真挚感人。

采编过程

记者深入涪陵动物园实地探访，与承包老人共处一天。后期经过三次修改，并努力做通主管单位园林绿化处负责人的思想工作，将他们的实际困难、部门间的权限问题，也进行了挖掘。还采访了重庆动物园动物管理科，希望促成上级单位的接管。

社会效果

这篇稿件是近期本报传播率最高的新闻作品之一。通过澎湃新闻、中国新闻周刊、中新网、腾讯网等大媒体的转发，以及科普大 V 作者的推动，迅速引起国家林业局的关注，责成重庆市林业局、森林公安等赴涪陵现场调查处理。近期动物园在停业整顿中。另外，因为稿件没有简单肤浅地进行价值判断，没有粗暴下结论，很多网友在同情动物的同时，也非常同情承包的老人，有的给他手机充了很多话费，有的亲自跑去动物园给他捐钱，去看望他。

全媒体传播效果

这篇稿件是近期本报传播率最高的新闻作品之一。澎湃新闻、中国新闻周刊、中新网、腾讯网等大媒体在本报首发后转发，国内电视台、媒体、自媒体转发量很难统计。仅以几家举例，截至目前，京华时报阅读量为 3191 万，澎湃网的阅读量是 1491 万次，中国新闻周刊、中新网、腾讯网、新浪网、网易网等阅读量均上千万次。百度搜索阅读量约有 424 万次。美联社等国外媒体前来联系采访。

注：本作品同时获得“2017 年 2 月重庆日报报业集团新闻奖”。

出行的记忆　城市的风景
——长江索道建成30周年特别报道

重庆晨报记者　刘波　刘敏　蒋艳

昨日上午，长江索道新华路站，不少游客冒雨排队，等待着乘坐长江索道。

长江索道起于渝中区长安寺（新华路），横跨长江至南岸区的上新街（龙门浩），跨度达1166米，被誉为“万里长江第一条空中走廊”。

10月24日，这条在长江上飞跃的索道，将迎来自己30岁的生日。在车站大厅内，至今还保留着30年前竣工时的工程竣工牌。牌上记录着长江索道的设计单位：长沙有色冶金设计研究院。

当时，研究院有近50人参与了长江索道的设计，石奉强是长江索道的总设计师。

昨日中午，记者联系上居住在长沙的石奉强。电话那头，这位87岁的老人回忆起30多年前的往事，还显得有些兴奋。

改善出行　重庆筹建长江索道

石奉强是中华人民共和国成立后投身索道的第一代大学毕业生，也是国产第一条单线循环货运索道的设计者。

20世纪70年代末，石奉强因为参加嘉陵江索道的前期设计工作，第一次来到重庆，也是第一次看到长江，“当时重庆就有在长江上建索道的想法，我也想试试看。”石奉强说，那段时间，他经常来重庆。他发现，长江两岸居民出行无论是坐轮渡，还是绕行长江大桥过江，都需要1个小时左右。如果江面上起雾，还会封渡。

如果在长江上建索道，只需要大约5分钟就可以过江，可以很好地解决两岸居民的出行问题。

1982年元旦，嘉陵江索道建成投用后，重庆开始组织筹建长江客运索道，方案设计采取了招标的方式。

“当时，有好几家单位一起竞争，我们能胜出很不容易。”石奉强所在的长沙有色冶金设计研究院最终成为长江索道的设计单位。因为石奉强有着丰富的索道设计经验，也提出了可行的初步方案，他被任命为长江索道的总设计师。

设计半年　图纸堆得比人都高

在长江上建客运索道，在中国还是第一次。

长沙有色冶金设计研究院组织了强有力的设计队伍开展长江索道的各项设计工作，包括全部机械设备设计、土建结构设计、电气系统设计、总图设计和其他各项工作。

担任总设计师之后，石奉强来重庆的频率更高了，“一个月要来几次，有时候一待就是两三个月。”

石奉强说，跨度 1166 米、客车容量 80+1 人，这些都是中国客运索道没有尝试过的。中国第一条城市跨江客运索道——嘉陵江索道的跨度只有 740 米，客车容量为 46 人。

石奉强在设计长江索道时，常常去长江边寻找灵感，“有时候在江边一待就是半天。”

当时石奉强已经从事了 30 年的索道设计工作，在长江上建索道，是他工作以来遇到的最大难题。

“再难也要做好!”为确保长江索道正常安全运行，石奉强和设计团队反复设计计算，“我计算用的本子写满了厚厚一本，办公室的设计图纸堆得比人都高。”石奉强说，长江索道的方案设计历时半年之久。

全国首创　首条双承载双牵引索道

长江索道的设计方案有很多个全国首创。正是这些全国首创，破解了长江索道的设计难题。

石奉强介绍，长江索道是当时国内设计的最大的往复式客运索道，运量大、运行时间长，都开创了纪录。

“如果用一根承载索、一根牵引索，肯定承不住，也拉不动。”石奉强将长江索道设计为双承载、双牵引的往复式索道：一个索道车厢上有两根承载索和两根牵引索。这样的设计当时在国内尚无任何经验可以借鉴。

尤其是因为长江索道跨度大，导致牵引索的垂度过大，正常设计达不到通航要求。“牵引索这么长，肯定要往下掉。”石奉强说，长江索道下方还有近 200 米长的民房聚集区，设计也要防止车厢通过时干扰居民生活。

石奉强反复摸索，研究设计出了简易轻便的双牵引支索器。同时，他还为长江索道设计了双承载共用一个重锤、采用开式滚子链、新型驱动机、盘式制动器、对称结构行走小车、防摆器和防止高速冲站设施……

除了四根承载索外，长江索道的全部设备均为国产，成为我国第一条自行设计、自行制造、自行安装、自行调试的双承载、双牵引索道。

完善设计　给索道更强的“身体”

在石奉强设计的众多索道中，长江索道是他最得意的作品之一。他把长江索道当成自己的一个孩子，在索道建设期间，他每隔一段时间就要回来看看它建得怎么样，“‘身体’长得好不好。”施工单位在建设过程中遇到什么难题，石奉强也会在现场一起想办法解决。

1987 年 10 月 24 日，长江索道建成投用，石奉强受邀参加了通车典礼。“那天特别热闹，很多人来排队坐索道。就像现在过节的时候那样排很长的队。”石奉强说，那时候，他真切地感受到了重庆人对长江索道的期盼。

长江索道投用后，石奉强几乎每年都会来重庆看看，坐坐长江索道，并向索道维修工人了解索道的运行情况。有时候，他还会帮忙解决一些索道运行的问题。

再过几天，石奉强会再来重庆。他要陪长江索道过 30 岁的生日。

作品标题　出行的记忆　城市的风景——长江索道建成 30 周年特别报道
参评项目　系列报道
作　　者　刘波　刘敏　蒋艳
责任编辑　罗皓皓　刘一柏　王文渊
刊播单位　重庆晨报
首发日期　2017-10-18
刊播版面　第 7 版　身边事

作品评价

独家系列报道，在长江索道建成 30 周年之际，联合索道公司推出特别报道，首次独家揭秘长江索道的设计、建设、运行过程中背后的故事，勾起了很多重庆人共同的回忆，起到了很好的传播作用。

采编过程

这是一篇来之不易的独家系列报道。记者在国庆节时，就开始和重庆索道公司联系，主动提出在长江索道投用 30 周年时，推出系列报道，与索道公司不谋而合。因为记者主动提议，积极介入，赢得了索道公司的认可，才获得了独家报道和合作的机会，推出了征集老照片等系列活动。之后，记者和索道公司多方联系，找到了长江索道的总设计师、建设者、亲历者等，经多次沟通，才完成了采访。稿件讲好了故事，从总设计师的视角来展现长江索道的诞生，讲出了满满的回忆和情怀。同时，记者还梳理出了长江索道 30 年的大事件，直观又容易勾起市民的回忆。同时，也梳理了长江索道 30 年的发展变化。

社会效果

稿件见报后，成为当天最热门的本地新闻之一，被腾讯、今日头条等多家媒体转载，传播效果极好。不少市民参与活动，传播效果好，关注度极高。

全媒体传播效果

多篇报道阅读量突破 10 万次。

注：本作品同时获得“2017 年 10 月重庆日报报业集团新闻奖”。

习近平总书记报告，这些话真给力，一起来点赞（存目）

作品标题 习近平总书记报告，这些话真给力，一起来点赞
参评项目 全媒体
作　　者 谭华江　范夏平　陈思怡
责任编辑 张松涛
刊播单位 重庆晨报
首发日期 2017-10-20
刊播版面 上游新闻

作品评价

精心剪辑习近平讲话视频，设计页面和程序，通过点赞的形式，与用户形成互动。操作简单、方便、直观，及时地宣传了十九大精神。

采编过程

精心策划文案、搜集素材、设计页面，紧贴十九大主题，风格大气。在内容部门和技术部门人员的紧密协作下，敲定设计稿、做样式切片、生成html静态页面，由程序员做互动程序。程序上运用了点赞手法，互动性简单、直观，方便广大用户更好地点赞、转发。经过一天一夜的奋战，作品上线。

社会效果

10月20日中午，上游新闻在客户端推出《习近平总书记报告，这些话真给力，一起来点赞》H5（超文本标记语言），24小时点击量46万多次。互动性强，吸引网友积极参与。同时为上游新闻品牌做出了很好的推广效果。

全媒体传播效果

24小时点击量46万多次，互动性强，吸引网友积极参与。同时为上游新闻品牌做出了很好的推广效果。

军令如山　新郎紧急回部队
婚期不变　堂妹替兄来拜堂

重庆商报首席记者　郑三波

古有花木兰代父从军，今有妹妹代哥迎亲。昨天，从奉节嫁入梁平的新娘龙金莲，正在逐渐适应婆家的生活。“虽然结婚当天老公没有参加婚礼，但从跨进他家开始，我就是他的媳妇，就要承担一个媳妇的责任，孝敬公婆，照顾家庭。”龙金莲说，婚礼前夕，新郎临时接到部队通知，不得不紧急归队。为了如期举行婚礼，家人“让妹代哥迎亲，拜堂成亲”。“既然选择了他，就要支持他，我无怨无悔。”

婚礼现场看哭了很多人

7 月 14 日，在梁平区上海城小区里举行了一场特殊的婚礼，因为婚礼上“拜堂成亲”的主角是两个女人，如今已成为梁平当地的一段佳话。

昨天，记者来到上海城小区，一问妹妹代哥拜堂成亲的事，不少居民纷纷回应：“就是上周发生的事，新娘很大方、很懂事，是一个不错的姑娘。”“这几天都看到她出门买菜、做饭，照顾公公和婆婆。”“我和新郎家是亲戚，当天还参加了婚礼，婚礼现场看哭了很多人。”“这个姑娘真的了不起。”……

这场特殊的婚礼看哭了现场很多人。“这是一场伟大的婚礼！新娘是一位了不起的军嫂！”身为婚礼负责人的梁先生，曾经也是一名军人。他告诉记者，这场婚礼是他主持过的婚礼中最感人的一场。

两个女人“拜堂成亲”

昨天，代替哥哥拜堂成亲的范立群介绍，她是新郎范飘的堂妹。7 月 13 日，她跟随迎亲的队伍从梁平城区出发，经过高速公路转普通公路，奔向 300 公里外的奉节竹园镇。

7 月 14 日凌晨 5 点，23 岁的范立群早早出现在新娘在奉节的家门口，等待着嫂子的出现。

“代替哥哥接亲这种事对于我来说，是第一次。对于即将见面的嫂子，我当时心里也充满了好奇。”范立群说，“第一眼看到我嫂子，就觉得她很大方温柔，和我哥太般配了。”

跨出了娘家门，也就代表着龙金莲作为范家媳妇新生活的开始。按照当地的传统婚俗，新娘的父母不参加送亲。因此，在离家之际，龙金莲穿着洁白婚纱，含泪恭恭敬敬地向自己的父母三鞠躬道别。随后，她在堂妹的一路陪伴下，离开了奉节，奔向了三百多公里外的梁平。

当天中午 12 点，这场特殊的婚礼开始，在梁平区上海城小区一家未装修的商铺里，办起了坝坝宴。在敬茶环节上，本应由新娘、新郎一起向父母献茶，但由于新郎的缺席，只有龙金莲一个人向范飘的父母献茶。她的一句“爸爸妈妈你们辛苦了”，让两位老人顿时流下了眼泪。“我们都觉得委屈了媳妇，这么重要的日子，她身边最应该出现的丈夫却不在。”范飘的母亲王德蓉红着眼睛说。

新郎的弟弟是伴郎。婚礼现场，他登场说：“我入伍 5 年没见过哥哥了，自己从小跟随哥哥的脚步，哥哥当兵，自己也跟着去当了兵。弟弟对嫂嫂说，在部队久了，哥哥不会说甜言蜜语，希望嫂嫂能理解哥哥。”嫂嫂则流着泪说：“我嫁给他，不要他的甜言蜜语，只要他对我好就行。”

原是新郎因公归队

龙金莲告诉记者，本应出现在婚礼现场的新郎范飘此时正在西部执行紧急任务。今年 25 岁的他在部队已经服役 7 年。去年，范飘和她经朋友介绍而认识。

“我们见面有一些搞笑。”龙金莲回忆说，现在回想起来都觉得好笑。她说：“范飘对我说，我就是奔着结婚来谈恋爱的，你要做好思想准备。”

由于工作原因，范飘一年只能回一次家，平时部队有要求，只能周末才有时间和家人联系。因此，两人平时只能靠电话或者微信联系。直到今年 6 月范飘休假，两人才正式见了面，并认定了彼此就是自己想要共度一生的那个人。

龙金莲说，范飘的假期只有两个月，我们两人急忙互相见了家长，并将婚期定在了 7 月 14 日，选择按传统的男迎女嫁方式举行婚礼。婚礼筹备的时间虽紧，但也顺利。但就在两人准备共赴婚礼殿堂之际，新郎范飘却收到了部队的紧急通知，要求他立马归队。军令如山，范飘只能选择将儿女情长放在一边。

经过两家人的商量，在选择取消再延期还是如期举行婚礼上，考虑了多方面因素，最终决定如期举行婚礼。古有花木兰代父从军，今有堂妹代哥迎亲。最后，范飘决定让堂妹代自己去迎亲。

一家两个儿子都从军

新郎的父亲老范说，他和妻子多年来在外打工，从小哥俩在家就懂事听话。哥哥入伍当兵后，弟弟也跟着哥哥的脚步入了伍。由于两个儿子常年在外，一休假回家便努力孝顺父母。“只要他们俩在家，就什么活都不让我们俩干，都是他们抢着做。”提到自己的两个儿子，母亲王德蓉很是欣慰。

在大儿子的婚礼上，王德蓉一直紧紧牵着儿媳妇龙金莲的手，默默地安慰着她。对于这个儿媳妇，王德蓉很满意。“这个女孩子大方又勤快，在家里也特别照顾我们两个老人。”她说，“结婚的时候委屈了她，但我们一家人都会把她当女儿来好好对待。”

把女儿嫁给军人，而且结婚当天新郎还缺席，对于很多父母来说，都难以接受，但龙金莲的父母却尊重自己女儿的决定。“我父母之前听说我和他一直都靠网络联系，都觉得不怎么靠谱，但真正见了面，还是认可了我们俩。”新娘龙金莲说。

在婚礼上，新娘年过七十的外公边抹着泪边说道：“对于军人来说，服从命令是他们的天职。国家的利益应当放在第一位，范飘他尽到了作为军人的责任。那么我的外孙女受点委屈，算不了什么。”

遗憾的是，因范飘在执行任务，记者一直无法联系上他。

新闻面对面
新娘：既然选择了当兵的他，就会一直支持

昨天，记者当面采访了新娘龙金莲。

重庆商报：你们两个人大概认识了多长时间？

新娘：从去年 11 月到现在，有大半年时间了。一开始是同事说要给我介绍个男朋友，我也没留意，就开玩笑说“好啊”，后来没想到范飘真的来加了我的微信。然后我们两个人就慢慢开始在网上接触，但真正见面，实际是今年 6 月他休假回来的时候。

重庆商报：那就是说，你们两人从正式见面到结婚只有一个月左右的时间？

新娘：是这样的。今年 6 月 2 日，范飘从西藏回到重庆后，就飞到浙江和我一起见了我父母。我父母其实一开始不怎么看好我们俩，但见了面后对他的印象还蛮好，就说看我自己的选择。之后他就带着我回他家见父母了。

重庆商报：很多人都说当军嫂不易，在结婚前你有没有犹豫过？

新娘：在之前，我确实犹豫过。但两个人在一起后，我就没再想这些了。我觉得既然选择了和他在一起，就应该尽自己最大的努力去支持他。想成为一个军嫂，就得学会承担和付出。他在外面保家卫国，我就在家好好等着他。

重庆商报：新郎是什么时候收到归队通知的？

新娘：他是7月6日中午接到部队的电话的，要求他立即归队，然后他就打电话给我说了这件事。第二天，我送他去机场，他给我说了很多话，说他心里很愧疚。我那时候也有点懵，但还是想着让他好好去工作，就说："我永远都是你的人，安心去部队吧。"

重庆商报：举行婚礼的日子本来是夫妻间最重要的日子，但他却不在身边，你心里难过吗？

新娘：我那天的心情应该是百感交集吧，难过、遗憾、感动都有。妹妹一直都在我身边陪着我、安慰我，帮了我很多。她还说了一句让我特别感动的话，她说："虽然哥哥不在，但我们一家人都会爱你。"

作品标题　军令如山　新郎紧急回部队　婚期不变　堂妹替兄来拜堂
参评项目　通讯
作　　者　郑三波
责任编辑　何君
刊播单位　重庆商报
首发日期　2017-07-18
刊播版面　第6版

作品评价

梁平区25岁的范飘当兵7年，今年7月请假回家结婚，结果因部队有紧急任务，被迫中停假期，赶回部队。但其家人还是照常举行婚礼，只是拜堂成亲的人是范飘的堂妹。堂妹代堂哥举办婚礼的感人事迹，显示了当代军人的豪气担当及其亲人的家国情怀，事迹感人。

采编过程

7月16日，记者接到线索，称梁平区有一个当兵的军人，本来马上要结婚了，结果接到部队紧急归队的命令。于是，婚期在7月14日正常举行，只是拜堂成亲的人变成了军人的堂妹，这件事感动了全区人民，现场很多嘉宾都流了泪。

听到这件事后，我认为这是一个很不错的新闻，向部门领导汇报后，得到了领导的支持。7月17日，记者赶到梁平区，见到了新娘，面对面地采访了新娘以及父母和亲戚等。

社会效果

2017 年 7 月 18 日，商报以《军令如山　新郎紧急回部队　婚期不变　堂妹替兄来拜堂》为题，报道了军人范飘因有紧急任务，不得不中止结婚，让堂妹替自己拜堂成亲的感人事迹，短时间内，便被全国各地百家新闻网站转载。

商报独家报道后，西部战区某集团军宣传干事联系了本报记者。这名宣传干事告诉记者，战区和集团军对范飘的事迹很关心，被他这种舍小家为国家的精神感动，但由于范飘有任务，不方便联系其本人，让记者给新娘带话，任务结束后，只要范飘和新娘愿意，部队将给他们两人补办婚礼。

全媒体传播效果

人民日报官方微博转载了这篇新闻，人民网、新华社、凤凰网等全国各地百家新闻网站转载，腾讯将重庆商报的新闻和图片剪辑成视频，全国点击率达 1295.2 万次。八一建军节当天，范飘被 123.com 评为最有贡献的军人之一。

注：本作品同时获得“2017 年 7 月重庆日报报业集团新闻奖”。

大国中医系列报道（存目）

作品标题　大国中医系列报道
参评项目　摄影
作　　者　刘嵩　黄宇
责任编辑　张一叶　康延芳　杨涛　王春光
刊播单位　华龙网
首发日期　2017-05-02
刊播版面　华龙网首页《万花瞳》栏目

作品评价

2017 年政府工作报告中明确提出，要推进健康中国建设，支持中医药、民族医药事业发展。即将于 7 月施行的《中医药法》，更是我国首部为传统中医药振兴而制定的国家法律。

《大国中医》系列报道由《上篇：中医之奇》《中篇：中医之缘》《下篇：中医之道》组成，分别聚焦中医医术、中医师的传承以及中医文化精髓，条理清晰、重点突出，系统地反映了我国中医发展状况，为即将实施的《中医药法》营造良好氛围。作品服务大局意识好，摄制精心质量好，传播广泛效果好，得到市新闻阅评小组点赞。

采编过程

系列报道拍摄过程历时 6 年，记者一遍遍走进医院、走进大街小巷、走进药山，访问名医大家和民间圣手，静下心、俯下身，拍摄了上千张纪实照片，并从中甄选出数十张发布，保证了照片质量，又提升了可读性。5 月 2 日至 4 日，连续三天推出大型图片报道《大国中医》，分别以 20 幅、16 幅和 15 幅的图片体量，客观记录千年中医现状，揭示民间中医的发展轨迹，用镜头为网民、读者打开对中医的了解之门。

社会效果

作为中华文明瑰宝的中医药如同遗落在角落的珍珠，一度隐没了光华。

作品聚焦中医，系统地反映了我国中医发展状况，切合了国家方针政策，有助于推进健康中国建设，为即将实施的《中医药法》营造良好氛围，体现了服务大局的意识。

全媒体传播效果

在分发平台选择上，《大国中医》未拘泥于传统的图片报道形式，在华龙网首页、重庆客户端刊发的同时，针对每期作品，同步推出 H5，对作品进行二次传播，让网友在手机上也能轻松阅览，互动体验效果好，进一步提升了作品的网络影响力，作品总点击量突破 20 万人次。

注：本作品同时获得“2017 年 6 月重庆日报报业集团新闻奖”。

绝壁上的“天路”（存目）

作品标题　绝壁上的“天路”
参评项目　全媒体
作　　者　康延芳　周梦莹　徐焱　易华　宋卫　刘芸怡　李仙　刘嵩　罗盛杰
责任编辑　周秋含　张一叶
刊播单位　华龙网
首发日期　2017-11-01
刊播版面　华龙网首页头条、重庆客户端热头条

作品评价

脱贫攻坚是当前和今后一个时期全党上下高度关注的重点工作。党的十九大报告指出，目前我国社会主要矛盾已经转化为人民日益增长的美好生活需要和不平衡不充分的发展之间的矛盾。下庄人不惜以生命为代价修路，其联通世界、脱贫以造福子孙的英勇壮举，生动体现了人民群众渴望脱贫致富、奔向美好生活的内驱动力，反映了精准扶贫的群众基础和基层呼声。在全国上下深入学习贯彻十九大精神的大背景下，以全媒体形式推出该系列报道，为坚决打好精准脱贫攻坚战营造了良好的舆论氛围，发挥了主流网络媒体的重要作用。

从报道形式上看，系列报道涵盖文、图、音、像四种元素的多媒体立体表达，丰富多彩的全媒体报道形式，满足了不同层次的受众在不同场景下的浏览需求，提供了良好的阅读观看体验。

从内容上看，上篇阐释了下庄人以血肉之躯问天要路的价值和意义，集中表现下庄人自强不息的精神、战天斗地的气概。中篇集中报道“下庄修路过程中，从来不只是下庄人在战斗”，展现了20年来党和政府、新闻媒体和社会人士对下庄人的关注和支持。下篇将视野拓展到全市，用各个地方老百姓和下庄人一样自强不息、修路致富的故事告诉人们：下庄人不仅仅属于下庄，下庄精神不止在下庄，从而实现了“下庄精神也正是重庆人爬坡上坎、

负重前行精神的缩影”“下庄精神也正是重庆人共有的精神特质，在山城的脱贫路上传递，随处可见”的主题升华。

整个系列报道导向鲜明、立意高远，发挥了网络主流媒体的价值发掘和引领作用。

采编过程

深入基层才能抓“活鱼”。巫山县竹贤乡下庄村距离主城500多公里，重庆到巫山车程就在五个小时以上，到达巫山后再去下庄村，又要两个多小时的车程。主创人员先后两次前往下庄村，并辗转多地，找到那段历史的见证者，前后共采访20余人，录制了近500分钟的视频素材，收集了大量图片、文字资料，理清了当年发生在修路过程中的一个个故事，为后期的成稿打下了坚实的基础。

在对素材的加工和整理过程中，主创人员在专题、文稿、微纪录视频、VR全景看新下庄、手绘故事漫画的基础上，一边加工一边完善，为了一个镜头语言的表达，会无数次地修改调整，如微纪录视频、长图展现下庄故事的H5，制作人员修改了十余稿以上。文字稿更是精益求精，从立意到内容表达，从主题到细节，无不是逐字逐句的推敲，最终形成了系列报道。

社会效果

作品对下庄人自强不息、问天要路的故事进行了深度报道，以全媒体的理念、思维和形式，演绎了新时代网络新闻传播的新形态，彰显了网络主流媒体的新思维和新能力。

随着报道陆续发布，“下庄精神”和下庄的“天路”在网上迅速成为热点。系列稿件被人民网、中国日报网、央视网、中国青年网、网易网、搜狐网、新浪网、凤凰网等上百家媒体转载，其中人民网等中央级媒体，腾讯网、百度新闻等商业网站，以及云南网等地方门户网站共20余家媒体在首页进行了展示。安徽卫视等地方卫视根据华龙网的报道制作了电视新闻，进行了推广传播。百度查找“绝壁上的天路”词条，搜索结果已达151万个。

全媒体传播效果

系列报道刊发后，全网各平台总阅读量已达1.03亿次。其中，华龙网自有平台重庆客户端点击量超过109万次，PC端独立访客数达到53万，微博访问量超过215万次，微信阅读量近20万次。

新浪网、搜狐网、网易网、腾讯网、凤凰网、百度网、今日头条、一点资讯等在首屏头条转载报道。视频《微纪录｜绝壁凿天路》被腾讯网、爱奇艺、优酷、搜狐视频等首页转载，播放量总计达5928万次以上。此外，中国青年网、中国经济网、环球网等网站的官方微博转发的《绝壁上的“天路”》系列报道，受到大量网友点赞。人民日报设置的话题#一个不能少#目前阅读量3089.1万，其中有近百条微博与《绝壁上的“天路”》相关。

注：本作品同时获得“2017年11月重庆日报报业集团新闻奖”。

下篇：月度优秀新闻奖获奖作品

2017 年 1 月重庆日报报业集团新闻奖获奖作品

牢记嘱托，继续奋进
——落实习近平总书记视察重庆重要讲话特别报道

编织民生保障网　让发展更有温度

重庆日报记者　颜安

去年年初，习近平总书记视察重庆，提出了“四个扎实”的新要求，其中“扎实做好保障和改善民生工作”关乎人民群众的获得感与幸福感。

民生无小事，枝叶总关情。

2016年，重庆肩负重托，砥砺前行，集中力量抓好普惠性、基础性、兜底性民生建设，围绕群众最关心、最直接、最现实的利益问题持续编织民生保障网，目标直指“让人民生活更加幸福美满”。

一年时光过去，这张民生保障网编织得如何？

强基础促发展
民生惠及贫困群众

一个社会的温度，取决于“底线”的刻度。贫困问题已成为世界最尖锐的社会问题之一。作为集大城市、大农村、大山区、大库区和少数民族地区为一体的直辖市，重庆“双欠”（欠发达阶段、欠发达地区）特征明显，尽管经过艰苦卓绝的努力，贫困现象有了明显缓解，但在一些地方，脱贫致富的基础还比较脆弱。

一年来，市委、市政府坚持问题导向，针对贫困户“稳定增收难、便捷出行难、安全饮水难、住房改造难、素质提升难、看病就医难、子女上学难、公共服务难”等最突出的民生难题，接连出台多项针对低收入群体、残疾人群体的扶持政策，涵盖从高山生态扶贫搬迁到山坪塘整治、从班车进村到行政村卫生室标准化改造等方方面面，推动全市民生领域“冰点”逐渐消融、

"难点"接连破题、"底线"加紧筑牢,"保障网"更为坚实。

元旦前夕,奉节县兴隆镇六垭村海拔1600米的高山上,寒风袭面,但看着落成不久的新家,村民林娥心里暖意融融。此前,林娥一家蜗居在土坯房里,一遇大风大雨,屋子上漏下湿。平日里的生活来源,主要靠种植玉米、养殖生猪等。很长一段岁月里,日子过得艰难。而依靠高山生态扶贫搬迁政策,林娥一家搬迁至居民聚居点,办起了农家乐,生存状态和生活方式发生了翻天覆地的变化。

扶贫是最大的民生。多年来,高山生态扶贫搬迁返贫率不足1%,已被实践证明是行之有效的扶贫方式。作为25件民生实事之一,去年上半年,我市下发文件,在"十三五"期间,规划实施25万农村建卡贫困人口搬迁,其中2016年确保搬迁8万人。截至去年11月底,我市投资9.6亿元,搬迁安置建卡贫困人口8.9万人,提前、超额完成年度任务。

民生所指,责任所系;民心所向,政之所行。贫困群众的衣食住行,牵动着市委市政府的心。除住房改善外,我市在基础设施上持续发力,仅一年时间,便新增250个通客车行政村,完成2.7万口山坪塘整治,完成673个行政村卫生室标准化改造,硬化建设4000公里村社便道,民生基础全方位夯实。

兜底线促均衡
民生改革共建共享

全面小康,老百姓不仅要吃得饱、穿得暖,更要活出高质量、精气神。研究表明,与基础设施一样,公共服务水平同样是制约贫困群众脱贫致富的重要掣肘。

以教育为例,《重庆统计年鉴2016年》数据显示,都市功能核心区共有小学227所,专任教师13965人,在校生250757人,平均每所学校有61.5个教师和1104.7个学生。而渝东北生态涵养发展区,每所小学仅有21.7个教师和381.6个学生;渝东南生态保护发展区也大致相仿。"这说明了两件事。"市教委相关人士表示,一是都市功能核心区作为全市优质教育资源最为集中的地区,吸引了大家将子女送到核心区上学;二是渝东北和渝东南的学生流失比较严重。这位负责人称:"这些地方,平均每所学校仅有300多学生,每个年级只有1~2个班级。"

教育如此,卫生同样如此。仍以《重庆统计年鉴2016年》为例,仅都市功能核心区便拥有42445个床位和50377名卫生技术人员,而偌大的渝东南生态保护发展区,仅拥有15338张床位和12383名卫生技术人员。仅从数量上看,差距就非常明显。

我市健全了基本公共服务资源配置机制，坚持全市一体化发展，打破按照行政区划分配公共资源的思维定势，立足缩小城乡和区域差距，用好财政转移支付手段，向农村、边远和贫困地区倾斜，不断增强公共服务的公平性和可及性。

去年上半年，市财政局便拨付市以上专项扶贫资金 31.4 亿元，支持贫困区县开展财政涉农资金统筹整合使用试点，将 44 项专项纳入统筹整合范围，资金项目审批权下放到贫困区县，贫困区县可整合资金近 100 亿元，并将城乡居民合作医疗保险和基本公共卫生服务财政补助标准分别从每人 380 元、40 元提高到 420 元、45 元。

在这样的力度下，一大批推进基本公共服务均等化的项目得以实施。

去年，市教委加大投入，建成农村寄宿制学校 298 所、42.31 万平方米，建成农村教师周转宿舍 1025 套，面积 3.61 万平方米；营养餐方面，14 个试点区县春季学期惠及学生 86.31 万人（其中农村义务教育学生 79.73 万人），秋季学期惠及学生 85.27 万人（其中农村义务教育学生 78.19 万人），做到了全覆盖；市通信管理局组织三大运营商开展了“全市行政村通光纤百日会战”专项行动，2583 个行政村光纤实现全覆盖、410 个乡镇（场镇）4G 通信网络全覆盖；市文化委向社会购买公共流动文化 35137 场，惠及群众 1705.92 余万人；市卫计委完成农村妇女“两癌”免费检查约 80.1 万人，为 37 万孕妇减免检测费用，并实施残疾儿童康复救助 3110 人。

民生实事的实施，悄然改变了贫困地区群众的生活。武隆区火炉镇徐家堂完小的教室里装上了 8 块碳晶墙取暖板，孩子们不再靠“跺脚”取暖；南川区水江镇大顺村 63 岁村民吴康友看病不再需要走一个多小时，而是在家门口就能就医；开州区南门镇芙蓉村的黎锋夫妇足不出户便能把土鸡蛋和鸡苗通过网络卖到全国各地……

谋福利促公平
民生为群众增福祉

民生实事在向贫困地区、贫困群众倾斜的同时，也提升着城市居民的获得感与幸福感。市发改委相关人士坦言，作为一座快速崛起和成长中的城市，人民日益增长的物质文化需要同落后的社会生产之间的矛盾，不仅在农村贫困地区存在，也存在于城市建成区中，从棚户区改造到背街小巷整治，从绿地建设到社区养老服务设施，许多细节都需要完善。

最近，沙坪坝区金洁安居逸园小区居民陈相兰十分开心——得益于巴渝老街文化项目建设，她位于童家桥街道莴笋沟 79 号的老房被征收。陈相兰用安置的钱，在金洁安居逸园买了一套近一百平方米的商品房，搬进了新居。

“多亏城市棚户区改造，要不然还挤在那个狭小的老房子里，别提多难受了。”陈相兰说。

重庆是有名的山城，在城市建设过程中，需要拆迁大量棚户区。通过改造城市棚户区，可以拉动投资、住房消费需求，改造后置换出来的土地可以发展现代服务业和战略性新兴产业，促进产业结构调整。

背街小巷及老旧社区是城市居民的主要聚居地，农贸市场、学校、医院是每个城市必不可少的重要设施，它们都是城市的重要组成部分。随着城市“年龄”的增长，城市老旧社区、背街小巷等出现“血脉不畅”、“疤痕”、容貌不佳等问题，居民社区、医院、学校、农贸市场的环境质量及服务功能不断下降，也影响城市形象。

想群众之所想，急群众之所急。两年来，主城各区共完成402条背街小巷、306个老旧小区整治及107个农贸市场、48所学校、18个医院周边环境整治工作，受惠群众达290.3万人。

金杯银杯不如老百姓的口碑。重庆市专业民调机构对主城区城市管理市民满意度调查显示，近年来，市民群众对城市管理满意度逐年上升，2015年满意度为89.03分，比2014年提高8.56分，去年第三季度满意度为91.40分，比上年再提高2.37分。2016年12月1日，由联合国开发计划署和新华社《瞭望东方周刊》主办的“中国幸福城市可持续发展国际论坛”，发布了重庆老旧社区环境综合整治百姓满意度数据，调查结果显示，百姓满意度达97%。江北区“老旧社区整治‘三问于民’，建设幸福宜居江北”获“中国城市人民获得感案例”、九龙坡区九龙镇荣获“中国最具幸福感城镇”。

民生是政治，关系党执政基础的稳固；民生是经济，民生项目实施有利于扩大投资和拉动消费；民生是民心，关乎党委政府能否凝聚民心民力，齐心协力共谋发展。

岁末年初，市发改委的官网里，面向社会公开征集2017年度重点民生实事项目的公告又已发出，邀请广大市民和社会各界围绕民生领域亟待解决的问题提出建议。“着眼人民群众最关心、最直接、最现实的利益问题”，一个个“最”字，正是落实以人民为中心的发展思想的具体体现。

刚刚闭幕的市委四届十一次全会又提出，始终坚持民生第一目标，按照“五个坚持”原则，统筹做好整体民生工作，不断提升人民群众的幸福感、获得感。

“走得再远，也不能忘记为什么出发”，这是我们不变的初心。2017年已经启程，“撸起袖子加油干”，重庆发展将拥抱更有“温度”的明天！

全面从严治党：以党的建设新成效夺取改革发展新胜利

重庆日报记者　罗静雯　何清平

2016年1月，习近平总书记视察重庆，明确提出了“一个目标”“两点定位”“四个扎实”的要求，为推动重庆实现新的更大发展指明了方向。总书记在讲话中围绕扎实落实“三严三实”，突出强调全面从严治党，并对重庆提出了具体要求。

一年来，市委统筹推进“五位一体”总体布局和协调推进“四个全面”战略布局，坚持以经济建设为中心不动摇，坚持发展是第一要务、民生是第一目标、稳定是第一责任、全面从严治党是根本保证，推动全市改革发展稳定各项事业取得新成效。

市委坚持思想建党与制度治党紧密结合、集中性教育与经常性教育紧密结合、重点突破与全面推进紧密结合、治标与治本紧密结合、领导带头与上下联动紧密结合，巩固拓展党的群众路线教育实践活动与“三严三实”专题教育成果，扎实开展“两学一做”学习教育，不断增强各级党组织的创造力凝聚力战斗力，以党的建设新成效夺取改革发展新胜利。

一年来，全市党的建设取得显著进展，为我市经济社会发展夯实了基础。今年1月3日，市委常委会召开会议，对我市学习贯彻习近平总书记视察重庆重要讲话精神工作进行再督促、再落实、再提升。

牢牢把好“总开关”
全面从严
抓思想建设和制度建设

习近平总书记在视察中指出，各级领导干部是党的执政骨干，必须在“三严三实”上发挥表率作用。领导干部要把理想信念时时处处体现为行动的力量，树立起让人看得见、感受得到的理想信念标杆。

市委牢记总书记的谆谆教诲，迅速把总书记重要讲话精神和关怀传达到千家万户。

一年来，市委率先垂范，始终把坚定理想信念放在第一位，坚持向中央“看齐”，突出抓好理想信念教育、政治理论教育和纪律规矩教育，扎实推动全市党员干部践行“三严三实”形成自觉、形成常态、形成长效。教育引导广大党员干部深入学习贯彻党的十八大和十八届三中、四中、五中、六中全会精神，牢牢把好理想信念这个“总开关”，始终在思想上政治上行动上与以习近平同志为核心的党中央保持高度一致。

在市委的引领指导下，广大党员干部切实增强“四个意识”，特别是核心意识、看齐意识，进一步严明党员干部政治纪律“八严禁”，切实做到在思想上自觉认同、坚决拥护，政治上绝对忠诚、坚决维护，行动上对表紧跟、坚决服从以习近平同志为核心的党中央。

一手抓思想建党，一手抓制度治党。2016 年，我市坚持全面从严抓制度建设和执行，着力扎紧制度的笼子：

去年 2 月 25 日，市委常委会召开会议，审议通过《关于在推进国有企业改革发展中落实全面从严治党的意见》，强调要按照全面从严治党的要求，严格落实国有企业党建工作责任制。加强对国有企业权力集中、资金密集、资源富集、资产聚集等重点部门、重点岗位的监督，不断完善国有企业反腐倡廉制度体系。

去年 5 月，市委出台《关于进一步规范重庆市领导干部配偶、子女及其配偶经商办企业行为的规定（试行）》，集中清理规范领导干部配偶、子女及其配偶经商办企业行为。同时认真执行党政机关领导班子主要负责人不直接分管人财物、领导干部招标投标工作纪律“三要十不准”等规定，进一步强化权力运行监督制约。

去年末，我市先后开展区县、市级部门、高校和国企党组织书记抓党建工作述职评议考核，层层传导压力，有力促进了各级党组织全面落实管党治党责任。同时积极配合中央第十一巡视组对我市开展巡视“回头看”，严肃认真抓好巡视整改。

坚持把纪律挺在前面
全面从严
抓纪律建设

习近平总书记在视察中指出，不能把理想信念只当口号喊，严格纪律规矩必须架起高压线，依法办事才能正确用权，求真务实要经得起历史检验。严格纪律规矩，不仅要有内容完善、针对性强的法规制度，而且要有坚持原则、不打折扣的执纪过程。

去年 12 月 21 日，我市通报了 4 起违反中央八项规定精神问题，其中包括市环保局下属市环境监察总队自动监控设备管理处副处长段朵等 4 人接受江北区环保局违规公款宴请并收受礼金问题；璧山区委常委、区委宣传部部长刘晋违规安排聘用其亲属为临时驾驶员，为自己驾驶公务用车问题；红岩联线管理中心党委书记朱军等人违规接受有关企业宴请问题；重庆师范大学马克思主义学院院长吴晓燕借外出培训之机组织旅游，违反国家法律法规规定公款私存等问题。相关人员均受到了严肃查处。

分批次对典型问题通报曝光，充分体现了市委坚决贯彻习近平总书记视察重庆重要讲话精神、狠抓中央八项规定精神落实、坚持把纪律挺在前面的坚决态度和坚定决心。

一年来，我市始终坚持严明党的纪律特别是政治纪律和政治规矩，全面加强对《中国共产党章程》《中国共产党廉洁自律准则》《中国共产党纪律处分条例》《中国共产党问责条例》《关于新形势下党内政治生活的若干准则》《中国共产党党内监督条例》等执行情况的检查，坚决防止“七个有之”，切实维护党章党规党纪权威。

围绕加强纪律建设，我市不断强化党内监督，为全面从严治党提供有力支撑：

加强干部常态化监督，落实巡视审计督查、提醒函询诫勉等制度。全市各级纪委负责人同下级党政主要负责人谈话 56476 人次，对苗头性、倾向性问题，通过函询、诫勉谈话、批评教育等方式处理 7057 人，给予党纪轻处分和组织调整 4104 人。

扎实深化纪检体制改革，63 家市级部门纪检机构调整为 39 家市纪委派驻机构，实现对市一级党和国家机关监督全覆盖。

高擎巡视利剑。市委制定《巡视工作实施办法》《关于规范巡视准备工作的意见》《关于规范和改进个别谈话的意见》等制度，形成较为完善的巡视工作制度体系。按照政治巡视要求，去年共完成 3 轮对 55 个市级部门（单位）、11 所市属高校、3 家市属国有企业的巡视，发现被巡视党组织突出问题 1054 个，向被巡视党组织提出整改意见 803 条。

坚持有案必查，有腐必惩。去年一年，全市纪检监察机关立案 3861 件，处分 4351 人，其中厅局级干部 34 人。坚持“老虎”“苍蝇”一起打，着力解决群众身边的不正之风和腐败问题，加快形成不敢腐、不能腐、不想腐的长效机制。去年一年，查处侵害群众利益的不正之风和腐败问题 1001 件，处理 1443 人，给予党纪处分 997 人、政纪处分 236 人、组织处理 456 人，移送司法机关 331 人。

扎实开展“两学一做”学习教育
全面从严
抓基层组织建设

开展“两学一做”学习教育，是党中央着眼于新形势新任务新要求、加强党的思想政治建设的又一重大部署，也是推进全面从严治党向纵深发展的迫切需要。

市委紧紧围绕习近平总书记提出的“四个扎实”要求，制订出台了学习教育“1+5”方案。即全市《实施方案》加上村（社区）、机关事业单位、国企、学校、非公经济和社会组织等5个领域子方案，切实推动党内教育从“关键少数”向广大党员拓展，从集中性教育向经常性教育延伸，全面从严抓基层组织建设。

市委常委会坚持以上率下，先后9次开展专题学习。市委常委认真参加双重组织生活会，示范引领全市学习教育扎实开展。各级党组织普遍学习讨论8次以上，党员干部讲党课12.3万余场次，进一步敦促广大党员干部学做结合、知行合一，争做合格党员。

在深入调研的基础上，我市全面排查“短板”，明确了基层党建工作需重点解决的七个问题：分别是党内组织生活不严肃，组织关系接转不规范，党费收缴管理不严格，党员档案管理不到位，党组织换届不按时，党组织覆盖不全面，基层党建工作不务实。

全市各级党组织坚持带着问题学、针对问题改，广泛开展共产党员“四诺四有”活动，共组织40.6万余名党员参加设岗定责，开展志愿服务84.7万余人次。

围绕整顿软弱涣散基层党组织、强化基层党组织的政治功能和服务功能，我市纵深推进基层服务型党组织建设，11079个村（社区）全面建成便民服务中心，建立区域化党群服务中心95个。进一步深化群工系统的推广运用，全年共受理解决群众反映问题46.6万件。

去年是村（社区）、乡镇、区县三级集中换届年。市委坚持把党的领导贯穿换届工作全过程，坚持正确的选人用人导向，严明换届纪律，强化风气监督，整个换届过程风清气正，使换届季成为未来发展的思考季、全面工作的检验季、继续前进的推进季。

2016年重庆改革发展的生动实践和取得的成绩一再证明，党的领导是一切事业发展的根本保证。2017年，3300万重庆人民将始终牢记习近平总书记的重托，更加紧密地团结在以习近平同志为核心的党中央周围，切实增强“四个意识”，特别是核心意识、看齐意识，深入贯彻习近平总书记系列重要讲话精神和治国理政新理念新思想新战略，坚决贯彻落实党中央决策部署，走对路、扎实干，扬鞭奋蹄、埋头苦干，撸起袖子加油干，更加奋发有为地推动重庆各项事业发展。

作品标题　牢记嘱托　继续奋进——落实习近平总书记视察重庆重要讲话特别报道

参评项目　消息

作　　者　颜安　罗静雯　何清平
责任编辑　张红梅　周勇　李诗　任锐
刊播单位　重庆日报
首发日期　2017-01-05
刊播版面　头版

作品评价

本系列是立足习近平总书记来渝视察一周年之际，重庆日报编委会抽调骨干记者，由副总编带队，历时近半个月推出的重磅报道。整个系列从1月5日至1月11日共刊发6篇深度报道，全景式、多角度地展现了一年来重庆扎实贯彻总书记视察重庆重要讲话精神、在各个领域撸起袖子加油干所取得的成效。报道整体立意高远、行文隽永流畅，注重点面结合、夹叙夹议，做到了新闻性、宣传性和传播性的有机结合，较好实现了时度效的统一，堪称一组高水平的系列报道。

采编过程

重庆日报编委会从2016年12月初即开始策划本组报道，先后多次召开会议并由各采访中心集纳线索，几经研究后制订报道方案。采访组由副总编辑带队，并分领域设置小组，深入全市各行各业进行了全面细致的采访，前后历时1个月完成初稿。之后各小组又进行了十余次修改，反复润色打磨并报送总编辑修订后推出成稿。在编辑阶段，日报编委会在总编辑带领下到夜班看版，往往要经过数轮调整把关，直到凌晨三四点才完成最终的见报稿。

社会效果

本组稿件见报后，引发社会各界广泛关注，被人民网、新华网等多家中央媒体转载。市委宣传部也给予了充分肯定。

推进农业供给侧改革　永川5年坐上全市食用菌产销“头把交椅”

重庆日报记者　姜春勇　颜安

近日，记者从永川区获悉，2016年，该区共生产食用菌1亿袋，产量5万吨，占全市总产量的70%。这是永川大力推进农业供给侧改革的成果，通过调结构、转方式、促创新“三招”措施，短短5年，永川食用菌产业就实现了从无到有，从小到大的跨越式发展，成为全国“食用菌之乡”。

永川区经作站站长范永前介绍，永川农业在国民经济中比重已不足10%，必须大力推进农业供给侧结构性改革，增加特色农产品供给量，发展高品质经济作物，才能保住农业作为国民经济基础产业的地位。

通过分析，重庆的食用菌需求量大、效益较高，而市场上的食用菌大多来自外地，发展食用菌的商机和前景都有保障。永川便确定在圣水湖现代农业园区打造食用菌发展核心园区，从2012年至2016年，每年投入财政补助资金1000万元、整合各类涉农资金5000万元，用于食用菌栽培设施、路系、水系、电力等基础设施建设，并对食用菌企业科技创新给予补助。目前，该区已引进培育食用菌企业13家，合作组织42个，家庭农场和大户有107户，产量占到全市七成。

永川食用菌产业发展速度如此快，得益于农业供给侧改革的“三招”措施。首先是瞄准市场需求调产业结构，像重庆市场需求量很大的秀珍菇，永川就占了90%的份额；其次是转变生产方式，用工厂化方式生产食用菌，通过补贴鼓励农户建设食用菌生产大棚，大大提高农业生产效率，保证了质量，降低了成本；最后是推动科技创新，鼓励发展新型种植技术，发展循环农业。如重庆蕊福农食用菌种植公司这几年就累计取得27项实用性新型技术和6项发明专利，正在推广的稻菌复合种植技术项目可实现水稻亩产550公斤，食用菌亩产2000公斤。鹏辉农业公司采取地下恒温室的方式生产食用菌，既提高了产量，又节约了成本。

此外，食用菌产业采取新型农业经营体系创新，带动了周边农户致富。位于何梗镇的上发食用菌种植有限公司就采用将一间厂房5万袋菇包给一户村民管理的模式，带动发展了20个家庭小农场，既便于管理，又提高了农户种植积极性，每户只需一两个老年劳动力打理半年，就可增收七八万元。

目前，永川区制订了“114”的食用菌发展思路：打造1个品牌（永川香珍），培育10家龙头企业，建设菌种研发繁育基地、原料生产供应等4个生产基地，力争到2020年全区食用菌种植规模达到袋栽2亿袋，总产量达到10万吨，总产值达10亿元。

作品标题 **推进农业供给侧改革　永川5年坐上全市食用菌产销“头把交椅”**
参评项目 **消息**
作　　者 **姜春勇　颜安**
责任编辑 **周立　逯德忠**
刊播单位 **重庆日报**
首发日期 **2017-01-13**
刊播版面 **第2版**

作品评价

本文从小切口反映农业供给侧结构性改革的必要性、重要性和紧迫性，逻辑清晰严密，数据真实可信，文字简练准确，紧扣国家大政方针政策，做到了以小见大。

采编过程

供给侧结构性改革是近年来的热词，但过去大多集中于工业领域，对农业的供给侧结构性改革并不多。记者始终关注这一领域，不断搜寻题材，最终发现了永川食用菌这一案例，通过深入实地采访，并研读相关文件，反复打磨，稿件得以成型。

社会效果

稿件见报后，人民网、新华网等权威媒体在第一时间转载，对我市各地探索农业供给侧结构性改革有一定借鉴意义。

市纪委全会质询六“厅官”！这些问题，分分钟让人“红脸出汗”……（存目）

作品标题 市纪委全会质询六“厅官”！这些问题，分分钟让人“红脸出汗”……

参评项目 全媒体

作　　者 何清平　何旭　汤寒锋

责任编辑 袁尚武

刊播单位 重庆日报

首发日期 2017-01-23

刊播版面 重庆日报微信公号

作品评价

这原本是一则时政类的会议新闻，比较枯燥的文字稿件经过新媒体编辑的重新梳理和包装之后，文字清楚，脉络清晰，图文并茂，生动形象，更加适合微信这个新平台发布，达到较好的传播效果。

采编过程

又到年终“报账”时，全面从严治党的政治责任落实得怎么样？1月21日，市纪委四届七次全会现场，6名党组织、纪检机关负责人就2016年度落实全面从严治党政治责任向全会述责述廉，接受质询评议。本报新媒体编辑根据记者的稿件，重新构思和改造稿件结构，并进行了文字图片的编辑包装，使其更加适合新媒体的传播方式。

社会效果

当期微信推送之后，一个小时内阅读量就突破3000次，因其内容简洁、思路清晰、阅读轻松，一时成为关心重庆时政的读者在朋友圈转发的热点，让过去枯燥的时政会议新闻焕发了青春，这也是新媒体对传统时政会议报道的一次成功改进的典范。

一只土狗引发的纠结　这个故事值得乡下人城里人都看看

重庆日报记者　夏祥洲

春运开始，许多人像候鸟一样赶着回家。这样的候鸟，也是家中亲人最大的期盼。15 日，两位耄耋老人没盼来自家候鸟，却为争夺一只土狗闹得不可开交。

一只土狗为何有两个主人，而且素不相识？面对这样的争执，你觉得应该如何处理才好？

两双手，攥同一根绳子

当天上午 9 时许，大足区高升镇赶场，紧邻的四川省安岳县忠义乡也来了不少人。

高升派出所民警照例进行日常巡逻，听到红升街方向传来的喧闹声比其他地方都明显。走近一看，聚集了很多群众，交通受阻，过往车辆使劲鸣笛。

民警一边疏散人群，一边走进人群当中。只见一位老大爷和一位老太婆手里，攥着同一根绳子，绳子另一头系着一只黄色土狗。

民警打听得知，两位老人并非彼此老伴，而是素不相识。两位老人都说，这只土狗是自己养的，感情很深，都不愿放手让狗儿被对方牵走。

大爷说，它是我的伴儿

老大爷，周某，82 岁，高升镇当地人。周大爷身板硬朗，晚辈们都到外地务工或者进城发展，他不习惯城里生活，同时也担心给晚辈们添麻烦，独自在高升镇生活。平日闲来无事，周大爷喜欢到处走走，一来锻炼身体，二来找个人唠嗑。

周大爷说，这只土狗是他外出散步时捡来的，就在自家附近。土狗一直跟着他，赶都赶不走。常言道，狗来福，他一路问了邻居们，都说不是自家的，于是领回了家。

周大爷没有什么文化，见土狗长得灰不溜丢的，于是就喊它“灰二”。接下来的事大家都没想到，灰二和周大爷也算是有缘分，不仅乖巧听话而且不乱拉不乱咬，走哪儿都跟着。

灰二被捡了养起已经几个月。周大爷说，他和灰二互相间都产生了感情。“它是我唯一的伴！我不能让给你！”周大爷态度坚决地对老太太说。

“老大爷，你这样做不对！你捡到的，不代表就是你的。”一名围观群众说。

老太说，你拐走我家狗

老太婆不依教（不干，方言）：“啥子灰二，明明是我家黄二，刚才不是它自己跑过来的吗？唤起走？你还想诱拐我家黄二？不得行！”

婆婆姓万，年过 90 岁，四川省安岳县忠义乡人，身体也硬朗，因为距离高升场镇不太远，时常背着一二十斤小菜过来卖。和周大爷相同的是，万婆婆平时也一个人住，晚辈们因为外出打工都没在老家。

万婆婆说，养了 3 年的土狗叫“黄二”，几个月前走失，四处寻找没发现任何踪迹。本来不抱希望了，不料当天来高升镇赶场，意外发现一条狗往自己身边跑，见到她就十分热情地摇尾巴。仔细一看，正是黄二，被周大爷牵着。

周大爷捡到灰二时，万婆婆正在为丢了相伴 3 年多的黄二着急。听周大爷说几个月前捡的，和黄二走失时间正好对得上，万婆婆认定：周大爷拐走了自家的狗！

“凭什么说是你的？要不这样，谁能唤走就归谁！”周大爷对自己和灰二的感情很有信心，主动提出让土狗认主。

两位老人都攥着绳子，谁也不愿意放手。

巧化解，请晚辈常回家

天冷，民警劝说两位老人先到派出所暖和，再进行调解。

前往派出所的路上，土狗一直紧挨着万婆婆，万婆婆露出得意神态，更用劲攥着绳子。

大家发现，只要周大爷有声响，土狗也会回头看看。此前，周大爷对灰二跑到万奶奶身边摇尾巴撒娇很不满，现在土狗回头看他，他也才欣慰地朝土狗招招手。到了派出所，民警查实，万婆婆与周大爷确实都是独居老人，子女和孙辈要么在外地务工，要么在城里发展，陪伴老人的时间十分有限。平时，两位老人的生活都有些单调枯燥，自然而然就将一只普通土狗当作了伴。因此，两位老人都想争得土狗的所有权。

了解到这些情况后，民警作出看似风马牛不相及的调解：查找到两位老人晚辈的电话，分别告知当天发生的纷争，希望他们常回家看看。有条件的，尽快回家；没条件的，多打打电话回家，让老人多感受子女的关爱。

接听了晚辈的电话后，两位老人的情绪明显缓和。

周大爷说：既然灰二找到了主人，还是让它回家吧！唯一要求是，希望万婆婆把灰二看好了，不要再弄丢了，更不要被人偷走当肉狗卖了。

万婆婆感谢周大爷把黄二养胖了："都变成圆溜溜的灰二了。我身板还好，赶场都把黄二带上，顺路拜访周大爷。"

最后，周大爷摸了摸灰二的头，让万婆婆牵走了……

周大爷儿子：
尽快回家乡务工

周大爷的儿子也快60岁了，深知父亲思恋家人，"老人都催孙辈们，早点让他抱上曾孙"。

周先生和家人一直在外务工，工作关系都在外地，所以常年在外，只有过年才回老家。周先生说，最近这些年重庆发展不错，工作机会也多，今年准备把全部家当都带回来，就在家乡务工。理由是，"父亲年纪大了，需要人陪着，万一有个什么，身边也有个人照应"。

万婆婆孙子：
多带娃娃回老家

万婆婆的儿女都有了孙辈，儿女们都帮着带孙子去了。本来，晚辈们也曾把万婆婆接到城里住，但老人完全习惯不了城里生活，觉得闷在屋子里，这也不舒服那也不舒服，宁可回乡下独居，坚决不再去城里住。

养狗，也是晚辈们的建议，一来在乡下可以起到一定防盗作用，二来也可以让老人不觉得家里太冷清。得知丢了狗，晚辈们也曾专门回来看过，得知老人为了争狗和别人起争执，儿女辈孙辈们都表示，多带娃娃回家看看。

万婆婆的一个孙子说，打算送给邻居一部智能手机，让奶奶以后有机会和他们视频聊天。

作品标题　一只土狗引发的纠结　这个故事值得乡下人城里人都看看
参评项目　通讯
作　　者　夏祥洲

责任编辑 谢兵
刊播单位 重庆晚报
首发日期 2017-01-18
刊播版面 第7版 新春走基层

作品评价

这是一篇深入一线走基层、带有泥土味的新闻。事件因狗而起，但稿件关注的焦点不是狗，而是事件引发的人性和亲情，过程曲折引人深思，结局温馨暖人。

这是一篇都市报题材有所突破的新闻。都市报为何报道农村题材？标题给出了答案：引发城里人思考。这样的题材为何不能报？为何就不能好好报？从互联网媒体转载效果（点击和评论数量）看，这篇新闻大受读者欢迎。

这是一篇首席记者标杆性新闻报道，给不少浮躁的同行做出了榜样。采访当天是周末，而且是记者生日，挖掘这样的新闻作为生日礼物，一定是超值的。

采编过程

最近几年，每年都参加新春走基层的主题采访，每一次都收获良多。这次记者选择了基层联系点之一大足区公安局，去较为偏远的大足区高升镇随警采访。

1月15日是周末，正好是大足区高升镇赶集的日子，于记者而言是31周岁的生日。按理，派出所大多是处理一些琐碎事情，没有关系，记者打定了最差也可以写个体验采访的主意。不过九旬老人和八旬老人当街争狗的插曲打乱了这一切。

触动记者的不是黄二、灰二之争，这只土狗看上去叫黄二和灰二都没错，何况两个老人都曾做过它主人。触动记者的，是民警敏锐地发现两个老人争狗的原始动机——这只狗是他们唯一的伴和精神寄托，但他们又并非孤寡老人。

民警对这场纷争的化解很巧妙，请老人们的晚辈们尽快回家，效果也很好。两个老人从争执变友善。

晚辈们并非不孝，晚辈们其实给予了两个老人不错的物质生活，但是老人们缺少的是亲情和关爱……而这正是城市的你我，农村的你我的纠结。

黄二？灰二？二老争狗！争的不仅是狗，而是对亲情和陪伴的渴望。

社会效果

稿件经重庆晚报独家首发刊载后，重庆晚报网予以转载、重庆晚报慢新闻 APP 还重新编发展示了更多细节。新浪网、搜狐网、凤凰网、上游新闻 APP 等也予以转载。不仅在社会上掀起川渝两地民间温情交往的舆论氛围，也引发读者“常回家看看”的共鸣。

全媒体传播效果

此稿在集团传播力指数监控系统中，名列当日传播力指数前茅。

老十八梯的爱与痛，就此终结

重庆晚报记者　廖平

今天（18 日），重庆著名的十八梯将正式启动重建。在此之前，杭州新天地和马来西亚丰隆集团分别拍下十八梯核心地块和协调地块，十八梯地块全部出让完毕，总价逾 42 亿元。

曾经的十八梯——这个在重庆人心中穷尽各种好坏词语都难以描绘的地方，将成为历史。

十八梯的爱：情感在这里开花

1 月 14 日，阴，冷风扑面。

从十八梯到下回水沟这一百多米的路上人来人往，表现十八梯人搬迁后幸福生活的巨幅海报被撕开了一个巨大的口子，往来的路人行色匆匆。

与之形成鲜明对比的是，本地的外地的甚至海外的“90 后”“00 后”们兴趣盎然，在十八梯的路牌前合影，在围墙上用各色粉笔写下爱情箴言，在拆得一片狼藉的断壁残垣间寻访、自拍。

这是一个被割裂的十八梯，这是一个在爱与痛边缘摆动的十八梯。

风起：林俊杰粉丝“求翻牌”

那个多次出现在镜头里的十八梯路牌旁边，有一道围墙和两面黑板，被游客密密麻麻写满留言，新加坡歌星林俊杰的名字多次出现。

一个多月前，一名女粉丝在黑板上发现其他粉丝写的林俊杰的名字，于是合影并在微博上圈了林俊杰“求翻牌”。岂料，两天后林俊杰专程飞到十八梯，与这位女粉丝的留言合影。

于是，林俊杰的粉丝们疯狂了，山南海北地跑到十八梯这面黑板前留影。一位操着台湾腔的女孩拉着父母一定要三人一起合影：“你们知道吗，林俊杰真的好棒，专程飞到这里来。在这里，在这里！”她学着林俊杰的姿势，把食指伸过头顶，指着黑板上的“林俊杰”三个字。在她之前和之后，合影的、直播的，林俊杰的粉丝去了又来，来了又走。

一个路过的老太婆问："听说林俊杰是个唱歌的，他的歌可以拿来跳坝坝舞不?"粉丝回答说不能，老太婆转身离去，边走边嘀咕："那不是嘿（很）红嚜……"

点火：张一白制造的十八梯

十八梯突然成为旅游胜地，主要还是因为张一白那部拿下超八亿票房的爱情电影《从你的全世界路过》。其主要取景地就是十八梯。

谈到为什么在十八梯取景，张一白在接受媒体采访时说，自己在渝中区长大，10 年前拍《好奇害死猫》时就想在十八梯拍，但当时这条街人流量太大了，难以控制。2016 年拍《从你的全世界路过》，重庆的都市感和市井气息已经完美地融为一体，拍一拍游走在城市之中的人间烟火，是张一白最想表达的情绪。影片中的十八梯是剧组花了两个月时间搭建的，在灯光和角度的欺骗下，和真实的十八梯还是相去甚远。

茅十八与荔枝在十八梯上演了一幕生死恋

但这不妨碍杨洋饰演的茅十八在这坡陡峭的梯坎上和白百何饰演的荔枝上演了一幕生死恋，感动了全国各地的小年轻，千方百计到重庆来旅游，到十八梯来朝圣。从电影上映到现在，几乎每天都能看到全国各地甚至来自海外的年轻人，在这里追访、感慨，风雨不断。他们在十八梯路牌边的墙上留言，彩色粉笔字一层叠一层，几乎快要分辨不出每个字的笔画。十八梯社区不得不临时挂出一块白布，用来给大家涂鸦。这块白布已被涂抹出一个大洞。

留言中最多的就是一男一女的名字，中间画个心，诸如"从清晨到夜晚，从山野到书房，只要最后是你，就好""如果只是路过，那我在终点等你"这类情感留言比比皆是，十八梯俨然成为宣誓爱情的圣地。

争论：十八梯去留之辩

在关于十八梯的描述中，有一段很"装"的文字广为流传：

在画家眼里，十八梯是江边雾里若隐若现的吊脚楼，错落有致，炊烟袅袅；

在诗人眼里，十八梯是窄窄的雨巷里撑着鹅黄油纸伞的姑娘，温软恬静，意境唯美；

在建筑学者眼里，十八梯保存着古老的川东民居建筑片段，极具研究价值；

在文化学者眼里，十八梯或许还延续着老重庆的历史文脉……

以至于在重庆，你要是没拍过十八梯，你都不好意思叫摄影师。

网易上有一篇文章《永别了，重庆十八梯的家》，记录的是十八梯184号住户陈老太离开十八梯前最后几个月的日子。三万多条网友评论，绝大部分是外地网友指责这种拆毁老街的行为，认为这是毁掉一个城市的记忆。里面有寥寥的重庆网友支持拆掉这个贫民窟，遭到群起围攻。

这几年，因为十八梯的去留，在网络上催生了一大批“思想家”“社会学家”“历史学家”以及“人文主义者”，呼吁十八梯只做修复、居民回迁。自从情怀成了一种潮流，怀旧就成了标配，这些声音越来越大，越是偶尔路过的游人，越是对十八梯兴趣浓厚。

其实，争论从来没有停止过。十八梯的风貌恢复，最早可以追溯到2009年。渝中区政府宣布将对十八梯实施重建，并同期启动前期工作。从中煤国际、德国佩西、中建国际、Aecom到北京华清安地，设计规划几易其稿，思路不断调整。

十八梯的风貌恢复方案经过多年论证，拆迁启动以来，又已过去了近7个年头。政府拿出巨大的勇气，以一个兼顾开发和保护的方案，要在这片百年老区上谱写新章。

十八梯的痛：情怀就是个X子

1月中旬的一个周末，关于十八梯正式启动建设的消息传开了。有几个老居民回来看看最后的现场。

老吕在瞿家沟住了50多年，现在搬到了九龙坡华岩安置房。看到络绎不绝的小年轻们来这里朝拜废墟，他说：“没拆的时候都没得啥子看的，现在拆了看的人还多起来了。”陪他一起来的儿子说：“别个年轻人有情怀嘛，要来看老重庆。”老吕不屑地骂了一句：“情怀个X子，在这里住几天就晓得了。”

火灾：烧痛了十八梯的居民

对于十八梯的居民来说，情怀抵不过生存，遐想代替不了梦想。2009年的瞿家沟火灾，老吕的房子被烧成空壳。老吕被迫离开十八梯，和儿子一起，一家六口人挤在20平方米的出租房里。拆迁启动后，他第一批签订了拆迁协议。

从消防部门的数据看，在拆迁启动之前两年，消防部门到场处置的火灾就有超过20起，包括瞿家沟火灾在内较为严重的火灾有4起，居民自己扑灭的零星小火灾更是无法统计。拆迁启动后的这几年，见诸媒体的火灾至少有6起。

2009年的瞿家沟火灾，不少房子被烧成空架子

建筑专业毕业的小姚，7年前还是个在读大学生。他的社会实践课题就是十八梯的改造。经过大量调研，小姚得出的结论是：十八梯的改造无解，只能重建。

问题最严重的是电。地下无法走线，全是架空明线，由于地势是面坡，最低处的线高个子的人伸手就能摸到！外加路窄，变压器没地方放，弄个简易铁架子架在很低的空中，挡了一半的路。再加上居民们各种乱拉电线，漏电、起火危险极为严重。

然后就是防火。这地方梯坎多，路也是天然形成的巷道，没有规划可言，消防车进不来。供水管道也是路边明铺的，棚屋你搭我接连绵不断，过道、巷子里还堆放着各种杂物，一旦烧起来就是火烧连营，灭火难度极大。这点在瞿家沟火灾中得到印证，当时消防队员们想尽办法要把水龙抵拢火场，在房子间低爬高蹿，但最终还是有20多户房屋被烧毁。

14日，曾经住在十八梯的邝姐也回来了。她留下这样的感慨：“雨天漏点水，还可以拿盆盆接一下，要是一把火烧了，那就只剩灰灰了，我们啷个办?”瞿家沟火灾中，她的房顶被烧成空架子，家里的财物只抢救出几床铺盖和一个电扇。

……

作品标题　老十八梯的爱与痛，就此终结
参评项目　全媒体
作　　者　廖平
责任编辑　陶昆
刊播单位　重庆晚报
首发日期　2017-01-17
刊播版面　慢新闻APP

作品评价

关于十八梯的报道很多，这篇报道选在十八梯全面启动重建的这个节点上刊发，站在民生的角度，以翔实的采访和数据，回答了十八梯该不该拆这个在网络和现实中引起很大争议的问题。同时，该报道采用现实与历史对比的时空交错手法，用现实的“爱”对比历史的“痛”，将民生问题与政府的旧城改造统一起来，站在十八梯居民的角度，从另一个侧面对政府现在的改造持认同态度。

采编过程

1 月中旬，十八梯将于 1 月 18 日全面重建的消息小范围流出。记者廖平于 1 月 13—16 日 4 次赴十八梯现场采访，采访的人物超过 20 人，并尝试采访警方和街道（但出于某些考虑，对方婉拒）。有些采访出现在了稿件中，有些采访因为不适合刊发而舍弃。同时，记者查阅了关于十八梯的大量资料，光收集到的老照片就超过 200 张。最终成稿后，率先在慢新闻 APP、微信、微博以及头条号等新媒体刊出。考虑到这个话题太敏感，且原稿太长难以删减，最终没有在报纸上刊发。

社会效果

该报道在慢新闻 APP 刊发后，迅速在网络传播，渝中区政府工作人员转发尤其积极，评价这是关于十八梯报道中写得最好的一篇。同时，也在老十八梯居民中迅速传播，记者采访过的其中三位十八梯居民给记者来电表示写出了老十八梯人的心声。从网络转载的大量读者评论来看，对该文均持认同态度。此外，宣传部张部长、集团管书记也均表示认可。

全媒体传播效果

该报道首发于慢新闻 APP，此后晚报微信公众号、微博、企鹅号、头条号、UC 订阅号、一点资讯号均进行了转发。晚报公众号在半夜 12 点刊发的不利条件下，最终有超过 1.6 万次阅读量，转发达到了 2200 多次。微博有超过 7 万次阅读量，企鹅号阅读量达到 3.3 万次，头条号阅读量为 2.1 万次。用标题为关键字搜索百度，有 5670 个搜索结果，显示各网站转载较多。

乡村教师撑起孩子求学路

以“背”为“桥” 乡村教师庞家奎
又把另一村小的学生娃“背”上身

重庆晨报记者 王珊

骑半小时摩托，乘20多分钟的渡船，再徒步走上十来分钟，52岁的庞家奎便能抵达他任教的大河口村小了。每天跟着他上下渡船来读书的还有7个孩子，最小的7岁，而最远的一个孩子来渡口与他会合需徒步两小时。

7年前，以背为桥背学生渡河上学的庞家奎感动了无数人。7年间，南溪村发生了很大的变化；7年后的今天，重庆晨报新春走基层采访组再次来到南溪村，为你讲述庞家奎和南溪村变与不变的故事。

南溪村小关闭
坚守了29年的庞家奎离开

南溪村很偏远。过去，要出去，得坐长安车走山道、摩托车走小道、渡轮过河，再靠双脚穿过陡峭的山路。如果没有重大的事，当地人一般不会出山。

2009年，一群驴友将南溪村小的故事发到了网上。当年5月，重庆晨报派出记者，先后6次赶往南溪村实地采访，推出系列报道《乡村教师22年以背为桥 背学生渡河上学》系列报道。乡村教师庞家奎的故事感动了不少人。

南溪村小也因此发生了变化：民建重庆市委出资10万元，为南溪村的孩子们架起了一座求学桥；浙江大学捐资重建了南溪村小……

自从有了求学桥，河对岸的孩子们不再涉水渡河上学。此后几年，酉阳苍岭镇南溪小学的学生们没有因为交通不便流失过一人。这是庞家奎最满足的事。

现在，南溪村的交通越来越方便，不少孩子被父母接到务工所在的城市就读，也有一些家庭将孩子送到了条件稍好的镇中心校。2016年9月，因生源问题，南溪村小暂时关闭。在这所村小守了29年的庞家奎，坚守到了最后一个孩子离开。

2016 年 9 月，庞家奎被调往大河口村小，开始了他与另一群山里娃的故事。

16 个娃的村小 他成了接送 7 个孩子上学的大家长

大河口村小，坐落于阿蓬江边。这座大山脚下的村小，最鼎盛时曾有 270 名学生就读。如今，3 层楼的教室，共有学生 16 人，14 名孩子是留守儿童。

村小的 3 名老师，平均年龄 53 岁，都是在乡村执教 30 多年的老教师。他们承担了学校的所有课程，包括音乐、体育和美术。“体育课还好，我们还跑得动，就是累点。美术课和音乐课，我们也在学习，怕耽误了孩子，我们得对娃娃们负责。”庞家奎说。

每年暑假，庞家奎会到城里的儿子家短住。用电脑上网，学几首新歌，看一些新的教学方法，这是他这些年给自己定下的规矩。

庞家奎说，每天除了教学，现在他最大的责任就是要将 7 名住在河对岸、需要乘船上下学的孩子安全送到家。

每天 9 点上课的庞家奎，6 点就要准时出门，然后到路口、渡口去接孩子们。7 个孩子，2 个男孩、5 个女孩，他们的父母都在外地打工。

“因为要到岸边等船，我不放心，就每天先到岸上集合，再和孩子们一起过河。”庞家奎说，9 岁的庞益东是住得最远的一个孩子，他家住在深山里，从渡口走到家要两个半小时，常常天不亮就要出门。庞家奎知道他家离得远，入冬后，每天骑摩托车去接他。山路崎岖，天还没有亮，庞老师便已出现在他家门口。

冬日的大山深处，庞家奎领着他的 7 个孩子，一路上伴着歌声与欢笑，充满温馨与希望。

庞家奎说，2017 年，他最大的心愿是有机会带山里的孩子们进城去看看，去了解外面的世界有多精彩。他希望，未来更多的山里娃能走出大山，去过新的生活。

一人一桨一船　最美乡村教师撑起孩子求学路

重庆晨报记者　顾晓娟

每当上学放学的时候，在大足区响水滩水库，平静的水面上，总能看见一条小小的木船来回穿梭。上学时，撑船的人把岸边的孩子一个一个牵上小船；放学时，撑船的人把船上的孩子一个一个牵下小船。

撑船的人叫李从书，接送孩子们上学、放学的这条小木船，他一撑就是将近10年。

一个人、一支桨、一条船，撑起了山里孩子求学的希望。

一条小船，撑起孩子求学希望

李从书任教的大足区季家镇龙塘中心小学青坪村小，位于响水滩库区深处。

冬日的清晨，天蒙蒙亮时，李从书便出门了。步行20分钟到码头，把缆、放船，一气呵成，李从书划起小船便直奔水库对岸。从水库那头的李家坝子，到水库这头的陈家坝子，步行要走两个多小时，划船一个来回只要半个小时。

需要乘船的孩子，如今还剩下13个，大多住在水库对岸的李家坝子。

“早饭吃鸡蛋了没?”“头天的作业有没有完成啊?”一个一个将孩子们牵上小船，李从书一边划着船，一边和他们聊天。年龄大的孩子则帮着照看缆绳、安排座位……

十几分钟后，船靠岸，李从书又把孩子们一个个牵下小船，然后步行20分钟，在早上8点40分前赶到学校。

2007年，刚刚“民办转公办”的李从书花1000多元买下第一条小木船，他既当老师又当船夫，每天都要花2个多小时接送孩子们上学、放学。木船划烂3条，将近10年来从不间断，也没有收过一分钱。

问李从书为啥这样干，他嘿嘿一笑：“别人都说我患了一种病，就是喜欢教书的‘职业病’!”

李从书说，他的学生里有一对兄弟，叫鲁力、鲁亮，兄弟俩住在水库对面的千佛村，即便坐他的小船，每天上学仍需步行3公里。“只要看到村里的孩子都有书念，我就打心里觉得骄傲!”

一所学校，有着他的幸福骄傲，这份骄傲，来之不易。

哪怕只有一个孩子，我也要坚守这里

重庆晨报记者　鞠芝勤

元月6日，酉阳县铜鼓乡官塘村木巧教学点，教师杨进华和他的两个学生正读着语文课本《我们都是中国人》，洪亮的声音打破了土家山寨的宁静。

这已是2016年被评为“酉阳好人”的优秀教师杨进华独立坚守山区教育的第35个年头。

圆梦当上乡村教师

杨进华今年54岁，18岁高中毕业后，得知村小差一名教师，于是就给村里和学校写申请，实现了当教师的梦想。

初入教坛，由于缺乏专业知识培训，他利用休息时间请教有经验的老师和家长，交流教学方法，并购买一些小学教材自学，渐渐地和孩子融到了一起。在35年的教学生涯中，杨进华也遇到了很多困难和挑战，学校只有4个班级、3位老师和百多名学生，由于许多孩子随父母外出打工，就在外省或县城里上学，学生因此减少了一大半。

情系山村　坚守村小

又过了几年，学校学生减少到30多名的时候，观塘完小校长多次关心他，要调他到红井中心校去上课，他将这些机会一一让给了别的教师。用杨进华的话说，他牵挂的是那些孩子，因为他走了学校就没有了，一些年龄较小的孩子不能走到4公里外的观塘完小学就读，有可能失学。他要求留下来坚守，得到了学校领导的支持，他的行动感动了土家山寨的父老乡亲。

而就在这时，远在广东办企业的侄子向他抛出橄榄枝，要高薪请他去管企业，收入非常可观，但他还是舍不得这里的孩子。杨进华说，每当看见孩子们红彤彤的笑脸、家长和孩子求知的眼神，他更感责任重大。特别是那些他教过的学生在社会上干出了成绩，他心里特别有成就感。于是，他谢绝了侄子的好意。

新年愿望　硬化操场

在学校里，杨进华既是老师又是炊事员和保姆，而且每天还要送孩子回家。

令他兴奋的是，明年这里又有4个孩子来读学前班。生源回升，杨进华特别高兴，但是当他看到校园的操场坝又愁了起来，因为运动场地没有硬化，每到夏天灰尘大，雨天又泥泞，让孩子的户外活动非常不方便。他希望能给孩子们打造一个水泥操场，同时将通往学校的道路尽快改善，给孩子们营造一个舒适的教学环境。

元月11日，杨进华带着他的两个一年级学生前往观塘完小参加了期末考试，他告诉记者，两个孩子的成绩都令他满意。他说：“哪怕只有一个孩子，我也要坚守在这里。”

作品标题　乡村教师撑起孩子求学路
参评项目　系列报道
作　　者　王珊　顾晓娟　鞠芝勤
责任编辑　黎伟
刊播单位　重庆晨报
首发日期　2017-01-02
刊播版面　2日第4版、8日第6版、13日第6版

作品评价

以背为桥的乡村教师，又把另一村小的学生娃“背”上身；一人一桨一船最美乡村教师撑起孩子求学路；为了一个孩子坚守的乡村教师，春节前夕，本组系列报道派出多组记者奔赴乡村采访，一个个鲜活且真实的故事打动人心，体现出在最艰难的教育贫瘠区，这样一群乡村教师的坚守，向社会传递出“为了每一个孩子均获得公平的教育机会，坚守与付出的正能量精神”。

采编过程

三组报道分别在重庆酉阳、大足的三个不同的偏远山区，3组记者赶赴一线进行采访，与乡村教师、村小孩子们同走艰难的求学路，克服采访条件的艰难，扎实地采访，最终呈现出3个各具典型代表性的乡村教师故事，稿件可读性强，人物故事讲得好，贯穿的系列报道打动人心。

社会效果

正能量题材的系列报道，赢得很多网友点赞、留言，整组稿件的网络转载度很高，人民网、新华网、中新社等门户网站纷纷全文转载。

全媒体传播效果

正能量题材的系列报道，赢得很多网友点赞、留言，整组稿件的网络转载度很高，人民网、新华网、中新社等门户网站纷纷全文转载，三组稿件在上游的阅读量均在15万次以上。

新征程特刊

新征程上　我们砥砺前行

重庆晨报记者　王方杰

去年此时，冬日的山城充满暖意。中共中央总书记、国家主席、中央军委主席习近平在重庆调研，深入港口、企业考察，就贯彻落实党的十八届五中全会精神和中央经济工作会议精神进行指导。

党的十八届五中全会提出创新、协调、绿色、开放、共享的发展理念，是针对我国经济发展进入新常态、世界经济复苏低迷开出的药方。新的发展理念就是指挥棒，要坚决贯彻。对不适应、不适合甚至违背新的发展理念的认识要立即调整，对不适应、不适合甚至违背新的发展理念的行为要坚决纠正，对不适应、不适合甚至违背新的发展理念的做法要彻底摒弃。

同时，五大发展理念是不可分割的整体，相互联系、相互贯通、相互促进，要一体坚持、一体贯彻，不能顾此失彼，也不能相互替代。

习近平强调，全党同志要把思想和行动统一到新的发展理念上来，崇尚创新、注重协调、倡导绿色、厚植开放、推进共享，努力提高统筹贯彻新的发展理念能力和水平，确保如期全面建成小康社会、开启社会主义现代化建设新征程。

习近平站在全局和战略的高度为重庆把脉定向，明确提出了“四个扎实”的要求：扎实贯彻新的发展理念，扎实做好保障和改善民生工作，扎实做好深化改革工作，扎实落实“三严三实”要求。他希望重庆发挥西部大开发重要战略支点作用，积极融入“一带一路”建设和长江经济带发展，在全面建成小康社会、加快推进社会主义现代化中再创新的辉煌。

重庆人民牢记总书记的嘱托，埋头苦干，扬鞭奋蹄，砥砺前行。经过一年的努力，重庆经济社会发展的各个方面正发生着巨大的变化。

这些变化，正是这一年来，重庆贯彻落实“五大发展理念”、贯彻落实总书记重要讲话精神交出的一份答卷。

站上开放前沿　果园港显现更强辐射力

重庆晨报记者　黎胜斌

刚刚过去的2016年，是郑骁在果园港工作的第二年。他说："这两年这里变化大，自己也成长了不少。"进入而立之年的他有了新的愿望：扎根果园港，和果园港一起成长。

作为第三代现代化内河港口、国家级铁路公路水路多式联运综合交通枢纽，果园港这一年也发生了巨大的变化：多式联运和辐射力正在显现，2016年货物吞吐量同比增三成……一个现代化的港口，果园港的模样已经初长成。

效率之变
装卸一车皮煤炭节约一半时间

2016年12月28日上午，一列载着煤炭的火车缓缓驶进果园港件散货码头铁路平台。作为果园港件散货码头有限公司操作部大班长、经理助理的郑骁，得到火车进站的指令后，就要协调好员工完成卸煤的工作。

"之前一火车皮煤炭装卸需要40分钟左右，现在只要十多分钟，节约了一半多的时间。"

站在果园港件散货码头操作平台，他指着火车说道："效率提高后，人员协调就显得至关重要。"话音一落，他拿起电话，抽调了2批12个员工，前去铁路平台开始作业。

今年29岁、出生在石柱县的郑骁，从事这个行业已经12年。他告诉记者，大班长的主要工作就是协调，完成装卸任务，实现快装快卸。"向上跟调度室衔接，哪里有货，哪里有车；向下就是跟员工衔接，把货处理好。"

就在跟郑骁聊天的同时，记者看到，一辆崭新的商用车开进铁路平台。"这趟商用车专列，将通过果园港铁路专用线，进入主铁路线，把这些商用车运往西北地区。"

郑骁说："在果园港件散货码头铁路平台，既要走散装石油焦煤钢，又要走商品车，还有集装箱的装卸任务。这些都是同时进行的，要协调好，使其互不影响。"

果园港相关负责人表示，2016年以来，通过加强港口装卸车生产组织，强化内部生产管理，以火车作业为生产组织重点，装卸车效率大幅度提高。

"这一年来，自己在果园港成长了不少。"郑骁说，总书记的嘱托，激励着自己和同事，只有把本职工作尽力尽心做好，才能不辜负总书记的殷切希望。

回到两年前，那时郑骁刚从上海回到重庆，离开了工作 10 年的上海港。“在上海，经常在报纸和电视上看到关于家乡重庆快速发展的新闻，非常想家，就想回到重庆为自己的家乡做点贡献。”

他说，现在自己的业务素质在不断提升，对公司越来越有感情，当初为家乡做点贡献的梦想正在慢慢实现，自己愿扎根果园港，作出新贡献。

作用之变

“前港后园”功能基本形成

这一年，除了效率的变化，果园港也在创新着经营模式。

在国际宏观经济增长乏力、外贸进出口形势严峻的背景下，港口大力发挥集装箱核心资源优势，重点推进集装箱水水中转、铁水联运班列和“散改集”经营方式。

“取得了不错效果。”果园港相关负责人表示，集装箱吞吐量稳定回升，果园港打造成长江上游集装箱枢纽中心取得实质进展。

以集装箱“散改集”为例，成为港口集装箱中转又一新增长点。

这一年港口积极创新集装箱经营模式，大力拓展煤炭“集改散”、铬矿“散改集”等集装箱中转运输业务，取得一定成效。2016 年果园港预计完成“散改集”箱量 3 万 TEU（标准箱）。

“集装箱铁水联运班列稳定运行，也是重要支撑。”果园港相关负责人表示，充分利用港口口岸、铁路专用线、堆场等铁水联运物流要素资源，积极推进无水港平台建设和集装箱铁水联运物流通道构建，“蓉万”班列稳定运行，并新开发开通了“磷硫对流”等集装箱铁水联运物流项目。2016 年，果园预计完成铁水联运箱量 3. 4 万 TEU（标准箱）。

正是凭借多式联运的优势，果园港中转和辐射力正在显现：2015 年果园港完成集装箱吞吐量达 20. 4 万 TEU（标准箱），约占全市水运集装箱的 1/5；2016 年集装箱吞吐量预计完成 26 万 TEU（标准箱），同比增长 27. 5% 。

据介绍，随着重庆打造长江上游航运中心目标定位的明确，以及“一带一路”建设和长江经济带发展战略的实施推进，果园港最终按照“第三代现代化内河港口、国家级铁公水多式联运综合交通枢纽、国家一类口岸”的目标进行打造。

按规划，果园港将打造成长江上游地区内外贸集装箱中转服务中心、散杂货中转服务中心、汽车运输中转服务中心、大宗生产资料交易中心和综合办公配套服务中心。

目前，“前港后园”功能已基本形成，铁、公、水联运全面实现无缝对接。

费用之变
一吨货物每公里节约运费 0.1 元

“如今已实行水路、公路、铁路无缝联运。”果园港相关负责人表示，果园港仅汽车运输班列，现在已发展到每天开行 3 个班列。

2015 年 7 月，果园港铁路专用线正式开通，与主干线渝怀铁路无缝连接，也由此打通了从中欧班列（渝新欧）国际铁路联运大通道到长江黄金水道的“最后一公里”。

这为企业带来什么影响？我市一家商品车销售公司的副总经理周瑭说了三个字：节约钱。

他算了一笔账：“重庆到上海水路距离为 2400 多公里，虽然一个标准集装箱走水路船运费是 1200～1500 元，但也比其他方式便宜。”

按当前市场行情计算，走水路运输一吨货物每公里运费是 0.02～0.05 元，走铁路则在 0.12～0.15 元。

他说：“在商品车运输中，公路运价最高，水运、铁路相对便宜，从东部沿海商品车整车厂运往西南地区的很多商品车都是全程公路运输，现在可以先经水运运到果园港，再通过果园港分拨，从铁路或公路发送到西南地区，进而节省物流费用。”

如今，向西，果园港通过“中欧班列”，直接连接中国大西北，串起中亚和欧洲；向东，通过长江黄金水道，连接太平洋，实现江海联运；向南、向北，无缝衔接绕城高速，通过渝昆、兰海等高速，以及渝怀铁路等进入全国路网，实现对云、贵、川、陕等地区货物的聚集和辐射。

随着果园港作用的日益显现，2016 年，商品滚装车完成量超 60 万辆。同时，拉动的大宗件散货源也大幅增长，钢材、煤炭增幅最大。

在货物吞吐量方面，2016 年全年更是同比增长超三成。果园港提供的数据显示，2016 年全年果园港货物吞吐量预计完成 1200 万吨，同比增长 33.6%。

模样之变
现代化港口通向远方

随着“一带一路”建设不断推进，我国与欧洲及沿线国家的经贸往来发展迅速，为中欧班列带来了难得的发展机遇。

重庆社科院区域经济研究中心主任李勇分析，重庆的水港、铁路港、空港都是一类港，这几年大量的笔记本电脑、汽车等产品，通过中欧班列运往欧洲，货物量在中欧班列中是最大的。

据国家海关统计，截至2016年上半年，从我市开出的中欧班列班次数量占目前全国中欧班列数量的45%左右，其货值占所有从新疆阿拉山口出境的中欧班列货值总量的85%。

自果园港铁路专用线全面开通以来，实现了中欧班列国际铁路与长江黄金水道无缝连接。

据统计，中欧班列近年开行密度日益增大：2014年突破100班，达到了130班；2015年几乎翻了一番，达到257班，其中回程货运达到100班；到2020年，力争每天双向对开一班，全年达到700班以上。

作为第三代现代化内河港口、国家级铁路公路水路多式联运综合交通枢纽，果园港这一年也发生了巨大的变化。

市发改委相关负责人表示，"1+3+9"现代化港口群建成后，果园港将与其他港口形成良性互动，必将极大推动我市沿江产业发展，推动"一带一路"和长江经济带战略实施。

"十三五"时期，果园港将依托中欧班列，架起中国通往欧亚大陆、连接大西洋的桥梁；依托水路运输物流成本和规模优势，打造向东开放的国家级物流枢纽，打造中国西部通江达海、连接太平洋的国际物流大通道。

点燃创新激情　京东方打破技术壁垒

重庆晨报记者　罗薛梅　陆华

2016年12月20日，对已是而立之年的王武来说，值得纪念：到京东方工作3年，他第一次作为项目经理研发的产品——新型55英寸4K显示屏，开始量产。

这块采用新型架构，节省驱动IC数量，降低成本的新产品，是王武带领着团队30多名"80后""90后"，历时半年研发的结果。这也是王武在2016年参与设计研发的产品之一。

一块屏的意义
大尺寸新型4K屏打破技术壁垒

在王武的笔记本上，记录着他和团队成员一起这一年负责研发的产品和项目，记者粗略数了数，有近十款。其中新型55英寸4K显示屏、新型49英寸4K显示屏、低功耗低存储电容技术开发、掩膜板技术开发等项目已经结题。

如今已是科室负责人的王武，说起刚结束的2016年，感慨万千。“加班成了常事。特别是我们团队在研发新型55英寸4K显示屏时，不加班都不正常，忙的时候加班到晚上十一二点，第二天照常上班。”原来，之前单纯做研发设计的王武，在新型55英寸4K显示屏项目组里，已是项目经理，除了进行技术攻坚，还管理着30人的团队。

2016年12月20日，当这块采用新型架构和像素结构设计的液晶显示屏量产时，王武说了句，“真的是值得。”

王武说的“值得”有两层含义：一是研发技术上的创新，二是自己的成长。

从2016年6月开始，王武接到公司任务，带领着团队研发新型55英寸4K显示屏。

“因为屏比较大，最怕的就是亮点多，这个项目的技术难点之一就是要减少多亮点不良。”加班加点地分析，让王武团队攻克了这一难题。“累是肯定累，累得有成果就好。”

8.5代TFT-LCD生产线
也可生产手机屏

重庆京东方，像王武这样的研发人员还有很多。正是这样的一批研发人员，推动京东方不断创新。

以第8.5代TFT-LCD（薄膜晶体管液晶显示屏）生产线为例。在半导体显示行业，第8.5代生产线被称为高世代线，一般用来生产笔记本电脑和电视等较大尺寸的显示屏，但在重庆京东方，这条高世代生产线还能生产手机屏。

这在外行人看来简单的一个举措，实际汇聚了不少的创新。“可以说是颠覆了行业的一个传统惯例。”京东方有关负责人解释。

一张玻璃基板，用8.5代生产线做手机屏，和5代线相比，数量是5代线的4倍左右，“数量增加了，这就使得它的线路更密集，加之手机屏像素更高，要使像素点更小，控制像素点的线路就要更细更密，精度就更高，所以技术难度更高。”

高世代线上生产手机屏，其实也是重庆京东方在供给侧结构性改革上的一次创新。“今年以来，手机屏的市场完全是供不应求，所以就想高世代线上能不能生产手机屏。”这一创新，重庆京东方用了6个月时间。而重新建生产线需要3年，重庆京东方赢得了时间和效益。

对习近平总书记在京东方给予的创新寄语，京东方这一年交出了满意的“答卷”：2016 年，京东方集团全球首发产品覆盖率达 40%，推出全球领先的 10K、8K 等超高清产品，多次斩获 SID“Best in Show”奖、“IFA 产品技术创新大奖”、CEATEC“生活方式创新产品大奖”等国际荣誉。京东方产品市占率稳步提升：截至 2016 年四季度，京东方智能手机液晶显示屏、平板电脑显示屏、笔记本电脑显示屏市占率全球第一，显示器显示屏市占率全球第二，电视液晶显示屏市占率全球第三。

三种“科技创新券”
吸引千余家企业申领

重庆京东方创新，是重庆企业在追求创新上的一个缩影，鼓励创新、探索创新，重庆从未停止脚步。

重庆市第四届委员会第九次全体会议，审议通过了《中共重庆市委、重庆市人民政府关于深化改革扩大开放加快实施创新驱动发展战略的意见》，提出了“开展科技创新券试点，重点支持科技型中小微企业向第三方创新服务机构购买专业化服务”。

“科技创新券”，具体分为三种：

科技资源共享服务创新券：额度为 2 万元，用于支持科技型企业购买高校、科研院所科技研发服务；

高新技术企业培育创新券：额度为 20 万元，用于科技型企业首次申请高新技术企业认定所需的研发活动或购买科技服务；

科技型企业挂牌成长创新券：额度分别为 30 万元、10 万元，用于申请在新三板、重庆 OTC 科技创新板挂牌的科技型企业开展研发活动和购买服务。

11 月 3 日，重庆市 2016 年科技创新券申领工作正式启动，当天即有 223 家提交材料，申请领取科技创新券。

来自市科委的统计数据显示，科技创新券政策实施以来，截至目前，已有 1115 家科技型企业申领科技创新券，总金额近 2. 3 亿元。

把科技人才科技金融
都纳入共享平台

孙敏惠所在的重庆富燃科技股份有限公司，就是这上千家领到科技创新券的企业之一。“我们符合两个条件：一是高新技术企业培育创新券，额度为 20 万元；另一个是科技型企业挂牌成长创新券，额度为 30 万元。”

“我们在网上点击申领，不到 1 分钟，就在线申领完成。”回想起 11 月 3

日的申领过程，孙敏惠感慨："没想到这样简单就能拿到50万元。"

于2016年10月8日正式上线的重庆科技资源共享平台，是兑现"科技创新券"的平台之一。在这个网站平台上，整合了大型科研仪器、科技人才、科技文献、研发基地、科技成果、科普、自然科技资源7个方面的开放共享资源。

我市将科技人才、科技金融纳入共享平台，比如在科技人才资源方面，共享平台聚集了市内外企业、高校、科研院所等单位的科技人才资源11万多人。

"按照我市实行的科技创新券制度，符合条件的用户可申领最高52万元的科技创新券。用户可在共享平台使用科技创新券，抵扣资源单位和服务机构收取的服务费用。"市科委相关负责人说。

为创新驱动发展
出台实实在在的政策措施

需求导向性强、受益主体广泛、申领方便、兑现方式新颖……在谈及重庆出台的创新券政策时，重庆科技发展战略研究院董事长陈勇这样总结重庆创新券的创新之处。

"最重要的是，提高了科研机构参与实用性技术研发的积极性。"陈勇说，长期以来，因为财政性科研项目严格、死板的预算制度，使得科研机构经常遭遇"申报项目难，使用经费更难"的尴尬。侧重于论文数、专利数的考核体系，又进一步抑制了科研人员承接实用性项目的积极性。兑现创新券获得的现金，作为研发机构一笔单纯的技术性收入，可以按照研发机构的意愿自由使用，这对研发人员来说，是直接的激励。

据了解，重庆的"三张创新券"到2018年将累计支付5亿元以上。

其实，鼓励创新，重庆远远不止这一条措施。

《中共重庆市委、重庆市人民政府关于深化改革扩大开放加快实施创新驱动发展战略的意见》（以下简称《意见》）的出台耗时3个月，不仅在起草时认真听取高校、科研院所、企业负责人、科技工作者意见，相关部门还组成10个工作组对150多家企业进行访谈，同时向500多家大型企业、小微企业发放科技创新政策问卷调查，逐条研究吸纳各方意见建议。

"《意见》通篇全是实实在在的政策措施。"一位科技界的同志说。

陈勇评价说："这些措施，必将点燃重庆创新的烈焰。"

城乡协调发展　綦江每年2万人回乡创就业

重庆晨报记者　任明勇

创新、协调、绿色、开放、共享五大发展理念，是“十三五”乃至更长时期我国发展思路、发展方向、发展着力点的集中体现，关系发展全局和长远。

日前，记者前往地处城市发展新区的綦江，进行了深入采访。

谁破了“70后”“柏志高的誓言”

曾经有好长一段时间，“70后”柏志高一度怀疑自己有新朋友“社交恐惧症”。困扰他的，是一个细节问题，那就是如何介绍自己。

说起来，他的头衔真不少：装修公司老板、幼儿园投资人、李公坝山庄庄主、万隆村村民……

“你说你是做生意的吧？别人会认为你‘冒大’。说是农村人，别人又说你故意低调！”柏志高说，他最喜欢的，还是最后一个头衔：万隆村村民。

万隆村可能很多人不知道。但说到花坝，都知道是在綦江。柏志高的家，就在花坝景区的李公坝，柏志高在这里开了一家“李公坝山庄”。

“万隆，以前是个乡。你说是万隆人，别人看你的眼神就怪怪的，那时我们村的人，确实穷！”柏志高说，小时候基本上大家都一样，年一过家里就无米下锅了。

所以，20岁那年高中毕业之后，柏志高背着肥料口袋改成的行李袋穿过坝谷，爬上山垭口。回望坝底老屋时，他暗暗发誓：一定要混出个名堂来，不再回这个地方住了。“哪怕在城市里只有一间勉强能安下一张床铺的小屋。”

但24年后，他却回来了。因为村子的变化和青山绿水的呼唤。

“穷邻居”和“富邻居”

时间回溯至两年前的夏天，第一届花坝露营季开幕，10万游客到万隆露营避暑。万隆山上的人说，整个花坝车水马龙，一年上山的外乡人，比大家过去几十年看到的还多。

在露营节的前几个月，硬化的道路已可通达每个社，水电问题也得到了解决。沿途的民居也得到了改善。柏志高随后得到的消息是，花坝将被打造成一个旅游度假区，他家老屋所在地李公坝将成为一个景点。

柏志高毅然决定回到李公坝，并拿出110万元改造了老屋，建起了山庄。

生意异常火爆，一年毛收入几十万元。“我回李公坝的这两年，咱万隆村几乎是一天一个变化。每年夏季，游客月月在增加。”

实际上，变化的不只是游客量，还有邻居们的收入。据统计，到了2016年年底，整个万隆村全村人均年纯收入接近1万元，3年前，全村人均年纯收入仅有3310元。

如今，整个万隆村几乎家家都建起了漂亮的“小洋楼”，各式各样的汽车满山遍野地跑。

在这里，像他这样返乡创业的也不少。比如说村里的司机赵学全看中了自驾时代的“后备厢”经济，果断回乡种植180亩糯玉米，去年收入15万元；返乡农民工赵本高，开设的花坝客栈生意火爆，单工资支出就达30万元……

每年2万人回乡创业就业

短短3年多时间，谁给了万隆村村民们底气？

我们在采访中了解到，除了青山绿水、良好的自然生态和旅游资源之外，离不开党委政府的精准设计和建设投入。

实际上，这个村子变化的背后，是綦江区这些年休闲旅游强势突围，“旅游+”融合发展，古剑山、花坝、横山等景区唱响旅游市场，“三养綦江”品牌效应持续凸显的结果。

据不完全统计，2016年，有近900万游客到綦江旅游，实现旅游综合收入近30亿元。

旅游产业的发展，也只是城市发展新区綦江区迅猛发展全景图之一隅。

“这些年，綦江发展变化非常大！”綦江区委书记潘毅琴提供了一组数据：2016年预计地区生产总值完成325.4亿元，年均增长11.7%；一般公共预算收入完成29.3亿元，年均增长11.1%；全社会固定资产投资年均增长18.4%……

透过一组组年年被刷新的数据，可以清楚地看到民生的改善。潘毅琴举例，这些年来，每年回乡创业就业“逐梦他乡綦江人”人数就超过了2万。“下一步，我们将把促进就业创业作为增加居民收入的主渠道，实施更加积极的就业政策，多渠道开发就业岗位，加强就业培训和就业援助，为返乡人员提供好的创业服务。”

百万綦江人一年收获
近330个空气质量优良天数

为何如此庞大的“逐梦他乡綦江人”返乡就业创业？综合因素很多，但总的来说和綦江能提供更多的就业机会和创业机遇以及城市建设等不无关系。

綦江属于城市发展新区，是全市工业化和城镇化主战场之一。

“目标明确，才能少走弯路。”潘毅琴说，城市发展新区功能定位是綦江科学发展的“坐标系”，在此指引下綦江提出了“四区一城”方略，坚定不移推进产业转型升级发展区、城郊休闲旅游度假区、山地现代农业示范区、渝黔合作共赢先行区和现代山水田园城市建设。

作为重庆城市发展新区的重要板块、全市工业化主战场之一，綦江确立了新能源汽车为龙头的汽摩整车及核心零部件产业、交通用铝为重点的铝材精深加工产业、装配式建筑为主的建筑现代化产业三大新兴主导产业。目前，三大新兴主导产业在规模以上工业总产值中已占“半壁河山”，并形成了可喜的态势。

看上去，发展工业和保护环境有些矛盾，但綦江正在实践着二者协调发展。为此，去年綦江人收获了近330个空气质量优良天数，接近90%。

“改善民生是一切工作的根本出发点和落脚点。没有民生的持续改善，所做的一切工作都毫无意义。”潘毅琴说。

新兴产业发展　闲置楼房变身创业乐园

重庆晨报记者　黎胜斌

一面是城区闲置楼房多，一面是创业者急需物美价廉的创业场所。如何将这二者结合起来？江北区找到了二者的结合点，将闲置楼房打造成创业园。

创业者杨绍源的创业梦

2016年12月29日，创业者杨绍源已在办公室连续修改了一周的设计图纸。

“这一周，我都在修改一个光伏发电站的设计图纸，元旦上班后，就要传给对方。”杨绍源介绍，“确保准确，不能有一丝一毫的误差。”

杨绍源创办的重庆顾源光电科技有限公司，主要从事光伏发电产品的研发、销售等，在重庆、贵州等低日照地区推进光伏发电。

杨绍源从重庆航天技术学院机电一体化专业毕业后，先后在风电行业、城市照明行业工作过。其间，他去过内蒙古、甘肃、贵州等地，“看见北方整片的太阳能光伏发电站，就想是否可以在重庆尝试一下。”

“这个行业需要自己先垫资，对我来说是一个比较大的考验。”他说，好在公司成立之初，所在的江北嘉陵三村的 cosmo 成长工场可以享受园区的房租以及税收减免政策，创业之前，还得到 3 万元的创业帮扶资金，降低了企业经营成本。

像杨绍源的公司一样，在 cosmo 成长工场成长起来的企业有近三百家，他们都享受房租以及税收减免政策。

闲置多年的楼宇变身创业园

事实上，杨绍源等创业者入驻的成长工场，就是闲置楼宇的变身，也是房地产去库存的尝试。

据华新街相关负责人介绍，江北 cosmo 成长工场是全市率先政企合作打造的市级微企孵化园，开园以来，工商采取提前介入、事中指导、全程服务的方式，与企业共同营造优质良好的“大众创业、万众创新”的发展环境。

截至 2016 年上半年，该园区已累计孵化培育微型企业 260 多家，带动就业 3000 余人，存活率达到 100%，实现产值累计达 2.21 亿元。

如今在渝中区中山四路一家名为“U 创空间”的楼宇产业园，2015 年时还是闲置的商业楼盘。

一家创业孵化机构以每平方米 30 元的价格租下整栋近 2 万平方米的写字楼，设立“企业服务中心”，以“微信群+公众号+APP+PC 端网站”为载体，打造四位一体的互联网综合服务平台，并依托专业运营服务团队，为入驻企业在人力资源、法律咨询、投融资、知识产权、政策导入等方面提供专业化服务。

“打造出来，仅用了半年时间。”园区负责人介绍，打造成“U 创空间”的写字楼被抢租一空，聚集了 25 家互联网或文化创意类企业。

市中小企业局产业发展处处长傅晓表示，目前全市重点培育和已认定的 62 个市级楼宇产业园，都是利用闲置楼宇打造的。

截至 2016 年 6 月，我市重点培育和认定的楼宇产业园，总建筑面积 1100 万平方米，全面建成后可入驻中小微企业约 15000 家，年产值超过 1500 亿元，提供就业岗位约 30 万个。

战略性新兴产业的“新抓手”

将闲置房屋打造为楼宇产业园，只是重庆供给侧结构性改革的一个方面。

去年以来，我市把推动十大战略性新兴产业发展作为供给侧结构性改革的重要抓手，确定了电子核心基础部件、物联网、机器人及智能装备、新材料、高端交通装备、新能源汽车及智能汽车、MDI 及化工新材料、页岩气、生物医药、环保十大重点产业发展方向。

市经信委相关人员表示，十大战略性新兴产业就是从替代进口中找到国内市场需求，实现供给侧提升。

以集成电路、能源、液晶面板为例，集成电路是我国第一大进口商品，能源是第二大进口商品，液晶面板排第三，重庆电子信息产业年产值近5000亿元，对集成电路、液晶面板市场需求巨大。

近年来，全球每3台笔记本电脑就有一台“重庆造”，除了核心部件液晶面板仍需大量进口外，京东方在渝投产的8.5代线，就成功地部分替代了进口。

重庆广数机器人有限公司是生产工业机器人的，相关负责人表示，投产的前半年，每个月接到的工业机器人订单已从以前的30台翻了两番，超过70台。仅仅在永川凤凰湖工业园区，已投产的工业机器人企业就超过30家。

十大战略性新兴产业成效已经显现，对全市工业产值的增长贡献率也在提高。

2016年上半年，十大战略性新兴产业已实现产值1291亿元，同比增长36.6%，对全市工业产值增长贡献率为37%。

改革创新释放“新动能”

十大战略性新兴产业新技术、新动能不断涌现。

例如，全球芯片制造商有30多家，但生产半导体封装载板的企业只有3家。我国首个半导体封装载板生产基地奥斯特重庆工厂投产，意味着重庆在芯片硬件环节赢得先机。

中石化重庆涪陵页岩气田2015年实现年产能100亿立方米，使我国成为北美之外唯一实现页岩气商业开发的国家，其成功的关键在于实现了勘探开发技术及装备的自主创新。

此外，重庆还在引导新兴产业空间集聚，已初步形成两江新区（电子核心基础部件、高端交通装备）、永川（机器人及智能装备）、涪陵（页岩气）等战略性新兴产业集聚区。

“整机与配套并重、生产与服务并举、产业空间集中的集群化模式，是我市培育壮大战略性新兴产业的基本路径。”市经信委相关负责人介绍，战略性新兴制造业加快发展，基本构建起平板显示、集成电路全产业链体系，生物医药、高端交通装备、环保装备等产业稳步发展。

十大战略性新兴产业力争到2020年形成10个千亿级产业集群，总规模突破1万亿元。

“1+4+X”工作方案

自2015年12月中央经济工作会议部署以来，供给侧结构性改革深入推进，“去产能、去库存、去杠杆、降成本、补短板”，五大任务环环相扣。

我市制订落实供给侧结构性改革“1+4+X”工作方案。围绕“去产能、去库存、去杠杆”，2016年全面完成国家下达的煤炭、钢铁去产能任务，商品住房去库存900万平方米，处置清理132户“僵尸企业”“空壳公司”。

与此同时，进一步优化产业结构。支柱产业运行稳健，电子信息产业、汽车产业对全市工业产值增长贡献率超过58%，装备、材料等行业兼并重组有序推进；金融、信息等战略性新兴服务业快速增长，金融业增加值占GDP比重达到9.5%，功能性金融中心建设稳步推进；获批国家大数据综合试验区，互联网及相关服务业营业收入增长40%以上。

降成本也是中央提出的供给侧结构性改革重要任务之一，我市结合实际，针对企业反映突出的问题出台了“涉企30条政策”，2016年为企业年减负500亿元以上；我市综合运用再贷款、再贴现等货币政策工具，降低企业融资成本，充分发挥中小微企业转贷应急机制作用，为部分生产经营正常、市场前景好但暂时资金周转困难的企业进行冲贷。

在2016年，民营经济和小微企业发展迅速。2016年新增中小微企业9.45万户，民营市场主体增加到200多万户，非公经济占GDP比重达到61%。

此外，适度扩大有效需求。消费方面，实施“互联网+流通”行动计划，企业网上零售额增长40%，获批跨境电商综合试验区，跨境电商进出口额增长186%；投资方面，着力扩大有效投资，优化投资结构，民间投资、工业投资占比明显提升；出口方面，持续推进服务贸易“5+1”专项工作，服务贸易进出口同比增长22%，离岸结算累计突破4000亿美元。

精准扶贫开发　城口“大山耳客”当上老板

重庆晨报记者　任明勇

深冬的城口，大巴山腹地，天还没有大亮。“吱嘎……”一声清脆的开门声划破了清晨的宁静，从路边一座小洋楼的门里，代关权走了出来。他从屋檐下取出了一大捆保险绳挎上肩膀，手中还多了一个自制的棉质口袋。

这种装扮，是当地“大山耳客”特有的装扮。代关权，就是其中一名。

“岩耳值钱啊，去摘来卖吧！”

岚天乡红岸村的代关权是家里的“顶梁柱”之一，但几十年来都“顶”得很艰难。

他不到30岁就查出了支气管炎，一下地就喊累，根本没法做农活。但上有两个老人，膝下有3个娃，代关权不得不面对现实——如何养活一家人？

“岩耳值钱啊！去摘来卖吧！”一次，代关权从一个在城里打工的老友那里听到了一个新职业：大山耳客。

岩耳，因形似木耳而出名，往往生长在大巴山特有的火镰渣岩上的阴湿石缝中，而这种岩石，多分布在数百米高的悬崖峭壁上。采摘的方法就是在悬崖顶处，找一棵稳定的树干系上棕绳，挎上布袋，沿着悬崖的岩壁下去。遇到大小合适的岩耳，甚至需要左摇右荡，横着身子穿行于悬崖峭壁之间。

“开个玩笑，这个时候为了停止晃动，抱岩石比抱老婆还要紧。最开始我还有些头晕，后来慢慢就习惯了。”

最大的危险，还是来自“飞虎”。在大巴山深处，有一种名叫“飞虎”的动物，似鸟非鸟，头有些像猫头鹰。它喜欢干的事情，就是咬断棕绳。

还有就是蛇。代关权说，有一次下崖的过程中，一条手臂粗细的花蛇，顺着绳子追着他爬，抖动了好几次才抖落。

“当了一辈子穷光蛋，老了当上老板！”

自从代关权当上了“耳客”，比他小了近10岁的妻子刘东群，就会陪他上山。“我在附近找野生的蘑菇，都能卖个好价钱。”这样下来，两口子一年能赚的钱，从最初的七八千元，到前两三年已经接近3万元。

但代关权的药费也在节节攀升。赚3万元，差不多就得花1万多元在药费上，外加一家七八口人吃饭、孩子读书，勉强能糊口。代关权也成了村里远近闻名的贫困户。

两年前，岚天乡党委政府将代关权纳入建卡贫困户并列为重点扶贫对象：因病因学是他致贫的原因；没有找到准确的营生门路，是一直未能脱贫的原因。

怎么办？乡干部村干部找到了代关权家的“转型之路”。

红岸村的环境极为恶劣，土里只能刨出“三大坨”：红苕、洋芋和苞谷。但在城里人看来，这里却有着不可复制的美景，每年国庆一过，红岸村随处可见漫山彩叶、层林尽染的迷人景象。城里赶来的游客络绎不绝，“大巴山森林人家”如雨后春笋般建起来。

“老代，干脆开农家乐吧。”村支书冉光才觉得老代一家有建“大巴山森林人家”的绝对优势：一方面，代关权有山货可提供给游客；另一方面，刘东群是一个做菜的好手。

唯一缺的，就是资金。

在政策扶持之下，代关权找条件较好的亲友借款，改建了两楼一底的住房，并取名“山野缘”。

“政府不光鼓励我开办农家乐，还给予了一定资金补贴，甚至包括装修都按照厨房3000元，客房带卫生间每间2000元的标准进行政策奖补。”

去年6月，“山野缘”对外营业。他自家种的菜、喂的猪、养的鸡，还有各种土特产和一些野菜，在妻子的加工下，成为一道道山野美味呈现在餐桌上，迎接过往的来客。

代关权说，自己确实没有想到，当了一辈子穷光蛋，都50多岁了还可以当老板，而且还成为县里的“脱贫光荣户”。

“物质贫困不可怕，精神贫困最可怕!”

一场脱贫攻坚战役，早已在城口县打响。

“城口穷在哪里？穷根是什么?”这是去年夏天刚上任的城口县委书记阚吉林面临的第一问题。

第一次到城口农村调研，他就被深深地震撼了：有的村民一辈子没有刷过一次牙；部分乡镇成为滥办酒席、借机敛财的“重灾区”……

“一个地区的贫困，除先天条件外，更深层次的原因是精神上的贫困。有少部分地方，每户农户年均送礼4万元。吃吃喝喝的情况，比城里还要严重。”阚吉林说，“物质贫困不可怕，精神贫困才可怕!”

随后展开的一场寻找“穷根”调研，证实了阚吉林的观点:66.4%的贫困户是由精神贫困所导致，部分贫困户在脱贫与返贫的“怪圈”中挣扎。

城口县委将群众“精神贫困”分为三个类型：一是部分基层干部和群众“思想荒芜”致贫，养成了“等、靠、要”的思想。

二是“习俗荒芜”。很大部分贫困户生活习惯差，越贫越病，越病越穷。

三是“道德荒芜”。部分贫困户子女不孝敬父母，不尽赡养责任，缺乏友善、勤俭等传统美德。

该县对此实施“精神脱贫”三大行动：首先从思想教育入手，拔掉“人穷志短”的“穷根”；其次是从美化环境、改变个人卫生习惯入手，拔掉不良习俗的“穷根”；再次是培育文明乡风，拔掉铺张浪费等不良风气的“穷根”。

“不摘贫困帽，就摘乌纱帽！”

在根除精神贫困的同时，城口也在寻找解除物质贫困的“良方”。

阙吉林说，城口全面打响的“三大攻坚战”——脱贫攻坚、城市建设、旅游发展，可以说，后两者都是为第一个服务的。

“旅游本身就是盘富民菜，我们党委政府在炒这盘菜的时候，理应加把火、添把柴。这也是稳定收入增加就业的重要举措。”阙吉林说。

比如，城口的自驾游过夜游客呈30%以上增长，但人均消费并不高，2万多游客，2亿多收入，一人住一晚、吃玩一天，100多元。

怎么提升？

一是改善交通环境，让人们能够来。

二是提升住宿消费水平。推行“景区景点+大巴山森林人家、生态特色效益农业+乡村旅游”发展模式，大力实施巴渝民宿项目，打造一批“大巴山森林人家”集群片区，让人们愿意来。

有了方向，还得考验执行力。

“群众致富不致富，关键看党员干部。”阙吉林说，在脱贫攻坚战中，在用好干部这一块，把急难险重岗位、基层工作一线的好干部选上来、用起来。

“不让诺诺连声的人占先、不让投机钻营的人得利、不让无所事事的人占位。”阙吉林说，不摘贫困帽，就摘乌纱帽，城口是动了真格的。

正是因为有了好的方向，有一群“敢为愿为真为”的干部队伍，城口的脱贫成效显著：2016年，城口有55个贫困村顺利“摘帽”，5071户贫困户顺利脱贫。

“十大扶贫行动”解决贫困共性问题

回眸过去的2016年，是全市脱贫攻坚啃硬骨头、攻城拔寨的关键年。

市委、市政府坚决贯彻中央的决策部署，以空前的领导重视程度、空前的政策聚焦力度、空前的资金投入强度、空前的社会参与广度、空前的舆论宣传深度，打响脱贫攻坚战。

这一年，实施了交通、水利、文化、金融、科技、环境改善等“十大扶贫行动”，着力解决贫困共性问题；这一年，扎实推进产业带动、搬迁安置、转移就业、教育资助、医疗救助、低保兜底“六个一批”，着力实现到户到人精准“滴灌”；这一年，建立完善扶贫对象分类动态管理、“多元整合、切块下达、打捆使用”资源整合、建立“第一书记”分类设置选派、“四位一体”检查验收等“五项机制”，着力激发脱贫攻坚工作新活力；这一年，突出抓好严格督查巡查、严格考核评价、严格执纪问责等“三项重点”，着力确保各项工作落地见效。

张张民生清单 让人民有了更多获得感

重庆晨报记者 刘波

如何更好地保障和改善民生，让人民群众更有获得感？重庆市委、市政府明确提出：“民生，是第一目标。”

2013 年以来，重庆市委、市政府决定，每年实施一批重点民生实事。从 2013 年的 22 件民生实事，到 2016 年的 25 件民生实事，重庆每年开出的“民生清单”都不相同。

数量和内容的变化，取决于每年的客观实际情况：已经完成的，退出清单；新发现的人民迫切需要解决的，纳入清单。

“民生清单”，考量的是市委、市政府的“民生情怀”，重庆通过民生实事让人民有更多获得感。

老旧社区换新颜
居民给新环境打出高分

南桥寺社区完成老旧社区环境综合整治后，只要不下雨，家住江北区石马河街道南桥寺社区的王桂芳每天都会和邻居去户外打乒乓球。

“以前社区环境脏乱差，回到家就不想出门；现在家门口就是花园，还有健身设施，都不想回家了。”王桂芳说，社区的新环境，她打满分。

2015 年 1 月，市委、市政府将“主城区背街小巷环境综合整治”纳入 2015—2016 年滚动实施的民生实事项目内容，南桥寺社区就在老旧社区环境综合整治的计划中。

两年来，市政委会同市级有关部门建立了民生实事推进落实联动协同、监督考核的良性机制。主城各区针对辖区薄弱问题，全面梳理和实地调查，制订出适合自身特点的整治实施方案。比如，江北区在 2016 年如期完成了 130 个老旧社区环境整治。总结江北区老旧社区整治的经验，“三问于民”无疑是一大亮点。

“三问于民”即整治前“问需于民”、整治中“问计于民”、整治后“问效于民”。

这“三问”，实现了需由民定，计由民献，效由民评，充分尊重民意，有效提升了居民的获得感。

2016 年 12 月 1 日，由联合国开发计划署和新华社《瞭望东方周刊》主办的“中国幸福城市可持续发展国际论坛”发布了组委会委托第三方机构调查的重庆老旧社区环境综合整治百姓满意度数据。调查结果显示，百姓对这项民生工程打出了高分，满意度达到 97% 。其中，江北区群众对此项民生工程的满意度更是高达 99% 以上。江北区“老旧社区整治‘三问于民’，建设幸福宜居江北”更荣获“中国城市人民获得感案例”。

小区供水“一户一表”

水质更好，缴费也方便

老旧社区环境整治是 2016 年需要完成的民生实事之一，“一户一表”也是重庆确定的民生实事。

李红家住渝中区大溪沟街道人和街社区金厦苑小区，这是一栋 30 层楼的高层楼房。刚搬进小区时，小区没有实现“一户一表”，而且对高层住户采取二次供水：先把自来水抽到楼顶的水箱，再供给高层住户。

李红住在 23 楼，用水就全靠二次供水。“最开始觉得没有什么问题，但是住久了问题就越来越多。”李红说，因为楼顶水箱没有定期清洗，高层住户用的自来水要比低层住户用的自来水更容易起水垢。李红家的开水壶也因此一年要换几个。

李红说，小区的高层住户早就想进行“一户一表”改造，但仅是替代二次供水水箱的加压设备就要几十万元。

后来，小区居民了解到重庆正在实施的民生实事，其中就包括“一户一表”改造，于是，小区业委会征求居民意见后，向街道提出了“一户一表”改造申请，每户居民只用出 300 元，超出的费用由政府兜底。

2016 年 11 月 15 日，金厦苑小区完成“一户一表”改造，小区楼顶的水箱也正式弃用。李红特意买了一个新的开水壶。一个多月下来，李红发现，开水壶不再像以前那样烧几次开水就起水垢。

此外，居民们不用担心公摊水费，每月用了多少水，水表都会清楚记录并反馈到计费中心。现在，李红每个月都在网上缴纳水费，比以前只能去指定地点排队缴费方便多了。

金厦苑小区完成“一户一表”改造也标志着大溪沟街道完成了辖区内 1.5 万户城市供水“一户一表”改造任务。

按照民生实事的任务清单，2016 年，我市要完成 20 万户城市供水“一户一表”改造。

文化服务进村
村民们“追星”看演出

重庆的民生实事清单，不仅覆盖了硬件，还覆盖了精神需求。

在滚动实施的民生实事中，“每年送3.3万场流动文化服务进村”就是为了让人民群众在精神文化上有更多获得感。

2016年12月5日，巴南区麻柳嘴镇，一场文艺演出热闹开演，好几个村的村民都赶来观看，现场被围得里三层外三层。

这场文艺演出单位是重庆杂技艺术团2016年流动文化服务进村系列文艺演出的收官之作：流动文化服务进村的文艺演出由政府统一采购，各大演出团体竞标，重庆杂技艺术团今年中标了200多场，去了石柱、永川、江津等区县演出。

重庆杂技艺术团团长陈涛介绍，与其他文艺演出相比，流动文化服务进村的文艺演出虽然需要克服很多困难，如路途遥远、场地受限等，但却是离观众最近的演出。

陈涛说，演出中设置了很多互动环节，让观众不仅欣赏演出，还能参与到演出中来。

“以前都是在电视里看演出，这是第一次看到真人在面前演，比电视里的好看多了。”石柱县村民王进先看完演出后，专程找到陈涛表达心中的激动。

2016年，重庆杂技艺术团用了25天，在石柱县演出68场，创下了建团以来的演出纪录。不少村民在自己村里看完演出后，又骑着车跟着演出团到下一个演出地点，继续等待看演出，还有村民表示想要学习歌舞、杂技和魔术。

2016年，按照民生实事工作目标，我市要送3.3万场文艺演出、电影、展览、讲座、政策宣传、书刊借阅、科技宣传、青少年校外活动等流动文化服务进村。仅2016年第一季度，就已开展流动文化服务进村7169场，惠及群众554万余人。

每年民生实事干什么
根据百姓需要而调整

目前，2016年25件民生实事的相关责任单位，正在陆续交出民生实事完成情况的成绩单。不少民生实事都超额完成。

例如，25件民生实事中，将对全市1.2万家基层卫生机构医用计量设备实行免费鉴定，实际完成12403家。

2015—2016 年滚动实施的民生实事项目“主城区背街小巷环境综合整治”，工作目标是完成主城区 317 条背街小巷、252 个老旧小区、90 个农贸市场、47 所学校和 18 家医院周边以及城乡接合部等区域的环境综合整治。实际情况是主城各区共完成 402 条背街小巷、306 个老旧小区整治及 107 个农贸市场、48 所学校、18 家医院周边环境整治工作。

重庆社科院公共政策研究部部长、副研究员康庄分析说，梳理 2016 年的 25 件民生实事不难发现，25 件民生实事涉及人民群众的居住、出行、教育、医疗等多个方面。

“重庆每年民生实事干什么，这是动态的，根据百姓需要进行调整。”康庄说，这就保证了所办民生实事的现实性和贴近性，通过这些民生实事的办理能真正让人民有获得感。

“民生实事的办理，其实考量的是市委、市政府的民生情怀。”

康庄说，在办理效果上，重庆市委、市政府根据实际情况，制订了目标、完成时间表，并且还有一套严格的考核体系，这就保证了政府执政“以人为本”理念的落实，保证了重庆各级政府部门在办理民生实事中是真办事，办好事。

“因此，重庆滚动实施的民生实事就像是一张温暖的‘民生清单’，渗透着真挚的民生情怀，能不断提高人民群众的获得感。”康庄如此评价。

作品标题　新征程特刊
参评项目　系列报道
作　　者　王方杰　黎胜斌　罗薛梅　陆华　任明勇　刘波
责任编辑　付爱农
刊播单位　重庆晨报
首发日期　2017-01-04
刊播版面　第 1-9 版

作品评价

1. 站位高远。这是一组《重庆晨报》的年终盘点系列报道，更是习近平总书记视察重庆一周年特别报道。特刊名称定为“新征程”，实则是一组主题为“重庆嘱托”的特别报道。策划的背景，是 2016 年新年刚过，习近平总书记就视察重庆，对重庆发展寄予了嘱托。

2. 选点精准。通过系统学习 1 年前习总书记在重庆各个方面的重要讲话精神，选择了开放发展、协调发展、创新发展、供给侧改革、脱贫攻坚、人民获得感等热词，展开采访写作。

3. 文本考究。这一组系列报道，8 篇文章，几乎都是从一个人、一个家庭的故事切入，不着痕迹，娓娓道来，小事件反映大背景，小感触折射大变化，小视觉展示大视野，有故事，有细节，有数据，有说法，有高度，从局部到全局，点面结合，有很强的可读性，一点也不显枯燥。

采编过程

这是一组宏大的特刊，从策划到集中学习，到安排各路记者分赴基层扎实展开采访，到写作，前前后后差不多 1 个月时间，反复修改打磨完稿。一方面体现了执行力，另外一方面也历练了记者和整个政经新闻部团队。

社会效果

这一组气势磅礴、策划文本俱佳的主题报道，得到了市委宣传部的首肯，并获得加分。同时，主题报道的质量和影响力，远胜同城各类媒体，体现了《重庆晨报》这一政经媒体的强大气场。

全媒体传播效果

阅读量 100 万多次。

中百超市一[illegible]
2016 超市[illegible]

重[illegible]

近期，超市行业部分上市公司 2016 年业绩[illegible]相继出炉。1 月 26 日，记者通过 Wind 资讯梳理发现，尽管多家上市公司均在致力于调整转型，但“关店”依然成为行业关键词之一。其中，来自中百集团的年报预告显示，其 2016 年仅重庆门店就关闭了 45 个。

那么，2016 年，在关店的背后，超市行业又发生着怎样的变化？

关键词：关店

门店调整持续　中百关店数领跑

自 2015 年掀起的“关店潮”至今，从超市、百货、快时尚到顶级奢侈品大牌，几乎在所有的传统商业渠道中蔓延。

26 日，记者通过 Wind 资讯发布的各超市上市企业财报中梳理（不完全统计）发现，“关店潮”依然持续。

其中，中百集团发布的 2016 年业绩预告尤其引人注目。2016 年，中百集团加大调整力度，中百仓储超市新增门店 2 家，关闭门店 63 家；中百便民超市新增门店 72 家，关闭 53 家。

业绩预告显示，2016 年，中百集团方面仅在重庆市场关闭门店数量就达 45 家。“整个 2016 年，我们一直在做门店调整。”25 日，中百超市重庆方面人士透露，在渝关闭的 45 家门店都是社区便民超市，主要原因是租约到期和盈亏平衡等。

据悉，截至目前，中百超市在我市门店总数缩减至 33 家。其中，仓储式大卖场 10 家，社区便民超市 23 家。

关键词：业绩

业绩预告相继出炉　永辉超市依然“亮眼”

2016 年已逝，超市大佬们都过得怎么样？

1 月 26 日，记者通过 Wind 资讯整理，截至目前，中百集团、永辉、步步高、北京华联、红旗连锁、三江购物 6 家企业公布了其 2016 年业绩预告。

永辉超市：预计 2016 年 1—12 月归属于上市公司股东的净利润 12.42 亿元，同比增长 105.23% 。

原因：公司优化管理架构，加强费用管控；报告期转让联华超市股份有限公司股权增加非经营性收益；报告期灵活使用账户资金增加利息收入等。

中百集团：预计 2016 年 1—12 月经营业绩基本持平。其中归属于上市公司股东的净利润 500 万 ~650 万元（上年同期盈利 561.05 万元），同比下降 10.88% 至增长 15.85% 。

原因：经济增速、消费渠道竞争、电商冲击、卖场租金和人工成本等。

步步高：预计 2016 年归属于上市公司股东的净利润为 12829.36 万 ~17105.82 万元，较上年同期变动幅度为−40% ~−20% 。

原因：新店扩张成本、行业复苏缓慢、渠道竞争激烈、川渝市场门店尚处培育期及全渠道战略转型等。

北京华联：预计 2016 年年度经营业绩将出现亏损，实现归属于上市公司股东的净利润为−25000 万元左右。

原因：行业竞争激烈、促销拉低毛利率、出售收益房产和关店处置资产等。

红旗连锁：预计 2016 年公司全年归母净利润预计实现 1.44 亿 ~1.85 亿元，与 2015 年 1.79 亿元的业绩相比，同比变化−19.5% ~3% 。较三季报中公司对全年业绩同比变化−13% ~3% 的预计有所下调。

原因：收购门店造成的费用水平提升。

三江购物：预计 2016 年度，公司实现营业收入 40.96 亿元，同比减少 6.00% ；公司营业利润同比增加 4282 万元，增幅 54.62% ；归属于上市公司股东净利润 1.01 亿元，同比增加 51.03% 。

原因：经营成本不断上涨、消费需求结构调整、大卖场渠道下沉等诸多外部原因，以及公司闭店步伐加快等拉低营业收入；受益于优化供应链带来的商品毛利增加、关闭高消耗门店带来的租金费用开支节约、公司管理转型升级带来的管理效益提高和费用开支减少，以及新江厦股权转让确认投资收益 1993 万元等，致利润增长。

关键词："换帅"

人事变动　多家超市更换"掌舵人"

俗话说，行业的兴衰会影响人才的流动，而众多企业出现高层人士变动，在一定程度上被视作一个行业的晴雨表。

记者梳理发现，从 2016 年 2 月起，华润万家、永辉超市、三江购物及外资巨头沃尔玛，高层变更频繁。

辞职、免职、调岗、跨界……不难看出，与传统因晋升而出现的人事调整不同，在行业不景气的大环境下，人才的流动更具多样性，而因业绩或发展问题所进行的高层人事调整也愈加频繁。

关键词：“圈地”

本土超市逆市扩张　外资则谨慎缓慢

“‘关店潮’来了，实体零售不行了……”近两年，类似的言论层出不穷。其实，冷静下来观察，你会发现，就以超市企业为例，即使处于逆市，其关店的同时还在开店，毕竟开店仍是品牌渗透市场的重要手段之一。

其中，开店最为“惊艳”的当属永辉超市。记者梳理发现，2016 年，永辉超市逆市扩张，旗下普通超市和精品超市“Bravo YH”共计新开 80 家门店。相比之下，外资超市在扩张“领土”方面则显得谨慎缓慢。

关键词：业态

精品、生鲜、社区业态成“新欢”

永辉精品超市“Bravo YH”数量远超永辉大卖场门店数量；华润万家加速发展旗下 BLT、Ole’两大品牌；家乐福也开始涉足精品超市……开店年年有，单从业态上分析，相比传统大卖场（面积 1 万 ~2 万平方米），2016 年，精品超市（面积 5000 平方米及以下）成为众多超市企业开店首选。

《2016—2021 年中国超市行业市场需求与投资咨询报告》（以下简称《报告》）则分析认为，高端超市引进大量高端、优质进口品牌，能有效带动提高商场口碑，对于健康、消费理念不断提升的顾客来说，绿色、进口食品具有强大的客流吸引力。

《报告》分析，高端超市实现了主题差异化，避免了同业竞争。随着一线或省会城市消费者物质生活水平的不断提高，对体验、服务以及购物环境的要求的提高，未来精品超市的布局会快速增加、渗透。但《报告》也分析认为，随着广东高端超市越来越多，高端超市极有可能成为零售业的下一个主战场。

除了业态的小型化，专业化、精细化、差异化和便利化成为传统超市突围的新利器：

1. 生鲜业态：面积 200 ~500 平方米，聚焦厨房品类，以直采、自营模式专门经营平价生鲜。

案例：2016 年 3 月，中百超市方面引进永辉生鲜经营团队提升中百仓储生鲜经营，通过优化门店生鲜布局、导入永辉生鲜营运标准及生鲜经营基本原则、共享长半径生鲜供应链，已调整的 100 家门店生鲜整体销售同比增长 29. 18%，毛利同比增长 30. 55%。

2. 面积 300～800 平方米，辐射周边 500 米，以“休闲快餐饮+生鲜+便利店+特色服务”为核心的新一代社区超市。

案例：2016 年 11 月，永辉超市在重庆首次尝试启动“永辉优选”项目，旨在辐射周边 1 公里内，发展较为成熟的中高端社区。

关键词：融合

线上线下频“触电”

2016 年，线上线下融合成为新常态。尤其是下半年起，线上线下融合愈加频繁。

6 月 20 日晚间，京东集团宣布与沃尔玛达成深度战略合作；11 月 18 日三江购物公告，阿里投资 21. 5 亿元购入浙江上市公司三江购物 32% 的股份；12 月 13 日，阿里易果生鲜从永辉超市悉数购入 21. 17% 联华超市股份，转让价格约为 8. 5 亿元，正式入股联华超市；12 月 31 日，永辉超市发布公告称，拟与今日资本以 4. 6 亿元共同增资旗下子公司永辉云创……

国际电子商务中心的数据显示，自 2014 年以来反映线上线下融合程度的我国网络零售渗透指数逐步攀升，尤其是 2016 年二季度大幅提高到 148. 5，三季度保持在 146。

网络销售并不能完全占据商业的市场，可以预料，电商和传统零售在未来可能并非相斥，而是相互吸引、并存发展的。

作品标题　中百超市一年关店 45 家　2016 超市业都发生了啥？
参评项目　全媒体
作　　者　刘渝畅
责任编辑　陈力
刊播单位　重庆商报
首发日期　2017-01-26
刊播版面　上游财经 APP 头条

作品评价

独家。通过对中百超市等国内知名超市年报的盘点分析，透过“中百超市一年关店45家”的特异现象，按照“换帅”“圈地”“业态”“融合”梳理出2016年全国超市行业主要动态和特点，反映了该行业发展新趋势，体现了行业观察视角。

采编过程

借助专业证券软件，对超市上市企业2016年业绩预报进行了详细梳理，根据企业不同预报特点分类进行了数据分析。其中，寻找到了诸如“中百超市一年关店45家”特异现象出现的原因。

社会效果

引发了消费者、商业人士的热烈关注，各类商业网站、网络媒体大量转载。

全媒体传播效果

易铺、联商等商业网站大量转载，平均阅读量800～1000次，并引发网友热议。

近期涉房地产相关部门答记者问及政策系列报道

重庆市国土房管局回应“炒房”：近期商品住房市场总体平稳

华龙网1月6日18时08分讯（记者　佘振芳）针对近日有舆论炒作重庆商品住房市场大涨的情况，重庆市国土房管局相关负责人通过华龙网独家回应表态：近期我市商品住房市场总体平稳，下一步将采取各种措施，引导群众理性购房，确保我市房地产市场平稳健康发展。

相关负责人表示，市委、市政府高度重视房地产调控工作，坚决贯彻落实中央经济工作会议关于“房子是用来住的，不是用来炒的”的定位和促进房地产市场平稳健康发展总体要求，为保持我市房地产市场健康发展，元旦以来我市主要开展了以下三个方面的工作：

一是进一步确保住房用地供需平衡。加大土地市场有效供应，计划在今年1月向主城区投放1800亩商品房开发用地，供应量同比增长将达141.1%。加大购地资格和资金方面的审查力度，坚决遏制“地王”现象产生。防止“囤地、炒地”行为，清理闲置土地，维护土地市场秩序。

二是进一步规范房地产市场秩序。根据住房城乡建部制定的商品住房预售价格申报备案审查制度，加强主城区商品住房项目预售方案审查，对开发企业项目预售价格申报严格审核，指导开发企业合理定价。加大市场执法检查力度，严厉打击哄抬房价、捂盘惜售、发布虚假信息等侵害群众合法权益的各类违法违规行为。元旦以来（2016年12月31日—2017年1月5日，下同），市国土房管局组织了26个执法检查小组、110人次，对主城区重点区域的256个项目进行了专项执法巡查，及时发现并纠正虚假宣传、捂盘惜售等违规问题，并约谈了18个违规项目负责人，责令整改。

三是进一步发挥房产税对高房价和炒房的遏制作用。根据《重庆市人民政府关于进行对部分个人住房征收房产税改革试点的暂行办法》的规定，继续对个人新购高档住房，在重庆市无户籍、无企业、无工作的个人新购的第二套（含第二套）以上的普通住房等应税情形进行房产税征收，充分发挥房产税对高房价和炒房的遏制作用。元旦以来，先后将成交的86套1.6万平方米高档住房纳入了房产税应税住房范围。

通过积极有效的工作，元旦以来，商品住房日均成交6万平方米，与去年12月份日均成交量相比减少了24%，成交建面均价7541元/平方米，与去年12月份均价相比下降0.49%，保持了重庆主城区商品住房市场总体平稳。

该相关负责人表示，下一步将按照市委、市政府确保我市房地产市场稳定的有关要求，在继续做好上述工作的同时，加强市场研判，及时发布市场信息，引导群众理性购房，做好政策储备，确保我市房地产市场平稳健康发展。

重庆市国土房管局新闻发言人就近期房地产市场相关问题答记者问

华龙网1月11日22时30分讯（记者　佘振芳）针对近期重庆市主城房地产市场相关问题，华龙网记者采访了重庆市国土房管局新闻发言人。

记者：近期重庆市主城房地产市场出现异常现象，请介绍一下相关情况。

新闻发言人：重庆市委、市政府一直以来高度重视房地产市场的平稳健康发展，认真贯彻落实国家关于房地产调控的要求，实现了我市房地产市场持续健康的发展。近期我市主城房地产市场出现的异常现象，主要表现为个别区域和少量高端、滨江区域的楼盘成交量和价格出现异动。大多数楼盘的价格是稳定的，房地产市场供求关系是平衡的，能够满足广大群众自住购房需求。通过监测和统计发现，2017年1月1日至10日，实际上我市主城商品住房日均交易量较2016年12月日均交易量下降9%，商品住房建面均价7632元/平方米，与12月均价持平，价格稳定。希望广大市民理性购房。

记者：造成这些楼盘价格出现异常现象的原因是什么？

新闻发言人：此次我市主城少量楼盘价格出现异常现象，并没有其他特殊和异常因素的影响，而是极少数唯利是图、缺乏社会责任感的企业和个人，企图通过编造和传播虚假信息进行舆论炒作，实现房价快速上涨牟取暴利，引起市外少数企图炒房者的跟风，以及市内购房者的担忧。我市房地产市场发展现状与当前经济社会发展阶段和居民收入水平是相适应的，短期的炒作不可能从根本上改变供求关系和市场长期走势。

记者：针对“炒房”，请问有何相关措施？

新闻发言人：近年来，随着重庆经济社会发展和国家中心城市建设，城市吸引力逐步增强，我们欢迎各地有识之士来重庆安家置业，但是坚决反对来“炒房”牟利，因为“炒房”增加了自住购房的成本，扰乱了市场环境，制造了房地产泡沫。对此，我们将坚决按照中央关于“房子是用来住的，不是用来炒的”的定位，多措并举，坚决遏制“炒房”，严厉打击违法违规销售，确保广大人民群众正常居住的购房需求。

一是严禁已购的预售商品住房转让，严禁以撤销网签合同备案等方式变相进行商品住房转让。

二是严格执行房产税改革试点有关规定，市外在重庆无户籍、无企业、无工作的“三无”人员在我市购第二套房要征收房产税，尤其是房产税一旦计征，该套房屋每年都要征税，该套房屋转让后每年也要征税。对此，我们将与市级相关部门联动，从严审核身份，防止通过虚假证明等手段逃税漏税。对以前通过提供虚假材料隐瞒“三无”人员身份规避征收房产税的，一经查实，其所购房屋严格纳入应税范围。

三是与金融机构联动，对“三无”人员在渝“炒房”不予办理贷款。

记者：针对房地产企业和房产中介在销售中的违法违规行为，采取哪些措施?

新闻发言人：针对当前主城房地产市场异常现象，我们已下发《关于加强主城区商品房项目预售方案管理的通知》。我局加强了市场巡查和暗访，已在主城区组成110组、320余人次的专项检查组，对530余个项目进行了全面检查，及时纠正了20余个项目的不规范销售行为。

一是将对巡查中发现的南岸区泽科弹子石项目（重庆正凡地产有限公司开发）涉嫌捂盘惜售和两江春城项目（重庆中华置业有限公司开发）涉嫌未公示价格的行为进行依法依规处罚，并将两个开发企业记入房地产“黑名单”。

二是在全面实施主城区房地产执法监管的基础上，对江北区保利观澜、紫御江山、融景城、御龙天峰，两江新区国博城、首地江山赋，渝北区鲁能中央公馆、金茂国际生态新城等8个项目进行重点关注，加强执法巡查。

三是加强市场监管，从严从速查处违法违规的销售行为。我局已公布了3部举报电话，对群众的举报，我们将迅速核查，一经查实，从重处罚，及时公布。

四是加大每日执法巡查，及时纠正和处置房地产企业和中介机构销售中的违法违规行为。

五是我们还储备了进一步有效调控房地产市场的措施，将根据市场情况适时推出，以应对房地产市场出现的突发情况。

房地产市场的平稳健康发展事关广大群众的切身利益，需要政府、企业和消费者共同维护，我们衷心希望各房地产开发企业、中介机构和购房群众珍惜我市房地产发展的良好局面，共同维护好健康有序的市场环境。

重庆市财政局新闻发言人就我市调整个人住房房产税政策答记者问

华龙网1月13日16时55分讯（记者　佘振芳）今（13）日，重庆市财政局新闻发言人就我市调整个人住房房产税政策答记者问。

新闻发言人：重庆市委、市政府一直高度重视房地产市场平稳健康发展，认真贯彻落实中央房地产调控要求，房地产市场供求关系平衡，房价总体平稳。但是，近期，我市主城房地产市场出现异常现象，个别区域和少量楼盘成交量和价格出现异动，引起市外少数企图炒房者跟风。

记者：针对这种情况，政府将进一步采取哪些措施？

新闻发言人：鉴于此，市政府决定修订2011年施行的《重庆市关于开展对部分个人住房征收房产税改革试点的暂行办法》和《重庆市个人住房房产税征收管理实施细则》（重庆市人民政府令第247号），将“征收对象”中的“在重庆市同时无户籍、无企业、无工作的个人新购的第二套（含第二套）以上的普通住房”调整为“在重庆市同时无户籍、无企业、无工作的个人新购的首套及以上的普通住房”。调整后的个人住房房产税政策以重庆市人民政府令第311号公布，自2017年1月14日起施行。

记者：采取这些措施的目的是什么？

新闻发言人：保持房地产市场持续健康发展事关广大市民利益，对我市经济社会发展具有重要作用。“炒房”牟利增加了自住购房成本，扰乱了市场环境，损害了广大人民群众居住购房的权益。这次将个人住房房产税“征收对象”中的“在重庆市同时无户籍、无企业、无工作的个人新购的第二套（含第二套）以上的普通住房”调整为“在重庆市同时无户籍、无企业、无工作的个人新购的首套及以上的普通住房”，就是针对近期我市主城房地产市场出现的异常现象，遏制“炒房”牟利行为，引导合理市场预期，维护房地产市场平稳持续健康发展。

重庆地产商：响应市政府决策　做有良心的诚信企业

华龙网1月13日19时42分讯（记者　周秋含）今日下午，重庆市代市长张国清签署政府令，公布了《重庆市人民政府关于修订〈重庆市关于开展对部分个人住房征收房产税改革试点的暂行办法〉和〈重庆市个人住房房产税征收管理实施细则〉的决定》。消息发布后，记者采访了重庆地产界有关人士，他们表示，这是一个睿智的决策，深度契合重庆的房产市场，他们将坚决支持政府决策，做有良心的地产商。

地产商既要追求企业的自我发展，更多地还应从社会责任、消费者角度来思考问题。融创中国西南区总裁商羽告诉记者，融创会坚决执行重庆市政府政策，推动行业的健康发展，让购房者放心住好房。

商羽表示，房价问题何其复杂，与供求关系、货币供应、市场预期、土地价格、住宅品质、租赁市场等多种因素有关。简单看短期的异动，并不能充分体现重庆市场真实情况。重庆这一政策出台，体现的是政府创新配置资源方式。他表示，融创会自觉维护市场稳定，依照法律法规和重庆的相关规定，依法、依规、诚信经营，坚决不参与制造房源紧缺的恐慌氛围，积极参与到维护市场稳定的工作中。

“重庆市政府针对房产市场出台的政策拿捏很准。”龙湖集团副总裁兼重庆龙湖公司总经理崔恒忠表示，重庆房价一直比较稳定，没有调涨基础，而且土地供应和销售亦很匹配。他认为，近期重庆房产个别区域和少量楼盘成交量和价格出现异动，主要原因在于外地炒房团纷纷进入重庆所致，这其实对重庆市场是不利的，作为地产商，并不希望重庆房价波动。事实上，越平稳的市场，越考验地产商的内功，如果价格跳涨，反而会在开发建设上滥竽充数。

崔恒忠表示，重庆房价尚不具备大幅上涨的基础，希望开发商和市民都能理性看待市场。龙湖地产坚决拥护、贯彻落实市政府维护房地产市场健康平稳发展的政策，也会坚决依法从事开发与销售活动，公平参与市场竞争，带领行业营造良好的市场环境和秩序。

房价问题事关每位居民的切身利益，也事关房地产的平稳健康发展，更事关经济社会发展。金科股份集团董事长蒋思海在接受记者采访时表示，从经济发展实际出发，保持房地产稳定健康发展是必须的。目前宏观经济、就业和物价变化与房地产的波动都有密切关联。房地产市场是否能够稳定健康发展，直接决定着经济能否稳定。

市政府此次出台的决策，是据重庆经济发展的实际施策，相信既会保障居民基本住房需求，又能努力实现住有所居，能有效促进房地产市场稳定健康发展。蒋思海表示金科股份集团支持市政府的决策，金科地产不会捂盘也不会乱涨价，让真正有住房需求的人买到好房子。

作品标题　近期涉房地产相关部门答记者问及政策系列报道
参评项目　系列报道
作　　者　佘振芳　周秋含
责任编辑　张一叶　康延芳
刊播单位　华龙网
首发日期　2017-01-06
刊播版面　华龙网首页、华龙网官方微博、微信等移动端全媒体发布

作品评价

去年12月底，有外地媒体炒作“打飞的来重庆买房”，部分投机者和开发商开始炒作重庆部分楼盘，增加了市民的担忧，造成了不好的影响，为此，市国土房管局、市财政局、多家银行、公积金中心乃至市政府先后发声，答记者问，发布楼市新政等。

整场宣传报道持续长达半个月，华龙网在这一波舆论战争中，始终紧密拥护政府决策，并第一时间发布消息，解读权威声音，向市内外传递市政府及有关部门稳定重庆楼市的信心，为平息炒作风波，维护楼市稳定健康做出了不可忽略的贡献。

七篇报道均为市内首发，多篇报道被新华网、人民网、中国新闻网等央媒首页转载，被21世纪经济报道、每日经济新闻等主流媒体援引，被凤凰网、搜狐网、新浪网、网易网、澎拜网等转载，极大地提高了网站影响力。

采编过程

记者时刻关注重庆楼市异动，并与口岸保持密切联系，加上部门领导进行沟通协调，争取到了独家或首发。通过市国土房管局一系列答记者问，对此前的炒作进行了“辟谣”，引发了业内极大的关注。随后，记者还及时将网友声音和开通投诉热线的建议反馈给国土房管局，并得到采纳。市政府发布楼市新政后，记者积极联系采访本地知名开发商，发挥了正确引导舆论的作用，也向广大市民传达了来自开发商的声音，起到了积极的正面影响。

社会效果

及时：报道紧扣热点，突出重点，第一时间呈现给读者。

独家：七篇报道均为市内首发，其中两篇为独家。

权威：不炒作，不歪曲，不断章取义，正面传达了官方声音。

通过及时、独家、权威的报道，将市政府及有关部门的政策传递到市民面前，取得了积极的宣传效果，平息炒作风波，维护楼市稳定健康，提高了网站影响力。

本系列报道不但传播快捷，而且转载率高，影响面广。

全媒体传播效果

《重庆房管部门出通知　四个方面三大措施严控房价》被人民网、凤凰网、网易首页转载，《重庆市国土房管局回应“炒房”：近期商品住房市场总体平稳》被新华网、中国新闻网、每日经济新闻首页转载，《重庆市国土房管局公开举报热线　严厉打击违规销售行为》被新华网首页转载，《重庆市国土房管局新闻发言人就近期房地产市场相关问题答记者问》被中国新闻网首页转载，《重庆市财政局新闻发言人就我市调整个人住房房产税政策答记者问》被凤凰网首页转载。据统计，在这系列报道中，华龙网是重庆被央媒和外地媒体转载最多的媒体，转载总量在100家以上。

《重庆市国土房管局新闻发言人就近期房地产市场相关问题答记者问》移动端UV超4.1万。《重庆市财政局新闻发言人就我市调整个人住房房产税政策答记者问》移动端UV超2万，《重庆地产商：响应市政府决策　做有良心的诚信企业》移动端UV超1万。系列报道UV合计超10万。

听张国清首次政府工作报告
领市政府新年福袋（存目）

作品标题　听张国清首次政府工作报告　领市政府新年福袋
参评项目　全媒体
作　　者　王祥　宋卫　夏悦
责任编辑　张一叶
刊播单位　华龙网
首发日期　2017-01-05
刊播版面　华龙网移动端

作品评价

推出及时。在张国清市长做完政府工作报告几小时后，该H5《听张国清首次政府工作报告　领市政府新年福袋》便得以推出，在第一时间报道了“两会”情况，成为同城媒体中最先利用新媒体方式报道“两会”的。

形式新颖，有互动性。该作品将“高大上”的政府工作报告文字与张国清同志现场原声相结合，使网友仿佛身临其境，拉近了政府、媒体与网友的距离。同时，作品以具有较高社会共识度的新年发福袋形式展现，既新颖又具有较强的互动性和趣味性，扩大了传播范围。以新颖、轻巧的方式报道重大时政会议，该作品的创新性值得借鉴。

采编过程

提前确定新颖形式。正所谓，兵马未动，粮草先行，在“两会”尚未开始前，我们便进行头脑风暴，并最终确定了以新颖的、契合彼时临近春节发福袋的形式，进而搭好了框架。

前后方通力合作。政府工作报告进行之同时，后方制作团队与前方直播团队通力合作，从而以最快速度在直播中确定报告文字，并最终填补了作品的血肉，得以成型。

社会效果

该 H5 推出后，得到了张国清市长的口头表扬，说做得很好。

行业内速度与质量领先。该 H5 作品在张国清作完政府工作报告几小时后便正式发布，成为同城媒体中最先运用新媒体报道政府工作报告情况的作品，同时质量也较为上乘。

全媒体传播效果

该作品在全媒体各平台传播效果上佳，其具体传播数据如下：重庆 APP 流量 10.6 万次，微信阅读量 19148 次，微博阅读量 1.2 万多次，移动端（微信群和朋友圈）转载次数 8500 多次。

2017 年 2 月重庆日报报业集团新闻奖获奖作品

一个乡村文学社30年的坚守

重庆日报记者　吴国红　夏婧

核心提示

30年前，一群农民组织成立了滴翠文学社。他们从油印刊物起步，迄今已刊发作品5000余篇，出版长篇小说13部，作品多次登上《人民文学》《诗刊》等刊物。坚定文化自信，传承乡土文化，滴翠文学社凭着三十年的坚守，在一个小乡村留下了值得记录的乡土文化样本。

70岁的王林茂掏出一张皱巴巴的发言稿，声音颤抖："我是一个土生土长的农民，没想到有一天也能跟着大家玩起笔杆子来。"

2016年12月30日，沙坪坝区青木关镇政府会议室里，他第一次分享了自己的"文学路"。当天，本地农村文学社——滴翠文学社，在这里举行了成立30周年座谈会。

时光回溯到20世纪80年代，改革开放给中国乡村带来了巨大变革，农村生产力得到前所未有的释放，从前只晓得"脸朝黄土背朝天"的农民，在劳作之余开始有了精神追求。

与此同时，席卷全国的文学热也刮到了青木关这一偏僻的乡村。仿佛一夜间，伤痕文学、知青小说、寻根文学这些名词从地里冒了出来，让这里的农村文学爱好者感到新鲜与兴奋。他们组织成立滴翠文学社——从油印刊物起步，迄今已有社员200多人，刊发作品5000余篇，出版长篇小说13部，作品多次登上《人民文学》《诗刊》等刊物。

文学社犹如一块巨大的磁铁
"谈理想，谈文学，一谈就是一晚上"

滴翠文学社第一任社长罗成友永远记得这个日子——1986年1月18日。

那天，下午两点，青木关爱好文学的农民来了42名。听说镇上的文学爱好者要成立文学社，有的从田坎上直接跑来，裤腿上还沾着泥巴。他们集合在文化站破旧的办公室里，个个神情庄严。

此举让上了岁数的老农们误以为又要开始抗战大合唱——1940 年，“国立音乐院”迁址重庆，就建在这片偏僻的农村。

搞创作，必须要有阵地。会上，大家商定，每人每年交 2 元，共 80 多元来买办刊物的纸张；自己编稿，自己刻蜡纸，自己油印、装订……就这样，文学社靠一块刻蜡纸的钢板，一台文化站的油印机开张了。每月出一期报纸，每季度出一期杂志，每月组织一次作品讨论会。

其间，他们还邀请了重庆日报编辑记者以及本土作家前来辅导，重庆日报农村版副刊还专门为文学社开设了专栏。

犹如放在田地间的一块巨大的磁铁，滴翠文学社吸引了越来越多的文学爱好者。媒体人李炼当时在青木关一家陶瓷厂上班，是文学社的核心成员之一。他回忆：“下班后，大家常常带着自己的新作品，步行五六公里路与文友见面，就着半瓶老酒、几碟小菜，谈理想，谈文学，一谈就是一晚上。”

把梦想照进现实

“不晓得为了啥，就是觉得生活有了味道”

进入新世纪，种田的农民少了，打工的农民多了，农民文学社的使命，似乎更多地转向为文学梦与现实的博弈。

2000 年左右，随着重庆摩托车生产的发展，农村低廉的土地成本，成为众多摩配企业的首选。也就是这个时候，张儒学从大足来到青木关一家小摩配厂打工。

一次偶然的机会，张儒学读到了《滴翠》报，上面那些鲜活的故事仿佛写的就是自己。“我也可以这样写呀！”沉寂多年的文学欲望一下子打破了张儒学钟摆般刻板的生活。在昏暗的租赁房里，他用沾满机油的手，将啤酒箱倒过来，搭上一块木板开始了写作。

看着走火入魔“玩文学”的丈夫，妻子终于爆发了——她撕掉了他刚刚写好的稿纸，吼道：“尽写没用的东西干啥？别人去年开车床，今年都混成小老板了！”

张儒学不甘心：这些“没用的东西”，恰恰被滴翠文学社的文友们称为“才华”！

“要写哟，写了才能改变命运！”第二任社长郭永明常常劝说张儒学的妻子。他还组织文友们筹钱为他打印作品，出书，鼓励他多投稿。

彼时，梦想与现实的博弈在张儒学的生活中从未停息。“每天都和妻子吵架，每天都有人劝我去沿海打工。”张儒学说，来自文学社的鼓励几乎成了他走下去的全部动力。

不久，他的文章开始陆续出现在国内各种报刊上，他还出版了多部长篇小说与散文集。如今，张儒学已经当上了大足区作协副主席。

本文开头提到的王林茂，自62岁加入文学社后，裤兜里就一直揣着一个小本子，灵感来了“甩开锄头就动笔”。农闲时，他将自己所在的管家桥村的变化编成剧本、小品。如今，他已成了村里政策宣讲队的骨干。

“不晓得为了啥，就是觉得生活有了味道。”王林茂说，“现在，种苞谷的时候都能想出两句诗呢。”

青木关镇文化服务中心主任龚国忠说，因参加文学社而改变命运的人太多：首任社长罗成友进入《重庆日报》，并获得第六届范长江新闻奖；乡村教师周丁力成了重庆市作协会员；当地农民企业家李承萍59岁开始提笔，6年写了4本书……

有专家评价，30年间，滴翠文学社彰显出来的样本意义在于：在经济社会急剧转型时期，作为链条末梢的农村文学社，始终恪守朴素的文化自觉，以文化人，用植根泥土深处的文学梦想，滋养了一方土地。

脚踩坚实的大地

“一群土巴巴的人，写出了土里土气的作品”

30年来，滴翠文学社历任四届社长，作品5000余篇，出版长篇小说13部，个人专集50余部……作品几度登上《人民文学》《诗刊》等国家级文学刊物。

第三任社长王新觉笑称：“一个土巴巴的文学社，一群土巴巴的人，30年下来，竟写出了这么多土里土气的作品。”

此外，社员们也热衷于整理本土的历史文化。李承萍根据史料创作的《陪都求学记》还原了抗战时期，流亡学生在国立青木关中学的故事；王林茂访遍青木关80岁以上的老人，挖掘出《寿星石》等多个民间传说……

为何一个农村文学社能延续30年，至今不衰？重庆工商大学文学与新闻学院院长蔡敏认为，扎根于土地、服务于人民，就是其强大的生命力。“30年来，滴翠文学社的创作者们脚踩坚实的大地，创作出‘带露珠’‘冒热气’‘有汗味’的作品，这些作品让他们既是劳动的实践者，更是文化的创造者。”

滴翠文学社能走到“而立之年”，也得益于当地政府的扶持和社会力量的参与。近年来，沙坪坝区委宣传部，青木关镇党委、政府等多次拨款资助；一些民间人士也积极出资设立了“滴翠文学奖”“滴翠新闻奖”。

作为一道别样的风景，滴翠文学社所在的青木关镇因此和文学发生了更多的交集。1999年，沙坪坝区人民政府授予青木关镇“农民文学之乡”的称号；2011年，重庆市作协授予青木关镇“农民文学创作基地”称号。30年来，滴翠文学社活跃了镇上的文艺生活，促进了当地的文化发展。如今，在这里，“农民谈文学”已成为一种普遍现象。青木关也成为重庆工业重镇。

对于滴翠文学社的未来，现任社长李承萍表示，将邀请市里的专业作家对有潜力的社员进行“一对一”帮扶，并积极筹划文学沙龙，建立微信公众号、网站等新媒体宣传渠道。“我们将让滴翠文学社越来越红火，因为在某种意义上来说，它已不是一个单纯的文学社，而是承载着乡愁和新型农民对精神文化与美好生活的向往与追求。”

作品标题　一个乡村文学社30年的坚守
参评项目　通讯
作　　者　吴国红　夏婧
责任编辑　兰世秋　强雯
刊播单位　重庆日报
首发日期　2017-02-01
刊播版面　第4版　文化周刊

作品评价

作为一个坚守30年的农村文学社，滴翠文学社俨然成了一个值得记录的乡土文化样本。作品文字朴实、结构清晰，从文学社的30年坚守入手，剖析其背后的深层次原因以及未来发展。内容涉及改革开放为农村带来的变化、经济转型时期写作者的困惑、文学作品如何扎根人民等诸多内容，视野开阔、采访扎实。

作品揭示了坚定文化自信，传承乡土文化的重要意义，展现了新型农民对精神文化与美好生活的向往与追求。

采编过程

2016年12月30日，滴翠文学社举行成立30周年座谈会。这个农村文学社从油印刊物起步，已刊发作品5000余篇，作品多次登上《人民文学》《诗刊》等刊物。是什么让一个农村文学社坚守30年之久，并获得如此成绩？记者随之展开深入采访。

在与社员和历届社长深入交流后，记者也采访了相关部门与专家，最终梳理成稿。

社会效果

作品被新华网、中国作家网等多家网站转载，并在重庆文学圈内引发对农村文学社的热议。在经济急剧转型时期，滴翠农村文学社以文化人，滋养一方土地。有专家称，作为文学世界的重要细胞，农村文学社往往被忽视，感谢《重庆日报》的关注。更有专家指出，报道在关注乡土文化的同时，对坚定文化自信、传播正能量具有重要意义。

文旅融合提速　全域旅游发力
一个精品景区集群在巫山已具雏形

重庆日报　管洪　张红梅　颜安

作为首批国家全域旅游示范区创建单位，巫山提出了“打造国际知名现代化旅游城市”的目标。

如今，大半年时间过去，进展如何？新春伊始，记者来到巫山采访，发现由于走对路，扎实干，该县旅游产业正呈现蓬勃发展势头。

怎么去
明年可坐飞机
未来坐高铁 2.5 小时可到

巫山，扼守渝东门户，坐拥小三峡、神女峰等知名景区，手握红叶节等品牌节会，发展旅游的条件得天独厚。刚刚过去的 2016 年，该县接待游客突破 1100 万人次，旅游综合效益达 40 亿元。

“旅游的前提是良好的通达条件，日益完善的基础设施为我们发展全域旅游创造了条件。”巫山县委书记李春奎告诉记者，就外部交通而言，巫山早已实现“4 小时重庆”，在水路上也有游船直达；在内部交通方面，去年 10 月该县已实现所有行政村通村通畅，开通农村客运线路 20 条，形成了较为便捷的路网体系。

但要打造国际知名的现代化旅游城市，这样的交通条件还远远不够，其突出表现在可进入性差，旅游业态长期停留在观光游、过境游的层面。

基于此，该县确立了打造渝东门户综合交通枢纽的思路，并积极付诸实施。目前，巫山机场已完成了主体工程量的 50%，预计明年上半年通航；郑万高铁巫山段已于去年 11 月全面开工建设，2021 年建成后坐高铁从巫山到重庆北只需两个半小时，到郑州约 4 个小时，到北京约 6 个小时。

此外，该县还将建成县城绕城路、龙门二桥、早阳大道等城市交通大循环，建设一批旅游环线公路，加快实现“城景通”“景景通”，构建现代综合交通运输体系。到 2021 年，巫山将初步形成对外“七横三纵三港一场八中心”和对内互联互通的交通网络，基本建成渝东门户综合交通枢纽，实现“2小时重庆”“2小时巫山”。

玩什么

一个精品景区集群已具雏形

提升旅游核心竞争力，景区建设是关键

要推动巫山旅游产品由观光为主向观光、休闲度假相结合的复合功能转变，由过境式快游向腹地游、深度游转变，由门票经济向产业经济转变，一批精品景区的建设必不可少。在全域旅游思路的指引下，巫山提出打造精品景区集群，构建无边界景区，力争在最短时间内让巫山成为全国少有的、同时拥有3个5A和一批4A景区的旅游胜地。

其中，3个5A级景区包括早在2007年已申报成功的小三峡和小小三峡，正在申报的神女景区以及建设中的当阳大峡谷景区，其玩法各有不同。在小三峡和小小三峡，游人乘舟行其间，抬头可见一线天，伸手就可抚到船外碧水，与山水有一种天然的亲近感；神女景区包括神女峰、神女溪等景点，是巫山红叶红得最早的地方，每年11月中旬开始，自山顶向下的两侧岩壁上，红叶密布，霜林染醉，山下的神女溪如一条玉带环绕，景色壮美；而地处巫山县大昌镇至湖北神农架之间的当阳大峡谷，集峡谷、溪流、瀑布、溶洞、草场、田园风光于一体，分布着轿子石佛像崖、当阳关、旗帜山等极具特色和令人震撼的景观，巫山将在此打造海拔2100米的葱坪湿地公园，群崖对峙、天开一线的里河景区以及当阳大峡谷漂流，将给游客带来不一样的体验。

同时，建设一批4A级旅游景区，包括：五里坡自然保护区，是重庆保存最完好的亚高山湿地；大昌古镇，是三峡地区独有的以徽派建筑为主体的古镇，国家林业总局已经批准建设重庆大昌湖国家湿地公园；九龙谷，以步游休闲为主的集溪沟、瀑布、溶洞于一体的峡沟型景观；梨子坪森林公园，以夏季休闲避暑和冬季赏雪为主；文峰公园，是俯瞰高峡平湖、品味巫山云雨的绝佳场地；巫山博物馆馆藏文物4万余件；杨柳坪艺术村，位于与县城隔江相望的南陵小镇，以接待艺术家采风为主。

据悉，为避免一哄而上，盲目开发，该县将掌握投资节奏，量力而行，分步实施。整个精品景区建设架构，力争在2021年前完成。

看什么

在龙骨坡遗址公园重温巫山猿人生活场景

春节前夕，第二届长江三峡旅游金三角文物艺术品交流会在巫山举行。

一时间文人墨客齐聚，彰显文旅融合神韵。

“文化是旅游之魂。没有文化的旅游就是走路，容易同质化、复制化、低端化和工程技能化，而要从根子上破解这些难题，必须通过文化导入。”巫山县文化委主任宋传勇说，在当今突出个性、内容为王的时代，以文化聚焦为手段，更有利于目的地发挥自身优势，打造鲜明的旅游品牌。巫山历史悠久，文化底蕴十分丰厚，有巫文化、神女文化、巴楚文化、移民文化等，今后，像这样的文化旅游深度融合活动在巫山将越来越多.

他透露了巫山在这方面的一揽子计划：

打造一批文旅景区。其中，最吸引人的莫过于占地9.12平方公里的龙骨坡遗址公园，在这里，游客将重温巫山猿人的生活场景，还可以看到步氏巨猿、中国乳齿象、剑齿象、剑齿虎、双角犀、小种大熊猫等珍贵动物化石。除此之外，该县还将建设中国三峡·大溪艺术小镇、高唐观遗址公园，复建南陵观、朝元观。

打造一台集人文、艺术和科技于一体的大型互动体验式室内演出剧目；拍摄一部具有巫山特色的影视作品，吸引扶持影视剧组到巫山创作拍摄，推动艺术团队在景区开展各种类型的节目演出，丰富游客文化体验。

在营销上，红叶节已成为一张名片。除此之外，该县还将利用自身得天独厚的山地资源，大力发展登山、漂流、游艇、龙舟、铁人三项等山水运动产品，培育巫山特色体育品牌赛事，提高游客的参与性。

产业方面，该县将建设神女文化创业产业园，打造以江东演艺项目为核心，集神女文化创意园、历史文化特色街区、休闲度假区于一体的文旅商综合体，盘活文化资源；还将新培育一批文化企业和民营文化小巨人，支持文化传媒商会发展壮大。

巫山计划到2018年，全县年接待游客1500万人次以上，旅游业对全县GDP的综合贡献率达15%以上；到2020年，年接待游客突破2000万人次……从根本上形成以旅游业带动农业，带动二、三产业全面成长，带动脱贫攻坚的发展格局，将绿水青山变成老百姓增收的“金山银山”。

作品标题　文旅融合提速　全域旅游发力　一个精品景区集群在巫山已具雏形
参评项目　通讯
作　　者　管洪　张红梅　颜安
责任编辑　张珂
刊播单位　重庆日报
首发日期　2017-02-10
刊播版面　第1版

作品评价

本文从怎么去、玩什么、看什么三个方面讲述了巫山打造全域旅游，推动文旅融合的思路和措施，文章条理清晰，文字朴实，展示了巫山贯彻五大发展理念和立足渝东北生态涵养发展区的主体功能而做出的实践，对类似地区有借鉴性。

采编过程

着力推进以巫山为中心的巫山—奉节—巫溪旅游板块发展，全面提升三峡库区旅游业发展水平，带动更多群众增收致富，记者一直关注这一话题，并在今年的“新春走基层”活动中进行了细致的采访，最终多次修改后得以成文。

社会效果

稿件见报后，国内外媒体广泛转载，众多网友留言点评，对推介巫山乃至长江三峡的旅游有一定的促进作用。

新乡贤推动乡村新发展

重庆日报　侯金亮

每次回家都有不同的感受和收获，与以往不同的是，这次春节回老家，我明显感受到一股蓄势待发的新乡贤力量，正在让过去封闭的村庄迸发出前所未有的生机。

我的老家地处山东沂蒙山区，村子里大约有1000口人。和很多村庄一样，过去这些年，这里人口流失较为严重，几乎处于半空心化状态。很多年轻人丧失了务农的基本技能，也不愿意重复父辈的老路，在外打工几年后，积累了一定的资本，就在县城买房，然后定居在城里。

这种变化表面看来似乎造成了乡村凋敝，但随着经济社会的进一步发展，一股新生的向上力量破土而出，给乡村带来了新的发展希望——村里之前走出去的那批人，如今开始以各种方式反哺乡村，参与乡村建设，推动乡村发展。比如，村里有两个典型的年轻人，一个是A君，从青岛引入一个服装加工厂，带动了村里五六十人就业，大大减轻了村庄的“空心化”；一个是B君，把村子里撂荒的土地租过来，盖起温室，种了很多草莓，和村里人合伙搞起了“草莓采摘”，年销售收入达30万元。值得一提的是，网络已经深度影响到农村。村里有个“90后”大学生，把乡邻的土鸡蛋收集起来，统一放到网上卖，过去一年净赚十万多元……就是在这种新生力量的驱动下，乡村的经济结构开始发生变化，由过去单一的种植经济，向观光、旅游、生产加工等综合型经济结构转型。

乡村的精神生活也在发生深刻变化。这次回去，感受比较深的一点就是重修家谱。长这么大我还是第一次赶上修家谱，也是第一次看到家谱。重修家谱不仅把宗族关系理顺了，更重要的是家族内部的关系更加融洽紧密。家谱修完后，家族内部建立了微信群和QQ群，一大家子上百人，同一个姓氏，同宗同源，相互帮助相互支持，其乐融融。

“物有报本之心，人有思祖之情。”在一定意义上，重修家谱就是通过重构家族纽带、重建家族伦理，进而重建乡村伦理。通过重修家谱，家族成员找到了根脉，建立起了更深厚的家族情感。同时，这种家族凝聚力、向心力、荣誉感，也在推动家族中的能人、贤人，通过各种方式回报家族与故土，“回流”到乡村建设中。

可以说，割舍不掉的乡土记忆和根植于血液的乡土文化，如今正在让越来越多有知识有文化有致富经验的能人，肩负起了新农村建设的重任，成长为乡村治理的重要力量。

不管是那些将产业、财富带回乡村的致富能人，还是通过家族联谊纽带回流乡村的贤人，他们都在通过参与建构和维护乡村的公共利益，通过协商沟通、张罗公共事务，通过实实在在地推动乡村建设发展，努力将村社凝聚成一个守望相助的命运共同体。这些“在土”“离土”的乡贤，早年多数是到某地创业的致富带头人，如今，他们把现代价值、先进思想观念、知识和财富带回乡里。可以想见，随着这些新乡贤的崛起，他们的观念、思想甚至对潮流事物的态度，都会潜移默化地影响周边乡邻，最终振兴的是整个乡土，从而使新农村建设迸发勃勃生机。

作品标题　新乡贤推动乡村新发展
参评项目　评论
作　　者　侯金亮
责任编辑　李妍　单士兵
刊播单位　重庆日报
首发日期　2017-02-07
刊播版面　第4版

作品评价

本篇文章为一篇返乡观察，作者根据自己的春节返乡经历，以敏锐的视角对自己的家乡新变化进行了深度观察。文章以新乡贤对乡村发展的推动为切入点，列举了几个新乡贤的生动案例，十分生动，接地气。另外，作者关注重修家谱，以及重建乡村伦理对培育新乡贤的作用，用一种比较深刻的角度阐释了新乡贤对乡村治理、乡村发展的重要意义。本篇文章文风朴实，逻辑清晰，以小见大，视角独到，是一篇不错的乡村调查评论。

采编过程

作者在返乡过程中深入观察，以一种独特的视角呈现出新乡贤对乡村崛起的意义。本篇文章的案例都来自乡村一线，十分接地气，整个观察历时春节一个假期。

社会效果

本文刊出后被新华网、人民网、光明网等媒体转载，社会反应良好。

一米多深的水，为何让九龙坡作协副主席王元琼夫妇殒命？

重庆晚报记者　廖平　文翰

14 日晚上 11 时许，九龙坡区杨家坪西郊支路桃花溪附近，一辆白色越野车冲破路边石头围栏掉入桃花溪中，车内一男一女经抢救无效死亡。死者系殷建彬、王元琼夫妇。丈夫殷建彬是沙坪坝区人民医院皮肤科专家。妻子王元琼是重庆市作协会员，九龙坡区作协副主席兼秘书长，九龙坡区文化馆戏曲文学部主任。

很多人都在问一个问题：溪边栏杆为什么没有拦住车？桃花溪的水并不深，为什么二人就殒命于此？

车从两棵树之间穿过去

15 日晚，记者再次来到事发现场。记者看到，路边一棵柳树被擦掉一块树皮，明显是被轮子擦挂。然而，这棵树旁边也有一棵柳树，两棵树之间距离 2. 77 米，比车身宽度宽了不到 1 米，但车就从两棵树之间穿过去了。现场并无刹车痕迹。

住在附近小区 11 栋的梁先生告诉记者，车从小区出来时，男子（殷建彬）因为喝了酒让妻子（王元琼）来开车，结果妻子因车技生疏，约半分钟没开动。

在记者得到的一段现场录像中，当时有辆车正要进小区，车上司机讲述了当时的情景："男的对我说，师傅麻烦退一点，我老婆技术不好。"于是这位司机退了几米。殷建彬又上车告诉王元琼，怎么取角度才不被擦挂。小区门口向左转是个 90 度的弯。据目击者描述，王元琼上车后，当时车头正对河边方向，大概半分钟后才启动，车"轰"一下就冲上人行道，然后撞断路边的花岗石栏杆冲入河中。

当晚施救者讲述事发情形
栏杆完全撞断豁口约7米宽

记者从现场看到，栏杆由花岗石组成，里面没有钢筋。出事车辆把栏杆完全撞断，撞出一个约7米宽的豁口。记者驾车模仿了当时王元琼从小区大门出来左拐的动作，路中障碍很多，只能以时速5公里的速度才能安全左转，王元琼应该是把刹车当成了油门。

车冲下河后，当时避让的司机马上打110、120，现场有人大叫。附近小区的业主赶紧来到河边，但因为堡坎有四米多高难以下河，于是去找绳子。有四个业主和一个保安参与救人。此时，车头栽入水中，车屁股稍微翘起。

据目击者说，救人者先摸到驾驶室，想把王元琼救出来，但卡住了无法拉出。又到后座救人，发现后座无人，于是从副驾驶座把殷建彬救出。此时离事故发生时过去了约10分钟。殷建彬救上岸时尚有生命特征，双腿抽搐。现场录像显示，事发20分钟左右，救护车赶到。医生现场努力为殷建彬做人工救护，但为时已晚。而王元琼在之后才由消防人员捞起来。

居民很奇怪附近为何总出事

附近小区9栋的张先生当时也在现场。他说，桃花溪的水，岸边能淹着腰，中间只能淹到膝盖，也就是说，深处不过1米多一点。至于为什么淹死了人，他分析："从当时救护过程来看，车身翻转冲到河中，应该是两人都被卡住了，无法逃生，水灌了进来。"

记者用随身携带的鱼竿伸入河中，出事车栽入的河段，水深处仅为1.25米左右。

在附近小区的业主QQ群中，好几名业主提到，桃花溪这一段"有点邪"，最近几年淹死几个人了。有业主也提到，"小区门口的路出了两三次大事故了，很奇怪。"

亲人说：保险公司只赔2万元

昨晚9点半，记者来到九龙坡区天福堂，见到了逝者殷建彬的姐姐殷建红和姐夫何国友。

何国友向记者出示了王元琼的驾照。记者看到，王元琼于2014年3月27日拿到驾照，2015年3月26日过的实习期。"王元琼平时极少摸车。"何国友介绍说，当时殷建彬夫妻俩在事发附近小区朋友家吃了饭，殷建彬没请代驾，而让王元琼驾车。殷建彬当时还教妻子怎么开，可见并没有喝醉。警方告诉家属的结论是：操作不当。据警方推断，王元琼启动时踩下油门后，发现未挂挡，于是挂上挡，但油门未松，结果车子一下冲了出去。

从殷建彬的行车证可以看出，这是一辆2014年4月10日注册的起亚索兰托，车龄不到三年。殷建彬表哥罗全告诉记者，该车保了交强险、三者险50万，座位险各1万，未保车损险。昨天家属已经与保险公司接洽，保险公司只赔2万元（一个座位1万），没有车损赔偿。

何国友说："建彬平时开车相当小心，技术也很好，所以他没有买车损险。"殷建彬、王元琼有一个儿子，在读初三。

好友忆王元琼

为人谦和　有责任感　心思细密

王元琼是四川人，今年45岁，重庆市作协会员，九龙坡区作协副主席兼秘书长，九龙坡区文化馆戏曲文学部主任。在《金山》《百花园》《青年作家》《天池小小说》等发表作品200余万字，出版有小小说集《陌生的城市》等两本。2月14日事发当日，《重庆晚报》副刊还刊发了她的作品《铜罐印象》，她还在文学交流群里发红包与大家分享喜悦。

《重庆晚报》副刊编辑钟斌说："听闻噩耗，简直无法相信。昨天才编发了她的文章，一路走好，才女元琼！"《重庆晚报》副刊部主任胡万俊则说："一个安静的、谦和的、温婉的、才气横溢的女子……每次见到，你都会轻轻地走过来轻轻地叫一声'万俊哥好'，然后轻轻地离开……昨日你发表的《铜罐印象》难道是你留给人世间的绝唱?"

14日下午，在九龙坡区天福堂，记者见到了九龙坡区作协主席罗雄华。他双眼含泪说，王元琼为人谦和，在工作上非常有责任感，平时话不多，但心思细腻，默默地做了很多事情，大家都看在眼里，打心里佩服她。他是今天上午10点知道这个噩耗的，现在还无法接受，没说几句，又陷入悲痛之中。

九龙坡区文化馆杨池馆长也痛心地说："王元琼的离开，相当于断了文化馆的一只手啊！她是非常能干的一个人，《九龙滩》杂志是她一人在编写，前两天大家还在一起排练节目，这人说没就没了……"

昨日，《重庆晚报》副刊旗下作家文友们，纷纷撰文写诗悼念好友。我们特意摘选了巴南区作协副主席李华的诗《桥下一定是一片花田——致王元琼女士》，以示纪念：

桥下一定是一片花田
——致王元琼女士

探出头来倾听桃花溪的春响
奈河桥上的孟婆
预谋了一碗玉液琼浆
她把玫瑰撒满生命的枫桥
诱惑你们一步一步走向迷离
痴痴傻傻的三生
迷迷糊糊的年轮
爱的青纱帐一定张灯结彩
白雪般的宫殿两小人诗意相依
是桃花的诱惑还是梨花的脆弱
断线的尘缘留下一个美丽的传说
不，不，桥下一定有一片花田
你们纵身一跃之际肯定也有誓言与盟约
像花一样开过了，像花一样爱过
等不及来生再见，就此相约

链接｜王元琼刊发在《重庆晚报》副刊上的作品

铜罐驿印象

早就听说铜罐驿历史悠久，源远流长的民间故事和动人的传说足以勾起对千年古镇的神往，更别说那风光旖旎的大溪河、庄严肃穆的天主教堂和古朴雅致的周贡植故居，以及万亩橘园花果同树的奇观。

有着百年历史的天主教堂坐落在树木繁盛的半山腰处，前面是座座农舍点缀。拾级而上进入拱圆形大门，矗立眼前的是尖顶高耸的经堂。花坛里月季花开得正盛，那株被称为“霸王鞭”的仙人掌据说也到了耄耋之年，根部已经呈现出腐朽的老态。岁月弥久的沧桑，依然抵挡不住它向上生长的脚步，这反倒成了一大奇景，正如一位残疾的老人虽然下肢无法支撑整个身体，上肢却充满青春的活力。所以，我们看到的其实是一座仙人掌假山，用假山作为仙人掌的依托，成就一处壮观绝美的风景，到此一游的人无不赞叹。我的脑海里不断交替重叠着两幅画面的碎片：过去，战火纷飞的岁月，几经迁徙的学校，流离失所的百姓，避难的场地混乱不堪；今天，宁静祥和的年代，虔诚信徒忘我的眼神，周末清晨醍醐灌顶的祈祷声。

我搜寻着电影里、书本中所了解到的关于天主教的只言片语，哥特式建筑四围花木掩映，风雅别致，一切都那么和谐。每一根青砖砌成的柱头都见证着百年历史的沧桑巨变。只有那个泛着寒气的地窖和几排简陋的教室似乎还在诉说过去的艰辛。

沿着大溪河，一侧是开阔的农田，种满油菜、小麦、蔬菜等当季作物，一壁是高峻连绵的山峰。令人惊喜的是健身步道一旁茂密的竹林，满目葱茏。颀长的枝干，宽大的竹叶，随着清风摇曳生姿。友人告诉我说，这种竹子叫楠竹。我到过宜宾和永川的竹海，见过斑竹、慈竹、凤尾竹……唯独对楠竹没有印象。欣喜之余，想起前不久才看到的一首诗，还能清楚记得里面的几句："你能生长在典雅的宅前屋后/也能扎根于贫瘠的石缝深谷/……在积雪尚未融化之际/你就蓄势待发/悄悄地从地底下破土而出……"细碎的阳光落在叶子上，镀了一层金黄，泛着陈旧日历的光芒，轻易就将人从现实带进如烟如梦的往事。河水澄澈如练，碧波无痕，光滑平静如一面镜子，偶尔有几只水鸟从水面掠过，五颜六色的蜻蜓在竹林间飞舞，甚至路边的杂草都充满诗意地生长，顽强地窜出石缝，窜进人的心底。这是春天的魅力!

印象深刻的还有那座古老的石桥。窄窄的桥面，几个桥墩作为支撑，就撑起了一座通途，虽然古旧朴素得有些寒碜，但却在青山绿水中显出别样的美。朋友打起遮阳伞翩然走过的倩影让我短暂失忆，脑海里旋即浮想联翩：细雨蒙蒙的午后，茂密幽深的竹林尽头，一座断桥横亘眼前，貌美如花的白娘子束手无策地站在雨中，正在顾盼时猛然发现修长如竹的许公子，于是芳心萌动，这样的爱情不独在过去。当款款深情融入自然美景，一切都是那般浑然天成。

在看到瀑布的刹那我几乎挪不动脚步，我流连于它那泛着银光的粼粼波纹。

走过颇为僻静的小路，就来到闻名于世的周贡植故居。掩映在绿树丛中的四合院，寂寂无声的院落，我仿佛看到那位器宇轩昂的阔少爷从泛黄的史册走出，神态自若地应对告密的特务，从容镇定地布置着党组织的工作。他铿锵有力的誓言至今回响在铜罐驿人的耳畔。我们有幸见到了他的侄子，那位年过花甲的老人，他颇不好意思地为我们讲解故居的过去，轻描淡写地告诉我们战争岁月发生的那些事，让我油然心生敬意。

铜罐驿之行的收获不仅仅如我描述般单薄，硌五洞、仙女凼、马脑壳、猫儿峡以及大溪河文化生态长廊每一处知名或无名的古迹胜景，都散发着恒久的魅力，召唤着你和我。

作品标题　一米多深的水，为何让九龙坡作协副主席王元琼夫妇殒命？
参评项目　消息
作　　者　廖平　文翰
责任编辑　陶昆
刊播单位　重庆晚报
首发日期　2017-02-15
刊播版面　慢新闻 APP

作品评价

这是一个突发新闻，也是一个共有新闻，市内媒体都得到了消息。本篇文章的出彩之处在于：①采访条线全面，既有现场当事人的采访，又拿到了现场视频录像，还有家属的采访以及家属转述警方的说法，通过多线采访，基本全面还原事情的经过。②采访过程精细。为了探明桃花溪水深度，记者特地带了鱼竿和卷尺去现场；为了弄清失控瞬间的情况，记者特意驾车模拟了当事人的操作过程。整个稿件既有各方说法，又有记者实验，可以说是一篇比较优秀的消息稿件。

采编过程

2 月 14 日深夜事故发生后，我们于第二天上午得到消息，于是当即派记者赶赴现场采访，慢新闻 APP 在下午发出了第一篇稿件，有现场目击者采访以及逝者同事朋友的采访。但这篇稿件感觉对现场还原较弱，于是傍晚时，第二批记者再次探访现场，通过对现场多位目击者的采访，并赴殡仪馆采访逝者家属，看到女驾驶员的驾照信息及车辆行驶证，了解到两位逝者的信息，以及警方说法，再次成稿，在 APP 里滚动刊发，并且第二天报纸也做了刊登。

社会效果

由于这是一起突发事故，发生地点又在熟悉的区域，引起了市民的极大关注，传言纷纷，有说两人吵架导致失控的，有说女子想自杀的，有说涉及第三者女子故意冲下河玉石俱焚的。本文刊发后，引发大量转发，通过切实的证据让市民了解了车祸的经过，澄清了一些谣言。

全媒体传播效果

本文在慢新闻 APP 中获得了至今为止最高的点击量，91548 次。

此外，该新闻被腾讯新闻、澎拜新闻、搜狐新闻等 APP 转发，被国内 42 家新闻网站转发，累积点击量超过 200 万次。

除丧葬嫁娶外，拒绝一切无事酒

重庆晨报记者　张旭　王珊

36 岁的谢金华是石柱县桥头镇赵山村的一名乡村医生。虽然在村里从医十多年，但一直都过得默默无闻。他没有想到，前几天托人写下的“拒绝无事酒”告示，却将自己推到了风口浪尖。

谢金华说，他这样做真的是出于无奈，虽然当了“出头鸟”，但不后悔说出心声，也会将自己的承诺践行下去。

波澜

一纸“拒绝无事酒”告示

如果不是那半张红纸上的字，谢金华是不会引起外界对他过多关注的。

2 月 7 日这天，谢金华作出一个决定：他找来半张红纸，要写一张告示。谢金华是村里唯一的一名医生，他的诊所附近有一所小学，他找了一位小学老师：“把意思给他说了，让他给我组织语言，写毛笔字。”

这名小学老师给他写了一则“温馨提示”，大概内容是：因收入微薄无法承担太多应酬，除丧葬、嫁娶之外，拒绝参加一切酒席，望亲朋好友、父老乡亲多多理解。告示的落款人为“谢金华”。

谢金华把这个告示贴到了村里的通行要道，他的原意是想通过这个告示告诉村民“我不想参加无事酒”。当天，谢金华还拍下了告示的原文，发了朋友圈。

他的朋友圈有 248 个好友，不到三天时间，谢金华的告示被不少网友、网络平台转载，引起轩然大波。

心声

“无事酒”让他不堪重负

谢金华所在的村是他的老家。2002 年，谢金华从石柱卫校（该学校现已撤销）毕业后，回到那里，15 年间，村里的每一个人、每一件事，他都有所了解。

村里的户籍人口有 300 余人，常住人口有六七百人。和其他普通乡村一样，村里人多以种地为生，年轻力壮的到外地打工，有条件的搬到县城。“留在农村的，条件并不是很好。”

谢金华是持证的乡村医生，平均月收入不到3000元，老婆没有工作，儿子还小，偶尔要补贴长辈，一家人全靠他的工资，确实有点不堪重负。

谢金华说，2月7日贴出的告示，其实是自己多年来的心声。“我并不是不懂人情世故。”谢金华坦言，这份工作收入并不高，甚至比不上自己外出打工的兄弟。因为认识的人多，他的“哥兄老弟”不少，亲朋有事，忘不了他“谢医生”。“别个说要整酒，喊你来耍。这时若不去，也不好。”

谢金华说，他对亲朋没有怨言，历来也是逢喊必至。但这些年，他渐渐发现，整酒的味道越来越不对了。“搬家酒、生日酒，这些越来越多，而且占了主力，好家伙，你整我也整，‘无事酒’打堆堆。”

去年腊月的最后几天和正月前几天，是酒席的高峰期。他统计了一下，这些天“吃”了31次宴席，其中只有4次是“结婚酒”，其余27次都是“搬家酒”。给“吃”打上引号是因为他并没有每家都到场，“人没到，但份子钱要到”。

谢金华给这些人随的份子钱，多则200元，少则100元，一共送出了4600元，接近他两个月的工资。

反响
父母嫌丢人，也有人支持

贴这个告示之前，谢金华是下了大决心的。村里人怎么议论，他还没来得及去收集，却接到了父母打来的电话。“儿啊，你不该搞这个事（贴告示），人活一张脸，别个啷个过你啷个过。”父母认为，他的行为不妥，甚至有些丢人现眼。

其实，父母的担子也不轻。谢金华说，他的父母、兄弟跟自己的情况一样。父母年岁渐高，本不想让他们太劳累，但父母还在干活，而劳动所得，很多都充了人情债。

“写得很好，写出了他内心的拒绝”“有勇气、精神可嘉，本人认为红白喜事还是要送的，至于送多少，量力而行就好”“应该这样，现在有的人想方设法请客捞钱”“道出了社会的实情，人民的心声”“也是被逼无奈，可是还是有很多人在硬撑着”……有网友把谢金华的告示贴到网上，不少人从自己的角度进行了解读。

而在两天后的2月9日，谢金华所在的赵山村村委也贴了一份“公告”，全文如下：“即日起，凡属违规整酒（学生酒、满月酒、乔迁之喜、丧葬接礼等）。仅允（许）简办婚庆丧葬，其他一律不予参加。望全体村民、基层干部自觉遵守监督。”

2月10日，赵山村党支部书记李章福向记者证实，他们确实贴了这么一个公告。“无事酒太恼火了，我们也深受其害。”李章福说，他想通过这个公告，遏制住村民的“无事整酒”之风。

“说实话，这也是大家的心声，大家都很赞成。”2月12日，李章福说，村委贴出公告后，在村民中引起较好的反响，希望通过这样一个办法，让风气好转起来。

有人说是炒作　早晓得不发了

重庆晨报：想到过没有，这件事会引起这么多关注？

谢金华：没想到，拒绝“无事酒”，我是很有决心的。不过，我活动的范围，也就是这个村，以及自己的人情关系。外面的世界是什么样子的，我不知道。我只需要在这个村把这句话说到位就行。

重庆晨报：为什么要写毛笔字、贴红纸？

谢金华：我的本意是在本村广而告之。不写不行，都是“哥兄老弟”的，他喊了我不去也不好。贴告示，并不是要跟亲朋绝交，只是请大家谅解我的难处，不要喊我，也避免一些尴尬。

重庆晨报：贴出来后，反响如何？

谢金华：声音各不相同，我都不去听了。有人赞成有人反对，各个情况不同，对我个人也是如此。这些我都来不及去听，我也是没得办法之举，先是发发朋友圈，没想到影响会恁个大。有人说是炒作，早晓得不发了。

重庆晨报：接下来咋办，你会改变吗？

谢金华：拒绝无事酒，我不会改变。

“谢医生，这事你整得好！”

重庆晨报首席记者　王珊　记者　张旭

不堪重负，实在不想再吃无事酒的36岁石柱乡村医生谢金华，将拒绝无事酒的“告示”张贴在了村里的每一处通行要道。在当地，这张红纸黑字的告示，将他推至风口浪尖。

2月13日，《重庆晨报》报道了谢金华此举后，引发社会广泛关注，央视等各大媒体也跟进报道。对此，自认当了“出头鸟”的谢金华昨日说，在村里日子有些难过，但绝不后悔这样做。

“辛苦挣来的钱，希望能够维持家计。”

这几天　好多村民向谢金华道谢

石柱县桥头镇赵山村，常住人口六七百人，90% 以上的村民与谢金华是熟人，在乡亲们看来，个头不算高、平时话不多的谢医生，这次倒真帮着大伙说了句大实话。

自 2 月 7 日谢金华张贴了拒绝无事酒的告示后，他就成了村里的焦点人物。这些天，走到哪，都有人跟他提及此事。在他看来，无非自己说了句老实话，帮村里好些硬扛着吃无事酒的人把想说的话说了出来。今年 1 月以来，村里陆续操办的大大小小酒席就有三四十场，把不少村民逼得够呛。

“这些喜酒，基本上都是搬家的、装修房子的，很少有真正的婚丧嫁娶!”谢金华说，张贴告示，是自己实在不想再硬扛着吃这些酒，“辛苦挣来的钱，希望能够维持家计。”

连日来，无论谢金华走到哪，总有人对他竖起拇指：“谢医生，这事你整得好!”

“如果真把这股风气刹住了，怎么不是好事?”

立家规　他结婚 14 年不办无事酒

在谢金华张贴告示后的第 3 天，赵山村村委会也张贴出了限制无事酒的红纸告示。这是谢金华希望看到的结果，“如果真把这股风气刹住了，村里每户至少一年可以多存下三四千元，怎么不是好事?”

不过，谢金华最近也感觉有些烦恼：这张告示说出了大伙心里话的同时，也让一些正打算办酒的乡亲觉得恼火。

这个月，村里马上就有一场酒席，属于搬家酒，谢金华的告示一出，引来各方关注，这场酒自然是办不成了，“听说办事那家人在酒店订金都交了……”

问心无愧、实话实说，这是谢金华最近常跟人解释的几个字。村里有人说他出风头，对此，谢金华觉得，真把这股风气清干净了，这风头出得也值了。其实，结婚 14 年、育有两子的谢金华成家后再未办过酒席，除了红白喜事外，不操办任何酒席，这也是他给家里立下的规矩。

订村规　村里跟无事酒斗争到底

昨日上午，谢金华被通知到村委会，村干部希望他能配合接下来的工作，要把拒绝无事酒的事情办到底。“看这架势，村里是要治无事酒了！”谢金华说，这样的结果在他意料之外，但也是最希望看到的。

“这几天，村支两委也正在开会，大家讨论的问题，还是怎样制订一些村规民约来抵制无事酒。”石柱县桥头镇赵山村村委党支部书记李章福说，他已召集了不少觉悟比较高的党员和群众，商量村规民约的细节。

李章福说，也有一些村民担心，不接着整酒，之前送的礼金收不回来了，即将准备整酒的人心里多少有点不痛快。“但从长远来看，这样对大家都是好事，把钱用在该用的地方，不再为整酒的事太过费心劳神。”

李支书说，村规民约还在进一步酝酿之中，他希望谢金华这样的人能够多一点，大家相互体谅，在不与法律相抵触的情况下，把村规民约制订出来，利用群众和农村自己的力量，跟“无事酒”斗争到底。

“如今产生这样大的影响，实属意外。”

被热议　谢金华上了头条上头版

昨日上午，陆续有记者来到赵山村，他们的焦点是说了句大实话的谢金华。同日，《中国青年报》在头版位置对此事进行了跟进报道，中央电视台也派出记者跟访此事。

对媒体的关注，谢金华坦言大大出乎自己的意料，“如今产生这样大的影响，实属意外。”

乡村医生谢金华，也成了网友们热议的对象。今年 37 岁的崔宁，在朋友圈转发了谢金华的“告示”。她说，谢金华的举动砸中了很多人的痛点，“人情往来几乎是每个人都要面对的事，这也无可厚非。但我们要在保持传统风俗的基础上，取其精华，去其糟粕，确实不应该让酒席成了负担。”

整治无事酒，看看这些区县的做法

重庆晨报首席记者　王珊　记者　张旭

近日，重庆晨报刊登了石柱乡村医生发告示拒绝无事酒的新闻（2 月 13 日第 7 版《除丧葬嫁娶外，拒绝一切无事酒》；2 月 17 日第 8 版《谢医生，这事你整得好！》），不少市民、媒体也在关注重庆区县整治无事酒的情况。那么，这些区县又是怎么做的？达到了怎样的效果，且听记者以巫山县、巫溪县、酉阳县为例，为你一一梳理。

范本1　巫山

干部操办无事酒　一律先免职再处分

职工操办升学宴，单位班子成员要受罚；干部操办升学宴，一律先免职听候处分……近年来，重庆市巫山县纪委针对“升学宴”“谢师宴”等无事酒重拳出击，起到了良好效果。

高考前摸底“升学宴”

以去年为例，6 月，巫山县纪委在高考前就下发通知，要求各单位、乡镇、街道对干部职工子女就读高三的情况进行认真排查并如实上报，以便摸清家底。全县 80 个单位 420 名干部职工的子女上报了参加高考的信息。

此外，各单位还专门明确了一名责任领导进行一对一帮教，对可能操办“升学宴”的情况做到心中有数。在此基础上，巫山要求各级纪委、纪检组对苗头性倾向性问题早打招呼、早提醒、早约谈、早制止，严防借“升学宴”“谢师宴”等无事酒之名，行大操大办设宴敛财之实。

干部操办升学宴被免职

在此基础上，巫山除紧盯可能操办升学宴的党员干部外，还加大监督检查力度，组织专门力量到酒店、农家乐开展明察暗访。对顶风违纪操办“升学宴”的党员干部一律先免职，再视情节轻重给予党纪政纪处分，并从严追究帮教责任人和所在党委（组）主体责任、纪委（纪检组）监督责任。

去年 6 月，该县高唐街道信访科工作人员陈某，因女儿高考后违规操办升学宴被立案调查。随后，县纪委决定给予陈某党内严重警告处分，并责令陈某退还礼金，高唐街道党工委也辞退了陈某。

范本2　巫溪

设“总管讲堂”　社会贤达出力整乡风

针对农村地区大操大办、无事整酒的陋习，巫溪县探索设立“总管讲堂”

进行劝导，制订村规民约予以约束。

“总管”是有力推动者

“总管”，是指受主人委托统管操办红白喜事的能人，其中90%以上是往届或现任村、社区干部，还有一部分是受人尊敬和信任的地方贤达。年过六旬的龚方清就是巫溪县尖山镇有名的“总管”，也是一名“节俭总管”。

办酒席的过程中，“节俭总管”劝导办酒宴主人逐渐减少办席顿数和菜品，不燃放或少燃放烟花爆竹等。通过这种方式，既为老百姓节约了银子，又保住了面子。在巫溪县，目前这样的“总管”共有487个。在各级党委政府的倡导下，他们逐渐成为“整酒风”行动的有力推动者。

镇领导的“办酒”“治酒”记

现任巫溪县田坝镇副镇长袁太平，曾因办“无事酒”被免去了文峰镇武装部部长职务。“纯粹是存在侥幸心理，想办个搬家酒，把送的人情债补回来。”袁太平至今非常后悔。当时，工作人员把已经收到的10万礼金送还来客，免去了他的武装部部长职务。他的事还被中纪委列为典型案例，对全党进行党风廉政教育。

“失之东隅，收之桑榆”，袁太平被免去领导职务后，并没有就此消沉，而是克服心理障碍，当上了镇上的纠风办主任，发动大家来劝导群众不办酒。在他的现身说法下，文峰镇的无事酒整治取得较好效果。2016年10月，他重新得到提拔任用，在田坝镇担任副镇长。

以村规民约明确“整酒”的范围

2014年4月，巫溪县出台了《严禁党员干部职工大操大办借机敛财试行办法》，对党员干部操办婚丧嫁娶事宜作了17条具体规定。

党员干部职工用制度管，民间的大操大办怎么引导？巫溪的做法是：用群众的办法解决群众的问题。县纪委会同县民政局，修订完善了以禁止操办婚丧嫁娶以外的“无事酒”为主要内容的村（居）规民约，明确了“整酒”范围、条件和程序。不大操大办、不整“无事酒”已成为越来越多当地群众的共识。

为强化监督和查处，全县公布监督举报电话76部，共查处违规大操大办问题31起47人，纪律处分6人，免职23人，组织处理18人，问责6个单位10人。

巫溪县纪委介绍，自开展专项整治以来，全县每年比往年至少少操办整酒宴席 1.2 万余起，一年可为群众减少礼金负担 10 亿余元，户均减少人情支出 6000 元。

范本 3　酉阳

书记县长直接抓　全民“围剿”不正风

在渝东南地区，酉阳县治理违规请客送礼风得到一致认可。17 日，记者从酉阳县纪委获悉，从 2014 年 3 月专门召开了请客送礼风专项整治行动以来，全县共有效劝导村民取消拟操办事宜 279 件；对 53 家餐饮企业和宴席承办场所进行了监督检查，责令停业整顿 1 家，取缔 2 家；对 27 名干部违规请客借机敛财行为进行了查处，3 名领导干部被免职。

“违规请客送礼风”是如何刹住的?

早在 2014 年 3 月，酉阳县委召开全县动员大会，正式开始了对违规请客送礼、借机敛财之风的“围剿”。“不再只是纪检监察部门单打独斗，而是全民参与。”相关人士表示，当年声势浩大的整治行动，首先是县委书记、县长直接抓，同时把主导责任落到了各部门、乡镇的“一把手”头上。县委书记分别与乡镇党委书记和部门“一把手”签订了责任书，明确了各部门党政主要负责人为第一责任人；落实属地管理责任，各乡镇党政主要负责人为本辖区的第一责任人。乡镇工作人员、村（居）干部由乡镇党政主要领导负责管理。

与此同时，10000 余名党员干部、国有企事业职工签订了责任书和承诺书。对广大群众中的违规请客敛财行为，则通过由各村村民共同来制订相关的村规民约进行约束管理，全县 278 个村（居）制订完善了村规民约。

防范反弹有高招

当年，违规请客送礼、借机敛财的“毒瘤”基本上被割掉，但这并不意味着整治工作的结束。更重、更难做的工作还在后头，这就是防范反弹。

在防范反弹上，酉阳县委提早有了部署，就是通过宣传教育、制度规范、严格查处等多方面建立起防范反弹的长效机制，巩固整治成果。在酉阳，15 个县委督导组负责对所督导的乡镇、部门和片区进行监督检查。并组建了由公安、市政等部门人员组成的综合治理执法队伍，负责对承办宴席的餐饮企业和场所的监督管理。

同时，抓执纪问责，加强劝导制止。酉阳县纪委表示，自治理违规请客送礼专项整治行动开展以来，酉阳违规请客送礼之风得到有效遏制，形成了风清气正的良好社会氛围。

作品标题　除婚丧嫁娶外，拒绝一切无事酒（系列）
参评项目　系列报道
作　　者　张旭　王珊
责任编辑　黎伟　李德强　金鑫
刊播单位　重庆晨报
首发日期　2017-02-13
刊播版面　2 月 13 日第 7 版　2 月 17 日第 8 版　2 月 19 日第 4 版

作品评价

“整治无事酒，重庆晨报这篇稿件做得好，各媒体可多关注区县类似题材。”这是宣传部领导对本报道的批注。这个系列报道，的确做得漂亮，不仅写出了人物故事和影响，也有深度和人文情怀，对此事件、人物的报道，在同城乃至全国媒体之中遥遥领先。

采编过程

从网络发现线索之后，记者克服重重困难，包括一些部门的推诿和撒谎，找到了当事人。运用丰富的细节，把稿子的影响力发挥到极致。在进行纵深采访时，记者又利用熟悉区县的优势，进行了深度解析。

社会效果

稿件引起了中国青年报、中央电视台等重量级媒体的重点关注。头版、专题报道。谢金华医生受邀参加央视农业频道的节目录制，“一切都要谢谢第一篇报道”，传播力之广、之深，堪称最佳。

全媒体传播效果

第一篇报道《除婚丧嫁娶外，拒绝一切无事酒》，就有百万的点击率。本报持续推出后续报道，引起了全国各大门户网站、媒体竞相关注、转载。不仅市民、网友热议此事，一些单位、组织也关切此事，起到了很好的传播作用。

身边有啥“大洋怪重”地名？请你向966966反映

重庆晨报记者　任明勇

明明是重庆主城区的住宅小区，却非要取一个貌似“洋气”的外国名字！上周四，重庆晨报8版头条推出报道《小区命名崇洋媚外，“好莱坞”被令更名》一文后，在主城读者中引起了强烈反响，有读者致电建议各区民政部门加大清理“大洋怪重”地名的力度。

也有开发商主动找到民政部门，要求继续使用这些“大洋怪重”地名，并表示可以缴纳一定的罚款。开发商给出的理由是，这些年陆续投入的营销推广费用，已经高达数百万元，并在这一区域的老百姓心目中有了一定的影响力。

当然，民政部门的态度也非常坚决，继续使用这些“大洋怪重”地名，是不被允许的，将被勒令停止。民政部门认为，使用“大洋怪重”地名的住宅区名字，既不是政府批准的标准地名，也不符合命名标准，即使申报，也是不能通过的。

市民政局有关负责人说，对已被社会广泛接受、使用时间较长和人民群众习惯并认同的地名，应保持相对稳定，原则上不予重新命名或更名，对可改可不改的地名不予更改。

若你发现身边的地名有“大洋怪重”的现象，可以向重庆晨报966966公众服务中心热线反映。我们第一时间将你的建议，转交给市民政局和主城各区民政部门。

大地名例子：
骏逸南山、鹅岭峰、外滩小区等

解释：“大”，指违反《重庆市地名管理条例》关于“地名要反映当地人文或自然地理特征”等规定，在含义、类型和规模方面刻意夸大，地名的专名或者通名超出其指代地理实体实际的现象。专名刻意夸大的主要表现是过分夸大住宅区、建筑物等地理实体的使用功能；通名刻意夸大的主要表现是层级混乱、名实不符等。

点评：骏逸南山小区，本身就是一个居民住宅区，却偏要以一座山来命名。南山并非一个小区，这个小区也并非一座山。总的来说，这类“大”地名，名不副实。

一街之隔竟有两个“东南亚”李家沱这两个小区搞晕好多人

重庆晨报记者　任明勇

地名是最能体现一座城市人文底蕴的地理信息，也承载了大量的城市记忆与情感。一些商业楼宇、住宅小区取名盲目贪大、媚洋、求怪、重复，导致“大洋怪重”的新地名滋生，对一个城市的文化传承非常不利。

2 月 21 日，本报《寻访城市文脉》栏目推出了关注“大洋怪重”地名系列报道的首篇报道，读者根据本报发出的“征集令”提供了大量“大洋怪重”的地名，并批评这种现象。你身边还有啥“大洋怪重”的地名？请你拨打 966966 告诉我们！

两个小区的名字都叫“东南亚”

“每次途经李家沱转盘时我都在想，这个小区为啥取名为‘东南亚’？它和东南亚有啥关系？”年近古稀的老李在李家沱生活了几十年，这个问题也困扰了他很多年。

老李所说的“东南亚小区”，在李家沱转盘处的都和广场旁，具体位置在巴南区马王坪正街 12 号，全名是“东南亚商厦”，里面有几栋住宅楼宇。不过，附近的人并不叫它“东南亚商厦”，一般称为“新东南亚”，因为公路对面不远处还有一个被大家称为“东南亚菜市场”的地方，菜市场旁边这个小区的名称中也有“东南亚”。为了与“东南亚商厦”区分开，大家平时都叫它“老东南亚”。

为啥叫“东南亚”？记者在“老东南亚小区”附近问了很多人，都回答不上来。曾经在小区里租住了一年多的欧先生也对“东南亚”这样一个小区名字纳闷，但他没有刨根问底，只是常拿自己租赁的房子和朋友们开玩笑：“我住在东南亚哟。”

小区虽然不错，但名字让人费解

如果说巴南李家沱的“新东南亚”和“老东南亚”属于老旧住宅，存在“大而重”的现象，那渝北空港新城一开发商给楼盘取的名字就有些“洋而怪”了。日前重庆晨报报道的“好莱坞”小区被责令更名为“好来屋”小区一事，便引发了一些市民的关注。据渝北区民政局介绍，渝北区空港新城一个曾经名叫“好莱坞”的小区，盲目使用外语的汉字音译形式命名，被要求整改，后改为了“好来屋”小区。

实际上离此几百米远，这家开发商还修建了一个名字同样让人摸不透的花园洋房小区，名叫“林里3000”。在此购房已3年多的黄女士说，小区环境不错，品质也可以，但迄今为止她都没有搞清楚小区为什么叫“林里3000”。“每次有亲友问起，我都要把这几个字重复好几遍。”事实上，就连这个小区的置业顾问和物业管理也回答不了小区为什么叫这个名字。

“大洋怪重”的小区名始于17年前

据市民介绍，“大洋怪重”的地名其实在主城各区都有，主要是一些商业楼宇、住宅小区的名字。一位从小在主城长大的中年男士说，大概从2000年开始，贪大、媚洋、求怪的小区地名就如雨后春笋般不断冒出。他举例说，在滨江路有一个小区，明明只有3栋楼房，但取的名字是“某某城”。实际上，叫某某城的商业楼宇、住宅小区还不少。从地名的具体管理而言，开发商如果以“城”命名，建筑面积应在20万平方米以上，是一个大社区，附设有学校、商场、医院等设施。

“贪大”的地名表现不只是在“城”字上，有些住宅小区和一些商业楼宇，也常常用“国际”“时代”“花园”“广场”来命名。正因为这些词的使用频率高，所以撞名率也高。

市民政局说，各建设单位应依照相关规定和程序及时申报地名、正确使用地名，市民在购房过程中也要查验开发单位是否申报标准地名，以免给日后落户和通邮等带来麻烦。

楼宇小区取名字不要太任性

网友深白色：我觉得也是，现在那些大楼动不动就是什么什么“国际”，里面全是中国人在上班，企业也全是国内微企，甚至卖的是三无产品……

网友装斯文的人：崇洋媚外也好，创新求怪也好，这只是表面现象，这背后其实是商人们在逐利，是地产界的朋友们在制造“轰动效应”而已。

网友杞人：强烈支持路名、街名整改，认祖归宗，发掘传统文化。

网友渝州雾：重庆地名使用了堡、坎、坝、坪、湾、沟，听起来多亲切！

“大洋怪重”的名字都是产品名

按照民政部门的说法，实际上这些使用“大洋怪重”的名字的住宅小区和商业楼宇，都不是政府命的名，如果用作地名，即使申报也是不能通过的。那么，这些“大洋怪重”的住宅小区、商业楼宇的名字，是怎么出炉的呢？

“实际上呢，这些小区楼宇的名字，对很多开发商来说就是一个产品名称。”市内一知名房地产开发商的企划部经理告诉记者，前些年小区命名过程可谓五花八门，有的照搬，有的照抄，但总的来说都是“内部命名”，几乎不向社会征求意见。

当然，这些年发生了一些变化，一些成熟并有一定规模的开发商在给小区楼盘命名时会邀请专家、学者、媒体及业内人士来座谈，抛出几个名字讨论，再作最后定夺，“总的来说，不管取啥名字，都是为了让房子更好卖，更能打动人。”

重庆第一峰“阴条岭”咋就成了“旭日峰”

重庆晨报记者　任明勇

半年前的全国测绘法宣传日活动上，重庆市规划局，重庆市规划局（测绘地理信息局）组织重庆市地理信息中心，编制了《重庆地理之最地图》，标明了42项重庆地理之最。其中重庆海拔最低点是巫溪县境内长江出重庆界的巫峡长江江面，重庆海拔最高点就是巫溪县阴条岭。

地名是最能体现一座城市人文底蕴的地理信息，也承载了大量的城市记忆与情感。本报《寻访城市文脉》栏目周二推出关注“大洋怪重”地名系列报道之后，这几天有不少市民纷纷吐槽并批评“贪大、媚洋、求怪”地名现象。

同时还有读者反映，局部区域存在着随意更改名字的情况。被外界冠以“重庆之巅”和“重庆第一峰”的阴条岭，不知何时被更改了名字，取而代之叫“旭日峰”，并在山峰前立下了一标志物。

叫了几百年的地名随意更改，是否太任性？

举报：
重庆第一峰被人擅自更名

重庆最高峰在哪里？巫溪县境内，一个叫阴条岭的地方，最高峰海拔 2796.8 米。这也是一个逐渐被外界市民知晓的地方，因为其主峰阴条岭是重庆的最高点，也被称为“重庆第一峰”，这些年前往登高望远者越来越多。

而整个阴条岭自然保护区，是国家级自然保护区，是神农架原始森林的余脉，面积为 12 万亩，其主峰阴条岭海拔 2796.8 米。

网友王先生日前在政府公众信息网上反映：当地有单位认为重庆最高峰阴条岭是山脉名称，从而认为主峰应该有自己的名字，于是命名为“旭日峰”。

“事实上，阴条岭就是重庆最高峰惯用的名字，是巫溪县境东北部界梁子山的主峰，又称太平山，海拔 2796.8 米，为重庆最高山峰。”王先生说，阴条岭突然改为旭日峰，这是对历史的不尊重，“希望能够尊重历史、尊重民间约定俗成，改回阴条岭。”

调查：
阴条岭之名其实古已有之

阴条岭这个地名是怎么来的？办理单位市民政局展开了调查，并查阅了大量的文献资料。

经初步调查，阴条岭是约定俗成的老地名，清朝初期以来的《水道提纲》《三省边防备览》《清仁宗实录》等书籍对阴条岭均有大量记载，社会已广泛使用，对其指代范围也有一个基本共识。

文献资料显示，清初齐召南修撰《水道提纲》时，阴条岭已收入书中，由此可见，阴条岭得名至少可以推到清初。但一般来说，一个地名出现的时间，肯定比有史可载时间更早，因而推断一个地名出现的时间时，要比志书更往上推一段。所以也可以推论阴条岭可能明代就有了，只是志书没有记载。

不过，从清朝中早期文献及其附图来看，阴条岭的实体范围可能是一片山岭，而从清末、民国、中华人民共和国成立至今的相关地图分析，阴条岭是重庆与湖北界山即界梁子山的主峰。

另外，从文献分析看，阴条岭的指代范围在广义上是指阴条岭自然保护区和文献中的阴条岭，即渝鄂交界处的一片山，但随着人们追寻最高峰的渴望，阴条岭现今也有了“最高峰”这一狭义的所指。

正名：

阴条岭才是标准的地名

总的来说，阴条岭就是个古地名，明末清初有关书籍及志书等古资料均有记载。那么，擅自将阴条岭改为“旭日峰”是否可以呢？

根据国务院《地名管理条例》第六条第二款规定：国内外著名的或涉及两个省（自治区、直辖市）以上的山脉、河流、湖泊等自然地理实体名称，由省、自治区、直辖市人民政府提出意见，报国务院审批。

同时，《重庆市地名管理条例》第十二条第二款规定：自然地理实体名称由乡（镇）人民政府、街道办事处申报，经区县民政部门审核，报区县人民政府审批，并报市民政部门备案。涉及两个以上区县的，由区县人民政府（联合）上报，经市民政部门审核后，报人民政府审批。

因此，任何擅自对阴条岭进行更名、涂改地名标志物的行为均不符合条例相关规定。目前，市民政局已就王先生反映的情况通报巫溪县民政局，要求其协调相关部门尽快妥善处理此事。

市民政局说，提高地名管理水平，传承优秀地名文化，需要社会各界的参与、支持和监督。今年，重庆不仅将启动修订《重庆市地名管理条例》调研工作，稳妥开展地名命名更名，还将建立市和区县两级地名地址数据库，以加强地名文化遗产保护。

市民反映“大洋怪重”地名近百条
重庆地名管理条例今年征意见

重庆晨报记者　任明勇

上周二，重庆晨报《寻访城市文脉》栏目开始陆续推出了关注“大洋怪重”地名系列报道。过去的一周时间里，不少读者根据本报发出的“征集令”，提供了近百条“大洋怪重”的地名，并批评这种现象。

民政部门：下一步加强清理力度

对市民反映的多数“大洋怪重”地名，主城各区民政部门已联合当地多个政府部门，依照有关法规和标准下发了整改通知，促进地名管理标准化、规范化。从反映的情况来看，这些地名，多存在于十多年前建设的居民住宅小区和商业楼宇。

按照民政部门的说法，这些使用“大洋怪重”地名的住宅区名字，都不是政府命名的标准地名。即使申报，也是不能通过的。“但他们很多时候，在营销推广中使用这些名字，后来大家习惯了，也开始使用。”

民政部门建议，各建设单位应依照相关规定和程序及时申报地名、正确使用地名，市民在购房过程中也要查验开发单位是否申报标准地名，以免给日后落户和通邮等带来麻烦。

立法：地名管理进入预备项目

如何避免一些“大洋怪重”地名的出现，又怎样加强地名文化遗产保护？市民政局有关负责人说，今年将启动修订《重庆市地名管理条例》调研工作，稳妥开展地名命名更名。加强地名文化遗产保护，建立市和区县两级地名地址数据库，弘扬和传承优秀地名文化。

上一周，市人大常委会举行的立法工作推进会通报，介绍了去年结转至今年继续审议的法规案和拟提请审议的立法审议项目以及立法预备项目。记者注意到，《重庆市地名管理条例（修订）》也进入了重庆市立法预备项目。

今年，立法机构将通过网络、电视广播、微信公众号等多个平台征求意见。同时，市人大常委会在审议后也会及时将文本草案向社会公开，并同步公开相关背景资料，对采纳了的公众意见及时进行反馈。

按照市人大常委会有关负责人的说法，市民在立法进程中可以多关注这一条例的修订，把好想法、好点子提出来，说不定就进了立法条文。

声音：
老地名也是城市文脉

最近，本报推出了一组“寻找城市文脉·关注大洋怪重地名”的报道，没想到引发了市民的激烈讨论，很多读者来电，表达对老地名消失的遗憾和不解。

随意改地名，已经成为一种不容忽视的现象。为什么要改呢？普通的居民肯定不会去改，基层的村社组织、居委会也不会去改，改地名的大多是地产开发商，挖空心思给开发地段取个高大上的名字，目的也是提升小区的知名度，房子好卖一些，听起来有派头一些。

老地名，有时候看起来很土、很俗，但这些老地名都是有故事的，比如重庆的十八梯、磁器口，都是一个老城的记忆，不可轻易丢失。重庆是一个大山大水的城市，坡坎多，平地少，其地名也有很多就是以坡、坪、岩、坝、湾命名的，比如石板坡、王家坡、大坪、杨家坪、虎头岩、马家岩、珊瑚坝、广阳坝、梨树湾、学田湾等，还有“四五六七八九公里”，这些地名都有山水重庆的地域和重庆人性格的特征，有市井味道，有浓浓的生活气息，是一个城市的文化符号。

一条老街、一座古镇、一栋老建筑，老地名里往往延续着丰厚的历史秘密，需要人去解构，而不是抹杀，就像考古工作者一样，他们整日趴在泥土里，用毛刷扫去历史的尘土，探讨和叩问的是这个城市乃至国家的文脉。

一台台推土机碾过，一条老街消失了，一条新路铺成了，一个老地名消失了，一个新地名诞生了，但这未必是城市繁荣的光景。请诸位切记，老地名也是城市文脉！

作品标题　身边有啥“大洋怪重“地名？请你向966966反映（系列）
参评项目　系列报道
作　　者　任明勇
责任编辑　陈文越
刊播单位　重庆晨报
首发日期　2017-02-21
刊播版面　21日第6版、22日第6版、24日第6版、28日第2版

作品评价

重大独家选题追踪系列报道，由宣传部领导点题，重庆晨报记者负责执行，有观点有案例有现场有故事地展现了重庆主城地名“大洋怪重”的现象。关注度高，可读性较强，关键是有一个好结局。一方面互动性强，有百余条举报，提升了晨报报道的互动性和品牌影响力。同时，有一个较好的结果，重庆市民政局和主城各区民政部表态将加大清理力度。另外，立法也有了最新的进展，市人大将地名管理条例纳入了立法计划。值得一提的是，还配发了“老地名也是城市文脉”这一言论，提升了整个报道的深度、广度和高度，提升了可读性。

采编过程

从征集到现场采访，一共四篇报道。可以说，关注“大洋怪重”地名不断迎来了高潮事件，包括监督重庆第一峰“阴条岭”被擅自更名为“旭日峰”一事，有代表性，而且渠道权威，还有一个好的结果。看似负面报道，实际上做出了正面效应。关注度高，新闻有卖点。

社会效果

数十家知名网站转载，评论过千，上游新闻阅读量超过了 20 万次。

未来5年租金已抵押　谁来拯救金鹰女人街?

重庆商报记者　邓依依

正值晚上饭点，杨家坪金鹰女人街侧门，王女士已在此经营面馆三个年头，6张小桌分布在两侧，却仅有两三个顾客。

从2016年下半年开始，她连续好几个月都亏损。高昂的租金、惨淡的生意，成为压在王女士心中的磐石。

在杨家坪商圈金鹰女人街，不少商户与王女士遭遇类似，而在所有金鹰女人街中，杨家坪商圈的金鹰女人街也并非孤例。

15日，记者登录国家企业信用信息公司系统查询发现，中飞商贸有限公司旗下的杨家坪金鹰女人街世纪商场、合川分公司、金鹰女人街银座商场、金鹰女人街美丽饰界商场已被列入经营异常名录。

曾经风靡重庆商圈的品牌究竟怎么了?
杨家坪金鹰女人街月均关店约10家

2月14日下午，杨家坪商圈金鹰女人街，商场内逛街的顾客寥寥无几，一些商户或三三两两聚在一起聊天，或玩手机打发时间，整个商场十分冷清。从1楼到3楼都打着“清仓”“亏本甩卖”“门面转让”招牌的商铺。

“过年期间，我照常营业，但每天营业额只有500~600块，比去年少了60%。”在金鹰女人街二楼经营格子铺的吴先生略显无奈。

“我在这里经营快8年了，是女人街的老商户。”吴先生说，生意好的时候这100个格子都是满租的，每天的利润都上千元，现在却空出了70%。

“要不是跟商场签了7年的租约，恐怕早就关门走人了。”吴先生说，这个月，他把唯一一个营业员都辞退了，自己从老板沦为“丘二”。

这样的情形在负一楼表现得更为明显——一排排等着招租的店铺，看起来更像一座“空城”。

据杨家坪金鹰女人街商家的粗略统计，从去年7月到现在，不到半年时间至少关了70家店。目前，整个商场的清洁阿姨也只剩2个。

然而，杨家坪金鹰女人街并非个案。2月15日上午，记者来到位于临江门29 中旁的金鹰女人街，与杨家坪相比，这里显得更冷清。

“全场特价”“跳楼价甩卖”的横幅排起了长队。上午11 点半，逛街的顾客只有8 个，且都是有目的地步入熟悉的店铺购买，然后迅速离开。

胡女士的店铺开在女人街一楼的厕所旁，6 平方米的小店里，挂满了各类纺织品。据他们统计，2010 年女人街开业时有300 多家商户，从2015 年下半年起，不到1 年半时间，陆陆续续关掉了100 多家，平均每个月就有7 家店关门熄火。而二楼的金鹰皮革城更是在2015 年开业仅大半年就关门了。

“生蛋的鸡”开始叫卖　销售提成远超行业标准

15 日，记者通过网络搜索“金鹰女人街”发现，其销售商铺的信息满天飞：“杨家坪步行街金鹰女人街商铺建面10 ~40 平方米，带7 年租约出售。有独立产权，一铺一证……”

老陈，重庆某房产中介机构资深销售人员，此前，已有4 套杨家坪女人街商铺成功经他之手卖出。

“佣金，加上奖励，算起来有4% 以上的提成啊!”老陈说，这远高于行业标准，从2015 年1 月起，他所在中介公司上下有70 个人集中在卖它（金鹰女人街）的商铺。

事实上，位于巴南鱼洞的金鹰女人街也于2015 年10 月开始对外销售。

“主力面积10 ~20 平方米，价格约26. 8 万元起，开发商承担税费。”房产中介小廖告诉记者，先和开发商签订一年租约合同，第一年无使用权，回报率5 ~6 个点。一年之后，可以继续签，可以和租客自行协商，是自住或是销售。

小廖直言，现在铺子价格基本都在30 万元左右，这个投入真的算很低了。开发商只接受全款或者全款分期，不能按揭。

作为“生蛋的鸡”，金鹰女人街为何开售商铺？昨日，上游财经—重庆商报记者在重庆市工商局官网上查询“金鹰女人街”发现，其法定代表人仍为戴勇，并未做更改。

“造血”功能透支　未来5 年租金已被抵押

记者随后展开了更为深入的调查。早在2014 年9 月底，中飞公司就与杨家坪金鹰女人街的商户签订了“5 +2”租赁合同，即商户一次性付5 年的租金，可享受7 年的租约。

商家提供了一份中飞公司给商家的“租赁合同”补充协议。

合同显示，甲乙双方（备注：甲方为中飞公司；乙方为商家）于××××年

×月签订了“5+2”租赁合同，租赁期为7年，“5+2”租赁合同约定租金支付方式为一次性支付5年租金享受7年的租期。为此，乙方向重庆银行股份有限公司小企业信贷中心申请并签订了为期5年或7年的“借款合同”，以该借款一次性向甲方支付了5年的租金，该贷款由甲方提供连带责任担保。

重庆银行相关负责人告诉记者，5年的抵押租金款早已经打给了中飞公司。该负责人特意强调：“抵押的是女人街商铺未来5年的租金，而不是使用权。对于地段较好、优质资产，且有稳定现金流的，我们银行自身有一套详细的评估办法，在操作上是没有任何问题的。”

而抵押之后，目前金鹰女人街还款都是由商家每月直接打给重庆银行账户。商家说，“签订租赁合同之后，即便现在马上关店还是得继续每月按时还款给银行，否则会影响自身信用。”

在西南政法大学民商法学院副院长刘云生看来，女人街实际上采用了一种“质押+信用”担保形式，最早这种方式出现在美国和中国香港。早期香港的一些地产开发商，他们先把土地所有权进行抵押，然后是房子所有权抵押，再是经营权和收益权进行质押，到最后一步还可以用公司信誉进行担保，实现融通。

“只要三方知情，这样的方式在法律上是没有问题的。”刘云生说，一般来讲，当企业遇到资金绷紧或断裂，造血功能受到严重影响后才会采用这种方式。实际上这也是一种提前“透支”。

尝试自救　中飞欲今年降低20%租金

事实上，金鹰女人街也正试图“自救”。

记者查询资料看到，早在2013年4月底中飞集团总裁戴勇接受媒体采访时就曾抛出对未来的设想，强调了女人街的“转型”。他表示，中飞集团对金鹰女人街的经营模式进行调整，中飞要由原来收租的“房东”变成经营者，对金鹰女人街进行统一经营管理，包括促销。

具体来讲，就是将现在分散交易的店铺进行集中刷卡，有点类似大食代就餐的模式。顾客到金鹰女人街，先买一张卡，进行一定金额充值，然后可以在里面的任何一家商铺消费刷卡，充值卡用完后，可以再到服务台进行充值。

然而，这样的构想最终难以实现，截至目前，女人街仍是商户分散交易。

另外，在此前采访杨家坪女人街商家时，一些商户表示，他们之前接到物业通知，说3月份商场将进行“大手术”，重新规划装修后再营业。

15日，记者辗转联系上中飞集团总裁戴勇。戴勇坦诚：“目前女人街经营上确实遇到一些困难，众所周知，这几年市场大环境不好，我已经承诺今年给商家降 20% 的租金了。其实我们也一直在思考女人街究竟该如何转型升级。”

“现在金鹰女人街看起来很陈旧，但接下来女人街会重新升级。”对于如何升级，戴勇明确表示，对于女人街的商业业态不会做调整，还是小商户自己经营。接下来，杨家坪女人街的外立面要重新装修，最近已经在设计之中了。同时，内部设备设施，如电梯等都会进行更换，希望不久之后就会给重庆市民“焕然一新”的女人街。

金鹰女人街发展史

1999 年

1999 年，重庆中飞商贸有限公司成立，位于解放碑金鹰广场的第一家金鹰女人街营业。

1999—2010 年

十年间，重庆金鹰女人街由主城向周边区县扩张，金鹰女人街沙坪坝商场、杨家坪商场、南坪商场、合川商场等 14 家相继营业。

2008 年

中飞商贸有限公司金鹰女人街开始走向全国，四川、贵州、湖南等地金鹰女人街成功开街。

2011 年

全新的金鹰财富中心建成开业，解放碑金鹰女人街变身为奢侈品卖场。

作品标题　未来 5 年租金已抵押　谁来拯救金鹰女人街？
参评项目　全媒体
作　　者　邓依依
责任编辑　黎雨寒
刊播单位　重庆商报
首发日期　2017-02-15
刊播版面　上游财经微信公众号头条

作品评价

本独家调查报道涉及主城核心商圈知名卖场，普遍关注度高，在上午 11 点左右，微信号已有 4800 多次的阅读点击量。记者针对金鹰女人街目前经营困境，现场走访卖场，采访租赁经营户、卖场管理人员、金鹰女人街主要负责人，对金鹰女人街的经营模式、业态等进行了深入挖掘，其中“未来五年租金抵押贷款”等内幕充分说明其目前困境。在报道方式上，客观地展示证据链条，抽丝剥茧地揭示了存在的问题。

采编过程

一次不经意的交谈，引发对金鹰女人街的深度思考：新闻线索来源于生活，记者在一次与女人街商户的不经意聊天中，了解到一关键信息“现在商家租金都直接交给银行”，为什么会出现这个情况？曾经商圈的宠儿女人街究竟怎么了？……

带着这些疑问，记者开始全方位调查采访，层层剥开其中的事实：①通过调查现场，发现转让、空置的商铺很多，由此可见，杨家坪金鹰女人街确实陷入了困窘当中。②采访商家，与女人街发生最直接关系的商户们生存状况究竟如何，从他们的案例中剖析出最近几年女人街的兴衰。③杨家坪金鹰女人街的惨淡经营是否只是个案？紧接着，通过分别调查解放碑、南坪、鱼洞等地的女人街情况，进一步说明女人街的现实困境。④纵深：金鹰女人街陷入危机，信用异常，它为了求生做了什么？通过采访中介，我得知女人街这只生蛋鸡已经对外甩卖，通过进一步采访商家，我得到“未来五年租金抵押贷款”等内幕信息。⑤想尽办法找到稿件最关键人：抵押贷款的银行以及女人街老板，对事实做进一步确认的同时，探讨女人街的兴衰，以及下一步的求生计。

金鹰女人街，是重庆老商业的一个“缩影”，它承载着重庆几代人的记忆，它的兴衰也牵绊着诸多重庆市民的心，引发大家对重庆老商业的情怀，以及对以金鹰女人街为代表的重庆老商业经营模式、业态规划等方面的系统思考。

社会效果

该报道针对金鹰女人街目前经营困境，充分客观地展示证据链条，抽丝剥茧地揭示问题，在重庆地产圈引起了广泛关注，很多重庆地产人士纷纷主动转发稿件，热度持续了几天，同时也勾起了大家对重庆老商业的情怀，以及对以金鹰女人街为代表的重庆老商业经营模式、业态规划等的系统思考。

全媒体传播效果

该报道通过全方位采访，层层剥开其中的事实，成为各大网站自媒体转载推送文章，其中上游财经公众号阅读量为 5527 次，今日头条转发阅读量为 1.7 万。

H7N9 疫情事件系列报道

重庆官方再次重申：目前我市无人感染 H7N9 病例

【摘要】 重庆市卫生计生委刚刚发布通报，自 2017 年 1 月国内部分省市出现人感染 H7N9 病例以来，我市各有关部门按照国家和市委、市政府统一部署，扎实有序开展疫情联防联控，切实保障群众健康安全。

华龙网 2 月 25 日 22 时 21 分讯（记者　黄宇）重庆市卫生计生委刚刚发布通报，自 2017 年 1 月国内部分省市出现人感染 H7N9 病例以来，我市各有关部门按照国家和市委、市政府统一部署，扎实有序开展疫情联防联控，切实保障群众健康安全。

截至目前，我市无人感染 H7N9 病例报告。

如我市出现人感染 H7N9 病例，市卫生计生委将及时发布相关信息。

吃鸡肉还安全吗？权威科普：煮熟煮透

【摘要】 随着 H7N9 病毒在禽类身上被检出，不少市民担心，食用禽肉和蛋类制品还安全吗？近日，国家卫计委应急办公室和中国疾病预防控制中心分别以知识问答和动态提醒的方式进行了科普：如果肉/蛋是经过妥善处理和烹饪的，就可安全食用。

华龙网 2 月 24 日 18 时 26 分讯（记者　黄宇）随着 H7N9 病毒在禽类身上被检出，不少市民担心，食用禽肉和蛋类制品还安全吗？近日，国家卫计委应急办公室和中国疾病预防控制中心分别以知识问答和动态提醒的方式进行了科普：如果肉/蛋是经过妥善处理和烹饪的，就可安全食用。

科普一：目前禽类还能不能吃？

国家卫计委应急办公室在知识问答中表示，禽是人体良好的食物蛋白质来源，价廉物美。鸡、鸭等禽类肯定是可以买，也可以吃的，但一定要吃得安全。

要注意尽量避免直接购买活禽、直接接触活禽和自行宰杀活禽。要尽量购买、食用有检疫证明的冷鲜禽、冰鲜禽及其产品。尤其在已经发现有H7N9疫情的地区，更不要去购买活禽。科学分析证明，集中屠宰的冷鲜禽、冰鲜禽，不但与现宰现杀的活禽具有同等的营养价值，还可以极大降低感染H7N9等疾病的风险。

一定不要从流动摊贩处购买活禽，也不要将从活禽市场或流动摊贩处购买的活禽与自家家养禽混养。调查发现，近期在一些已经关闭主城区活禽市场的地区，在其城郊接合部和农村地区出现了H7N9病例，绝大多数是因为从流动摊贩处购买活禽，或将外来禽只与自家禽混养后造成暴露感染。

要提醒老年人群，特别是原来就有慢性肺部疾病、糖尿病、冠心病等基础性疾病和体质比较差的人，购买禽类产品时更要尽量避免或减少与活禽接触，不去或少去有活禽的环境。

科普二：流感病毒不会通过食用煮熟的食物传播

中国疾病预防控制中心提醒，因为流感病毒在正常的烹饪温度下会灭活（禽肉全部达到70℃，即“滚烫”，肉的任何部分不能是淡红色的），食用经过妥善制备和烹调的肉是安全的，包括家禽和猎禽在内。蛋在食用前应烹饪至全熟。

在发生疫情地区，肉制品在妥善烹调和处理的前提下，可以放心食用。食用生肉和以生血为主的菜肴存在较高风险，应避免。

需要提醒的是，患病动物或病死动物的肉不能食用。

为保证安全、妥善地处理肉及其制品，可以采取以下方式：生肉与熟食或即食食品应分开以避免污染。生肉和其他食物不使用同一块案板或同一把刀。拿生熟食物之间要洗手，不将熟食放还煮熟前所放的同一个盘子或表面。

在不加热处理或烹煮的食物制品中不使用生蛋或水煮嫩蛋。在处理完生肉之后，用肥皂和水彻底洗手。清洗和消毒所有接触过生肉的表面和器具。

科普三：什么是禽流感感染的危险因素?

中国疾病预防控制中心文章表示，对于禽流感病毒，人类感染的首要危险因素似乎是直接或间接暴露于受感染活禽或病死禽类或污染环境中，例如活禽市场。屠宰受感染禽类、拔毛和处理尸体及制备供食用的禽类，尤其是在家庭环境中，也很有可能成为危险因素。

但是，没有证据显示甲型 H7N9 或其他禽流感病毒能够通过妥善处理和烹饪的禽类或蛋类传播给人类。

科普四：目前疫情会不会越来越严重?

按照既往疫情流行规律，每年春节过后发病数量会出现明显的下降，并呈低水平流行直至 4 月下旬。目前疫情上升势头已经得到遏制，并且近期各重点疫情省份已采取了更加严格的针对活禽经营市场和活禽交易的控制措施。

科普五：专家的预防控制建议

选择购买冷鲜、冰鲜禽类产品。禽感染 H7N9 病毒后，一般来说并不表现为发病或死亡。因此，表面看上去健康的禽，并不代表就是安全的，接触活禽或暴露于有活禽的环境，特别是在有疫情的地区购买活禽，将大大增加感染 H7N9 病毒的风险。应努力改变购买和消费活禽的习惯，选择正规的超市或农贸市场，购买经正规部门检疫确认是安全的冷鲜、冰鲜禽类，可以极大降低 H7N9 病毒的感染风险。

生熟分开，烧熟煮透。做饭做菜时，一定要做到生熟分开。鸡、鸭等禽肉及其肉制品以及禽蛋等一定要烧熟煮透后再吃。

接触活禽要做好个人防护。从事禽类养殖、运输、销售、宰杀等行业人员在接触禽类时，要做好个人防护（戴手套、戴口罩、穿工作服），接触后注意用消毒液和清水彻底清洁双手。鼓励发展规模化、规范化畜禽养殖，加强生物安全防护措施，严格管理，减少 H7N9 等病毒侵袭机会。农村家禽家畜饲养一定要与居住生活环境相对隔离，避免不同禽畜混养，也不要将外来禽与家养禽混养。发现病死禽要及时报告动物卫生监督机构，以妥善处理。

及时就医。如果出现发热、头痛、鼻塞、咳嗽、全身不适等症状时，应佩戴口罩，尽快到医院就诊，并主动告诉医生自己发病前是否接触过禽类及其分泌物、排泄物，是否到过活禽市场等情况，以便医生及时、准确做出诊断和给予针对性的治疗。

保持健康生活方式。保持良好的个人卫生习惯，勤洗手，咳嗽和打喷嚏时遮掩口鼻，不喝生水。居住、生活环境要注意适度通风换气。注意饮食和营养，保证充足睡眠，加强体育锻炼，增强体质，提高免疫力。

重庆合川3网民传播禽流感谣言　被警方依法进行处理

【摘要】　今（17）日，重庆市合川区公安局官方微博@平安合川发布通报,2 月 15 日，接群众举报，有网民在网络上传播禽流感谣言，合川区公安局立即开展调查。

华龙网 2 月 17 日 21 时 07 分讯（记者　黄宇）　今（17）日，重庆市合川区公安局官方微博@平安合川发布通报,2 月 15 日，接群众举报，有网民在网络上传播禽流感谣言，合川区公安局立即开展调查。

经查，合川区居民宫某某（网名“把风景看透”）、郭某某（网名“六神花露水”）、汤某某（网名“秋韵 1”）在微信群等网络社交媒体中传播合川区已成为禽流感疫区的不实消息，造成一定社会影响。

2 月 16 日，合川区公安局依法对传播不实信息的宫某某、郭某某、汤某某进行了训诫教育。三人当场悔过，并表示今后不再传播不实信息。对此，警方提醒广大市民，不信谣、不传谣，切勿发布未经证实的内容，不要散播不实消息。

官方通报：重庆加强 H7N9 疫情防控　目前未发现人感染病例

【摘要】　记者刚刚从重庆市卫计委获悉,2017 年 1 月以来，重庆市毗邻省份出现人感染 H7N9 病例。目前，重庆市无人感染 H7N9 病例报告。

华龙网 2 月 17 日 19 时 37 分讯（记者　黄宇）记者刚刚从重庆市卫计委获悉,2017 年 1 月以来，重庆市毗邻省份出现人感染 H7N9 病例。目前，重庆市无人感染 H7N9 病例报告。

按照国家卫生计生委统一部署及市领导有关要求，市卫生计生委未雨绸缪、关口前移，积极采取防控措施：一是下发《关于加强人感染 H7N9 疫情防控工作的紧急通知》；二是召开 H7N9 疫情防控工作会议；三是强化部门联防联控；四是加强医疗卫生人员防控技术培训；五是开展健康知识宣传。

当前正是 H7N9 疫情高发季节，请广大市民增强防病意识，保持健康生活方式。若我市出现人感染 H7N9 病例，市卫生计生委将及时发布相关信息。

作品标题　H7N9 疫情事件系列报道
参评项目　系列报道
作　　者　黄宇
责任编辑　康延芳
刊播单位　华龙网
首发日期　2017-02-16
刊播版面　华龙网首页

作品评价

2月中旬以来，全国各地H7N9感染病例发生，特别是重庆周边省市发现人感染疫情，造成社会上有一定程度的波动。

面对舆情，记者积极对接市级卫生部门和相关区县，第一时间发布官方回应，推出系列稿件，在同城媒体中均为首发。除了消息，还发布多条权威科普稿件，对疫情进行科学解释，起到制止谣言、稳定人心的作用。

采编过程

得知舆情后，记者第一时间联系市级卫生部门，并与其保持密切联系。针对网上流传的合川有疫情的消息，积极对接当地政府部门，在2月16日发布第一条权威信息“重庆合川通报未发现人感染H7N9病例”，用事实回击网络谣言。

与此同时，积极联系公安部门，对网络谣言进行辨别，及时发布辟谣信息。记者持续跟进，第一时间对市内多区县疫情动态进行核实，从16日到25日，连续发布7条权威信息，有效引导了社会舆论。

社会效果

坚持正确舆论导向，是宣传舆论工作的核心和灵魂。习总书记强调，新闻舆论工作必须牢牢坚持党性原则，坚持正确舆论导向，澄清谬误，明辨是非。

面对舆情，作为党的新闻媒体，有责任有义务第一时间站出来，发出主流声音，整组报道就做到了这一点。

报道联动多个官方部门，既有疫情信息，又有科普知识，还有辟谣信息，在全城媒体中首个发布了我市疫情动态，还通过科普让公众正确认识H7N9，学会预防，用权威科学的解读，回击了所谓不能吃鸡肉的谣言。

整组报道来源权威，内容丰富，借助多个平台发布，使权威信息得到快速扩散，让公众第一时间了解疫情的真实情况，用准确客观的报道回击谣言，安定人心，对舆情进行了正面引导。

全媒体传播效果

该组报道在PC端、微信、微博、重庆客户端等多个平台进行了发布，被新华网、人民网、中新网、环球网、网易网、新浪网等主流媒体转载，数量累计超过百家。系列报道在移动端发出后，阅读量很快达到10万次。在重庆客户端发布后，阅读量也突破10万次。诸多网站和自媒体以华龙网信息为权威消息源，或再创作传播，或原文转载。在微信朋友圈、微博等社交平台，华龙网发出的权威稿件都会引起刷屏，连续多日获得网友高度关注。

驸马长江大桥两项技术开国内先河

三峡都市报记者　谭昌明　夏荣伟

前不久，万利高速公路驸马长江大桥荣登央视《超级工程》栏目，让万州再次进入了全国人民的视野，而这座已经合龙的大桥有两项创新技术开创国内先河，不仅节省了资金，缩短了工期，更保护了环境。昨日，中交一公局万利万达项目总承包部总工程师张志新告诉记者：钢箱梁吊装长距离荡移技术节约资金700万元，工期提前一个月。隧道锚防排水系统技术减少工程开挖量8万多立方米、减少混凝土用量4万吨。目前，这两项技术已进入国家发明专利申请受理程序。

驸马长江大桥是三峡库区跨径最大的悬索桥，也是我国为数不多的千米级悬索桥，主跨1050米，共有钢箱梁66个节段。因南北两岸最后架设的10节钢箱梁位于岸坡上端，不能直接从江面的运梁船上起吊。如果采用原有工法，须在岸坡边搭架子，仅此一项就需资金700万元，且要耗时一个多月。

为此，项目部技术团队充分汲取国外悬索桥钢箱梁荡移上岸的技术经验，结合大桥实际进行专项技术研发，在国内首次采用永久吊索+接长吊索长距离多次荡移架设钢箱梁办法，解决荡移距离与角度限制问题，并减少对岸坡区域和长江水域的影响。荡移过程类似于电影《人猿泰山》中泰山牵引一根树藤荡移至另一根树藤，如此循环直到目的地。据介绍，一次荡移的水平距离能达到32米，荡移距离之远、角度之大、次数之多，在我国桥梁建设史上实属罕见。

隧道锚防排水系统技术则是驸马长江大桥的又一项技术创新。大桥南北两岸原设计均为重力锚，需在山体上开挖出一个比两个足球场还大的基坑平面，不仅工程量大，也会对周围的环境造成严重破坏。勘察设计人员经过反复踏勘和论证，最后决定将南岸的重力锚改为隧道锚，工程开挖量锐减至2万多立方米，只有原来的1/5，而且混凝土用量只需2万吨，减少4万吨。

为防止隧道锚防排水系统漏水、渗水，技术团队在设计单位指导下，对隧道锚围岩全部注浆，进行堵水，布设防水板，对渗水、漏水进行隔离拦截，使之自然汇集到设计好的管道内，流入集水井。同时，将传统的抽水改为在隧道锚底部建纵向排水导洞，让积水自然排入长江，与外界水系自然连通，排泄彻底且完全处于封闭状态。这一“滴水不漏”的首创工法，使隧道锚整体处于干燥防护状态，能延长使用寿命，填补了国内隧道锚施工的空白。

作品标题　驸马长江大桥两项技术开国内先河
参评项目　消息
作　　者　谭昌明　夏荣伟
责任编辑　杨波
刊播单位　三峡都市报
首发日期　2017-02-20
刊播版面　万州时报第1版

作品评价

万利高速公路驸马长江大桥是三峡库区单跨最大的悬索桥，也是全线重点控制性工程，曾荣登央视《超级工程》栏目。因其建设难度大，建设过程中运用了许多高精尖技术，确保质量安全。其中，用荡移法架设钢箱梁和隧道锚防排水技术，在国内属首次使用。该报道契合了创新驱动发展战略重大主题，例证了科技是第一生产力。

采编过程

驸马长江大桥已成功合龙，最难的阶段已经过去。记者请万利高速总承包部总工程师盘点这座桥梁运用的高新技术，得知其中两项创新技术开了国内先河，并已进入国家发明专利申请受理程序，于是就在众多高新技术中，提炼出这最具代表性的两项详细采访成稿。

社会效果

此稿发布后，在社会上引起强烈反响。一些读者表示，通过这篇报道知晓了驸马长江大桥的建设难度，以及建设者们迎难而上、敢于担当、勇于创新的精神。建设单位中交一公局表示，驸马长江大桥将申报我国建筑行业工程质量最高荣誉奖——鲁班奖，此稿的提炼将增加他们申报成功的砝码。

全媒体传播效果

此消息通过“微万州”“看万州APP”发布后，共收获了3万多次点击，一些网友留言对建设者点赞。华龙网、腾讯网等20多家网站对此稿进行了转载。

2017 年 3 月重庆日报报业集团新闻奖获奖作品

广柑为什么姓“广”？

重庆日报记者　雷太勇　李波

2 月的最后一个星期天，久雨初晴。

站在江津区广兴镇沿河村一社高坡上的乡村公路眺望，薄雾正从綦河河面上渐渐散去。54 岁的伍成云指着脚下厚实的水泥路面说：“那棵几百年的广柑树原来就长在这里，是包产到户时社里分给我家的，20 世纪 90 年代老死了。再后来，这里修起了公路……”他一边说，一边比画广柑树的大小，看那架势，足有水桶般粗细。

广兴有个历史文化陈列馆，据说是全市首个建成开放的镇级历史文化陈列馆，也是江津目前镇街唯一一个。在这里，围绕着广柑的话题，记者听到和看到许多有趣的事情。

1989 年 11 月 26 日的《四川农村报》报道：“江津县广兴乡有一棵 300 多年的广柑树，今年仍结果 50 多公斤。”这篇报道说的就是伍成云他们家那棵广柑树。

陈列馆中有个展柜展示的一篇名叫《江津广柑栽培历史初考》（以下简称《初考》）的文章吸引了记者的目光。

文中称：1959 年，时任中华人民共和国副主席的朱德同志乘专列路过江津时特意下车，在火车站站台上意味深长地说了句话：“江津专区有两个世界第一，一是江津广柑，二是永川茶场。”

江津素有“广柑之乡”美誉。但是，这种学名叫甜橙，在别的地方称其或为黄果或为橙子或为金橙的水果，在重庆，在四川，甚至在更大的范围内，为何称它为“广柑”呢?

对这个问题，广兴人一致认为，江津广柑姓“广”是因为起源于广兴。的确，《初考》一文中就介绍：“据多次调查得知，江津栽培广柑以广兴场为最早。”

广兴人有理由为这里曾经的辉煌感到骄傲。

公路旁的山坡上，广柑树星罗棋布，一些枝头上还零星挂着去冬采摘后剩下的果子。身着迷彩色外套、精明干练的沿河村一社社长李平，“噌噌噌”三两下就爬上两三米高的树丫，摘了几个广柑后纵身跃下，分给我们品尝，这老树广柑的确口味纯正。李平说:“其实，这些老树差不多都是那些更老的、树龄几百年的老柑子树繁衍的。”

在场的镇村社干部群众七嘴八舌地回忆起这里以前的盛景:20 世纪 70 年代，沿河村生产的广柑年产达几十万斤，还大量出口苏联，每到采摘季节，山坡上采果的村民忙前忙后，綦河里运果的船只川流不息……

“盛极而衰。这里的果子败下来还是因为沿河村公路不通。”广兴镇文化站负责人刘友刚说，随着改革开放，其他地方大力发展水果产业，广兴特别是沿河广柑的优势不再有。“它不再是广兴独有的产品，再加上交通不便，运输成本更大，就豆腐盘成肉价钱了。但是，希望总是在增长。”广兴镇党委委员、人大主席李林峰介绍，这几年，政府加大了乡村公路建设力度。广兴虽是江津面积最小的镇，仅 38 平方公里，但目前镇内就有 15 条乡村公路，总长 85 公里。而沿河村也有 4 条全部硬化了的农村公路，总长 17. 2 公里。特别是去年年底，横穿广兴镇的三环高速公路和沿河村连接三环高速、綦江城区的清溪河大桥建成通车，彰显出的区位优势、便捷交通等条件，给当地发展注入更强的活力。

在沿河村四社，我们在离公路不远的坡上见到一棵据称是目前广兴镇最老的广柑树，其身如电线杆般粗细，树冠面积少说也有三四十平方米。这棵广柑树现在的主人是 46 岁的刘友强，他说，祖母现在 90 岁了，老人家回忆说她 19 岁嫁到这里时就感觉这棵树已是大树，估计现在树龄至少有 100 多年了。

刘友强说，这棵树每年少说要收两三百斤广柑，而且每斤单价比其他树收的果子要高出一倍。“当然，老树的病虫害也特别多，这就需要加强管理。”刘家是果树大户，有 200 多棵广柑树，每年仅广柑收入就有几万元。

“我们这里地处山阳面，土质属带泥的‘石谷子’，又富含硒，适宜种广柑。特别是这棵老树产的柑子皮张薄、甜度好、营养价值高。”刘友强表示，他的广柑特别是老树柑子真正产生影响力还是在前年下半年通了公路后，“客户在路边停了车，对对直直走到这棵老树面前说，就要这棵树的柑子了。”

其实，交通的改善正在或必将给广兴这个“弹丸小镇”带来很多变化:风景优美綦河边上，一家外地企业建起了规模巨大的蘑菇种植场；在綦河、清溪河上打了几十年鱼的老渔翁准备收网上岸，他已窖藏了上万斤自酿土酒，正紧锣密鼓地筹办一家特色渔家乐；神秘的“仙人足”景点正期待着地理爱好者一探究竟；镇里的老街、老店铺、老茶馆、老码头、老火车站正静静地等候着游客的到来……

据《初考》介绍，广柑自清康熙至乾隆年间由广东一带引入，开始在广兴栽培。当初柑子是怎么引入的已经无从考证，但柑子从广东来到广兴，取名“广柑”看来是自然而然的事情。

广兴场历史悠久，曾是川盐经綦河入黔的必经之路，210 国道、渝黔铁路也穿境而过，广兴所经历的码头经济、路边经济、农耕经济等，为这片土地留存了许多古朴的东西。“随着交通等各种条件的改善，在当前乡村旅游成为消费新时尚，休闲农业、乡村旅游、乡村养老等新产业新业态兴起壮大的今天，广兴必将迎来又一春。”广兴镇党委书记孔令兵表示。

作品标题　广柑为什么姓“广”?
参评项目　通讯
作　　者　雷太勇　李波
责任编辑　张国勇　隆梅
刊播单位　重庆日报
首发日期　2017-03-01
刊播版面　第1版

作品评价

该文系本报记者深入基层调研采访而得。报道细致翔实，故事性强，文字生动活泼。稿子展现了江津广兴镇种植广柑的历史，这一特色农产品带给当地村民生产生活的变化，以及广兴镇当前正抓住休闲农业、乡村旅游、乡村养老等新产业新业态兴起壮大的契机，打造富民新产业的举措。稿件史料扎实，有点有面，事例鲜活，展现了农村的新面貌、新风尚。

采编过程

记者在走基层中发现这一线索后，深入广兴镇乡村进行了细致采访。

社会效果

该稿见报后，受到读者一致好评，被评为重庆日报当日好新闻。

全媒体传播效果

在新媒体上被大量转载和好评。网友“笑春”评价：小广柑见证历史与现实、兴衰与繁荣、失落与希望；小切口、小角度、小人物，写出大题材、大情怀、大匠心——成为新春走基层之扛鼎之作，功力之深厚，令人叹为观止。当地反响：稿子一见报，就有知名农业龙头企业——锦橙公司盯上了，从本报下载了电子版，进行产品营销推介，以抬高江津柑橘的身价。

江津区委宣传部副部长黄艳评价：重报日报《广柑为什么姓“广”?》，一个水果，写尽了一个曾经也算水公铁联运的小镇的兴衰与希望。好报道来自慧眼选材，细腻采访。

重马　助一座城市“跑”起来

重庆日报记者　周季钢　刘蓟奕

今年重庆国际马拉松赛后，这座城市竟需要很长时间才能“安静”下来。

自媒体的集体狂欢还在发酵。有人质疑，在参赛队伍中，有数不胜数的广告组织。每跑两步，就能看见各品牌商家的充气人偶……“我们是不是错误地闯进了一个创意广告集市?”

重马变味了?

事实上，重庆在成功举办这场规模浩大的群众性公益赛事的同时，也成功完成了一连串的城市营销动作。对于任何一个城市而言，马拉松不仅仅意味着比赛。现代体育和经济从来都是双生子。

“应该用多维、立体的视角看待重马。”南岸区相关负责人认为，发展体育产业，增加体育产品和服务供给，既能增强人民体质、保障和改善民生，对于刺激消费、扩大内需和就业、培育新的经济增长点，也有重要意义。

重庆味道：给马拉松加点料

跑一次马，识一座城。

跑龄10年的北京人刘灿红，是跑圈里的“老人儿”，也是欧洲跑步实验室RSLAB的跑步训练讲师。在过去的10年，他见证了马拉松在中国的发展。在他看来，“在重庆跑马，饱览山水、美食，和刷纪录同等重要。”

天上是无数航拍的飞行器，地面是号称中国最美的马拉松赛道，沿着南滨路蜿蜒迂回。赛道沿线高楼鳞次栉比，长江浩浩荡荡，慈云寺、法国水师营、长江索道等曼妙景致一一入目……

为更彰特色，重庆还引入了“火锅马”概念。

“每个城市的马拉松，文化内涵都不一样。武汉的叫‘汉马’，北京是‘烤鸭马’，重庆要做‘火锅马’。”南岸区体育局局长李伟说，重马将更多的火锅元素引入赛事之中。

除了餐饮，重马也尝试融合旅游和文化。

比赛前后，包括黑山谷等市内十多个景区，通过各种途径，结合赛事进行营销。央视直播过程中，文化学者、重庆红岩联线文化发展管理中心原主任厉华担当讲解员，向全国观众讲解重庆的人文、典故和城市发展理念……

重马不再是一项单纯的赛事，它被赋予了更多内涵，这也助推重马“魅力飙升”。比赛前，重马配套活动、体育博览会组织者之一的吴海东倍感“头疼”，几乎每天都接到这样的电话——能不能给我搞个参赛名额。

据悉，本届重马的摇号中签率不足1/4。参赛选手来自38个国家和地区，共计3万人，但报名人数突破14万人。加上观赛者和志愿者，比赛当天南滨路聚集了超过15万人。重马已成为“一张特色鲜明的‘城市名片’”。

重马效应：从一天到一年

重马崛起，有点偶然。

起初，重庆只想搞成一项本土群众体育活动，类似“万人健步走”。搞了一年，觉得效果还不错，便琢磨着搞马拉松。“想法很单纯，马拉松我们见得多，我们完全可以做。”重庆市体育局副局长张欣把时任国家田径管理中心副主任请来重庆，这位马拉松赛事专家在南滨路看了一圈后，当场拍板，“可以！很漂亮!”

2011年，重庆马拉松闪亮登场，并同步引入央视直播；2012年，赛事“升级”，在“重庆”之后，加上“国际”二字。

为了扩大重马效应，南岸区开始筹备体博会、音乐会、火锅秀等。“赛事举办后的三个月，我们要做好各种‘收尾’工作。然后从年中开始，又要启动第二年赛事的各项营销和准备工作。也就是说，重马效应已经从一天变成了一年。”李伟说。

准备充分，便也保证了质量，吸引了更多目光。2016年，酷云EYE统计的数据显示，央视的重马直播收视率为5.74%，居全国第二。

经过数年努力，重马目前已成为中国田协批准的金牌赛事和国际田联的银标赛事，以及伦敦、里约奥约会的选拔赛。2017年3月20日，在中国马拉松年会上，重马再获2016中国田径协会金牌赛事殊荣。

重马逻辑：城市发展的必然

看似偶然，其实又必然。

中奥路跑公司总经理、北京国际马拉松赛事总监王简说，按照国外过往的经验，当人均GDP超过5000美元之后，一个国家会以“马拉松赛事”为依托，进入全民路跑的体育消费黄金周期，是所谓的“马拉松周期”。

中国已进入这个阶段：2015年，中国田径协会注册备案的马拉松及相关运动赛事为 134 场，同比增加 160%；到 2016 年，比赛场次已经突破 300 场。

“幸福南岸”是南岸区正着力打造的城市品牌，2017 年南岸区政府工作报告这样写道：“促进旅游、文化、体育、健康、养老、教育培训等产业融合发展，形成‘幸福产业’集群。”

“经济发展到今天，我们要理解市民真正的需求是什么，不是简单的吃顿大餐，而是有了更高的精神需求。”南岸区文化委主任李永文认为，“重马是南岸‘幸福产业’的一部分，‘幸福产业’是南岸区供给侧改革的一部分。”

随着经济社会的不断发展，城市间的竞争，软实力的较量更明显。重马诞生之初，正值南滨路大力开发之际。当央视的镜头和全国的目光，伴随着赛事聚焦南滨路的时候，南岸也面向全国进行了一次城市营销。

“选手在奔跑，市民在欢笑，城市在发展，社会在进步，这是一个共生共荣的逻辑。”南岸区委主要领导表示，重马的发展历程，从一个侧面也契合了这座城市的发展轨迹，可谓生逢其时。

重马未来：产业化全面提速

市民、选手、政府和商家，是现代体育产业的四大支柱。窥视重马，市民乐了，选手爽了，政府笑了，商家也赚了！

长安集团似乎早就看准了马拉松在国内的发展趋势和影响力，在重马创办初期就以 2000 万元的“低价”，独家冠名重马，合作期为 5 年——这一价格，远远低于现代汽车冠名北京国际马拉松的费用。

2016 年，重马组委会和重庆日报报业集团合作，首次引入体育博览会。在赛道起点附近设置了近 2 万平方米的特色展示区，集中展示体育装备、地道美食、运动科技等。具体负责该博览会运营的重庆华烛文化传播有限公司运营总监吴海东透露，2017 年，包括美津浓、特步等体育大牌的加入，博览会产值同比提升了 2.5 倍。

南岸区委主要领导表示，体育产业和传媒产业深度融合，将进一步放大赛事本身的经济效益和社会效益，是擦亮品牌、深耕产业的有益探索。

重庆第二师范学院的一份研究报告指出：2015 年重马直接拉动经济增长 1.6 亿元。运动员人均消费 1226 元，观众人均消费 361 元。据南岸区相关部门统计，仅以旅游业为例，今年重马带动 12.5 万人次到南岸旅游，全区酒店入住率达 95%，带动旅游消费超过 2.5 亿元。

“重马之于重庆有两大收益：一是软性收益，即城市营销；二是硬性收益，衍生了体育生态链，带动了地方经济。”北京大学体育产业研究中心执行主任何文义表示，重马的产业化还处于起步阶段，尚有巨大的提升空间。

重马组委会相关负责人表示，重马将进一步拓展市场空间，引入中国马拉松博览会等项目，并正尝试进行品牌输出，为国内兄弟城市提供技术、资金、人才等多方面的支持。

而在重马效应的带动下，江北、巴南、大足等地，近年来纷纷上“马”。目前，以重马为塔尖，其他区县的“半马”“迷你马”“女子马”等为塔身的立体赛事结构也已现雏形。

作品标题　重马　助一座城市“跑”起来
参评项目　通讯
作　　者　周季钢　刘蓟奕
责任编辑　牛瑞祥　隆梅
刊播单位　重庆日报
首发日期　2017-03-27
刊播版面　第1版

作品评价

报道细致翔实，以2017年重庆国际马拉松赛为切入点，讲述了重马的诞生过程及近年来的发展沿革，并以此深入剖析了一场“重马”背后的城市营销策略。稿子融合了各方说法，上从分管部门、比赛主办方，下至参与企业、参赛者等，从不同视角展现了重马给重庆这座城市，给重庆人带来的变化。稿子数据扎实，有点有面，事例鲜活，体现了在国家全民健身的热潮下，我市体育事业产业欣欣向荣的发展面貌。

采编过程

从本届重马开赛前，记者一行就开始策划报道，走访了活动主办方，比赛期间现场走访了参赛者、参与企业等，赛后又走访了市级分管部门，前后花了一周的时间进行深入采访、数据收集，采访了方方面面的人，提炼出了这篇反映重庆全民健身热潮的报道。

社会效果

获得了重庆日报当日好新闻奖。被市内外多家媒体转载。

解放碑地下环道部分开通啦！快来 get 穿越“魔幻山城”的新姿势（存目）

作品标题 解放碑地下环道部分开通啦！快来 get 穿越“魔幻山城”的新姿势
参评项目 全媒体
作　　者 汤艳娟　杨欣炼
责任编辑 袁尚武
刊播单位 重庆日报
首发日期 2017-03-20
刊播版面 重庆日报微信公众号

作品评价

本篇微信文章是一篇能充分体现新媒体优势的成功之作。第一，它具有“预告性”，不仅是快速，在前方记者与后方编辑的通力合作下，我报微信公众号提前两天做出了准确、权威的报道；第二，形式多样、内容翔实，本文采用文、图、视频相结合的方式，立体地向读者展现了地下环道的形象和具体情况；第三，充分把握了热点，解放碑商圈的交通情况一直广受关注，本次地下环道的部分开通，无疑是个大热点，我们及时地把握并提前发布，成功地吸引了大量流量。

采编过程

在解放碑地下环道部分开通前夕，渝中区宣传部召开新闻发布会，组织了集体采访。我报记者在参与采访的过程中，认为该新闻内容很适合以微信文章的形式发布，及时与后方编辑取得联系，进行了沟通和工作衔接。关于解放碑地下环道工程，在动工之初记者就有所关注，平时有收集相关信息素材，并在此次报道中考虑新媒体特性，特地向有关部门索取了视频资料，拿到一手资料及时传于后方编辑形成微信文章，快速高效地完成了此次报道。

社会效果

该篇微信一经推送立即引起市民关注，多家媒体转载，三天阅读量高达3万余次，截至目前阅读量共计52843次，大量市民积极参与讨论并点赞，网友“2017更好更远”评论说：“又一新的城市道路出现，缓解了繁华都市的交通压力，期待中……”，可见传播效果良好。

全媒体传播效果

阅读量达到5万次，受到广泛读者及业界人士好评。

“把我的钱都给你”
84 岁爷爷毕生家当要给 30 多岁女医生

重庆晚报记者　刘春燕

编者按语

医患关系，是当今热门话题。“三八”节前，记者特别走近一位女医生和她的病人，也许可以提供一种参考：医患如何在各自不同的立场上，做好自己，也理解对方。自己有光，才能照亮他人，这是漫长的、持续的善，无论是医生、患者，还是每一个不同又大同的我们。

身患晚期肺癌即将离世的孤寡老人，要把卖房子的钱都给他的主治医生。这事发生在重庆市肿瘤医院肿瘤内科病房 15 楼，84 岁的杨希贤把主治医生田玲当成了人世间最亲近、最依赖的人。

独自一个人，走过了半个世纪

哈罗德·布鲁姆说：“孤独的最终形式是一个人和自己的死亡相遇。”

也有终生被孤独选择的人，在人生最后时刻遇到爱。

重庆市肿瘤医院肿瘤内科 15 楼 34 床，杨希贤已是肺癌晚期。他这次入院，已经住了几个月。他没有妻子，没有子女，孑然一身。他想把卖房子的钱全部给他的主治医生田玲。他最后的心愿是想回一趟铜罐驿的老房子，怕欠医院的钱自己走了没法还。他跟田玲说，想再下地走路，再走回冬笋坝，再去挖曼陀罗花，再送给她。

老人过去的故事很少有人知道全貌，侄儿媳妇的描述、同乡的邻床男子的补充、医生护士的记忆、老人自己一词半句的信息，一点一点拼出他人生一角。

九龙坡区铜罐驿冬笋坝，重庆罐头厂，侄儿媳妇说，杨希贤在这里一直工作到退休。他住在厂里分的单身宿舍里，就是那种老式筒子楼，侄儿媳妇去年还去看过。没有人具体说得清楚他哪一年离婚，现在 50 多岁的这辈人从认得他开始，就看他是一个人。记者问他单身有 50 年了没？他说：“嗯。”

半个世纪，一个人怎么过？吃饭就是食堂，或者他侄儿媳妇说的周围小馆子；衣服扔给洗衣机；不爱看电视；跟筒子楼里老少单身汉闲来闲往；四处逛逛，看看花草。老人半闭着眼跟记者嘟哝了一句："最近几年，早上起来总觉得冷，要烤烤火……"漫长的50年，一个人的路应该不好走吧。

他随身带一个锈迹斑斑的红色铁皮眼镜盒，盒子里贴着一张小纸片，写了十几个人名和电话，都是侄儿、侄媳妇这些亲戚，还有田医生。

没人的时候，他就拿出来，什么都不说，就是盯着看。记者问他要不要打给其中一些人随便聊聊，他摇头："不打，没得啥要说的。"

病房里年初进来的病友说，这几个月，见他其中一个侄儿媳妇来过两次，没见其他人来过。

中午11点半，这个侄儿媳妇来了，带了一盅萝卜炖猪脚汤。老人想让侄儿来，说是有事情要交代。侄儿媳妇说："他在合川给人做装修，走不脱。"记者问她平时忙不忙，她说："孙子上幼儿园，每天要接送，我也是53岁的人了，也要照顾一家人。"

想把毕生积蓄，交给主治医生

患病这10年，他见得最多的人，是主治医生田玲。

田玲30多岁，小小的个子，话音细细的，乍一看，像实习医生。2003年她从原泸州医学院毕业来到重庆市肿瘤医院。2009年10月，杨希贤来看病，就此开启了一段田玲的职业生涯里最撕扯揪心的情感。当时老人已经在其他医院看过，医生出于种种考虑没有直接告知老人真实的病情是肺癌晚期，但他大致猜到了。田玲说了实话，老人心安了。信任就是从那一刻开始的：他觉得自己的知情权被尊重——他想要知道得了什么病，还能活多久。

田玲说，一般这个年纪这个病情，也就1年多吧。那句话说完，到现在，已经快8年。

两人之间到底发生过什么，以至于一个独居半世纪的老人，会想要把自己卖房子的钱，自己这辈子全部的家当都给医生？田玲自己都觉得意外。

跟他们在一起一天，其实就很容易知道原因。

下午3点多，老人半睡着，田玲悄悄进来，一握住他的手，他马上就睁开眼睛，笑了一下。她一边问爷爷吃东西没有，哪里不舒服，一边翻看床头柜、抽屉。看到营养粉有两天没吃，她咬着嘴唇泪就下来了，哭腔里隐约有小女孩的撒娇和嗔怪："爷爷你要听我的话，再不舒服也要把营养粉吃了……"她背过身说：老人开始放弃了，这段时间，他心里什么都知道。

记者说，爷爷，你跟田医生拍张照片吧。老人很高兴，挣扎着起身，一定要坐端正拍，又把帽子调了几次角度。

田玲最忙的时候，同时管着36个住院病人，查房、开药、查阅资料、不断调整修改各种医疗方案、医患沟通……每天忙完这些的间隙，她会坐在爷爷床边。“就是听他说，随便他说什么，我就听，只需要答个腔：啊，这样啊，好的……爷爷平时太孤独了，没人听他说话。”

无回应之地，即是绝境。

一个人的50年，会有多少憋进心腑的话，多少欲言又止，多少渴望和被拒绝的交流呢？这个孙女辈的年轻医生，一听就是断断续续的8年。

田玲自己都没注意到：她听爷爷说话，整理他的被子、衣服，眼泪总会悄悄漫过眼眶落下来。爷爷往往是装作没看到，看着别处。

一个孤身到老的人，这辈子也许从来没人跟他、听他说过这么多的话，也许从来没有人为他流过这么多的眼泪。人和人彼此契入对方的生命，眼泪是情感确认的重要方式，有时血缘都未必是。

老人回应的方式就是：“把我的钱都给你。”田医生当然拒绝了，她唯一接受过的礼物是老人从老房子挖来的曼陀罗花。

最后一段路，突然多了很多人

肿瘤科的病房在某种意义上是个枯寂酷寒之地：疼痛、恐惧、死亡……唯有人心的温度能浸润，能流动，能照拂。

营养科的医生根据他的身体开了营养配方粉，每天40元左右。后来知道老人的情况，营养科说：这个费用，我们自己来承担。

护士长刘红丽把科里的护士和实习生都召来，排了个班，每天固定一个人爱心接力，从家里给爷爷带一份自家炖的汤，或者专门出去给爷爷买一份瘦肉粥。她做完自己手里的工作，会来陪爷爷聊天，帮他剪指甲、擦身。

“95后”的实习小护士陈明欢周一下午来喂老人吃猪蹄汤，像家长喂小孩一样，每喂一口，就奖励似的轻轻拧一下老人的脸颊。她们这些小女孩几乎不哭，都是笑，叽叽喳喳围着爷爷笑，笑他年轻时也是大长腿帅哥一枚，怎么就没搞定老婆。这个时候，爷爷就瘪着几乎没牙的嘴闭着眼笑。

医生说，老人有政府医保托底，能够承担姑息治疗的费用，他更需要的是陪伴和倾听。

每天都在准备，每天都在告别

田玲10年没有换过手机号码，越到后来越不敢换，因为病人都留的她这个号码。她说，这8年来，她一直在准备，一直在告别，一直在害怕和担忧中等待那一个电话。

她给记者看了爷爷的病历，老人整个左肺完全被肿瘤侵占，右肺也已经转移，胰腺也发现有转移。肺癌晚期病人是什么感受？溺水。肺叶无法打开，呼吸像拉风箱，病人就像沉进水中，闷，难受，一点一点被榨尽最后的力气。

田玲说，8 年来，老人从未表现出对死亡的恐惧，他总是在念叨，活到今天，他已经满足了。

田玲下午来的时候，爷爷凑到她耳边悄悄说："我想请个假，回一趟家。"田玲问他是不是担心钱不够用，他支吾着没有回答。背过身，田玲眼泪哗哗往下流，她说："爷爷是怕存在医院账户上的钱不够，怕万一走了，还欠医院的钱，他想回去拿钱。我给爷爷说了的，我去帮他申请绿色通道，但他还是怕麻烦我……"

记者问田玲："有没有可能，在他走之前，他真想要回去最后看一眼自己住过那么多年的地方？一个人的房间，一个人的气息，一个人的时间，一个人的一辈子？我们一起来帮帮他，向医院申请一个医生和一个护士陪同，当天来回。"

田玲动摇了一下，还是说："院外没有抢救的条件。而且，根据相关规定，像这样的危重病人，不能离开这里，涉及医保等一系列问题，不能感情用事……"

值班室很安静，窗外的雨和她的眼泪都在往下滴。

田玲很纠结，对一个临终病人强烈的情感投入是对心神的碾磨和摧折，她不想再来一次。但她也很感谢爷爷："一个陌生人，他给予你无限信任、依赖、眷恋，是命运赠送的一场情感教育……"

我问她心里是怎样准备最后的时刻的？

她捂着脸，眼泪从指缝滑下来落到地上："还是我来吧，如果可以，我来拉着他的手，帮他合上双眼，送他走。他从来没说过，但我知道他心里是这么希望的。"

作品标题　"把我的钱都给你"　84 岁爷爷毕生家当要给 30 多岁女医生
参评项目　通讯
作　　者　刘春燕
责任编辑　吕玉宏
刊播单位　重庆晚报
首发日期　2017-03-08
刊播版面　第 4 版　慢新闻 APP

作品评价

医患关系是现下的热点话题，主要的问题来自彼此信任的坍塌。另一方面，中国正在进入老龄化社会，老人的孤独无助，也投射大部分普通人的未来。这篇通讯，用相对沉静克制的语言和深入细致的细节观察，一面写出人生晚年的孤独凄凉，另一面写出女医生仁心仁术的温暖，这两面，都是人所可能面对的真实的境遇，这样复杂的交织，才是最牵动人心的细线：它可能与我们每个人都有关，与个人的生命体验和现实境遇有隐约的投射。正如一个读者的评论留言：这个稿子，有很多意义的层面给人留有空间，如：人与人如何建立信任、人的孤独与尊严、陌生的善意、医学、仁学、人学……最重要的是，我们有怎样的命运，取决于我们是怎样的人。

采编过程

肿瘤医院和医生告诉媒体杨爷爷的情况，最初的想法是，通过传播，呼吁一些有经验的志愿者来照顾这位孤寡老人。记者在病房陪伴了老人一天，采访了主治医生、护士长、爱心接力团队的护士、病房的病友、老人的侄儿媳妇和老人本人。为了帮老人完成看一眼老房子的心愿，随后又前往老人住了一辈子的铜罐驿老厂宿舍，拍摄了周边环境视频，并找到老人好友谭师傅，以及社区工作人员，录制祝福视频，返回医院回放给老人。

直到10天后老人情况好转，坚持出院，记者也前往陪同，一直送他到家，与社区义工对接，至今仍然与社区工作人员保持联系，关注老人情况。

这样一个采写过程，对记者来说，也是一次珍贵的生命教育，至少可以学习的是：如何从新闻报道概念化的善，一点一点走向现实中点滴行为的善。一个记者，如何理解人，便是如何理解新闻。

社会效果

这个稿子在慢新闻APP以及报版上推出后，次日便有很多普通市民自己去肿瘤医院病房陪伴老人，给老人买吃的。老人所属社区工作人员，主动联系记者，表示要为老人提供义工帮助。

另有几十家社会医疗机构、国内媒体通过各种渠道找到主治医生田玲，要提供各种帮助，或者要求采访，打扰到她的工作和其他病人，这也使记者非常不安。所幸后来医院出面，除了接受重庆电视台和中央电视台专题片的拍摄采访，其他都一一谢绝，保护了医生的正常工作。同时，因为这一系列正能量的社会效果，田玲医生被推选为3月感动重庆月度人物。

全媒体传播效果

这一报道推出当日和次日，国内数十家媒体转载，如人民网、人民日报海外版微博、中新网微博、新华社客户端、中国新闻周刊微博、腾讯网、客户端、搜狐网客户端、凤凰网，以及数十家各地方媒体。新华社客户端阅读量83万次，澎湃新闻140万次，中国新闻周刊337万次。其地方媒体各自平均阅读量约50万次。央视、北京卫视、重庆卫视等相继跟进拍摄。百度搜索结果约1190万次。

一个学生的学校

重庆晚报记者　黄艳春

綦江区赶水镇太公山，海拔不算高，站在山腰，山下的渝黔高速公路看得一清二楚。山腰之上，有一所叫太公村小的学校，只有一位老师和一个三年级学生。为了让这个学生接受到公平的义务教育，从老师到学校，各种爱的力量在这里汇集。

“我当着其他人的面不止一次说过，他们两个就像是爷孙”

这个三年级学生叫谭陆森，9 岁。这位老师叫令狐克洪，今年 9 月就 60 岁了，已连续从教 41 年，该退休了。

上学期，太公村小还有谭陆森和另一个学生。这学期，另一个学生也去山下读书了。

27 日，周一。早晨 7 时刚过，令狐克洪准时出现在学校操场。约 1 小时前，他从山下的赶水镇动身往学校赶。扫操场落叶、挑中午做饭的水、打开教室门……不一会儿，谭陆森也来到学校，准备上课。

熟悉这对师生的村民都知道，如果 8 时后谭陆森还没出现在学校，他铁定掏出手机拨打谭陆森父亲的电话。这个举动，跟本学期以来令狐克洪与谭陆森的一个约定有关：早晨 8 时前，若谭陆森没到校，令狐克洪一定会打电话问家长是啥原因；下午 3 时放学后，谭陆森步行回家约 40 分钟，到家就用家长的手机拨令狐克洪电话，通了响三声以上才可以挂断，令狐克洪节约话费就不接听；如果 1 小时内未收到谭陆森的电话，令狐克洪会马上拨打家长的电话，若电话打不通，他会立即步行到谭陆森的家看个究竟。

这样的意外，前段时间就发生过一次。16 日下午 4 时后，令狐克洪没收到电话，心里急得不行，匆匆赶到谭陆森家，没人。一问邻居，才知道谭陆森的二婆婆生病了，爷爷和爸爸去山下照顾二婆婆了。谭陆森回到家后没法打电话给令狐克洪，便跑到山下去找家长了。

太公山临近山顶的地方，住着谭陆森上学期唯一的同学张莹双。这学期，张莹双到赶水镇街上读书了，不过两个小伙伴的友情并没因此中断。谭陆森告诉记者，张莹双知道他和令狐老师的约定后，好多次都对他说，特别羡慕他一个人得到令狐老师全部的关心。

谭陆森的父亲谭世友也说，有时看到令狐老师对儿子的牵挂，自己内心既感激又自责，因为令狐老师对儿子的关心甚至超过了自己。“我当着其他人的面不止一次说过，他们两个就像是爷孙。”谭世友说。

27 日上午第 3 节课是数学课，谭陆森做错一道题。令狐克洪躬身课桌边，耐心讲解。下课休息时间，令狐克洪马上到厨房洗菜，用电饭煲煮饭。第 4 节课一结束，他又小跑到厨房，锅碗瓢盆声不时响起，椿芽炒蛋、青椒肉片等四菜一汤很快上桌。吃饭时，他把第一夹菜给了谭陆森。

饭后，令狐克洪没回寝室睡午觉，而是陪谭陆森在操场上打起乒乓球。“确实有人说我和他是爷孙。”令狐克洪对记者说。

“我们为他从教 41 年的赤心感动，更为他不计回报的苦心动容”

太公村小属于赶水镇街上的綦江区民族小学的一个教学点。小学副书记王芳分管教学工作，她告诉记者，令狐老师的家在赶水镇街上，以他的年龄和工作资历，如果申请从太公村小调到民族小学授课，没有任何人有意见。但这学期以来，他每周一至周五在村小授课，课余还要义务照顾谭陆森的午饭等。下午放学后，约 10 分钟的车程就能回到家，他却毅然选择周末才回家。更难得的是，他对此没抱怨一句。

“在太公村小，谭陆森是最后一个学生。他一天不愿下山，村小的教育资源就一天不断。”王芳说，本学期，校方在谭陆森报到当天，就把太公村小如何运行提上议事日程，最终确定每周三由音、体、美三科老师到村小授课，语、数等其他课程由令狐克洪一肩挑。也就是说，一到周三，谭陆森便有四个老师为他一个人上课。

22 日，记者有幸见证了四位老师分别给谭陆森授课的全过程，一丝不苟，专心敬业，甚至还有空中课堂这种多媒体教学手段。谭陆森学得也很认真。

綦江区民族小学校长蔡洪告诉记者，不管谭陆森愿不愿意到山下的小学读书，太公村小的义务教育资源跟民族小学完全相同，虽然这种教学的成本比较高。“民族小学只有三位音、体、美老师，每周三这一天全都去太公村小了，当天学校涉及音、体、美课程的教学就只有跟着调整。”

今年 9 月，令狐克洪将满 60 岁，按规定该退休了。那时，谭陆森也会从三年级升到四年级。

令狐克洪无数次设想过，到了 9 月谭陆森仍不愿下山读书，太公村小该如何继续？这事也让学校领导犯愁。令狐克洪向校领导提出一个权宜之计：若学校没找到老师接替他，他愿以干爷爷的身份继续教谭陆森学习。

“我们为他从教 41 年的赤心感动，更为他为了谭陆森的学习不计回报的苦心动容。所以，我们不赞成他这个所谓的权宜之计。”校方有关人士称，下学期谭陆森若仍留在村小，校方将调其他老师接替令孤老师的工作，每周的音、体、美课程同样会继续下去。

“娃儿还多次说，下山学习可以，但要看到妈妈回家后才同意”

那么，一个疑问出现了——是什么原因让谭陆森不愿下山跟其他同龄孩子一道学习和生活呢?

每周，令狐克洪要对谭陆森家访一次以上。他发现，这个孩子跟曾祖母的感情特别深。山下的小学是寄宿制学校，这意味着每周谭陆森只有两天能见到曾祖母等家人，这让谭陆森无法接受。

顺着太公村小后面那条水泥路步行四五十分钟，记者一行便到了谭陆森的家——一楼一底的砖房。“小兔子乖乖，把门开开……”歌声从堂屋传来。

唱歌的正是谭陆森。不光唱，他还双手贴耳，做出兔耳朵的样子，摇头晃脑的肢体语言逗得一位嘴不见牙的老太太乐呵呵地笑。

令狐老师说，老人是谭陆森的曾祖母，今年 94 岁。话音刚落，老人拄拐费劲地想从座椅起身，招呼我们落座。谭陆森懂曾祖母的意思，赶紧扶住，宽慰曾祖母不要急。老人数次张了张嘴，想回应曾孙，却始终未吐出一个字。

“曾祖母叫我向你们问好。”谭陆森说，他能读懂曾祖母的眼神。

听说令狐老师和记者来访，谭世友从附近干活的工地赶回来，寒暄中得知他每天薪酬 120 元。此时，谭陆森趴在靠近门槛的小桌做家庭作业，曾祖母始终坐在桌边的椅子上，她那双昏花的眼睛，不时定格在谭陆森身上。

阳光照射进半个堂屋，恰巧照着这对祖孙，时间仿佛停滞。

谭陆森的妈妈没有出现。谭世友解释，去年 10 月妻子去杭州打工了，今年春节没回家。对于妻子的其他情况，谭世友似乎不愿多说，只是闷声抽烟，叹气连连：“只是苦了想妈的娃儿。”

“娃儿下山读书的事，我完全支持。只是每次他都讲，不想离开曾祖母。娃儿还多次说，下山学习可以，但要看到妈妈回家后才同意。”谭世友坦言，“娃儿的要求并不过分，但确实让我觉得比在工地干活还累。”

后记
令狐老师有一个期盼

昨日发稿前，令狐克洪给记者打来电话。他说，从教 41 年，经历了代课老师、民办老师、公办老师，料到了自己退休的那一天，却没料到这时全校只有他一个老师，学生也只剩一个。

他说，要尽力劝说谭陆森到山下读书。到了下学期，他期盼着能看到这样的场景：周末，谭陆森快乐地走在从山下回家的路上；妈妈已经从杭州回家，张罗着他喜欢吃的饭菜；曾祖母也迈出堂屋，在阳光下等着抚摸他那灵光的脑袋……

作品标题　一个学生的学校
参评项目　通讯
作　　者　黄艳春
责任编辑　马京川
刊播单位　重庆晚报
首发日期　2017-03-29
刊播版面　第1版　要闻

作品评价

类似“大山里一个人的学校”的新闻，这些年爆出来的也不少，大多类似新闻都伴随着浓浓的悲情感，比如孩子上学实在不方便，没有正式编制的老教师孤守学校等。重庆这所一个学生的学校，却不让人感到多么孤独和悲情。老教师自愿留在村小，固然是一个方面，更重要的是，当地教育部门对这所学校予以全力支持，其义务教育资源跟镇上的小学完全相同。太公村小是一个学生的战场，却不是一位教师的战场。

让孩子就近上学，以最方便的方式接受义务教育，是教育工作者的本职。但是，义务教育毕竟是一种公共资源，其分配既要讲究公平，也要追求效率。“撤点并校”就是义务教育追求效率的一个体现，它保证了生源数量，也有利于整合优化教育资源（师资力量、基础设施、教学设备等）。这些年来，大量软件和硬件不达标的学校被撤销，为孩子创造了到更好学校接受较优质基础教育的机会。

值得注意的是，即使是自愿坚守重庆太公村小的老教师令狐克洪，也不反对让孩子到镇上上学。他希望在退休前说服学生到山下的学校读书，解决维持一个学生的学校所面临的困难。

当效率与公平碰撞，公平是否要让位于效率？太公村小给出了态度鲜明的答案。到山下读书，不算特别麻烦，可是就有那么一个学生，因为家里特殊情况等，不愿意下山上学。如果下发一纸公文，撤销村小，迫使学生下山上学，当然是一种高效的解决办法。然而，以牺牲学生便利为代价，哪怕效率再高，也是不得人心的。为了不让一个孩子掉队，要考虑到种种特殊情况，以人为本，让每个孩子开开心心地上学。

采编过程

綦江一个朋友爆料说，他老家有个教师一辈子坚守山村，送走一批又一批孩子，今年9月就要退休。目前，学校仅一名学生，教师在山里教书一辈子，多次拒绝出山调到条件好的学校任教。他预料到退休这天，没想到会是一个人坚守学校剩一个孩子。尽管如此，他仍不怨不悔从教，把唯一学生当孙子般照料，传道授业解惑。

采访中，记者深入这个学生家中，起底孩子不愿下山的原因，发现与其牵挂外出打工的母亲，以及他跟年迈曾祖母感情特别好有关。孩子懂事不愿走，但这样的环境不利他成长。由此，当事教师与学生之间以诺言的形式链接成不一样的师生情。为了孩子的未来，这个教师与山下小学也有承诺，即无论如何都不让孩子失学，且必须在一样不少的教学资源下完成义务教育。校方为兑现承诺，每周派3名教师上山，给孩子教授音、体、美等学科课程。

写作中，记者特意以平实的语言，架构一段特殊环境中的师生情。

整个稿件以有温度和正效应为基调。

社会效果

本市：文章引发很多人关注，甚至有企业点名要去山村看望教师和学生，声称这样的正能量教师让人肃然起敬。

传统媒体：央视新闻关注报道，盛赞一生坚守山村的教师是基础教育的脊梁；中国青年报撰文在“中青社评”发评论文章，声称，又见一个学生的学校！它不是一位教育的孤军奋战；南方都市报派记者专程到新闻现场，报道教师与这个独特学生的故事；国内其他主流媒体以国内新闻形式，进行报道。

新媒体：腾讯天天快报、今日头条、新浪网等国内知内新闻平台或门户网站，跟进报道，好评如潮，点赞量无法统计。

阿里巴巴及全国百家媒体发起的“天天正能量”评奖中，当事教师获得正能量二等奖，奖金5000元。

全媒体传播效果

这篇报道在晚报的黄金版面——一版进行刊登，在传统读者中引发强烈关注。尤其是事发当地的綦江区，更是引发教育主管部门的一片赞誉。

报道推出当天上午，很多门户网站自发转载，其中，本报慢新闻APP台平进行推送后，腾讯新闻平台天天快报立即进行置顶，引发本市及国内读者关注，很快在文章后面的评论区域刷屏。

报道推出当天中午，重报集团的新媒体渠道华龙网等进行推送，打开率持续居高；报道在重庆晚报官网、官微及微博上，传播得更为深远，尤其在微博上的影响人群当天就高达400多万。

广电、央视等媒体于次日进行了报道；数天后，国内《中国青年报》等主流媒体也进行报道和评论。

“部长通道”之变
不用追不用拦　部长主动来

重庆晨报记者　罗强　黎胜斌

今年的两会，“部长通道”又一次成为热点。以记者近几年参加两会报道的观察，部长通道在今年有了不少的新变化。

通道变成了部长发布平台

这条位于人民大会堂北大厅的不足百米通道，部长回应曾成为媒体一手热点新闻，能成功追到部长、拦下部长的记者也成为红人。今年则不需要了。

以记者多年来参加全国两会的观察发现，“部长通道”其实并不是为部长们面对媒体而专门设立的。而是因为这条通道，是列席会议的国务院各部委办主要负责人的必经之路。

这条通道，从最初的部长通道变成新闻通道，再到如今的部长主动发布平台。

这一变化，在3日下午就表现出来了。当天教育部、商务部、国务院侨办、中国民航局、中医药管理局、国家文物局的6名部委办一把手先后来到“部长通道”主动发布。

昨天早上，国家发改委主任何立峰、国家工商总局局长张茅、交通部部长李小鹏、农业部部长韩长赋、国务院扶贫办主任刘永富等一一回应热点。

从“讲两句”到“还问什么”

伴随媒体对部长通道的追逐，更多的部长在这里停下脚步，面对记者“讲两句”“谈一谈”。

与往年不同，今年经过部长通道的部长们，不再是“微笑面对挥挥手”，或者“简单讲讲”“简短回应”，而是一个问题不够，那就两个，甚至三个四个五个地详细回应热点、敏感提问。

正如很多记者所感慨的那样：“部长们对媒体变得越来越开放主动了，更规范，更有秩序，更主动，谈的工作更具体了。”

2013 年开始，部长通道升级换代。依然还是人民大会堂北大厅，依然还是百余米的通道。不一样的是，这里设立了临时“部长发布平台”，安放了音响，设置了方便摄影记者拍照的阶梯台。

今年，部长通道上还多了一位专门为媒体记者拦部长，代为提问的“主持人”。这位“主持人”与一般的新闻发布会主持人有相同，也有不同。

相同之处在于，他的出现让想要拦部长的媒体记者变得轻松了，他会帮记者请部长“过来”。不同之处是，这位“主持人”还会像记者一样，围绕热点、焦点问题，一而再再而三地帮记者追问。

昨天早上，交通部部长李小鹏就被“主持人”代为追问了一次，而农业部部长韩长赋则被主持人代记者追问了 4 次。

作品标题“部长通道”之变　不用追不用拦　部长主动来
参评项目　通讯
作　　者　罗强　黎胜斌
责任编辑　黎伟
刊播单位　重庆晨报
首发日期　2017-03-06
刊播版面　第 8 版

作品评价

今年的全国两会，“部长通道”又一次成为热点。通过近几年记者参加两会报道的观察，部长通道在今年有了不少的新变化：从拦部长到部长主动来，以此回应记者关心的问题。部长回应曾成为媒体一手热点新闻，能成功追到部长、拦下部长的记者也成为红人。今年则不需要了。就此着手，反映部长通道之变。

采编过程

部长通道是记者们采访部长的好地方，就是这条不足百米的通道，几十位部长都来了。与往年拦住不同的是，今年部长们是主动来的。来了，还是主动回应。这个变化，记者敏锐地抓住，成为一个独到的视角。

社会效果

稿件刊发后，得到各大网站的纷纷转载，社会反响良好。

直辖20周年，一路雄起的重庆，今天我们祝福你

重庆晨报记者　周宝琴

20 年前的今天
1997 年 3 月 14 日
八届全国人大五次会议表决通过
《关于批准设立重庆直辖市的决定》
重庆成为继北京、天津、上海之后
中国第四个中央直辖市
当时没有媒体直播这个场景
但喜讯立刻通过手机传到重庆
电话那端响起鞭炮声
重庆街头很快挂出标语：
“我们直辖了！”
同年 6 月 18 日
重庆直辖市正式挂牌
1997—2017 年
老山城，新重庆
转眼 20 华载
今天，满城追忆

1997 年的江北嘴
它还是江北城
没有大剧院、科技馆、千厮门大桥……
1997 年的观音桥
也不是重庆的时尚中心
那时没有观音桥环道、没有步行街
没有观音桥广场
那时高楼很少

阳光城已经是当时少有的高层建筑
北城天街的地基才打好
如今的步行街
当时还是一条连通红旗河沟和华新街的马路

1997 年
重庆市渝中区政府投资 3000 万元
在解放碑打造了中国第一条商业步行街
——解放碑中心购物广场
当年标志性的红色奥拓出租车
如今换成了醒目的黄色羚羊、天语、启悦……
山里人住山里城
那一年我们
最爱上半城和下半城
那里有穿不完的大街小巷
和爬不完的坡坡坎坎
如今这座城市有些许改变
重庆自直辖以来，发展之迅速
只有身为重庆人才能切身体会
直辖 20 年 3000 万重庆人
努力奋勇向上
如今她已经华丽蝶变

她是中国西部最具投资潜力的特大城市
2012 年央视发布的幸福感排名前十的城市
“第十届中国城市竞争力排行榜”
重庆跻身全国前十强
2011 年国务院更把重庆定位为国际大都市
“2016 年中国旅游城市吸引力排行榜” 中
重庆位列第三
如今带我们翻山越岭的
除了重庆人勤奋的双脚
还有上天入地
一站一风景的轨道交通
如今带我们跨越两江两岸的
除了轮渡和悠悠的索道

还有越来越多的瑰丽桥梁
世界上没有哪个地方的人
能像重庆人一样
如此热爱他们的城市
爱重庆的山
爱重庆的水
更爱这里的人和麻辣生活
因为
这里不仅有淘尽英雄的长江
还有清新毓秀的嘉陵
这里不仅有屹立不倒的解放碑
还有日益时尚的观音桥商业中心
这里让人惊艳的不仅有泼辣豪爽的重庆美女
还有李白笔下“云傍马头春流绕”的巴蜀河山
所以对于每个重庆崽儿来说
甜言蜜语抵不过
情感丰盛的重庆言子
戒得了山珍海味
却戒不了鲜香麻辣的老火锅

1997 年
对于每个重庆人来说
深刻的不止有香港回归
那一年
我们踏上直辖之路
那一年
我们的老山城迎来新生
千里为重，广大为庆
在 20 年前的今天
1997 年 3 月 14 日
重庆被批准设立为直辖市
这一路走来
你给了我们太多感动和惊喜
重庆，愿你一路雄起
千万重庆崽儿是你永远的后盾
今天，请转发祝贺！

作品标题 直辖20周年，一路雄起的重庆，今天我们祝福你
参评项目 全媒体
作　　者 周宝琴
责任编辑 刘海涛
刊播单位 重庆晨报
首发日期 2017-03-14
刊播版面 微信头条

作品评价

直辖20周年，稿件从直辖当年重庆的情况、重庆直辖以来取得的成绩、重庆直辖以来的变化为主题，从多个方面阐述直辖对重庆的意义。文章配上精美的图片和生动的文案，极大地激发了重庆人民对家乡的热爱，唤起了内心那份城市荣誉感，取得了良好的社会效果。

采编过程

3月14日是批准重庆直辖20周年的日子，这一天必定万千瞩目，非常受关注。所以编辑十分重视，提前开始着手准备：

1. 联系摄影师获取大量精美的重庆城市图片授权转载，为稿件呈现的视觉效果作准备。

2. 搜集直辖以来的重庆在经济发展、地标建筑、民生等各个方面取得的成绩。

3. 文案撰写、图片处理、排版优化，并多次核实相关资料的准确性。

社会效果

有30多家政府机构、主流媒体、高校、自媒体获取了授权转载，极大地提升了账号的影响力。

全媒体传播效果

稿件于3月14日凌晨推送，是第一家推送重庆直辖的媒体。效果：本文效果十分喜人，阅读量已经达到23万次，转发量达27581次，同时也为账号带来了1000多位新粉丝。

老太婆摊摊面“打脸”煮面机器人

重庆商报记者　侯佳

无人值守、微信点单、60 秒智能出面，这台机器好洋气，可营销方面涉嫌侵权。

无人值守、24 小时全智能煮面、微信点单支付……近日，一台“即食智能煮面机器人”出现在重庆沙坪坝区街角。食客微信点单一分钟后，一碗喷香的小面就出炉了。

但令人没想到的是，机器人煮面这件新鲜事还没火起来，其宣传中所说的配方来自秦云老太婆摊摊面就惹来了麻烦。

智能机器 24 小时卖面

近日，在沙坪坝区一中对面的街口上，新开了一家山成风面馆。但这家面馆没人煮面，也没有为食客准备桌椅吃面，店里只有一台设备，名为“60 秒即食智能煮面售卖机器人”，24 小时营业。

记者看到，这台所谓的机器人，其实就像一台放大了的自动售卖机。消费者在屏幕上挑选好想吃的面，微信扫描确认并付款，约 1 分钟后，一碗由一次性食盒装着的热乎小面就出炉了。

3 月 23 日下午，不少路过的市民都停留在这台煮面机器前看新鲜。

一位尝鲜的食客拿到面，吃了一口说：“味道还可以，主要是性价比高，5 块钱就能吃到一碗杂酱面。”

旁边围观的市民则觉得很新奇：“上面还撒有葱花，像是现做的面。难道是有人蹲在里面煮面吗？”

机器人煮面接受加盟

记者在现场看到，这台机器的屏幕滚动广告上，写着秦云老太婆摊摊面是其合作伙伴，提供技术支持，并阐述智能机器人在密封仓内生产、极速出面、移动支付、无须人工、利润翻倍等特色。

记者拨打了印在机器上的加盟电话，一位接电话的张姓负责人称目前暂不接受媒体采访。随后，记者又以加盟者的身份打去电话。

相关人士介绍，每天都有工作人员将中央厨房配好的佐料、浇头、生面等放入机器固定舱口，通过标准化的煮面工艺，1 分多钟就能煮好一碗面。“加盟要购买一台机器 51800 元，总公司按营业款的 17% 提成。”该负责人特别强调，他们已经购买了秦云老太婆摊摊面配方。经营上由公司统一管理，原材料购买、配送、机器维护等都不需要加盟者担心，只需为机器找好地点摆放即可。

该负责人给记者算了一笔账，一个面馆请 2～3 人，每个月人力成本上万元，占面馆支出的 40% 。机器人做面不存在人力成本，且可以 24 小时全天经营。“目前 4 款面活动价格 5 元，实际价格牛肉面 10 元，小面 5 元。如果每天卖出 100 碗，4 个月能回本。”

据其介绍，机器登陆重庆才一周，已经加盟了十多台。

反转

老太婆摊摊面隔空“打脸”

秦云老太婆摊摊面不是通过师傅带徒弟的传统模式扩张吗，什么时候机器化制作了？记者带着疑问采访了秦云老太婆摊摊面老板秦云的助理王剑梅。

“这些人胆子太大了，我们什么时候授权过这家公司使用配方的？”王剑梅知道后大吃一惊，公司一直坚持古法、传统做面工艺，对于机器化生产一贯都是排斥的，“难道是法盲吗？这涉嫌虚假宣传，我已经和律师沟通，准备维权。”

记者随后通过工商部门查询到，“秦云老太婆摊摊面”的注册人是重庆摊摊面餐饮文化有限公司，法人代表是秦云。

但煮面机器人在图形商标展示上，也和秦云老太婆摊摊面的基本一致。重庆西南商标事务所有限公司总经理吴赵龙表示，从注册信息看，煮面机器人属于侵权行为。

而山成风面馆相关负责人拒绝就此问题作答。

重庆工商局相关负责人称，重庆摊摊面餐饮文化有限公司如认为其侵犯了自身权利，可前往工商局或拨打 12315 举报，工商局会跟进现场调查。

声音

开面馆创业心头要有账

“完全替代人力，按目前的技术水平，尚不能达到。”重庆小面孵化园总经理张洁表示，他曾参加多个展会，有机器人煮面、机器人送餐等，从实际效果看，噱头大于实际功效。

“这家无人值守的全智能化面馆，按照其测算方式，加盟者看上去确实稳赚不赔。不过加盟者至少得了解行业。”张洁介绍，以旗下红小子重庆小面为例，仅一坨牛肉的成本就达 2 元。“不知道这个商家如何把成本压得这么低。”

另外，从测算方式看，一碗牛肉面 10 元，成本 4. 2 元，加盟商剩 5. 8 元。再扣去营业额 17% 提成，加盟商最终得 4. 1 元。如果按每天卖 100 碗牛肉面算，加盟商一个月能拿到 12300 元。但如果扣除房租成本，再加上竞争因素，就需要加盟者更详细地对比了解。

作品标题　老太婆摊摊面“打脸”煮面机器人
参评项目　通讯
作　　者　侯佳
责任编辑　陈昊
刊播单位　重庆商报
首发日期　2017-03-24
刊播版面　重庆商报 A04 版城事

作品评价

独家报道主城街头出现的新型快餐业态，用机器人煮面以柜机方式适时售卖颇有新意，其推行的连锁加盟方式很吸引创业者眼球，而营销推广手段却涉嫌侵权。稿件报道现象新奇，煮面过程、补货环节，以及与老太婆摊摊面的纠葛则留下悬念。

题材涉及小面行业新现象，普遍关注度高，在页面展示上用图片和漫画配文戏说方式引导入题，表现形式好，有利于引导轻松阅读。文图展示充分。

采编过程

记者了解到主城街头出现新奇特餐饮业态后，前往采访。发现其广告打出老太婆摊摊面配方，老太婆摊摊面却一口否认，并表示会走法律途径。剧情反转，跌宕起伏，轻松好看，又突出了财经视角。采访业内专家，提醒创业者，不要只看眼前“风光”，注意加盟陷阱，有建言作用。

社会效果

稿件刊发后引发业界争论，煮面机器人是否能替代人力，记者随后采访小面协会众多会员，进行了多方讨论，不仅在业界具有较大影响，对创业者也有较强警示作用。

全媒体传播效果

上游财经微信公众号阅读量4667次。被今日头条、网易网、新浪网等平台或网站转载，阅读量上万次。

我为基层代言
——全国人大代表王海燕履职记

华龙网记者　李文科　周梦莹

3月5日，第十二届全国人民代表大会第五次会议在北京开幕。这也是重庆市潼南区田家镇佛镇村党支部书记王海燕作为本届全国人大代表履职的最后一年。下得了田坎，上得了会场，王海燕当代表的这四年，是她身体力行，为三农问题奔波，为基层代言的四年。

10年前，王海燕放弃在主城区稳定的工作，毅然回到家乡扛起锄头，带着村民开荒山。如今的她，不仅是全国人大代表，还是村民致富带头人。在她的带领下，佛镇村的产业得到发展，中药材和花椒成为主打产业。

作为基层人大代表，就要做好基层的代言人。劳动间隙，王海燕经常倾听村民的想法，仔细记录下他们的意见和期盼，把他们的心声带到北京，带到全国两会。

除了在田间地头收集民意，王海燕还专门在村里的办公室里设立“人大代表接待岗”。乡亲们有什么困难都可以来反映，王海燕会逐一记录，挨个落实。

49岁的村民李光淑（右二）一家以前主要靠种红苕、玉米维生，一年收入也就两三千元。如今，在王海燕的带领下，李家人种起中药材，“我们两口子一年的收入加起来有三万多，一下子翻了好几倍。”谈起变化，李光淑笑得合不拢嘴。

不仅是收入，在王海燕的努力下，村民的居住环境也得到了改善。2015年，她在全国两会上提交的《关于农村环境综合整治的建议》得到落实。就拿村上来说，配备了垃圾箱，有专人捡公路沿线的垃圾，每个月扫一次公路。垃圾实行村上收集，镇上负责运输，区里负责处理，过去村里的脏乱差现象一去不复返。

事实上，履职期间，王海燕提出的水污染环境整治等多条建议都得到相关部门的重视。“每个建议都得到了回复，有环保部、农业部、国家卫生计生委等。”王海燕说。

精准脱贫是件大事，村民都期盼着王海燕能为大家说说话。为提升建议质量，她经常会向其他企业家“取经”，探讨如何通过产业扶贫等方式带动农民增收。

今年两会前，王海燕走访了村里多位留守老人。她发现，留守老人生病了只有去县城大医院看病，由于路途遥远，加上身体不好，看病过程中会吃不少苦，很不方便。为此，两会期间，她提交了一份《关于加大村级医疗卫生建设解决农村留守老人儿童就医问题的建议》。

两会期间，王海燕虚心请教同行的全国人大代表，商讨如何优化建议。

在重庆代表团召开的“农业供给侧结构性改革”记者会上，王海燕谈道，推进农业供给侧结构性改革的落地，要加快农业基础设施和公共服务方面的建设，增强农业发展后劲，推进农业补贴制度、融资体制、产权制度、农业经营体系的改革，要在用地、融资、人才以及基础设施方面，进一步加大实行以奖代补和贴息。

两会期间，王海燕的履职经历和提出的建议得到众多新闻媒体的关注。

这些天，王海燕每天很晚才睡，她忙着不断优化建议，还要处理村里的事务。“我来自基层，就要尽最大努力为基层发声。”她说，希望能通过认真履职，为基层代言。

作品标题　我为基层代言——全国人大代表王海燕履职记
参评项目　摄影
作　　者　李文科　周梦莹
责任编辑　康延芳　杨涛
刊播单位　华龙网
首发日期　2017-03-07
刊播版面　华龙网首页

作品评价

全国两会期间，基层代表如何认真履职，是媒体关注的一个重点。围绕“基层”这个关键词，记者将镜头对准全国人大代表王海燕。

作品用丰富的视觉语言记录下她的履职经历，表现了她既下得了田坎，又上得了会场，扎根基层，为三农问题奔波，为基层代言的四年。

整个作品以时间为轴线，以履职为中心，逻辑清晰，文图结合，既有她在村里收集民情民意，带领村民脱贫致富的画面，又有会议期间的画面，丰富的内容是文字无法取代的。

采编过程

展现履职风采，如果只是拍摄在京期间的画面，略显枯燥。为此，记者提前策划，将更多的镜头对准了王海燕履职前的准备工作。

记者采访扎实，时间跨度长，跟拍耗时近 20 天。前期，记者深入基层，来到王海燕工作的潼南区田家镇佛镇村，用镜头记录下她扎根农村，深入了解群众诉求，不断建言献策，多条建议被相关部门采纳，给村民带来实实在在的实惠。

全国两会期间，记者继续跟拍王海燕的履职过程，从优化建议、参与小组讨论到参与记者会，用诸多细节勾勒出了她作为全国人大代表是如何认真履职，为基层代言的。

记者在充分采访基础上，依托全网重点栏目《万花瞳》，于 3 月 7 日全网发布，展现了重庆基层人大代表履职风采。

社会效果

人大代表如何履职？不只是参会讨论，更多的工作其实是在会外，需要不断走访群众，倾听群众的声音，与其日常工作紧密联系。

作品通过前后方拍摄，用一幅幅生动的画面，让履职记变得“有血有肉”，更有看头。作品展现了基层代表身体力行，为基层代言的履职经历，并且以点带面，折射出重庆基层代表的群体风采，受到市委宣传部、市人大相关领导的肯定称赞。

全媒体传播效果

该组作品在华龙网 PC 端、移动端、重庆客户端、重庆手机报等多个平台发布，并被网易、搜狐等多家主流媒体转载，阅读量达到近 1 万次，并获得众多网友点赞，表示基层人大代表们的的确确在做实事，为基层代言。

你有一张重庆出发的高铁车票，请领取！（存目）

作品标题 你有一张重庆出发的高铁车票，请领取！
参评项目 全媒体
作　　者 康延芳　徐焱　宋卫　刘芸怡　杨涛　刘艳
责任编辑 张一叶
刊播单位 华龙网
首发日期 2017-03-05
刊播版面 华龙网首页头条、重庆客户端首屏

作品评价

全国两会期间，重庆代表团的全团建议备受关注。和其他媒体选择通过图解、文字报道呈现全团建议不同，华龙网独具匠心，借助融媒体思维，精心策划H5作品。

作品将全团建议内容用互动游戏的形式呈现，邀请网友“闯关”收集车票，最终获得一张完整的高铁车票，不仅让网友在游戏中读懂全团建议，还展现了我国高铁的发展和建设进程，给网友带来切实便利。

作品制作精美、形式新颖，体现了非常强的互动性，在众多两会作品中让人印象深刻。

采编过程

如何发挥融媒体优势，做好重庆代表团全团建议？主创人员提前两周着手策划，多次召开选题会，决定采用H5游戏的方式，进行互动呈现。

针对具体细节，作者前后共拟订了4份设计方案，对初稿进行了十余次修改，最终选定了从高铁路网着手，参考曾流行一时的“找你妹”游戏的形式，设计游戏关卡。

明确形式后，主要围绕用户体验下功夫。一方面，可容纳的文字数量有限，需在确保核心内容突出的情况下，对文字进行精简；另一方面，需对游戏体验不断打磨优化。

在此过程中，前后方主创人员联动，主动牺牲休息时间，历时 4 天 3 夜 3 个通宵，反复测试 30 余次，反复打磨，使应用更流畅，最终形成了这一兼顾新闻性、趣味性和互动性的 H5 作品，并于 3 月 5 日也就是全团建议发布当天，第一时间推出作品，保证了作品的时效性。

社会效果

在内容形式方面，作品通过小游戏，让网友在体验游戏的过程中读懂全团建议，展现了我国高铁的发展和建设进程，互动性强。在时效方面，于重庆代表团全团建议发布当天推出，时效性强。

作品将高大上的时政议题进行了轻松有趣的包装，十分接地气，配合文图报道，对重庆代表团的全团建议进行最大化传播，让网友看得懂、愿意看，吸引他们更加主动地了解两会、参与两会，称得上用融媒体手法报道两会的有力尝试。

作品达到了很好的宣传效果，获得市委宣传部、市人大、重报报业集团相关领导点赞。

全媒体传播效果

作品在华龙网 PC 端、移动端、重庆客户端等多个平台发布，阅读量很快突破 18 万次。同时，作品被凤凰网、网易网、新浪网等多个主流媒体转载，并在朋友圈、微博等自媒体平台大量转发，得到众多网友好评，总计获得近 1.5 万条评论和点赞。

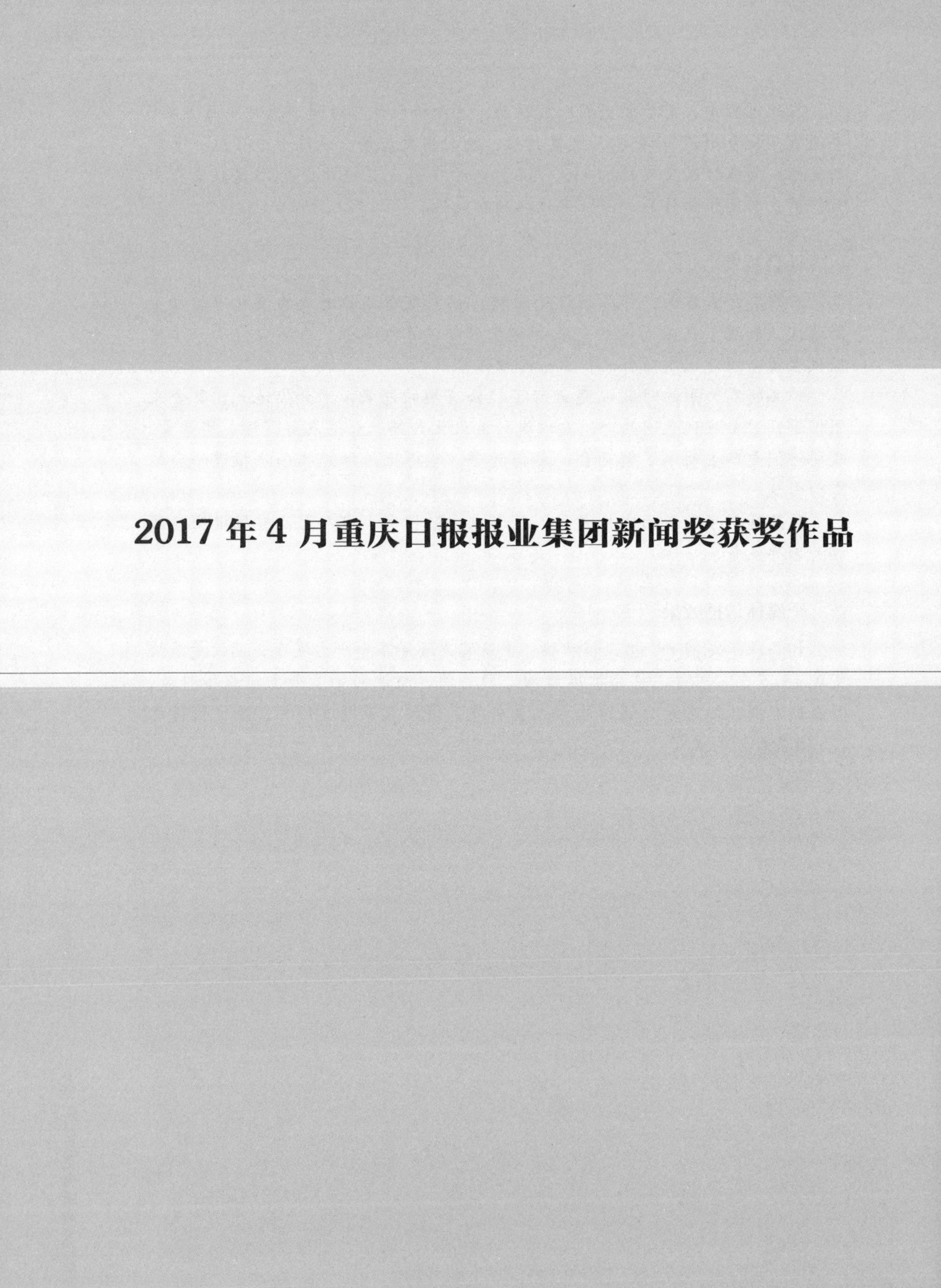

2017 年 4 月重庆日报报业集团新闻奖获奖作品

重庆自贸试验区挂牌背后你不知道的那些事

重庆日报记者　陈钧

4 月 1 日，中国（重庆）自由贸易试验区挂牌成立，至此，重庆自贸试验区正式步入实施阶段。

去年 8 月，重庆与辽宁、浙江、河南、湖北、四川、陕西 7 地获批，成为我国第三批国内自由贸易试验区。历时半年有余才正式挂牌实施，可以看出重庆自贸试验区并非“说来就来”。

日前，本报记者采访了市商务委员会副主任、重庆自贸试验区办公室主任李谦，他讲述了重庆自贸试验区挂牌背后的故事。

A. 申报从两方面努力
在第三批申报城市中最先提交方案、最早定稿

“在我看来，重庆申报自贸试验区，从两方面努力，一面与时间赛跑，与国务院及中财办、商务部等部委积极沟通，争取他们的认同；一面是自己想明白，想清楚，反复论证方案是否清晰可靠，做到对自己的方案了如指掌。”李谦说。

重庆自贸试验区开始申报时间是 2014 年 2 月，当时国家第二批自贸区还没批复，重庆就向国务院报送了《关于设立中国（重庆）自由贸易园区的请示》。

2015 年 4 月，第二批自贸试验区获批后，重庆又完善了相关方案，形成了《中国（重庆）自由贸易试验区总体方案（送审稿）》（以下简称《总体方案》），随后，重庆又审议了《总体方案》，再次报送国务院。

在申报过程中，重庆自贸试验区申报小组领导班子多次前往北京征求学者专家意见，几乎每周都要向商务部汇报最新情况，也几乎每周都有新的情况。

就申报事宜，李谦多次与商务部外资司沟通，最忙的时候，他每半个月要飞一次北京。申报小组有专门派遣驻京工作人员，对接相关部委，因此也没少获得商务部表扬，说“重庆同志专业，所有问题都能及时反馈”。

“中财办在其中发挥重大作用，我们就多次去中财办征求专家意见，修改方案。重庆想获批要满足三个要求，总结起来就是三句话‘对照国家定位，对标国际经贸规则，对接企业需求’。”李谦说。

具体而言，第一点是符合党中央、国务院对重庆的定位，我们要站在国家角度思考重庆自贸试验区在整个国家宏观经济中所发挥的作用；第二，吸取第一批和第二批自贸试验区成立经验，在国内已有实践经验基础上参考国际通用的自由贸易规则，找到两者的差异与差距；第三，自贸试验区成功运行要有各类企业主体参与，就是企业要有获得感，让企业参与到自贸试验区建设中，为外企“引进来”、本土企业“走出去”积极搭建平台。

有了准确的理解和认识，重庆自贸试验区的申报工作有条不紊地进行。值得一提的是，重庆是第三批申报自贸试验区城市中最先提交方案、最早将方案定稿的单位。

B. 从获批到挂牌
7 个月里自贸试验区主要做了两件事

从去年 8 月 31 日第三批自由贸易试验区获批，到昨日挂牌，包括重庆自贸试验区在内所有自贸试验区，都主要做了两件事：确定自贸试验区范围；做好总体方案规划。

最开始报给国务院的方案中，重庆自贸试验区范围覆盖 150 平方公里，19 大片区，从功能上说有三类，第一是口岸与交通枢纽，有机场，有铁路、公路、港口等，除了主城区口岸外，还包括万州港、长寿港、涪陵港等沿长江港口；第二是保税港区，有两路寸滩保税港区、西永综合保税区，甚至想到要申报江津、涪陵保税区；第三类是服务贸易较为成熟的区域，如江北嘴 CBD 等商务区。

报上去后，商务部没有同意，随后出具了统一的划分标准，将自贸试验区范围限定为 120 平方公里，只能划分三片完整闭合的区域。根据这一标准，重庆再次修改方案，用道路与水域相连。之后，有关市领导积极同商务部领导沟通，说明重庆为什么这么划分范围，同时做国土资源部的工作，保证商务部定下来的方案在国土资源部也能通过。

“重庆是这批七个自贸试验区中最先完成范围划分的，很多城市的方案被推倒重来。这件事做得极其艰辛也极其漂亮。我们的同志经常加班到凌晨五六点，方案改好了马上报送市领导。实行早晚交班，第一个人干到凌晨一两点，第二个人开始接力干到天亮，通宵做事成为家常便饭，真是辛苦。”李谦说。

重庆的《总体方案》是去年 12 月 12 日敲定的，是 7 个自贸试验区中最早定稿的。划分片区是商务委会同国土局、各区县政府共同协商的，包括枢纽与口岸区域、服务贸易区域以及保税港区，同时服务三大片区，三大片区要闭合，这是一个技术活。

三大片区分别是西永片区、两江片区、果园港片区，从北向南蜿蜒曲折穿过重庆地图。

各片区从管理上讲，全市统筹，区县有一定自主权，但制度设计、政策制定由市里完成，各区县只是执行。其中两江片区主要由两江新区党工委统筹，其他地区由自贸办统筹。两江新区面积最大，是自贸试验区的主体组成部分。就招商而言，市级层面会搭建平台，各区县也会主动出击招商引资，主要是竞争项目，在片区之间形成竞争势头。

三大片区各有自己的分工：西永片区主要以加工贸易、陆路贸易为主；两江片区作为自贸试验区最主要的组成部分，将承担起聚集高端产业和要素，发展服务贸易的重任，兼有总部贸易、金融服务；果园港片区负责探索多式联运综合枢纽建设。

C. 自贸试验区挂牌后
在第三批挂牌城市中如何显现重庆特色

“自贸试验区的本质是以制度创新为核心，不是政策的洼地；是国家的实验田，不是开发区升级版；是风险压力测试区，不是地方自留地。这句话能说明自贸试验区的实质，说明自贸试验区与开发区的本质区别。”李谦说。

重庆自贸试验区最大的特点在于重庆独特的区位优势。重庆是西部大开发的重要战略支点，处在“一带一路”和长江经济带的联接点上，这既是中央的定位，也是重庆与其他城市最大的不同之处。在国务院回复给重庆《总体方案》的批示中，也要求重庆要积极发挥“一带一路”和长江经济带连接点重要作用。

对于这个要求，以及重庆如何在第三批自贸试验区中展现特色，重庆已有三点考虑。

第一，目前中国贸易主要依靠海上贸易，重庆自贸试验区挂牌后，将重点依托渝新欧，探索发展陆上贸易。

第二，重庆正在积极推进内陆开放高地建设，其中开放大通道、大平台、大通关建设能提升我市经济开放水平，建设铁路、机场、港口三个枢纽、三个一类口岸、三个保税区结合的“三合一”开放平台。这些开放平台是其他省市不完全具备的，为重庆申请自贸试验区奠定了经济基础，也为重庆探索自贸试验区建设创设了条件。

第三，这么多年西部大开发，重庆直辖以来产业不断升级，从传统产业转变为现在提出的十大战略性新兴产业，重庆形成了集群发展、带动辐射相关产业的趋势，相较于其他城市，重庆自贸试验区有了产业上的比较优势。

第四，这三点都被国务院所认同，中央对重庆的定位也来自重庆总结的三点，是从重庆的方案提取出来的，这三点也是重庆与其他城市最明显的不同之处。

第五，“对照国际自贸区标准，国内自贸试验区还存在一些不足，值得重庆借鉴与总结。第一，我们制度创新、政策创新对标国际有所欠缺，还没达到国际自贸区的标准；第二，国内自贸试验区政策集成度不够，部门之间的协调还存在障碍，没形成合力；第三，防风险能力不足；第四，国际经贸规则下对税制探索不足；第五，政策法规还有诸多不完善之处。”李谦说。

他山之石
自贸试验区看过来

在重庆等 7 个自贸试验区获批之前，我国的自贸试验区有 4 个，分别是中国（上海）自由贸易试验区、中国（广东）自由贸易试验区、中国（天津）自由贸易试验区、中国（福建）自由贸易试验区，它们相对成熟的政策与配套值得重庆借鉴。

上海　自贸试验区

一是以负面清单管理为核心的投资管理制度。对外商投资实行准入前国民待遇，并制订负面清单，列明外商投资禁止或者限制投资的产业或者产品目录，对负面清单之外的领域，将外商投资项目由核准制改为备案制。

二是以贸易便利化为重点的贸易监管制度。探索“一线放开、二线安全高效管住、区内自由”监管模式，建立货物状态分类监管的货物贸易监管方式，缩短审批流程。

三是实施以资本项目可兑换和金融服务业开放为目标的金融创新制度。先后出台 51 条金融支持自贸试验区建设的政策措施，尤其是推出了分账核算系统以及自由贸易账户，基本形成了自贸试验区金融开放创新的制度框架体系。

四是事中、事后监管制度。推进行政审批目录化管理、减少和下放投资审批事项，推行“一次申报、一次查验、一次放行”的进出境监管模式，实施注册资本认缴登记制和“先照后证”登记制等商事登记制度改革。

五是设立相匹配的配套政策体系。上海自贸试验区有关的政策法规制订或修订 77 项，逐步完善法律法规体系，使制度创新有法可依。

天津　自贸试验区

一是适当放开政策限制。依据天津实体经济优势的特点，在政策上进一步放宽，适当放开政策限制，制定调整负面清单。

二是创新金融租赁。将互联网金融作为金融创新的重要组成部分加以发展，使现有金融体系结构更具活力，更加服务于实体经济，也更加为中小微企业解决融资难的困境。

三是重视服务行业。注重引进技术含量高、带动作用强的项目来推动产业向高端化发展，又注重能够发展民生的服务行业。

广东　自贸试验区

一是改善投资环境和产业机构。加强自贸区内的基础设施建设；政府职能由主导型向服务型转变。

二是坚持技术创新道路，全面推进产业结构升级，加大研发资金的投入力度，大力发展教育事业，为现代服务业和先进制造业提供人才支持。

福建　自贸试验区

一是构建闽台协同经贸圈。协同发展包括内生协同发展模式和外生协同发展模式，以投资、贸易为主导，以金融领域合作为突破，全面对接台湾自由经济示范区“六海一空一区”，逐步实现信息共享，推进投资、贸易、金融等自由化进程，共建海峡两岸一体化自由贸易区的经济协同发展模式。

二是承接台湾高端产业转移。采取直接复制推广、逐步复制推广、建章立制后复制推广等三个层次甄别、消化和吸收，与台湾自由经济示范区对接合作，建立一个与国际高标准开放体制接轨和相容的高效管理体制。

作品标题　重庆自贸试验区挂牌背后你不知道的那些事
参评项目　通讯
作　　者　陈钧
责任编辑　周芹　逮德忠
刊播单位　重庆日报
首发日期　2017-04-02
刊播版面　第 2 版

作品评价

聚焦重庆自贸区挂牌背后故事，展示了重庆为申报自贸区所做的努力。材料翔实，可读性强，是自贸区题材的深度延伸。

采编过程

去年12月开始着手自贸区报道，采访自贸办主任李谦。在挂牌前后，不断补充采访，填入新的信息。

社会效果

文章见报后得到社会各界好评，认为稿件客观真实生动，展示自贸区挂牌的艰辛历程，有较大的新闻价值稿，还被国内外多家网站、报纸等媒体转发。

创新企业中国行系列报道

滴滴的“核武器”

重庆日报记者　周季钢　张亦筑

2017 年 3 月，滴滴出行在美国加州宣布，滴滴美国研究院成立。在这个由数十位工程师和研究人员组成的团队中，包括技术大神——查理·米勒。

美国《外交政策》杂志称，查理·米勒是全世界最出色的安全专家。2015 年，他完成了对一辆吉普切诺基的远程控制实验，一战成名。

查理·米勒的加盟，是一个信号。它标志着，滴滴将在自动驾驶和大数据方面“加码”。

这一判断，从滴滴创始人兼 CEO 程维 2016 年 6 月在国家行政学院的一次演讲中可见端倪。在他看来，全球互联网产业的竞争，就仿佛一场球赛。比赛的上半场已经结束，滴滴要做的，是打赢以人工智能为核心的下半场。而大数据，是人工智能发展的基础。

战争中的“核武器”

用滴滴出行 APP 打车，大多数城市人并不陌生。但这样一个简单行为的背后，却有一系列复杂的计算过程，包括路径规划、预估价格、折扣优惠、运力匹配等。

如果顾客选择的是拼车，计算就更加复杂了。滴滴的后台需要计算：两张订单是不是去往同一个目的地，两张订单的共乘比例是多少，接驾和送驾谁在先？

“乘客叫一次车，滴滴的 CPU 会在毫秒之间，完成 576 亿次运算。”滴滴出行高级副总裁章文嵩说，通过大数据计算，订单匹配更加智能。比如，以前司机需要开 1～3 公里才能接到 1 个客人，但现在可能不到 1 公里就能接到客人。

从这个意义上来说，滴滴能成为全球最大的出行平台，最重要的“核武器”便是大数据。

时光回到2012年，29岁的程维选择了移动出行。那一年，全国涌现出了大约30个打车软件。

2013年，打车软件之间几乎杀红了眼，“时间窗口只有三个月，如果有一方资金链断裂，就彻底出局。”到2014年1月，中国市场上就只剩下滴滴和快的了。

决战，在这两个年轻的公司之间展开：两家公司几乎同时对乘客和司机进行奖励，奖励金额从最初的每次3元一路飙升到15元。对于国人而言，那是一段幸福时光，坐车几乎不要钱。

但对于两家公司而言，决战除了烧钱，还烧脑。

补贴大战持续一周后，滴滴的订单上涨了50倍，但公司的40台服务器却撑不住了。程维连夜打电话给腾讯老大马化腾求援，后者一夜间调集了一支精锐技术团队和1000台服务器供其驱使。

有了这些重磅武器，程维带着滴滴的工程师，连续奋战七天七夜，重写服务端架构。到最后，有人隐形眼镜摘不下了，有人直接昏迷倒地……

农历2014年春节前，腾讯通过微信“红包”进行了一次成功的营销。此举让马化腾意识到：移动支付才是未来，而滴滴出行可以帮助其增加移动交易量，于是，他开始向滴滴注资，并允许打车用户通过微信支付打车费。

马云也不是吃素的。几乎同时，阿里巴巴开始向快的打车注资，并将旗下的“支付宝”接入快的打车。于是，补贴大战演变成了马氏双雄的移动支付大战，变成了大数据大战。

不是冤家不聚头

那是中国互联网史上最惨烈的一场战役。

这场战役没有赢家。有媒体统计，在2014年的春天里，滴滴和快的烧掉的人民币，约20亿元。

这场战役里，双方又都是赢家。滴滴和快的的用户都在增加，大数据不断累积。以滴滴为例，2014年1月的用户数量为2200万，到3月底暴涨至1亿；日均订单从32个城市的35万，增长到178个城市的521.83万。

但程维很清楚，打消耗战，会让整个行业没前途。摆在滴滴和快的面前的是可怕的“囚徒困境”。转机发生在全球最大的移动出行公司Uber出现时。

早在2013年，Uber创始人卡兰尼克访问中国，曾拜访滴滴。这多少让程维有点受宠若惊，开场就是一句：“你就是我的灵感来源。”

卡兰尼克却似乎没那么友好，他谈到了投资滴滴的可能，但Uber要持股 40% 。

“我为什么要接受呢?”程维表示，滴滴迟早有一天会超越 Uber，因为中国市场更庞大，许多城市出于流量控制和环保的目的还限制使用和拥有私家车。

卡兰尼克只是微微一笑。

先礼后兵。2015 年，Uber 在中国展开攻势，凭借在全球积累的成熟市场和运营经验，市场份额快速上升。程维回忆，当时感觉自己就像是当年的解放军，只拥有步枪，被敌人的飞机和大炮轰炸。

怎么办?

滴滴的投资人尤里・米尔纳注意到了事态的变化，他告诉程维：“第一，Uber 要灭了你们；第二，如果要活命，只能和快的合并；第三，合并后，我可以再给你们 10 亿美金。”

2015 年年初，滴滴和快的宣布合并，滴滴占股 60% 。程维在内部信中写道：“打则惊天动地，合则恩爱到底。”

2015 年 5 月，滴滴开始反攻。程维先是斥资 1 亿美元，投资 Uber 在美国的对手 Lyft，直接把战火烧到 Uber 的后院；然后，程维又再次发动了补贴大战。

2016 年 5 月，程维搞到了苹果的 10 亿美元注资；一个月后，Uber 则从沙特搞到了 35 亿美元的投资……在滴滴和 Uber 的对抗中，双方一年总共烧掉的钱高达 10 亿美元……

故事的开始和结局都出奇相似——2016 年 8 月，滴滴和 Uber 中国合并。

进入下半场

创业 5 年，名不见经传的滴滴，成长为中国移动出行领域的“独角兽”，是全球最大的移动出行平台，其估值最高时达到 2300 亿元。

更为重要的是，目前滴滴已拥有近 4 亿的用户，覆盖 400 多座城市，日订单突破 2000 万单，高峰期每分钟会接收超过 2 万乘客需求，每天产生的定位轨迹数据超过 70TB（相当于 7 万部电影），每日处理数据高达 2000TB（相当于 200 万部电影）。这是一笔巨大的财富。

这还不是滴滴给人的所有想象空间。研究数据表明，目前全中国只有 1% 的出行采用 O2O。也就是说，滴滴的渗透率逼近 1% ，而淘宝的渗透率为 13% 。这也意味着，滴滴在中国还有超过 10 倍的成长空间。

程维仍不满足。这一次，他要革互联网的命了——“上半场已经结束，互联网竞赛的下半场，一定是人工智能。”

“这是一个互联网革命逐步替代工业革命的时代，所有的工业品都会被互联网、智能设备逐步取代。汽车也不例外。”程维说，全球所有顶尖的互联网公司都在做未来汽车，包括苹果、特斯拉和谷歌。互联网汽车一定会打败传统汽车。从这个意义上来讲，“今天的滴滴，只是互联网出行的第一朵浪花，是汽车工业第二次革命的前奏而已。下一步就是和人工智能密切相关的智能汽车和无人驾驶。”

在程维看来，做人工智能无非做三件事：第一是算法，第二是云计算能力，第三是海量数据的沉淀。

2017 年 2 月，程维在给员工的邮件中，明确了滴滴的五大战略关键词，其中就包括“智慧交通”和“全球布局”。他的蓝图是：五年内，成为世界顶级科技公司——全球移动出行领导者、全球最大汽车运营商、全球智能交通技术引领者，推动和引领全球交通和汽车产业变革。

下一盘更大的棋

打入互联网竞赛的下半场，早在两年前，程维便开始了布局。

在国内，2015 年 5 月，滴滴专门成立“机器学习研究院”（后升级为滴滴研究院）。作为滴滴的创新研究机构，一切有助于提升出行效率的大数据、机器学习和云计算研究，都从这里孕育孵化出来。

有了智力支撑，滴滴的智慧交通实践发展得如火如荼。前不久，滴滴与深圳交警联合启动“智慧交通+酒驾治理”，探索酒驾干预和酒驾执法的新措施。

“依托庞大的脱敏出行数据和高科技算法，滴滴开发了全国首个代驾热力图实时查看工具。”滴滴智慧交通 FT 团队技术总监杨毅说，交警利用热力图查看哪里代驾需求旺盛，就可以找到喝酒人群密集的区域，再均衡分配警力在酒驾高发的区域设点排查，更有效地进行酒驾前期干预和酒驾精准执法。

滴滴智慧交通的“互联网+信号灯”项目，也在济南等城市落地。除了利用传统的智能信号灯的数据采集设备，滴滴的“互联网+信号灯”还融合了海量的互联网轨迹数据和先进算法，能更精准地评估区域实时车流量，实现信号灯的智能控制，提升信号灯的运行效率。

在贵阳，城市道路的智慧交通诱导屏利用滴滴收集的交通大数据，不仅实时显示前方道路通行情况，还通过滴滴的 ETA（预计到达时间）技术预测去往前方路段所需时间，让城市交通诱导系统变得更加智慧……

如今，滴滴的智慧交通项目已在国内 10 多个城市落地。赋能城市交通管理，让整座城市的出行更高效、更智慧。

对外，程维开始全球整合资源：

2015 年 8 月，滴滴投资东南亚打车软件 Grabtaxi，打响全球化第一枪；10

月，滴滴与印度打车行业领袖 Ola 展开包括投资、产品、技术等层面的合作；12 月，滴滴宣布与 Lyft、Grabtaxi、Ola 缔结全球战略伙伴框架，打造服务全球 50% 人口的多元出行网络；2016 年 4 月，滴滴与 Lyft 完成产品跨境联通，“滴滴海外”在美国上线。滴滴用户可通过滴滴 APP 在美国呼叫到 Lyft 的车。

进入 2017 年，滴滴的步伐更快了：

1 月，滴滴与美国密歇根大学达成协议，双方围绕智慧交通，开始了一项长达三年的联合研究计划；成立国际化业务部，启动“实质性全球业务拓展”，第一站选在巴西；然后，故事回到了文章开始的那一幕：滴滴美国研究院成立，技术大神查理·米勒加盟……

光谷创新故事

重庆日报记者　周芹　申晓佳

核心提示

武汉东湖新技术开发区，人称“光谷”。

这里，诞生了我国第一根光纤，第一台万瓦光纤激光器，在光通信三超领域处于国际先进水平。如今，光谷的光纤光缆产业国际市场占有率达 25%、激光器等光器件产业国际市场占有率达 12%，两项产业国内市场占有率都超过 60%。

这里，518 平方公里的区域内，聚集了 30 多万名专业技术人员，80 多万名在校大学生。

这里，2016 年平均每个工作日新增 59 家企业、44 项专利、15 名硕士及以上人才；“十二五”期间，企业总收入保持 25% 以上增速。

一项项数据，勾勒出一张强健的创新“心电图”。

斗鱼传奇

最近，重庆轨道交通 2 号线李子坝站列车穿楼而过的视频火了。不论你在何地，只要能上网，就能通过直播视频，感受到列车呼啸而过的震撼。

直播，已经成为一种新兴的媒介平台。只需一部智能手机，人人都能成为屏幕中的主角。

在光谷，全国规模最大的互联网直播平台——武汉斗鱼网络科技有限公司（简称“斗鱼”），正谋划把直播渗透到人们生活的方方面面。

“想象一下这样的情景，你打开斗鱼平台，能看到农民在直播播种、除虫、收获；接下来，是蔬菜、果实运送直播；然后是厨师直播用它们制作食物的烹饪细节……”

3 月 21 日，在位于武汉光谷软件园的斗鱼公司，副总裁袁刚向我们描述了一幅“万物皆可直播”的图景。

这听起来有些不可思议，但 2014 年才诞生的斗鱼，就是凭着这种超前的创新思维，迅速崛起成为国内直播行业的佼佼者、武汉首家“独角兽”企业。

创业之初，斗鱼只有一间不到 20 平方米的机房兼办公室。团队最初的梦想是：做网络游戏直播解说。

然而，由于团队本身没有游戏高手，也没打造出完全独立的平台，进展并不如人意。

随着 4G 技术普及，团队“嗅”到了新机遇——只要一部智能手机，就能和世界对话。谁说网络只能直播游戏？让每一个有手机的“草根”都有做主角的机会，市场岂不是更大？

斗鱼直播平台应运而生。用 CEO 张文明的话说，它“站在了风口上”。

打开斗鱼平台，我们看到的直播内容从游戏解说，扩展到了玩家互动、学各国语言、传统乐器演奏、绘画、书法、养宠、烹饪、公益、旅游……

一路走来，斗鱼平台的月访问人数从不足 5 万跃升过亿。目前每天有 2 万余名主播同时在线，月活跃用户 1.8 亿左右，堪称传奇。

然而，传奇的背后绝对不是巧合和好运。作为一家互联网企业，斗鱼在成长过程中将互联网时刻创新、不守陈规的特质发挥得淋漓尽致。

斗鱼研发团队把弹幕和直播结合，让用户可以边看直播边发弹幕，与主播、其他网友互动。主播上山挖地鼠，在斗鱼上直播了 4 个小时，观看者用弹幕不断为主播加油，直播间热闹非凡。

在拿到奥飞动漫的 2000 万元天使投资后，斗鱼在 2 个月内就把它花光了——加大带宽投入、签约游戏主播、全力运营推广……这次“烧钱”为后来斗鱼率先提供 1080p（最高等级高清数字电视格式）的视频服务、丰富平台内容打下了极其重要的基础。

这一举措，被业内称为“占据高地”。

抢占市场的同时，斗鱼也不忘“秣马厉兵”：从 2015 年起，开始核心技术的专利布局。目前申请专利 700 多件，其中发明专利近 600 项，仅弹幕类专利申请就达到 50 件。

有人称 2016 年为“中国网络直播元年”。仅去年上半年，中国就有 3.2 亿网民观看过网络直播。

就在这一年，斗鱼实现直播收入 10 亿元。资本市场以两轮共 21.7 亿元“重注”，将斗鱼估值推向 100 亿元。

这不是终点。袁刚预计，5G 将会成为新的技术革命点，斗鱼将借此拓展出一条以直播为中心的生态链。

华工老总追“韩信”

历史上，有“萧何月下追韩信”的故事；在光谷，也流传着两段类似的佳话。

第一段佳话的主角，是华工科技产业股份有限公司（以下简称“华工科技”）董事长马新强。他追的是闫大鹏，一位掌握着最新一代激光器——光纤激光器世界最前沿技术的留美博士。

2006 年，怀有创业梦想的闫大鹏到武汉参加“海外华侨华人专业人士回国（来华）创业成果报告暨高新技术洽谈会”。华工科技高层立刻意识到，机会来了。

马新强当时正在广东出差，得知闫大鹏在武汉出现的消息后，当机立断，改变行程飞回武汉。然而，当他到达天河机场，闫大鹏已经乘班机去了北京。

怎么办？马新强再次当机立断：追!

当晚，马新强飞抵北京，二人终于会面。一席长谈后，闫大鹏了解到，光纤激光器制造技术遭到国际垄断，国内只能依赖进口，而华工科技决意打破垄断，迎难而上。

面对这样的邀请，闫大鹏的家国情怀与创业梦想沸腾了。他当即答应回国。

2013 年，闫大鹏在光谷牵头研制出万瓦光纤激光器，中国成为全球第二个掌握这项关键技术的国家。

第二段佳话的主角，是华工科技总裁闵大勇。

在美国尖端激光研究所苦修多年的徐进林，是紫外激光器领域的高端人才。闵大勇偶然听闻徐进林已研发出数十款国际先进的紫外激光器等产品，大起爱才之心。查到他是湖北人后，闵大勇打着拜访老乡的名义，在 2008 年飞赴美国，与徐会面。

“当时我没跟徐博士谈待遇。”3 月 22 日，在华工科技办公楼，闵大勇跟我们聊起了当时的情形。“我们谈中国的激光产业，谈如何突破技术瓶颈，谈华工科技未来的发展规划和技术平台。”

2009 年 6 月，徐进林回国。10 个月后，我国首台紫外激光器在华工科技问世。

其实，无论是董事长千里追人才，还是总裁万里会老乡，展示出的都是华工科技高层求贤若渴的心态。

他们为什么对领军人才如此重视？这要从华工科技的历史说起。

成立于1999年的华工科技，是华中地区第一家由高校产业重组上市的高科技公司，也是国家“十一五”科技支撑计划（激光技术）项目承担单位，素有“学术人才办企业”的传统。

对人才的格外重视，激发了华工科技富有创意的人才战略——把人才布局到企业的规划蓝图里。

“给予人才实现价值的平台，胜于给他们高薪厚遇。”闵大勇说，华工科技展示给领军人才的，是他们在未来能够达到的高度。

也就是说，来到华工科技的每一位领军人才，不仅能在企业中获得职位，更能在激光行业的发展蓝图中找到自己的位置。

以此为“诱饵”，华工科技一步步聚集起10位国际级的技术领军人才。他们分布在华工科技的激光装备制造、光通信器件、激光全息防伪、传感器、信息追溯五大产业格局中。

不过，在华工科技，领军人才并不只是冲锋陷阵的“大将”。他们既要攻关，还要当老师，培养接班人。

后备人才的培养有两个班。一是“精英班”，由30～40名技术骨干组成；二是“青苗班”，从每年招聘的应届毕业生中选出40名左右的优秀人才组成。

为了保证足够的人才基数，2016年，华工科技又启动了“五年千人计划”，即5年内，招收1000名985、211高校的优秀毕业生。由此，人才梯队形成稳定的金字塔形。

眼下，华工科技的人才战略已进入全球化阶段。他们在美国、加拿大等国建研发中心，通过与国际顶尖人才合作设立研发公司的方式，跨越地理限制，让国际人才“为我所用”。

带着“小兄弟”一起“飞”

今年年初，深圳一家名不见经传的小企业，通过烽火创新谷，与烽火科技集团旗下的烽火众智“攀”上了“亲”。

深圳这家企业研发了一款可以实时传送监控数据的执法记录仪，已进入中试，急需找市场。而烽火众智是烽火科技集团旗下的智慧警务解决方案专家，在其领域有相当的话语权。

放在以前，这家处于创业阶段的“无名小卒”，是很难和烽火科技系的企业“攀亲”的。但自从有了烽火创新谷这个平台，情况大不一样了。经专家团队评估后，烽火创新谷当起了“中介”，卖力地为上述两家企业牵线搭桥，促成了两者的合作。

这，已不是烽火科技第一次带上“小兄弟”一起“飞”。

在光通信领域，烽火科技集团赫赫有名：光谷的核心企业，全球唯一集光电器件、光纤光缆、光通信系统和网络于一体的通信高技术企业，旗下有 4 家上市公司和众多控股公司。

近年来，由于企业规模扩大，集团旗下的烽火通信、光迅科技两家上市公司先后迁离位于武汉邮电科学研究院的旧址。空置下来的老厂房怎么办？一个生态型智慧城市产业双创基地——烽火创新谷去年 6 月诞生了。

有“大哥”做靠山，烽火创新谷一问世就广受青睐，中小企业和创客迅速吸附在其周围。但创新谷并未走大众孵化器“来者不拒”的路线，而是围绕主业做专业化的孵化。

“只有符合烽火创新谷专业方向的企业，才能入驻并获得服务。”3 月 24 日，烽火创新谷管理有限公司总经理李明山向我们介绍，在创新谷，烽火科技系企业对众多中小微企业开放资源，让它们成为烽火科技产业链上的一员；但入驻创新谷的企业发展方向和创客项目必须与智慧城市、平安城市、智慧教育、智慧旅游和智慧交通紧密相关。

武汉摩索科技有限公司则是烽火科技带上“飞”的另一个“小兄弟”。

烽火科技集团及旗下企业有众多非核心技术需求，现在都通过创新谷来发布项目，外包给创客们。摩索科技干的活就是将项目需求分解为关键词，发布到企业创客库并匹配专业创客，为中小微企业提供技术众包平台。“今年 1 月入驻创新谷以来，摩索就成功对接了 60 个项目。”摩索科技总经理王宗水高兴地说道。

类似的例子，还有很多。

“烽火创新谷已形成了协同创新的生态系统。”在李明山看来，这一生态系统涵盖企业群、孵化器、投融资机构、创服机构等，大企业和小团队繁荣共生，各自发挥长处，实现共存共赢。

此举效果显著。2016 年 7 月，成立仅一个月的烽火创新谷被科技部认定为全国首批 17 家专业化众创空间之一。2016 年 6—12 月，烽火创新谷园区企业产值合计达 8. 3 亿元，入驻企业 46 家，孵化团队 61 个。

跟着“大哥”走，“小兄弟”们发现路越走越宽阔。

光谷激励创新“硬货”多

近年来，武汉以光谷为中心的政策创新跑在了湖北省乃至全国的前列，几乎每年都有大动作。正是在一系列政策激励下，光谷的创新从“星星之火”渐成燎原之势。

2012 年 8 月　出台“黄金十条”

高校院所科研人员下海，可保留岗位 3 ~ 8 年；科研成果 1 年内未转化，完成人或团队可自主进行成果转化，至少可获转化收益的70%；高校院所科研人员携带在单位完成的科研成果创业，至少可获得八成股权等。

2013年7月　推出“新黄金十条”

企业及校企建立研发机构，每年最高可领1000万元研发补贴；注册资本不到10万元的微型科技企业，可免交验资报告；对推动产业技术创新效果明显者，年最高奖励30万元，获批国家级战略联盟的牵头企业，一次性奖励50万元；国内外高层次人才可拿“光谷绿卡”，享受市民待遇及创新创业优惠政策；支持“瞪羚企业”实施企业知识产权战略试点；鼓励企业突破“零”知识产权。

2014年12月　发布“创业十条”

向海内外有志于创业的青年吹响“集结号”。“创业十条”围绕制约创业者和初创企业的突出问题进行政策设计，主要采用后补助和参股基金等支持方式，并且拓宽了受惠人群，不仅面向大学生、高校教授，还面向有一定工作经验的创业者群体。

2015年3月　颁布《东湖国家自主创新示范区条例》

通过立法完善示范区管理体制，明确管委会法律地位、管理权限，省、市政府最大限度地下放权力，给予示范区改革创新更大的空间；以法规形式保护改革者，激励创新者，规定示范区改革创新、先行先试的免责条款，建立容错机制，营造鼓励创新、宽容失败的发展氛围。

拒绝“老套路”的华侨城

重庆日报记者　陈钧

6月，重庆将迎来直辖20周年纪念日。这个月，全国首座山地版欢乐谷将在两江新区开门迎客。

占地48万平方米的重庆欢乐谷，在国内同类乐园中面积最大。从2014年6月签约落户，到今年6月开园，仅有三年时间。高效率背后，体现出华侨城成熟的开发模式。

然而，模式与效率的培育，非一日之功。日前，记者来到深圳，追寻华侨城的成长历程。

停止所有开发，只为等一个好的规划

1985 年，改革开放的春风吹遍东南沿海，率先起跑的深圳特区格外引人注目。

那时，三天一层楼的“深圳速度”正风靡全国，但有一个例外——深圳湾华侨城项目获批半年，却迟迟不见动静。

“为什么不动？华侨城在搞什么？”华侨城一位高层回忆，当时有上级领导责问华侨城建设指挥部主任马志民。马志民却反问道：“一片 4.8 平方公里的滩涂，稀洼洼的，开发怎么搞？”

马志民不是一个畏难的人。解放前，他加入东江纵队打过游击；解放后，他又指导过深圳水库工程的建设……不动，是因为他在酝酿一个“与众不同”的计划。

当时，其他开发区的建设者都忙着引进设备和资金，开办工厂；在香港中旅集团当过总经理的马志民却有点“另类”，他认为，先进的观念比物质更为重要。跟别的开发区竞争工业项目，深圳湾的滩涂地没有优势，要建就先建城市，一座像新加坡那样的花园城市。为此，华侨城拿出当时惊为“天价”的 11 万美元，聘请孟大强设计规划华侨城。

孟大强是何许人？新加坡泰斗级规划师，在德国、英国、西班牙、新加坡等数十个国家都留下了城市规划成功案例，著名的圣淘沙、新加坡大学均出自他的手笔。

接到马志民的邀请，孟大强当即提出一个要求：“你要让我来，可以，但是你要马上停止所有开发。”

这个要求对马志民来说压力不小，但他相信孟大强，以及孟大强那番“先规划，再建设，磨刀不误砍柴工”的理论。于是，有了上面领导责问的那一幕。

好在马志民顶住了压力，孟大强也不负所望。

孟大强为华侨城做的规划，引入了即便是现在看也不落后的规划思想：强调交通、尺寸、变化三个关键词，让华侨城的建设变得有连续性、城区发展有整体性和弹性。

华侨城最早成立的企业是园林绿化公司，最早的建设是绿化荒凉的滩涂，同时，保留原有山丘坡地、湖泊林溪等自然山水环境。道路也围绕地势来建，在满足交通需要的情况下，避免出现十字路口，减少了通过路口的等待时间。

即便是现在，深圳的司机还认为华侨城路段是全市最通畅的路段；行人也认为华侨城有全市绿化最好的街区；买房人更认可华侨城是适合置业的地方。

规划先行，华侨城赢得的不仅是市民口碑，许多省市的官员也来华侨城学习，学它的城市规划。在他们眼里，华侨城不单是房地产开发商，也不只做旅游，而是一个开发理念超前的城市运营商。

美国建筑规划大师凯文·林奇在其著作《城市意向》中提到：一个有吸引力的城区空间会在城区标识、空间节点、环境景观、道路系统等方面给人清晰、愉悦的体验。华侨城通过努力，树立起自己的品牌和城市意向，成为深圳的一张名片。

独树一帜，不搞工业搞旅游

规划有了，先建什么？

搞工业！这是当时华侨城指挥部多数干部的意见。

这回，马志民的决定又让干部们“跌破眼镜”，搞旅游！

指挥部当即就炸开了锅。有人说，这违背了潮流，旁边的南油、蛇口等开发区都在“疯狂”吸引投资，大建工厂；有人说，旅游资源要么是祖宗给的文化古迹，要么是大自然给的名山大川，这两样，深圳都没有……

面对这些质疑，马志民心里有谱：与其百家争鸣，不如独树一帜。没有名胜古迹，可以创造旅游资源。

马志民曾前往欧洲考察，当他在荷兰马德罗丹看到“小人国”时，大受启发：小小微缩景观能穷尽荷兰名胜，我们为什么不能把中华五千年文明和大好河山浓缩一地，让游客在短时间里领略中华民族的博大精深？

于是，一个关于锦绣中华主题公园的雏形产生了。

在当时，“主题公园”是大多数中国人听都没听过的新鲜事物。在华侨城内部，有人讽刺说：“古有秦始皇修长城，今有‘马始皇’修华侨城。”

中国第一个主题公园锦绣中华，在一片质疑声中开工。马志民也憋着一口气：要建，就要建成精品。

锦绣中华的建造要求十分苛刻，原建筑用什么材料，就用什么材料。

建微缩长城景观时，建设者们按古长城相同的材料，烧制了650万块小砖，力求微缩景观与古长城原貌一致；建东坡园时，最初对用黄瓦还是灰瓦定不下来，在查阅大量史料后，才发现黄瓦一般用于皇家园林，于是最后选了灰瓦。据说，当时有2000名国内艺术大师和技术专家参与了园区景观策划，他们来自全国20多个省市的古建筑公司。

精雕细琢，保证了每座景观的品质。1989年，锦绣中华建成。对外开放当天，没有庆典，没有宣传，意外的是首日入园人数就超过3000人。那年国庆，每天都有3万多人涌入园中，深南大道不得不封闭一半用来停靠车辆。那段时间，深圳相片冲印店80%的业务都来自锦绣中华的游客，公园人满为患。

锦绣中华一炮而红。紧接着，华侨城又投资5.8亿元兴建世界之窗，同样是微缩景观，这次公园浓缩的是“全世界”。

1994年6月，世界之窗开业又创辉煌，仅用3年就收回全部投资。目前，这两个景区不仅有可观的经济效益，还产生了广泛的社会效益和深远的生态环境效益，已成为弘扬民族文化、进行爱国主义教育的基地和增进中外文化交流的窗口。

复制“欢乐谷”，实现“外部经济内部化”

锦绣中华、世界之窗、欢乐谷、何香凝美术馆、华夏艺术中心、华侨城创意文化园……随着一批文化旅游项目在深圳湾紧密聚集，华侨城内部有人开始担心，会不会在开发中太偏重社会效益，忽视了经济效益。

事实证明，这种担心是多余的。

1998年，深圳欢乐谷开业同时，华侨城在旁边规划建设了一个高端房地产项目。这个房地产项目曾连续雄踞深圳房产销售额冠军8年之久。成功的原因就在于项目周边有丰富的文旅设施，提升了区域的环境。

马志民的继任者任克雷，用一个经济学名词来概括华侨城的做法：外部经济内部化。

他的灵感来源于诺贝尔经济学奖获得者萨缪尔森的一句话：“当生产或消费对其他人产生附带的成本或效益时，外部经济效果便产生了。”

“举个例子，你家旁边建了个轻轨站，那么你生活就方便了，房子也增值了，修建轻轨对你的生活产生了正外部效应；如果说，修的是个垃圾站，那么结果就相反，修建垃圾站将对你生活产生负外部效应。”任克雷认为，华侨城的主题公园和社区生态是具有正外部效应的，之后陆续建设的何香凝美术馆、华夏艺术中心、欢乐谷等都带来了正外部效应。

受益于一系列正外部效应，华侨城的地增值了，实现了“外部经济内部化”，由此也带来了“旅游+地产”模式的成型。

有了模式，便可以复制。北京是华侨城走出深圳，复制“旅游+地产”模式的第一站。

2002年，华侨城携20亿元进京赶考，这张“考卷”答得相当漂亮：在自然环境上，北京华侨城的绿化率比深圳华侨城更高，达到85%。项目还未完工，国际花园协会已将“国际花园社区”的牌匾挂到了北京华侨城门口。项目开业之后，北京欢乐谷的门票收入更是多次超过故宫。

紧接着，华侨城又将欢乐谷带到了上海、成都、武汉和天津，算上即将开业的重庆欢乐谷，华侨城已在全国复制了7个欢乐谷，且每个欢乐谷都各有特点。这些欢乐谷都成为当地的招牌景区，门票销售火爆，对周边地块提升带动作用明显。

然而，再好的模式也有保鲜期。随着“旅游+地产”模式在全国遍地开花和新掌门段先念的上任，华侨城再次提出了创新升级发展战略的设想，一个“文化+旅游+城镇化”的新模式产生了，并在深圳龙岗甘坑开始探索实践。一旦探索成功，他们将在国内启动“100个美丽乡村”计划，按照“甘坑经验”，推广这一模式。

如今，华侨城的发展模式不仅是文化、旅游、城镇化衔接的闭环，还加入了科技、金融等因素。旗下的康佳集团、华侨城文化旅游科技公司、欢乐谷连锁主题公园、华侨城甘坑新镇等多家公司已涉足文化科技相关业务，致力于VR等前沿科技在文旅产业的应用探索。他们还提出了“旅游+互联网+金融”的发展模式，探索旅游产业基金、旅游云数据中心、游客信息数据库，广泛连接市场要素和资本要素。

华侨城的新一轮创新效果如何？让我们拭目以待！

甘坑试验

甘坑，罗湖和福田交界处的一个山谷。1997年，这里兴修平南铁路（平湖到南山），地处低洼地带的客家村落因极易在雨季发生洪涝灾害，被迁移到了旁边的高坡上，原村宅基地荒废，一些“三无”人员在这里做起了小生意。

龙岗区政府找来一家公司，希望能把闲散的古村建筑修旧如旧，打造成一张旅游名片。改造工程上马后，这家公司请来北大规划与设计学院的专家，将原有的碉楼和城门重新加固，植入了一些标志性建筑，如仿鹿港火车站的一座钢型支架式英国学院派建筑，从婺源整拆整装了几座宅院式徽派古楼……

但三年后，甘坑就碰到了发展瓶颈——这些风格各异却集聚一处的建筑群突兀地伫立在大街两侧，里边的经营内容却单调而雷同。“看到卖客家山水豆腐挣钱，很多商家都一哄而上。由于人流量有限，渐渐大家的生意都不好做了。”有知情人士说。

为摆脱困境，龙岗区政府向华侨城求助。

华侨城对甘坑现状进行了全面深入的分析：这里已经开发出成规模的旅游资源了，为何还是不能聚集人气？“因为缺文化！”华侨城文化控股有限公司总经理胡梅林认为。

2016年4月，华侨城党委书记段先念率队赴日本考察大健康和生态观光农业，胡梅林随行前往。考察中，日本 mokumoku 农场对食育（良好饮食习惯的培养教育）的展示，给胡梅林留下了深刻印象：在这个农场里，那些观摩猪都不是随意繁殖、任人宰割的肉猪，而是当地特有的短尾猪。为消除臭味，这些猪每天洗澡，皮毛和尾巴也进行了梳理，可爱的小猪让人一看就想亲近，小孩子们特别喜欢。游客在与小猪的玩耍中，也了解了当地特产短尾猪的培养历史和饲养过程。

这段经历让胡梅林为破解甘坑困局找到了突破口：将食育导入甘坑客家豆腐的酿造中，同时借鉴 mokumoku 农场经验，增加对猪的生长、体验和加工过程的观摩，构成一种独特的农业文化产业。将来，甘坑片区生态控制线里，将会汇集农耕体验、湿地科普、农业观光、山地运动等现代元素。“到时我们镇上的农民将不再是纯粹的生产者，而是非物质文化的传播者。”

另外，在 IP（知识产权）热席卷文化领域的当口，胡梅林还打算在那儿建造 16 个山水剧场做实景话剧和演出，再引进文化风投基金，实现对知识产权的交易。

在经历了第一代静态旅游产品如锦绣中华、世界之窗和互动参与的欢乐谷主题公园后，华侨城正在向情景体验式旅游产品摸索前行。

作品标题　创新企业中国行系列报道
参评项目　系列报道
作　　者　周季刚　张亦筑　周芹　申晓佳　陈钧
责任编辑　张红梅　隆梅
刊播单位　重庆日报
首发日期　2017-04-12
刊播版面　第 4 版

作品评价

3 月末至 4 月初，本报派出多路记者分别前往北京、上海、深圳、杭州、武汉、长沙等地，采访知名企业创新故事。这组报道为我市实施创新驱动发展战略提供力所能及的智力支持，并营造良好的舆论氛围。

采编过程

周季刚、张亦筑去往北京采访滴滴打车、神州优车；郭晓静、杨艺去往长沙采访华曙高科、三一集团；周芹、申晓佳去往武汉采访武汉东湖新技术开发区（光谷）、华中数控以及重庆华数；张红梅、李波、吴刚去往上海、杭州采访小 i 机器人、上海自贸区、蚂蚁金服；王海达采访长安集团；陈钧赴深圳采访华为、华侨城。

社会效果

稿件见报后得到重庆市新闻阅评小组、社会各界一致好评，稿件被多家网站及报纸转载。

全媒体传播效果

滴滴的“核武器”　传播指数：318.1

光谷创新故事　传播指数：164.03

拒绝“老套路”的华侨城　传播指数：165.49

除却巫山不是云

重庆日报记者　郑宇　谢智强

连日来，春雨润泽，巫山十二峰越发显得苍翠挺拔，层峦叠嶂中美丽壮观的云腾雨落景观令众多游客如痴如醉。

“曾经沧海难为水，除却巫山不是云。终于见到诗篇中所描述的画面了，真美!”慕名前来巫山黄岩景区游玩的杨女士连连赞叹。巫山地处三峡库区，位于长江流域重要生态屏障区。近年来，巫山县立足生态涵养发展区功能定位，坚持“面上保护、点上开发”，大力保护生态环境、发展生态旅游，让“巫山云雨”景观更具魅力。

与此同时，水陆空三位一体立体交通体系建设，也为当地打造多种类、高品质旅游产品创造了条件。目前，巫山县年接待游客数量已经突破1000万人次，旅游支柱产业效益逐步显现。(图略)

作品标题　除却巫山不是云
参评项目　摄影
作　　者　郑宇　谢智强
责任编辑　鲁道新
刊播单位　重庆日报
首发日期　2015-04-18
刊播版面　第14版　视界

作品评价

该组照片拍摄出了巫山云雨的大气与美，不仅有巫峡的云雨风光，更有巫山城市云雨风光。画面恢宏大气，细节动人细腻，构图工整。

采编过程

4月的重庆风云善变，更是巫山云雨最美的时节。记者提前查看天气，于2017年4月16日抵达巫山。4月16日暴雨后，17日的清晨四点过天没亮就出发到拍摄地点守候。到达拍摄地点后，直至中午，云雨散去才离开。拍摄过程中背着沉重的摄影器材翻山越岭寻找最佳拍摄地点，在寒风中坚守拍摄，等到了最美丽的云雨瞬间。

社会效果

该组图片刊发后，受到了市民的喜爱追捧，也受到了市里的表扬。

全媒体传播效果

该报道刊播后，各网站、微信、微博大量转发，受到了市民的一致好评！

每个人都有一个新区梦

重庆晚报记者　张彬

中共中央、国务院决定设立河北雄安新区的消息，恰似春风吹遍大江南北。雄安新区规划范围涉及河北省雄县、容城、安新 3 县及周边部分区域，地处北京、天津、保定腹地。

昨日，记者首先来到安新县城，通过采访当地居民、打工者、公务员和外地考察者发现，这里的每个人，都有一个新区梦。

快餐店女老板　第一反应非常幸运

“4 月 1 日我从安新刚回到老家，就知道设立雄安新区这个消息了。”昨日上午 10 时 30 分，河北省石家庄公路主枢纽运河桥客运站，正在站台等候前往安新大巴的李女士戴着口罩说，“听到这个好消息，我的第一反应是非常幸运。”

6 年前，李女士与丈夫带着儿子，从河北省邢台到安新县城做小生意，目前经营一家快餐店，主要为附近工地工人提供盖饭、炒饭等快餐，11 岁的儿子在县城上小学。

李女士说，之所以感觉非常幸运，一是因为全家住在雄安新区核心区域，有幸见证雄安新区建设过程；二是两年前在安新县城花 35 万元购置了一套 100 多平方米的房子。

35 万元意味着什么？李女士说，他们卖的盖饭一般 15 元至 16 元/份，35 万元相当于卖 2 万多份盖饭或炒饭的营业额。

说起今后打算，李女士说，要和丈夫扩大经营，多购置流动餐车，哪里有工地就把流动餐车开到哪里。

“我还不晓得安新人高兴成什么样子。”离开安新 3 天，李女士急切想回去。大巴车到达安新县城，她迫不及待地拉着儿子，一溜烟儿跑得没了踪影。

公务员小马　取消放假回来加班

“设立雄安新区的消息，让大家感到振奋。”小马说。

小马是安新县一个部门的公务员。“听到党中央、国务院决定设立雄安新区的消息时，我正在放清明节假。”小马说，妹妹从外地打来电话：哥哥，我们那里成特区了。接着，他接到取消放假、赶紧回单位加班的通知。

小马说：“设立雄安新区消息公布前，我们这里盛传的是另外一个版本——设立白洋淀市，行政级别为地级市。”

四川考察者　到各个工地找商机

一身简朴的衣服，一个红色的手提袋。昨日 14 时 37 分，安新汽车站又迎来一位平凡而又普通的客人。

他叫詹洪中，四川省遂宁人。“我是专门从山东省菏泽赶过来的。”詹先生说，他有个 20 多人的施工团队，可以做电力设备施工，也可以做土建施工。得知设立雄安新区的消息，他立即意识到这是一个难得的赚钱机会，一下子激动起来，决定到雄安考察。

“我 4 月 3 日从菏泽出发，坐了 7 小时大巴到石家庄。”詹先生说，为了尽快赶到这里，4 日一大早赶赴石家庄汽车站，准备乘坐第一班到安新的大巴。

来雄安寻找商机，詹先生充满信心，刚走下大巴就与当地居民攀谈起来，了解市场信息。

詹先生说，这几天要到雄县、容城、安新各个工地找商机。

三轮车司机老刘　劝儿子回来做生意

“坐不坐车？你们是来考察市场的吧?”安新汽车站，四五个三轮车师傅围着记者热心询问。

昨日 14 时 55 分，62 岁的刘国新正在等待乘坐三轮车的客人。他的家在刘村，与安新县城只隔一条马路。

“我在安新汽车站开了 10 年三轮车。”刘国新说，家里 5 个人，自己和老伴、儿子、儿媳、孙子，“儿子和儿媳带着孙子在深圳做生意。”

刘国新开着三轮车，载着记者来到他家。“我家这片土地，3 亩左右。”刘国新指着眼前一片土地说。

谈到未来，刘国新有一个心愿，希望儿子把生意从深圳特区做到雄安新区。“国家设立雄安新区的消息公布以后，儿子从深圳打了电话回来。”

问及与儿子通话说了什么？刘国新笑而不言。

楼市主管部门提醒购房者　增强自我保护意识

昨日 15 时 43 分，安新县雁翎西路一家房产交易店玻璃门上，贴着安新县住房和城乡建设局“致广大购房户的公开信”，落款日期为 2017 年 2 月 27 日。

公开信称，依据有关法律规定，房地产开发企业销售商品房，必须依法取得“国有土地使用证”“建设用地规划许可证”“建设工程规划许可证”“建筑工程施工许可证”“商品房预售许可证”，即五证齐全。在五证不全情况下，房地产开发企业不得自行或委托其他机构和个人进行销售，任何以收取定金、意向金等方式变相销售五证不全商品房都属于违法行为，购买此类房屋不受法律保护。

公开信提醒购房者增强自我保护意识，在预订或购买商品房时，一定要查验所购商品房是否已取得合法证件，不轻信、不传播、不参与各种房地产违法项目宣传及销售活动。

记者注意到一个细节，就在这家房产交易店门上，还贴着安新县住房和城乡建设局落款日期为2017年2月26日的封条。

记者手记　飞机乘客热议新区

4月3日晚10时25分，记者乘坐的河北航空NS 3242次航班，准时从重庆江北国际机场起飞，目的地为河北省石家庄正定国际机场。

航班上，不少乘客所谈论的话题，离不开4个字：雄安新区。

4日零时30分，航班降落，入驻酒店接近凌晨2时。

安新县是雄安新区核心区之一，可以乘高铁或大巴到达。为了和更多当地人交流，我们选择乘坐大巴。

从石家庄前往安新，每天只有3班大巴：上午5时30分、8时30分和11时30分。与我们同车的，有在安新打工的，也有专程前来寻找商机的。

在接下来的采访中，我们将把笔头和镜头瞄准当地一个居民、一个家庭、一个村庄或一个企业，为读者发回最鲜活的报道。

雄安新区下一步如何规划建设？

小兵张嘎家乡人天天挂嘴边
“从此请叫我们新区市民”

重庆晚报记者　张彬

“遥看白洋水，帆开远树丛。流平波不动，翠色满湖中。”这里是风景秀丽的华北明珠白洋淀，也是当年抗日小英雄小兵张嘎的故乡。雄安新区围着白洋淀画了一个圈，号称北方最大羽绒集散地的大张庄，静静坐落在白洋淀畔。

昨日，重庆晚报记者听到这里的村民说得最多一句话是：“从此请叫我们新区市民。”

村民赋诗迎新区

清晨，记者站在安新县城街道上，手一招，一辆电三轮吱一声停在面前。驾驶电三轮的安卫东，熟练地拉开后门。

安卫东 50 岁，在安新县城开了 4 年电三轮，每天能挣 100 元左右。

“我现在是新区市民哟!”重庆晚报记者刚上车，安卫东就冒出一句明显带着自豪感的话，随即打开了话匣子。他是土生土长的大张庄人，得知记者要到他的家乡采访，主动请缨开车当向导。

电三轮驶进大张庄地界，首先映入眼帘的是，遍布的羽绒厂和水面上的各种垃圾。

安卫东家在大张庄 13 号，房屋面积 100 多平方米。大女儿出嫁到县城生活以来，家中只有他和老婆带着还在石家庄上大学的小女儿。

“我们这几天谈得最多的是我们成了新区人。”安卫东说，4 月 1 日看新闻联播，知道家乡成为雄安新区的一部分。

安卫东坦言，这几天，他的心情几起几落：先是兴奋，家乡马上要大变样；接着是忐忑，马上面临拆迁、征地等；然后是忧愁，随着新区开发建设，他们可能搬离土生土长的村庄，家未搬就有了淡淡的乡愁。

“很多乡亲都有些不舍。”安卫东说，大家都知道设立新区是国家大事，是好事，必须鼎力支持。“如果要搬离大张庄，希望搬得不太远，我们可以偶尔回来看一看。”

安卫东指着村里密布的羽绒厂说，以前羽绒厂污染环境，设立新区以后，不用担心环境污染了。

记者在大张庄采访发现，很多羽绒厂大门紧闭。村民们说，政府对羽绒厂的环保要求提高了，达不到环保标准的厂子必须关闭。

采访中，安卫东通过微信给记者发来一条当地村民写的诗：“华北明珠风水地，改头换面迎新机；茶余饭后皆谈论，媒体纷纷做解析……”正如安卫东的希望一样，成为新区的大张庄，必将改变污染现状，取而代之的是一座绿色智慧新城，充满国际、绿色、现代、智慧气息。

旅游观光客更多

接下来，记者来到在白洋淀划船十六七年的杨俊红的家。他正在看着刚建好、还没来得及装修的楼房发愣。

58 岁的杨俊红属于比较有头脑的村民。10 年前，看着前来白洋淀游玩的人增多，他花 2 万多元买了 2 条船，在自家老房子前修了一个简易码头，开船载客到白洋淀芦苇荡、荷花丛游玩。

10 年来，杨俊红有了些积蓄。眼看儿子儿媳拉扯着 2 个孙女和 1 个孙子，去年他拿出几十万元积蓄建房子。

杨俊红儿子继承父业，和父亲一起在白洋淀划船。“旺季时候，每天挣 300 元左右，淡季挣 200 元左右。”杨俊红说，得知这里成了新区，大家都觉得这是件非常好的事，感到非常高兴。

“现在成立了新区，不知道我家房子拆不拆，不敢花钱装修了。”杨俊红说，他也有担忧，“今后，我们还能不能继续经营船舶？如果不能，生活怎么办？”

对于杨俊红的担忧，村干部开导说：新区要打造优美生态环境，蓝绿交织、清新明亮、水城共融的生态城市，到时候前来旅游的人更多，对船工的需求也更大。

生活一定会更好

从杨俊红家出来，在村庄内步行约 20 分钟，记者来到渔民陈福城家。

陈家正在整理刚收回来的渔网。陈福城说，家中 12 个人，每个人 2 分土地，主要靠在白洋淀里打鱼为生。2008 年，修了一栋 300 多平方米的房子。

“我们是在白洋淀当渔民的，都是晚出早归。”陈福城说，平时一般晚上进入白洋淀下网，次日凌晨三四点收网。“每年打鱼收入，有 3 万～4 万元。”

陈福城也有些迷茫，不知道设立新区以后，自己熟悉的渔民生活还能不能继续。不过，他认为，“我们觉得，还是成为新区好。”

陈福城坚信，新区建成后，他们的生活一定会更加美好。

采访结束，陈福城把家人喊了出来，请记者拍全家福，作为新区开发建设前的纪念照，“多年以后让孩子们看看这张照片，让他们记得长辈当年在白洋淀的打鱼生活。”

记者手记　变与不变

离开大张庄的路上，记者深深体会到，在白洋淀的村庄中，大张庄只是一个缩影。众多大张庄在设立雄安新区这个千年大计的国家大事中，正在经历着变与不变。变的是，村民生活环境、生活水平更好更高。不变的是，村民对家乡深深的热爱。

回到安新汽车站，记者坐上了刘小辉的五菱宏光面包车。得知记者下一站是容城县，他主动送我们去看看雄安新区临时党委办公驻地奥威国际大酒店。

奥威国际大酒店位于容城县奥威路 100 号，新设立的河北雄安新区筹备工作委员会以及临时党委办公地点就在酒店内。

走近奥威国际大酒店，记者看到，大门口放置着醒目提示牌，上书“非本单位车辆，禁止入内”。酒店大门栅栏紧闭，院内有穿着制服的人员巡逻。

站在酒店外的刘小辉，说起自己成了新区市民自豪，但也懊恼：如果年前从老板手中承接出租车经营权，每辆车只要 9.5 万元。现在，老板要价至少 35 万元。“春节前我和家里人商量，承接出租车经营权，结果遭到反对只好放弃，谁想到短时间内涨了这么多。”刘小辉说。

据新华社报道，规划建设雄安新区要突出 7 个方面重点任务，其中之一是“构建快捷高效交通网，打造绿色交通体系”。像刘小辉这样的新区市民，一定会迎来更好的发展机会。

7 万川渝商人摩拳擦掌
“建设雄安，我们雄起”

重庆晚报记者　张彬

“川渝商人一家亲。”这是重庆、四川两地商界人士在外打拼时经常说的一句话。河北雄安新区及其周边区域，在河北四川商会、河北重庆商会、保定市川渝商会的带领下，活跃着一批团结、向上的川渝商人。6 日至 7 日，记者辗转保定市、雄县、石家庄市采访时发现，当地约有 7 万川渝商人对建设雄安新区跃跃欲试、蓄势待发。

会长老家探亲紧急回冀

保定市川渝商会会长杨大军，在当地川渝商人中有着较高威望。身边川渝商人都说：“杨会长是一个耿直、爱帮老乡、乐于奉献的人，最近两年来，仅帮助川渝老乡就掏了 200 多万元。”

在保定市区的川渝小镇，记者见到了这位“四川外出创业十大新经济人物”时，杨大军头天晚上刚被商会监事长、常务副会长许尔超从四川仪陇老家紧急请回保定大本营。

杨大军在河北省保定市经营北京军翔福装饰有限公司，许尔超在保定经营万隆五金销售有限公司。

许尔超紧急把杨大军请回去，主要就是急于与他商量：怎样带领100多家商会会员单位参与到雄安新区建设中?

保定有7万多川渝商人

“我每天都有看新闻联播的习惯，4月1日那天看得我热血沸腾。”许尔超告诉记者，他马上意识到在保定和河北的川渝商人遇到了千载难逢的机遇，并迅速把这个消息告诉大家。

“我把这个消息告诉其他老乡时，很多人都说‘今天愚人节，莫开玩笑’，我只好提醒大家，务必观看当天的新闻联播重播。”

许尔超说，当时商会会长杨大军刚回四川老家探亲。“第二天一大早，我就给杨会长打电话，请他务必尽快回保定，一起商量怎样参与雄安新区建设。”

许尔超说，川渝商人必须紧紧抓住这个机遇，积极参加新区投资建设。“建设雄安新区是千年大计、国家大事，不是哪一个人的事情，我们每个人都可以参加到新区建设中。”

“据不完全统计，仅仅在保定，就有超过7万名川渝商人。”杨大军自豪地说，保定近年新建楼房中，约有三分之一是川渝商人建设的，这也为川渝商人参与雄安新区建设增添了底气。

“我们的川渝老乡在雄安新区附近发展得很好，大到上市公司老总、小到川菜馆老板，你都可以见到。”杨大军表示，最近他将召集保定市川渝商会会员单位开会，就如何建设雄安新区作贡献一事广泛听取大家意见。

酉阳老乡果断玩跨界

“我4月1日知道设立雄安新区消息，第一反应就是机会来了!”保定市川渝商会副会长王军说，他已经做好准备，乘着建设雄安新区的春风，玩一把跨界。

王军是重庆酉阳人，在河北经营保定瑞轩木业有限公司、川渝调料有限公司两家企业。

之所以说要玩跨界，是王军瞄准了新区建设的一个商机，而且已经开始付诸行动。“我这几天都非常忙。”王军透露，他们计划投资几千万元，设立一家专业劳务公司，专注于为建设雄安新区提供劳务服务。

说干就干。王军透露，仅仅5天时间，他已经做了大量工作——从广东物色的4个劳务项目经理已于4月3日到达保定；几百个劳务工人正在从国内其他地方赶往保定的路上；正在申请设立专业劳务公司……

与众多川渝商人的迅速、果断相呼应，当记者在与王军交流时，一位川渝商人展示了自己朋友圈中跃跃欲试的川渝商人心情："大家早上好！保定川渝商会全体精英们，在杨大军会长带领和大家共同努力下，发挥我们川渝人的团队合作共赢精神，把握这次千年难得的好机会，让我们一起努力加油好好干！我们是最棒的。"

热烈讨论抱团发展

"我们肯定要参与到雄安新区的建设中去。"在河北四川商会会议室，河北四川商会、河北重庆商会相关负责人及企业家齐聚一堂，共同研讨川渝商人如何在雄安新区建设中作贡献。

河北四川商会副会长冯彬说，在冀的川渝商人，业务遍布石家庄、西安、太原、济南等地。国家在河北设立雄安新区以后，当地川渝商人可以在多个方面作出贡献，比如环保、科技、酒店、建设、劳务、餐饮等。

"我们的会员单位，已经开始在雄安新区提供服务了。"河北重庆商会秘书长彭碧昌说，该商会已有会员单位在新区内投资设立公司，专门为下一步进入雄安新区的单位提供服务。

河北四川商会、重庆商会的相关负责人透露，当地川渝商人对设立新区高度关注，前几年盛传要在河北定州设立新区，一些川渝商人在定州投入了不少资金。

与记者结束此次交流时，河北四川商会、河北重庆商会、保定市川渝商会的相关负责人，召集川渝商人代表，将手紧紧地握在一起，既象征川渝商人团结协作、抱团发展，也是向天下川渝商人宣布："建设雄安，我们雄起。"

一个更真实的雄安新区

重庆晚报记者　张彬

雄安新区到处洋溢着春天的气息。4月3日至7日，记者在河北雄安新区的安新县、容城县、雄县等区域采访时，发现了大家眼中不一样的雄安新区。

“炒房客4月3日开始撤离了”

网上说雄安新区的房价从几千元一平方米，炒到几万元一平方米。其实真的是有价无市。一是当地政府部门采取的措施有力；二是暂停办理房屋产权转移登记手续，新房和二手房暂时不能交易。

安新、容城、雄县的三个县城里面，随处可见政府贴出的关于楼市的风险警示。比如，在安新县城，相关方面在一些房地产中介门店上贴有风险提示；在雄县县城，街道上悬挂有打击小产权房的宣传标语：对在建在售的小产权房坚决叫停并严肃查处。

雄安新区部分经营户说，准备炒房的从4月3日开始就陆续撤离了。原本一房难求的酒店房间，也不再像网传的那样动辄要上千元。

“打一个车只需要5元”

地处冀中平原的雄安新区三个县城，无论是城市环境优美的安新，还是经济相对发达的雄县，抑或是雄安新区临时党委所在地容城，三个北方小城都有一个共同的特点——出租车比较少。

记者每到一个地方，只要脚一踏上当地的热土，便立即会有几个人围上来问：“你们要到哪里去？坐不坐车？”这些人既不是开黑车的，也不是开出租车的，开的是当地居民的公共交通工具之一的电动三轮车。

“每天也挣不了多少钱，养家糊口而已。”一位电动三轮车司机对我们说，好的时候一天可以挣100多元，差的时候只能挣几十元。我们在安新县城，遇到的电动三轮车司机都说，只要在县城里面，无论到哪个地方，一个车都只需要5元。

在雄县县政府办公楼旁，我们准备前往高铁白沟站，向路边执勤的两位交警询问坐什么车才能到达。交警告诉我们：“建议你们打的，到白沟的公交车不能到达高铁站”。

我们站在马路边耐心地等出租车，看着一辆又一辆的电动三轮车开过，始终不见出租车到来。我们只得又去问交警：“为什么这么久没来一辆出租车？”交警略带尴尬地告诉我们：“我们县城的出租车，其实就是三轮车。”

一位在当地做小轿车短租生意的居民告诉我们，三个县城仅有数量不多的出租车。

“过了吃饭时间不营业了”

对于到雄安新区出差的人而言，一旦错过饭点，用餐就有点麻烦。

记者在到达雄安新区的第一天，就遇到了这样的麻烦。当天采访结束以后，考虑到必须尽快把文章写好，于是在酒店房间加班。待文章写好以后，才发现已经晚上 9 点 30 分了。

我们赶快出去用餐，然后早点休息。当忙碌了一天的我们走出酒店大门时，傻眼了，街上的餐饮绝大多数大门紧闭。找到了几家尚未关门的餐厅，工作人员说："现在已经过了吃晚饭时间，我们不营业了。"

冒着淅淅沥沥的细雨，最终在一个烧烤店里面吃到了 2 份炒饭。店主提醒说："你们来这边出差，千万不要错过饭点，不然就只好到便利店买方便面了，因为绝大多数餐厅过了饭点就不营业了。"

此后几天，到了用餐时间，我们必须先把温饱问题解决了。

"当地人坦率"

"这里的当地人都坦率。"这是雄安新区原住民给我们的印象。

我们刚踏上雄安新区的热土，就遇到了安新镇刘村的原住民老刘。

听说我们是来采访雄安新区的，老刘开着自己的电动三轮车，先是带领我们在刘村的各条巷子里面转了转，感受着或将被拆迁的北方村落。然后带领我们到他家的土地上，现场看已经按要求没种庄稼的土地。

与老刘一样坦率的村民，在安新县、雄县、容城县，我们都遇到不少，比如，在小兵张嘎的家乡白洋淀，村民们见我们到来，主动向我们介绍自己及家庭的情况，交流结束以后还为我们介绍村庄里面其他更熟悉情况的邻居。

在安新县委，一位工作人员得知我们远从重庆而来，立即放下手中的工作，带领我们到县城的另一个地方找相关部门的负责人；在雄县民政局，局长得知我们到来，立即下楼将我们接到会议室，向我们介绍大家关注的一些热点情况。

这就是我们见到的真实的雄安新区。

作品标题　每个人都有一个新区梦（系列）
参评项目　系列报道
作　　者　张彬
责任编辑　谢兵　朱亮　赵洪
刊播单位　重庆晚报
首发日期　2017-04-05
刊播版面　第 1 版　要闻；第 4 版　要闻；第 3 版　要闻；第 2 版　要闻

作品评价

国家设立雄安新区的消息公布以后，引起了社会各界的高度关注，各种关于雄安新区的猜测层出不穷。这一组系列报道，既是国内媒体第一批赶赴雄安新区的现场深度报道，也是重庆媒体第一家从现场发回的深度报道，更是国内流媒体率先告诉社会公众一个更真实的雄安新区。

深入一线、深入现场，以扎实的采访作风和敏锐的新闻洞察力，采取“通讯+记者手记”的表现形式，客观地展现了雄安新区的勃勃生机，生动地展现了雄安新区人民的期盼与祝福，记录了在冀川渝两地企业家支持雄安新区建设的想法及行动。

报道分为《每个人都有一个新区梦》《小兵张嘎家乡人天天挂嘴边“从此请叫我们新区市民”》《7 万川渝商人摩拳擦掌“建设雄安，我们雄起”》《一个更真实的雄安新区》四篇报道，充分体现了主流媒体的“增强政治意识、大局意识、核心意识、看齐意识”，获得了市委宣传部和社会各界的一致好评。市委宣传部作出了肯定的批示。

采编过程

“国家决定设立雄安新区”的消息公布以后，报社编委会领导敏锐地意识到，这是继深圳和浦东之后，又一个具有全国意义的新区，是千年大计、国家大事。作为主流媒体，必须在现场，必须记录这一具有伟大历史意义的时刻，于是，立即决定成立特派雄安新区特别报道小组，深入雄安新区现场采访。

记者 4 月 3 日晚乘坐重庆江北机场飞往河北石家庄的航班，于 4 日凌晨到达石家庄正定国际机场。4 月 4 日一早，记者乘坐大巴车，从石家庄奔波 200 余公里赶到雄安新区的核心区域之一的安新县。

此次专题采访，记者将采访路线确定为“石家庄—安新县—容城县—保定市—雄县—石家庄”。

采访过程中，4 月 4 日凌晨到达石家庄以后，记者通过走访出租车司机、餐饮店老板、酒店负责人，撑握了部分材料；4 月 4 日一大早，记者在从石家庄至安新县的大巴车上，采访了前往雄安新区寻找商机的企业家、在雄安新区经商的商人、雄安新区的居民。到达安新县以后，记者深入采访、记录了一个雄安新区原住民的故事……在雄安新区采访的几天时间，记者辗转石家庄、安新县、容城县、雄县、保定等地，大量走访了当地企业家、在冀川渝两地企业家、新区原住民、新区官员等，形成了《每个人都有一个新区梦》《小兵张嘎家乡人天天挂嘴边“从此请叫我们新区市民”》《7 万川渝商人摩拳擦掌“建设雄安，我们雄起”》《一个更真实的雄安新区》系列报道。

为了做好此次系列报道，报社编委会领导亲自部署、指挥采写，要闻部负责人、摄影工作室负责人深入雄安新区一线采写，编委会领导、编辑部主任对稿件进行精心打磨。

社会效果

此系列报道刊发以后，在社会各界中引起了较大反响。市委宣传部对此系列报道作出了肯定的批示——“雄安新区是清明节期间全国关注的热点，晚报（慢新闻）这个报道，体现出媒体的‘在场’意识，追踪现场，目击现场，亲历现场，在今天资讯泛滥的背景下，这种坚守就是一种守本分的精神，就是工匠精神。二是体现一种引导舆论的自觉，在很多网络媒体只关注抢房这类问题的时候，主流媒体应关注新改变的意义和对未来的影响。晚报应坚持这些好品质！按媒体量化考核规定给晚报采编序列记 50 分。”国内诸多门户网站对系列报道的每篇报道均进行了大量转载；不少读者通过微信、短信等渠道，给报社及记者发来信息，认为这组报道做得非常好，让大家对雄安新区有了更深的、更全面的认识，对参与建设雄安新区更有信心；雄安新区当地政府官员说：“没想到重庆的媒体这么远还专程过去报道，报道效果也非常好，欢迎多做类似正面深度报道。”

全媒体传播效果

此系列报道采取了重庆晚报全媒体传播的方式发布，重庆晚报、慢新闻、重庆晚报网、重庆晚报官方微信公众平台等渠道发布以后，取得了非常好的全媒体传播效果。

最老陪读生
78 岁婆婆背着捡来的孙女一起上小学

重庆晚报记者　刘春燕

78 岁的李贤菊每天背着 20 多斤的外孙女梁娜娜和七八斤重的书包，挤 9 站公交去上学。然后当她的同桌，坐在她身边，陪她上课，背她上厕所、吃饭，下午再背她挤 9 站路回家。

梁娜娜盆骨刺出，身体严重变形，无法正常站立和行走，又特别容易骨折，其 8 岁的身形像个 3 岁的孩子。

她是李贤菊 8 年前捡垃圾时从桥下捡来的。这一天，这一捡，一家人的生活和命运大拐弯。

78 岁还在读一年级的婆婆

3 月的最后一天，开州预报温度 26℃。中午，凤凰小学操场温度超过 30℃。李贤菊穿着羽绒服，背着梁娜娜来到老师办公室。

忽略其他只看脸，梁娜娜是个小美人，瓜子脸，深眶大眼，黑瞳有神，笑起来嘴角隐隐还有酒窝，是寻常女孩需要用美颜相机加持的效果。她主动向我伸出手握手，五指纤长，笔直。我赞她美，她垂下眼帘笑一笑。我跟她商量说，下午婆婆跟她一起听课，一起回家，她回头望望身后的婆婆（收养关系为外婆，她喊婆婆）李贤菊，杵着耳朵说了一遍。老人同意了，娜娜开心地说："好！"

李贤菊耳背很严重，眼睛也不行了，一只眼睛做了白内障手术。大部分时候旁人说话，都是梁娜娜给她翻译。

凤凰小学位于开州最繁华的步行街，在一排商业铺面的楼顶，被称为天台上的小学。这里从小学一年级到初三，每个年级一个班，一共 270 多名学生，15 名老师。梁娜娜就在这里读书。

学校的"特殊"在于，接近一半的学生是特殊孩子：弱残、脑瘫、自闭症儿童、唐氏宝宝、孤儿、问题儿童等。像梁娜娜一样，很多孩子是因为其他普通学校不收，自己或家长又不愿意去专门的特殊教育学校，而凤凰小学从不拒收学生。梁娜娜所在的一年级这个班，十几个孩子，仅四个孩子完全正常。

周五下午只有两节课，第一节是音乐课。电视机里播放儿歌，孩子们跟着唱。除了李贤菊，还有两个特殊孩子的家长在陪读。一个自控力特别差的男孩，绕着桌椅到处跑，不停地把凳子搬到不同的同学身边，推搡同学。

娜娜坐在第三排，也是最后一排。不能正常端坐，她只能长时间跪着支撑身体。婆婆给她在塑料凳上绑了泡沫垫，她不适应，只好又捡了一把破木椅子。好动男孩常会跑到娜娜身边拉拉她的手，娜娜看着他笑，并不躲避拒绝，但是李贤菊会张开手臂护着孙女，并挥手驱赶她认为的危险。

因为眼疾，李贤菊会不断泌泪，混着分泌物，有时候分不清她是不是在哭。娜娜抬头看见，就给她擦，一节课要擦好几次。她把李贤菊习惯性伸出擦泪的手背拉开，用纸巾轻轻蘸，很小心。

毕竟是8岁的孩子，娜娜被我送给她的填色笔记本和多色笔吸引，只唱了几首歌，就拿出来填色玩。有时候她会突然回头，看看我还坐在后面没有。我们眼睛对视，她又害羞，然后从课桌里拿出她的水杯，问我喝水吗。

下课的时候，好动男孩径直冲到我面前，跳起来拍打我脑袋，轻轻一下，得逞后开心地蹦蹦跳跳跑开，又去拍打摄影师的脑袋，看上去有集邮的成就感。学校里可能少有他没有拍打过的脑袋。另一个男孩，喜欢不断舔手掌心，舔得湿漉漉的，然后跑过来要跟我握手和拥抱。

这两个男孩是李贤菊重点防范的对象，她把娜娜抱到操场上晒太阳。男孩尾随着，不断想扯娜娜的手和裙子，李贤菊一次次挡开。“他们不注意，要弄伤。”她有点不高兴。娜娜不同，她对同学不拒绝。智力障碍的孩子含混地跟她说什么，她也答应。对拉扯她头发的好动男孩，她从不生气。

太阳晒得李贤菊的羽绒服发亮，额头的汗滴到地上。背上的娜娜喊婆婆给她一张纸巾，她接过来给李贤菊的额头擦汗。这让寻常家长要赞“幺儿乖”，甚至发朋友圈的细节，李贤菊却没说一个字。我们站在稍远的地方，不想唐突这个画面。

第二节课是语文课，把孩子们分为A、B组，一组一句读百家姓。四个正常孩子在一组，而娜娜，几乎就是另一组的领读。有时候，她这组甚至只有她一个人的声音。

大部分时间，李贤菊会紧跟着进度，盯着课本，也有打盹的时候。重庆短暂宜人的春天，78岁的城市老人，大多数都在晒太阳、玩小麻将，或者研究保健品，而她没办法，她私人订制版礼物是这个8岁的残疾娃娃，时不时细心地给她拭去眼泪，给她翻译旁人的讲话。

老师朱宏君是他们的班主任，刚毕业的年轻女孩，画着很精致又自然的妆。与副科老师不同，她手里有根两尺长的竹篾块，有时敲敲黑板和桌面。

朱老师说，偶尔老人也会对教学有点小干扰，比如她时不时要提醒娜娜认真听课，有时候又会安排老师：“该让他们读书了哦……”年轻老师运用多媒体进行教学，婆婆不太喜欢，她认为这是在玩。朱老师说：“可能是因为娜娜身体残疾，婆婆对孩子学习要求反而特别高，总想着让她要争气什么的吧……”

娜娜上学期考了班级第一名，她的智力和学习能力，跟普通公立学校一年级相比如何？朱老师说：“算中等。”她又说：“娜娜学习意愿特别强烈，家里有个学习机，自己提前学到二、三年级了。”

48 岁依然“嫁不出去”的妈妈

走出步行街，几百米处就是公交 4 路车站，婆孙俩在这里等车回家。每天放学，李贤菊把娜娜的书包、饭盒、衣服等一并挂在脖子上，吊在胸前，背上背着娜娜，一路走过来。老人很吃力，她要一只手扶住娃娃，另一只手撑地，憋口气，才能起身。背着背着，孩子斜着往下坠，要用力箍住婆婆的脖颈以免滑落。

摩托、电动车、机动车乱糟糟一团，过马路老人还要小跑着避让。冬天的时候，她背着娃娃一起摔了下去，幸好没有骨折，休息几天缓了过来。这也是她最担心的：“我还能背几年嘛？背不动了……”

她不让旁人背娜娜，说是不好意思劳烦人，我觉得她是不放心。娜娜不断回头看我们，生怕我们没跟上，走丢了。区县的公交车不算很拥挤，但李贤菊依然背着娜娜努力挤在前面，她要挤一个座位，让娜娜跪着。如果站在地上，9 站路娜娜撑不住，中间要背要抱，她也腾不出手。

她们以前在农村，几年前搬来县城景苑小区。娜娜妈妈梁万菊说，这个三室一厅的房子，是娜娜姨婆免费提供给他们住的，其中一间上了锁，存放姨婆的东西。李贤菊、梁万菊、娜娜母女三代住一间，一张床。另一间住着梁万菊 80 岁的老父亲。娜娜从小到大就跟婆婆睡在一起，婆孙都不愿意分开。妈妈怕三个人太挤，压到娜娜的骨头，常常自己睡客厅沙发。

8 年前的冬天，李贤菊把孩子捡回来。当时 40 岁的梁万菊离婚后没有孩子，心一软，就养着了。娜娜两岁开始出现问题——不能走路，骨骼畸形，多次骨折。梁万菊也带去当地医院看，“我只有小学文化，搞不清楚医院是怎么说的。就是做了牵引，医生说不打石膏，怕孩子皮肤烂。还买了个一千多元的支架，都是那种大号的，跟小孩子合不起，她用起很痛苦……”她以为骨折跟缺钙有关，买了很多超市盒装奶给娜娜喝。

离婚后也有人给她介绍男朋友。一般对方听到娜娜的情况就拒绝了。两年前，一个比她小几岁的男人，她很中意，没跟对方说起娜娜。相处半年后，才带到家里。对方说，你要是早说，我根本不跟你处。又过了半年，这个男人还是没能坚持下去，再也没来了。

我们在卧室聊，娜娜时不时偷偷爬进来，悄无声息地从妈妈腿边伸出脑袋偷听。跟她谈起妈妈和叔叔的恋爱，孩子摇头晃脑地笑笑不语。梁万菊悄悄说："她心里都懂，她几次想给叔叔打电话，问他怎么再也不来看妈妈，我不准她打。"

最喜欢的零食是什么？没有

离开农村，梁万菊现在主要做钟点工。开州的行情，一百多平方米的房子，一周做一次清洁，包月不到200元。她还接些零活，洗衣服，一块钱一件。平均收入每个月也就2000元左右，养活一家四口。她跟我强调：娜娜还有每个月50元二级残疾补助，老人也还各有100多元补助，不要写掉了……

李贤菊多年来捡废品卖，娜娜的到来也与此有关。但是搬到城里这个小区后，梁万菊不准妈妈再捡了，她说："好脏人（丢人）嘛！邻居看到要嫌（弃）的。"老人不从，最后互相妥协的结果是：老人天黑以后出门捡，走远一点捡，尽量不在小区捡。老人在旁边自己嘟哝着说，她把羽绒服的帽子扣在头顶，埋头在小区捡，别人认不出来的。

娜娜的小T恤、小裙子、打底裤，在儿童中，穿着都还算主流，我问她哪个给买的？李贤菊背过身给我做了个眼色，摇摇头。我一下就懂了，她不想让孩子知道，这些东西都是她的"战利品"。

见大人耳语，娜娜跪在茶几前，笑一笑，拿起粉色的保温杯喝水，第二次问我喝不喝。我赞她杯子很漂亮，她又笑一笑说："捡的。"她什么都知道。

羞耻感像嗜血的怪物，从不放过贫弱的人，哪怕他们从没做错什么，贫弱就是错。

梁万菊自尊心很重，不仅不想让邻居知道老母亲捡垃圾，也不想让邻居看到孩子："怕他们笑孩子是个瘫子……很脏人……"以前老母亲还用婴儿车推着娜娜在小区玩，顺便把废品装在车上绑的袋子里。现在她也不让了。娜娜在小区没有小伙伴。

但是娜娜渴望出门，想出去玩。她跟妈妈说："求你带我出去玩嘛，我回来一定好好学习。""好好学习"是她对婆婆、妈妈、家庭的最高承诺。她甚至想跟婆婆一起出去捡废纸板，但是老人不同意。

在这个柴米油盐都要凑角角分分的家庭，娜娜犯过的最大的"错误"，就跟钱有关。6岁多的时候，她已经能把妈妈的手机玩得溜熟。有一天婆婆卖废品回来给了她20元钱，让她留着慢慢用。她就用妈妈的手机点了一份20元的寿司外卖，人家送上门来，家里大人完全懵了。梁万菊狠狠训了娜娜："你晓不晓得婆婆要卖多少废品才能卖20元？你晓不晓得废纸壳只卖2角钱一斤？你再这样不要你了……”

娜娜最害怕的就是不要她了，最难过的表现就是不说话，悄悄背着大人哭。她从不像其他 8 岁的孩子那样号啕大哭，也从不顶嘴，她对自身境遇有敏感的觉察。

我问娜娜：“那你最喜欢的零食是什么？”她说要想一下，顿了一阵，她又摇摇头，说没有。婆婆证实了我的猜想：家里几乎从不买零食，娜娜也没吃过啥零食。

她们的口中，没有一句请求捐助的话。她们的愿望有两个，一是他们不懂政策，希望能给孩子申请一个低保；二是希望能通过治疗，让娜娜“起码拄着拐杖能自己走路，不要爬行”。

跪着端来一碗煮鸡蛋的女孩

娜娜最害怕的事情——送去福利院，差一点就在去年发生。

娜娜是极为聪明的女孩，到了六七岁，多次表示想上学。但是孩子一直没有出生证明，办不了相关证件，上不了户口，也上不了学。梁万菊说，民政的工作人员告诉她，实在想上学，那就送去福利院吧。

送孩子走之前，她说：“妈妈给你吃顿好的，你去福利院好好读书。”她给娜娜煮了一碗汤圆。娜娜默默地哭，悄悄拿她的手机，给家里亲戚都发了一条短信：我不想离开这个温暖的家。

各种波折，以至于娜娜拖到 8 岁才上一年级，她特别珍惜。6 年级的表哥周末会来跟她一起做作业，搞不清楚的拼音要问这个一年级的妹妹。她一张报纸能读出来 70% 的字，比妈妈认得的字都多。

我问她将来长大想做什么？

“想当医生。”娜娜一秒钟都没犹豫，是一个想得很清楚的答案。

“为什么？”

“想帮助更多小朋友。”她指了指自己的腿。

下一个问题我凑近她的耳朵悄悄问：“为什么学习这么努力？”

这个问题她犹豫了一下，也悄悄说：“不想被送走。”

妈妈背过身跟我说：“她偶尔摔倒了都躲着哭，不给我们说，怕不要她了。”

婆婆给我们煮了两大碗鸡蛋，每碗三个蛋。娜娜跪在地上，一步步挪过来，非要端给我吃。汤水在碗里晃动，她要努力支撑身体，平衡手中的碗。在这个没有水果和零食的家庭，这是她们能够拿出来的最好的待客之礼。这实沉沉的糖水鸡蛋，让我定在原地半天缓不过来。

这个爬行的女孩举着碗，晃悠悠地平衡着身体，她在笑，这是她频率最高的表情。在她小小的心灵里，仿佛已有一些深细的纹理和沟回，对轰然砸来的坚硬，柔软地承受与接纳。越是美好的人和事物，若有残损，越会让人痛惜。

出门的时候，舅舅悄悄拉着我说，如果这病不能治，千万不要写出来，不要让孩子知道。这时，老人背着娜娜跌跌撞撞追出来，孩子说再见的时候一定要握手，她还加赠在我脸颊上亲了一下。

歌德说，“我们只从我们所爱的人那里学习”，娜娜所爱的人，是捡她回来从此就让她在自己背上生根发芽的婆婆，是认字还没她多、但一块钱洗一件衣服养育她的妈妈。

这也是我们每个人成长的秘密。

作品标题　最老陪读生　78 岁婆婆背着捡来的孙女一起上小学
参评项目　全媒体
作　　者　刘春燕
责任编辑　严艺菲
刊播单位　重庆晚报
首发日期　2017-04-05
刊播版面　慢新闻 APP

作品评价

“最老陪读生　78 岁的婆婆背着捡来的孙女一起上小学”，开州这位老人，从垃圾堆里捡来被人遗弃的女婴，不仅将其养大，养大后发现女孩有先天疾病，是个容易骨折的“瓷娃娃”。难得的是，婆婆一家人把这个残疾女孩视为亲人,78 岁的老人为满足孙女求学的渴望，每天背着孙女上学，陪读，再背回家。稿件不仅呈现了祖孙两人的深厚感情，更挖掘了这个家庭背后的艰难：女孩的衣物和日用品，几乎都是婆婆从垃圾堆里捡来的。题材内容令人感动，本质上是一条暖新闻：在女孩被遗弃、残疾、婆婆快要背不动了、家庭的极度贫困等令人心酸的事实背后，记者通过对这个家庭的采访观察，通过各种感人细节，更呈现了人性的闪光，以及一家人了不起的善：对艰难的承受，对命运的担当。事实上，人间最困难的善，也是将概念化的善，打成碎片，嵌入生活，化为日常。这一家人给读者的感受是咬牙坚持的一种力量。

采编过程

记者从网络流传的拍客拍摄的几张照片中，寻找到这家人。首先是到女孩读书的开州凤凰爱心小学，陪伴婆孙两人上课、读书。女孩所在班级，仅4个孩子是完全正常的小孩，其他孩子都有各种残疾。观察采访婆孙两人与特殊学校的老师、同学的相处，婆孙两人自己的相处。并采访老师和同学。后又陪伴她们回家，见证、经历她们一天的生活，体会她们的不易。通过邻居等证实她们的日常生活，如生活用品都是从垃圾堆里捡来的。

更重要的是，孩子是这个家庭未来的希望，因为残疾不能站立和行走，家庭担心她的未来。记者积极联络采访医疗机构，寻找孩子治疗的可能。通过晚报团队的积极努力，目前，孩子第二次来渝，进行首次单腿手术。

社会效果

稿件首先通过慢新闻APP推出，迅速在网络传播，被老人和这个家庭感动的网友通过一些爱心慈善团队进行捐助。重庆儿童救助基金会被女孩和家庭的特殊情况打动，伸出援手，愿意为女孩提供医疗救助的费用。重庆儿童医院的专家制订出治疗方案，双腿手术矫形大约需要13万元的费用，这也是目前为止，儿童救助基金会单个救助项目的历史最高金额。

另有骆科胜爱心基金等社会团队和个人进行捐助，目前捐助还在持续中。

晚报团队将持续跟进女孩的后续治疗，把善延续下去。

同时，稿件获得阿里公益天天正能量二等奖。该项目联合全国100多家媒体，专门评选正能量故事、策划和报道。

全媒体传播效果

腾讯天天快报转发后，有近100万次阅读量，另有京华时报、中国新闻周刊等数十家媒体微博、微信等进行转载。

消失的南纪门，就在这里

重庆晨报记者　涂源

下半城的大地名，除了“望龙门”，所有的“门”都对应着一个真实存在过的城门，那“南纪门”在哪里？

4 月 8 日，重庆地理地图爱好者群的史地发烧友，在“踏访重庆古城门”的活动中，根据古地图记载的方位，找到了疑似南纪门的拱门，在重庆民间史地爱好者中引起轰动。

昨日，重庆市文遗院副院长、著名考古学者袁东山来到该处，认为这就是“南纪门”！

失踪的南纪门

“南纪”一说，典出于《诗经·小雅·四月》：“滔滔江汉，南国之纪”，城门在重庆古城南边靠西。瓮城门西向，门额上书“南纪门”，正门朝南，上书“南屏拥翠”——隔江南望，对岸南山黛色连天如青翠屏风，拥围城郭。

现存史料对南纪门的记载是：1927 年重庆市整治城内交通，准备扩城的时候，因修建马路而拆毁。

这一说法，并未说清是拆除了南纪门正门还是瓮城门——因军事防御的考虑，重庆九个开门中，七个有瓮城。

在人和门、太平门这一闭一开两座城门近年被重新发现后，这座城市还有没有其他存世的城门，在重庆史地爱好者心中，一直是“哥德巴赫猜想”。

袁东山今年在“重庆地理地图爱好者群”讲了重庆建城史后，群里组建了巡城分队，按照古地图，对重庆老城门和城墙进行踏访梳理。

发现南纪门

按照 1891 年刘子如所绘的《增广重庆地舆全图》，地理群群友确认了南纪门瓮城是“外瓮”，位置在南区路石板坡公交车站下方附近。

4 月 8 日，群友们在公路下方沿着断断续续的城墙寻找，翻过一个拐角，忽然在立交桥基桩下找到了一个门洞。

几位爱好者根据经验，排除了这是防空洞的可能，并确定这是非常典型的城门形态，由于人迹罕至，露出地面的部分保存得相对完好！

群友们兴奋得发朋友圈，整个重庆史地爱好者圈对此也高度亢奋。

市文遗院副院长袁东山是巴县衙署和钓鱼城考古发掘负责人，深谙重庆城防之道。9日，他冒雨赶往现场，当场确定，这就是南纪门！

袁东山说，此门位置就是南纪门瓮城门所在，朝向长江，城门大小和券拱形态是典型的重庆古城门，石料和勾缝剂可以追溯到明清，旁边的城墙和瓮城墙走向方位清晰完整，足以断定这就是“失踪的南纪门”！券拱上方被建筑破坏，以前应有“南纪门”三个字！

“重大发现！”袁东山表示，稍微向下开挖，南纪门整体就会大白于天下！

重庆又多了一个存世的城门！

作品标题　消失的南纪门，就在这里
参评项目　消息
作　　者　涂源
责任编辑　王文渊
刊播单位　重庆晨报
首发日期　2017-04-10
刊播版面　第1版要闻转第4版

作品评价

关于这座城市的重大发现的独家报道，采写细致，过程描述准确，把比较专业的知识说得通俗易懂，这个新闻众多重庆人都知道，在全国也有较大知晓度。

采编过程

重庆晨报记者就是“发现南纪门”的第一人。记者通过自己组建的“重庆地理地图爱好者”社群，通过老地图和艰难的实地探访，找到了疑似南纪门，并在第二天约请权威专家，现场确认了这就是消失已久的南纪门。记者对此前期已经做了大量知识储备，第一时间将这个重要信息进行了发布和解读，包括现场地形的示意图等，都是记者准备好的，让这个新闻发出后，公众信服，也成了一个城市事件。

社会效果

稿件见报和见网后，成了城市热点。见报当天，渝中区委书记陶长海来到现场，指示对现场进行保护，当天就立起了保护牌。全国众多媒体对此进行了转载和报道，众多自媒体大号转载此事，上游新闻对此直播，这一报道不仅有很大的社会意义，也是4月重庆重要的新闻之一。

全媒体传播效果

位列多家网络媒体当天最重要的重庆新闻，被大渝网、北京青年报、凤凰资讯、网易新闻等转发。

河北“17万平方米污水渗坑”咋发现的？上游对话曝光者向春

重庆晨报记者　陈均俊

日前，一篇《华北地区发现17万平方米超级工业污水渗坑》的文章引发社会广泛关注。文中披露，在河北省廊坊市大城县和天津市静海区内，“潜藏”多处工业污水渗坑，最大一处面积达17万平方米，或已对当地地下水安全造成威胁。

19日，环保部会同河北省政府组成联合调查组，赶赴现场进行调查，并于当天下午确认河北廊坊市大城县渗坑污染问题基本属实。

上述文章是由重庆两江志愿服务发展中心（下称“两江中心”）发布的。19日下午，记者对话两江中心的负责人向春，了解其发现天津、河北两地渗坑的来龙去脉。

坐高铁偶然发现渗坑水面异常　一处确定系酸洗废水

上游新闻：当时是怎么发现两处渗坑的？

向春：3月21日，我们在河北做有关滹沱河流域环境调查项目。由于我们前期做了大量的工作，对滹沱河周边的生产、生活情况很了解。大城的渗坑离滹沱河也就两三公里的距离，我们发现附近有一个巨大的水坑，里面的水呈水红色，我就基本判断这里的水有问题。

上游新闻：天津静海区方面呢？

向春：这个就更加偶然了。3月23日，我从沧州坐高铁到北京开会。高铁在高架桥上跑，我往下看就发现了底下红色的水坑有问题。当时我把大致位置记下也没多管了。直到28日，我办完事恰好还有半天的空闲时间，就想去看看。如果不是坐高铁看到，或者28日没有时间，可能根本就不会有这事。

上游新闻：您对这方面好像很敏感？

向春：虽然我是学生物出身的，但我进入环保行业大概有十年了。2010年2月，我们成立了重庆两江志愿服务发展中心，专注工业污染防治，平时通过环境污染源的调查分析推动污染源治理和减排，久而久之自然形成了职业敏感。不是都说“做什么就看到什么”吗？

上游新闻：渗坑的水呈现异常红色是怎么回事？

向春：我们已经基本确认天津市静海区佟家庄村以东渗坑里的水是酸洗废水。我们通过走访调查发现，佟家庄村附近有大量的酸洗厂，这与渗坑的污水有很强的相关性。但我们不知道河北廊坊大城县渗坑的污水到底从何而来。我们检索发现，大城县赵扶镇周边的产业主要是生产红木家具，与污染不太匹配，无法判断污染源。

最大渗坑面积达 17 万平方米　废水 PH 值属“强酸”

上游新闻：周围的居民也不知道吗？

向春：虽然我们待的时间不长，但也走访了不少当地的居民。他们知道渗坑的存在，但是也不知道污水从哪里来，到哪里去。可能是外地的用罐车运输到这里倾倒的。

上游新闻：以前有见过这么大的渗坑吗？

向春：只有 2014 年内蒙古腾格里沙漠环境污染案能和这次相比了。这次发现最大的渗坑在廊坊大城县，面积达到 17 万平方米，天津静海区的渗坑面积也达到 15 万平方米。

上游新闻：这些渗坑会造成什么影响吗？

向春：主要是会污染地下水。华北地区的饮水水源主要还是地下水。它不像重庆，假如长江被污染了，还有嘉陵江水应急。一旦华北地区的地下水被污染了，会极大地影响居民的生活用水。

上游新闻：这几个渗坑会影响多大范围的居民生活用水呢？

向春：这我无法回答，需要其他更专业的人士来解答。

上游新闻：最大的渗坑里的废水，体量大概是多少呢？

向春：大约 30 万方吧。现在的渗坑也就 1 ~2 米深，但之前的废水可能往下渗了。现在渗坑的水位线跟最开始的水位线相差大约有 2 米。

上游新闻：刚刚提到天津静海区渗坑里的是酸洗废水，你们有检测过吗？

向春：检测过。检测的 PH 试纸显示，渗坑内废水的 PH 值达到 1。

上游新闻：PH 值达到 1 意味着什么？

向春：从检测的层面来说，PH 值达到 1 的酸水就达到最高值，属于“强酸”。但从废水的成分来讲，PH 值达到 1 的不同废水之间差距也很大，我们也不敢确定渗坑里的废水是否有很强的腐蚀性。

环保部次日公开回应调查　亲自致电表达感谢

上游新闻：这个事情引起了环保部的关注，他们事后有跟你们联系吗？

向春：有啊，今天（19日）上午打电话给我们要资料。因为也没有进行过专门的调查，所以我们手上的资料也不多。不过还是把一些图片和简单的检测结果发给他们了。

上游新闻：环保部方面还有说什么吗？

向春：就是一些感谢的话呗，说我们帮助他们发现问题。

上游新闻：这是你们的工作第一次引起环保部的注意吗？

向春：不是，以前跟环保部接触得也很多，尤其是在环境影响评价方面。一般我们都会向政府或环保部门反映，或者直接形成报告提交给他们，让他们来解决问题。

上游新闻：这一次环保部的反应很快啊。

向春：是的。我们昨天在微信公众号上发文章，今天就立即回应说要调查了。

上游新闻：在你看来，为什么这次会这么快？

向春：可能是因为地缘因素吧，毕竟渗坑在天津、河北。另一个可能就是舆情了，媒体一报道，公众就立即关注这件事了。

上游新闻：近年来，不管是媒体还是公众，对环保的问题都越来越重视了。

向春：这是必然的，环境形势越来越严峻，大家的环保意识越来越强，对环境的要求也越来越高。以前大家看到雾霾天可能只以为是阴天，但现在大家都知道可能是雾霾了。再有一个就是信息越来越公开了。

暂时不再参与事件　日后或将前往回访

上游新闻：你们有给环保部门提交解决方案吗？

向春：没有。我们只是偶然发现了问题，目的已经达到了。接下来就是当地政府跟环保部门的事情了。他们有更多的设备，要解决这个问题也更有力。

上游新闻：按你们的经验，天津、河北几处渗坑的问题应该怎么解决呢？

向春：先找到源头。为什么我们会发文章出来，就是因为我们找不到源头，不知道污染源从哪里来的。在调查方面我们已经尽力了。下一步就需要舆论关注后，通过媒体和政府部门的努力，找到污染源，这才是最重要的。我们不希望政府把污水抽走了就完了，我们要搞清楚这些坑为什么会出现，谁该负责要查清楚。

上游新闻：之后你们还会介入吗？

向春：暂时不会。引起全国的关注，得到媒体和相关部门的重视，我们就不参与了。接下来我们已经没有什么增值的事情可做了。像昨天发公号就是一个增值的事情。不过以后有机会到那边工作，也会顺便做回访复查，看看整治的结果。

“环保工作细水长流是常态　需要更多人参与”

上游新闻：这次引起了这么大的关注，甚至环保部直接回应，会不会对你们以后的办事策略产生什么影响？

向春：不会的，以后我们还是继续常规地工作。

上游新闻：难道这次事件的经验不可以复制吗？

向春：现在的时代，再大的事件，最多两个星期就被覆盖了。环保工作细水长流是常态，不能都像这次一样，环保部或者政府就某件事情做工作，第二天全国的环境就能有大改观，那是不可能的。环境的改善本身就不是靠这种事件性的东西能解决的。它最多只起到推动作用，真正的还是要靠日常的监管和更多人的参与。

上游新闻：这两天是不是陆续有河北、天津的人打电话过来反映情况？

向春：是有一些。这种反馈很直接。

上游新闻：以前有遇到过这种情况吗？

向春：有啊。很多人有环评的问题都向我们举报，但其实在此之前他们都找环保部反映过了，但是得不到回应和解决。环保部门知道我们是专业机构，就更愿意听我们反映情况。专业机构还有很多优势，例如和媒体合作。如果我们举报的问题得不到重视，我们也可以通过媒体引起社会的关注，推动问题的解决。

上游新闻：那我们普通市民还能做什么呢？

向春：还是继续反映吧。环境问题是要逐步改善的，要慢慢推动，自然会往前进步。

作品标题　河北“17 万平方米污水渗坑”咋发现的？上游对话曝光者向春

参评项目　系列报道

作　　者　陈均俊

责任编辑　唐文培

刊播单位　重庆晨报

首发日期　2017-04-19
刊播版面　上游新闻

作品评价

热点话题、独家对话。

采编过程

4 月 19 日，河北、天津两地超级工业污水渗坑被曝光。当天下午，记者前往曝光者——重庆两江志愿服务中心了解情况。鉴于有媒体率先报道污水渗坑的基本情况，记者转变思路，从“曝光者如何发现渗坑”的过程作为切口展开独家对话。同时，通过曝光者作为环保工作者的身份，对该事件进行评述。

社会效果

通过独家对话超级工业污水渗坑曝光者，完整还原发现渗坑的整个过程，使读者直观了解河北、天津污水渗坑之显而易见，使读者意识到当下我国部分地方环境恶化之严重，进一步引起社会对保护环境的重视，体现了重庆晨报对环境问题的关注和社会责任感。

全媒体传播效果

获腾讯网、新浪网、中国青年网等多家媒体原文转载，同时在新浪微博、凯迪社区等平台广泛传播。

重庆国际车展怒了
啪啪打脸“山寨版”车展

重庆商报记者　严薇

最近，网友“老车牌9527”在汽车之家论坛上发帖：“重庆国际车展不是每年6月吗？怎么4月也有一个?”帖子称，他老婆曾看到一则广告，称4月奥体中心有个“重庆国际车展”，还专门拍了照片证明。但“老车牌9527”是个车展铁粉，他坚持，重庆国际车展都是每年6月，以前在南坪，现在在悦来，从没听说奥体中心也有一个。

“老车牌9527”的怀疑不假，真的重庆国际车展（第19届中国重庆国际汽车工业展）将于6月8—14日在悦来国博中心举行。

“哎呀，说起这些‘冒牌’展会都郁闷，搞得大家都分不清了，有的去逛了展，觉得名不副实，还来找我们理论。”4月1日，重庆国际车展组委会相关负责人称，2017年开年以来，一大波“重庆车展”如雨后春笋般冒出，各类展会相继以“重庆车展或重庆国际车展”的名义粉墨登场，一时间李逵与李鬼真假莫辨。

重庆国际车展“名不副实”

近日，正打算购车的王小姐在某论坛吐槽称，她在网上搜索车型时发现，重庆奥体中心有一场“重庆国际车展”，宣传中有上千款车型、80余个品牌……

要购车的王小姐兴冲冲地赶了个大早，到现场一看，却发现真实场景是这样的：展会现场是一个露天卖场，原来宣传的80个品牌缩水为20余个品牌，参展车型不到宣传的千款车型的五分之一……

无独有偶，本打算在奥体举办的“重庆国际车展”上购买奔驰的网友“奔跑吧亮亮sky”也遭遇了同样的困扰。

网友“奔跑吧亮亮sky”在网上吐槽了他的购车经历：在奥体车展开展前，他事先打电话与车展工作人员沟通了要购买的车型。结果到现场却发现，要花20元买门票才能进场，进去却发现根本没有奔驰车型，参展品牌只有20

余个。

“山寨版”重庆国际车展大行其道

记者在网上搜索“重庆国际车展”，发现仅4月就有3场，分别是4月2—4日、4月15—16日、4月29—1日。这些车展纷纷宣称规模宏大，参展车型众多，价格优惠。

以4月2—4日的奥体“重庆国际车展”为例，其广告宣称：“80余个汽车品牌、1000款新车，设进口、合资、自主、平行进口车区，厂家直销，优惠力度震撼全城！订车送2880元大礼！”

记者发现，尽管该广告下设有重庆往届车展回顾，却显示着“2015夏季成都汽车展”的图片。同时，虽然列有长安、力帆、奔驰、讴歌、英菲尼迪等品牌，却标示着“以下为意向参展品牌，请以实际到场参展品牌为准”。

同样，4月29日—5月1日重庆金源时代广场举行的车展也打着“重庆国际车展”的旗号，宣称展会面积有8000平方米、50个品牌、400款车型，网上赠票，促销车展，万人齐购车；点击报名抢车展门票和1000元购车券。然而，点开网页，显示的却是第八届西部大型汽车博览会，和真正的重庆国际车展名称完全不同。

据悉，重庆国际车展（第19届中国重庆国际汽车工业展）将于6月8—14日在悦来国博中心举行，参展面积超过16万平方米，参展车型近1000款，参展品牌100个。

正牌“重庆国际车展”啪啪打脸

为进一步核实，记者联系到重庆国际车展（第19届中国重庆国际汽车工业展）的相关负责人。

“我们正为此事发愁，各种打着‘重庆车展’‘重庆国际车展’名号的展会，室内的、室外的就多达30余场，我们从来没有授权过任何展会使用重庆国际车展的名称。”该负责人称。

该负责人称：“这是恶性竞争导致的虚假宣传。”他表示，目前重庆市场各类打着“重庆车展”的坝坝展，大部分都是室外展会，不仅规模小，宣传中承诺的优惠也不能兑现，甚至出现消费者到达现场才发现意向品牌根本没有的情况。而品牌展示平台、经销商同时参展、品牌超过80个、参展面积超过8万平方米、参展车型近1000款的重庆本土汽车展会仅有6月的重庆车展和11月的重庆汽车消费节。

业内人士表示：各类打着重庆车展名称的车展，无外乎欲借助重庆车展的知名度，迅速扩大自身品牌知名度，弥补规模不足的短板。

或将造成劣币驱逐良币

业内人士指出，这种“傍名牌”的行为很容易使消费者误以为是正牌的重庆国际车展组委会授权的，到现场观展后却发现货不对版，严重侵害消费者合法权益，扰乱了重庆汽车展会市场秩序，造成劣币驱逐良币。

重庆市工商局相关人士称，中国重庆国际汽车工业展组委会如认为其侵犯了自身权利，可前往工商局或拨打12315举报，工商局将进行现场调查。

观察
库存预警　车市走向不容乐观

参加这类“名不副实”的“山寨车展”，很容易对汽车品牌造成不良影响，为何还有品牌参展呢?

一位不愿具名的4S店销售负责人称，究其原因还是在于今年车市整体下滑，销售压力较大。

3月车市，不少厂商销量压力较年前高，除去春节前后的休息日，销量的冲刺点压在了3月。中汽协最新监测数据显示，2月，狭义乘用车销量仅178万台，厂家产量高于销量19万台。

受高企的库存、政策退坡等影响，2017年开年车市全面下滑，这让车商们“坐不住”了。

一家德系合资品牌的销售经理称，受元旦1.6L小排量汽车购置税上调影响，去年年底，不少用户选择在此之前购车，也的确迎来了一波小高潮。然而，此后客流量就一路走低，成交量更是低位徘徊，至今未见明显回暖。

重庆不少经销商也纷纷表示，年都过完了，重庆车市却似乎在“打瞌睡”，太需要一场车展来拉动销售了。

中国汽车流通协会发布的最新“中国汽车经销商库存预警指数调查”显示，2017年1月库存预警指数为61.5%，比上月上升18.6%，库存预警指数处于警戒线之上。通过库存预警指数走势分析，中国汽车流通协会副秘书长郎学红预测，2月受春节有效工作日等影响，汽车市场也不会好于1月。

作品标题　重庆国际车展怒了　啪啪打脸“山寨版”车展
参评项目　全媒体
作　　者　严薇
责任编辑　朱小乔

刊播单位　重庆商报
首发日期　2017-04-02
刊播版面　上游财经 APP 热闻频道

作品评价

独家。结合前不久在陈家坪等地举办的山寨版“重庆车展”活动，以及近期网友吐槽的观展遭遇，采访重庆车展组委会相关人士，揭示了这些山寨版“重庆车展”的真实身份，对市民而言有较好的警示作用。

采编过程

记者第一时间捕捉到网上论坛的网友发帖线索，吐槽的观展遭遇，对陈家坪、奥体中心等地的“重庆车展”进行实地调查，并向重庆车展组委会相关人士进行核实，从而揭示了这些山寨版“重庆车展”的真实身份，以及其造成的不良影响。此外，挖掘背后的车市整体下滑、销售压力较大的经济原因，揭示车商目前的经营境遇。

社会效果

该稿件一经刊发，让市民了解了重庆车展的真实情况，引发网友热议，对市民很有警示作用，服务性较好。据不完全统计，在汽车之家论坛、腾讯大渝网、搜狐汽车等网站上网友评论近3000条。

全媒体传播效果

尽管刊发时间时值公共假期，但稿件被搜狐汽车、新浪财经、腾讯大渝网、汽车之家等大量转载，相关链接达16.5万条。

大山里的留守女童足球队

华龙网记者　李袅　李文科

导语：在大山里，有一支小小的足球队，这里没有专业教练，大部分成员是留守儿童。今年 3 月，石柱县三河镇女子足球队拿下重庆市青少年足球锦标赛（女子 U-13 组）冠军，这已是两年内，这支业余队伍拿到的第三个市级足球比赛冠军。足球为她们打开了一扇窗，也让山里娃去到更大的赛场上驰骋。

记者手记：山坡空地上的跳跃、斑驳光影下挥洒的汗水，穿上挚爱的球鞋，留守儿童多了一个闪闪发光的足球梦。她说踢球的时候最快乐。望着她黑黑皮肤上露出的两个浅浅梨涡，谁说不是呢？

挚爱的宝贝　穿上球鞋在山坡上踢球最快乐

4 月的晴天，明晃晃的太阳晒得让人有些睁不开眼。山坡上的一处土房前，身材瘦弱的马诗彤正独自练习颠球，皮球一次次腾空，俏皮的马尾在身后打着节拍，家门前这块一下雨就会积水的空地，是她练球的“秘密基地”。

墙角处简易的鞋架上，一双荧光绿的球鞋格外抢眼，而她脚上的黑色胶鞋，脚尖处有些泛白。

即将毕业的马诗彤是三河镇小学女子足球队的主力队员，每次出门她总会在鞋架旁迟疑一会儿，而那双鲜艳的球鞋她习惯等到有大比赛时才穿上。

屋内，裂了一条缝的墙面上，歪歪扭扭的铅笔字写着：“马哲希大笨蛋。”今年 8 岁的马哲希是马诗彤的弟弟，姐弟俩这些年跟奶奶余耀梅相依为命，父母则在离家 1700 多公里的宁波打工挣钱。

“马诗彤出生才 50 天，她父母就出去打工了，父世直到她 4 岁才第一次回来。”余耀梅说，因为从小跟父母交流得少，马诗彤一直不爱说话，脾气还挺大，也很少会让着弟弟。

接触足球对马诗彤来说是一个偶然，出于好奇她加入了校女子足球队，没想到这个黑白相间的皮球，给她带来无尽的快乐。原本担心踢球会影响学习的余耀梅，欣喜地看到孩子在渐渐发生变化，“现在看到亲戚她会主动打招呼了，性格开朗了许多，还经常带同学回来玩。”

大多时候马诗彤仍然是冷静寡言的，遇到想买的东西，她习惯告诉奶奶，让奶奶找爸爸给她买。只有说起足球时，黝黑的小脸上才会多出一抹笑意，变得健谈起来：“起初踢球是觉得好耍，后来觉得跟小伙伴一起练球很快乐，我希望以后能当一名足球教练。”

大胆的设想　校长赊账在大山里建起足球队

马诗彤的家离三河镇小学有20多分钟的路程，她背着书包步子迈得飞快。操场里孩子们的嬉戏声，让这条附近店面多数关门大吉的街道变得热闹起来。

踏进校门，塑胶跑道和一个由人工草地铺成的足球场映入眼帘。校长孙晓鸣说，修建球场花了近50万元。对于一个乡镇小学来说，这无疑是“奢侈”的。

2013年3月，学校建立女子足球队，在这支队伍里，留守儿童占到了六成。那时只有一块水泥地，学生从上面跑过，总是扬起灰尘，摔下去常常是皮开肉绽。看着辛苦练球的孩子们，孙晓鸣心里不是滋味，“你们好好练，我一定想办法给你们铺块草坪！”

孙晓鸣到石柱县体育局和教委“要钱”，东拼西凑可还是不够，他只好找工程队赊账，“球场2014年就修好了，钱去年才还完。”

当过12年体育教师的孙晓鸣偶尔也会上场指导，来不及换下西装，他就抬起手示范接高球，“当初选择发展足球，就是因为足球没有门槛，不像篮球要看身高。山里的娃娃能吃苦，跑得快，容易出好苗子。”

下午3点5分，老师宣布下课，班上同学还在慢条斯理地整理书包，6年级1班的张婕就迫不及待地第一个冲出教室。放学后的两小时，是风雨无阻的校队训练时间，也是她每天最期待的时刻。

张婕在操场边迅速褪去套在外面的长裤，小腿上是黑白分明的两截。一旁路过的同学打趣道“羞羞”，笑起来露出虎牙的她一溜烟儿已跑去与队员们会合了。

这块7人制足球场上，全校各年龄组球队上百人同时训练，穿着五颜六色球服的学生们在球场上来回奔跑，仿佛一个个散落在操场上，随时可能碰撞在一起的彩色气球。

作为校队的大前锋，张婕最喜欢训练射门。一脚高球踢偏了，她吐了吐舌头掩面笑起来，再赶紧补射一球。一个多小时的训练，湿透的头发紧紧贴在她涨红的脸上，她不时用球衣领口擦拭着钻进下巴的汗水，但这丝毫不影响她继续奋力地奔跑、射门。

山里娃的逆袭　从全县倒数到市里的冠军

“转身！要快！”球场边，教练魏小光的声音略微沙哑。这个搞田径出身的体育老师是女队的主教练，用他的话来讲，当上足球教练是被校长“赶鸭子上架”。

“我不懂足球，刚开始县体育局一周来训练 2 天，我就在一旁观察学习。自己上网查资料看视频，来熟悉这项运动。”魏小光面对的则是同样懵懵懂懂的十多个女孩，“在这之前，她们连足球都没见过，更别说看足球比赛。”

2014 年，这个教练业余、球员基础薄弱的球队刚组建一年，首次参加县里的小学生女子组比赛，0 比 9，0 比 10，大比分落后输得很惨，毫不意外地位居全县倒数。那次以后，备受打击的教练和球员决心下次比赛不再那么丢人，每天放学后加练两小时，周末节假日全员无休便成了常态。

有一回小长假，天下起了大雨，孩子们在操场上打起了“水”球，好几个学生摔倒在水里，却没有一个放弃不练，这让一旁的魏小光颇为感慨，“刚建球队那会儿，她们摔了会哭，慢慢地即使疼到眼泪都在打转了，爬起来头一甩又继续练。”

在马诗彤、张婕的左右手肘内侧，有块硬币大小的地方颜色明显比周围肤色要浅。张婕轻轻摸了摸手肘，“这个地方容易挫伤，流血就擦一擦，不像肌肉拉伤还需要休息会儿。”

就是这群比别人付出时间更多，受伤也不落下训练的小队员们，短短一年就实现了逆袭，从县里踢进渝东南片区，最终在重庆校园足球联赛中，拿下她们市级比赛的第一个冠军。

发光的足球梦　女童能走出大山踢上更大的舞台

第一次穿过大山到重庆主城打比赛时，马诗彤高兴得一次次跟邻座的小伙伴指向车窗外的高楼，既高兴又紧张，“从没跟强队比赛，也不知道我们会是什么水平。”让张婕震撼的则是比赛场地，在比学校操场大好几倍的球场上踢球，她的腿止不住微微发抖。

今年 3 月，2017 年重庆市青少年足球锦标赛女子 U13 组的决赛场上，随着队员向宇馨右脚外脚背抽射打进一球，三河镇小学女子足球队以 3：1 的比分击败对手，再次捧走一座沉甸甸的冠军奖杯。操场边的会议室里，几十个金光闪闪的奖杯和奖牌几乎挤满了整面墙壁，而赛场上的好成绩带来的不仅仅是一份荣誉。

“今年毕业班的队员已有 5 名在主城的学校接受更专业的训练，还有 3 名队员也即将启程，到城里上学。”校长孙晓鸣凝视着孩子们赢回的奖杯笑得很灿烂。

对于走出大山，前不久在训练中手腕脱臼的刘丽萍忍不住担心又充满了期待，“害怕学习成绩和技术跟不上，只能比别人更努力，我希望有一天能踢进国家队。”

由于毕业班的主力队员大部分已经离校，训练场上更多的是低年级被选进队里的苗子。4 年级的王琼踢球才一年，尽管每次集训跑步都让她感到枯燥，却一点儿也不妨碍足球带给她的快乐，“想出去打比赛，看看外面的世界，那里有比学校更大的操场，比这里还高的高楼。”

傍晚 6 时，衣服都能拧出水来的她们结束了训练，白天拥挤喧嚣的球场，终于渐渐安静下来，好几处被磨得起毛的球网在风中起舞，校门外还隐隐传来女孩们的爽朗笑声。

作品标题　大山里的留守女童足球队
参评项目　通讯
作　　者　李裊　李文科
责任编辑　张译文　康延芳
刊播单位　华龙网
首发日期　2017-04-13
刊播版面　华龙网首页、《百姓故事》专栏

作品评价

对于“中国梦”，习近平总书记有过这样的描绘：中国梦是追求幸福的梦。我们的方向就是让每个人获得发展自我和奉献社会的机会，共同享有人生出彩的机会，共同享有梦想成真的机会。在重庆石柱有一支足球队，没有专业教练，大部分成员是留守儿童。就是这支“业余”足球队，两年内拿到三个市级足球比赛冠军。足球为留守女童打开了一扇窗，也让山里娃去到更大的赛场上驰骋，实现了闪闪发光的“足球梦”。

报道展现了这支队伍的身后，有一个“赊账”为孩子们修足球场的校长，零基础学起默默付出的教练，升华了“梦”的主题，让报道进一步升华，有人情味且可读性强。

以往，农村留守儿童多以家庭贫困、缺乏关爱等主题出现在新闻报道中，这则报道从多个维度呈现留守女童充满朝气和梦想的一面，扭转了大多数人心中一提留守儿童就觉得他们是需要帮扶的弱势群体这一固有印象，把老题材做出了新花样。

采编过程

一支山里的足球队，拿下今年重庆市青少年足球锦标赛（女子 U-13 组）冠军，诸多主城小学向球员们抛出橄榄枝。从一则消息发现线索后，凭借职业敏感性，记者初步判断，这个故事有看头。为此，记者单程驱车近 3 个小时，来到位于大山里的石柱县三河镇，走访学校、留守女童家里，对校长、教练、孩子们及其家人进行多方采访，实地观察足球队的日常训练，挖掘到这个梦想与坚持的故事。

社会效果

报道有温度，有感染力，紧扣“中国梦”的大主题，从“足球梦”的小切口着手，突出了“梦”的力量，传播了正能量。

报道采访扎实，脉络清晰，图文并茂，突出细节，用球鞋的“脚尖处有些泛白”“磨得起毛的球网”等细节，以及“从全县倒数到全市冠军”等传奇的故事，这群留守女童的不易与坚持跃然于眼前。作品刊发后，不少网友被这群孩子不怕吃苦的劲头所打动，也为作为教育工作者的校长、老师点赞，网友表示看得热泪盈眶。

全媒体传播效果

作品在华龙网 PC 端、重点栏目《万花瞳》《重庆》客户端进行了重点推荐，众多网友在微信朋友圈自发转发、评论。作品累积点击率达到 3 万次，成为当日重庆客户端访问量最高的稿件。

重庆“中关村”该何去何从？
——石桥铺数码城乱象系列调查

华龙网记者　伊永军　王玮　冯润田

开篇语：

在重庆说起石桥铺，很多人第一印象就是数码城。石桥铺数码城，曾辉煌一时，与北京中关村、深圳华强北一样，曾是大家购买数码产品的“乐土圣地”，承载了很多人的美好回忆。“买电脑到石桥铺”，几乎成了生活在这座城市的人一句约定俗成的宣传语。但是，近年来，连环欺诈、以次充好等不诚信经营行为让它乱象缠身，饱受诟病。

爱之深，责之切，人们在失望之余也不禁要问：石桥铺到底怎么了？这里是否正在重蹈“中关村之死”、华强北没落的覆辙？近日，华龙网记者深入调查，推出系列报道。

【上篇】迷茫——石桥铺数码城乱象为何屡禁不止？

又出事了！上月末，有消费者在石桥铺泰兴科技广场被骗，商家竟叫嚣：你咋不去跳楼呢！（男子在二手平台买手机疑被“钓鱼”。商家叫嚣：你咋不去跳楼呢！）经媒体曝光后，石桥铺数码城再次被推到了舆论的风口浪尖上。

近年来，关于石桥铺数码城欺诈、宰客等行为屡屡见诸媒体，在重庆网络问政平台上，类似的投诉也未停止过，种种乱象让执法部门、商场管理者也对它的前景很迷茫。而纵观全国，曾辉煌一时的数码城，也大多有同样的命运。这背后，到底是什么原因？

商圈投诉量多时每年上千件　执法部门：只能来一个打一个

重庆市民刘先生在闲鱼平台购买二手手机，在石桥铺泰兴科技广场见面交易被骗。记者了解到，此事在媒体曝光后的一周内，仍陆续有市民来石桥铺商圈联合执法办进行投诉，同时还有两个被骗的消费者和记者取得联系，与刘先生一样，他们都是在闲鱼平台选中手机后被带到泰兴科技广场进行当面交易被骗，套路基本相同。

曾被誉为重庆“中关村”的石桥铺数码城，缘何成了现在很多人口中的“骗子城”？

“从2012年、2013年开始，随着电商的发展等因素，数码城的生意受到冲击，一些投机的商家就使出一些坑蒙拐骗的招数来招揽生意，12315的投诉量也激增，到后来，每年的投诉量可达到1200～1300件。”九龙坡工商分局高新区局渝州路工商所的工作人员告诉记者，从去年10月开始，商圈成立了石桥铺商圈IT数码市场秩序联合整治办公室，由工商、公安、质监等11个部门抽调精干人员长期驻场联合办公，方便消费投诉纠纷现场办理。

工商所相关负责人表示，联合整治办公室成立后，确实对不法经营行为起到了一定的震慑作用，现在投诉量已经锐减，但是，仍有一些不法商贩试图钻空子。现在对于这类投诉，他们也只能“来一个打一个”。有很多投诉，明知消费者是被蒙蔽或欺骗了，但是由于证据不充分，还不好处理商家。

该负责人表示，对于这类不好取证的个案，他们目前能采取的就是，如果出现多个受害者举报同一个商家的现象，工商也会将此作为一个有效的证据，可对其进行处理。

但该负责人坦言，要想从根上杜绝这些乱象的发生，加大打击力度是一方面，关键是要疏导。

石桥铺现象并非个例　全国数码城似乎在走同样的“死亡之路”

当舆论的利剑纷纷指向石桥铺数码城时，这个昔日重庆最大的数码产品集散地似乎也很无奈，而这样的无奈并非只有石桥铺。

作为电子产品卖场的北京中关村兴起于20世纪80年代，前身是海淀的电子一条街，它的发展有着得天独厚的条件，被誉为中国的“硅谷”，联想的柳传志、京东的刘强东、百度的李彦宏以及爱国者的冯军，都是从中关村走出来的。

在这里，上到复杂的顶级服务器，下到简单的手机壳，从最新款的品牌手机，到老掉牙的旧时配件，只要你说得出，中关村卖场就拿得到。然而随着电商平台的兴起，实体商店竞争愈发激烈，为了赚钱，这里逐渐充斥着拉客、强买强卖、以次充好的现象。终于，在2015年1月27日，北京中关村e世界商城贴出公告称，由于e世界统一经营业主签约工作已正式开始，市场决定停止自有铺位招商及租赁，中关村数码城时代终结了。

“北有中关村，南有华强北。”然而深圳的电子中心华强北也没有逃过相似的命运，这里曾商机遍地，一米的柜台曾走出50个亿万富翁，然而仿货、水货、翻新货、全新货逐渐在深圳华强北的商圈里共存，价格战、假货与打假、电商平台的轰炸，这些“套路”在各大通信城的商户间并不避讳。从不缺乏传奇的华强北自2016年以来，公开查封的有上百家，如今空铺占据大多数，关门、倒闭现象常有。

如同当年繁盛无比的中关村和华强北的命运，石桥铺也面临着相似的局面。“畸形营销”似乎成为电子卖场交易的普遍现象和常态。

卖场声音：求变是众望所归，但是如何变大家都没谱

泰兴科技广场成立于1999年，是石桥铺数码城同时也是重庆首家设施设备齐全的IT专业卖场。2004年，泰兴受行业委托牵头成立了高新区IT行业协会，可谓重庆IT行业发展的引领者和见证者。对于石桥铺数码城将来如何变，他们又是怎么看的呢?

泰兴科技广场管理办公室经理蔡海波说，泰兴科技广场从负一楼到四楼都是他们的管理范围。其中，2、3、4楼的商铺都是卖了的，负1楼和1楼销售了一部分，保留了一部分出租。目前整个卖场铺位接近500个，入驻率90%左右。

“以前都是100%，几乎就是一铺难求。但现在明显感觉有些铺位不如以前好出租了。”蔡海波说，早些年的黄金时期，在铺位供不应求时，商场对入驻商家采取择优选取，品牌知名度高、形象好、资金实力强的优先选择。而近几年，当卖场空置率高的时候，条件可能会放低，只要有营业执照、授权书等，就可以入驻卖场。

“但我们始终把守一个底线，商家不能乱来。合同约定好了，通过管理手段来加以约束。如果工商、物价部门等来处罚你，还是要把你清理出场。”蔡海波说。

据蔡海波介绍，泰兴从1999年到2008年，营业额呈递增态势，从2008年开始，受到电商冲击等因素，每年的营业额递减。尤其是2012年之后，出现较大幅的下滑。

谈到转型，蔡海波说，近些年，尤其是最近这一两年，石桥铺商圈办召集他们各个电脑卖场的负责人开过多次探讨如何转型的会。目前，还是处在摸索观望阶段。

“‘希望转型’这一大的方向大家基本都没什么意见，都明白现在的发展趋势不好，熬下去肯定有问题，但是如何转，大家都没谱。现在谁都不敢动，就像一个身负重伤的人，不动有可能慢慢地死掉，但是一动就有可能大出血，死得更快。”蔡海波坦言。

蔡海波认为，石桥铺数码城如果要继续走下去，综合卖场是一条必须要走的路。

“石桥铺各卖场现在同质化比较严重。泰兴、赛博、佰腾等业态都差不多，你卖的我也有，我卖的你也有，对自己的功能定位还不清晰。”蔡海波觉得，以后可以转型为“吃住行、游购娱”为一体的综合卖场，根据各个卖场的地理位置、物业条件，因地制宜。比如某个卖场专门销售数码产品，某个卖场专门提供服务，某个卖场专门开辟成供孩子玩耍的地方，把各自的定位清晰地区分开来，功能多元化。

“不管电商如何发展，实体店还是有存在的必要。应该做服务，做体验。关键看我们能不能真正落实到服务和体验。”蔡海波说。

【中篇】彷徨——曾在数码城掘到“金”　如今不知路在何方

曾几何时，石桥铺数码城不仅是消费者购物的天堂，还是商家竞相追逐的香饽饽。它的兴起，不仅让“石桥铺数码城”成为一个地标符号，还改变了很多人的命运。46 岁的石有群以及 32 岁的何凡就是其中的代表。

入驻数码城 18 年见证兴衰　从普通农家女到年营业额 3000 万元的女老板

石有群原本是重庆南岸区农村的一名普通女子，靠帮别人做鞋，接些零活为生。20 世纪 90 年代，电子数码产品刚兴起的时候，她在大溪沟市场租了个 20 多平方米的门面，做装配电脑。她回忆说，那时候每天从位于大石坝的家中很早起床，坐公交车到上新街，然后坐索道到新华路，再坐公交车到大溪沟。每天耗在路上的时间就要几个小时，收入微薄，勉强度日。

她在大溪沟做了 5 年。命运的转机出现在 1999 年，那时，泰兴科技广场在石桥铺刚开业，成为重庆首家 IT 专业卖场。而石有群也成为首批入驻的商家之一。刚开始，她在泰兴租了个 10 多平方米的门面，每月租金 5000 元，主营打印机、耗材、电脑组装等。

经营 3 年后，石有群看中了泰兴 3 楼一个位置比较好的，面积 60 多平方米的铺位，贷款将其买下。她回忆说，当时之所以贷款也要将其买下，是因为泰兴的生意越来越好，可谓是一铺难求，如果你不买，肯定会有很多人来“抢”。

当时买铺位一共花了 50 万元。5 年后，石有群就将贷款还完了。而且生意越来越红火，又在 5 楼设了个售后维修部。据她介绍，生意好时，年营业额能达到 3000 多万元。并成立了重庆华能电脑有限公司，她当老板，还聘请了 30 多个员工，负责卖场销售、上门送货、售后等。

大概 2014 年以后，生意逐渐下滑，年营业额缩减到 1000 万元，只有鼎盛时期的1/3。石有群说，不光是她，整个泰兴人流量暴跌，各店铺的生意都在下滑。她认为主要原因是各品牌竞争太激烈，还有电子商务的兴起。“很多顾客到店后，看中某种型号，都要先对比网上的价格是多少。如果贵了，他们就直接在网上下单。”石有群很无奈。

从1999年入驻至今，石有群已经在泰兴干了18年。女儿也从当年的3岁小娃长成了21岁的大姑娘。她感慨地说，如今他们一家的生活还不错，全拜石桥铺数码城所赐，如果没有它，她可能现在还在农村做鞋或是在哪里租个小门面勉强维持生计。

所以，看到石桥铺数码城从兴盛到如今逐渐颓废，她很痛心。说到目前自己的现状，石有群用了两个字：坚持。但她也坦言：“说是坚持，其实也是硬撑。想过转型，但不敢轻易退出，因为别的行业也不熟。”

打工仔在数码城打拼成老板　现在自己和商城都在面临转型

而另一位石桥铺数码城兴衰的见证者，32岁的何凡当年就是在石桥铺数码城实现了他从打工仔到老板的转型。如今，他和数码城都面临着生命当中的又一次转型。

何凡23岁时就在赛博数码城给别人打工，做组装机。他说，当初接触电子数码这个行业，开始就是想多学点电脑方面的技术，毕竟技不压身嘛。

随着对这个行业的了解越来越深，资源越来越广，4年前，他开始自己当老板，在泰兴科技广场2楼租了个40多平方米的门面，并成立了重庆才干科技有限公司。他也是一个手下有着六七名员工的小老板了。

何凡回忆说，早些年数码城生意太好了，以前坐在店里一个月装一两百台兼容机根本不成问题，俗称“坐等客”，完全不用出去招揽生意。“当时我们都笑称这是‘傻子生意’，就是生意太好，傻子来干，都能赚钱。”回想起当年的情景，如今的何凡颇为唏嘘。

何凡当老板不到两年，电脑城的生意开始慢慢下滑，整个行业都不景气。生意不好，有些人难免打起了歪主意，在何凡看来，时有发生的不诚信经营等行为不仅让整个数码城蒙羞，也形成了恶性循环——生意不好商家想歪点子，顾客被骗对电脑城更加失望，于是不愿意来了，而客流量更少导致生意更不好。

谈到转型这个话题，何凡说，不仅是他个人面临的难题，也是整个石桥铺数码城面临的难题。因为都比较迷茫，不知如何转，不知未来路在何方。何凡说，就他个人而言，虽然目前生意难做，但基本的维持还是没问题的，至少从没有拖欠过员工的工资。虽有转型的想法，但不敢轻易出手。

不过有一点何凡非常坚定，他认为：“随便怎么转，都会比现在好。”因为基本上没有多少人愿意来逛这个商城了，不转基本就是死路一条。

对于石桥铺数码城种种乱象，石有群和何凡这样的商户也深恶痛绝，但很多时候，他们也无奈。

因为有些乱象确实是发生在各大卖场的管理范围内，管理方负有监管责任，但也有些是打着石桥铺数码城的旗号，只是在紧靠数码城各卖场的地方租了个门面，比如泰兴科技广场卖场只是负1楼到4楼，让一些市民受骗的9楼、21楼其实都只是写字楼，不归卖场管。但很多消费者并不了解得清楚，而在工商部门那里，只要对方有相关的手续，没有不良经营记录，提出办证申请，工商局就得为其办理营业执照，并允许其商业行为。而商业行为一旦违法违规，也是事后处理，难以事前预防。

跟消费者一样，这里的很多商户们，也希望看到石桥铺数码城能改变现在的样子。

【下篇】破局——未来之路在哪里？五问石桥铺商圈办

重庆石桥铺数码城的未来之路该如何走？这不仅是市民和商场经营者关心的问题，同时也是相关政府职能部门一直在思考的问题。现在，有良策了吗？

治标：设联合执法办　有纠纷在卖场内就地解决

在石桥铺数码城核心地带，有一个占地30多平方米的“岗亭”，距离赛博数码城入口只有100米左右。这就是去年10月起成立的石桥铺商圈IT数码市场秩序联合整治办公室，由工商、公安、质监等多个部门抽调精干人员长期驻场联合办公，方便消费投诉纠纷现场办理。

重庆九龙坡工商分局高新区局相关负责人表示，以往消费者遇到纠纷维权一般是拨打12315投诉电话，但热线中心接到举报后，转给相应的工商所，工商所再派工作人员到现场，到场后，发现有些纠纷不该工商管，又要协调公安、质监、物价等部门到场，耗费时间长，执法成本高。

设立这个办公室后，消费者遇到纠纷，既可以拨打12315（会马上转到办公室），又可以拨打办公室电话13274946168，或者自己直接跑去办公室，反正离商场很近。该哪个部门管，就哪个部门管，各相关部门都有工作人员驻守，很方便，做到“有纠纷在卖场内就地解决”。同时，在商圈里设置这么一个联合执法办公室，本身对那些意欲不法经营的商户就有一定的震慑作用。

如今，这个联合执法办公室成立也有半年了，到底收效如何呢？九龙坡工商分局高新区局渝州路工商所相关负责人表示，以前该工商所是全市所有工商所中人均投诉量最高的，其中，涉及石桥铺数码城的投诉占到所有投诉的80%以上，平均每天能接到此类投诉20多件。而自从该联合执法办公室成立以来，该所接到的此类投诉平均每天只有一两件。

该负责人还告诉记者，联合执法办成立后，通过集中整治，截至目前共在石桥铺数码城驱逐出70户左右不规范经营的商户，批评教育了40多户。对石桥铺数码城风气的净化收效明显。

治本：初步构想把“数码城”升级为“科技城”　注重服务和体验

尽管工商等执法部门对石桥铺数码城乱象加大了打击力度，承诺对不法商户和不诚信经营等行为发现一起，规范一起，处理一起。但是，也是出了事后再处理，如何从根上预防和杜绝这些乱象的发生呢？同时，对石桥铺数码城整个业态目前出现的困境该如何有效化解，冲出泥潭，使其走上一条光明大道呢？

带着这些疑问，记者找到石桥铺商圈办，它是重庆高新区管委会经济发展局下属的一个单位，统管整个石桥铺商圈，包括石桥铺数码城。

石桥铺商圈办副主任陈思颖介绍，目前，石桥铺数码城共有泰兴、赛博、硕展、佰腾、百脑汇、高创、太平洋安防7大卖场，近10万方的业态，共2000多个商铺，入驻率达到80%左右。

2010年前后，生意最好时，7大卖场年营业额总共可以突破100亿元，占整个高新区商品销售总额的1/10，是高新区的一个重要产业集群。

对于石桥铺数码城这些年出现的种种乱象，陈副主任表示，其实这只是极个别现象。“近10万方的业态，每年几十上百亿元的营业额，那些不诚信的商家只是其中极小的一部分。”陈副主任说，但是，由于石桥铺数码城在重庆的影响力巨大，因此，几起不诚信的个案就足以让整个数码城蒙羞，让人们对它的信任感和认可度下降。可谓“几粒老鼠屎坏了一锅汤”。

“其实各个卖场都制定了严格的制度来加强管理，包括商圈办也有明确规定。”陈副主任说，“如果某家企业因为不诚信被某个卖场驱逐出去，那么其他6家卖场是不能接收的。”

那为何这些乱象还是屡禁不止呢？陈副主任分析说，主要是现在数码产业市场饱和，商家难寻利润，而没有利润，一些人就动起了“歪脑筋”，通过一些旁门左道来找钱。再加上现在数码城生意不如以前好了，供过于求，准入门槛比较低，有些即使因为违规被清理出去，但是用别人的身份证换个马甲又重新登记注册入驻进来，从法律上来讲，你还是拿他没办法。

“因此，无论是从治理这些乱象，还是从石桥铺数码城未来的发展来看，归根结底，管是一方面，最主要的是要给市场找出路。这就涉及转型升级的问题。”

记者了解到，石桥铺数码城发生的这些乱象在全国很多城市，包括一线城市的数码商圈几乎都出现过，可以说是一个普遍现象。

那么，他们是怎么做的呢？能否给重庆提供一些借鉴？

陈副主任介绍，以上海百脑汇为例，2016 年 3 月，开业 7 年之久，近年来屡遭顾客投诉的上海百脑汇徐汇店开始闭馆改造。位于徐家汇的太平洋数码广场及百脑汇，曾是华东地区最大的数码城之一，然而随着业态过时，“买电脑到徐家汇”逐渐成为历史。过气的业态、混乱的管理，连环欺诈，让顾客以较高价格购买低档淘汰品等乱象时有发生，也使徐家汇的数码产业屡遭诟病。

2016 年 10 月 14 日，经过历时半年的整改升级，位于上海徐家汇商圈的百脑汇上海店重新开门迎客。

转型升级后的百脑汇上海旗舰店面积近 20000 平方米，整体斥资 1.5 亿元人民币，并特邀台湾知名设计团队全新设计打造，融合多种设计装修风格，凸显各楼层业种特性。IT 业态占 34%、智能科技及电竞相关业种占 30%、餐饮占 36%，彻底打破传统数码商场模式，开启了“科技智能广场”综合性购物体验模式，成为沪上数码业态的地标。

上海百脑汇转型升级后，最大的特色就是将原来单一的“市场”转变为融合“科技、服务、体验”的 IT-Mall 终端销售业态。

记者五问：石桥铺数码城未来如何转型升级

记者：石桥铺数码城未来如果要转型升级，会效仿上海百脑汇吗？

陈副主任：大的方向应该差不多，都是打破传统模式，把“数码城”升级为“科技城”，把以前“以买为主”的模式转型为“买要结合”的模式，更加注重服务和体验，但肯定不会照抄照搬。因为上海和重庆两个城市的风格不一样，消费能力不一样，转型升级中遇到的具体问题也不一样。

记者：转型升级何时进行？相关职能单位对此进行过论证吗？

陈副主任：政府一直在关注石桥铺数码商圈的未来发展，从 2014 年开始至今，已多次开会讨论过这个问题。别的不说，高新区经济发展局的新局长刚刚上任两周，就已经参加过两次关于数码城如何发展的讨论会了。

各方都认为，按照目前的模式，已没有继续走下去的可能性了，到了必须转的地步。但是，怎样转，目前还处在论证阶段。石桥铺商圈办也正在做一个转型升级的设计方案，包括产业转型和硬件环境的改造等。

现在大的思路已经出来了，预计今年内将选择一家卖场作为转型升级的试点。

记者：转型后就可以杜绝这些乱象的发生了吗？

陈副主任：转型之后准入的门槛提高，招商的对象层次就不一样了，比如现在，你只要有营业执照、代理资质就可以入驻，难免鱼龙混杂，但以后对企业诚信度、注册资金等都有要求。而且转型升级后，数码城的定位也不一样了，以后招商的对象也不只是相机、打印机、电脑、手机等数码产品，范围要延伸出去，比如餐饮、娱乐、智能设备、科技类产品等。靠整个业态的转型来推动数码城的良性发展，应该可以有效杜绝这些乱象的发生。

记者：转型升级面临的主要困难有哪些？

陈副主任：转型过程中确实会遇到很多困难。首先是基础设施方面，很多数码卖场都是十几年以上的物业，比较老旧，如果转型，需要从硬件设施上去投入。不仅卖场内的要改造，卖场周边的交通、配套设施等也要改造。

其次，转型升级需要足够的空间运作，比如，现在数码城入驻率 80%，要靠剩下的这 20% 的空间去做转型升级，显然是不够的。需要牺牲一些现在的客户。这势必会影响一些卖场以及很多人的利益，这需要壮士断腕的魄力，也需要众多商户的配合和支持才能完成。

记者：石桥铺数码城转型升级的动力在哪里？

陈副主任：就是市民的认可和大家盼望它变得更好的众望所归。虽然现在数码城发展不顺，口碑也受到一定影响，但是，它有个最大的优势，那就是多年积攒下来的品牌影响力，常年在重庆人头脑中形成的“买电脑到石桥铺”已经根深蒂固了。像赛博在沙坪坝三峡广场、泰兴在大学城及江北都开有分卖场，但都不如石桥铺这边的卖场生意好。这说明这边“底子好”，转型升级的“群众基础”好。

结束语：

2016 年，国务院批准同意重庆高新技术产业开发区建设国家自主创新示范区。重庆高新区发展再次迎来新的历史机遇。这对身在其中的石桥铺数码城来说，无疑也是绝佳的发展机会。我们真心希望，历经风雨和波折的石桥铺数码城，能够涅槃重生，为重庆高新区打造中国西部最高效、最完善、最活跃的智能软硬件研发中心、创客中心、孵化中心，作出应有的贡献。

作品标题　重庆“中关村”该何去何从？——石桥铺数码城乱象系列调查
参评项目　系列报道
作　　者　伊永军　王玮　冯润田
责任编辑　张一叶　康延芳
刊播单位　华龙网
首发日期　2017-04-11
刊播版面　华龙网首页

作品评价

习近平总书记在党的新闻舆论工作座谈会上指出，新闻媒体要直面工作中存在的问题，直面社会丑恶现象，激浊扬清、针砭时弊，该组调查报道称得上其中一个代表。

重庆石桥铺数码城与北京中关村、深圳华强北一样，是重庆人购买数码产品的乐土，承载了很多人的美好回忆。但近年来，石桥铺数码城连环欺诈、以次充好等不诚信经营行为让它乱象缠身，成为投诉“重灾区”。

该组调查报道针对市民反映的问题，由浅入深谈问题、求真相、找出路。报道没有将此乱象简单化处理，就事论事，也放弃了通常舆论监督报道曝光式的批评模式，而是采取了一种建构式的舆论监督形式，对乱象进行客观分析。

整组报道透过现象看本质，不仅满足了社会大众的知情权，还探讨出石桥铺数码城未来发展的一条道路，有思想，有深度，不仅曝光问题，还找出解决办法，属于典型的问题调查报道。

采编过程

接到市民投诉，称自己在石桥铺泰兴科技广场被骗后，记者实地暗访、偷拍，还原事情全过程，并寻求相关的职能部门介入解决、调查。

记者注意到，近年来，关于石桥铺数码城欺诈、宰客等行为屡屡见诸媒体，类似的投诉也未停止过。背后的原因究竟是什么？有何解决之道？

在投诉解决之后，记者并没有停留在个例的层面，而是从中展开分析，探讨造成石桥铺乱象的原因，对石桥铺典型商铺、顾客等进行采访，并针对目前存在的问题向相关部门询问，探讨解决措施。

最终，形成三篇稿件，从问题、原因、对策三个方面层层递进，深入剖析，给出了问题的解决办法。

社会效果

三篇报道由浅入深，从屡禁不止的乱象入手，在分析问题的基础上，揭示出曾经辉煌的数码城当下的彷徨，从治标和治本两大层面进行了讨论，不仅为公众解决了实际纠纷，而且解释了大家的疑惑，充分满足了公众的知情，也让社会大众对石桥铺未来的发展方向有了清晰的认识。

全媒体传播效果

该组报道刊发后，被新浪网、网易网、腾讯网等多家知名网站转载，点击率上万。前面两篇稿件发出后，立刻引起了政府相关部门的高度重视，主动提出就石桥铺数码城未来的发展方向和思路与记者进行沟通，并向社会进行通报，体现了良好的社会监督效果。

2017 年 5 月重庆日报报业集团新闻奖获奖作品

当生死被重新看待

重庆日报记者　夏婧

4月27日，重庆市石桥铺殡仪馆，一副纸棺的盖子缓缓打开，“重见光明”的黄英失声痛哭。就在此前，21岁的她经历了人生最“黑暗”的时光——在纸棺里待了10分钟。

这是石桥铺殡仪馆推出的“生命之旅”活动中的“死亡体验”项目，20多位志愿者以同样的方式体验了一次“死亡”历程。

著名文学批评家哈罗德·布鲁姆说：孤独的最终形式是和自己的死亡相遇。事实上，在这种相遇之前，除了殡仪馆外，医院、养老院等机构正在通过各种努力渐渐改变着人们的生死观，而越来越多的个体也开始重新看待生命的意义。

遗书遗嘱
注重生命的质量与文化的延续

“我病危时不要抢救，尤其不要进ICU病房；我去世时要保持仪容整洁，不开追悼会、不收礼金；请把我的骨灰撒在花丛中。”这是重庆白领张晓林无意间在一本杂志里翻到的母亲留下的遗书，看着熟悉的字迹，她眼前一片模糊。

张晓林的母亲王芳玲患有多种慢性疾病。前不久，她的母亲脑梗发作被送进医院，在回家找母亲的身份证时，张晓林在抽屉里发现了这封遗书。遗书写于去年8月，除了对后事的交代外，母亲还在遗书中向后辈们说到生命的意义：“我能活到现在很满足，我活着的时候对国家、对党、对家庭都有担当。虽然没有做过什么轰轰烈烈的事情，但我的生命是有意义的。”

“母亲只是医院的一名普通医生，她能这样感悟生命，对我们的触动真是太大了！”张晓林说，如今，母亲已经离开人世，按照她的遗嘱，子女没有对其进行电击、切割喉管等创伤性治疗。“母亲走得很平静。她对生命的理解与对生活的热爱将永远激励着我们。”

像王芳玲这样的老人不止一个。

“孙医生，您工作忙时间紧，给您发条短信，祝您节日快乐，保重身体……”已经17年了，逢年过节，重医附一院神经外科主任孙晓川都会收到一条祝福短信。这些珍贵的短信源于一份老人的遗嘱。

1999年春节前，孙晓川收治了一位转移性脑瘤老年患者，将其抢救成功后悉心照料，但出院一年后老人因为各种并发症去世。离世前，老人把子女召集到床前立下口头遗嘱，其中一条便是把对孙医生的感激延续下去，无论多忙，每年过节都要给孙医生发去一条问候短信。

“近年来，不少人的生死观已悄然发生变化，尤其是老人在遗嘱中，更注重生命的质量与文化的延续。”重庆市社科院研究员邓平说，一些社会名人的行为也在影响着人们的生死观，比如周恩来总理生前就留下嘱咐“死后火化，不留骨灰”；柳亚子也曾在遗嘱中要求“裸体火葬，一切迷信浪费，绝对禁止”。最近一份引起关注的公众人物遗嘱，就是作家琼瑶写给儿女的一封信，其中，病重时不送加护病房、不插鼻胃管等内容，也引发了人们关于生命意义的探讨。

缓和医疗

将死亡视为生命的自然过程

除个体外，越来越多的医疗机构、养老机构等也更加关照和重视人生命历程的最后时光。

在重庆市肿瘤医院档案室里有厚厚一摞“死亡病例讨论记录本”，里面记载着每位逝者的全程诊治情况，其中一个重要内容是患者在临终前一段时间的生活状态，包含承受的痛苦、心理压力等，被记录者都是参与缓和医疗的重病患者。

缓和医疗与临终关怀相似，其核心思想是在死亡不可逆的情况下，利用药物镇痛、心理抚慰等综合方法，缓解病人的痛苦，让病人得以享受最后的时光。

“缓和医疗有个重要原则，就是将死亡视为生命的自然过程。”在这家医院从事缓和医疗已有27年的余慧青说，患者老吴离开的场景至今让她难以忘怀。

50岁的工程师老吴因患上骨肉瘤，右腿膝盖以下被截肢。在他生命的最后一个多月里，医生采用了控制的治疗方案，比如控制疼痛、控制病情加速等，更多的是从情感上加以关心。老吴离世那天很安详，余慧青和护士长一人握着他的一只手，直到最后一刻。

在重庆市第一社会福利院的临终关怀楼里，无数老人也坦然走过生命的最后时光。

“90后”社工周灿告诉记者，来这里工作的一年里，她送走了近百位老人。在周灿看来，临终关怀不仅是医疗上的护理，更是情感上的交流。平日里，社工也常常与老人们一起追忆他们的美好往事。

“不管是缓和医疗还是临终关怀，既可以被理解成在不可抗拒的死亡和有局限的医疗手段面前的‘示弱’，也可以被理解成对人本质深入思考后，文明和理性的结晶。”余慧青认为。

生命教育

死亡这堂课　我们还在学

“在这个阴云密布、空气中充盈着压抑与悲伤的日子里，我们不由泪流满面。因为敬爱的老师——张利群永远地离开了我们……”

重庆市江北中学高中语文老师张利群一直珍藏着学生们为自己写的悼文。这是在去年学校开展的生命教育周里，他为学生们布置的作业：为身强力壮的他写墓志铭。

张利群认为，为别人写墓志铭，也是一种自省的方式，“关于生命教育，我们提得太少，既然不方便为别人写墓志铭，就拿我‘开刀’吧。”

不仅是在学校，殡仪馆也展开了生命教育活动。从去年开始，石桥铺殡仪馆就启动了每年一次的“生命之旅”开放日，志愿者不仅可参观殡仪馆里化妆、火化等全部流程，还可以在工作人员的指导下回忆自己的一生，并躺进纸棺材里体验死亡。

如今，潜在的生命教育也已悄悄萌芽。重庆市冬青社工服务中心是全国少数几个涉及殡葬的社工组织。目前，中心人员已在渝北某小区里对孩子们开展生命教育活动，其中一个环节就是教小朋友观察小区里花草的枯萎。

“生命教育也叫死亡教育，名为谈死，实为论生。”邓平说，有资料显示，我市的节地生态葬5年增长20%，而鲜花祭祀、诗歌祭祀等文明祭祀方式也渐渐兴起，从这些都能看出人们死亡观念的变化。

重庆工商大学文学与新闻学院院长蔡敏认为，生命教育的开展仅靠殡仪馆、学校等力量远远不够，应利用网络、讲座、活动等更广泛地向社会进行普及。

“生命教育包括死亡的本质及意义，它的目的是给社会带来更多的温暖与正能量。”蔡敏说，“死亡这堂课，我们还在学。”

作品标题　当生死被重新看待
参评项目　通讯
作　　者　夏婧
责任编辑　吴国红　袁文蕙

刊播单位　重庆日报
首发日期　2017-05-11
刊播版面　第13版　重庆新闻

作品评价

报道从小切口入手，通过对医院、养老院、重病患者家属、学校、社会义工等的细致采访，全面展现了一个不容忽视的社会现象——越来越多的人开始重新看待生命的意义。这个近乎哲学的问题，通过具体的采访被落到实处，体现出一名记者的思考，更体现出了社会的进步，充满正能量。稿件文笔流畅、逻辑清晰，可读性强。

采编过程

4月27日，20多位志愿者参加重庆市石桥铺殡仪馆推出“死亡体验”项目，睡在纸棺里感受死亡。记者敏锐地感觉到这一项目的推出与参与者的积极态度，正体现了人们对生死的重新看待。记者随后走访医院和养老院等机构，了解缓和治疗的实施情况，同时采访重病患者家属，从遗书里看到他们对生命质量的重视。此外，记者还走进学校、联系相关社会组织，对生命教育的推行进行了解，并采访专家对相关问题提出建议。

社会效果

稿件被新浪网等多家媒体转载，公众号刷屏朋友圈，引发人们对生死话题的关注。更有社会公益组织联系到本报，表示希望对生命教育献一份力。

乡村公路　便民中心　农村电商
小康路上的“脱贫三宝”

重庆日报记者　彭瑜

5 月 17 日，一辆大卡车开进了巫溪县土城乡石柱村。车上载有送给 51 户贫困户喂养的 2601 只土鸡苗。

石柱村位于大巴山深处，是土城乡最偏远的村庄。今年 3 月，这里刚通车。此前，山里的 100 多户村民进出石柱山全靠脚踩岩石、手抓树藤在山崖上小心地攀爬。

“路通了，进出运东西就方便了。”村支部书记熊琼科说，有了路，再把农村电商做起来，让山里的魔芋、中药材、山羊等变成钱，今年年底脱贫就没问题了。

熊琼科无意说出了我市脱贫攻坚的基础条件。进出的公路通了、便民服务中心有了、农村电商进村了——5 年来，全市 8000 多个行政村的面貌发生了巨大的变化。村民们深切感受到出行更便利了、办事更方便了、买卖更便捷了，他们亲切地称乡村公路、便民中心、农村电商为小康路上的“脱贫三宝”。

5 年新改建农村公路 4.1 万公里，乡村公路从“断头路”变成“民生路、小康路”

2013 年 8 月，被誉为“巴山天路”的城万（城口至四川万源）快速公路建成通车，城口到重庆主城的车程缩短到 4 小时。“既要建好出县的快速通道，还要打通进村入户的乡村公路。”城口县相关负责人说。

城口县双河乡余坪村海拔 1200 米以上，日照充足，特别适宜植物生长。村民苟中美说，但因公路不畅，山上的中药材和农产品运输成本高，“大家只能守着‘金山’过穷日子。”

2013 年，余坪村通畅工程启动建设。经过 18 个月的奋战，一条旅游扶贫产业路，绕过六十六道弯，从山下蜿蜒到了山上。

随后，主城一家园林公司投资 3000 万元，在余坪村打造中国北温带苗木基地，并建成城口县首个收费景区九重花岭。自2015年6月18日正式开园以来，九重花岭景区已接待游客50万人次。

游客进了山，苟中美也办起了农家乐，自己种的菜、喂养的猪在家门口就变成了钱，她的农家乐每年纯利润12万多元。

“公路修进了村，财富也就上了门。”余坪村负责人称，现在全村农家乐有30余家，解决了100人就业。

城口县山大沟深、沟壑纵横，全县像余坪村这样因群山阻隔不通公路的村落不在少数。从2012年到2016年，城口县实施行政村通畅工程近900公里，实现了行政村通畅率100%，打通了服务群众的“最后一公里”，让沉寂在大山里的中药材、板栗、核桃等农产品源源不断地流向城市。

这只是近年重庆交通变化的一个缩影。特别是在渝东南、渝东北地区，山高谷深、道路不畅一直是制约当地经济社会发展的瓶颈。

“最近5年，是直辖以来，我市综合交通运输投资规模最大、发展速度最快、群众受惠最多的5年。”市交委相关负责人称，全市5年新改建农村公路4.1万公里，到2016年年底，全市农村公路总里程达到12.4万公里，行政村通畅率达到100%，交通扶贫攻坚任务提前两年完成。“农民群众到达县城出行时间平均缩短约1小时，车辆运营成本平均下降四成多，约八成企业的运输成本降低、销量增加，约95%的农村群众收入明显增加。”

石柱村山上开来了大卡车、余坪村有了产业扶贫路、开州区满月乡双坪村的“山崖天路”成了“网红”……

道路通，经济兴。一条条乡村公路在群山之中蜿蜒盘旋，激活了农村经济，改变着乡村面貌，我市乡村公路从以前的“断头路”变成了现在的“民生路、小康路”。

8000多个行政村实现便民服务中心全覆盖，解决群众办事难题

张海平是石柱土家族自治县西沱镇玉石村村民，6年前，他为女儿办理大学生贷款证明，镇里工作人员看了他的户口本、身份证和申请后告诉他，要到村里开证明、盖公章。张海平随后折回村里找书记、主任签字，找文书盖章，结果文书下组里调解纠纷去了……两天时间，张海平来回跑了40多公里，终于将证明拿到手，却又错过了贷款办理期限。“如今，村里有了便民服务中心，村干部轮岗坐班坐等村民上门办事，再不会跑空路了。”张海平说。

“东跑西跑重复跑，你批我批多头批。”采访中，一位村支部书记坦言，村干部有时到镇里开会，有时下组落实工作，不可能坐在家里等群众上门办事。他告诉记者，过去，群众盖一个章，要先找支书签字，再找主任签字，最后文书盖章，来回折腾三四天确实不方便，但村干部也分身乏术。“群众找

村干部办事完全靠‘运气’，跑空路是常事。”

为避免群众这样跑空路，真正解决办事难的问题，酉阳土家族苗族自治县大溪镇相继投入40余万元，将政府自主产权的400平方米临街门面升级改造为规范化的镇公共服务中心，同时建立村级便民服务中心7个，设置农技服务、民生社保、劳动就业、计生服务、证照办理等相应窗口，制定镇村便民服务中心“考勤管理、坐班轮班、限时办结、廉洁自律、责任追究、窗口岗位AB角”等一系列制度，让村民办事不再难。

从2014年起，市财政按照每个行政村1万元的标准，两年共安排8256万元补助资金用于建设村级便民服务中心。到2015年年底，全市8000多个行政村已实现村级便民服务中心全覆盖。

每个村级便民服务中心都包括“一楼一场”，即综合楼、篮球场。综合楼一般都有村“两委”办公室、多功能活动室、卫生（计生）室、小商品超市、农资用房、留守儿童和空巢老人服务室、农村综合治理及警务室、卫生间等设施。

“既解决群众办事难，又成为基层集聚人心的阵地。”记者在荣昌区昌元街道桂花社区便民服务中心看到，这里撤销了社区书记、主任、文书等办公室，将他们的办公地点改在大厅，原办公室则改作舞蹈、阅览、日间照料等功能室，以拓展服务功能。社区负责人说：“便民服务中心也成为群众交流沟通、文化娱乐的场所，促进了社区和谐。”

5984个镇村电商服务站点、470余家电商企业，推动600多个特色品牌触网营销

武隆区巷口镇乌江边上的万银村种有上千亩黄腊李。黄腊李个大均匀，酸甜适度，口感很好。

“李子多了愁销路，李子少了愁收入。”村民陈应泽回忆，以前每年李子成熟的季节，大家得用背篼、篮子将李子运到乌江二桥桥头摆地摊卖，“自从有了‘大巷口’，李子就不愁卖了。”

陈应泽口中的“大巷口”，是巷口镇万银村、蒲坂村、堰塘村联合组建的农村电商平台，主销村里的土货。

从2015年9月起，这三个村的板栗、土鸡蛋、蜂蜜、野生猕猴桃、野生山药等90多个农特产品通过“大巷口”卖到了大都市。现在，镇里其余18个村也依托“大巷口”销售农产品。

“‘大巷口’已有11000多名粉丝，交易额突破200万元。”堰塘村支部书记杨晓明介绍，“大巷口”的农产品销往重庆主城、江苏、辽宁、湖北、海南等地，带动1500户村民增收，其中贫困户有230多户。

与“大巷口”一样，借助在淘宝、京东建立的云阳馆，“天生云阳”将农产品卖到了北京；秀山的“武陵生活馆”将土鸡蛋卖到了上海；酉阳的冉思宝依托淘宝店将土家人的木盆、扫把卖到了国外……

“上行销售农产品增加收入，下行购买工业品节约开支。”在新一轮脱贫攻坚战中，奉节县大力实施“互联网+精准脱贫”战略，全县建起120个村淘服务站，270个二级村淘点，10个网上村庄，135个贫困村实现电子商务进村全覆盖。该县相关负责人介绍，“去年农产品网络销售额突破5亿元，工业品下行交易额达到6000万元，直接为农户节约1200万元，电商覆盖的3.5万贫困户户均节约支出350元。”

奉节县也因此被阿里巴巴评为全国农村电商最具发展活力和最具影响力的县域，被中央网信办、国家发改委和国务院扶贫办确定为全国网络扶贫试点县。

“卖得出、卖得远、卖个好价钱。”市商务委员会相关负责人介绍，目前，全市共建成镇村电子商务服务站点5984个，集聚电子商务服务企业470余家，推动600多个地方特色品牌触网营销，“促进了农民增收、创业就业和精准扶贫。”

据统计，2016年，全市农产品网络销售额55亿元，比上一年增长103%。全市1919个贫困村中已有近50%建立了农村电子商务服务点，实现电商就业的贫困人口达3.3万人，帮助贫困户销售农特产品5.6亿元，帮助2.9万户贫困户实现了增收。

作品标题　乡村公路　便民中心　农村电商　小康路上的“脱贫三宝”
参评项目　通讯
作　　者　彭瑜
责任编辑　周立　隆梅
刊播单位　重庆日报
首发日期　2017-05-24
刊播版面　第1版

作品评价

作品结构流畅、语言质朴，通过乡村道路、便民中心、农村电商在脱贫攻坚中的作用，深刻形象、生动地反映了十八大以来，重庆农村的深刻变化，立意好、角度巧，有故事、有细节、有思想。

采编过程

记者在渝东北、渝东南地区采访中，村民多次谈到几年来农村的变化。

特别对乡村道路、便民中心、农村电商赞不绝口，称它们在脱贫攻坚战中发挥了很大的作用。随后，记者写成了这篇《乡村公路　便民中心　农村电商　小康路上的“脱贫三宝”》。

社会效果

文章见报后，全国多家媒体转载，不少区县认为，文章客观真实反映了农村这几年发生的变化，很亲切、很感人，也很鼓舞人心。

一名小学校长和她的公众号

重庆日报记者　匡丽娜

“教育，即影响。”九龙坡区谢家湾小学校长刘希娅在个人微信公众号“希娅分享”里，用《六年影响一生，我们一起走过》这篇文章，讲述了如何站在离孩子最近的地方去设计课程的教育理念。

“这篇数百字的文章点击量已近4000，相当于我做10场公益讲座。”刘希娅说。

粗略统计，自去年9月开通个人微信公众号以来，刘希娅先后发布了100多篇文章，目前已有5000多粉丝。

“现代信息技术带来了教育变革，我只是在尝试如何利用互联网的优势去影响更多的人。”5月25日，在谢家湾小学，刘希娅对记者这样说。

用互联网分享教育教学心得

鲜花、甜点、鸡尾酒、精致的礼服、浪漫的音乐……这是去年9月，谢家湾小学全体教职员工在学校体操房里举行教师节庆祝大会的一幕。

“今晚没有会议、表彰，这儿的舞台属于每一位伙伴；今晚没有主持，请你随时拿起话筒，随意倾谈交流……今晚我们与你相约，敬畏教育，热爱孩子，尽享教育生活。”庆祝大会结束后，刘希娅在谢家湾小学的微信公众号里用生动的文字，记录下了当时的情景。

当天，这篇“无心之作”的阅读量便超过了4000次，读者纷纷点赞。其中，一位读者给刘希娅发来的短信，特别令她难以释怀：“为老师们的精神风貌点赞，相比之下，城乡教育差别可见，而这不仅仅是一座崭新的教学楼、一间功能齐全的电教室所能弥补的。”

“也许我可以做点什么。”刘希娅在心里盘算：当下促进教育均衡优质发展是老百姓最关注的话题，通过互联网，人们可以打破时间、地域的限制接触自己想要的信息，只要利用自己平时各种零碎时间，把零星的感悟记录下来，就可以随时与大家分享自己的教育教学心得。

于是，“希娅分享”应运而生。如今，它的影响力和作用远远超过了刘希娅当初的设想。

践行教育改革“看得见，摸得着”的具体举措

每天清晨，梁平区知德小学校长曹崇丽有一件雷打不动的事情，就是点开“希娅分享”，看看里面的文章。

“它就是一本教育专家的微缩工作笔记，里面包含教学技巧、育人理念等内容，对我们的教育教学有不少启发。”曹崇丽说。

曹崇丽的话一点不假。例如，在“希娅分享”一篇名为《是我们宠着你，还是我们的又一次不合理》的文章里，刘希娅告诉读者一个道理，尊重学生的天性是教育的第一步。在《站在离孩子最近的地方设计课程》一文中，刘希娅阐述了谢家湾小学“小梅花”课程体系实施的路径。《这样识字真好玩》向广大读者介绍了如何教小学生有趣地学习生字。

“‘希娅分享’让我们懂得了小学6年对孩子的意义，以及培养他健全人格和良好习惯的方法。”一位家长说。

对此，重庆社科院孙元明研究员认为，刘希娅的公众号不但起到了沟通交流信息、打破知识壁垒、树立学校品牌的作用，还是践行教育改革的一项“看得见，摸得着”的具体举措，值得肯定和提倡。

为学校搭建更为开放的管理平台

在今年全国两会期间，刘希娅将通过公众号、现场走访等方式搜集到的情况进行梳理归类，提交了“修订义务教育课程方案”等10份建议，并通过“希娅分享”在第一时间把国家的政策方针告诉读者。此外，她还组织该校学生开展“朵朵聊两会”主题活动，把他们的看法、想法“晒”到“希娅分享”里。

“未来课堂不是老师一个人讲给学生听，未来学校是开放的校园，‘希娅分享’微信公众号也是我们对教育改革做的相应尝试。”刘希娅称。目前，他们正着力把学校打造成为一个更为开放的空间：学校教室里没有讲台，课桌全是圆弧形；几千名学生中午就餐全部自助；通过“希娅分享”向家长及时传送校园新闻，及时征求家长对学校各项工作的意见和建议，共同探讨教育学生的良方良策。

正如该校二年级语文教师李春梅所说：“刘校长的微信公众号在学校形成了一种良好的校园文化氛围，把教师、家长和社会各方凝聚在一起，也为学校搭建了一个更为开放的管理平台。”

作品标题　一名小学校长和她的公众号
参评项目　通讯
作　　者　匡丽娜
责任编辑　吴国红　隆梅
刊播单位　重庆日报
首发日期　2017-05-30
刊播版面　第1版　要闻

作品评价

这是一篇视觉独到的通讯，选题有前瞻性，采访扎实，思考深入，逻辑清晰，语言轻松活泼。这是一篇在小切口上做的民生大文章。作者以小见大，从一个小学校长的公众号入手，充分展示了现代信息技术给教育带来的变革，展示了我市在开放学校教育资源、打破知识壁垒、促进教育公平方面的独到做法。

采编过程

记者偶然从互联网上读到一个小学校长的个人微信公众号里的文章，敏锐地意识到其中蕴含的新闻性。记者阅读了这位校长的微信公号所有文章后，与其进行了多次深入的交流，又走访了数位专家后，及时成稿。

社会效果

文章见报后受到广泛关注，被市内外知名网站广泛传播。

千首情诗收获爱情

重庆晚报记者　黄艳春

5 月 19 日，在四川汶川大地震中失去双腿的北川小伙子代国宏告诉记者，下月 11 日，他和新娘举行婚礼，将邀请重庆新桥医院李初民叔叔当证婚人，给他第二次生命的新桥医院医护人员、送他叮当猫图案 T 恤的阿姨等重庆好心人将会出席。

失去双腿的代国宏是怎样找到爱情的？他和重庆结下哪些不解之缘？当天，记者赶赴四川省北川新县城进行了采访。

重庆叔叔告诉他“茶树不会因采摘而枯萎”

2008 年 5 月 12 日，汶川大地震，北川中学内，正在上课的高二学生代国宏被埋在地缝与断墙中。两天后，代国宏被重庆消防官兵救出，命保住了，却永远失去了双腿。随后，他被送到重庆新桥医院救治。

代国宏说，他在新桥医院病房住了 4 个月，每天至少接受一次常规性剪掉腐肉小手术。曾经两次因为感染命悬一线，医护人员把他从鬼门关拉回来。

尽管如此，他对今后的生活仍感绝望。“有个中年阿姨，见我身材瘦弱，双腿被截肢，打趣地问我是不是上小学二、三年级。很感谢这位叫我小学生的阿姨。她用开玩笑的方式让我觉得好玩，让我有了好心情。她还送了两件叮当猫图案 T 恤给我，让我在病房穿。没几天，其他探望我的人以为我喜欢这种图案的 T 恤，接下来，我收到 10 多件不同款式的叮当猫图案 T 恤。”代国宏说，出院时，他真的喜欢上了这种图案的 T 恤。

现在，代国宏的网名就叫“叮当猫”。他说，起这个网名的初衷，与感恩当年送他好心情的阿姨有关。他把这事称为重庆记忆。

当年，新桥医院很重视代国宏的心理康复，最初采取常规性表格式心理摸底，他反感这种形式。

后来，新桥医院信息科主任李初民走进了他的生活。“李叔叔办公室有茶，他了解到我家也种茶后，经常下班后到病房请我喝茶。李叔叔给我泡的是大红袍，特意给我准备了一个茶杯，杯子上有个醒目的‘福’字。”说起当年的品茶时光，代国宏难掩幸福。

代国宏回忆，李叔叔给他讲茶道讲禅意，让他明白人生还有很多可能。“李叔叔告诉我，人的内心应如茶叶般沐浴阳光，茶树不会因采摘而枯萎。所以，我也必须振作。”

“我家的茶每年采3次，每次采摘后继续茁壮生长。我的双腿截肢了，生命理应如茶叶般精彩。”说起这话，代国宏坦言，在当年喝李叔叔泡的大红袍时光里，他迈出了摆脱绝望的第一步。

“他面对困难，不在外人面前掉泪。我祝福这孩子永远坚强。”日前，李初民委托记者向代国宏传递祝福。对于引导代国宏迈出摆脱绝望第一步这事，他一个劲地说：“我没做什么。”

新桥医院护士
让他找到爱情认同感

5月19日下午，代国宏家。聊到下月的婚礼，他说，现在珍藏的百米卷轴记录着与妻子相识相恋的美好，读起上面写的情诗，仍能让他怦然心动。

2009年10月，医生建议代国宏学游泳，对身体康复有帮助。下水半月后，代国宏对游仰泳找到感觉，逐渐往蛙泳方面训练。

训练至2013年5月初，因为骨头生长刺破肌肤需做手术，代国宏要去香港。

出发时间是5月8日，临行前1天，他为感恩教练培训，特意邀请教练吃晚饭，干妈全家作陪。前往餐厅途中，干妈打来电话，说和女儿及女儿闺蜜正在逛街。代国宏说，如果不介意可以一同来就餐。

没想到，这个出于礼貌的邀请，让他遇见爱情。

晚餐时间，央视新闻联播播出“什么是幸福”街头采访，也成为席间谈论话题。代国宏说，当时他对幸福的理解是“不奢求什么，静静地珍惜身边的一切”。

他至今没问过，干妈女儿闺蜜——现在的妻子苏思妙，是不是因为自己对幸福的理解触动了她。“快散席时，我们互相留微信。”他说，这个举动是出于礼貌，压根儿就没往谈恋爱方向想。

然而，爱情来了。

在香港期间，代国宏每天把见闻分享到朋友圈，苏思妙也来点赞评论。最初，代国宏对苏思妙的互动没反应，苏思妙忍不住问：为啥对她视而不见。他回应：因为不熟，所以不敢冒昧。

苏思妙自我介绍，她是医院护士。正是这个职业，一下激起代国宏的认同感，他联想起在新桥医院治疗时，给他带来第二次生命的医护人员。

一个月后，他和她无话不谈，一日不微信聊天就会觉得生活中有件重要的事被遗忘。为此，代国宏在香港买了一幅 100 米卷轴，把他们微信交流的幸福记录下来。

代国宏向记者展示了百米卷轴。卷轴徐徐拉开，首先映入眼帘的是一首情诗《关于早安的问候》：温暖就是透过窗户感受穿过云彩的阳光，就是午后在树荫下感受青草被雨水清净的味道，就是穿梭在雨淋过后的海边，如此清晰地感受着思念快乐。

以每首诗平均 10 厘米长度估算，卷中情诗应在千首以上。“我还在 4 个笔记本上写诗呢！”代国宏从书架上拿出一本线装、约两指厚的笔记本，翻开，同样全是情诗。

代国宏说，他对传统书写载体感兴趣，除卷轴、线装笔记本外，还耗时 1 个月制作了一幅竹简，同样写着情诗。

不被看好的爱情
终于得到女方父母祝福

苏思妙对代国宏的评论是：有才气、懂浪漫，一个在逆境中永不低头的汉子。

2015 年 9 月 18 日，全国第九届残疾人运动会暨第六届特奥会游泳项目，代国宏参赛，苏思妙观战。颁奖典礼后，代国宏在数百人见证下，说出求婚宣言：“我这辈子最骄傲的事，不是拿多少个冠军，而是在最美的年纪遇到最美的你。嫁给我吧，我会用生命去爱你！”

苏思妙说，她没想到，在这样的场景下，她的青蛙王子当众表白，“我瞬时感动得热泪盈眶。”

代国宏收获了一枚银牌，颁奖时，主持人邀苏思妙上场。她把鲜花献给代国宏时，场内响起音乐《我最浪漫的事》。

代国宏拿出钻戒，深情许下爱的告白：“最美的年纪遇到最美的你。嫁给我吧，我会用生命去爱你，用我的努力，实现照顾你一生的承诺。”

苏思妙后来才知道，这枚钻戒是代国宏临时向亦师亦友的教练夏莉借的。但这个举动，令苏思妙更感动。

求婚现场，他们的爱情得到苏思妙父母祝福。此前，苏思妙父母对这段爱情并不看好，后来，父母无意中得知代国宏为苏思妙写诗超千首，感慨他对爱情专一，再加上后来慢慢相处，不被看好的爱情终于扭转。

2016 年 7 月 20 日，代国宏与苏思妙领了结婚证。

作品标题 千首情诗收获爱情

参评项目 通讯

作　　者 黄艳春

责任编辑 谢兵

刊播单位 重庆晚报

首发日期 2017-05-23

刊播版面 第3版　慢新闻APP

作品评价

文章以爱情为主线，架构了一个在北川地震中双腿残疾的青年，没有因双腿高位截肢变得意志消沉，相反以常人意想不到的毅力和坚持逐步走出人生阴影。从这个层面看，文章除浓墨重彩勾勒出代表人生幸福的爱情，还兼顾了励志作基调的文章结构，把一个与众不同的生命展现在读者面前。通篇读完，读者的强烈感觉是，肢残的主人公毫不悲情，相反，颇具力量感。

另外，文章在谋篇布局上，把人物命运的起落、获得感和幸福感有机融合，尤其在细节入手方面，以抽丝剥茧的方式刻画出了主人公与众不同的人生。这样的生命，用可歌可泣来形容非常贴切，留给健全人都应思考和学习的爱情“密码”，让人记忆深刻，也颇具话题性和可读性。

这篇文章的导向性正常，立意高远，行文及素材取舍拿捏到位，传播率超过千万人次。

采编过程

今年5月，北川地震第9年。地震纪念日刚过没几天，来自北川地震灾区的青年代国宏托重庆新桥医院工作人员，找到重庆晚报记者，希望替他寻找一个重庆人。他说，当年，这个重庆人在灾区救了他的命，下个月初，他就要结婚了，想请这个重庆人做他的证婚人。

记者与代国宏衔接后，发现他身上的故事不仅具有正能量，还颇具可读性、浪漫色彩，尤甚是谈恋爱的方式让人惊讶。双腿被截肢的他，用写千余首情诗的方式收获爱情。据此，记者在采访中，对采访方向重新调整，以爱情为主线收集素材和深挖。同时，用回访当年北川地震的其他亲历者等方式，多方位地对代国宏作为地震肢残幸存者暨现在事业成功者，如何走出阴影的方式进行解读。

写作中，记者注重正能量、浪漫爱情、不平凡人生在文章构成中的科学占比。

社会效果

文章刊登后，重庆及国内其他城市的社会效果巨大。

重庆消防渝中支队较场口中队，自发为代国宏圆梦寻人。

中央电视台为代国宏拍专题片。

成都媒体发现家门口就有代国宏的新闻人物时，五味杂陈，遂全方位挖掘报道。

北川市残疾联合会受政府相关部门委托，向代国宏颁发夺得赛事佳绩的奖金，号召当地残疾人士以代国宏为榜样。

川渝两地与地震有一定关联的当年志愿者、医务人员，得知代国宏即将举行婚礼的消息后，几经周折联系到代国宏，说要到婚礼现场祝贺。

全媒体传播效果

腾讯新闻以头条方式推送。仅 1 天时间，通过移动端，在文末留言祝福这对新人、感慨逆境中生命坚韧等评论，超过 1.5 万条。仅在腾讯新闻天天快报这个渠道，文章推送 2 天时，打开量就达到 1300 余万次。网易、今日头条等渠道，文章的打开量同样惊人，普遍以 10 万为单位。重庆晚报刊登后，不少热心读者打来电话，提供替代国宏圆梦的信息，同时祝福这对新人。慢新闻—重庆晚报 APP 平台、重庆晚报官方微信等全媒体渠道进行推送，传播量及互动性不错。

从活不过3天到生存700多天
——一名遗体捐献者的命运抗争

重庆晚报记者　廖平

4月20日下午4点过，一直重病昏睡的周群突然精神好起来，她对丈夫杨长生说："我手好冷。"杨长生帮她搓手，周群看着40多年一路走来的丈夫，长长叹了一口气，说："谢谢你这两年细心照顾我……下辈子，让我来照顾你……"杨长生意识到，害怕了两年的这一刻，还是来了，他流着泪拼命点头。

两年前被医生宣告"活不过3天"的周群，在顽强生存了700多天后去世。66岁的她把遗体捐献给重庆医科大学。她用一种特殊的方式，和自己的命运做了一次抗争。

人生

5月15日晚，记者来到杨长生在渝中区鹅岭的家中。杨长生第二天要去四川省达县还钱，妻子生病后欠了那边药房的钱，还了好多个月，还剩最后一个月的400多元没还清，杨长生要让妻子走得清清白白。

电视柜上摆放的几张大照片引人注目，其中一张是6年前杨长生和同岁的周群在60岁时的婚纱照，周群身着白色婚纱扶着杨长生的肩，神态知性慈爱。那是2011年，一家摄影棚来小区做促销，周群硬拉着杨长生拍了一套婚纱照，这是两人最后的合影。儿子杨洲拿出30年前的全家福："我爸那时候长得相当可以，我同学都说像林宥嘉。"杨长生尴尬地笑了笑，面对记者拍照的镜头，他扯了扯皱巴巴的衬衣，用手抹了几把花白的头发，努力想笑一笑，但脑垂体肿瘤切除手术导致面部肌肉僵硬，有些不太自然。这张与6年前相比多了太多纹路的脸上，没有一点林宥嘉的影子，倒有林宥嘉歌词的影子：我努力微笑坚强，岁月筑成一道围墙……

杨长生和周群都是重庆渝中区人，这些年，他们经历了太多跌宕。

1976年，杨长生与周群下乡在达县结婚，那是他们最好的岁月。杨长生那时是基干民兵，有着俊朗的外形和令人羡慕的绿军装，周群在蔬菜公司做会计。他给周群写情书、写诗，稚嫩的文字中，情感喷发。1979年，他们的女儿出生，在客厅电视柜上摆着一张 1983 年的黑白全家福，女儿抱在两人中间，可爱漂亮。但女儿 13 岁那年突然头痛，被诊断出脑部肿瘤，然后失忆。因为女儿的病，周群在 44 岁高龄再次生子，儿子杨洲今年 22 岁，帅气、孝顺。2006 年，在离开重庆 37 年之后，杨长生全家搬回重庆。周群的大姐是聋哑人，早年去世，为了照料大姐留下的子女，周群给侄儿侄女的小生意当起了帮手。2013 年在一次搬运货物时，周群不慎后仰摔倒，腰部严重损伤一直未愈，以致生病后需要儿子半夜帮忙翻身。

上天给予周群的，是一次次的挑战，她努力坚强。她生病后在朋友圈里写下这样一段话：没有人愿意选择苦难，如果可以选择的话，我宁愿自己是一个弱女子。所谓坚强，不过是在学习接受和面对苦难。

奇迹

周群的病，来得如疾风一般。

重庆市急救中心的诊断书显示，周群第一次发病是在 2015 年 5 月 18 日。杨长生回忆说，那天妻子上厕所，突然胸背剧痛，全身冷汗，站不起来，听到妻子的呼喊声，他赶紧打 120。急救中心医生诊断：主动脉夹层 1 型，随时可能发生多器官缺血坏死、多器官功能衰竭、猝死。

杨长生不相信，能唱能跳、能帮侄儿侄女做生意的周群，突然就得了这个莫名其妙的主动脉夹层，还随时可能死去。医生一开始告诉他准备 40 万元做手术，杨长生四处借钱，离 40 万还差好远，当他准备卖房子时接到医生电话："你不用借了，周群无法动手术，裂口离心脏太近。"他追问了医生一句："不动手术，我老婆怎么办?"电话那头沉默了一下："……可能活不过 3 天。"

这 3 天是巨大的煎熬，杨长生辗转难眠。他害怕听到妻子死亡的消息，却又不得不做好随时接受妻子死亡的心理准备。"我和她一起在熬，在求生。"

3 天后，周群度过危险期，并于一个月后出院。事实上，她接下来又成功地活了近两年。CT 扫描显示，周群的动脉夹层裂口附近堆积了大量的血栓，这些在正常人体内会引发各种梗阻、阻塞的致命碎片，却在裂口处为周群堆积起一道生命之墙，一定程度上阻止了裂口的继续扩大。用主治医生徐艺的话说是：奇迹!

捐献

对从死亡边缘挣扎回来的周群来说，生死已经重新定义。如果没有这个病，纵然前半生波折，她依然是一个失忆女儿和青涩儿子的慈爱妈妈，是一个在宣传队跳舞唱歌嘻嘻哈哈的乐天老太，是一个帮小区居民补衣服缝裤子的热心大妈，她差一点就和上天和解了!

凶症突袭，又合并多种病症，同样位置的手术国内只有一个医生有过一次成功的例子，周群对最后的结果已经了然。医生那句“活不过 3 天”让她耿耿于怀。默默地等待死亡，还是努力去做点什么？她选择了后者。不论工作期间她当报社的通讯员，还是义务到民政局充当哑语翻译，当职工学校兼职教师。“达县城里一半人认识她！”杨长生说。她热爱生命，不想平平淡淡地死去，想在世上留下一抹痕迹。她跟家人提到了姚贝娜，她在一档很火的唱歌节目中喜欢上了这位与癌症抗争的歌手。

每个人的人生际遇不同，但在临死时每个人都平等了，周群准备对抗人生噩运。

周群在急救中心的病房里，很正式地向丈夫提出遗体捐献：“我不想就这么死了，我的身体还有用，如果可以研究出一点东西，能给得这种病的其他人争取一点机会。”杨长生几乎是流着泪离开了病房。

2016 年 7 月，周群肾上肿瘤恶化再次入院，重医附一院多科室医生会诊后认为，病人病情太复杂，手术成功的可能性基本没有。她觉得是时候了，自己联系了重医的遗体捐献工作人员，郑重地在捐献表上签了名字。

从那时起，杨长生接受妻子捐献遗体的结果。两人从 1976 年在一起 40 多年，笑纳了对方的邀请，参与了彼此的生命，生活的纵横裂隙在岁月中弥合，在人生终点之时，唯愿爱人走时坦然。

永恒

周群最终的离世，看起来是平静的。2017 年 4 月 20 日下午，一直精神萎靡的周群突然好转起来，对丈夫交代完后事后，她困乏地闭上眼睛。过了一阵，她难受地指着自己的喉咙，说不出话，杨长生把她扶高坐起来，让儿子赶紧打 120。

急救车赶来时，周群已经离开了人世。杨洲为妈妈完成了未了的心愿，他拨通了遗体捐献协调员刘权的电话。杨洲送别了母亲最后一程，随一辆白色救护车，驶进重庆医科大学的一个特殊区域。在那里，医生们向这位女性集体鞠躬，周群的眼角膜切下，移植到了两个视力严重受损患者身上，手术很成功。

重庆市红十字会相关部门负责人秦部长说，重庆人对遗体捐献的接受度逐年提高。从 1980 年到 2016 年年底，重庆登记遗体（角膜）捐献志愿者 15818 人，实施遗体角膜捐献 1756 例，已让 2209 位眼疾患者重见光明。为了纪念这些大爱者，重庆专门设立了遗体器官捐献纪念园，所有捐献者的名字都镌刻在那里，家属每年清明可以去祭奠，那是他们留在这个世间永远的痕迹。

在周群的遗体捐献证书上，有这样一段话：周群同志在 2017 年 4 月 20 日与世长辞后，实现了捐献遗体的生前夙愿，为祖国的医学事业发展做出了不朽的贡献。这种高尚的人道奉献精神，将备受世人的崇敬与赞扬。

作品标题　从活不过3天到生存700多天——一名遗体捐献者的命运抗争
参评项目　通讯
作　　者　廖平
责任编辑　赵洪
刊播单位　重庆晚报
首发日期　2017-05-27
刊播版面　27日重庆晚报第3版，26日慢新闻APP

作品评价

遗体捐献不是一个新鲜的话题，但是本文的主角是特殊情况，其一生坎坷，在生命的最后阶段得了罕见病，被医生宣判很可能活不过3天，但她最终顽强存活了700多天。文章采访了她的丈夫、儿子、主治医生、遗体捐献工作人员等，不仅追溯了她遗体捐献的前前后后，更还原了她跌宕的生命历程，将一名在坎坷命运面前绝不低头的普通而伟大的重庆女子形象刻画出来。

采编过程

记者从偶然途径得知一位老年男子将他妻子的遗体捐献给了重庆医科大学，引起周围邻居朋友的非议，觉得这是个不错的话题，于是赶赴他家中采访。采访过程中，发现他妻子的人生更加值得着墨，于是扭转采访方向，转而写他妻子被病魔征服，但不向噩运低头的生命历程。前后三次赴被访者家中采访，并采访了医生、邻居、遗体捐献工作人员等（有些素材没有采用）。

社会效果

文中的主角因为长期在达州工作，所以达州很多人认识她，文章发表后，在达州引起巨大的反响，一是为她的崇高精神所感动，二是为她的坎坷命运所唏嘘。另外，红十字会、重庆眼库的工作人员纷纷转发这篇文章，以倡导遗体捐献的风气。另有数名读者打来热线电话，表达了对文中主角的敬佩。

全媒体传播效果

文章发表后，国内各大媒体、网站均有转载，从百度搜索的结果来看，凤凰网、新浪网、淘宝网、人民网、国际在线、搜狐网、腾讯网、新华网均全文转载。

擦皮鞋、卖废纸　21 岁女大学生资助 4 名贫困生
——背后故事更感人　父亲匿名爆料还是为了这些娃

重庆晨报记者　王珊　林祺

5 月 16 日，重庆大足区龙西中学，48 岁的汤国民再度成为焦点，这位原本话不多的英语老师，一天里接受了包括中央电视台在内的多家媒体采访。

从两年多前开始，汤国民在成都读大学的女儿汤丽莎靠擦皮鞋、卖废纸等兼职赚钱，资助他班里的几名贫困生读完了初中。3 天前，汤国民以学生班主任“唐老师”的身份致电媒体，讲述了女儿“莎姐姐”的故事。尽管这样做的初衷，是为了有人能接棒供几名贫困生完成高中学业，但出乎汤国民意料的是，他将女儿推向了舆论的风口。

21 岁的女儿为此哭了，汤国民心里陷入了挣扎。

父亲：
曾为资助学生当了七年破烂王

这几天，汤国民感到有些无措。

和每一批前来采访的记者交谈时，他不断提及的一句话就是：“不要因为我女儿采访我，如果你们被她的故事所感动，那就请大家多关注这几个娃，这才是我的初衷。”

汤国民曾是“感动重庆十佳教师”，也是当地有名的“破烂王”。

“破烂王”的称谓始于 2000 年，当年，还在大足县珠溪中学玉滩分校的汤国民为帮贫困生彭玉芳攒学费，上街收破烂。每逢节假日，人们都会看到汤国民沿途吆喝：“有没有旧书旧报纸、旧凉鞋、废铁的卖?”

此后长达 7 年的时间里，每逢寒暑假，汤国民都会到建筑工地打工，到铁匠铺打铁，挑起箩筐到居民区收破烂，目的只有一个：尽最大努力帮助贫困生。

汤国民记得，2004 年暑假，每加工一个铁具 3 分钱，一天下来有十几元收入。晚上，常累得浑身散架，但他从来没后悔过这样做。

1989—2007 年，汤国民所资助的学生，现在还能记起名字的有 30 多个。

汤国民从没有主动谈起过自己资助学生的经历，经媒体偶然发现并报道之后，“打铁老师”汤国民感动了很多人。

女儿：
打十多份工三年资助4名贫困生

在父亲的言传身教中，汤丽莎一天天长大。每年寒暑假，她都能看到父亲曾帮助过的一些学生回来探望他，很多时候，父亲甚至已不记得他们的姓名和当年对他们的帮助。

在很多人印象中，汤丽莎对话不多，但助人无数的父亲有几分崇拜感。尽管从小到大家中都不富裕，但父亲教会了她很多做人的道理：懂得知足常乐，乐于助人。因此，汤丽莎从小就很自立，5岁就能打理家务。

2008年，汤国民调入大足区龙西中学，尽管不再出去捡破烂资助有需要的学生，但班上家庭特殊的贫困生，他没少帮忙。

2014年，汤丽莎考上大学，家里东拼西凑给了她9000元的学费和生活费。3个月后，她又将钱打了回来，电话中，她说找到了兼职，不用家里补贴。

后来，汤丽莎与汤国民沟通，表示上了大学后兼职的钱一部分解决自己的生活，另一部分可以资助几个学生。“她就问我班上的情况，我就给了她几个贫困学生的联系电话，她自己去联系的，班上其他几个贫困学生还是我在帮。”汤国民说，女儿有这样的想法，他丝毫不感到意外。两年多前，汤丽莎开始资助父亲班上的3名贫困生，一年多前，班上另一名贫困生也开始得到她的帮助。

正如父亲所想的那样，汤丽莎坚持了下来，她先后做了十多份兼职：擦皮鞋、卖废纸、发传单、做助教……积少成多，三年资助了2万元，成了4个孩子的“初中基金”。

为何要爆料？高中学杂费用多很多，他们实在资助不起了。

女儿资助贫困生3年来，汤国民只字未提，但为何突然致电媒体，以受助学生班主任的身份希望媒体能报道女儿的故事？

汤国民直言，这样做的初衷很简单，眼看着女儿资助的几个娃儿初中毕业要上高中了，而高中的学费、生活费、教辅资料费跟初中比起来要高很多，这笔钱不是他们父女俩所能承担的。“我希望讲出这个故事，有人能够接力帮助这几个孩子。”

正是这样简单的想法，让汤国民打了成都一家媒体的电话。但令他始料未及的是，媒体曝出贫困生“莎姐姐”助人一事的爆料人是其父亲时，质疑声起，有人怀疑他们炒作。

“你说我们炒作能图个啥，真的不是炒作，我就想让大家关注，有人接着帮这些孩子。”汤国民有些着急，向媒体爆料这事，他没有与女儿商量，而女儿在看到网络言论后，哭了一上午，他担心这样的情绪会耽误女儿即将参加的一场重要考试。

不过，冷静下来的汤国民说，尽管有些后悔，但正如他劝慰女儿的那样，“问心无愧，如果这样的关注和质疑能够让更多的人来帮助这几个孩子，就不算委屈。”

受助孩子怎么说？把善意传递下去！莎姐姐加油！我也会加油！

从初一开始，龙西中学初三 6 班的 3 名孩子就不定期地收到“莎姐姐”汇来的生活费以及新衣服等物品，一年多前，该班又有一名贫困生获得了“莎姐姐”的资助。在这三年中，个别孩子甚至连汤丽莎的全名都不知道，只知道她是一名在读大学生，是“莎姐姐”。

电话里的温柔姐姐

龙西中学初三 6 班，瘦瘦小小的张苗显得很安静。在她六年级的时候，她的爸爸从车上摔下来，受了重伤，至今不能干活，家里还有一个年幼的弟弟、年过九旬的奶奶，全靠母亲在工地做体力活维持一家人的生活。

张苗家租住的房屋在学校附近的废铁市场，位于一栋 3 层旧楼房的顶楼，用几块彩钢板搭建而成。升入初中后，汤国民到张苗家里家访，没多久，张苗的妈妈就接到了一个陌生来电。电话那头，一个温柔的女生点名要和张苗聊聊。

“你叫我莎姐姐就行。”张苗说，电话那头的“莎姐姐”很温柔，问了她的家庭情况和学习状况，“问我喜欢学习不，以后准备考哪个大学。”虽然素不相识，但张苗对“莎姐姐”有一种莫名的信任，两人在电话中聊了许久。

当时在电话中，“莎姐姐”并没有提到资助的问题，张苗也没有多想。一个多星期后，汤国民告诉张苗，莎姐姐要资助她，随后，张苗的饭卡里多出了 600 元钱。之后，张苗不定时收到汤老师转过来的莎姐姐的资助款。

不仅仅是物质支持

在初三 6 班，接受汤丽莎资助的学生有 4 人，但是他们大都没有与汤丽莎见过面，仅仅只在电话中进行过交流。

何虹汉的父亲在他 7 岁时去世，家里全靠妈妈一个人支撑，所以，才上初中没多久，心疼妈妈的他就萌生了外出打工的念头。在汤老师的劝说下，他放弃了这个念头。后来，他的饭卡中就不时收到资助款。

唐中乾算是唯一与汤丽莎稍微熟稔的。她与汤丽莎是邻居，她的父亲常年在外打工，母亲自她出生后就没在身边，她从小跟着爷爷奶奶长大。初一的时候，唐中乾偶然在村里碰到汤丽莎，那时她还不知道汤老师和汤丽莎的关系，“我只知道他们俩都是我家邻居，但不知道他们俩是父女。”

在与汤丽莎聊过后不久，唐中乾突然接到汤丽莎打来的电话。电话中，汤丽莎鼓励唐中乾努力读书：“虽然努力读书可能不是你的唯一出路，但是读书会改变你的修养和境界，让人生多出一点可能性。”

三年来，除了给唐中乾一些现金的支持，每次假期回家，汤丽莎还会给唐中乾买几件衣服带回去。而在唐中乾眼中，汤丽莎给予她的帮助，不仅是物质上面的，更多的还是精神层面的鼓励。

在唐中乾眼中，莎姐姐是个真正善良的好人，“把我当作亲妹妹。”在汤丽莎的鼓励下，唐中乾下定决心努力读书，让爷爷奶奶过上好日子，“压力是有的，但该我承担的责任，我也一定会承担。”

会把善意传递下去

在4个孩子初中三年的成长过程中，汤丽莎对于他们而言，不只是在物质上的支持。

谢广洪的妈妈患有糖尿病和心脏病，爸爸有腰椎间盘突出，都干不了重活。他是副班长，成绩拔尖，随着中考的临近，他也感受到了压力。这段时间，“莎姐姐”与他的交流很频繁。

“莎姐姐是大学生了，她也是经历过我们这个阶段的，所以有时候跟她倾诉这些，她都能理解。”谢广洪说，电话中，两人常常天马行空地聊天，打完电话，学习的压力也会稍微减轻一些。

汤国民说，4个孩子在班上都非常努力，每次考试都名列前茅，中考应该都能考上好高中。

唐中乾说：“我以后会像莎姐姐一样，有能力了就去帮助和我一样的贫困生，把善意传递下去。莎姐姐加油，我也会加油！”

180名
龙西中学贫困生　获得国家资助

“这些年，国家对贫困生的资助政策越来越好，如果不是家庭情况太特殊，超越普通的贫困，这几个孩子本不需要我们再资助。”汤国民说，以他就职的大足区龙西中学来说，全校1900多名学生，有180名贫困生获得国家义务教育阶段贫困寄宿生生活补助，每人每年有1250元的资助，这笔钱，能够有效帮助这些孩子解决生活问题。

龙西中学副校长李建华介绍，除了国家政策层面对贫困生的有效帮扶，学校还专门设立了帮扶计划，对于贫困且家庭情况特殊的学生，由学生申报、班主任签字认定，每月由学校提供200元生活费，以帮助他们更好地完成学业。

作品标题　擦皮鞋、卖废纸　21岁女大学生资助4名贫困生
——背后故事更感人　父亲匿名爆料还是为了这些娃
参评项目　通讯
作　　者　王珊　林祺
责任编辑　罗皓皓
刊播单位　重庆晨报
首发日期　2017-05-17
刊播版面　第6版　今要闻

作品评价

一个让人感动的资助故事，一个大学女生通过自己的劳动资助了父亲所在班级的多名贫困生，在面对一些质疑的同时，记者着重从受助学生的角度来展现了这三年来“莎姐姐”对他们的帮助，不仅是物质层面的，更多还有精神层面的，稿件挖掘出了很多独家的感人细节。

采编过程

记者采访了父亲，同时采访了4个学生，着重从学生的角度详细挖掘了“莎姐姐”帮助他们的过程，同时，前往其中一名学生家中，采访她的家人，了解并证实了这名学生的家庭情况。

社会效果

稿件刊发后，获得了众多关注。

如何保护好“三线”　构筑美丽山水城市

重庆晨报记者　蒋艳

保护好天际线、山脊线、水岸线　构筑美丽山水城市发展新格局

重庆有山有水，既雄伟，又灵动，从每一个角度拍摄都是“大片”。那么，如何让我们的山水更美？市规划局专家表示，这就要保护好我们的城市天际线、山脊线、水岸线，通过对山系、水系、绿系的保护和利用，形成“四山两脊四十丘、千溪百湖汇两江、半城山水满城绿、立体都市新画卷”的美丽山水城市格局。

高标准、高质量推进城市建设，科学调控房地产开发建设，统筹旧城有机更新和新城开发、地上地下基础设施建设，保护好城市天际线、山脊线、水岸线，把历史文脉有机融入城市风貌，彰显国家历史文化名城特色。

天际线　既要有现代的，也要有自然的

■名词解释

天际线：天地相连的交界线，又称城市轮廓或全景。

“天际线是每个城市给人的独特印象，现今世上还没有两条天际线是一模一样的。”相关专家说，在重庆这个时尚现代的山城，既有高楼的现代天际线，也有山体的自然天际线。

在许多大都会，鳞次栉比的高楼在天际线上都扮演着重要的角色，重庆也不例外。解放碑到两路口一线，就是由高高低低的大厦构成了现代感极强的天际线。

从广东到重庆来玩的黄先生每次都要和朋友一起去南滨路，因为从南滨路往渝中区望过去，正好能看到解放碑片区的天际线，既繁华又漂亮。夜晚，高楼的灯光亮起，也别有一番趣味。

而在重庆，更多的是山体自然天际线，看上去更加清新自然，就像一股新鲜空气沁人心脾。在渝中区的母城，鹅岭一带主要就是山体构成的自然天际线。

组团隔离带等也是形成自然天际线的重要内容，比如北碚—西永—西彭组团隔离绿带、水土—悦来—空港—人和组团隔离绿带、大杨石—沙坪坝—中梁山—大渡口组团隔离绿带、南坪—李家沱组团隔离绿带、龙兴—鱼嘴组团隔离绿带、茶园—界石组团隔离绿带。

如何在城市营造合适的天际线？

在城市营造出合适的天际线，需要在显露自然山水和体现现代化意识之间找到一个平衡点，建一个融山融水的和谐城市，适合人类生产、生活、休憩的空间。

应当更自觉地维护城市天际线，结合地域特点及人文优势进行打造，使之真正地深入规划、建筑、景观设计的各个阶段，最终形成富有特色的理想城市空间。

据介绍，市规划局将加强对 CBD、商务集聚区、重要广场、迎宾大道和滨江地区，以及重大桥梁、机场等重要景观节点地区的形态塑造，强化重庆的山水城市特色和城市天际线。

山脊线　根据生态和景观条件进行优化

■名词解释

山脊线：沿山脊走向布设的路线，山脊的最高棱线称为山脊线。

在《重庆市主城区美丽山水城市规划》中，山系保护对象，包括“四山”、“两脊”、四十座重要城中山体（崖线）和其他一般的城中山体。“四山”，即缙云山、中梁山、铜锣山、明月山；“两脊”，即枇杷山—鹅岭—平顶山中部山脊线、龙王洞山—照母山—石子山北部山脊线。其他一般城中山体，指城中丘陵、陡坡等。

如何保护我们的山脊线？

根据生态和景观资源条件优化“四山”管制规划，将森林密集区、地质灾害极易发区和高易发区划入禁建区；将自然植被郁闭度高的地区、坡度在 25 度以上需进行退耕还林的坡耕地纳入重点控建区。

市规划局相关专家表示，首先是退耕还林，开展石漠化土地治理，到 2020 年，“四山”森林覆盖率达到 65%；提高森林质量，到 2020 年，“四山”地区现有天然林面积不减少，人工林面积逐年增加，并对重点地区进行生态修复。此外，将增强“四山”的休闲游憩功能和旅游接待能力，还将在“四山”地区现有登山入口基础上，新增九处登山入口，规划五组郊野绿道，供市民休闲游憩。

城市山脊线控制原则

枇杷山—鹅岭—平顶山中部山脊线：禁止深开挖、高切坡等破坏山体的建设行为，重点保护临沙滨路一侧山脊线及崖线景观，自北滨路城市眺望点眺望，新建建筑高度不得超过山脊线高度的三分之二。保护枇杷山、鹅岭、平顶山山顶眺望点，确保新建建筑不对视线通廊（平顶山—鸿恩寺、鹅岭—鸿恩寺、鹅岭—枇杷山）形成遮挡。

龙王洞—照母山—石子山北部山脊线：石子山—照母山段，重点保护照母山山体景观，控制开发强度和建筑高度，使之与山脊线相协调，控制垂直于山体（崖线）的控制原则。

划定重要城中山体（崖线）的保护线和协调线。

水岸线　按照“三线一路”原则管控水系

重庆主城有长江、嘉陵江汇流，多个区县也有壮美的江河。主城区的水系保护对象包括长江、嘉陵江及其二十一处特色景观，四十条一级支流，两千余条二、三级支流等。其中，长江和嘉陵江（主城区段）岸线长度约390公里；长江和嘉陵江（主城区段）沿线有二十一处峡、碛、滩等特色景观。

如何保护我们的水岸线?

据介绍，按照“三线一路”的原则管控水系，包括城市蓝线，绿化缓冲带控制线、外围协调区范围线以及公共道路。

城市蓝线即城市规划确定的江、河、湖、库、渠和湿地等城市地表水体保护和控制的地域界限；绿化缓冲带位于蓝线外侧，起生态涵养及景观控制作用，原则上应为绿地；外围协调区位于绿化缓冲带外侧，起生态涵养及景观控制作用，原则上应为绿地；公共道路即绿化缓冲带和外围协调区之间的城市道路和步行道，确保滨水岸线对公众开放。

长江、嘉陵江岸线控制原则

城市蓝线，规划城镇建设用地范围内按50年一遇（北碚城区按20年一遇）洪水位线划定，有防洪护岸工程的以提前堤防设施顶面高程为基准，按其临水一侧的边缘线划定。

绿化缓冲带控制线，应控制不少于50米的绿化缓冲带，局部有条件地段可适当扩大；非城镇建设用地范围内的绿化缓冲带按后退相应城市蓝线不少于 100 米控制。

将严格保护二十一处峡、碛、滩等特色景观，保持其自然生态原貌，任何开发行为和工程建设均不得破坏。此外，应尽可能保持二、三级支流的自然状态，不得随意渠化、封盖、大填大挖。

作品标题　如何保护好“三线”　构筑美丽山水城市
参评项目　通讯
作　　者　蒋艳
责任编辑　陈文越
刊播单位　重庆晨报
首发日期　2017-05-27
刊播版面　第 4 版　今要闻

作品评价

系列报道从战略定位、城市规划、美好蓝图等几个方面，全面而生动地进行了表达。

采编过程

政经新闻部记者全员出动，兵分几路进行采访，整个系列报道及时、准确、可读。

社会效果

系列报道一经推出，就受到社会各界的强烈关注，选题的精准和重要程度，也在同城媒体中最高。本篇报道是系列报道中的第一篇，受到多个全国知名网站的转载。

高考40年，我的故事系列（存目）

作品标题　高考40年，我的故事系列
参评项目　全媒体
作　　者　林祺　黄晔　傅柃畅
责任编辑　李学东　王文渊　李德强
刊播单位　重庆晨报
首发日期　2017-05-01
刊播版面　5月1日—6月3日上游新闻每天一篇

作品评价

从5月1日起，上游新闻推出“高考40年，我的故事”系列报道，在这期间，三名记者采访了从1977年到2017年参加高考的考生，通过视频、照片、文字等形式，通过他们的故事充分展示了40年间高考的变化，特别是一些有代表性的时间节点的高考故事，贴近生活，唤起了无数人的高考回忆。

采编过程

从寻人到采写，记者都付出了极大的努力，记者通过中小学、高校以及社会事业单位等各方寻找，才找齐1977年到2017年40年每年的高考生，保证人物故事的同时，以第一人称叙述，同时加入当年高考背景介绍以及读者留言，增强互动。

社会效果

高考恢复40周年，每年一个人的写作唤起无数人高考的回忆，稿件被广泛转载，其中上游新闻点击量超过20万次的稿件有4篇。

全媒体传播效果

稿件被广泛转载，其中上游新闻点击量超过20万次的稿件有4篇。

渝派房企首度抢滩香港！龙湖联手合景泰富72亿取港岛宅地

重庆商报记者　邓依依

继抱团成都、华东圈地、华南布局之后，渝派房企又吹响了抢滩香港的号角。

5 月 17 日，记者获悉，龙湖地产与合景泰富地产控股有限公司联合，以总价 72.3 亿港元竞得香港九龙启德第 1K 区 1 号地盘的新九龙内地段第 6567 号住宅用地。

这宣告，龙湖地产正式进入香港市场，而这也是渝派房企首次进军香港市场。

龙湖与合景泰富 72 亿合取港岛宅地

“都说重大新闻适合午间发”“申请去香港支援”……从 5 月 17 日零点开始，朋友圈就被龙湖内部人士“刷爆”。

本次龙湖与合景泰富所拿的香港启德新区地块，毗邻维多利亚港湾，项目占地约 9721 平方米，规划建筑面积约 5.3 万平方米。

新区定位为维港湾畔都市核心，未来商场、写字楼、酒店、住宅、旅游休闲配套一应俱全，也被认为是价值卓越的稀缺宅地。

据悉，启德新区地块指定作非工业（不包括办公室、仓库、酒店及加油站）用途。最低及最高的楼面面积分别约为 3.21 万平方米及 5.35 万平方米。

多家房企 争夺启德地块

此次拿地可谓是竞争激烈，龙湖与合景泰富“打败”了众多中资公司和老牌港企开发商。

记者查询发现，该地块一共收获 16 封标书，分别来自万科、新鸿基、长实地产、会德丰、恒基兆业、新世界发展及招商局置业联合体、嘉华国际、英皇集团及佳明集团联合体、参明有限公司、建滔置业、华润置地、龙光地产、合景泰富及龙湖联合体、深圳控股及路劲基建联合体，以及中海信和置业爪哇控股联合体。

最终启德宅地由合景泰富及龙湖联合体以 72. 3 亿港元成为出价最高者，楼面呎价约为 1. 26 万港元。

启德地块
一直是“香饽饽”

值得一提的是，近年来启德地块一直是内地开发商投资的“香饽饽”。

据了解，启德是香港特区政府重点投资的新兴区域，在香港土地供应日渐紧缺的背景下，受到香港、内地、海外开发商的普遍青睐。

2016 年年底，海航集团以 88 亿港元的价格拿下启德地块建筑面积约 6 万平方米的宅地。从 2016 年年底至今，海航集团已共耗资 272 亿港元拿下启德区内的 4 幅地块。

今年 1 月 25 日，香港九龙启德第 1L 区 1 号地盘的新九龙内地段第 6564 号的用地出让，吸引了保利、中海、新鸿基、万科、华润置地、龙光、长江实业、永泰地产等 18 家房企参与竞拍，最后雅晋出价最高，以 55. 29 亿港元成功拿下，而雅晋是海航系的下属公司。

2 月底，深圳开发商——龙光地产联合合景泰富竞得香港鸭脷洲宅地，总价更是高达 168. 55 亿港元，打破了近几年香港成交总价记录。

以本轮龙湖和合景泰富联手 72. 3 亿港元的拿地价计算，该幅土地落成后的楼面价为每平方米 13. 52 万 ~22. 54 万港元。每平方米 13. 52 万港元的楼面价格略低于此前海航集团在该区拿下的四块住宅用地。

关于为何联合拿地和联合开发，易居研究院智库中心研究总监严跃进认为，对于龙湖来说，积极扩张符合其企业成长的规律，同时鉴于投资区域的特殊性，龙湖有两大考虑。

一、拿地的时候能够降低成本，部分房企不是单纯到香港拿地，而是带有首次进入香港市场的考虑，所以拿地方面以控制成本为前提，但多高的溢价都是可以承受的。

二、部分商业项目设计到更前瞻的建筑设计等，这使此类房企需要通过联合开发等方式做方案的沟通，潜在的成本相对较高。

启德宅地
或打造高端产品

事实上，龙湖与合景泰富香港合作拿地实属“梅开二度”。

记者了解到，此前，龙湖同合景泰富就在北京滟澜新宸项目上进行过合作，具备一定的合作基础。龙湖方面回应，这一次在香港之所以再次合作，也是因为在项目获取阶段，双方在项目价值及发展理念上保持了一致性。

然而，对于合景泰富来说，和龙湖拿下这宗地之后，合景泰富于香港已是棋落两子。

1995 年成立的合景泰富总部位于广东，2007 年 7 月，合景泰富地产在香港联合证券交易所主板上市。此后，集团的发展进一步扩大，先后开拓了华东、西南、华北及海南等地的市场，致力于中、高端物业的开发。

对于启德新区地块的后续开发，由谁来操盘，产品规划、项目定位等信息，龙湖相关人士则回应，“因才拿地块，目前尚未确定，具体信息会随后向市场公布。”

不过，合景泰富此前与龙光地产一起投得的鸭脷洲，业内人士认为，在启德宅地的打造方面，或许也与鸭脷洲地块有所类似。

据了解，合景泰富曾于业绩会上称，因香港四房单位稀缺，占整个市场不超过 4%，因此鸭脷洲地块会以大房为主，且一定是高端产品。

重庆新中地产总经理何伟坚表示，启德新区地块临近香港老机场附近，现在周边的房价每平方米在 15 万～20 万，以 72.3 亿港元的拿地价计算，他估计建成后该幅土地落成后预计每平方米会到 30 万左右。

看好高端市场
内地房企抢滩香港

事实上，过去很长一段时间，香港土地市场基本由本地家族财团主导。自 2010 年开始，内地开发商才在香港公共住宅用地招标中有所收获。

第一太平戴维斯相关数据显示，2005—2009 年，在香港 26 块公共住宅用地招标中没有一块是由内地企业中标，2010—2016 年上半年的 166 块公共住宅用地招标中内地企业中标数量跃升至 18 块。

2016 年，内地开发商不仅在内地强烈竞逐，高溢价率争当地王。在香港土地市场上，内地开发商同样谋求有所作为。相关数据显示，2016 年，内地开发商在香港拿地金额接近 200 亿元，包括万科、中海、五矿地产、海航等在内的多家开发商均成功在香港拿下项目。同时在香港多宗土地竞标中，内地开发商几乎都能占据半壁江山。

香港地政总署的资料还显示，2016 年 5 月至 2017 年 2 月，香港卖地总面积为 31.4 万平方米，卖地总价 1020.6 亿港元，其中约半数被内地开发商斩获。

严跃进表示：“内地开发商纷纷进入香港市场也是看重它的投资属性和宽

广市场。过去五年来，香港的地区排名的租金一直名列前茅。香港人口密度高，而且物业市场持续供不应求，因此香港平均租金一直较其他知名城市昂贵。”

一组数据也证明了这点。根据管理和外派人才的人力资源管理顾问机构 ECA International 公布最新“居住调查”报告，指出香港仍是亚洲高档住宅租金最昂贵的城市。以美元计算，香港的租金较位列亚洲第二的东京高 14% 以上。

五年前，香港租金比东京高约 20%，但两者的差距自此以后不断缩减。在亚洲排行榜上，紧随东京的有首尔、横滨、上海和北京。

作品标题　渝派房企首度抢滩香港！龙湖联手合景泰富 72 亿取港岛宅地
参评项目　全媒体
作　　者　邓依依
责任编辑　黎雨寒
刊播单位　重庆商报
首发日期　2017-05-17
刊播版面　上游财经微信公众号头条

作品评价

继抱团成都、华东圈地、华南布局之后，渝派房企又吹响了抢滩香港的号角。重庆房地产行业带头大哥龙湖抢滩香港拿地。渝派房企开先河之举，具有行业标杆意义。

采编过程

独家。独家爆料有较高行业关注度。稿件报道了龙湖与合景泰富联手拿地详情、地块特点、用途和未来溢价情况，延伸报道内地企业在港拿地概况，拓宽了新闻视野。

社会效果

独家爆料，渝派房企开先河，行业关注度高。

全媒体传播效果

上游财经微信公众号阅读量 2379 次。

2017 年 6 月重庆日报报业集团新闻奖获奖作品

江流自古书巴字　山色今朝画巨然
——渝中古诗探秘

重庆日报记者　兰世秋

“城郭生成造化镌，如麻舟楫两崖边。江流自古书巴字，山色今朝画巨然……”一首清代诗人何明礼的《重庆府》，生动地描述了渝中半岛的繁华盛景。

渝中半岛，两江环抱，远在周朝时期，即为巴国国都。作为重庆母城，渝中半岛有着厚重的人文历史积淀，留下过众多文人雅士的足迹。“重走古诗路　思君下渝州”系列报道的第一站自然便从这里开始。

渝中古诗知多少　众多诗作谁开篇

此次采访界定的“古诗”是指辛亥革命以前创作的反映重庆的诗歌。那么，描写渝中半岛的古诗有多少呢?

记者在采访中发现，要真正梳理清楚以渝中为题材的古诗数量是个难题。

主编过《重庆通史》的重庆市地方史研究会会长周勇、《巴县历代诗歌选注》主编之一林永蔚、主编过《历代巴渝古诗选注》的巴渝文化研究专家熊笃都表示，目前没有确切的描写渝中半岛古诗的数量统计。记者发现，目前也没有一本专门集纳渝中古诗的专著。

通过采访收集，记者也只掌握了几十首反映渝中的古诗。为什么现在收集到的吟诵渝中的古诗不多?

专家认为，一是文字记载的关于古代巴渝文化的史料并不多；二是古代巴渝几经战乱，尤其是张献忠攻破重庆古城后，很多史料散佚；三是明清以前，文人墨客多是从水路路过渝中，在此少有停留。

“时至明清，大量移民进入巴渝地区，促进了重庆经济的发展繁荣，本土与寓居重庆的文化名流，共同推进了重庆的文化繁荣，诗歌创作这才出现了一个高潮。”周勇介绍。

追根溯源，能否确定描写母城的第一首诗歌究竟是哪一篇呢?

“根据我研究的史料表明，李白是有明确记载的吟咏渝中的第一位诗人，

《峨眉山月歌》是吟咏渝中的第一首诗。”周勇表示，在李白的《峨眉山月歌》中有一句“思君不见下渝州”，这里所提到的“渝州”，即今天重庆主城的渝中区。这首诗是李白写于唐开元年间出蜀途中。在此之前是否还有描写渝中的诗歌？周勇称，他暂未发现。

对此，也有学者认为，现在还无法证明唐代以前就没有文人写过渝中，李白是否为吟咏渝中第一人，尚需进一步考证。

唐代之后，陆续有文人在诗作中开始提及今天的渝中区，北宋的苏轼、南宋的范成大等著名诗人都留下了关于渝中的诗作。

“老人歌”中显文脉　洪崖洞里诗作丰

“重庆历史上四次大规模的筑城都在渝中半岛。”重庆市文化遗产研究院研究员袁东山介绍。其中，南宋重庆知府彭大雅为抗击元兵，组织军民弃泥墙改用砖石砌墙，并扩大了重庆城的规模，延伸到了通远门、临江门一带，重庆母城格局就此形成。

如何了解当年筑城的情景呢？元代著名文学家袁桷的一首《渝州老人歌》就反映了这段历史。

林永蔚介绍，诗中“小儿舞槊红离离，大儿挽车上栈迟。渴饮古涧之层冰，暮宿古松之危枝。渝江之水人马瞬息渡，排石列栅犹支持”等数句，描写了当时军民修筑城池的情景。

“对于修筑重庆城，史料中曾有记载，但以诗歌来反映的却不多见，袁桷的这首诗具有弥补史料不足的意义。”林永蔚说。

古诗中对渝中半岛关注较多的地方是哪里？据记者调查，洪崖洞要算一个。

明代洪崖洞地僻人稀，一派田园风光，城内数条小溪交汇于此，沿崖而下，构成“浓翠滴空濛”的佳景，有苏轼、任仲仪、黄庭坚题刻数篇。“洪崖滴翠”在明代就被列为“渝城八景”之一，不少诗人在此留下佳作。

清代四川川东道张九镒诗云：“手拍洪崖肩，洪崖渺何处。洞壑认仙踪，多为佳记误。”奉节知县姜会照赞叹：“自是仙崖张画景，岚光一片袅清风。”曾修订“巴渝十二景”的清乾隆年间巴县知县王尔鉴更有诗作传世：“洪崖肩许拍，古洞象难求。携得一樽酒，来看五色浮。珠飞高岸落，翠涌大江流。掩映斜阳里，波光点石头。”

如今这里已被建成洪崖洞民俗风貌区，以颇具巴渝传统建筑特色的吊脚楼为主体，依山就势，成为渝中区吸引游客的重要景点。

金碧不知何处去 “第一山”中觅余香

重庆古城的最高处在哪里？可能很多人都不知道。一说是金碧山，有诗为证。

金碧山在何处？据考证，就在今天新华路、人民公园一带。金碧山上原有座寺庙叫“崇因寺”。此寺建于北宋，山门外有一座石牌坊，上书“第一山”三个大字。王尔鉴曾作诗云：“巴山耸秀处，金碧有高台。”

在“巴渝十二景”中，排名首位的就是“金碧流香”。王尔鉴曾著文称，金碧山上，“每轻风徐过，馥馥然袭袂香流，寻之并无花木，岂心清闻妙香耶?”

既然没有花木，哪里来的妙香呢？这飘了几百年的“香”究竟从何而来？

有趣的是，王尔鉴、周开丰、姜会照三位清代诗人各自以《金碧流香》为题，用诗歌写出了心中的答案。

王尔鉴在诗中写道：“何处天香至，疑从月窟来。”意思是金碧山的香味是从月宫里飘来的。

周开丰觉得：“轻飏何处至，虚谷异花香。”即金碧山的香味来自“异花香”。

姜会照则认为：“心清自有妙香来。”在他看来，这金碧山的“香”，其实是来自自己的心香。

直到今天，仍然没人知道这奇妙的香味从何而来，这似乎已经成了一宗“悬案”。

说到重庆古城最高处，还有一地不得不提，那就是位于通远门内的金汤街，此处也是古时重庆城的制高点，曾建有五福宫，是观山望景的好去处。

五福宫建于何时不详。明朝兵部尚书兼文渊阁大学士王应熊在《五福宫殿铭》中写道：“五福宫乃城中最高处，俯窥阛阓，坐带江流。”

明朝巴县乡贤刘道开有诗写五福宫：“山从城内起，殿倚堞边开。万井须眉列，双流衣带回。红云擎北帝，紫气郁东台。不有题诗客，谁当载酒来。”

明末清初，五福宫毁于兵火。清人黄钟吕在《兵后入城经五福宫有感二首》中感慨：“荆棘复荆棘，何为蕨此宫。”

如今，五福宫早不见踪影，用于抵御兵火的通远门已成公园，每日三三两两喝茶的人们闲坐其间，聊着老城的故事。

《夜雨寄北》传千古 秋池究竟在哪里

“君问归期未有期，巴山夜雨涨秋池。何当共剪西窗烛，却话巴山夜雨时。”

在众多描述渝中区的古诗中，晚唐诗人李商隐的《夜雨寄北》，恐怕是最著名的，但同时也是最具争议的。

渝中半岛三面环水，古时陆路只有沿佛图关山脊一线通往川西。佛图关是镇守重庆古城的重要关隘，被称为“佛图雄关”。相传，唐大中九年，李商隐从巴州赴梓州任职途中曾在此借宿，有感而发创作了《夜雨寄北》。然而，李商隐究竟是否到过重庆，在学术界有不同说法。他笔下描写的“巴山夜雨”真的是佛图关的景致吗？诗文中提到的“秋池”又在哪里？

重庆师范大学教授鲜于煌表示，在袁行霈著的《中国文学作品选注》一书中，对《夜雨寄北》中“巴山”的校注是“泛指川东一带的山”，“夜雨、秋池极有可能是诗人笔下的意象，而没有具体的所指。”

尽管无法证明李商隐曾来过渝中，但鹅岭公园（佛图关公园属鹅岭公园园区——记者注）园长任财国介绍，佛图关海拔最高的地方确实曾有一座夜雨寺，夜雨寺外还有一块夜雨石。而秋池，应该就在夜雨寺附近。2009 年那里修建工程时，夜雨寺的残留被全部拆掉。

如今，渝中区正沿着李子坝、佛图关、化龙桥、虎头岩一线，打造长约 4.5 公里的山地公园，拟今年年底建成。昔日的“佛图雄关”将变身为市民休闲、健身的好去处。

作品标题　江流自古书巴字　山色今朝画巨然——渝中古诗探秘
参评项目　通讯
作　　者　兰世秋
责任编辑　姜春勇　吴国红
刊播单位　重庆日报
首发日期　2017-06-05
刊播版面　第 11 版

作品评价

本文是重庆日报本年度的重点策划——“重走古诗路　思君下渝州——探寻重庆古诗地图”全媒体系列报道的开篇之作。该报道旨在坚定文化自信，梳理重庆古诗脉络，挖掘重庆悠久的历史文化，弘扬传统文化之美。本文重点梳理了古代渝中区的古诗状况，追根溯源，探寻古代渝中最早的诗歌，诗歌中母城的历史，以及地标性建筑在古诗中的模样，勾勒出古代渝中的诗歌地图。文章史料翔实、采访扎实，有一定的学术价值。同时对于在全社会传播传统文化起到了积极的作用。

采编过程

由于渝中区没有专门的机构或部门做关于该区的古诗梳理和研究，因此，记者的采访遇到了很多困难，跑了渝中区作协、文联、方志办、文管所、园林局等部门，四处查阅了大量史料典籍，在旧书网站购买了20世纪80年代出版的《重庆题咏录》等书籍，咨询了若干专家，前后采访历时数月，改稿十余次，最终成稿。

社会效果

文章一推出，就受到社会各界的广泛关注。有读者表示："重庆日报的这个选题很有意义，让我们在古诗中了解重庆的历史文化。"报道还漂洋过海，受到身在海外的重庆人的关注。在西班牙巴塞罗那生活的向希通过新媒体平台阅读了报道之后，就感慨地说："没想到渝中还被这么多的文人吟诵过，这是我们重庆宝贵的精神财富。"本土作家还专门根据李白的《峨眉山月歌》写了一首歌曲，呼应本报的报道。

重庆市地方史研究会会长周勇对报道进行了肯定："重走"是重庆日报的文化特色和文化担当。今年的"重走"不同凡响——从古诗入手，沿着历代文人墨客的行迹，重走这条开满优秀传统文化鲜花的古诗路，为读者描绘出一幅重庆古诗的全景图。

全媒体传播效果

文章在本报"区县头条""同茂大道416号"微信公众号上推出，即收到网友的热情点赞和赞扬。网友们纷纷留言并给本报提供古诗线索。

他们用生命铺实脱贫路

重庆日报首席记者　彭瑜

6 月 29 日上午，城口县复兴街道柿坪村四组。

这里海拔 1300 米，当天天气阴沉，但低保户任登春心里暖暖的——一大早，他得知柿坪村“第一书记”何国权、村支部书记彭中琼要来和他商量危房改造的规划设计。

上午 10 点过，任登春没等来扶贫干部，却接到一个噩耗：何国权一行人乘坐的车子，在柿坪村通社生产便道一处叫张家坪的地方发生侧翻，何国权、彭中琼和驾车的复兴街道畜牧兽医站站长李奎不幸遇难，柿坪村专职干部王英受伤。

任登春惊呆了，他不敢相信这是真的。他家的墙角还堆放着彭中琼前几天送来的大米、食用油等。

任登春说，扶贫干部实实在在帮助大家增收脱贫，如今却倒在了扶贫路上，“他们是用生命为我们铺实脱贫路啊。”

何国权　本已退居二线的他，被派到村里担任“第一书记”

柿坪村距离城口县城只有 8 公里，但由于山高坡陡，村里的产业发展一直滞后。2014 年，全村农民人均纯收入只有 4425 元，有建卡贫困户 44 户 195 人。

2015 年，新一轮脱贫攻坚战打响了。经过两年奋战，柿坪村新建村级公路 3 公里，硬化公路 11 公里，人行便道硬化 6.5 公里；新建饮水池 2 处，铺设饮水管道 2 公里，解决了贫困户出行难和饮水难问题。

与此同时，柿坪村发展起了山猪、山地鸡、山羊、笋竹、中蜂、中药材等产业，2016 年年底全村农民人均纯收入达到 7403 元，柿坪村实现整村脱贫，44 户贫困户越线脱贫。

柿坪村党员高必清说，原以为整村脱贫后，脱贫的事儿就完了。没想到今年年初，街道又将本已退居二线的何国权派到了村里担任“第一书记”，继续带领大家增收，巩固脱贫成果。

何国权到柿坪村后，既快又精准地识别了任登春、高顺云、钟正学等 6 户贫困户。何国权说，“只有巩固脱贫，才能实现稳定脱贫。这 6 户贫困户虽然享受低保兜底脱贫，但他们居住的房屋破烂而且危险，随时有可能返贫。”

为危房改造筹资、为建新房选址选材料……为了让任登春尽早搬出危房、住进新房，年近 60 的何国权一次次翻山越岭，每次都要往返 5 公里山路，帮着他张罗危房改造的事儿。

任登春不相信何书记出了车祸、人不在了，“这么好的人，为啥说走了就走了呢?”

“何书记是个实在人，搞扶贫工作有股狠劲，从不马虎。”柿坪村主任焦国中说，何国权自从担任村里的“第一书记”以来，每次遇到下大雨，都要与村支两委成员上山巡路。哪里有塌方，哪里有泥石流，哪里行人不能走，哪里车辆通行危险，他都要设置警示标志，并用手机拍照片；现场解决不了的，他也会立即打报告，然后与大家一道排险除障。

最近，何国权刚被街道评为优秀帮扶责任人。

李奎　钻鸡舍、翻猪圈，为家禽家畜打疫苗

惊闻噩耗后，柿坪村四组村民张良桥伤心不已。张良桥不是贫困户，但他养了 3000 多只鸡，还带动龙世刚、吴月祥等 9 户贫困户养鸡脱贫。今年 4 月，李奎到他的养鸡场打过疫苗。

“忘不了钻鸡舍的‘眼镜’。”张良桥清楚地记得李奎的模样：敦实的身体、白皙的皮肤，戴着一副眼镜。张良桥说，“李奎讲起养殖技术、防疫方法来头头是道，让人觉得是一个斯文人，但他钻进鸡舍打疫苗，手脚却麻利、技术娴熟，一点也不怕脏、怕累、怕臭。”

李奎 45 岁，身高 1 米 68，体重 145 斤，戴着 350 度的近视眼镜，翻猪圈、钻鸡舍并不轻松：有的圈舍门很矮、护栏很高，李奎得半蹲下身子，先伸进去一只脚，再猫着腰将头顺进去，最后将另一只腿抽进去，很吃力；碰到护栏较矮的圈舍，李奎基本上是攀着护栏，翻身滚落进圈舍内，常常折腾得满脸通红、一身汗水。

复兴街道兽医站职工袁加国与李奎共事 19 年，他告诉记者，李奎吃得苦，即便后来担任了站长也没架子，翻猪圈、钻鸡舍的事情常常是带头干。

脱贫攻坚战打响后，贫困村、贫困户都将猪、牛、羊等作为脱贫的重点产业，兽医站要为产业发展提供技术支持，李奎就负责柿坪村、红坪村、友谊社区 3 个村居的畜牧技术服务。

“说是 3 个村，作为站长，其实全街道他都在跑。”复兴街道党工委宣传委员杨谦回忆，去年 10 月，李奎到阳坪村核实农户产业发展情况。九组村民

苟兴国在山顶养羊，上山要爬两个小时山路。有人建议，打个电话问问就行了。李奎担心，万一羊群有病呢？最后，他坚持上了山。杨谦说，“那天，李奎是打着手电筒摸黑下山的。”

彭中琼　关爱贫困儿童、贫困家庭，时时将群众的事放在心上

贫困户龚庭润65岁，儿子早逝，儿媳离开了这个家，留下一对孙子，大的8岁，小的7岁。

“大孙子的‘爱心嬢嬢’也走了。”龚庭润口中的“爱心嬢嬢”叫彭中琼，就是柿坪村村支部书记，结对帮扶龚庭润的大孙子。

龚庭润说，孩子穿的衣服、吃的糖果、背的书包等都是彭中琼买的。平时一有空，彭中琼还带着孩子去逛街，顺便谈心交心，鼓励孙子热爱学习、孝敬爷爷奶奶，“彭书记的关心，让孙子的性格变得开朗起来。”

在贫困户甘国权心中，彭中琼就是他家的“主心骨”。2012年，甘国权因工伤丧失劳动能力，后来儿子打工时右手又残疾了，家里还有两个孙子，日子过得很艰难。

“不要因为残疾就丧失脱贫的斗志。”甘国权回忆，他们家被确定为建卡贫困户后，彭中琼登门和他商讨如何脱贫。在她的建议下，甘国权的儿子、儿媳外出打工，他和老伴在家种田、照看两个孙子。现在，甘国权的儿子儿媳在主城打工，每月收入总计超过5000元。

“将群众的事放在心上，群众就把她记在心中。”复兴街道办事处主任田军介绍，彭中琼52岁，已连续两届担任村支部书记，深受群众拥护。特别是在脱贫攻坚战中，她更是雷厉风行，今天计划干的事绝不拖到明天，“去年，她率领柿坪村在扶贫、农业工作方面获街道一等奖。”

这几天，彭中琼在急着办两件事，一是陪何国权落实6户贫困户的危房改造，他们担心暴雨来临，会延缓改造进度；二是跟踪去年脱贫的44户贫困户的产业发展情况，以便兑现产业发展垫底资金，做好巩固脱贫工作。焦国中说，没想到任务还没完成，彭中琼就走了。

在这次事故中，受伤的王英是一位“90后”。街道干部告诉记者，作为年轻人，王英干工作也总是任劳任怨，去年，因为在扶贫工作中表现突出，她还被街道评为优秀专职干部。明天，是建党96周年，可昨天，城口3位扶贫干部却永远倒在了扶贫的路上，其中，何国权、彭中琼两人是共产党员。

作品标题　他们用生命铺实脱贫路
参评项目　通讯
作　　者　彭瑜

责任编辑　周立　逯德忠
刊播单位　重庆日报
首发日期　2017-06-30
刊播版面　第2版　要闻

作品评价

作品主题重大，语言质朴、结构流畅，用故事的笔法，生动地讲述了三位遇难扶贫干部的事迹。让人看了既悲痛，更有战胜贫困，取得脱贫攻坚战的信心。

采编过程

6月29日上午，城口县复兴街道办事处畜牧兽医站站长、柿坪村驻村工作队队员李奎驾驶自己的小车，搭载柿坪村“第一书记”、驻村工作队队长何国权、柿坪村党支部书记彭中琼，以及柿坪村专职干部王英，一道前往村里开展脱贫攻坚入户走访工作。

10时许，小车行驶到柿坪村通社生产便道张家坪（土地名）处发生侧翻。事故造成何国权、李奎、彭中琼3人不幸遇难，王英受伤。闻讯赶来的干部和群众立即开展抢救工作，并将王英送到城口县人民医院救治。

记者获知情况后，第一时间赶赴事发地点进行采访，第二天及时见报。

社会效果

文章见报后，国内外媒体广泛转载，读者对三位扶贫干部的殉职深表哀悼，同时也为他们的扶贫故事感动。不少网友和评论员称，虽然三位扶贫干部离去了，但他们的故事让大家对脱贫攻坚战有了更深刻的了解，对扶贫一线的干部更加崇敬。

城口县委主要领导称，这是一件令人心痛的事情，但文章的报道，既表达了人们对三位干部的痛惜，但更鼓起了脱贫攻坚的斗志，让大家看到了打赢脱贫攻坚战的希望和力量。

他们用镜头记录美丽重庆
——“百万市民拍重庆”摄影活动开赛

重庆日报记者　皮勇等

轻轨、高铁、环卫工人……6 月 18 日，“我爱重庆·精彩一日”百万市民拍重庆摄影活动在全市 38 个区县（自治县）同时举行，专业摄影师、摄影爱好者纷纷用相机“对焦”美丽重庆，众多市民也随手用手机拍照，见证重庆的光影之美。

摄影师冒雨“对焦”重庆

早上 8 点，虽然天空飘着细雨，上百名摄影师却兴奋地汇集到渝中区人民广场。在合影后，他们兵分几路，前往解放碑、滨江路、千厮门大桥、洪崖洞等地拍摄。

“我一直住在渝中区枣子岚垭，一天天看着重庆变得越来越美丽。”渝中区摄影家协会成员詹江说，尤其是近几年，重庆这座城市变得更加开放、包容，魅力指数飙升，“除参加摄影活动，我要多拍一些照片，让外地的朋友也好好看看重庆。”

在位于解放碑联合国际 67 楼楼顶的拍摄点，摄影师们摆开三脚架，架上相机，对焦清晨的解放碑。

“雨有些大，光线不太好。”60 岁的摄影师江湃略有些遗憾。他尝试调整了多个角度，希望能拍出心目中最完美的解放碑。

全民参与拍重庆

据了解，6 月 1 日，重庆日报、重庆市报业协会、重庆市新闻摄影学会发起了“我爱重庆·精彩一日”百万市民拍重庆摄影活动，反响热烈，不少市民纷纷要求参与拍摄活动。

“活动已形成以专业摄影师为主，摄影工作者、爱好者积极参加，市民随手拍的全民参与模式。”主办方有关负责人介绍。

昨天一整天，各区县的摄影师们也行动起来。来自沙坪坝区摄影家协会的张宇从凌晨就守在了团结村铁路口岸，当第一趟班列通过时，他激动地按下了快门。接着他又来到大学城拍摄小黄车，“这些都很特别，代表着重庆这些年来的改变。”

除摄影师外，许多市民也纷纷拿起手机参与这一大型主题摄影活动。“今天也是父亲节，我带 3 岁的女儿来海洋公园玩，见她专注的模样，就用手机拍了下来。”33 岁的陈聪兵说，近年来，重庆人的生活越来越幸福，值得记录。

“本来想拍‘重庆蓝’的，可惜天公不作美。”网友“远方 Nick”说，所以他决定拍雨中的交警，“我在沙坪坝往双碑的路上看到有一段路在修，交警在雨中指挥交通，就顺手拍了下来。正是这些可爱的重庆人，让我们这座城市更美丽。”

评选结果将于月底前公布

由于此次摄影活动采取线上投稿方式，考虑到容量问题，主办方特意在活动前申请了 VIP 邮箱。“没想到的是市民参与热情太高了，VIP 邮箱差点崩溃。”该负责人介绍。

据介绍，主办方将组织专业评审对所有参赛作品进行评选，评选结果将于本月底前公布。

本次活动最高奖金为 3000 元，凡被摄影集收录，被报纸、微信、微博选用的参赛摄影作品，主办单位都将颁发荣誉证书，以作纪念。

作品标题 他们用镜头记录美丽重庆——“百万市民拍重庆”摄影活动开赛

参评项目 全媒体

作　　者 皮勇　何旭　谭真　唐琴　张春晓　齐岚森　柏云辉　张砾丹　袁尚武　王俭林　汤寒锋　肖福艳　李振兵　崇云丰　杨欣炼　顾羽西　唐琳　戴晓涵　夏琳　牛强　靳小丁　鲁道新　刘强　张锦辉　崔力　苏思　谢智强　卢越　万难　熊明　罗斌　郑宇　李珩　罗芸

责任编辑 皮勇　袁尚武　齐岚森

刊播单位 重庆日报

首发日期 2017-06-01

刊播版面 6 月 19 日第 1 版　要闻；6 月 4 日重庆日报微信；6 月 19 日重庆日报微信

作品评价

6 月 19 日，重庆日报在 9 至 16 版，推出了“我爱重庆·精彩一日”百万市民拍重庆主题摄影作品专版和“魅力重庆”区县摄影专版，并连续多天推出这两个专版，直观展示重庆人丰富多彩的生活、各区县经济社会发展的可喜成就，让读者饱享美丽重庆的视觉大餐。

采编过程

一、从小众到大众、从主城到区县、从市内到市外，一步步将“百万市民拍重庆”主题摄影活动推向高潮

6 月 1 日，重庆日报在一版报眼处刊发消息《“我爱重庆·精彩一日”主题摄影活动启动在全市征集摄影师记录历史瞬间》宣布这次由重庆日报、重庆市报业协会、重庆市新闻摄影学会共同组办的大型主题活动，将征集 120 名摄影师，用镜头记录 2017 年 6 月 18 日这一天的重庆景象，留下精彩的历史瞬间。6 月 5 日，该报 6 版《“我爱重庆·精彩一日”百万市民拍重庆主题摄影活动启动》报道，鉴于广大网友的热情，主办方决定将“我爱重庆·精彩一日”主题摄影活动升级为“百万市民拍重庆”主题摄影活动。为方便市民“低门槛”加入，主办方特增设“随手拍”环节，引导市民可以借助手机等便捷设备，记录呈现重庆不一样的精彩。此后，该报又接连报道《百万市民拍重庆主题摄影活动持续火热开展　异乡重庆人纷纷报名参与》（6 月 7 日 5 版）、《百万市民拍重庆活动人气火爆　12 区县将启动市民万人同拍活动》（6 月 10 日 4 版），将活动由小众引向大众，由主城引向区县，由市内引向市外，吸引越来越多的人参与其中，将活动推向高潮，产生较大影响力。

二、瞄准有代表性的摄影家，通过他们的经历和镜头来反映重庆的发展变化，感染带动更多人参与活动

该报在 6 月 6 日报道《百万市民拍重庆主题摄影活动持续火热开展　引来市民和名家纷纷报名》中，举例讲述了 66 岁的摄影家彭世良，从 1992 年起，开始走访拍摄蓄水前的三峡，库区很多村落的原貌都被他完整地记录下来。为参加这次摄影活动，他从自己拍摄的 10 万张老重庆照片中精心挑选了有代表性的作品，来对比呈现重庆的巨变。77 岁的摄影家全玉玺，10 年前拍摄的一张“重庆夜景”图在《人民画报》刊发，引起全国轰动。此次，从不愿意参加各种比赛的他，报名参加拍摄活动。他说：“我就是想通过这样的方式记录历史，反映人们生活的变化。”6 月 8 日，该报特别为此次活动开设《我爱重庆·精彩一日　百万市民拍重庆主题摄影活动》专栏，每天介绍市民报名情况，并讲述两三名参赛摄影家多年来拍摄重庆的故事。

从 6 月 8 日到 6 月 17 日该报报道了参加 1997 年 6 月 18 日的“重庆一日”

大型纪实摄影采风活动的合川摄影家协会主席罗明均，回顾他当年与中央及各省市主要媒体著名摄影家和本市摄影家共100人拍摄重庆的活动情景。这些摄影家是我们身边熟悉的普通人，但他们痴迷摄影，多年来，扛着“长枪短炮”拍下了重庆的“前世今生”。他们的摄影故事，以及他们为重庆留下的珍贵照片，让市民感佩。这也在无形中吸引了广大市民参与活动。

三、全媒体滚动报道，阅读量转载率高

首先，在微信、微博上发起报名活动，为活动预热造势，微信前期每天推出一条摄影大咖的报道，网站开设“我爱重庆　精彩一日”专题，并设置大咖集、市民拍、区县展、延时摄影等专栏目，共展示500多张照片，专题阅读量达到30多万次；微博实时推送53条，平均阅读量2万次，总阅读量约106万次，在新浪当日的话题新闻排名前十；微信共发布23条，将美丽重庆展现，不少网友留言“被重庆美哭”“好美的重庆”……同时，新媒体推出三条集纳性的H5：【你们的眼睛，还原了这个真实的重庆】；【重庆·对你的爱24小时在线】；【一起拍照吧，朋友!】，总阅读量突破30万次，并刷屏朋友圈，也成为传播重庆、展示重庆、宣传重庆的互动平台，同时通过新媒体平台的展示，各区县的风土人情得以更好传播，实现了与各区县的良好互动。

四、善用公益广告，画面吸睛，语言生动，富有感染力、吸引力

6月12日，重庆日报推出整版公益广告，画面是在蓝色的重庆夜幕下，一件印有大红字“我爱重庆·精彩一日　百万市民拍重庆主题摄影活动”的白色广告衫，十分夺目。6月13日8版公益广告，画面是晚霞满天、落日映红江面和城区的重庆美景。6月14日9版公益广告，画面是在深蓝色夜幕下，一群摄影爱好者架起“长枪短炮”对准繁灯闪烁的市区。6月15日16版公益广告，画面的右上部分是印有“我爱重庆·精彩一日”大红字的白色文化衫，左下部分是一群身穿粉红体恤，脸上贴着、手上挥动着五星红旗的女中学生。连续4天的公益广告，语言生动、画面精彩，没有使用惯常的严肃庄重的面孔和话语体系，而是变得美丽动人、和蔼可亲，因而也更有感染力、吸引力。

社会效果

重庆日报这次号召市民参与“我爱重庆·精彩一日——百万市民拍重庆主题摄影活动”，通过精心策划组织，一步步地感染吸引市民，让人们踊跃参与，拿起手中的相机、手机拍下自己身边的精彩瞬间，展示重庆之美，于无形之中掀起爱重庆、拍重庆、展示重庆巨大变化的热潮。

背影哥　你在哪里？

重庆晚报记者　李德模

“背影哥，你在哪里？期待你转个身。”昨日，记者发现，连日来，一篇渝北区群众合力抢救小孩的帖子在网上热传。

“事情发生在6月24日下午4时30分左右，渝北区松石大道SM广场一楼，我正好路过电梯口附近，突然听见咚的一声，随后看见很多人往电梯口跑。我也跑了过去，只见一名穿黄色上衣、红色鞋子，年龄可能四五岁的男孩，右脚卡在电梯挡板和玻璃护栏间，身体悬挂在6米高的半空中，随时有坠落受伤的危险。”网名为jecci的发帖人在接受记者采访时介绍。

jecci打开手机，向记者播放了两段救援视频，时长共23秒，画面是这样的：

有人喊“赶快关电梯”，有人按下电梯口红色紧急按钮。一名身着灰色T恤的中年男子跨出电梯玻璃挡板，站立在不足10公分宽边沿上，试图抓住孩子没有被卡的一只脚往上拉。由于距离太远，没有成功。

其他人大喊：“拉倒！拉倒！”“注意安全！”

中年男子一只脚悬空，单腿下蹲再次抓向孩子的脚，仍然无功而返。

“抓皮带，抓皮带！”又有人大喊。很快，四五个人伸手抓住中年男子的皮带，让他能蹲得更低点。

3秒后，人群大喊：“拉起来了！拉起来了！”中年男子一手拉住小孩左手，把小孩拉了上来。护栏边五六名群众迅速伸出手，一位身着蓝白条T恤男子把孩子抱过护栏。

视频中，3名男子站在电梯下，双手呈托举状，防止孩子坠落。他们的姿势，也是救援最美风景的一部分。

“身着蓝白条T恤男子当时在餐厅就餐，听到电梯口有人喊叫，他迅速跑过去参与救援。后来，他把孩子带回餐厅，在餐厅等了大约10分钟，等来孩子家长。”昨日，距离事发地约20米的一家餐厅服务员张针惠告诉记者。

把小孩拉上来的灰色T恤中年男子是谁？记者走访附近店铺和业主均不知晓。广场管理部门工作人员称，中年男子把小孩救起后，交给旁边其他群众，没留下任何信息就离开了。

记者发现，由于拍摄角度，中年男子全程背对镜头。

无论是回复 jecci 帖子的网友，还是接受记者采访的餐厅服务员、SM 广场管理部门工作人员等人，都表达了想认识背影哥的心愿。

如果你认识背影哥，请拨打重庆晚报 24 小时新闻热线 966988。

作品标题　背影哥，你在哪里?
参评项目　消息
作　　者　李德模
责任编辑　谢兵
刊播单位　重庆晚报
首发日期　2017-06-27
刊播版面　第 1 版　要闻

作品评价

1. 主题突出，弘扬了社会正能量。6 米高的半空中，背影哥跨出电梯玻璃挡板，站立在不足 10 公分宽边沿上，伸手去抓一个被卡男童的脚。出手 3 次，才把小孩拉上来。英勇和无畏，源于他见义勇为的热心，源于他充满善意的本心，才会在千钧一发之际，激发出如此感人至深的善行。

2. 采访到位，还原了事实真相。通过采访目击证人，再现了惊心动魄的救援现场。

3. 社会效果好。事件经过媒体报道后，得到了许多热心网友的关注，都为背影哥的正能量点赞。

采编过程

6 月 26 日 14 时，重庆晚报社在《重庆购物狂》上发现一条热帖《太吓人了！还好大家都反应很快》，便立即安排记者迅速赶往事发地渝北区 SM 广场，同时联系发帖人了解相关情况。两个小时后，发帖人在 SM 广场接受记者的采访，并向记者提供第一手现场视频资料。随后，记者对事发地周围的店铺工作人员和广场管理部门进行走访了解，采访了现场目击证人。19 时，记者采访结束后，在附近网吧撰写稿件，并发往报社。

27 日，重庆晚报第 1 版整版面以《背影哥，你在哪里?》为题进行报道，慢新闻 APP 以《扶梯旁，孩子倒悬半空中　镜头下，背影庇护生命》为题进行报道。27 日，重庆晚报联合阿里巴巴天天正能量基金决定对背影哥奖励 5000 元正能量基金，并在慢新闻 APP 发文全城寻找背影哥。随后，许多热心市民和网友纷纷提供线索。

27 日当天，记者在江北区可乐小镇小区见到背影哥唐旭，并对他进行了采访。

28 日，重庆晚报第 3 版和慢新闻 APP 进行了追踪报道。

社会效果

背影哥事迹经本报报道后，阿里巴巴天天正能量基金决定对背影哥奖励 5000 元正能量基金，许多热心网友纷纷留言，为背影哥的正能量点赞。

全媒体传播效果

27 日，重庆晚报第 1 版整版面以《背影哥，你在哪里?》为题进行报道，慢新闻 APP 以《扶梯旁，孩子倒悬半空中　镜头下，背影庇护生命》为题进行报道后，新浪网、网易网等纷纷转载报道。28 日，重庆晚报和慢新闻 APP 进行了追踪报道。

“车很宽，还可以睡觉” 网约顺风车来了辆大货车，是不是炒作？

重庆晚报记者 夏祥洲

网约车，约到过跑车、遇到过公交、来过考斯特……昨日（27 日），一个约到大货车的网友不经意间又上了热搜。“车很宽，还可以睡觉。”最终见到车的乘客蒙了圈，他发帖称：“躺是躺下了，一路上眼睛都没敢眨一下。”

有人说这是段子，也有人质疑这是网约车平台的炒作。真相到底如何？记者进行了调查。

热播帖

网约来大货车，眼睛不敢眨

27 日 8 时 58 分，网友@七革农东墙在微博上发出一条消息，很快火遍网络。

这条消息称：“晚上约了一辆顺风车到重庆，对方说车很宽，还可以睡觉。我说那舒服哦，难道是埃尔法房车之类的！到了后，居然是辆大货车，爬上车都用了好半天，吓得我一路上眼睛都没眨，飙得比小车都快，表都快爆了。师傅还一个劲地安慰我，别怕，小伙子，老司机！老司机！总算安全到达了！下次网约顺风车还是问一下是啥子车型！不然下次约到罐车！”

昨天下午该网友还特意补充：“其实真比大巴车舒服！小车躲得远远的，干也干不过！妥！”

是段子？

真人真事，是乘客网约拼车

“绝对的真人真事。”昨天下午，发帖者@七革农东墙告诉记者，他也是觉得遇上这样懵圈的事特别好玩，于是就吐槽了一下，没想到一下子帖子就火了。

据了解，网友@七革农东墙家住巫山，从事保险相关工作。当天他要到重庆来办事，原本有两个选项：一是直接坐长途班车，二是到万州转乘动车。班车错过后，本想去万州坐动车，但想到现在流行网络拼车，他准备试一试。

26 日下午 4 点多钟，他在当地拼车平台上发布消息，找车从巫山到重庆，并约定晚上七八点走都可以，还备注了“补油费”。

信息发布不久，就有人联系他：“车很宽，还可以睡觉。”约好上车地方后，他就没有再去考虑其他乘车方式了。

啥感受？
见到大货车，当场蒙了圈

大致是当晚八九点钟，网友@七革农东墙来到约定地点。当时现场就一辆大货车，时间差不多了，两人通了话。

“他说已经到了，我说我也到了，怎么没看到你呢……”一番诉说后，他才发现，与他通话的网约车司机正坐在路边唯一的红色大货车上。

“懵圈！这个词最能体现我当时的状态。”网友@七革农东墙称，因为当时太晚了，找不到其他车，加上第二天他又要办事，只好上了车。

“爬上车用了半天，是有些夸张的说法，但那货车确实高，跑起有点费力。不过爬进去后，还是感到有些安慰，空间确实够大，相当于火车卧铺。”网友说，这辆车上只有两个人，而且整个后排是相通的，就是一张小床。

货车司机年纪不算大，一路上大家还是有说有笑的。“他喊我放心睡觉，瞌睡醒来就到重庆了。”网友@七革农东墙说，虽然是躺下了，但他真不敢睡。

“司机态度好，技术确实也好，比较平稳，但就是感觉开得有些快。”网友@七革农东墙说，毕竟是晚上开车，加上司机开得快，他坚持没睡，断断续续和司机聊天，让司机保持清醒。

有多火？
多方网络平台来私信确认

27 日清晨 3 点左右，这辆大货车到达 G50 江北收费站。因为觉得这次经历很特别，网友一路上拍了些照片当回忆，其中就包括到达收费站的画面。

网友@七革农东墙说，事后他和朋友们说起此事，都觉得好玩，于是就写了一篇微博分享这次特别经历。担心别人说自己造谣，他还特别贴出了一些证据照：仪表盘、车厢内景、行驶过程、到达收费站等……

这条微博发出后，很快开始疯传。因为博文没有明确是哪家拼车平台，引得多家网约车平台私信给他核实情况。其中滴滴平台不仅发送了私信，还在微博评论留言，提醒他及时查看私信。

“担心更多网约车平台对号入座，我明确说了是我们当地的拼车网。”网友@七革农东墙说，他很担心这条微博给当事司机、拼车网带来麻烦。但他也想到，虽然大家都是热心在做事，但客观讲还是有值得改进的地方，“以便今后把好事做得更好。”

网友@七革农东墙说，有了这次经历，出于安全因素考虑，他以后还是不敢拼车了，回巫山将选择动车换乘。

货车司机：

乘客是朋友让顺带的熟人

事后，记者联系上当事司机。一开始，该司机不承认有此事，当知道此事已火遍网络后，他问：“他（指网友@七革农东墙）是什么意思嘛？”

该司机解释，他经常往返重庆，虽然晓得当地有一个拼车平台，但自己从来没有用过。这次带的这位乘客，是一个朋友介绍的熟人。“说他临时上重庆没有车了，我正好后面空着，就答应带上去。”司机说，他确实不是想赚钱。

但网友@七革农东墙对记者的说法是：他是通过巫山当地一个网约车平台“人找车”功能，先发布信息，对方主动来电与他确认的。

拼车平台：

这是我们失误，正研究整改

昨下午，记者在当事的巫山某拼车网上看到，该平台提示“本平台发布信息免费”，可以发布的内容包括拼车类型、出发地、目的地、途经地、出发时间、补充时间、手机号、联系人、人数/空位数、首页置顶、描述等。不过主页面并没有相关的安全警示或者提醒，只是尾部有个必选项：您已阅读并同意“拼车平台声明”。点开后发现开篇是一则免责声明：本平台不对任何人提供任何形式的担保，所有法律信息仅供参考，不承担由此产生的任何民事及法律责任。

记者尝试发现，通过该拼车平台，拼车信息完全可以自由发布，并没有任何审核程序。

随后，记者联系上该平台工作人员。对方证实，经初步了解，约顺风车约来大货车这件事，确实是通过他们平台发布的相关信息，并让驾乘双方取得联系的。

“出现这种事，我们也相当吃惊，此前确实从来没想过，大货车也会来拼车接客。”该工作人员表示，他们提供免费的信息共享服务，想到方便大家就好了，发布的消息确实没有设置相关审核程序。

“出现这种情况，是我们的失误，没有采取相关的防范措施。我们也在讨论此事，会尽快进行改正。”该工作人员称，今后该拼车平台可能会设置一些基本的审核程序，对信息进行初步筛选。

运输公司：
绝不允许擅自搭载乘客

记者了解到，这条微博配图中，有一张图片货车车门上留有运输公司相关信息。记者调查发现，该公司对自家车辆涉嫌参与网约车一事并不知情。

至于该运输公司和当事拼车网之间的关联，公开信息显示，两家公司除了都在巫山外，并无其他关联。通过公开渠道查询，两家公司的股东信息也并无重叠。

涉事货车所在运输公司相关人士表示，不管是法律法规还是公司规章制度，都绝不允许司机擅自搭载乘客。

该公司相关人士介绍，按照公司管理规定，一般情况下，司机家人陪驾是允许的，因为有个人陪着，反倒不容易疲劳驾驶，多一分安全保障。但如果是搭载其他乘客，甚至还收取费用，这个是绝不允许的。

“更不会允许借公司车辆去网约车平台拼车。不是担心他们找外快，而是要杜绝不必要的安全隐患。”该公司相关人士称，按照公司规定，一旦发现搭载无关乘客，轻则教育处罚，重则直接停运。

交通执法：
涉嫌超速非法营运将调查

此事在网络传开后，巫山交通执法部门和重庆高速执法部门均予以关注，并表示将对涉事车辆可能存在的违法行为展开摸排。

执法部门查询了该车在高速路进出卡口信息：27日清晨3点左右，确实有一辆该运输公司的东风仓栅式货车进入重庆城区。还有信息显示：该车长期在巫山、重庆两地往返。

这辆大货车是否涉嫌非法营运？相关执法人员表示，需要弄清两个关键问题：一、该车是否有载客营运的资质，显然不具有；二、是否收取乘客费用。

网友给了该司机多少费用？货车司机没有向记者透露。网友@七革农东墙则向记者表示，他确实是“给了司机油费的”。由于担心执法机构会介入调查，给货车司机带来麻烦，他不愿继续谈论这个话题。

针对大货车涉嫌的超速、疲劳驾驶等违法行为，相关执法部门表示，将会做进一步调查。

作品标题　“车很宽，还可以睡觉”　网约顺风车来了辆大货车，是不是炒作?
参评项目　通讯
作　　者　夏祥洲
责任编辑　朱亮
刊播单位　重庆晚报
首发日期　2017-06-28
刊播版面　慢新闻 APP

作品评价

这是一篇紧盯社会热点、及时跟进采访、深挖新闻背后，引起广泛关注的民生类释疑性报道。

网约拼车，约来一辆大货车，该题材本身就有十足的话题性，加上当事乘客配以调侃的文字、生动的图片，一推出就引来万千网友跟帖转发。但这种传播本身是不完整、不确定的：这组图文是否真实？确有其事还是哗众取宠？当事乘客与当事司机一路随行有哪些故事？相关部门对此有何说法？是否跟进调查处理？

新闻记者的职责，从来都不是浮光掠影当看客，而是要深挖真相求本质。该文记者迅速介入，克服诸多困难，展开全面采访：当事乘客、当事司机、运输公司、网约车平台、高速执法、运管部门……

这篇报道采访线相当完整，扎实有内容，报道有深度，调查有广度，是全国媒体中第一篇深度还原该事件的文章，所以引起各大门户网站重点推送。

此外，该文舆论导向正确，结构严谨，文风朴实，贴近性、民生性、服务性强，是新闻报道“三贴近”的典型代表作。

采编过程

网约顺风车来了一辆大货车，这则来自微博不知真假的信息成为连续两天的热点（后话：第二天的热点便是此稿），转发者无一求证其真实，在这篇调查报道刊发前，个别转发此信息的官方媒体也是毫不负责地仅有单方面说法。

调查稿件牛！不是因为记者有多牛，更多的是现在愿意做深度调查，更确切地说是愿意做调查的记者已经成为稀缺货。“不需要任何调查核实，只要信息够劲爆、有卖点，还不惹事依然可以骗取点击，何必费那些瞎工夫?”新闻界已经存在类似这样的杂音。消除这样的杂音并不难，慢新闻的新闻匠人一直在努力。

老实说，要求证此事真假并不难，但要深入调查核实其中的细节，发现潜在的隐患，也不容易。记者从乘客、司机、运输公司、网约车平台等潜在当事对象入手，还策动执法部门调取了可能事发地的相关监控设施，最终还原真相，将点滴细节一一呈现……经采前会、编前会两会讨论，此稿刊发在慢新闻 APP，并在重庆晚报多个第三方平台推送。

社会效果

稿件刊发后，成为当天热点，上百家官方媒体予以转载，自媒体转载者更是无以计数。尤其令人鼓舞的是，此稿刊发后成功扭转了舆论：将不顾真假的猎奇舆论，成功引导到关注此事涉及的相关安全隐患，讨论此事存在的违法行为。市委宣传部及重报集团相关领导对此予以口头表扬，此稿采访扎实、导向正确，并赞许这是一次官媒主流发声的一次有益尝试。

全媒体传播效果

此稿经重庆晚报、慢新闻 APP、重庆晚报官方微信、慢新闻企业号、重庆晚报微博、慢新闻头条号等平台刊发后，累计阅读量超千万次。全媒体时代，面对同题新闻如何全面取胜，除了依赖技术的表达形式，内容才是竞争的核心。此稿成为媒体同行交流如何准确有效介入热点事件的典型个案。

国内最大“水空调”昨开机，让400万方公共建筑“丢”掉空调外机

重庆晨报记者　蒋艳

江北嘴CBD用上“水空调”享江水带来的冬暖夏凉

昨日，国内最大的“水空调”在重庆江北嘴“开机”！记者从江北嘴中央商务区投资集团有限公司获悉，“水空调”的“开机”，带来的重要变化是江北嘴CBD（中央商务区）的400多万平方米公共建筑没了空调外机，全面用上了“水空调”。

所谓“水空调”，就是重庆市级能源工程——江水源热泵集中供冷供热系统（简称“江水源工程”），是利用嘉陵江的水温差进行供冷或供热的一种生态环保的供能方式。经过处理后的江水，进入水空调供能时，温度最高可达42℃，最低可达5℃。

“水空调”总投资14亿

江北嘴CBD位于长江、嘉陵江交汇处，与解放碑隔江相望，是高档商务中心区和金融核心区。

来到江北嘴我们发现：这里高楼林立，却没有一台空调外机。这种变化缘于公共建筑使用了江水源热泵集中供冷供热，也就是“水空调”。

江北嘴中央商务区投资集团有限公司相关负责人介绍，江北嘴毗邻两江，水资源丰富，自2008年启动“江水源工程”。工程共分三期建设，总投资约14亿元。其中，一期、二期已建成，主要供江北嘴CBD内的重庆大剧院、金融城、金融街等项目使用。本次投入运行的是三期工程1号能源站。

缓解核心区“热岛效应”

江北嘴CBD采用区域能源服务系统，其中，夏季供冷方案采用“电制冷

+江水源热泵+冰蓄冷”的形式；冬季供热方案采用“江水源热泵”的形式。

由于公共建筑全面使用了“水空调”，不仅外观更美，还节能降噪：不再有冷却塔的噪声，不再有飘雾，不再有传统空调的热排放问题，并可以缓解江北嘴CBD核心区的“热岛效应”，夏季区域环境温度预计比一江之隔的解放碑低约3℃。

据介绍，这是国内建成规模最大的江水源热泵区域能源系统，也就是说是国内最大的“水空调”项目。

作品标题　国内最大“水空调”昨开机，让400万方公共建筑“丢”掉空调外机
参评项目　消息
作　　者　蒋艳
责任编辑　熊远树　程果
刊播单位　重庆晨报
首发日期　2017-06-15
刊播版面　头版

作品评价

独家，关注度高、服务性强。作为两江汇流的重庆，“水空调”虽然一直被提及，但这次是所有报道中最为全面的一次，内容非常丰富。

以国内最大“水空调”开机为新闻由头，详细描述了水空调的位置、投资和总体情况。然后再给老百姓算一笔账，不仅有经济账，还有环保账，让人们一目了然。

首次深入“水空调”的内部，为市民揭秘它的心脏，引人入胜。

采编过程

重庆是可再生能源建筑全国示范城市，“水空调”是其中的重要项目，因此也非常受关注。由于多年跑口，记者与江北嘴中央商务区投资集团有限公司一直保持着良好的关系，因此获得了独家线索，非常难得。

这个国内最大的“水空调”，从2008年开工建设，一直到2017年全部启用，历时九年多。这则新闻记者也关注了九年之久，这说明记者的持之以恒，以及敬业的态度。作为首家获准进入“水空调”控制室内部的媒体，记者得到了大量的一手资料，并拍摄了照片、视频等，同时发在上游新闻APP。

社会效果

稿件见报后引起了极大的反响，不仅是头版头条，更成为重庆晨报当天好稿，获得两江新区管委会、江北嘴中央商务区投资集团有限公司的高度赞扬，对其他类似项目也有借鉴意义。

全媒体传播效果

上游新闻进行了报道，不仅有文字、照片，还有视频，让读者更直观。上百家媒体转载，影响广泛。

老师，还得了您的钱，还不尽您的情

重庆晨报记者　景然

20 多年前，张勇深圳创业初期遇到困难，朱大明慷慨解囊。前晚，张勇带着 20 万元现金从深圳回渝，昨天向老师还钱。

在朱大明家中的餐桌上，张勇打开黑色背包的拉链，从包里拿出四沓方方正正的百元钞票，恭敬地递到 71 岁的朱大明手中："老师，这是还您的钱。但还不完的是您对我的恩情！"

四沓百元大钞共 20 万元，是头一天夜里张勇从深圳坐着飞机带到重庆的。他等还债这一天，整整等了 22 年，也寻找了老师朱大明 22 年。

张勇是 6 月 23 日从重庆卫视重播"逐梦他乡重庆人"回乡大联欢晚会上发现朱大明的，并辗转联系上这位恩师"债主"。自 2015 年 2 月起，重庆市以"中国梦"主题宣传为契机，启动"逐梦他乡重庆人"全媒体大型人物故事寻访，一直持续到 2017 年 5 月，累计刊播 482 期 522 位"逐梦他乡重庆人"的精彩故事，展现了重庆人热情豪爽、吃苦耐劳、勤劳智慧、敢作敢为，勇于战胜任何困难和挑战，创造辉煌业绩和美好生活的可贵精神。

情谊："把他当成自己的孩子"

22 年后能够再见到自己的学生，这让 71 岁的朱大明格外激动，他一早就把家里收拾得干干净净，换上了浅色的格子衬衫和黑色西裤。在朱大明的印象中，张勇又黑又瘦，总是低着头，学习成绩并不是很好，话也不多，但人很踏实。

朱大明和张勇的师生关系开始于 39 年前。1978 年，朱大明到重庆日化技校任语文和机械制图老师，张勇是他班上的学生。"他不出众，刚开始没怎么注意到他。"在朱大明的记忆中，张勇其他科目成绩一般，但在机械制图方面比其他学生刻苦。

由于个子小，张勇一直坐在前三排。上课时，他始终伸长脖子听讲，下课后依旧坐在课桌前仔细整理笔记。这引起了朱大明的注意，偶尔也会为他开个"小灶"。两人时常坐在一起，言语纸笔交流中，师生情谊日渐浓厚。

任教不久，朱大明和妻子要搬到当时学校的教工宿舍，张勇主动帮忙搬家清扫。原本满是尘土的粗糙水泥地，愣是被张勇用抹布一点点擦出了原本的灰白色。

“学习认真，又懂事，我们夫妻就把张勇当成了自己的孩子。”朱大明说，张勇只小他10岁。两年后，朱大明离开学校不再教书，但依旧与张勇保持联系。逢年过节，张勇都会登门拜访。

1987年，朱大明只身前往深圳，闯出了一片新天地，他的“大明火锅城”开业时，海内外100多家媒体争相报道，这也使“大明火锅城”火遍深圳，吃火锅的人得排很长的队。

远走他乡，朱大明依旧挂念着张勇，时常电话联系他，鼓励他也来深圳发展。

借钱：“老师这里不用打欠条”

1991年，张勇只身一人到深圳投奔朱大明。因为会加工设计，他从重庆带了一些旧设备到深圳开了一家机械零件加工厂。

创业之初，张勇发愁没业务，有了业务又发愁生产力无法满足订单。“要钱周转，我给你，只要你好好干。”张勇发愁时，朱大明将准备好的资金给了他，并说需要用钱就开口，“老师这里不用打欠条。”

借给张勇多少次钱和总金额，朱大明坦言没有记过，因为当时生意做得大，很多人都曾寻求并得到过他的帮助，也有很多人至今还欠他的钱，只有张勇主动找到他还钱，“这也证明我没看错人。”

离别：“我一定会把钱还给您”

在深圳淘到第一桶金后，朱大明又到多个国家进行了考察，发觉外国人对中国饮食文化不太了解。朱大明萌生了把正宗重庆菜带出去的想法，展示中华饮食文化的博大精深。

彼时，中国驻福冈总领事馆的外交官也想把重庆火锅介绍到日本，正好朱大明也有这样的想法，双方一拍即合。1995年，朱大明赴日之前，张勇的工厂刚刚起步，朱大明像在学校时一样鼓励张勇不要灰心，“就像你学制图一样，只要你肯努力坚持，没有什么过不去的。”

张勇沉默许久，掷地有声地承诺：“我不会辜负您的期望，我一定会把钱还给您。”朱大明拍了拍张勇的肩膀后离去，谁知这一别就是22年。

意外：“你的学生要还钱给你”

1996年年初，朱大明在日本福冈开了家重庆火锅店，他常这样引以为豪地说："在日本九州地区，我是第一个将正宗的重庆火锅和川菜引进来的人。"

朱大明在福冈的生意越做越大，如今的朱大明在福冈开了五家担担面馆、一家火锅店。

在福冈的店里，朱大明不仅带去了麻辣风味，还带去了重庆独特的风景照片："很多福冈人就是在这里第一次看见重庆的。"

2016 年，朱大明接受了"逐梦他乡重庆人"采访团的采访；2017 年 6 月 16 日，他参加了"逐梦他乡重庆人"回乡大联欢晚会。节目 6 月 23 日在重庆卫视重播后，朱大明突然收到一条陌生短信："有人要还钱给你。"

这样没头没脑的一句话让朱大明有些蒙，以为是骗子，便没有理会。收到短信的第二天，朱大明原计划在 6 月 24 日这天到北京出差，临上飞机前两小时他接到了一个朋友的电话："你的学生张勇要来找你，给你还钱！"朱大明这才明白陌生短信是怎么回事。

电话刚挂断，又一个电话打了进来。"朱老师，是您吗？我是张勇啊！"熟悉又陌生的低沉声音响起，朱大明顿时泪沁双目。张勇得知朱大明要去北京，很坚决地让老师等一等，他要尽快从深圳飞回重庆见老师，当面还钱。朱大明心里明白，张勇舍不得错过与自己 22 年后再见面的机会。

还债："连夜带着钱飞了过来"

昨天上午 10 点半左右，身材精瘦、穿着白色 POLO 衫的张勇背着一个黑色双肩背包，急匆匆地赶到朱大明家中。

"朱老师，我真的好激动。"不善言辞的张勇紧紧地握着老师的手。时隔 22 年，张勇说不出更多的话。朱大明诙谐地说了一句："你看起还是挺年轻，我都老了。"张勇笑了，摸着板寸头说："为了见老师，来之前特意染黑了头发，其实我头发都花白了。"

"听您的话，我没有放弃，现在也算是成功了。"张勇像当年做学生时一样，给老师汇报了自己的成绩。他的厂从当年几百平方米的小厂房，已经发展成占地 5000 多平方米，拥有近千名员工，年盈利千万元的大工厂。

张勇和老师聊起创业经历很是感慨，说最艰难的时候是老师帮着渡过难关，他一直把老师当时"努力坚持"的话铭记在心，踏踏实实地经营，一步步走到今天，中途也没有遇到太大的挫折。

"老师，我要还您本钱！还利息！但还不完的是您对我的恩情！"张勇一口气说了好几个"还"，一边用双手从包里捧出四沓百元大钞，共 20 万元。没等张勇说完，朱大明连连摆手："哪里哦，连本带利 20 万元绰绰有余！"张勇告诉朱大明，前几天在电视上看到朱大明出现在"逐梦他乡重庆人"回乡大联欢晚会上，当时就兴奋地跳了起来："这 20 多年来，我始终没忘您当时的帮助，一直都想着还钱给您，却联系不上。"

“您在电话里说要去北京，我这心急得啊，恨不得马上见到您，就赶紧连夜带着钱飞了过来。”张勇说着说着一度哽咽。张勇向朱大明提出想回家乡发展：“现在重庆发展得这么好，我也打算落叶归根，回来发展。”

“好，很好，太好了，这真是不谋而合！我也有这个想法。”朱大明一连叫了几个“好”，他不仅鼓励张勇回乡，还说自己也有这样的打算。22 年后师生再相逢，朱大明和张勇紧握着对方的手，笑了。

作品标题　老师，还得了您的钱，还不尽您的情
参评项目　通讯
作　　者　景然
责任编辑　黎伟
刊播单位　重庆晨报
首发日期　2017-06-28
刊播版面　第 4 版　今要闻

作品评价

正能量的稿件，借钱人 22 年不忘承诺，从“逐梦他乡重庆人”的电视节目中看到自己当年的老师，连夜搭飞机返回重庆还钱。作品故事性强，内容感人，情节丰富，文笔佳，具有很强的阅读性。

采编过程

记者先后联系到债主朱大明，还钱人张勇，跟随两名主角整整一天，将两人的故事还原纸上。

社会效果

独家线索，稿件刊发后，得到了国内百家媒体、网站的转发，评论多，反响大，传递社会正能量。

全媒体传播效果

上游新闻 APP 客户端阅读量破 10 万次。

警察叔叔就是他！黄桷湾立交设计师：其实它不扎心还很贴心

重庆商报记者　刘翰书

大重庆最新网红上线了。
最近几天，微博和朋友圈，
都被一座立交桥刷爆了。
没错，立交，就是这么魔幻。

我们来简单认识一下它
这座桥叫黄桷湾立交
被喻为重庆最大最复杂的立交
预计今年 9 月完成配套
高达五层，20 条匝道
连接 8 个方向

该立交位于内环快速路盘龙立交处
第一层
是连接朝天门大桥与慈母山隧道的
“三横线”快速干道
第二层
是机场专用高速匝道
第三、四层
分布着各条匝道
最底层
是弹子石至广阳岛道路

按照设计
主线设计为双向四车道
主线车行为 60 公里/小时

匝道为 40 公里/小时

具体来说
黄桷湾立交可把朝天门长江大桥
慈母山隧道两大交通工程连在一起
以后从茶园到江北
就可直接从慈母山隧道
经黄桷湾立交上大佛寺大桥后
抵达江北，车行只需 10 多分钟
机场专用快速路
起于江北国际机场第三航站楼
往南经回兴与金兴大道相接
在跑马坪与渝长高速连接
新建寸滩大桥跨长江
与黄桷湾立交相接
到机场也会快不少！

百度看了沉默，
高德看了流泪。
就想问各位驾驶员朋友，
惊不惊喜？意不意外！

估计许多司机朋友的心理活动应该都是：
设计师你给我出来我保证不打你！扎心了，老铁！

老铁毕竟是老铁，
哪里会怕这点小小威胁——
今天，小记就采访到了黄桷湾立交的主创设计师、
中鼎世纪工程设计有限公司负责人张洪勇。
他说，自己的作品一不小心成了新晋网红，
可是万万没想到。

认认真真地修个桥
一不小心炫了技

“要是按照最初的设计，匝道口比现在大家看到的还要多。”6 月 1 日下

午，40 岁的张洪勇在接受记者采访时表示，黄桷湾立交从 2005 年开始启动，到 2006 年由他作为主创设计师就形成了稳定的方案。

20 世纪 90 年代末，张洪勇从重庆交通大学道路与桥梁专业毕业，在黄桷湾立交前，年纪轻轻的他就参与了南坪中心交通枢纽工程、金开大道、鸳鸯立交和金渝立交等工程设计。

尽管拥有令人眼花缭乱的 5 层结构、15 条匝道、朝 8 个方向延伸，但张洪勇坦露，之所以进行如此复杂的设计，并非秀技，而是基于城市发展所需的路网总体规划格局和实际地形等条件所限，而不得不为之的一种设计考量。

张洪勇介绍，黄桷湾立交的建成，对打通“内环四公里、巴南方向——内环大佛寺北环”方向、“沿江高速、茶园——朝天门、江北”方向和“内环四公里、巴南——寸滩大桥、机场”方向这三大横向格局，具有极其重要的意义。

从某种程度而言，黄桷湾立交既要起到重庆主城南北交通转换节点的功能，又要发挥整个南区外向通达的作用，是一个重要的城市交通枢纽工程。

为何修这么魔幻？
是为将空间利用最大化

“如何在保持现有设施情况下实现几大区域的互通，是设计时的一大难点。”张洪勇称，设计黄桷湾立交时，内环盘龙立交上下匝道已然形成并投入使用，朝天门大桥也正紧锣密鼓施工当中，慈母山隧道则尚在擘画中，如何有效衔接，又不触及既有现状，还将有限的空间利用到最大化，是将设计方案最终推向 5 层、15 匝道的重要原因。

除此之外，还有一大因素是张洪勇不得不考虑的——工程所在地的一侧，拥有大量民居和部分工厂，若在此布局过多匝道，则意味着大量拆迁造成工程成本的上升。张洪勇说，接到这一任务后，他和团队工作人员仅宏观方案就讨论一周，半个月的初稿和一个月的表述论证，前后形成了至少 5 套方案，修修改改画了二三十张设计图。

张洪勇表示，具体到工程，就必须考虑内环、朝天门大桥、大佛寺大桥以及慈母山隧道等几者之间的标高关系，以及如何进行合理的立墩设置，基于上述原因，最终，黄桷湾立交被设计成 5 层结构、15 条匝道、朝 8 个方向延伸的模样。

开车用“排除法”
定向匝道你不会犯晕

“采用定向匝道的方式，既避免了迂回绕圈，也让行车得到有效识别。”

张洪勇针对网友质疑行驶在黄桷湾立交可能犯晕、绕不出来等问题回应，行驶在黄桷湾立交，最简单有效的方式则是采取“排除法”。

张洪勇表示，尽管拥有5层、15条匝道和八向的复杂结构，其实开车从任何一个方向进入黄桷湾立交，每个分叉点前，都只有直行或转一次弯两种选择。

他举例言之，当驾驶员从茶园经慈母山隧道出来后，经过黄桷湾第一个匝道口，直行方向为朝天门大桥，其余到机场、大佛寺和内环方向的车辆均朝右转，经过第二个匝道时，朝机场方向车辆则进行右转，而到大佛寺和内环方向的车辆继续直行，如此，最多只需进行三次单项“排除法”，就可顺利到达目的地。

“其实黄桷湾立交虽然看上去复杂，在正常车速下，整个通行时间不过10多秒，并不至于让人犯晕。”张洪勇表示，分叉点与分叉点间距在200～300米，提前提示也可以给予驾驶员足够选择和反应的时间。

导航软件到底会不会“迷路”？

就黄桷湾立交5层、15条匝道和八向通行的复杂结构而言，目前常用的诸如高德、百度等导航软件，因为匝道与匝道距离太近，仅凭卫星云图很难实现精确导航，需要软件方面技术人员实地考察清楚立交结构后才能实现。

为什么不采用颜色区分方式？

当初进行设计时，也曾将颜色区分识别这一方式考虑进方案。但因种种原因作罢，今后或将随着运行的逐渐完善，而采用道路铺装、栏杆、指示牌等不同颜色进行区分，但目前的“排除法”对正常行车不构成干扰。

一旦开错会不会“万劫不复”？

黄桷湾立交在设计时，除内环外，在距每一个匝道出口不远处，通常在500～1000米，就可以掉头，即便不小心走错，也不至于错行太远。

作品标题　警察叔叔就是他！黄桷湾立交设计师：其实它不扎心还很贴心
参评项目　全媒体
作　　者　刘翰书
责任编辑　黎雨寒
刊播单位　重庆商报
首发日期　2017-06-01
刊播版面　上游财经微信公众号头条

作品评价

主城“黄桷湾立交”近期竣工，其行驶线路的复杂性令市民眼花缭乱，本报记者采访立交桥主创设计师，对设计过程、地理特点和行驶线路进行了详细解读，在上游财经 APP、微信公众号和报版 A03 版突出报道，并在封面头条导读，题材服务性强，普遍关注度高。

采编过程

今年 5 月底，新近竣工的“黄桷湾立交”一时间在互联网和朋友圈被热议，“重庆最牛立交桥”“百度看了沉默、高德看了流泪，导航都要迷路”“走错了就是重庆一日游”等声音不绝于耳。获悉该线索后，记者第一时间采访到这座立交桥的主创设计师，从立交的设计初衷、地理特性、行驶攻略等多个方面进行了分析解读，力求全方面展现这座“最复杂立交”，并突出实用性和服务性。

社会效果

通过本文的刊发及传播，一定程度上为这座“最复杂立交”正名，并在日后通车运行中，为广大驾驶员提供了行车指南。与此同时，稿件也在一定程度上促进了相关导航软件运营商的跟进完善，并给立交主管部门提出了相关建议，对完善该座立交的运行、维护提供了舆情支撑。

全媒体传播效果

上游财经微信公众号《警察叔叔就是他！黄桷湾立交设计师：其实它不扎心还很贴心》稿件信息含量丰富，导语提炼轻松愉悦，页面穿插立交桥美丽图片，并用制图标注行驶路径和要点，既展示出立交桥恢宏的地标性现代化风采，又突出了服务性。稿件阅读吸引力强，阅读指数超 4000。

揭秘千万资产人群咋理财：靠“家族办公室”

华龙网记者　佘振芳　万浩睿

服务对象不是千万富豪就是亿万富豪，日常工作除了给客户投资，还包括买飞机、游艇……近年来，比家族信托更加高大上的“家族办公室”在中国悄然崛起。就在最近，重庆市金融办官网还发布了一纸通知，称将邀请瑞士专家，在渝举办家族办公室专题培训。

什么是家族办公室？哪些人能进去？记者采访了相关人员和业内人士，并梳理了经典案例，为读者揭开家族办公室的神秘面纱。

重庆官方要搞家族办公室培训　本地企业早有布局

日前，重庆市金融办官网发布了一则通知，通知称，2017 年 6 月 21 日到 6 月 23 日，金融办下属事业单位重庆市金融发展服务中心拟邀请知名瑞士专家来渝举办家族办公室实操专题国际培训班。

什么是家族办公室？其实，这种发源于欧美的顶级金融机构，近年来正在中国悄然兴起。

据报道，2015 年，马云的好伙伴、阿里巴巴核心创始人之一蔡崇信在香港设立家族办公室，管理着马云的部分财富和蔡崇信自己 80 亿美元财富的大部分。而王健林的家族办公室，就是王思聪的普思资本。

公开资料显示，重庆本地企业家也早有布局。

早前，龙湖地产创始人就通过信托的形式管理家族财富。2008 年 6 月 11 日，吴亚军和蔡奎通过汇丰国际信托，分别建立了吴氏家族信托和蔡氏家族信托，并将双方拥有的龙湖地产股份分别注入这两个家族信托。两个信托是完全不同的独立信托，前者的受益人是吴亚军及其家族成员，后者的受益人是蔡奎及其家族成员。（据天津网）

此处划重点：家族办公室管理的资产为企业家用于家族传承的私人财产，与企业的经营资产严格划清界限。

背景：重庆有钱人越来越多　急需解决“富不过三代”问题

“这是重庆首次举行这方面的培训。”据市金融发展服务中心主任张洪铭透露，举办这个培训，主要出于两个方面的考虑。

一方面，是为了落实市第五次党代会和重庆建设国内重要功能性金融中心“十三五”规划关于加快建设金融内陆开放高地，推动“引进来”与“走出去”，加快培育形成国际经济金融合作和竞争新优势的战略部署。“家族办公室属于资产管理行业，资产管理在发达国家是一个非常重要的金融板块，增强这方面的金融功能，有助于推动重庆建设国内重要功能性金融中心。”张洪铭表示。

另一方面，重庆地区资产规模在千万元甚至上亿元的高净值人群越来越多，他们有财富管理、推动财富保值增值的需求。公开数据显示，重庆资产超过 1000 万元的高净值客户大约有 1.6 万人。

“目前，在这个行业，国内各城市基本处于同一个起跑线上，重庆现在做这个，算得上领跑，也引起了上海等其他城市的兴趣。”张洪铭告诉记者。

2017 年胡润全球富豪榜中，重庆有 13 个人（家族）上榜，房地产企业至少 4 家。歌斐资产管理有限公司全权委托投资业务高级投资董事李富军告诉记者，重庆地区高净值人群大部分从事传统制造业，随着经济结构转型，这些行业的回报率正在下滑。据李富军透露，在其所在公司服务过的高净值客户中，很多来自传统钢铁和煤炭行业，一旦资产回报率降到 5% 以下，就宁愿把钱转出来做投资。

解决“富不过三代”问题，是家族办公室承载的重要使命。

随着“富一代”逐渐老去，“富二代”登上舞台。而据调查，愿意接班的“富二代”并不多。

“他们受到的教育跟父辈不一样，多半有海外留学经历，许多人对父辈的产业经营兴趣不高，不愿接班，在时间分配上往往倾向于自己的兴趣，比如有的热衷于体育、慈善、旅游等，他们思想开放，也愿意将家族资产交给专业人士去打理，自己则去发展自己的爱好，这也催生了对家族办公室的需求。”李富军表示。

日常：投资、法律样样玩得转，还要给老板买飞机

家族办公室是家族信托的 Plus 版，是一个由相关领域专家组成，专注于一个财富家族的投资及私人需求等事务的私人公司。

根据去年英国研究机构 Campden 的调研，全球大概有 5300 个家族办公室，亚洲地区则只有 200～400 家。

家族办公室分为单家族办公室和多家族办公室。顾名思义，前者为一对一服务，后者为一对多服务。国外，资产规模在 1000 万到 3000 万美元之间的富豪一般选择多家族办公室，3000 万美元以上的则选择单家族办公室。

那么国内情况如何呢？李富军告诉记者，单家族办公室服务人群对资产要求在 3 亿元以上，多家族办公室服务人群则为千万元资产以上。

谈到家族信托和家族办公室的区别，李富军介绍道，家族信托只做一方面的业务，但家族办公室涵盖了五个方面的服务。其中最大、最重要的一块，就是投资和财富管理，帮助超高净值的财富在几代人之间进行传承，这部分也就是家族信托目前主要开展的业务内容。

第二个方面是风险管理，包括法律合规方面的服务，为客户提供专业的法律意见。

第三个方面主要是做财税和预算的规划。“高净值客户对税务的规划是十分谨慎的，包括遗产税等。”李富军说。

第四个方面则是日常资产的维护，给客户提供专业的分析和报告，比如，客户如果投资了美国的资产，就需要了解美国宏观经济的状况；如果投资了房地产，则需要了解房地产的未来发展。

第五个方面则是定制化、个性化的服务，比如，有的客户喜欢买房子，家族办公室就要帮忙联系全球的房产经纪人进行对接，如果客户有买私人飞机、游艇的需求，也可满足。“这些都是非常个性化的需求，可以说，家族办公室对超净值人群的服务实现了全面的覆盖。”李富军表示。

现状：帮富豪“管家”是门大生意　三类机构已入场

根据中金公司 2015 年的调研，国内进军家族办公室行业的主要有三类机构，一种是银行提供的私人银行服务，一种是信托公司提供的家族信托服务，还有一种就是第三方财富管理公司的家族办公室服务。

在李富军看来，这三种各有优缺点。

“银行提供的家族办公室业务主要还是理财服务，投资种类以股票和标准债券为主，不够全，而且银行许多业务比如投资和法律咨询，都是外包的，而家族办公室往往是长期合作的关系，外包会带来一些不稳定的因素。信托公司呢？其实更简单，他们的优势是信托业务，但业务也比较单一化。第三方财富管理机构则比较灵活，更接近国外家族办公室的方式，但它也有个缺点，就是自身品牌的树立需要时日，如果自身不能吸纳一大批专业人才的话，很难取得客户的信任。”李富军表示。

与欧美的家族办公室相比，目前国内的家族办公室功能还比较单一，提供的服务仍以家族信托为主，主要是为了解决传承和法律架构的问题。

“中国的富人比较重视将传承资产和经营资产进行剥离，解决遗产的传承问题，对投资重视不够。”李富军分析道，这是因为大部分高净值人群是通过个人打拼获得财富积累的，这些人个性鲜明，对权力的掌控欲很强，不但在经营上，在投资上也要掌控，而且对资本市场的认识很难达到相应行业水准。”

据他透露，很多单家族办公室 CEO 在投资时都会受到很大干扰，“比如说，有的老板就喜欢买房子，一看到股票就说不行。”

想入行的看过来：家族办公室需要这些人

在本次通知中，记者看到，培训的对象为银行高管、财富管理从业人员、保险专家、税务专家、律师、企业家，对家族办公室感兴趣的人士。

那么家族办公室需要哪些人才?

据李富军介绍，家族办公室人才的构成与其五大功能联系密切。

首先需要的是投资专业人才，应该具有全球全资产配置能力和投资经验，第二类是相关律师和税务专家，负责信托架构和税收规划，第三类是相应 IT 和运营支持人才，第四类是研究人才，主要做一些行业研究、资产类别研究以及全球经济的研究，第五类就是个性化需求的提供者，比如客户房产和游艇的需求，这类特殊需求服务的提供者。

“当然，核心和重点还是专业的投资人才、专业的法律和税务规划人才。”李富军补充道。

数据显示，在我国，千万资产规模人群正在以每年两位数的速度增长，而重庆虽然没有具体数据，但业内人士一致认为，作为直辖市，对财富聚集和人才聚集都具有虹吸效应，这一市场前景也是乐观的。

案例：厉害了！洛克菲勒家族靠“家族办”传六代而不倒

最为著名的家族办公室案例无疑是洛克菲勒家族。1882 年，约翰 · D. 洛克菲勒建立了世界上第一个家族办公室。

老约翰辞世时留下了外界估值达 14 亿美元的财富，相当于当年美国 GDP 的 1.5% 。此后，小洛克菲勒作为委托人，先后为妻子和 6 个孩子以及孙辈们设立了信托，受托人是信诚联合信托（Fidelity Union Trust）。

案例：传媒大亨默多克历经多次婚姻，通过家族信托进行财产隔离保护

世界传媒大亨默多克是另一个经典案例。默多克在与第二任妻子安娜·托芙离婚时支付了17亿美元，损失惨重，因此在与第三任妻子邓文迪结婚前，他把名下的主要资产，特别是新闻集团股权都通过GCM信托公司装入了家族信托进行隔离保护。默多克与前两任妻子的4个子女是这个信托的监管人。

2013年末，与默多克离婚的邓文迪仅获两套房产和让两个女儿成为870万美元基金的受益人，而默多克仍然拥有超过139亿美元财产，并牢牢掌控新闻集团的控制权。

作品标题　揭秘千万资产人群咋理财：靠"家族办公室"
参评项目　通讯
作　　者　佘振芳　万浩睿
责任编辑　张一叶　康延芳
刊播单位　华龙网
首发日期　2017-06-09
刊播版面　华龙网首页、官方微博、微信等移动端全媒体发布

作品评价

家族办公室属于新生事物，被誉为财富管理行业"皇冠上的明珠"，比家族信托更高大上。公开数据显示，重庆资产超过1000万元的高净值客户大约有1.6万人，随着重庆新富人群的增加，在这方面的市场和人才需求急剧增长。

作品通过丰富的内容、多层次的报道、轻松的风格，带读者了解神秘的家族办公室，将高大上的题材做得接地气，起到了普及知识的作用。

采编过程

最初，市金融办官网简单发了一则通知，我市举行家族办公室国际培训班。记者在得知消息后，敏感地觉察到其中的新闻点。

随后，记者第一时间联系举办培训的金融发展服务中心，同时辗转联系开展家族办公室业务的国内知名理财机构，进行了扎实的采访，与对方反复沟通确认，并查阅大量资料，进行梳理，最终从家族办公室出现的背景、办公室职责构成、市场前景、典型案例等方面入手，形成了一篇不失深度的报道。

社会效果

家族办公室看上去高大上，普通读者对这一行业充满好奇，却并不了解。报道深入浅出，将家族办公室的职责、前景等娓娓道来，起到知识普及的作用。

报道发出后，被不少业内人士转发点赞，有不少银行、保险等金融从业人士联系咨询培训事宜，既为市金融办开展工作起到服务作用，又在无形中提高了报道的品牌影响力。

全媒体传播效果

报道刊发后，被中国新闻网、中国证券网、中国经济网、搜狐、西部网等多家主流媒体和财经媒体转载，客户端浏览量达到 1200 次。

云阳普安恐龙系列报道

华龙网记者　黄军　佘振芳　罗杰　刘嵩

系列报道一：记者深入云阳普安恐龙化石现场：群龙为何在此沉眠?

烈日当空，磨刀溪畔，群龙沉眠，万籁俱寂。谁也没想到，在重庆市云阳县普安乡老君村的一处山坡上，竟有大批恐龙化石藏埋于此，其规模、科研价值堪称“世界级”。在长达两年左右的科考工作之后，云阳普安恐龙化石今日终于揭开了神秘面纱。

有多少恐龙曾经生活在此？1.6亿多年前，它们遭遇了什么？近日，华龙网特派记者随科考专家走进了化石发掘现场，为你揭秘深山群龙沉眠背后的故事。

>>现场：化石星罗棋布　宛如远古世界的浮雕

从云阳县城驱车两个小时左右，经过许多环绕的山路，便抵达了普安乡老君村恐龙化石群现场。

化石群位于一处斜坡上，斜坡四周群山连绵，顺着斜坡往上走，可以看见正在发掘的长达150米左右的化石墙，各种恐龙骨骼化石星罗棋布，宛如一幅远古世界的浮雕，格外震撼。

现场不远处有少量的民房。但居住在这附近的人最开始都不知道这片山里竟埋藏着远古时期的大型生物。

是谁，揭开了它的面纱?

“两年前，当地一个放牛的村民发现了一块骨骼化石，通过云阳的文物部门找到了三峡博物馆，再找到了我们。”化石发掘现场技术负责人、重庆市地勘局208水文地质工程地质队代辉博士介绍，接到消息后，他们就赶到现场踏勘，确认村民所发现的为恐龙化石。

随后，代辉所在的208地质队在此开始了长达两年的保护、发掘和科研工作。

>>发现：埋藏有5大类恐龙　最大个可达28米

记者了解到，根据恐龙化石露头调查，现场约5公里范围内均有化石露头，核心区包含了四个区域。目前现场仍在发掘的是一区，形成的化石墙长150米左右，厚度2～4米，高6～8米。

如此大范围的恐龙化石埋藏，发掘出了多少化石？

代辉告诉记者，现场化石墙表面能看到的仍有3000多块形态、大小各异的化石，已经往主城的研究基地运回了5000多块和几百个大包的化石。

化石墙上的恐龙化石大多是零散的，没有太多关联性，但是也不乏关联性很好的。在一个角落，记者就看到了一处骨骼堆积在一起的颇具恐龙形态的化石。“这处是兽脚类恐龙。”代辉指着化石说。

规模如此之大，这里到底有多少种恐龙呢？

代辉说，通过初步的形态分析和研究，目前已确定这些恐龙至少有5大类：基干蜥脚形类、蜥脚类、兽脚类、鸟脚类、剑龙类，此外还有蛇颈龙类水生爬行类动物化石和双壳类为代表的无脊椎动物化石。

说到这里，代辉很是激动和兴奋，像是发现了新大陆一般，“这里有望形成世界上最具特色的侏罗纪恐龙化石展示墙。”

远古时期的这种生物不仅种类多，个头也很大。通过化石的研究分析，这里最大个的恐龙可以达到28米左右。

每一块化石都有自己的身份证，编号、产地、发掘日期、地层年代、发掘单位等都记录得清清楚楚。

>>谜团：化石为何异地埋藏？亿万年前发生了啥？

闭上眼，想象一下，亿万年前，普安乡老君村这里有一处巨大的湖泊，各种恐龙在此生活、追逐、争夺……

回到现在，站在恐龙化石埋藏现场向四周望去，连绵起伏的山峰让人想象不到亿万年前这里发生了什么。它们为何集体埋藏？它们遭遇了什么？

专家有了初步的研究结果。

代辉说，从化石的堆积来看，属于异地集群埋藏。也就是说，当时恐龙并不是在现场的埋藏地原址灭亡的，可能是山洪暴发导致族群灭亡，也有可能是死后被集体冲到这里的。

“从地层来看，恐龙生活的时期，这里应该是一个湖。”代辉说，现场大量保存完好的骨骼化石说明，它们很可能还是带肉整块肢体被冲过来的。

是否还有其他可能？这些都有待进一步的研究。

>>专家：有望形成世界上最具特色恐龙化石展示墙

记者了解到，云阳普安恐龙化石群被发现后，全中国乃至世界知名的恐龙研究专家、学者都来过了。

世界权威恐龙专家徐星、著名恐龙学家董枝明等专家现场踏勘后认定：云阳普安恐龙化石科研价值大。化石遗址一区在发掘工作结束后，可形成继山东诸城（白垩纪恐龙化石）后我国第二个原址大型恐龙化石展示墙，同时也有望形成世界上最大型、最具特色的“侏罗纪恐龙化石展示墙”。

如专家所言，现场的化石并不会全部发掘，会留下一些具有科普价值和观赏性的化石，建成化石墙。

云阳普安恐龙化石的发现还有一大意义。其地质时代跨度大，从侏罗纪早期延续到晚期均有恐龙化石分布。代辉说，云阳普安恐龙化石的发现，填补了恐龙演化序列的一些空白。目前全世界侏罗纪早期以及白垩纪时期的恐龙化石发现较多，侏罗纪中期的发现较少，并且云阳普安恐龙化石四区自流井组在时代上位于云南禄丰龙动物群和以自贡为代表的蜀龙动物群之间，对于研究这一时期恐龙的演化具有重要意义。

华龙网、重庆客户端将持续报道云阳普安恐龙化石的发掘和后续建设保护，敬请关注。

>>新闻延伸：重庆恐龙之最

曾有媒体盘点重庆发现的各种恐龙，最凶猛、最温顺、最巨型的都有哪些？一起来看看。

最巨型的恐龙

- 合川马门溪龙

发现时间：1957 年

发现地点：合川太和镇鼓楼山

生活年代：侏罗纪晚期

最凶猛的恐龙

- 上游永川龙

发现时间：1977 年

发现地点：永川上游水库

生活年代：侏罗纪晚期

最温顺的恐龙

● 江北重庆龙

发现时间：1981 年

发现地点：江北猫儿石

生活年代：侏罗纪晚期

最大规模恐龙足印

● 綦江恐龙足印化石群

发现时间：2003 年

发现地点：綦江区三角镇红岩坪村莲花保寨

生活年代：白垩纪中期

系列报道二：重磅！重庆发现世界级恐龙化石群已确定五大类恐龙化石

今日上午，重庆市举行云阳县普安乡恐龙化石发掘成果新闻发布会，正式对外公布，我市发现世界级恐龙化石群。该化石群化石资源规模大、地质时代横跨侏罗纪早中晚期、化石种类多、科研和开发利用价值大，目前已确定基干蜥脚形类、蜥脚类、兽脚类、鸟脚类、剑龙类五大类恐龙化石，已形成长 150 米、厚 2 米、高 8 米的“恐龙化石墙”。

国家古生物化石专家委员会办公室、市国土房管局、云阳县政府有关领导出席了新闻发布会，世界恐龙权威专家徐星受邀作了专题发布，市政府新闻办发布处负责人主持会议。

重庆市地勘局 208 水文地质工程地质队的队员们正在现场工作。

>>含金量高：三批专家均认定为世界级恐龙化石群

恐龙化石的保护和发掘工作先后得到了徐星、董枝明等多位著名恐龙学家的现场指导，也得到了三次权威专家（组）的书面鉴定认可。

2017 年 4 月 25 日，重庆市云阳县普安乡恐龙化石发掘阶段性成果评价会上，以亚洲恐龙协会理事长、国家古生物化石专家委员会顾问、有“中国龙王”之誉的著名恐龙学家董枝明研究员为组长的专家组一致认为：重庆云阳县普安乡恐龙化石发掘程序合法、人员配置合理、发掘工作科学、保护方法恰当。云阳普安恐龙化石群为世界级恐龙化石群，具有非常高的科学价值和开发利用价值。

2017 年 5 月 18 日，世界权威恐龙专家、中科院研究员徐星出具了“关于重庆市云阳县普安乡新发现恐龙化石的初步评价意见”，认为：发掘形成的长达150米的世界级侏罗纪原址大型恐龙化石墙，具有很高的科普价值和开发利用价值。

2017年6月6日，重庆市云阳县普安乡恐龙化石发掘成果鉴定会上，以国际古生物协会主席、中科院院士周忠和为组长的专家组鉴定认为：云阳普安恐龙化石群具有时代跨度大、分布密集且范围广、种类丰富等特点，为世界级恐龙化石群，具有非常高的科学价值和开发利用价值。重庆市云阳县普安乡恐龙化石群的发现是我国乃至世界恐龙研究领域的一个重大发现。

>>专家解读：云阳县普安乡恐龙化石有六大特点

恐龙化石发现地位于云阳县普安乡老君村，距云阳新县城23公里，距云阳龙缸国家地质公园22公里，位于长江南岸一级支流磨刀溪上游，水陆交通便利。

恐龙化石露头调查结果表明，沿下沙溪庙组岩层走向上约5公里范围内均有化石露头，恐龙化石核心区出露长度达550米。通过发掘工作，目前已形成长度150米、厚2米、高8米的“恐龙化石墙”，墙体面积1155平方米，含17个化石富集小区。据探测，“恐龙化石墙”下仍有大量恐龙化石，埋藏深度至少20米；距核心区约1公里远的更古老的早侏罗世自流井组地层中，同样有较密集的恐龙化石出露。

世界权威恐龙学家徐星、董枝明等现场踏勘后认定，云阳恐龙化石群有六大特点：

化石分布时代跨度大，从早侏罗世晚期到中侏罗世，再到晚侏罗世的地层中，都有化石发现。

化石分布范围大，在约5公里长的岩层走向上有多处化石露头，显示了巨大的潜力。

化石种类丰富，目前已经发掘暴露出来的化石包括基干蜥脚形类、蜥脚类、兽脚类、鸟脚类和剑龙类等至少五个恐龙亚类群以及蛇颈龙类等其他爬行动物等。

属于异地集群埋藏，化石数量多和总体分布密集，关联程度较低，存在许多碎块化石，但分选性差，具有短距离搬运和快速埋藏的特点，比如大型泥石流形成的异地集群埋藏。

云阳普安恐龙生活时期处于恐龙演化的关键时期，研究意义重大。早侏罗世晚期—中侏罗世是恐龙演化的关键时期，许多亚类群的出现以及一些重要特征的出现，比如恐龙巨型体型的演化，都发生在这一时期，但相对而言，在世界范围内，这一时期的化石纪录都较为贫乏。云阳普安恐龙化石四区自流井组有较为丰富的恐龙和蛇颈龙化石，很可能填补了世界上早侏罗世晚期

—中侏罗世恐龙时空分布上的一个空白。因此，云阳普安恐龙化石具有填补恐龙演化序列空白的潜在重大研究意义。

化石墙的保存方式有利于科普和旅游事业。规模如此大的恐龙化石点是极佳的科普教育基地，也非常有利于推动旅游文化事业。

>>科学保护：批准建立云阳普安恐龙市级地质公园

2015 年年初，云阳县普安乡群众报告发现疑似恐龙化石后，市委、市政府高度重视，市国土房管局按照相关规定和要求，对恐龙化石进行了临时保护工作。

2015 年 3 月，市国土房管局对云阳县普安乡恐龙化石开展了核心区的化石露头调查及临时保护工作。在完成地面调查、测绘、测量、探槽、钻探等调查工作和充分整理及分析调查结果的基础上划定了临时保护区，采取修建临时保护工程（围栏、彩钢棚）、专人巡视、化石保护宣传、化石清理装箱等多种措施进行临时保护，并将普安乡化石保护区内安置视频摄像头接入市国土房管局安全应急调度中心，实现了对云阳县普安乡恐龙化石发掘现场的远程监管。

按照市领导“保护好、利用好”恐龙化石资源的指示精神，2017 年 5 月，市国土房管局批准建立了重庆市云阳普安恐龙市级地质公园，规划保护面积为 91. 3 平方公里。

>>有力发掘：创新运用多种高科技手段

在前期开展的勘查工作中发现，普安乡的恐龙化石资源非常丰富，但化石富集区为耕作养殖地，风化侵蚀严重，化石保护困难。经国家古生物化石专家委员会的数名专家前往现场考察后，建议对化石进行发掘。

依据《古生物化石保护条例》，恐龙化石属国家重点保护古生物化石，发掘工作应当向国务院国土资源主管部门提出申请并取得批准。经国土资源部地环司同意，云阳县普安乡古生物化石发掘工作全面启动。该发掘项目既是国土资源部示范项目，也是重庆市首个获得正式批准的古生物化石发掘项目。

据介绍，发掘工作主要包括化石盖层剥离及弃渣、化石发掘、化石探井探查、化石运输、化石保存、三维激光扫描、无人机航测等。发掘工作以“分级管理、重点保护、科研优先、合理利用”为原则，多种创新技术充分运用，采用了“坡率法盖层剥离+渣场弃渣+化石层发掘+化石展示墙”实施方案。

为更好地记录化石原始埋藏情况，该抢救性发掘项目还构建了古生物化石发掘现场的原始三维场景，实现信息化管理及展示等功能，创新地将物探测试、三维激光扫描、无人机倾斜摄影等先进技术手段应用到了古生物发掘中。

>>建设恐龙化石原址博物馆：争取建成国家地质公园

新闻发布会上，市国土房管局介绍了云阳普安恐龙化石下一步的保护利用工作。

普安恐龙化石发掘成果新闻发布会后，将组织加强科学研究力度，将发掘出来的化石进行科学研究，开展化石研究修复和装架工作；对已形成的化石墙进行研究保护，抵御自然环境破坏。

与此同时，为更好地积极保护和合理利用恐龙化石资源，市国土房管局将与云阳县政府共同建设普安恐龙化石原址博物馆、科研科普教育基地及打造化石村，申报国家级重点保护古生物化石集中产地，争取建成国家地质公园。

条件成熟时，将云阳普安恐龙地质公园与云阳龙缸国家地质公园有机整合，争取打造世界地质公园，成为三峡库区旅游精品，带动地方社会经济发展。

系列报道三：世界著名恐龙专家：云阳普安恐龙化石至少有五类恐龙六大特点

重庆云阳普安乡发现了世界级恐龙化石群。今日上午，云阳县普安乡恐龙化石发掘成果新闻发布会举行，世界著名恐龙专家、中科院古脊椎动物与古人类研究所研究员徐星在会上表示，重庆云阳普安恐龙化石群是一个世界级的侏罗纪恐龙化石群，是近年来在世界恐龙研究领域的一个重大发现。

具体而言，云阳普安恐龙化石具有以下几个特点：

一是化石分布时代跨度大。从早侏罗世晚期到中侏罗世，再到晚侏罗世的地层中，都有化石发现。

二是化石分布范围大。在约 5 公里长的岩层走向上有多处化石露头，显示了巨大的潜力。

三是化石种类丰富。目前已经发掘暴露出来的化石包括基干蜥脚形类、蜥脚类、兽脚类、鸟脚类和剑龙类等至少五个恐龙亚类群以及蛇颈龙类等其他爬行动物。

四是属于异地集群埋藏。化石数量多和总体分布密集，关联程度较低，存在许多碎块化石，但分选性差，具有短距离搬运和快速埋藏的特点，比如大型泥石流形成的异地集群埋藏。

五是云阳普安恐龙生活时期处于恐龙演化的关键时期，研究意义重大。早侏罗世晚期—中侏罗世是恐龙演化的关键时期，许多亚类群的出现以及一些重要特征的出现，比如恐龙巨型体型的演化，都发生在这一时期，但相对而言，在世界范围内，这一时期的化石纪录都较为贫乏。云阳普安恐龙化石四区自流井组有较为丰富的恐龙和蛇颈龙化石，很可能填补了世界上早侏罗世晚期—中侏罗世恐龙时空分布上的空白。因此，云阳普安恐龙化石具有填补恐龙演化序列空白的潜在重大研究意义。

六是化石墙的保存方式有利于科普和旅游事业。规模如此大的恐龙化石点是极佳的科普教育基地，非常有利于推动旅游文化事业。

徐星说，云阳普安恐龙化石的发掘和研究工作只是一个开始，将来还有很多工作要持续做下去。

作品标题　云阳普安恐龙系列报道
参评项目　系列报道
作　　者　黄军　佘振芳　罗杰　刘嵩
责任编辑　张一叶　康延芳　杨涛
刊播单位　华龙网
首发日期　2017-06-28
刊播版面　华龙网首页大头条、重庆客户端首屏

作品评价

重庆云阳发现世界级恐龙化石群，此事在全国乃至全球影响重大。该组系列报道系华龙网在全国独家首发，且进行了独家直播，新闻发布会的直播一结束，就推出此前现场探访的深度稿件，准备充分，形式多样、内容丰富，包括现场采访、发布会直播、现场视频和图片，实现了全媒体融合。

系列报道采访扎实，内容全面，文笔流畅。现场报道文笔优美，写法有悬念，又具科普性，为读者一一揭秘，可读性强。记者在40多摄氏度高温下现场采访，通过对现场细致的描写，带领读者如身临其境一般，使得系列报道吸引读者，同时又得到了专业人士的认可。

采编过程

该线索是记者在参加重庆市第五次党代会万州云阳代表团讨论会时，从云阳县委书记口中无意得知的消息。此后记者主动出击，积极联系云阳、市国土局以及恐龙研究专家，确定了这一消息的真实性且从未报道过，于是持续推进。

在市国土局召开新闻发布会前，记者就深入云阳普安恐龙化石发掘现场，对话专家、挖掘技术工人、修复工人，采写了一手的独家信息，并在官方新闻发布会结束后立即推出，实现了全国独家、全国首发。

社会效果

报道影响力大。早在华龙网的预告发出后，就引起了全国众多媒体关注。报道发出后，被人民网转至首页，新华网、中国网、网易、凤凰网、东方网、中国化石网等权威媒体和专业媒体均转载了本网报道。

全媒体传播效果

系列报道点击率高，其中，《记者深入云阳普安恐龙化石现场：群龙为何在此沉眠?》发布至今，在重庆客户端点击率接近 4 万次。系列报道点击率在 PC、重庆客户端、微博、微信均有不错的点击率和阅读量。

2017 年 7 月重庆日报报业集团新闻奖获奖作品

共产党员徐前凯的“简单”选择

重庆日报记者　王亚同

7 月 9 日，荣昌区中医院住院部 5 楼的一间病房里，刚刚换完药的徐前凯面色苍白、满头大汗。对于自己 3 天前的举动，他只说了一句话——“来不及多想，救人！就这么简单”。

29 岁的徐前凯是成都铁路局重庆车务段荣昌火车站的一名值班员。3 天前，正在车站值班调车的他，不顾个人安危从急刹滑行的列车跳下，救下一位横穿铁路的老人，而自己却永远失去了右腿。

“胜哥，胜哥，快过来，我遭了！”

7 月 6 日 15 时 49 分，荣昌火车站值班调度员李胜在对讲机里听到同事徐前凯的呼救，同一时间，火车站副站长柏英也听到了，他俩急忙赶往现场，看到了令人揪心的一幕：徐前凯躺倒在地，右腿膝盖以下被车轮轧断，鲜血直流。徐前凯痛苦地说，为了救旁边的这位婆婆，自己的右腿遭了。他们迅速拨打了 120，10 分钟后，荣昌区中医院的救护车赶到现场。

荣昌火车站站长李毅介绍，徐前凯是一名车站值班员。近日因为车站调车员调休，便临时顶了上去。当日 15 时 49 分，徐前凯正在车站进行调车作业，列车以 11 公里的时速进行货运车调度。徐前凯像往常一样，站在车列的前端瞭望，突然，铁道上蹿出一名老婆婆，就在火车前 5 米左右的地方。徐前凯立马按下紧急停车按钮。随即猛吹哨子提醒，见婆婆没有避让反应，又大声呼喊……可婆婆仍然没有听见。徐前凯危急时刻果断跳车，拉了老人一把没有拉出，又抱住老人腰部将其推出轨道，因右腿用力支撑来不及躲避被轧断。

现场监控显示：从徐前凯跳下车，到他将老人推开，整个过程仅仅 5 秒时间。生死攸关之际，徐前凯本来有机会跳出铁道保护自己，但他却并没有那样做，而是与死神赛跑，救出了老人。事后，徐前凯才得知，被救的老人姓蔡，耳背且腿脚不灵活，当时为抄近路横穿铁轨回家。

徐前凯和老人都被送入医院。经检查，老人只有轻微擦伤，徐前凯需要进行截肢手术。手术在当天下午进行，从右腿膝盖上方的位置截除。徐前凯的主治医生唐俊告诉记者，患者的右腿大腿是离断伤，只能进行高位截肢。

目前，徐前凯的生命体征平稳，主要进行伤口抗感染等治疗。

据了解，徐前凯2008年进入铁路系统，是一名共产党员。2016年3月，他由成都铁路局遵义车务段调入重庆车务段荣昌火车站，任车站值班员，后担任工班长。由于工作成绩突出，2017年荣获重庆车务段优秀共产党员称号。徐前凯的父亲徐荣贵说，徐前凯2005年参军，退伍后在遵义车务段当一名调车员。"他在部队、单位一直都表现比较优秀，这次去救人也不令人意外。只是他还年轻，也没有结婚，让人心疼……"

在医院病房，得知徐前凯勇救老人的事迹后，前来探望徐前凯的亲友和市民络绎不绝。有四川赶来的亲属，也有从深圳赶来的同学。他的表姐赵冬梅介绍，目前徐前凯心态比较好，只是有时伤口痛得睡不着。病房外面，和妈妈赵冬梅一起前来探望的小男孩告诉记者，"舅舅是个英雄!"被救的老人蔡婆婆获救当日也来到昏迷的徐前凯病床前下跪致谢。

荣昌火车站站长李毅说，眼下最重要的事情就是把徐前凯的腿养好，所有的医疗费用单位按规定支付，后续还要安装假肢。目前，荣昌火车站正在为徐前凯申报见义勇为先进个人。此外，为避免类似事故再次发生，荣昌火车站呼吁市民按照铁路运行规则通行。

作品标题　共产党员徐前凯的"简单"选择
参评项目　通讯
作　　者　王亚同
责任编辑　蔡正奋　隆梅
刊播单位　重庆日报
首发日期　2017-07-10
刊播版面　第1版

作品评价

荣昌火车站值班员徐前凯从运行的列车前救下老人，自己却被轧断右腿的事迹，彰显了社会正能量。在危险面前救人的选择很简单，而这背后则是一种不简单的价值倾向，一种震撼人心的精神。本文从共产党员徐前凯的选择切入，用强烈的现场语言、富含人性张力的背景介绍，步步深入地讲述英雄故事以及带来的强烈反响。

采编过程

7月9日下午，记者接到采访徐前凯的紧急任务后，当即联系车辆和摄影记者，出发，到达荣昌时已近晚上6点。随后，记者马上投入采访，在医院与徐前凯、徐的家属和主治医生交流，在火车站采访其单位同事和领导，最后在车站值班室写稿至当晚10点才成稿。

社会效果

作品见报后被多家门户网站转载，发出了党报的声音，弘扬了社会正气和正能量，引起重庆乃至全社会的持续积极反响。很多市民和网友致电报社，希望为徐前凯捐款，还有更多的热心人士前往当地看望、慰问英雄。随后，记者还进行了多次跟进报道。

宗申动力的“动力王国”版图扩大之旅
——从造摩托芯到造飞机芯

重庆日报记者 周芹 陈钧

2017 年 6 月 23 日，河南三和航空工业有限公司搭载宗申动力 C115 型航空活塞发动机的“太阳之鹰”自转旋翼机首飞成功，标志着国产航空发动机在通航产业的实用化进程迈入了一个新阶段。

目前，国内九成以上的航空活塞发动机市场被美国大陆、美国莱康明以及奥地利 Rotax 等国外品牌占据，国产航空活塞发动机发展滞后严重制约着我国无人机和通航产业的发展。宗申动力研制的一系列航空活塞发动机，在很大程度上填补了我国在大马力段航空活塞发动机领域的空白。

目标 要给国产无人机装上“中国芯”

早在 2016 年 5 月 10 日，军用“彩虹 3”无人机搭载宗申动力研制的 C115 型航空活塞发动机，在重庆大足（西南某机场）进行了飞行试验，试飞高度达到海拔 6000 米。

试飞后，经过航空动力专家评审，C115 型航空活塞发动机起飞、爬升、巡航及冷却等性能均符合“彩虹 3”无人机使用要求。这意味着国产大型无人机可以装上“中国芯”飞上蓝天，其意义不言而喻。

作为土生土长的重庆民营企业，国内紧凑型热动力行业的领导者宗申动力是如何把“动力王国”的版图扩大至空中，完成“凌空飞跃”的?

时光回转。2009 年 10 月 1 日，在中华人民共和国成立 60 周年阅兵式上，中国无人机部队首次登场，立即引起“武器装备迷”——宗申产业集团董事局主席左宗申的关注。

当左宗申了解到，中国无人机并非完全国产，而是使用进口发动机时，隐约感到这是一个机会，虽然挑战很大。

“我们一定要造出 100% 国产的无人机发动机。”左宗申定下目标：这口气必须争！

从造摩托芯到造飞机芯，左宗申这口气注定不好争。

前几年，由于我国还未放开低空领域，宗申集团一直压抑着造无人机发动机的梦想。

2014 年，随着国家低空领域的逐步开放，宗申集团终于迎来了涉足航空发动机领域的“东风”，并把这盘棋布于集团核心企业宗申动力。

宗申动力总经理黄培国回忆，当时如此决策有两个原因：

其一，航空发动机一直是国家支持的重点行业，且其技术壁垒和毛利率较高，有利于公司长远发展；其二，在生产制造发动机方面，宗申动力有先进的制造技术资源以及庞大的供应链体系支持。

就在作出这个决定后不久，宗申动力又争取到“彩虹”系列无人机缔造者——中国航天空气动力技术研究院的支持，与该院在航空发动机技术研发、航空动力装备研制试验、中小型航空发动机制造等方面达成战略合作协议。

这次战略合作意图明显，如果宗申动力可以制造出令中国航天空气动力技术研究院满意的无人机发动机，“彩虹”系列无人机将考虑换装“宗申芯”。不过，中国航天空气动力技术研究院也提出高要求：宗申动力必须在 5 个月内完成样机的设计。

较真　研制难度如同要求每次考试拿 100 分

以前都是给摩托车、通机造发动机，这次要给飞机造发动机，时间还如此之短，宗申动力行吗？

其实，宗申动力早在几年前开始做战略布局，派出大批人才分赴世界各地的航空发动机厂考察，积累经验。通过考察发现，宗申动力现有的制造技术水平、研发实力、供应链体系以及“较真”的工匠精神，是能实现航空活塞发动机的研制及生产的。

较真是宗申的传统，摩托车工程师出身的左宗申就有着爱较真的习惯。他修摩托车，问题不解决绝不罢休，一辆摩托车通常是装了又拆、拆了又装，不修好就不吃不睡。

造航空发动机，要的就是这种精神！每个零部件的形状尺寸，都要做到绝对精确，特别是核心部件误差范围，与摩托车发动机零件误差范围相比，还要将小数点向左移动一位。

“如果比作考试，这好比要求我们每次都考 100 分。”一位参与宗申航空发动机研制的供应商表示。

不仅对供应商严，宗申动力对自己更是苛刻到极致。

以测试航空发动机在低温低气压状态下的性能为例，宗申动力没有相应的实验室，就把一个 40 英尺的集装箱改造成移动试验室，用卡车拉到高海拔地区做模拟实验，从海拔 2000 米的云南昭通，到 3000 米的格尔木，再到 4750 米的昆仑山口。

一次次的攀登和超越，最终，宗申动力在 5 个月的时限内，完成了 C115 型航空活塞发动机的研制，为之后飞越 6000 米高空的飞行试验奠定了基础。

秘密　3D 打印为研制立下大功劳

现在，宗申动力造出的 C115 型航空活塞发动机样机就摆放在办公楼大厅内。

这台和家用汽车发动机一般大小的 C115 样机，仅从其紧凑、干练的外观，就能感受到它与摩托车、通用机械发动机的不同，其附加价值更是比摩托车、通用机械发动机高出一大截。

不过，工欲善其事，必先利其器。为研制成功这款发动机，宗申动力乃至宗申集团的投入不是小数目。

这个项目耗资约 2 亿元，从设计到建造，从基础设施到研发设备都堪称一流。其最具代表性的就是引入了 3D 打印技术。

黄培国介绍，该技术中心装备了一台国内最先进的 3D 打印机，能将材料设计、结构设计与制造一体化完成，也就是说在电脑上设计出的样图，可通过 3D 打印成为零部件，而且精度跟设计相比分毫不差。正是有了它，C115 型航空活塞发动机才得以在短时间内研制成功。

"众所周知，3D 打印固然好，但费用也高，宗申动力使用这样的高端设备，源于对科研的执着和追求。现在，该公司每年研发投入占销售收入的比例达到了 3% 以上。"黄培国说。

基于技术研发方面的优势，以及航空发动机研制成功，目前，宗申动力已成为中国规模最大、品种最齐全的专业化紧凑型热动力机械产品制造基地。

作品标题　宗申动力的"动力王国"版图扩大之旅——从造摩托芯到造飞机芯
参评项目　通讯
作　　者　周芹　陈钧
责任编辑　张红梅　袁文蕙
刊播单位　重庆日报
首发日期　2017-07-24
刊播版面　第 9 版　重庆新闻

作品评价

“创新驱动发展与中国制造2025”一直是新闻题材中的热点，本文抓住了宗申动力提档升级，研制航空发动机这一新闻，还原了一个做摩托车和通用机械发动机的企业一步步让制造水平上档升级，并成功为中国军用无人机换上中国芯的故事。

采编过程

记者走进宗申动力，采访了主导航空发动机研发的关键人物，并查阅大量相关资料完成新闻写作。

社会效果

本篇作品刊登后，不仅被人民网、新华网、华龙网等门户网站转载，还被多个军迷网站转载，引起广大网友讨论跟帖，为强国梦、强军梦做了很好的宣传。

全媒体传播效果

传播指数：101.7；阅读贡献：14%；转载贡献：86%。

跟着党报去扶贫
——重庆日报新闻扶贫大型公益活动

首站选定城口兴田村 “最穷村落”乡村旅游谋划升级版

重庆日报记者　颜安

这几年，城口县东安镇兴田村的名气越来越大，当地群众靠发展乡村旅游走上了脱贫道路，记者也曾多次采访报道兴田村。

盛夏已经来临，这次本报“跟着党报去扶贫——重庆日报新闻扶贫大型公益活动”首站选择兴田村，就是希望通过我们的宣传，为兴田村上百家消夏农家乐“揽客”，帮助其乡村旅游业提档升级，让乡亲们尽快走上致富路。

7 月 2 日早上，城口县东安镇兴田村。

因提前接到了客人要来入住的电话，唐太友一大早就在厨房里忙开了，夫妻俩分工明确：唐太友准备客人吃的东西，妻子打下手，一切都那么有条不紊。

“得让客人吃饱、吃好、吃高兴。除了岩耳炖鸡，我们还准备了菜板腊肉、青椒肉丝、野生菌、土豆丝……”唐太友和妻子经营着一家巴渝民宿，他告诉记者：“借助乡村旅游，我家日子慢慢好起来了!”

兴田村距城口县城 70 余公里，最低海拔 1200 米，森林覆盖率达 91.8%。炎炎夏日，这里却凉风阵阵、气候宜人，不少外地游客来此消夏。

虽然才 7 月初，但记者看见，已有不少外地游客穿梭在这清晨的乡间。这些游客或者在各自住宿的农家乐餐厅里吃着早餐，或者披着长袖外套在满目青翠间悠闲踱步，或者三五成群在河边拉家常，尽情地呼吸着如丝丝雨露般沁人心脾的清新空气。

一条小溪，潺潺地从村子一旁淌过。随着日头升起，云雾逐渐散去，一幢幢别致的农家小楼房渐渐显现出来，一座座形态各异，仿佛拔地而起的山峰苍翠欲滴。

一切，如梦、如幻、如仙境，难怪有人将兴田称为“小张家界”。

很难想象，这个地势偏远、风景秀丽的兴田村，曾被冠以“城口最穷村落”称号。

“靠山吃山靠水吃水。兴田人就靠着这一方山水，抓住乡村旅游的机遇，实现了脱胎换骨的转变。”东安镇党委书记李章平说。

赶上乡村旅游大潮　农家乐已发展上百家

兴田村位于城口县东部，与我市巫溪县和陕西省镇坪县交界。在很长一段时间里，这里并没有因为“扼守要冲”而受益，相反却因为交通不便，成了封闭、落后、贫穷的代名词。

“如今这里是城口到巫溪的必经之路，但在2010年贯穿全村的城巫公路修通之前，兴田村就是个死角。”李章平说，以前，村里人到东安场镇要翻越四座大山，大山阻断了兴田与外界的联系——2010年，村里205户人家，贫困户就有79户，贫困发生率高达38.5%，远远高于全县平均水平。

村里的人穷到了什么地步？有一件事特别典型。李章平娓娓道来：“十多年前的一天，一名打此地路过的穷货郎投宿在村民家里，这户村民以为货郎身上带了不少钱，竟想谋财害命。大家穷怕了，有举家搬迁的、外嫁的、外出打工的，还有外出当上门女婿的，800多人的村子，只剩下200多人……”

城巫路的通车，让兴田人看到了希望。

“党委、政府一直在寻找当地脱贫致富的路子。”李章平说，“这里好山好水，我们将目光聚焦在发展乡村旅游上，最终赶上了‘乡村旅游大潮’。”

就这样，依托当地独特的自然风光、气候条件和生态美食，兴田村启动了乡村旅游扶贫试点，发展农家乐，着力打造“大巴山森林人家”特色品牌。

可一切并不如想象的那么顺利。“虽说我们这里风景好，但不少人担心万一没人来呢，搞农家乐给谁住？”李章平回忆，当时群众的参与积极性普遍较低，怕投入、怕风险。

为此，镇、村组织村民召开了数次动员会，对补助标准、扶持举措和发展前景进行讲解，以消除他们的顾虑。

后来，村里遴选了6户经济条件较好、思想相对不太保守的农家作为试点，通过政策扶持、现金及实物补贴等方式，鼓励他们“吃螃蟹”。

“反正是家里的房子，政府补贴床单、被套等，还改造房屋外立面，我们可申报微型企业以获得2.5万元补助，心想也亏不到哪里去，就先干起来了。”兴田村四社村民周远秀是这6户之一，她质朴地道出了当时的想法。

“为了鼓励试点的人，政府的扶持力度相当大。”她说，例如对每个游客每餐饭补助1.5元，一个月就是100多元，此外，镇政府还到县外作宣传并组织客源。

在集中到市里接受餐饮、接待等相关培训后不久，兴田村首批6家农家乐开业了。开业的这一个夏天，周远秀赚了1.5万元。

其他村民眼见开农家乐能挣钱，不再需要苦口婆心地动员，纷纷开起了农家乐。几年时间过去了，兴田村的农家乐从零起步，发展到现在的104户，占全村户数的一半以上，直接、间接从事乡村旅游的村民更是占到了全村人数的90%以上。

“旅游+扶贫”模式落地生根　村民收入涨了9倍

旅游是富民产业，这在兴田村体现得尤为明显：2010年，该村的农民人均纯收入只有1800多元，去年，这一数据已飞升至1.8万元，短短几年就增长了9倍左右。

“每年忙碌两三个月，全年生活基本不愁。”周远秀笑着告诉记者，这几年她每年的收入都在5万元以上，主要集中在夏季的7、8月，剩下的近10个月时间便乐得清闲。

贫困户如何参与其中并分一杯羹呢?

“有能力的，我们支持他们开办农家乐；没有能力的，要么帮工，要么卖土特产品，要么通过巴渝民宿项目挣钱。”李章平说。

巴渝民宿是兴田村正在探索的农家乐“升级版”，其外立面与普通农家无异，甚至更“土”，但内部装饰相当有格调，给游客带来了更好的农家住宿体验，那是政府请城里的专业建筑设计师来这里体验、生活，采集大巴山的自然和人文建筑元素后，专门设计的。

在兴田村，5栋巴渝民宿比邻而建，分为日月宿、春隆宿、夏遨宿、秋赋宿、冬寿宿。“八字朝门青瓦屋，飞檐翘角转角楼”，其独特的转角楼风格，复刻出大巴山腹地原乡的乡土记忆，周围青翠的大山，房前屋后金黄的玉米、鲜红的辣椒、土栅栏，给人以别样的感受。

2016年，我市依托大山深处的独特生态资源启动巴渝民宿项目，将生态优势转变为经济优势，助群众脱贫致富。兴田村的条件，与之高度契合，于是这里成为全市首个巴渝民宿项目点。

“以地入股，以房联营。”谈到巴渝民宿时，李章平如是说。原来，兴田村的巴渝民宿本身就是一个扶贫项目：重庆市巴渝民宿经营有限责任公司作为投资主体，与兴田村合作成立公司，前者出资进行规划设计和建设，并免费对农民进行培训和经营管理上的指导，收入按比例分成，农户得大头。

贫困户唐太友的春隆宿就体现了典型的扶贫性。

唐太友告诉记者，建房和装修虽然借了一笔钱，但通过经营巴渝民宿，每年可以挣10万元左右，除去日常开支后至少可以还5万元，“我今年49岁，身体还很硬朗，干个十多年就能还清债务，还得到了一套大房子，为什么不干?”

从去年年底试营业以来，仅半年时间，唐太友已经收入了 4 万多元，让他乐得合不拢嘴，“最热的季节马上来了，我相信只要用心搞好服务，年收入 10 万元不困难。”

乡村旅游遇“瓶颈期”　盼望更多社会投资

凉爽的气候和良好的生态，是兴田村乡村旅游赖以生存的土壤，但要持续发展，就绝不能仅仅依赖于此。

今年闰六月，前段时间雨水较多，温度一直不高，来兴田村避暑纳凉的人比往年偏少。

村民赵永兰对此有些担忧：2014 年，看着别人的生意红火，她也开办了一家农家乐，资金大部分靠借贷。这段时间生意一般，她常常为还账而发愁。

最早开办农家乐的周远秀也向记者抱怨：“村里的游客来得多不多，和天气热不热有很大关系。这不，今年 6 月不太热，游客就不是太多。”

事实上，这是很多地方发展避暑经济都面临的难题，尤其是当全市同类型的避暑纳凉扶贫村越来越多时，就更需要相关的村打造除清凉之外的特色和亮点。

“村里的耍事正在多元化，相信用不了多久，就能给游客带来除清凉之外的体验和感受。”李章平坦言。

一些村民开始了先行探索。“磨芋堡”农家乐老板庞任柏从广东打工回来，看到城里人喜欢骑自行车锻炼，便买来 8 辆双人和四人自行车做租赁生意，两个多月就赚了 8000 多元，增加了一笔额外收入。

此外，前不久村里还出现了第一家酒吧，此外还有几家烧烤店，经营到午夜后，生意不错。

这种零星尝试对于全村是有益的，但要实现持续发展，还得依靠政府和社会投资从总体上进行规划、建设和引导。李章平表示，兴田村从城口“最穷村落”到现在的乡村旅游示范点，是赶上了乡村旅游这个大潮，顺势而为得以崛起，而下一个“风口”，则很可能是打造特色小镇。

“东安镇是全市第一批特色小镇，市里给我们的定位是康养和旅游目的地。这固然是重点，但我们还想更进一步，通过农旅融合来推动兴田人持续脱贫增收。”他说，中蜂是兴田村及东安镇的传统优势产业，镇里有意打造一个集农旅商文学研于一体的中蜂特色小镇。目前，当地正在建设中蜂原种场，还将招商引资建设种蜂场、高品质养殖场、中蜂研究所及蜂巢特色酒店。

“所以，巴渝民宿只是我们提档升级的第一步。我们急需大量社会资本进入，对兴田村乃至全镇的乡村旅游进行整体策划包装，丰富村里的旅游产品，带动农家乐提高档次和村民持续增收。”李章平说。

巫溪安阳村的李子“出山”了

重庆日报记者　龙丹梅

提起巫溪青脆李，也许很多人没听说过。其实，这“养在深闺人未识”的青脆李，有皮薄肉脆、汁多味甜、采摘期长等特点，刚在全国优质李鉴评会上获得了两项金奖。目前，青脆李已成为巫溪27个乡镇、126个村的增收致富产业，巫溪也因此成为重庆第二大李子基地县。

但这项脱贫富民产业，目前却面临三大难题：一是巫溪青脆李公共品牌尚未树立；二是几项关键核心管护技术还未掌握；三是丰产后销路不明朗。

为此，本报“跟着党报去扶贫——重庆日报新闻扶贫大型公益活动”第二站选定巫溪县徐家镇安阳村，当地的一个青脆李种植大村。

7月13日早上8点，一辆冷链运输车停在了巫溪县徐家镇安阳村村委会门口。不一会儿，一个个背着李子的村民便从绿油油的李子林里探出头来，在公路边站了长长几排。

冷链运输车归巫溪县鑫序农业公司所有。今年年初，在巫溪县农委的“牵线”下，这家公司与安阳村签订了保底收购协议，以每公斤6元的保底价“打捆”收购村里的李子。这是安阳村自2015年年初发展青脆李产业以来第一次有人上门收购。

有李子要卖的村民来了，地里李子还没熟的村民来了，甚至还未开始种李子的村民也来了，大伙儿的目的只有一个——看看这李子是不是真能变成钱！

贫困村将李子确定为增收致富产业

安阳村位于徐家镇西北角，村子位于海拔400～1500米的大山里，与湖北省竹溪县接壤。2015年，该村327户、1200人中有50户为贫困户，贫困发生率近30%，是远近闻名的贫困村。

安阳村穷，主要在于不通路。过去村民们如要卖头肥猪，得雇上十个劳力，轮换着扛4个小时下山，肩膀都要脱层皮。三社、四社海拔高，吃水难，遇到打天干（干旱）时村民得排队等水，一天下来，身强力壮的能挑桶水回家，身体瘦弱的只能等别人挑完后，舀几瓢残水回去。

新一轮脱贫攻坚战打响后，安阳村的出村道路得以硬化，又新修了农饮池、山坪塘、人行便道等，基础设施大变样。村民们靠养猪、养羊、养土鸡和外出务工的收入，2015年便实现了整村脱贫。

尽管“摘”了贫困村“帽子”，但村里仍缺乏持续稳定的增收主导产业。特别是种植业，村里人仍然靠着传统的“三大坨”（洋芋、红苕、苞谷）为生。

2015 年年初，结合巫溪县整体产业布局，安阳村在海拔 800 米以下的一社、二社种植了 1000 亩青脆李。村里开了四次动员会，一再给大家算账——李子两年试果，五年丰产，丰产后，每亩平均产量 3000 斤以上，即使每斤只卖 1 元钱，一亩地产值也可达 3000 多元，远远高于种植传统的“三大坨”。县里为了调动大伙儿的积极性，树苗免费发放不说，成活后政府还要发放补贴。

消息一出，村民们都争着领苗子回家。

村民宁为苞谷施肥，不给李子剪枝

这不要钱的苗子是领了，但领回家后的待遇却大不相同。

余治平、刘培先等几个积极分子领了树苗便按要求回家好好种下了，但也有村民领回苗子后就送了人。安阳村支部书记沈维平就在下村的路上遇到过好几次村民把苗子送人的事儿，每次他都拦下来，把苗子送回去，再苦口婆心地给村民做工作。

“办法都想尽了，还口头吓过他们毁一棵苗子罚款 10 元钱，就是怕这来之不易的树苗给毁了。”沈维平说。尽管如此，多数村民对种李子还是没信心。

其实，大伙不是懒，只是担心李子卖不出去。二社的梁举清对前来劝他种李子的社长余强轩说：“邻镇有人种油桃，后来卖不出去，全部倒进了沟里。这李子如果种出来卖不出去，到时我全家难道不吃粮食，吃李子?”

按当地产业扶持政策，李子成活通过验收后，就可以领取补贴了。也有人领了补贴后就把苗子拔出来，腾出地来种苞谷、洋芋。

为了增收，村里号召大家在李子地里套种洋芋、红苕、黄豆等矮科作物，但苞谷这种与李子树争光的高秆作物却是技术人员明确不能套种的，可部分村民根本不听。村民陈孝龙在李子地里种满了苞谷，由于对苞谷精心管护，苞谷长得比李子还高。就在收李子的前几天，他生怕李子影响了苞谷的长势，竟用绳子将李子树的枝条扎成一堆，中间的李子全都腐烂了。

“大多数村民要亲眼看到李子变成了钞票，才对发展青脆李有信心。”沈维平说，今年是李子挂果第一年，产量不高，因此还不愁销。但到了明年、后年，如果李子真卖不出去，村民们就会对这项产业彻底失去信心。

其实，全村李子进入丰产期后，年产量将达到 1250 吨，到时销路到底有没有问题，沈维平心里着实没底。

村里老弱居多，管护技术都成问题

冷链车进村收购李子，李子终于有希望变成现钞了！这无疑给村里的农户打了支强心针，大伙终于在李子上看到了脱贫致富的希望。但在李子种植过程中，还有道迈不开的坎。

种李子在安阳村是新鲜事儿，大伙儿都不懂技术。村里开了两次技术培训会，除了几个积极分子外，其他人根本不来。即使来了，在家的多数是老人，接受新事物能力差，普遍表示听不懂。

冷链车进村当天，村里一早通知了一社李子已成熟的农户来开采摘培训会，告诉大家采摘时要轻拿轻放，还要留住表面那层保鲜用的果粉，否则人家不收。72 岁的龙金银开完会回家后，拿个筐子摘了 20 多斤李子。摘完后，她用抹布一个个将李子上的果粉抹得干干净净再来卖，结果一个都没卖掉。一问才知道，老人在培训会上听了半天，只听懂了“今天卖李子”五个字。

说话间，二社的吴昆仑也背着十多斤李子来卖，负责收李子的工作人员一看，李子不但没了果粉，还满是裂口，坚决不肯收。吴昆仑辛苦了半天，一个李子也卖不出去，脖子一扭、青筋绽起，便要骂人。一了解，才知道当天他没来参加培训会，自己背了个背篼，摘一个往背篼里扔一个，殊不知这青脆李皮特别薄，全给摔得裂了口。

“在山高路远的山区，只有优质的农产品才有希望‘出山’。”徐家镇农业服务中心主任文家斌说，以李子为例，品质好的李子三分在种，七分靠管护。管与不管，管护得好与不好，差别很大。

村民余治平不惜力，管护好，他的李子树两年便长到了碗口粗，成熟前就被人以每斤 4 元的价格订下了。而有的村民不肯管，两年过去了，李子才长到了两三指粗。

文家斌说，为了解决李子的管护难题，巫溪县农委把青脆李产业纳入农业社会化服务项目，采取政府购买服务的方式，对安阳村的 10 多名村民进行集中培训，再由他们为种李子的村民进行修枝、剪形、刷白、打药等技术服务。但追肥和日常管护仍需村民自己动手。

“目前我们有两项技术难题亟待解决。”文家斌说，一是褐腐病。这是一种李子成熟前发生的病害，今年严重影响了安阳村李子的产量。二是裂果。今年入汛以来雨水偏多，几场雨一下，临近采摘的李子因吸饱水分而裂了口。仅这两项，就导致安阳村今年李子减产达 50% 以上，原本预计能收 7 万斤的李子减产为 3 万斤。

种李子仍是村民脱贫增收的希望

尽管今年李子树因受灾减了产，但种李子仍是安阳村村民们增收致富的希望。

一社贫困户向厚玉患有乙肝，丈夫也有结核病，干不得重活。大儿子在外打工挣的钱，既要为父母治病，还要供妹妹读初中，一家人的希望全在这15 亩李子上。

去年，向厚玉家的李子试挂果，结了差不多 200 斤。在外打工的侄女开了个微店，向厚玉就挑选了些精品李子，让侄女通过快递卖到了广州、北京等地，100 多斤李子竟然卖了 2000 多元，这让向厚玉一家十分惊喜。今年向家的李子预计能收 3000 多斤，在村里就能卖上 1 万多元。“照这样下去，15 亩地后年丰产后能产李子 4 万多斤，即使 1 斤只卖 1 元钱，一年也能收入 4 万多元。”向厚玉说，这样，一家人看病读书的钱就不再愁了。

二社贫困户韩明珍一家 7 口人，父母常年生病，夫妻俩只能在家照顾老人。三个孩子中有两个在读书，二儿子今年还考上了大学。为了挣学费，二儿子高考一结束便出门打起了暑期工，当妈妈的十分心疼。冷链车进村当天，她背了 165 斤李子来卖，拿到了 495 元。她盘算：今年还能收上两三千斤李子，再卖个六七千元，加上之前省下的钱，便勉强能凑够儿子的学费了。

当天，毁李子保苞谷的陈孝龙摘下了树上仅剩的 300 多斤李子，卖了 1000 多元，当场后悔不已，赶紧挑了担农家肥去给李子追肥。陈孝龙说：“为了一亩地五六百斤苞谷毁了几百斤李子，这账算起来不值。今后一定好好学管护，专心种李子！”

城口巴山湖　一条生态鱼演绎脱贫故事

重庆日报首席记者　彭瑜

128 公里长的任河，发源于城口县东安镇，流经巴山等乡镇后，过四川万源、陕西紫阳，最后注入汉水，成为“南水北调”工程的水源地。一直以来，城口坚持环境保护，确保任河水质，在因修电站蓄水而成的巴山湖里，喂养出了肉嫩、味美的生态鱼。依托巴山湖和生态鱼，这里的村民正在探索一条“靠水吃水”的脱贫路。

但是，目前巴山湖沿岸的生态鱼产业发展也希望得到一些高人的指点，他们希望打出品牌，想请一些文创高手，设计品牌标志，创作《生态鱼赋》，以及一年一度的钓友大赛如何更深入人心、有没有烹饪大师愿意来帮助研制几道生态鱼菜品，有哪些关于生态鱼的创意……为此，“跟着党报去扶贫——重庆日报新闻扶贫大型公益活动”第三站，选定了城口县巴山湖。

“有了！有了！怕有10斤重！”7月18日清早，城口县巴山镇龙王村巴山湖边的柳家坡码头。一位钓友又钓到一条大鱼，几位同伴兴奋的欢呼声打破了巴山湖的宁静。

这几位钓友在岸边的柳家庄住了快一个月。此时的庄主苟显军很忙，他正通过微信向重庆主城的钓友发送导航地图。苟显军的老婆何大定说，自从2010年柳家庄落户柳家坡，他们先后接待了广州、湖北、四川的钓友。她乐呵着告诉记者，不是他们来钓鱼，倒是巴山湖的生态鱼把他们给“钓”来了。

“一湖洁净水，养出生态鱼，引来八方客。”巴山镇党委书记王超称，治理环境、保护生态，巴山湖不仅孕育出了生态鱼，更带来了村民脱贫致富的希望。他告诉记者，目前巴山湖生态鱼品牌推介不足、鱼文化打造还要深化、产业链尚未形成，由一条生态鱼演绎出的脱贫故事还待续写。

环境治理好了，生态文章没做足做够

7月17日午后，阵雨初歇。记者从城口县城出发，驱车翻越坪坝梁，沿山路蜿蜒盘旋而下。窗外蓝天飘白云、青山披绿衣，不远处群山环抱出一湾悠长的湖水来，这便是巴山湖了。

“以前没这么漂亮。”坪上村老支部书记陈子平介绍，以前这里就是山高沟深的峡谷，抬头看到的是“一线天”，任河里满是浅水乱石，老百姓填肚子就靠“三大坨”。

2005年，巴山电站动工开建，2009年下闸蓄水。任河在巴山镇境内的水位，一下子从海拔540多米提升到海拔680米，形成长32公里，水域面积达6.02平方公里的巴山湖。

“保护水质是第一位的。”王超介绍，巴山湖涉及龙王村、新岭村、农民村、努力村、黄溪村、坪上村、联盟村等7个村7000多位村民，为建电站搬迁了536户2762人，其中龙王村、新岭村、农民村、努力村是贫困村，贫困户有394户。他告诉记者，“作为‘南水北调’工程的水源地之一，必须优先落实巴山湖的环境治理和生态保护。”

据介绍，城口县在巴山湖两岸落实退耕还林政策，在环湖公路以上大面积种植中药材近10000亩，环湖公路以下发展李子、花椒、猕猴桃等经果林，保护水土不流失；同时，为完善巴山湖保护生态系统，最大程度地保持生态平衡，城口县正推进巴山湖国家湿地公园建设。

在新岭村田梁上（土地名），两根污水管，一头连着张有光、张有刚家，一头连着污水处理池。村主任陈启炳告诉记者，两家人是试验打造的湿地小户，他们的生活污水收集到这里统一处置，不让一滴污水流入湖中。

陈启炳说，在湿地公园内，他们还在进行消落带治理试验，种植了 10 余种水生植物，保护湖周的生态环境。与此同时，巴山镇还对环湖的村容村貌进行改造和环境整治，对村民牲畜圈舍进行改建，完善了 7 个村的垃圾收运系统。

巴山湖最低处高程为 550 米，最高点高程为 2480 米，两岸山体坡势形成明显的峡谷景观——春天百花争艳，夏天气候温良，秋天红叶漫天，冬天白雪皑皑。泛舟巴山湖，秀美的峡谷、浩瀚的湖水、茂密的森林让人陶醉。

巴山湖以永久性河流、洪泛平原湿地、库塘与森林组成了湿地与森林复合生态系统。相关专家称巴山湖的生态系统具有较高的科学价值和保护价值。

“生态环境好了，但生态文章没做足做够。”王超坦言，巴山湖还缺乏深度开发，如何进一步完善这里的自然景观？如何配套发展旅游设施？如何将巴山湖的生态优势转化为经济优势？他们还需要相关的专业人士和单位给予专业支持，将巴山湖打造成游客流连忘返的景区。

生态鱼长大了，品牌打造还缺思路

巴山湖蓄水后，苟显军就在湖上开船。也从那时起，他发现在湖边垂钓的人，有说普通话的，有讲广东话的，还有讲上海话的。攀谈中，钓友们告诉他，巴山湖生态环境好，湖里的鱼品质也不错，但湖边居住条件差，想品鱼却没得条件煮。

“去湖边建房。”言者无意，听者有心。苟显军也是巴山湖修建时的搬迁户，2010 年，他选定柳家坡码头修建起自己的柳家庄，“专为钓友提供食宿，也接待客人游湖品鱼。”

以前，任河的鱼不大也不多。巴山湖蓄水后，钓友们经常钓起二三十斤的鱼来，最大的达 60 多斤。新岭村人、水产博士陈启亮在此基础上，提升了巴山湖的鱼品质。

“就是用一湖好生态养出生态鱼！”陈启亮说，巴山湖湖岸线无污染源，水质清新活爽、溶氧含量高，适合鱼类生长，除了湖中既有的野生大口鲶和鳜等名优鱼，近年来也选放了白鲢、花鲢、鲤鱼、鲫鱼、黄辣丁、草鱼及武昌鱼等，兼具脱贫增收和净化水质的作用，并采用无污染的生态养殖模式，“不投一颗饲料、不施一粒肥料、不洒一滴鱼药”。

巴山湖水深，鱼儿经常在岸边水草上产卵，但电站发电泄洪，水位降后这些鱼卵就干死了。为此，陈启亮研制出与湖面同时起伏的人工鱼巢，保证了鱼儿的繁殖。

“我今年来6次，一待就是一周。”来自开州的钓友袁平说，巴山湖环境好，村民热情，现在的鱼品质和口感更不错。他说，来自全国各地的钓友也越来越多，“估计最高峰时达到500多人，平时也有近200人在垂钓。”

2012年，巴山湖开始举办钓友比赛，2013年全市钓友比赛在这里举行，2015年又升级为国家级钓友比赛。与此同时，不少市民也前往巴山湖度假休闲游。

生态鱼引来了四方钓友和游客，也在巴山湖边催生出80来家农家乐，更倒逼出他们煮鱼的厨艺来。何大定的青花鱼还在镇里的厨艺大赛中获得一等奖，陈邦忠的香葱鱼、酥麻鱼也深受游客喜欢。

目前，巴山镇正对巴山湖的生态鱼进行有机食品认证。同时，该镇以“鱼”为主题，结合巴山湖国家湿地公园实际，将巴山“垂钓”文化和“鱼”元素植入旅游产品，围绕“吃住行游购娱”六要素打造“大巴山渔家乐”和“巴山鱼街”，集中提档升级一批农家乐。

“生态鱼长大了，但打造鱼文化还缺思路。”镇长刘书超说，只是钓鱼、吃鱼，太单一了。镇里要围绕生态鱼延伸产业链，提升附加值，特别是要打造鱼文化。他告诉记者，他们一是需要设计、建设鱼街的标志性建筑，让游客来了就愿意拍照、合影发微信；二是希望撰写一篇《生态鱼赋》来提升巴山湖的文化元素；三是还有些可以挖掘的创意活动，他们能力有限，实在是想不出招了；第四，需要烹饪大师帮助研制几道生态鱼菜品；第五，希望进一步扩大钓友比赛的知名度。刘书超称，这些既需要人才，更需要资金，因此，这一切，目前都只是想想而已。

产业发展起来了，期待更多人光临巴山湖

现在，苟显军每年的收入达20万元。据透露，柳家庄不但让他致了富，同时还带动贫困户陈良润、陈良银脱了贫。

苟显军称，陈良润在柳家庄打杂，每天工钱100元，其次帮钓友送饭、背东西，每次50元左右，一年下来也是1万多元；陈良银除了给苟显军打工，每年还要卖200多只山地鸡给柳家庄招待钓友、游客，仅此一项陈良银的收入也是2万多元。

“围绕巴山湖、生态鱼，打造带动脱贫致富的产业链。”王超介绍，镇里将巴山湖产业定位为生态产业，依托巴山湖、生态鱼集聚的人气、商气，带动周边发展特色种养业，在湖周村社配套发展苦荞、燕麦等小杂粮和小杂豆；在海拔1200米以上的高山地区发展适度规模的板角山羊；中、高山的农区建立肉兔养殖基地；在蜜源资源丰富的湖边村建立蜜蜂养殖基地。同时发展生态观光林业，设置观光红叶带、乡土小果园、水果基地、荒山造林和封山育林等。

就在巴山湖沿岸，新岭村将20万元扶贫资金作价入股，建起了20亩苗圃，种植了桂花、雪松、紫荆等景观植物，全村54户贫困户参与分红；沿湖15公里种植了300亩水晶桃，今年年初挂果有1万斤；坪上村的陈一浩联合几个村民成立了富亿源公司种植猕猴桃和中药材；龙王村的120亩花椒、农民村2万只山地鸡、努力村250亩红薯……现在，环湖的7个村产业都建起来了，带动了300多户贫困户脱贫。

村主任陈启炳坦言，种养业发展多了，担心技术不到位，还担心销路。“希望巴山湖的乡村旅游能火起来，不然这些农特产品怕是要愁买家。只要肯来这里休闲的人多了，一切都好办。”

“呵护一湖水，养出一条鱼，带动一片产业，最终脱贫致富一方人。”城口县委组织部部长李福科介绍，巴山湖、生态鱼还没有走出去，在市场上名气不大、品牌效应不明显，他们希望有专门的品牌营销公司，能帮忙理清营销思路，制订推介措施，真正将巴山湖、生态鱼推广出去，将外面的游客吸引来。

作品标题跟着党报去扶贫——重庆时报新闻扶贫大型公益活动
参评项目　系列报道
作　　者　颜安　龙丹梅　彭瑜
责任编辑　周立　许阳　李薇帆　邱碧湘
刊播单位　重庆日报
首发日期　2017-07-12
刊播版面　第4—5版

作品评价

“跟着党报去扶贫——重庆日报新闻扶贫大型公益活动”是重庆日报在脱贫攻坚阶级启动的一次大型主题报道，旨在通过系列新闻报道、刊发扶贫公益广告、落地公益互动策划等，在一批贫困村、贫困户和社会公益力量之间搭建爱心桥梁。本组系列报道聚焦一批贫困村在脱贫攻坚道路上的奋斗历程，展示干部群众攻坚克难、脱贫致富奔小康的信心，报道贫困村的资源禀赋、产业现状、脱贫历程，反映他们的所急所需，挖掘他们的所想所盼，并根据其需求连线相应的资源，为其脱贫攻坚助力，展现了重庆日报作为党报的责任和担当。

采编过程

从7月12日开始，重庆日报采取每周一到两期的形式，报道贫困村的资源禀赋、脱贫历程、所急所需等。在前三期报道中，分别报道了城口县东安镇兴田村、巫溪县徐家镇安阳村、城口县巴山镇龙王村在发展乡村旅游、脆李产业、生态鱼产业中的酸甜苦辣。记者采访深入细致，用蹲点报道的方式，挖掘当地贫困成因、脱贫故事、曲折与困难等，行文通畅、逻辑严密，同时带有问题导向，稿件具有较高的思想性。

社会效果

稿件见报后，得到了各家媒体的转载，获得了良好的传播效果。同时，重庆日报通过继续深挖后续报道，给当地的脱贫攻坚带来了良好助力。目前，兴田村的游客已经爆满，巫溪脆李成为网络“爆款”，并成功与永辉超市对接。巴山生态鱼也得到了专业人士的支招，党报扶贫起到了实实在在的效果。

版面（存目）

作品标题　版面
参评项目　版面
责任编辑　任锐　雷太勇　李波　郑家艳　向阳
刊播单位　重庆日报
首发日期　2017-07-31
刊播版面　要闻第1版、第4版（跨版）

作品评价

版面运用跨版、报头创新表现形式，完整准确地表现了阅兵这样的重大题材。超大图片的使用让版面气势恢宏、端庄大气。版面结构清晰，阅读流畅，内容和形式完美统一。

采编过程

编辑以习近平沙场阅兵为主线，围绕习近平阅兵组织稿件，敏锐地抓住了读者关注的焦点，和美术编辑充分交流，清晰地展现了沙场阅兵这一重大新闻。

社会效果

社会反响非常好。

一个诊所的 34 年：我喊得出那一千多人的名字

重庆晚报记者　刘春燕　严艺菲

“本诊所 8 月中旬搬至西苑六号西苑大酒楼旁”——墙壁上用加粗红笔写着。

再过 20 多天，重庆最热的三伏，这家诊所将搬到一公里外的华龙大道主干道边。这是龚继明诊所在九龙坡老起重机厂区的最后一个夏天。

回头看，听他讲，一眨眼过去的 34 年，更像是 2017 年快进版的这一天。

这个诊所有点奇怪

龚继明诊所在这里开了 17 年（更旧的旧址在厂大门附近），周围都是老起重机厂的家属区。过上过下买菜进出的人看到门前写下个月搬迁，会探头进来说：哎呀，龚医生，你走了我们啷个办？龚继明笑笑：“再过两个月，你们还不是都要搬走了。”

他们喜欢他，还有点依赖他。34 年他都在这片厂区，从俊秀青年到慈眉大叔，从厂医到私人诊所，从厂大门的小坡上一路搬出来。他跟他们在一起，治病，也听他们唠唠叨叨。

老人们不好对付。我们去采访，一进屋，他们就警惕又鄙夷地问：你们是来干什么的？

7 月中旬，重庆气温彪悍拉升，老老少少一屋子，挤挤挨挨人都错不过身。摸脉，开药，口头医嘱，再把医嘱和用药方法，用加粗的红笔写在药盒上……

——不愿意打针的男孩发疯一样挣扎嘶吼，护士说：“针都要掰弯了！”

——也没什么不舒服，就是来嘟嘟哝哝碎碎念的老人，坐一阵，耍一阵，进进出出一掀塑胶帘子，走很远了嘴上的节奏还在。

各种高频低频的声响，龚继明都笑笑听着。要是提问，他也答。

来的人多坐一小时就会发现，这个诊所有点怪。

不是熟人，也能变成熟人

诊所因为坐落在家属区到主干道的必经路口，人来人往，就变成了综合事务所。比如附近有人拾遗送来各种东西，诊所就是周围的失物招领处；居民出门寄放点零碎物品；婆婆爷爷们来兑换零钱买菜；张家李家有个小用途来蹭点酒精药棉……

有个不认识的女孩，推辆山地自行车，走热了门口一放说："麻烦叔叔帮我搭个眼睛哈。"这一放就是个把月，她也放心。谁都放心，东西放这里，它一定就在这里。

龚继明都是笑笑一一应着，从不拒绝。其实附近新楼盘渐多，来的人大多他也不认识了。还有捡人送来的。一个年轻女子"捡"了一个摔倒的老人送来，龚继明检查无大碍，给老人脸上清创上药，又开了药，在纸上写了药的用法，放进老人衣兜，不要钱。

也有来蹭 WI-FI 的。天要是不热，一个 70 岁的孤寡老人，下午就要来诊所门口的椅子上坐着，玩智能手机。他来诊所输过液，连过网。一般下午要在手机上看两个小时的新闻，要用网络。龚继明喊他进来坐，他不好意思，坚持坐外面。

有一次老人脸色刷白想开点药，龚继明发现不对，判断是消化道出血，坚持打了 120，怕入院急需，又塞给他几百块钱，及时抢回一条命。

一来二去，更多的生人，又成了熟人。熟人脸薄。

钱是照人的镜子

但钱是照人的镜子，人不自照，旁人会照。

一对男女来看病，女的病着，男的不说病情，一进来就高谈阔论：现在的医生，都是故意把小病医成大病……都是收红包……都是乱开药莽起提成……讲了 10 多分钟，几十年都难得冒火的龚医生实在忍不住了冒火了："你出去……"

然后呢？然后女患者还是安然输完液才走，男的也收声陪着。

其实龚继明直到现在，都很少开出上百块的处方。大多数单子，都是十几块到几十块。有时他缺药，会专门写个处方，让病人去外面药房自己买，他就等于免费看诊，不收钱了。

也有患者输完液，拿完药，没给钱就出门去。龚继明从来不喊不追，下次再来也不找对方要，随他们去。

"有些是忘了，你去喊，很方人（让人尴尬）。有些人想起了跑回来给。

个别有意无意忘了的就算了，几十块钱的小事情。”

厂区长大的孩子，他从小看到大，去了外面工作，偶尔还专门回来找他摸脉开中药。孩子们的身上，有青年龚医生的影子，他们散开去了世界，龚叔叔难得见一回，高高兴兴的，坚决不收钱。前些年，也是一个滚烫的夏天，一个三十多岁额头滚烫的农民工来输液。他怕钱不够，特地取了300块放身上，交钱的时候发现没了，急得眼珠子都快出血，大声嚷，一口认定是掉在诊所，几圈下来没找着，气走了。

后来路过的两个孩子，拿着附近捡的300块进来问是不是医生掉的。这下轮到两口子急了，比失主还急。农民工吃点力气饭，钱是肉。

诊所下班后，两人一路跑到附近砖厂，到处打听，辗转几处，终于找到失主。第二天，失主专门买了一个大西瓜抱来，说请那两个娃娃吃，放下就跑。

城是个幻城，人是真实的人

他就这么扎在起重机厂老厂区，34年，从厂医干到诊所，说是老了，发间也不见有“雪痕”。

1983年，起重机厂卫生所分来一个泸州医学院毕业的大学生，中西医都会，全日制的本本，大家很高兴。龚继明也高兴：“跟分去医院的同学工资一样，但是大厂有劳保啊，福利很好的。”

很快他就成了“镇所之宝”。

卫生所规模最大的时候，两层楼，30多人，因为他能看中医，还专门开了中药房。病历建到1500多人，这些职工和家属，他能喊出名字的有九成。这个是老支气管，那个长期高血压，哪个湿热重，哪个气滞肝郁，他也能了解个七七八八。

这是一种关系的起点，人和人的情分从记忆开始：我记住你了，我们之间才开始一段关系。他们对他来说，就不再是汉字组成的一千个名字，一个名字勾勒出一个人，是病人，也是熟人。

那也是整个国企最风光的时代，厂里职工1000多人，巨大的厂房和车间，宽敞的厂区马路，有看不见的热流涌动蒸腾，空气里都是蓬勃的劲儿。

大型厂区就是一个迷你版的城，20世纪90年代中期，这个城突然变成幻城：四处漏风，吱嘎作响。

国企改制，下岗潮。龚继明也在其中。

他承包了卫生所，自负盈亏，也是从那时候开始，一个厂医的论文学术之路彻底停止。

“没得法，要生活。”他复印了厂医时代发表的论文目录翻给我看，《四川中医》上特别多，有十多篇。现在说起就淡淡的了，像看对岸的自己，已经过河，情绪都在对岸了。

其实有焦虑，也有惊惶，但是不说焦虑和惊惶。“要生活”，只能做，一如他在诊所外贴出服务宗旨：随叫随到。

那真是随叫随到。常常是深夜，家属跑到他家楼下喊：龚医生，我家里人恼火了，麻烦你快去看看！龚继明翻身背起药箱就跑，爬八楼一口气上去不歇。大多数时候，都是小病，收个几块十几块。跑一趟，断了睡梦，回来一夜无眠。

“不去看怎么知道是小病？万一呢?”“又都是熟人、邻居，万一呢?”

生活磨人，也能把人磨成更好的人。

未曾表白就已决定的爱情

吕心经常说的一句话是：我可能拖累了他。

龚继明有很多机会离开这里，像他的同学们一样，去医院，去药企。分来厂里几年后他考上了家乡的内江中医院，父母要他回去。调令都来了，他悄悄藏下，自己拖化了。

他在等吕心。

吕心是厂里的技术员，一个活泼的大眼睛姑娘。龚继明是川剧迷，吕心的父亲也是，他们经常约起去城里看川剧，偶尔也去吕心家。

没有明确恋爱关系，没有承诺，甚至还没有表白，他也能决绝地押上自己的未来。

后来很多年，厂里更老的一辈叔伯大妈，都跟吕心说：感谢你把他留下来哦。这个时候，吕心就笑，这笑里有各种丰富的确认，对自己，也对他。

这一留，他就到了 56 岁。他的同学，大部分都已经是教授、主任、院长、企业家，而他当年，曾是班上拔尖的那一拨。这些年聚得多了，也有人替他惋惜。

——“现在后悔吗?”

——“没什么可后悔啊。进医院，也会面临其他的难处。”

——“但会更有钱吧?”

——“够生活就行了，我也过得很好。人和人不能这么比。”

向那又热又闹的地方去

近晚，门外又探进一个买菜回家的老人，大嗓门喊：“吕心，你妈妈房子租到没？我跟那个人（房东）说，租给医生的妈妈哈，不要租给别家……”

出门去，他又下意识瞄了一眼墙壁上写的搬迁。

新诊所门前就是在建的跨越七大区的重庆最长轨道线5号线，又热又闹，与现在这栋冬暖夏凉挑空两层的老房子向晚相望。

它是现代城市生活的一端：明确，规整，正午明亮，一是一二是二。这一端的老诊所，还有老厂区沿袭而来的另一种生活秩序：温软，缓慢，树影斑驳，左一点右一点。

我问龚继明喜欢哪一种，他想了想说："……各有各的好。"

老厂区、老熟人、老诊所，连同风吹过的记忆，时间的叹息，就要散进城市各处去。大河奔流，谁都不会在原地了。

作品标题　一个诊所的34年：我喊得出那一千多人的名字
参评项目　通讯
作　　者　刘春燕　严艺菲
责任编辑　朱亮
刊播单位　重庆晚报
首发日期　2017-07-18
刊播版面　慢新闻APP

作品评价

"寻找山城老店"，是慢新闻新开的一个栏目，旨在发现我们城市渐渐走远的各种小店。他们存活几十年，有的是凭着良心，有的是凭着情分，有的是凭着技术……

作为这个系列的第一篇稿件，记者从一个厂医小诊所入手，从一个医学院毕业生到厂医、下岗、自办诊所的人生轨迹入手，投射出时代变迁中的大城大厂和小人物的命运。重庆是老工业城市，大厂的厂区生活，是很多原住民的人生起点和底色，新闻的视角，正是这代人的共鸣点。

记者采访细腻，从厂医与周围邻里、患者的细节中，呈现厂区人际关系小而善，时代奔腾，但人心应该有持守，记者写出了一个坚持34年的样本。稿件写作简练有力，没有套话，全是故事与细节，人物形象跃然纸上，行文有暖暖微凉的复杂况味，这也是好的文字应该追求的：往苍茫处去。

采编过程

位于华福路上的重庆老起重机厂厂区，即将整体拆迁，龚继明的诊所也要搬走，四邻都舍不得，但是他们也要搬向城市的各处。记者跟随龚继明开诊一天。最初老人们很防备，误认记者是拆迁的来搬走药柜，他们很爱护这位相处34年的医生。

有的主动为医生找房子，有的长期来蹭无线网络，都像寻常的邻里。搬迁，从某种意义上也是过去情感的断裂，四邻都是不舍。我们通常认知的医患关系，是现代社会的秩序、科学的冰冷，但厂区的医患关系，是传统熟人社会的千丝万缕、人情世故，本质和内核，是人。这也是新闻的要求：要见人。

社会效果

稿件在慢新闻APP推出后，又在报版上见报，对厂区生活有深切回忆的中老年读者，有的找记者索要龚继明的电话和地址，要去寻找这个良心诊所，有的给记者提供更多类似的几十年老诊所。读者评论大多集中在自己厂区生活的回忆，以及对那样一种人与人小善小美的情感关系的怀念。

全媒体传播效果

慢新闻APP和重庆晚报首发。人民网、新华网、腾讯网、新浪网、网易网，以及其他地方媒体转载。

“妈妈很辛苦　我要帮妈妈”

重庆晚报记者　郝瑶

昨日上午的重庆，一场暴雨和重庆日报摄影记者崔力拍摄的《暴雨，清洁工的孩子》照片刷爆朋友圈。照片上，狂风暴雨中，一名小孩站在两江新区两江幸福广场LOVE字形牌前，头上戴着一顶大草帽，身上裹着一大块广告塑料布。

瘦弱的孩子为何站在暴雨中？记者来到两江幸福广场采访，了解到照片背后的感人故事。

画面很温暖

崔力介绍，昨日下雨后，他按惯例出门拍摄新闻照片，路过两江幸福广场时发现动人一幕。

“一位女清洁工和孩子一前一后，母亲给孩子围起遮雨的布，孩子不哭不闹，跟在母亲身后走。雨下得大，风刮得狠，母女俩的镜头让时间似乎静止。画面虽然简单，却让人感觉很温暖。我拍了照片就发到朋友圈，网上有人说，看到照片感觉很心痛，我并不这样认为。孩子只要和父母在一起，就是幸福。她们之间的母女情，是最打动我的地方。”崔力对记者说。

妈妈笑哈哈

46岁的王芬，是照片里孩子的母亲。她对记者说的第一句话是：“谢谢给女儿拍照的记者。”

她说：“因为这张照片，不少媒体采访了我。以前我都没时间给娃儿拍照，也想不起这个事。谢谢给女儿秋红拍照的记者。”

去年10月，王芬经同村人介绍，从垫江县来到主城，在重庆新安洁景观园林环保股份有限公司做清洁工，清扫两江幸福广场及周边干道。10岁女儿秋红，上月放暑假，从垫江来到主城陪妈妈，早上6时准时和妈妈出现在两江幸福广场周围主干道上。“回到住处，她给我烧水。下午气温更高，不让她出门，但每次回到住所，都为我准备了凉白开。”王芬说。

昨日上午，狂风暴雨。“娃儿说：妈妈我有点怕，好大的风，还打雷。”王芬回忆说，“我觉得心痛，到附近工地借来不用的广告塑料布给娃儿裹着，草帽也给了她。回到住所，娃儿上下都淋湿了。”

懂事的女儿让母亲欣慰。“娃儿来到重庆，看到以前没见过的、好玩的、好吃的，从不向我提任何要求。看到我扫地累了，她抢着干，说：妈妈你休息一下吧。”

“日子会越来越好的。”采访中，王芬始终笑哈哈的。

女儿成绩好

公司同事陈孝君告诉重庆晚报记者：“王芬的女儿很懂事，一到暑假马上过来找她。”

“娃儿成绩很好，班里前3名。”和王芬一个寝室的吴天芬说，“每天帮妈妈做事，不简单。”

王芬所在公司综合部工作人员朱珍对秋红的印象也深。“小姑娘很招人喜爱，平时话不多，对人有礼貌，看到公司叔叔阿姨都会打招呼。”朱珍说。

最让朱珍感慨的是，孩子超过同龄人的那一份懂事。“能体谅父母的孩子，真是了不起。”朱珍说。

小秋红：“很热，很苦，我不怕”

暴雨后，太阳出来，地面气温迅速攀升。昨日下午，记者在两江幸福广场外找到了秋红。

看到妈妈扫地，她主动拿起扫把一起扫。

记者问秋红：“和妈妈一起扫地苦不苦?”她低着头轻声回答：“很热，很苦，我不怕。”

秋红说：“妈妈很辛苦，我要帮妈妈，这是我和妈妈一起扫地的原因。有时候，有人总盯着我看，我还是有点不好意思。”

天热，妈妈想让女儿回老家。秋红说：“我有时候想回去，因为爸爸在老家。有时候又不想回去，因为我想帮妈妈。我不怕吃苦!”

网友热传秋红照片　想到儿时想到父母

记者采访发现，几乎每个转发秋红在暴雨中照片的网友，都有不同感悟。

在重庆一家媒体工作的网友“兰”说：“爸爸妈妈在劳作，孩子能在一旁看着，也是一种特别体验吧。我小时候也跟着当火车司机的爸爸上班，下班了，爸爸抱着小小的我出站。现在回想起来，当时的我心里也是自豪得很呢。”

江北区一家汽车公司的负责人万先生说：“小时候，我也跟着开公交车的父亲一起卖票。也许，对孩子来说，和父母一起吃苦不是坏事，可以锻炼孩子的意志。”

作品标题“妈妈很辛苦　我要帮妈妈”
参评项目　通讯
作　　者　郝瑶
责任编辑　谢兵
刊播单位　重庆晚报
首发日期　2017-07-20
刊播版面　慢新闻—看见　AO7 版

作品评价

稿件的关注度源于一张本地媒体摄影记者的照片《暴雨，清洁工的孩子》，记者从采访到行文，抓住了读者最关心的问题——当时发生了什么？孩子怎样了？虽然同城媒体也有采访报道这个题材，但本报的报道涉及了照片中的人物，并对其进行了采访，还原了她们的世界。文末网友的观点提炼，增加了稿件的互动性。

采编过程

得到线索后，记者来到两江幸福广场，通过打听找到了清洁工。记者在和她一起扫地的过程中，了解了她们真实的生活情况，并走访了熟知她们的人，更大程度地还原了照片背后的世界。

社会效果

稿件未发先火，得益于照片，但稿件发表后，更能让人们看清照片背后的故事。不少人在稿件的留言区评论，互相探讨对孩子的教育等。正因为稿件中主人公积极向上的正能量，人们从这则新闻中也得到了更多真善美的体验。

稿件中的小主公获得了阿里巴巴天天正能量奖三等奖。

全媒体传播效果

重庆晚报、重庆晚报慢新闻 APP 和微信对该新闻均有报道，点击量上万。全国媒体纷纷转载，大渝网、搜狐网、汉丰网、人民网、新浪网等网站纷纷转载。

重庆首家无人店开业　进出付款都靠微信

重庆晨报记者　黎胜斌

顾客在商店选好商品，不需排队结账，只需扫商品条形码，就可以在手机上完成支付，随后离店。这种科幻感十足的场景，在重庆也可以体验到了。

昨日，我市第一家无人店“一七闪店”在两江新区互联网产业园腾讯众创空间开业。这与传统的便利店有何不同？在无人店购物是一种怎样的体验？安全性如何保证？记者进行了打探。

都是必需品，无人值守

昨日下午，记者来到两江新区互联网产业园腾讯众创空间。在一楼的左手边，有一个近十平方米的空间，写着“一七闪店”四个大字，下面注明了“24 小时无人值守店”。这就是我们要打探的无人店。

“一七闪店”的创始人重庆云邮天下信息技术有限公司董事长兼 CEO 何阳春告诉记者，这个概念店因场地限制，面积相对较小，但在写字楼内，可以满足上班族的基本需求。

记者注意到，这个无人店吸引了不少顾客驻足观看。透过两面玻璃墙可以看见里面两个货架上陈列的方便面、饮料、饼干等食物，冰柜里面还有各种冷饮。

“陈列跟传统的便利店没有什么不同，区别就是没有一个人在现场操作、指引或收钱。”

这是外面可以看见的情况。如何进店购买呢？

你需要的只有两样东西：一个微信账号，一部智能手机。

实名认证手机付款

当你首次进店，需要打开手机微信，点击扫描该店的二维码，随后会出现实名认证的信息。当你填写了个人信息，完成实名认证后，进入“一七闪店”的系统界面，进门的闸机就会自动打开，顾客就可以进店购物了。

“这套实名认证系统是跟公安局联网的，确保进店的每个顾客的身份。”何阳春说，一旦顾客进店，选好商品后，扫个码就能拿走。

比如你想买一瓶可乐，只需要用“一七闪店”内的扫一扫功能，扫一下可乐的条形码，可乐就会加入你的购物车。付款后，点击离店，你就完成了此次购物。

体验感强无须排队

便捷的购物体验，让不少顾客感到好奇，纷纷前来尝鲜。

在附近一家互联网公司上班的袁彪表示，平时在便利店购物，尽管可以手机支付，但结账还是需要排队，耽误时间。

何梅在腾讯众创空间二楼某公司上班，她常在附近的便利店买早餐。“早高峰时，上班都是争分夺秒，排队付款心里挺着急的。”她说，如果在写字楼普及无人店，会给上班族带来很大的便利。

浑水摸鱼行不行?

面对出现的新鲜事物，消费者有好奇，也有疑问。

不少顾客在现场问，反正无人店没有营业员，如果把商品藏在背包里，没有人察觉到，浑水摸鱼是否可行?

“不可能。”何阳春说，无人店的另一个核心技术是整个无人店的“大脑”和“眼睛”，通过摄像头对顾客购买的物品进行监测、识别与跟踪，当顾客走进商店，无论他拿了什么商品，拿在手里，揣在怀里，还是藏在包里，都能监测和识别。

业界反响　重庆商家暂无跟进计划

当前，基于新技术而诞生的智能无人店被很多人看作下一个风口。行业人士怎么看？是否有跟进计划?

“无人化是一个趋势。”重庆通宿科技有限责任公司创始人兼CEO李增勇在接受记者采访时表示，人力成本占到很大的比例，尤其是低质和重复的劳动力。未来，还将给线下实体店带来更多赋能，带来更多良性改变。

不过，他也表示，无人店要把用户体验做到极致，目前并未达到理想化水平，一切还要等市场与资本来评判。

我市一家大型商超的负责人表示，大中型超市现在还没有跟进无人店的计划，或许相关核心技术并没有能够完全商用落地，还需要进一步观察。

新闻纵深　无人店将带来哪些变化？

事实上，无人店的出现并不是最近才有的事。无人店终究还是一个商店，那与传统商店的不同在哪里？会给传统商店带来怎样的变化？

节约　省时省人工

何阳春表示，无人店首先提高了结账效率，能极大地缩短购物时间，理想状态下，消费者完全可以实现“即拿即走”，十分方便。

其次，“无人”能缓解人力成本过高带来的压力。他举例称，在重庆开一家 24 小时便利店，无人模式下可以省三四个人的人力成本，每月可以节约近 2 万元。规模足够大的情况下，和传统商店比可节约一半的成本。

智能　更懂你喜好

不仅是成本的降低，无人店也将变得更加智能化。“无人门店对用户购买行为进行记录，顾客从进门到出门，所有的一举一动都会被数字化，并且被捕捉记录。”何阳春表示，这些信息都非常有价值：比如男性顾客和女性顾客各自进店最集中的时间段是什么时候，大部分人逛商店最喜欢走的路线是怎样的，哪些商品被拿起又放回去的频次最高，哪些商品最常被顾客毫不犹豫地拿走，货架的高度是否需要调整等。在电子商务专家看来，无人店背后的技术，就是提高商店的效率，降低商店的成本，让商店变得更聪明、更善解人意。

无人店火了，哪些板块会受益？

杭州的无人超市这几天刷屏了，在重庆，无人店正式开门营业。对于资本市场来说，“无人零售”概念也正在被挖掘，哪些板块会受益？

海通证券中山三路营业部投资顾问侯静认为，无人零售的核心就是线上和线下的融合，信息化就是关键。在这条产业链上，拥有商品信息处理技术的企业、物流信息采集企业、物流企业三类公司值得关注。

私募从业者黎先生一直在关注无人零售行业，他表示，云计算和物联网提供硬件基础，大数据和人工智能提供软件基础。也就是说，大数据处理行业、人脸识别技术必然会受到资本市场的高度重视。

作品标题 重庆首家无人店开业 进出付款都靠微信
参评项目 通讯
作　　者 黎胜斌
责任编辑 刘一柏
刊播单位 重庆晨报
首发日期 2017-07-11
刊播版面 第8版

作品评价

独家。无人超市是7月份的一个热词。全网络都在谈无人超市，无人超市竟然现身重庆。无人超市究竟是怎么样的？与传统超市有何不同？如何进店？怎样买商品？买之后又如何付款？是否会颠覆传统超市？带着这样一些疑问，记者去现场进行了打探，并通过上游新闻进行了直播，为读者揭秘。在三个小时内，阅读量就达到10万次。

在报纸上呈现的内容还不仅限于此，记者还对无人超市各个环节涉及的“黑科技”进行了揭秘，作为投资者来说，无人超市概念必会涉及相关板块，这些方面有没有投资机会，记者也进行了分析。

采编过程

在之前的采访中，记者了解到，重庆也将有无人超市。记者与对方进行接洽，发现无人超市真开始运行了。随后，记者就去现场进行了采访，并进行了直播，为读者揭秘了无人超市。稿件还涉及投资方向，对于读者来说，服务性强。

社会效果

稿件发出后，东方财富、同花顺等网站纷纷转载。多家媒体跟进采访报道，掀起无人超市的报道高潮。

全媒体传播效果

记者去现场进行了打探，并通过上游新闻进行了直播，为读者揭秘。在三个小时内，阅读量就达到10万次。随后，多家媒体跟进采访报道，掀起无人超市的报道高潮。

一场和时间赛跑的救援：重庆好司机命悬一线 千里绿色通道生命接力

华龙网7月15日05时20分讯（记者　黄宇　刘艳　阙影　首席记者　徐焱）重庆公交司机杨婷在巴厘岛跟团旅游时，突发疾病，生命垂危。经众多网友及爱心人士筹款，杨婷乘专业医用飞机回渝治疗。今（15）日凌晨，飞机抵达重庆。杨婷曾将突发疾病的乘客及时送往医院，挽救其性命，因此被评为“重庆公交好司机”。如今，她的生命需要我们挽救。从巴厘岛到机场，从机场到医院，多方联动，开通绿色通道，完成了一场横跨千里的生命接力。抵达西南医院后，其父激动地感谢各方大爱。

7月14日17时

杨婷所乘包机从巴厘岛起飞——

经多方协调，7月14日，杨婷搭乘用于医疗救助的专业医用飞机飞往重庆，飞机上配备有心电监护仪器、吸氧设备、吸痰器以及能够帮助杨婷停止癫痫、舒缓身体以及抵抗肺部感染带来不适的专用药物，同时也配有专业的医护人员。

飞机降落江北国际机场后，杨婷被直接送往西南医院治疗。

从杨婷在巴厘岛突发疾病起，这一场承载着无数祖国同胞爱心援助的生命接力已经启动了。在杨婷的救治过程中，旅行社团队领队一直全程驻守当地医院协助家属联系院方实施救治，我国驻印尼登巴萨总领馆领事到医院了解病情并要求医院全力医治。

同时，我国驻印尼登巴萨总领馆、重庆市旅游局、市外侨办积极协调印尼雅加达大使馆、印尼海关、检验检疫、海关、航空空管等部门，按照特事特办、急事急办的原则，最大限度缩短了病人亲属赴印尼签证、包机随机医护人员来华签证办理、包机空管手续等办理时间，为杨婷在巴厘岛的救治及包机返渝提供了积极协助。

7 月 14 日 19 时

多方联动保证生命通道畅通——

时间就是生命。为了能够在抵达机场后将生命垂危的杨婷以最快的速度送达西南医院急救部，7 月 14 日 19 时许，重庆警方在机场启动应急救援机制，成立“绿色通道”保障小组，交巡警总队指挥中心确定了护送线路，调度沿途辖区交巡警支队保障交通畅通，特勤支队派出警车和护卫摩托车队全程护送。

由于航班延误加上到达时间未定，原定于晚高峰期间到达的航班延后。重庆警方表示，等到再晚也不放弃，沿途民警会一直待命，为杨婷留出畅通的生命通道。

与此同时，重庆方面也进行了多方联动，机场、医院、检验检疫等有关部门做好充分准备。重庆检验检疫局做好相关准备工作，及时为患者开辟绿色通道，加强与卫生部门的联防联控，为患者救治提供必要帮助。

西南医院急救部作好迎接杨婷的准备。

记者同时从西南医院了解到，患者到医院后，急救车将直接送急救部，由多科室专家进行会诊，然后再视情况分科室进行治疗。通过此前患者的病情描述，医生怀疑是肺部感染，可能会对呼吸系统展开重点排查。

7 月 14 日 23 时

归国消息时刻牵动众人——

杨婷生命垂危乘机回国的消息时刻牵动着众人，华龙网、重庆客户端全程直击救援过程，与广大网友共同见证一场生命的接力。截至7 月 14 日 23 时许，已有超过 10 万人通过现场报道关注救援情况。

帮助杨婷家人在网上求助的李昂这几天也没怎么休息，记者联系上她时，她还在关注杨婷的最新消息。

李昂在网上发起众筹为杨婷筹集捐款。

据记者了解，李昂是杨婷的同事。得知杨婷的情况后，几天前，李昂在轻松筹微爱平台上发布了“伸出援手，拯救一个年轻的生命”的求助，很快，这个轻松筹得到大家关注，许多好心人自发在网上为她众筹捐款。

考虑到杨婷要包机回国治疗，李昂在与轻松筹客服沟通说明情况后，轻松筹方面答应为杨婷开启绿色结算通道。截至 13 日，本次轻松筹关闭，社会各界爱心人士通过轻松筹平台为杨婷捐款近 30 万元。

“通过媒体看到杨婷的报道，还有行医多年的乘客专门跑到 264 路大学城轨道站调度室来关心杨婷的病情，希望能尽绵薄之力。”李昂说。

在网上筹款的同时，杨婷所在的重庆西部公交公司的同事们也在为杨婷进行现金捐款，短短几天时间，已为杨婷现金捐款 4 万多元，希望能帮杨婷渡过难关。

7 月 15 日 1 时 30 分

抵达江北机场　警车开道疾驰 30 分钟送医——

此时，市交巡警总队特勤支队负责保畅的警车也已等候机场 2 号道口。因夜间是大货车的非限行时间，原定的护送线路在夜间有不少大货车通行，于是，在等待飞机抵达的期间，市公安局机场分局民警和交巡警总队特勤支队民警反复查看实时流量分析，临时调整了护送线路，并安排了沿途保畅的民警。

15 日凌晨 2 时 7 分，接杨婷的救护车从机场 2 号道口驶出，与警方的开道车辆会合，出发前往西南医院。开道警察打开警灯，带领救护车一路沿机场路、渝澳大道、李家坪立交桥、嘉华大桥、经纬大道、天马路到西南医院。

凌晨时分，虽然路上车并不多，但看到有警车和救护车经过，私家车都纷纷让出最左侧的快车道，让救护车先行。每到达一个分道路口，就有执勤交巡警协助警车开道。当开道警车和救护车驶入石小路后，由于前方道路变复杂，道路较窄、私家车增多、弯急坡陡，沙坪坝交巡警也加入护送队伍，为救护车开道引路。

15 日凌晨 2 时 43 分，杨婷所乘救护车顺利抵达西南医院急救中心。全程 34 公里，原本可能花上 1 个多小时的路程，在警方的协助下仅用了不足 40 分钟。

7 月 15 日凌晨 2 时 43 分

顺利进入急救中心　五科室专家会诊——

7 月 15 日凌晨 2 时 43 分，杨婷在警车护送下被顺利送到西南医院。2 时 48 分，西南医院的医生与随车医生核对信息并交接后，杨婷被抬下救护车推进该院 120 急救中心。

早已在西南医院等待的杨婷父母非常激动，其父杨红东对媒体表示，经过多个政府部门和社会机构帮助，女儿终于回到祖国怀抱，感谢祖国母亲的关心。“我们的心愿就是一定要让她回来，在自己的国土上做什么选择都不怕，现在回来了，我整个人就像有了主心骨一样，让我们充分感到了祖国的温暖。下一步怎么办，我们放心地听医院安排。”杨红东说。

西南医院医疗科科长韩磊告诉记者，目前西南医院已组织了呼吸科、急救部、感染科、重症医学科、神经内科等5个学科专家教授对杨婷进行会诊，以确定下一步的诊疗方案。

同时，医院也做了保障上的安排，CT、核磁共振等晚上已安排了专门的技师就位，包括转运的呼吸机等都已准备到位，就是为了保证杨婷到医院后第一时间得到完善检查，第一时间得到客观证据，从而支持下一步的治疗。

7月15日凌晨3时许，西南医院急救中心的大门缓缓关上，这场多方联动的生命接力暂告一段落，医生对杨婷的救治转入下一阶段。

大爱相伴，今夜无眠。让我们一起来为杨婷祝福加油，同时向参与救援的各机构、部门、社会各界爱心人士等的共同努力道一声感谢。

同事发起“轻松筹”网友聚力为重庆患病女司机众筹近30万元

华龙网7月15日0时30分讯（记者　刘艳　黄宇　刘嵩）大爱筑起“生命通道”，多方接力送她回家。重庆公交司机杨婷在巴厘岛跟团旅游时，突发疾病，生命垂危。经众多网友及爱心人士筹款，为其包机回渝治疗。今晨，飞机将抵达重庆。从机场到医院，重庆方面正多方联动，开通绿色通道，完成一场生命的接力。而帮助杨婷家人在网上求助的李昂这几天几乎也没怎么休息，此时的她还在关注杨婷的最新消息。

据记者了解，李昂是杨婷的同事。得知杨婷的情况后，几天前李昂在轻松筹微爱平台上发布了“伸出援手，拯救一个年轻的生命”的求助，很快，这个轻松筹得到大家关注，许多好心人自发在网上为她发起众筹捐款。

考虑到杨婷要包机回国治疗，李昂在与轻松筹客服沟通说明情况后，轻松筹方面答应为杨婷开启绿色结算通道。截至13日，本次轻松筹关闭，社会各界爱心人士通过轻松筹平台为杨婷捐款近30万元。

“通过媒体看到杨婷的报道，还有行医多年的乘客专门跑到264路大学城轨道站调度室来关心杨婷的病情，希望能尽绵薄之力。”李昂说。

在网上筹款的同时，杨婷所在的重庆西部公交公司的同事们也在为杨婷进行现金捐款，短短几天时间，已为杨婷现金捐款4万多元，希望能帮杨婷渡过难关。

此刻，我们也在共同关注着这场接力，华龙网、重庆客户端平台正在全程直击，欢迎点击关注。

病重女司机抵达西南医院
其父感谢社会各方大爱

华龙网7月15日2时45分讯（记者　黄宇　刘艳　刘嵩）大爱筑起“生命通道”，多方接力送她回家。凌晨2点43分，在巴厘岛旅游时病重的重庆公交司机杨婷经飞机转乘救护车抵达西南医院，2点48分，西南医院医生与随车医生核对信息并交接后，杨婷被抬下救护车推进120急救中心。

早已在西南医院等待的杨婷父母非常激动，其父亲杨红东对媒体表示，经过多个政府部门和社会机构帮助，女儿终于回到祖国怀抱，感谢祖国母亲的关心。“我们的心愿就是一定要让她回来，在自己的国土上做什么选择都不怕，现在回来了，我整个人就像有了主心骨一样，让我们充分感到了祖国的温暖。下一步怎么办，我们听医院安排。”杨红东说。

作品标题　**一场和时间赛跑的救援：重庆好司机命悬一线　千里绿色通道生命接力（系列）**
参评项目　**系列报道**
作　　者　**黄宇　刘艳　阚影　徐焱　刘嵩**
责任编辑　**康延芳　樊国生　万浩睿**
刊播单位　**华龙网**
首发日期　**2017-07-15**
刊播版面　**华龙网首页、重庆客户端、华龙网官方微博微信**

作品评价

导向正面。在公交司机杨婷包机回渝治疗系列报道上，重点描写了交通、医疗、机场、检疫、公安等部门积极作为，多部门协作，帮助其回渝的过程，引导了社会舆论，凸显了社会正能量。

速度制胜。系列报道从司机回渝过程、多部门准备情况、新闻回顾等多角度实现覆盖，并第一时间全城发布，完成度很高。

融合传播。华龙网派出全媒体报道组，通过图片、文字、视频等多种手段制作稿件，在华龙网PC端、重庆客户端、官方微博、官方微信等平台推出，精准抵达用户手中。

效果突出。截至7月15日23时许，超过11万人通过现场报道关注救援情况，相关稿件阅读量在重庆客户端上阅读量达到数万人次。

采编过程

得知杨婷即将回国治疗的消息，华龙网第一时间响应，记者分多路对接交通、医疗、机场、检疫、公安等部门，联系采访。

从7月14日下午至7月15日凌晨，从巴厘岛到机场、从机场到医院，多部门联动协作，展开一场横跨几千里的生命接力。记者也坚守在重庆现场，依托华龙网、重庆客户端等平台推出直播页面，全程直击救援过程，与广大网友共同见证这场生命的接力。

直播同时，实时推出文图滚动报道，并全程录制视频，连夜制作推出视频微记录片，对当晚的救援行动进行回顾。

社会效果

重庆女公交司机杨婷在巴厘岛突发疾病，生命垂危，经众多网友及爱心人士筹款，得以乘专业医用飞机回渝治疗。该事件社会关注度大，众多网友献爱心，充满正能量。

系列报道从人性关怀的角度入手，通过直播等方式，展现了我市多个部门积极作为，联动配合，帮助杨婷回渝的过程。其凸显了社会大爱，展现了社会主义制度的优越性。

系列报道充分整合融媒体资源，形式新颖，诸多滚动报道均为全城首发，引起众网友共鸣。正如网友所说，大爱相伴，今夜无眠。八方联动，构建生命通道，展现重庆对生命的重视。

全媒体传播效果

报道通过华龙网PC端、重庆客户端、官方微博、官方微信等平台刊发，重庆客户端上，超11万人通过现场报道关注救援情况。稿件《一场和时间赛跑的救援：重庆好司机命悬一线　千里绿色通道生命接力》阅读量达5.05万次，视频《微纪录|昨夜山城无眠　为了一个生命》阅读量达3.48万次。

报道推出后，被网易网、凤凰网、新浪网、搜狐网等重点商业网站转载，微信稿件阅读量破万次，在微博上，共有7000多人参与留言。

7年来以船为家　挽救20余条生命
刘定凭：长江边上的守护者

三峡都市报记者　别玥

“能多救一个人，就是多挽救一个幸福的家庭。”7月18日，记者来到万州北滨路一艘渔船上，见到了正在亲手制作救生圈的刘定凭。这些年来，只要一听到呼喊声，他总是不顾自身安危，第一时间跳进江中救人。于他而言，只要每天能守护在长江边，救起不幸落水的人，就是最大的幸福。

熟悉水性　开启救人之举

刘定凭出生在长江上游的滨江小城——奉节县，每天枕着汽笛声、涛声入眠，伴着峡江号子长大，祖祖辈辈都是渔民。孩提时代，他就跟随父亲学了一身不错的水上功夫。8岁那年，他第一次跟随爷爷和父亲到长江打鱼后，就怀揣了做“水手”的梦想。

十几年来，刘定凭一直滨水而居，与江水朝夕相处。一次偶然的机会他来到万州，并在万州安家定居。因对一江碧水饱含深情，七年前，他卖掉了在王牌路的房子，一家三口来到江边的渔船上生活。

“这七年来，我一直以船为家，靠打鱼维持生计。”刘定凭告诉记者，他们一家人刚搬到船上不久，有一天晚上，他正在船上吃饭，忽然听见不远处传来“救命”的呐喊声。听见呼救声的他，想都没想，就直奔叫声而去，奋不顾身跳入水中，救起了一名不幸落水的男子。事后才得知，原来该男子是因晚上饮酒过多，来到江边失足掉进了水里，如果不是刘定凭及时相救，恐有生命之危。也正是从那天起，刘定凭便开始了长达七年的救人之举。

七年坚持　行动感染身边人

救起因矛盾而轻生的小姑娘，救起因横渡长江失水的游泳爱好者，救起因在江边游玩时不慎落水的市民……七年来，刘定凭凭借着自己的一腔热血见义勇为，无论白天黑夜，无论酷暑严寒，只要听到呼救声，便争分夺秒与江水进行战斗，把鲜活的生命从死亡边缘拉回。

“7 月 11 日，短短两小时内，我就救起了三个在江上游泳险遭溺水的人。”刘定凭说，夏天天气炎热，不少市民到江边戏水，为了能及时救起溺水者，他还专门设计制作了一个个救生圈，以及时挽救落水人的生命。到目前，刘定凭已经挽救了二十余名溺水者的生命，让他们重回家庭，开启幸福人生。

刘定凭的船已不仅是他们一家人的港湾，更成了长江上所有溺水者的港湾，一时间，刘定凭的事迹被万州人口口相传。今年 1 月，他更是荣获了“第三届感动万州十大人物”荣誉称号。他表示，这个荣誉更加激励他用实际行动去感染身边的每一个人。让更多人乐于付出，为社会做好事，不断传递社会正能量。

组建救援队　守护一方平安

“只要我在这里一天，救人对于我来说，就是责无旁贷的事。”刘定凭用恳切的语气告诉记者，七年来的坚持，让他对万州这片水域烂熟于心。如今的他，已经舍不得离开这里，就算每次救人冻得发抖，也从不求回报。救人对于他来说只不过是举手之劳，是他的本能。

记者在采访中了解到，不久前，万州区海事处和万州区港航局在刘定凭的船上成立了长江万州段上“水上人命救助点”，肯定他救人之举的同时，也大大方便了市民求救。

“接下来，我准备组建一个长江志愿者救援队，专门进行水上人命救助，以及各方应急救援行动。”刘定凭说，守护长江安全是他最大的幸福，但一己之力终究是有限的。组建救援队是想壮大队伍，鼓励更多社会热心人士参与到应急救援行动中来，保万州水上安全的同时，也希望能帮助更多的人。

作品标题　**七年以船为家，挽救 20 余个生命　刘定凭：长江边上的守护者**
参评项目　**通讯**
作　　者　**别玥**
责任编辑　**杨元刚**
刊播单位　**三峡都市报**
首发日期　**2017-07-20**
刊播版面　**第 9 版**

作品评价

作品采写细致，写作思路清晰、层次分明，行文朴素精练，很好地传递了社会正能量；为读者塑造了一个有血有肉、具有时代感染力的典型人物形象。

采编过程

7 月 17 日上午，记者偶然从朋友口中得知刘定凭在长江边奋不顾身的救人事迹后，经多方打听其联系方式无果，当天下午就直接跑到滨江路附近打听他的住所。由于他的救人事迹已被人熟知，滨江路一带的人几乎都知晓此人，一问便找到了他的“家”。

到他家的时候，他正好有事外出了，于是，记者向他妻子询问了刘定凭的电话号码，约定第二天（18 日）去采访他。刘定凭当时有些推脱，说救人在他看来是一件责无旁贷的事，没必要报道。在记者的再三请求下，他才同意接受采访。

18 日，记者如约前往他七年为家的渔船。刚上船，记者便被长江里荡漾的水弄得有些眩晕，真不知道他七年来一直生活在这艘船上又是怎样的感受。见到刘定凭时，便能从他的眼神里看出他的善良和憨厚，让人一见如故。于是，两人像朋友一样，聊起了他这些年的救人经历。

在经过一番仔细询问后，才得知他对长江怀着一份深厚的情感，这也正是他为什么从奉节来到万州后要在长江边以船为家生活的原因。他们一家三口在渔船上生活了七年，他向记者讲述了他七年间救起的印象比较深刻的一些人，但被救起的这些人却从来不知道他的姓名。不管是烈日或严寒，只要一听见呼喊声，这位无名英雄总是第一时间奋不顾身跳入水中，把一个个鲜活的生命从死亡边缘拉回。前不久，为了救助更多的人，他还组建了一支水上救援队，呼吁更多的爱心人士一起传递社会正能量，守护一方平安。舍己为人，见义勇为，刘定凭不愧是长江边上的守护者。

社会效果

在报道刊发的第二天，记者给刘定凭送去了一份报纸，以示对他的敬重。他告诉记者，一些朋友在看到他的报道后，都纷纷向他致电表示赞叹。还有几个会水的朋友，打电话来说要加入他的水上救援队，愿意义务救人，共同守护长江上的安全，为社会贡献自己的一份力量。相信还有更多这样的人，在刘定凭的榜样力量下，乐意参与进来，挽救更多家庭的幸福，传递社会正能量。

全媒体传播效果

刘定凭的救人事迹先后在万州发布微博上发布了刘定凭救人的视频，以及在看万州 APP 上刊登了文章。发布当天，均收获了不少网友的点赞和好评，引起不少市民热议和关注。经报道后，刘定凭见义勇为的事迹，一时间，被媒体广为传播。

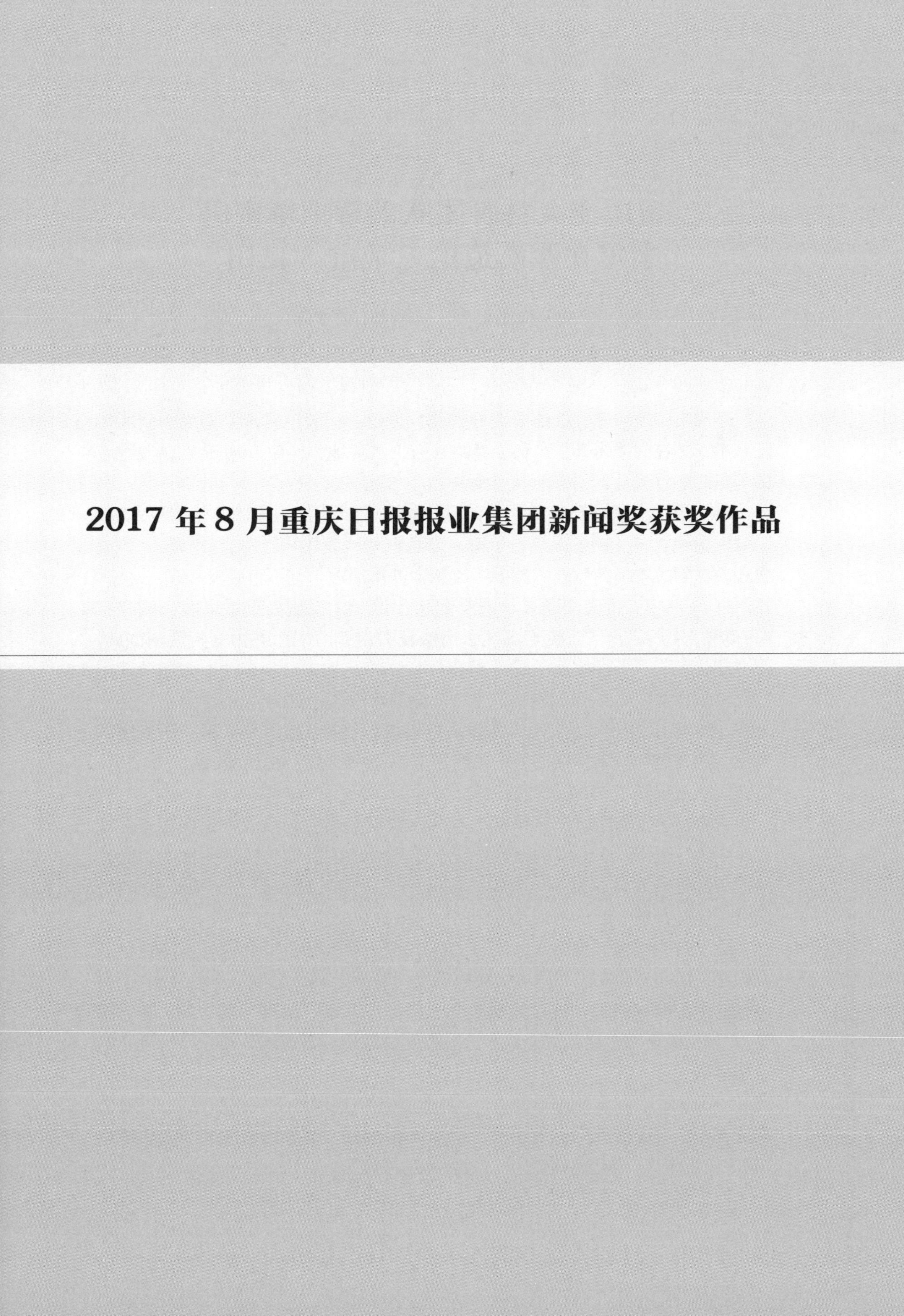

2017 年 8 月重庆日报报业集团新闻奖获奖作品

重庆交大科研团队破解土壤密码 半年在沙漠造出三千亩“良田”

重庆日报记者　张永才　周季钢

沙漠半年变绿洲？这绝非天方夜谭！近日，记者从重庆交通大学研究团队获悉，其在内蒙古乌兰布和沙漠的万亩中试基地，一期3000余亩试验地春播半年即取得成功，创下世界治沙史上的一个奇迹。

乌兰布和沙漠位于内蒙古自治区巴彦淖尔市和阿拉善盟境内，是中国沙尘暴发源地之一。在最近几十年里，乌兰布和沙漠还与巴丹吉林沙漠、腾格里沙漠在阿拉善境内形成“握手”之势。沙漠治理，刻不容缓。

从2009年，重庆交通大学研究团队在试验中发现，土壤颗粒之间存在“万向结合约束”，从而使土壤拥有自修复和自调节的生态力学特性。据此，研究团队发明了一种植物性纤维黏合材料，将此加入沙中，沙粒间便可获得“万向结合约束”，从而拥有类似土壤的涵养水分和营养的能力。

2009年起，研究团队开始在重庆进行模拟试验；2016年5月，研究团队利用上述理论和技术，在乌兰布和展开了25亩沙漠地种植试验；2017年2月，研究团队又展开了3000亩种植试验。

记者在位于阿左旗巴音树桂嘎查的试验现场看到，沙漠中出现了一片宽约800米、连绵近3公里的茂密绿洲。这里种植的并非传统沙生植物，而是沙漠中鲜见的高粱、糜子、苜蓿，还有西瓜、西红柿、茄子、荞麦等作物。同时，还有青蛙、野兔栖息其中。

除了这些作物长势喜人，项目的生态安全性也初步得到印证。法定第三方检测机构——西安国联质量检测技术股份有限公司，分别在今年4月、7月出具的两份报告表明，试验地的沙变土样本中，苯、游离甲醛、铜、锌、铅等18项指标全部合格；试验地沙土中微生物数量与日俱增，部分已接近正常土壤标准。

中国工程院院士钟志华表示，运用力学原理实现沙子向土壤性能的逆转，有望成为沙漠变绿洲的有效手段。重庆大学教授、博导彭向和表示，该项目“意义特别重大、理念特别先进、效果特别显著”。

阿拉善盟发改委主任罗志铁认为：“该项目对于阿拉善盟全面落实‘绿色

发展理念’，阻止阿拉善三大沙漠‘握手’，推动沙漠地区群众脱贫致富具有重要意义。”

在一期试验取得成功后，研究团队已开始第二期3000亩的秋播工作，并计划在明年开展第三期4000亩种植试验，届时种植总面积将突破1万亩。

作品标题　重庆交大科研团队破解土壤密码　半年在沙漠造出三千亩“良田”
参评项目　消息
作　　者　张永才　周季钢
责任编辑　隆梅
刊播单位　重庆日报
首发日期　2017-08-28
刊播版面　头版

作品评价

本文报道了重庆团队在阿拉善治沙的最新进展，给困扰人类千年的治沙难题提供了解决方案。在贯彻落实五大发展理念的语境下，具有极其重大的政治意义、经济意义、社会意义和生态意义，让人们意识到，“沙变土”有望成为彻底治理沙漠的有效手段，并有望发展成为一个万亿级庞大产业。

本文阐释了治沙原理、治沙进展、试验价值、社会意义，干净、可读，一气呵成。

采编过程

记者8月初从该生态项目投资方处获得信息后，奔袭千里，迅速前往内蒙阿拉善治沙现场，进行了长达5天的采访，并对当地政府、当地老百姓进行了深入采访。记者回到重庆后，迅速成稿，精心编辑、包装，在头版重点栏目刊发。

社会效果

稿件刊发后，引起了社会各界的普遍关注。北京大学、清华大学、重庆大学、重庆交通大学多位教授致电本报，询问试验进展；内蒙当地政府官员向本报记者致电表示感谢。“沙变土”成为坊间、论坛上老百姓热议的话题。

全媒体传播效果

受到了社会广泛关注，效果良好。

用公积金贷款购房　12 名农民工接房了

重庆日报记者　蔡正奋

8 月 29 日，刘建杰、王洪容等 12 名来自丰都县几个乡镇的农民工，拿到了位于丰都县城恒安世纪华城小区新房的钥匙。这标志着丰都率先在全市试点“无固定用工单位农民工”贷款购房成功。

刘建杰、王洪容等农民工能够在县城住上新房，得益于该县在全市率先试点的农民工缴存公积金和买房贷款制度。按照国家相关规定，缴存住房公积金和享受公积金贷款的必须是城镇在职职工。灵活就业的农民工，因工作岗位的流动性大、工龄时间连续性低，未被纳入缴存住房公积金和享受公积金贷款的序列。

去年 10 月，为积极推动新型城镇化建设，丰都县在全市率先探索推出农民工缴存公积金和买房贷款制度，为农民工进城落户进一步创造了条件。试点制度规定：凡是丰都籍农民工均可自愿参加公积金缴存和买房贷款，多缴多贷、少缴少贷，并且可以随时参加和退出，所缴款项按照国家规定的固定年息给付。一人缴存最高可贷款 40 万元，一家有两人缴存可贷 60 万元。

丰都农民工住房公积金缴存试点作为惠及广大农民工群体的破冰之举，引起上级有关部门的持续关注，得到住建部和市委、市政府的肯定。有关人士认为，这一探索是全面贯彻五大发展理念，坚持以人民为中心，加快“促进 1 亿农业转移人口落户城镇”，让广大群众共享改革发展成果的积极举措。

目前，丰都全县申请缴存住房公积金的农民工已超过 1500 人，缴存人数达 1562 人，签订购房预售合同 210 套。

在 29 日的交房仪式上，首批交接住房钥匙 12 套，同时为 66 户放款 2006 万元。据测算，单个购房户节省金额最高达 13. 4 万元。比如当天接新房的购房户刘建杰，只有 24 岁，是丰都县三合街道罗山村人，他近年来一直在外打工，去年听老家人说起这个政策后，马上乘飞机回来办理缴费贷款，购买了新房。就此一项，就比商业贷款购房节约了 7 万余元，他也成为首批享受这一政策红利的农民工。

这一举措在丰都的实施，标志着丰都县农民工住房公积金缴存试点取得阶段性成效，广大农民工也能像机关企事业单位正式职工一样，常态化使用公积金低息贷款买房，可购房安居了。

作品标题　用公积金贷款购房　12 名农民工接房了
参评项目　消息
作　　者　蔡正奋
责任编辑　张国勇　邱碧湘
刊播单位　重庆日报
首发日期　2017-08-30
刊播版面　第 2 版

作品评价

这是社会保障制度的一大改革，也是一个具有突破性的制度探索，对于破解城乡二元化结构壁垒，打破农民工进城安居乐业的住房瓶颈，具有重要的意义。也对全国下一步开展这一制度改革，具有示范作用。

作者紧紧抓住这一敏感而富有探索意义的新生事物，以最具现场感的 12 户农民工接房入手，以鲜活的事例为由头，道出事情的前因后果，自然、亲切、生动。

字里行间热情肯定这一事情的积极意义，充满了对社会进一步改革探索的热望和渴求。

采编过程

一个偶然的机会，记者从丰都县一份文件中发现了他们的做法，就一直关注着。

当记者知道 8 月 29 日该县要对首批购房的农民工交钥匙的消息时，已经是下午 5 点多了，怎么办？因为第二天早晨 9 点，县里就要举办交房仪式。早晨去，无论是汽车或者火车都来不及，于是，就马上买了晚上 7：30 的火车票，立即赶到车站，晚上 9 点到丰都县，这样，才能赶上早晨的采访活动。这一天，气温 39℃，记者顶着烈日采访了该县县长罗成，采访了市、县两级公积金管理中心的领导，采访了开发商，采访了 6 个接房的农民工家庭，并和他们一起到小区、家里，看看小区环境和新房，感觉真的不错。

这一天，虽然衣服被汗水湿透，但是，记者采访到了第一手新闻素材，体会到了接房农民工的喜悦，感受到了改革给群众带来的实惠，心里非常高兴。

因为网络问题，记者中午到丰都报社，借用报社的电脑，把稿子写好，及时发回，确保了稿子及时刊出。

社会效果

受到市里和很多媒体的转载和围观，大家对这一新的探索充满了希望和期待，有的跟帖希望在全国范围内能够早点推开。

全媒体传播效果

受到了社会广泛关注，效果良好。

10 年前搬走的这家企业，为何又搬回来了？
——北碚区在坚守绿色发展中凸显后发优势

重庆日报记者　雷太勇　周雨

7 月 31 日，记者来到位于北碚蔡家新区的重庆横河川仪有限公司。走进厂区，只见道路宽阔，绿树成荫，车间内明亮宽敞，干净整洁。据介绍，这座共占地 68 亩、厂房面积 2.4 万平方米的新工厂今年 3 月才正式建成投产。

横河川仪是国内排名第一的智能变送器生产与销售企业——目前国内的变送器年产销量约 100 万台，该企业产品占市场份额 1/4 以上。

但鲜为人知的是，伴随着该企业从小到大、到全国第一的成长过程，还有着一段“北碚建厂—搬出北碚—搬回北碚”的曲折经历。

横河川仪搬家的故事是北碚区在坚守绿色发展中逐渐凸显后发优势的一个真实写照。

这里起步：做到全国第一

横河川仪核心产品为什么能在全国同行业中市场占有率排第一？

该企业生产的智能变送器从外形看，是一种类似水表的管道测量装置，用于检测管道内液体或气体的流量、压力、温度。

然而，这些智能变送器是全数字化的，不仅可将传感器输出信号转换为数字，还能以通信协议方式连接至计算机或现场总线控制系统，从而提升生产过程的精密度与自动化、智能化水平。

正因如此，这种看似不怎么起眼的检测装置，一点都不便宜：每台售价 3000 多元至 10000 多元不等。

近年来，随着我国工业自动化步伐的加快推进，智能变送器的市场容量呈持续快速增长态势。重庆川仪自动化股份有限公司副总经理、横河川仪中方代表赵凤祥告诉记者，横河川仪能在智能变送器领域坐上国内“头把交椅”，主要靠两点：一是独有的单晶硅谐振式传感器技术；二是精益生产管理。

单晶硅谐振式传感器是日本横河电机株式会社于 1994 年发明的传感器技术。在此之前，世界各地生产的变送器普遍采用的是电容传感器技术，需将压力差先转变为电流，再转变为数字信号，中间有一个校正的过程，最后得到的是一个间接数据。而单晶硅谐振式传感器技术则直接将压力差转变为数字信号，得到的是一个直接数据，检测数据由此更为精密。这也是迄今世界最先进的变送器生产技术。

1995 年，重庆川仪公司与日本横河合资成立横河川仪公司，生产出了我国第一台单晶硅压力变送器。生产车间是北碚三花石的一栋两层楼厂房，面积不过 3000 多平方米，工人只有 100 多人。

随着公司生产规模的扩大，三花石生产基地已不能满足生产需要。2007 年，横河川仪搬迁至北部新区，占地 14 亩，厂房面积 1. 3 万平方米。

随着我国工业自动化、智能化步伐的加快，市场对智能变送器产品的需求越来越大、要求越来越高，产品升级换代的步伐越来越快，横河川仪本身也面临着建设智能工厂的迫切需要。

2016 年，横河川仪决定在北碚蔡家新区建设新的数字化工厂。该工厂共占地 68 亩，厂房面积 2. 4 万平方米。今年 3 月，新工厂正式建成投产，横河川仪在时隔 10 年之后再次回到北碚。

在搬迁中，横河川仪不断发展壮大：所生产的产品，从 1995 年的第一台到 2009 年的第 100 万台，该公司共用了 14 年；从 2009 年的第 100 万台到 2013 年的第 200 万台，该公司仅用了 4 年时间；今年 1—6 月，该公司的产销量实现了 25% 的高速增长。

绿色发展：北碚的吸引力

记者在横河川仪的数字化工厂看到，该工厂的每个工位都有红、黄、绿三盏灯，绿灯表示正常，黄灯以示警告，红灯表示产品出现问题。一个工位一旦亮起红灯，会自动停止生产。

“这是精益生产管理在数字化工厂的新应用。”赵凤祥说，工厂不仅全部采用先进的智能制造装备，还建有一套生产情报信息系统，实现了对每个工位的数据收集分析、对每次加工作业的自动检查，确保了产品的高质量和高可靠性。

因为数字化工厂的投用，横河川仪现已生产出新一代科技含量更高、功能更强的 EJAE 系列智能变送器，预计该系列产品今年即可实现 7 亿元销售收入。

据悉，横河川仪之所以搬回北碚、扎根北碚，主要有三方面原因：一是“老家”情结，北碚是横河川仪的诞生地；二是北碚良好的生态环境和科教文化资源；三是北碚坚持高新技术的产业发展方向。

“横河川仪的搬迁之路，也是北碚发展历史的一个真实写照!”北碚区发改委主任李成银说，过去横河川仪还不算强大的时候，北碚没能留住它，现在横河川仪做到了全国第一，它反而主动搬回了北碚，折射出了北碚日益凸显的后发优势。

北碚虽然是主城九区之一，但偏居主城西北一隅，向西有缙云山屏障，向东有中梁山、嘉陵江阻隔，只有渝武高速公路一条主干道与渝中区相连，这样的区位交通条件，使北碚难以吸引优质企业入驻。

但独特的地理环境，也给北碚带来了独特的山水自然资源：嘉陵江穿城而过，缙云山、华蓥山等山脉纵贯境内，森林覆盖率达 48%，是主城的重要生态屏障，素有“重庆后花园”之称。

“良好的生态环境，既是北碚人民最大的公共利益，又是北碚最核心的竞争力！”长期以来，北碚区委、区政府一直坚持“生态立区”理念，走绿色发展之路，守住了生态保护红线，保住了辖区的山水自然资源。

近年来，随着主城向二环拓展和两江新区的设立，北碚逐步凸显出了后发优势：蔡家新区现已入驻 13 家世界 500 强投资企业、10 家中国 500 强投资企业；水土高新技术产业园已形成以京东方、莱宝科技、康宁玻璃、超硅等为主的电子核心部件产业集群。

今年上半年，北碚规上工业总产值增长 20.6%，战略性新兴制造业产值增长 84.3%，经济增长速度跃居主城区前列。

“南下东进”：后发优势凸显

去年以来，北碚在推进交通基础设施互联互通上全面发力，加快推进“南下东进”战略，持续改善北碚发展区位条件。

2016 年 9 月 28 日，水土嘉陵江大桥正式开工建设，目前已完成所有水下施工项目，正进行主塔水上部分施工。该桥南起于蔡家组团江家坪立交，北止于水土云汉大道，建成后，将使水土、蔡家两组团的通行车程由过去的半小时缩短至 5 分钟，并打通北接渝广高速、重庆三环的重要交通走廊。

今年 6 月 19 日，蔡家嘉陵江大桥也正式开工建设，该桥位于渝武高速马鞍石大桥和轨道 6 号线过江大桥之间，建成后，将使蔡家和礼嘉两大组团有了便捷通道，到照母山只需 15 分钟车程。

水土嘉陵江大桥与蔡家嘉陵江大桥分别位于蔡家新区的北、南两端，两桥建成后，将形成一条与渝武高速并行的南北大通道，从而从根本上打破北碚的交通制约“瓶颈”，加快“南下东进”步伐。

另外，快速路一纵线北碚段也将于年底前开工。该公路起于快速路一横线狮子岩立交，止于北碚龙凤大道，与渝武高速公路平行，并设有多条转换匝道，建成后将成为北碚城区南北大通道，并可大幅缓解渝武高速北碚段交通压力。

在南北方向上，快速路一横线歇马隧道已于去年贯通，现正进行东西干道施工。这条公路西接绕城高速歇马立交，东接渝武高速三溪口立交，向东贯穿蔡家新区后与嘉悦大桥、悦来连接。

北碚区副区长刘小辉表示，这些项目建成后，北碚区“三横三纵”的骨架路网将基本形成，“南下东进”战略通道初步打通，与主城其他区路网联系更加顺畅，将有力推进北碚“一区三地”（生态宜居城区、高新产业基地、科教文化高地、休闲度假目的地）建设。

作品标题　10年前搬走的这家企业，为何又搬回来了？——北碚区在坚守绿色发展中凸显后发优势
参评项目　通讯
作　　者　雷太勇　周雨
责任编辑　周立　隆梅
刊播单位　重庆日报
首发日期　2017-08-10
刊播版面　第1版

作品评价

1. 角度好、新闻性强。从横河川仪搬出北碚、再搬回北碚的故事切入，写出北碚坚持绿色发展的成功实践，故事情节跌宕起伏，在引人入胜的同时发人深思，给人以启发。

2. 主题好、指导性强。该报道不是就故事而写故事，而是将故事融入贯彻落实习近平重要讲话的大背景中，印证了“绿水青山就是金山银山”的科学论断，既有说服力，又有很强的指导性。

采编过程

这是由市委宣传部统一组织的一次报道，有10多家市级媒体参加，只有一天的采访时间，安排了几个采访点。记者将各个采访点的所见所闻融会贯通，精心选择角度和“切口”，最终形成此文，这也是此次集中报道中最出色、最与众不同的一篇报道。

社会效果

文章见报后，在重庆各界引发广泛好评，被全国数十家知名网站转载。

重庆布局“一大四小”机场
目标直指国际航空枢纽

重庆日报记者　周季钢　曾立　陈钧　夏元　杨永芹　彭光瑞

“修一条3公里的公路，可能只能连通两个村，但修3公里的跑道，却可以通向全世界！”市交委相关负责人称，发展航空运输已成为区域经济融入全球经济的快速通道。顺应全球经济发展的趋势，重庆已布局“一大四小”（“一大”：江北国际机场；“四小”：万州、黔江、武隆、巫山机场四个支线机场）运输机场格局。“我们的目标是，到2020年力争成为国际航空枢纽。”

落一子　活全局

“你们那里有机场吗?”地方招商引资，相当一部分投资者都会问到这个问题。因此，在某种程度上，一地是否有机场、机场开通航线多少、吞吐能力如何，已经成为衡量一个区域投资价值高低的重要因素。

从世界各国的经验看，航空运输越是发达的地区，往往也是外向型经济发展程度越高的地区。

目前，我国已有60多个城市依托机场，规划建设了临空经济区。依托机场，用临空经济带动金融、物流、商贸、旅游、信息、科技等综合现代服务业发展的大格局正在兴起。

“我市高度重视航空的发展，市政府于今年3月印发了《关于加快国际航空枢纽建设促进民航业全面发展的意见》（以下简称《意见》）。”市交委负责人称，《意见》明确提出，到2020年，我市要基本建成国际航空枢纽。

为此，我市规划了“一大四小”机场，除江北国际机场在主城外，其余四个支线机场均位于经济发展相对落后的渝东南和渝东北地区。“机场的设立，有望带动当地旅游业和经济的发展，对于助推武陵山区和秦巴山区脱贫攻坚具有重要意义。”

事实上，机场对当地经济的拉动作用已显现。

今年上半年，黔江机场旅客吞吐量达13.7万人次，同比增长79%；全年预计完成旅客吞吐量25万人次，将给黔江地方经济贡献3.45亿元，直接或间接提供就业岗位1746个。

“一大四小”格局正在形成

2016年9月23日，武隆仙女山机场正式开建。通航后，地处渝东南的武隆仙女山，将直接与成都、上海、西安、昆明、北京、广州等城市连接起来，加速武隆打造国际知名旅游胜地的步伐。

同年年底，万州机场改扩建工程启动，计划2019年建成。届时，该机场将能够起降承载200余人的宽体客机，停机位由原来的5个增加至11个，为我市口岸开放提供重要的基础设施支撑。

今年6月，黔江机场也启动了改扩建工程，预计2019年建成。项目建成后，黔江机场将新增7个C类停机位、1.2万平方米航站楼，能够满足旅客吞吐量70万人次、货邮吞吐3150吨、航班起降8333架次的保障需求。

2015年开建的巫山机场，计划2018年建成。巫山机场建成后，将拥有2600米的跑道、5个机位的站坪，年吞吐量将达28万人次、货邮吞吐量1200吨，将开通至北京、上海、广州、成都、西安、昆明等全国主要城市的航线。

“一大四小”中的“一大”——江北国际机场，则将打造成国际枢纽机场。到2020年，江北机场国际（地区）航线达到100条左右，旅客吞吐量超过5000万人次，国际旅客吞吐量500万人次，力争货邮吞吐量100万吨。

建成10个以上通用机场

除了“一大四小”机场，我市还在加快推进建设一大批通用航空机场。

根据规划，到2020年，重庆将基本实现通用航空功能市域全覆盖，建成10个以上通用机场或兼顾通用航空服务的运输机场，形成覆盖全市的通用机场网络和低空航线网络。

此外，我市还将初步形成涵盖制造、培训、建设、运营等环节的通航产业链。到2020年，我市通用航空器将达到50架以上，年飞行量2万小时以上，培育3～5家具有市场竞争力、规模化的通用航空企业。通用航空器研发制造水平国内领先，通用航空产业发展成为百亿级产业集群，建成通用航空产业综合示范区。

市交委人士称，目前永川大安通用机场已完成前期工作，将新建一条长1000米的跑道，14个机位站坪，建成后近期可用于试飞、培训、应急救援等，远期可满足永川通航产业发展需要。

万盛江南通用机场，计划今年开建，将新建一条长2200米的跑道，24个机位站坪，定位于公务航空、通勤航空和应急救援，届时将极大推进资源枯竭型城市产业结构转型升级，推进旅游业发展。

与此同时，我市正加快通用航空全产业链发展，逐步形成通用航空整机及零部件研发制造体系。

作品标题　重庆布局“一大四小”机场　目标直指国际航空枢纽
参评项目　系列报道
作　　者　周季钢　曾立　陈钧　夏元　杨永芹　彭光瑞
责任编辑　张红梅　许阳　高树川　倪训强
刊播单位　重庆日报
首发日期　2017-08-25
刊播版面　第6—10版

作品评价

该系列报道以江北机场T3航站楼和第三跑道投用为引子，从宏观层面到微观层面，详细剖析了机场与地方经济之间的内在关系，从战略意义、经济影响等高度，分析江北机场新航站楼对于重庆发展的重大意义，视角高屋建瓴，内容翔实完整，文风深入浅出。

另外，在服务层面上，该系列报道还打探了新航站楼的种种新科技、新技术，并通过实地走访探究了种种市民关心的，如出行、购票等问题，同时还采集了相关区县政府工作者和群众的观点。

整体而言，这一系列报道覆盖面广，内容丰富精彩，围绕新航站楼投用这一新闻大事件，充分做到了报道清楚、视野高远、服务高效，是同期全市报刊中最为出彩的。

采编过程

从7月中旬起，主创人员们就按照分工，各自奔赴采访一线，包括机场现场、政府部门、企业单位、远郊区县以及走访专家学者等。主创人员通过深入采访，掌握了大量素材，并围绕素材加工梳理，进行后期稿件撰写，再加上夜班编辑和美术编辑的精心制作打磨，整个系列报道最终一气呵成。

社会效果

得到市委宣传部、重庆机场集团点名表扬，被多家网站转载，得到众多网民点赞。

13 岁哥哥抚养妹妹长大，派出所就是家

重庆晚报记者　刘春燕

万州响水派出所在离城很远的山上，2014 年设立的时候，分给所长何智勇四个民警。报到那天，三个民警都拎一个小包，装着换洗衣服。另一个却不同，他开了一辆皮卡车上山来，车上装着锅碗瓢盆、简易衣柜，几乎就是一个流动的家。甚至，他还带了一个人，这个女孩到哪里都跟着他。

他是孙进波，女孩是他的妹妹孙建洁。

这个特殊的家庭，像接力棒一样，传到了何智勇手中。

少年已成年

2001 年的初夏，丰都乡下，13 岁的孙进波在村里摘桑叶，路过的村民带话，喊他快去镇医院，他妈妈不行了。

慌乱、惊恐、云里雾里，少年在各种颠来倒去、快进慢进的人声人影里，终于明白，妈妈永远走了。他被大人喊回家，收拾出一间屋子，按农村的风俗，接回妈妈。

他背着两岁多的孙建洁，妹妹只知道哭，哭声和眼泪更多是隐约的本能，不是懂得。孙进波想起以前欺负妹妹，妈妈说，除了父母，你们就是最亲的人了……他也哭。

13 岁，少年时代结束了。

他们家是村里最先装上卷帘门的（在当时的农村，是条件好的象征），母亲走后，家里迅速颓败下去。父亲愈发沉默，像山村浓黑的夜一样。

少年已然成年。

初中住读，每周只有 10 元生活费，他只用 5 元——1 元钱 3 包的凉拌海带丝，他买 15 包。米是自家带去的，在学校蒸好白米饭，菜就是凉拌海带丝，一周全是，每顿都是，三年都是。偶尔买一份肉，两个同学分着吃。

他透支了常人一辈子海带丝的分量，成年后至今厌弃。

省下的 5 元钱，他要给孙建洁买吃的。

三年后，这每周的 10 元也摇摇欲坠了。父亲去福建打工。

——“他把妹妹托付给你？你也未成年啊！……”

——“没有托付，没有那种仪式感……农村孩子，能走路了，就下地干活，能自己煮饭吃了，就算成年，不是按法律来算的……”孙进波的同事、所长都抢着帮他答。他们都是农村长大的孩子，都笑这个问题是对农村的误解。

摇摇晃晃地成长

孙进波成绩很好，是学校要全免学费留下的优质生源。唯一的问题是，他要带着妹妹上学。

他在镇上租了一间屋子，10 平方米，6 岁的孙建洁幼儿园放学自己回来，等哥哥放学做饭吃。

大孩子带小孩子上学，只是纸上的一句话，用无数的生活细节把它填满，那斤斤两两垒上去的重量，都压在少年一人的肩上。

孙建洁说：好像不记得生过病……有过吧，自己会好的。不求助，会从习惯慢慢长成性格。

学校担心兄妹俩的安全，在教师宿舍辟出一块地方，拉上帘子，提供给兄妹，也是一个家。这算是接手特殊家庭的第一棒。

夜里自习，小姑娘悄悄跑进教室，有时候坐在最后一排看书，大孩子们偶尔也逗她，那时她还没把自己蜷成微小的一粒，活泼开朗。亲近的姐姐，还会给她洗澡，扎辫子，帮她买件衣服。

生活费依旧是提心吊胆的 10 元，稍有改善的是成长带来的力量。

周末回家，孙进波在田里撒下一些种子，萝卜、土豆、白菜……农村孩子种地的技能仿佛也是不用学的，能走路就跟着父母下地，撒点种子，地里长出什么就吃什么。长出的菜，摘到学校，放电饭煲里与大米一起焖。

假期同学们各家轮流住，都是留守孩子，都是独自守着地，守着家，都是未成年已成年。

高中三年，有急事（通常是急需钱）会给父亲的工友打电话。他给自己买过一件衣服，30 多元的外套。衣服不够，寝室男生都是混着穿。虽有喜欢的女生，但是他从未敢表露。

住在派出所的女孩

对一些人来说，山那边不是海，翻过去，依旧是山。

现在问孙进波，他依然觉得，那些年，钱就是山。

大学让兄妹暂时分开。孙建洁去了福州跟着爸爸，读民工小学。孙进波考进长江师范学院。

钱怎么办：助学贷款；打工，沿着涪陵餐饮集中的那条街，一家家敲门问；卖电话卡；家教；站街发传单……

父亲一年给两三千元。最近网上正在热议的“大学生月生活费家里给1600够不够”，对另一些孩子来说，是个伪命题。

这三年像个分水岭，兄妹各自走向不同的性格和性格所能决定的生活。

农民工孩子在当地上不了初中，三年后孙建洁回到哥哥身边。孙进波刚刚毕业在涪陵公安局蔺市派出所做文职工作，从此，这个女孩住进了人生中第一个派出所。蔺市派出所，接过了这个特殊家庭的第二棒。

住在派出所是什么体验？

“就是一起吃饭……”孙建洁瘦弱苍白，说话声音小到接近无，通常一句话最后几个字是听不清的。孙进波也发现，从福州回来后，小女孩性格完全变了，沉默，封闭。

但哥哥还是哥哥。住在派出所的女孩，基本不用动手洗衣服，做家务，哥哥承包了，喊她好好读书，安心读书。但现在孙进波有点后悔：“太惯她了，过度保护，独立生活能力不强，做事不主动……”

但孙进波又要走了。哥哥考进万州公安局，要先去沈阳中国刑警学院读书，一年半。这一年半，周末放学，女孩会自己去蔺市派出所吃饭，住，像她所有的同学那样，回家。

女孩说：“这时候我就是自己洗衣服了。其实我也会做饭，他们（哥哥）不知道。他们很多事情都不知道……他们觉得我太依赖……”

兄妹其实都喜欢村镇派出所那样的氛围：吃饭围成一桌，碗筷摆好，大家都等着，所长像大哥或者家长，他最后来了，大家才一起开饭。说笑着，又自在。

孙进波毕业回万州武陵派出所。武陵派出所又从蔺市派出所接过了这个特殊家庭的第三棒。

中间也是费尽周折的。孙建洁要从涪陵来万州读高中，有诸多条件限制，万州公安局的几个前辈，亲自去跑，一家家中学跑，落实学籍。其中一位领导，自己私人拿了一万块补贴孙建洁读书。

纤弱的女孩喜欢安迪

响水派出所接过的是第四棒。所长何智勇经常“逮住”孙建洁谈心，像在说自家的妹妹：

——“你要开朗一点，将来要融入社会，不吭声怎么去跟人相处……”

——“……”

——“不要听你爸爸的，别去打工，你啥都不会。还是考一个医专这种专业性强的，能自食其力。你哥哥不容易啊……”

——“……”

通常孙建洁是不吭声的，她靠墙站着，都在听，一脸柔和。

隐秘柔软的流露往往在大人们忽略的地方。孙建洁高三这一年，孙进波怕周末奔波影响她学习，在万州城区租了房子。一年没上响水派出所，高考完她再来，5 岁的小女孩骆燚，一见她就扑腾欢叫，声音大到要抬走房子。

骆燚是协警的女儿，孙建洁走到哪里，她就跟到哪里，孙建洁以前睡的床，她毫不客气地扑上去又跳又叫，在孙建洁身上滚来滚去撒欢。

吃饭的时候，骆燚也要黏在孙姐姐身上。

住在派出所的女孩，有成年人看不见的另一面。这一面，有软萌萌的小妹妹，也有硬朗的御姐安迪。

我问孙建洁有没有喜欢的女性形象，她说喜欢《欢乐颂》里的安迪。这是她看过的为数不多的电视剧，安迪独立、勇敢，也有成长和身世的谜题。

聊女性话题，她说不想结婚，不想要孩子。“一个人很好啊……也不习惯有其他人……”“丈夫和孩子是其他人?”沉默。

再问她为什么特别不爱说话，她想了一会儿，有点困难地说：“嗯……好像是不知道怎么说……很久不说……想不起用哪一个词……”她喜欢的薛之谦，却是个段子手，能唱能说。她喜欢的职业是当老师，也是个需要说话的工作。

跟我说话，她不断地撕餐巾纸，桌上撕了一堆碎屑。

又来了新孩子

变化脚跟脚，跟着每个人。

孙进波的女友汤媛芳，不顾娘家的不舍和反对，来重庆投奔爱情。常年驻扎在山上派出所的孙进波，只能两周下山一次，买了只泰迪陪伴她。他已经求婚成功，跟妹妹不同，他特别想要小孩，特别喜欢。

孙建洁考进了重庆幼儿师范高等专科学校。9 月，大学生活又是一个新的考验。

响水派出所送走了孙建洁，又来了黎治君。

慢新闻—重庆晚报，曾在 6 月报道过这个每天进一次派出所的 10 岁男孩，读四年级，也是名留守儿童。孙进波想用自己下班后的碎片时间，帮辖区农村的留守孩子辅导作业，黎治君是他试点的第一个孩子，效果好，再扩大升级成派出所的“托管班”。

这个孤单的小男孩很喜欢在派出所做作业，问他为什么，他说：因为有人。

派出所长大的孩子，又会多一个，或者很多个。

作品标题　13 岁哥哥抚养妹妹长大，派出所就是家
参评项目　通讯

作　　者　**刘春燕**
责任编辑　**严艺非**
刊播单位　**重庆晚报**
首发日期　**2017-08-28**
刊播版面　**慢新闻 APP**

作品评价

“旧闻”难写。对于已经失去现场、失去主要的事件进程的过去时新闻故事，最困难的是避免简单的资料堆砌，还能生动还原整个事件的细节，并呈现事件中人的情感流动。

留守的大孩子抚养小孩子长大，记者通过细致的采访和朴实的讲述，通过人物那些微小而惊人的细节，让人看到一个少年即成年的长兄的责任和担当，以及这对兄妹的成长路上，那些一棒一棒接过接力棒帮他们的人。比如哥哥为了给妹妹买吃的，为节约生活费，整整三年以凉拌海带丝为菜，透支了常人一辈子吃海带丝的量；比如派出所对兄妹的接纳，哥哥即使远赴沈阳读书，妹妹仍然留在哥哥原来的派出所吃住，周末去派出所就像回家……

深度报道的责任之一，是洞悉复杂人世的人情流动，并挖掘人在其中的深厚力量，这样的报道，正是朝着这样的方向在努力。

采编过程

记者在万州陪着兄妹生活了两天，观察兄妹之间的亲情细节。同时采访了哥哥当年的老领导、老同事和个别同学，印证了哥哥对成长过程的一些回忆口述。在采访过程中，发现哥哥作为驻村的民警，又在主动为村里留守儿童补习辅导，像一个温暖的轮回：他把自己接受过的点滴之情，又用自己的方式，传播给下一代的小朋友。

社会效果

公众号“平安万州”转发后，该文70万阅读量为该号近期最高。有当地读者联系万州警方，表示要去看望兄妹。另有区县警方联系重庆晚报，希望重庆晚报用慢新闻的细致采写方式，去报道他们的基层民警故事。

全媒体传播效果

重庆晚报微博阅读量140万次。中央政法委官微转发，人民网、光明网、中国新闻网、新浪网、腾讯网、网易网、搜狐网、澎湃新闻等转发。

人间少一孺子牛　天堂多一吹牛翁

重庆晚报记者　吴娟　何浩

14 日晚，一生与新闻相伴的重庆新闻界泰斗、重庆晚报顾问牛翁因病与世长辞，享年 95 岁。他的一生干过报纸、广播、电视，对各种媒体了如指掌。93 岁时接受重庆晚报记者采访时，他曾说“遗憾没干过网络”，但对于网络传播的一些现象，却一直在研究。

14 日晚 8 时许，七星岗重庆市人民医院（原中山医院），因病住院的牛翁从家人口中得知了滕久明逝世的消息。本想找来纸和笔，为其写一副挽联，怎奈身体不适，牛翁只得口述，然后由女婿将挽联记录在手机上。

“我住医院病情较重，不克前来悼讣，谨缀一联，以吊：革命后代后代革命；理论研究深究理论。——渝州九十五岁牛翁。”8 时 5 分，牛翁女婿将手机上记下的这副挽联发送给滕久明亲属。

8 时 30 分，写完挽联后不久，牛翁突然陷入昏迷，医生进行紧急抢救。10 时许，医生宣布牛翁死讯。

牛翁语录

记者就应该多走基层，真正的新闻不在庙堂。

千万不要捡到封皮就是信——新闻一定要求真求实。

作为记者，要经得住清寒，经得住艰苦，要沉得下去。

忆生平经历

牛翁本名杨钟岫，1922 年生，重庆人，曾先后就读于燕京大学、光华大学等五所大学。1943 年，牛翁离开重庆前往成都，在那开始了首段记者生涯。

1944 年，牛翁加入《华西晚报》，担任文教记者一职。任职期间，他在《艺坛》上发表《旅中送别》《梦》和《雨夜》三首新诗，言语清新，内涵深厚。与此同时，牛翁结交了应云卫、陈白尘、罗念生、吴祖光、刘盛亚、叶丁易、丁聪等人，并成为挚友。

1945 年进重庆《新民报》任记者及副刊主编。

1950 年到重庆人民广播电台，历任记者、文艺广播组组长及广播报副总编。谈到新闻，老人一开口，这座城市的新闻史便像长卷一般展开。

20 世纪八九十年代：重庆晚报时期

1985 年，牛翁参与创刊《重庆晚报》，兼任顾问，并开辟时评专栏《朝闻夕议》，每日一篇，每篇三五百字，篇篇杂文，针砭时弊，累计千余篇。《朝闻夕议》等专栏曾让晚报一纸风行。

他曾在广播中辅导作文，有三本《广播作文讲评》刊行，又在广播电台节目中评译唐诗，集成《唐诗译赏》一书。他为香国诗书画协会会长，曾主编《香国诗词选》会刊。

1992 年起享受国务院特殊津贴，任重庆市老新闻工作者协会会长。

牛翁趣谈笔名由来

对于为何会用牛翁这一笔名，牛翁先生自己曾解释："因为我是一个会'吹牛'的老头啊。"说是"吹牛"，其实是先生知识渊博，被誉为"重庆通""重庆的活字典"，大家都喜欢听牛翁讲故事。

在 1985 年创刊《重庆晚报》后，牛翁先生便开辟了时评专栏《朝闻夕议》，每日一篇时论，署名"牛翁"，也就是从那时起开始使用这个笔名。牛翁先生曾说："我是'牛棚'里放出来的（指被错划为右派劳教），另外鲁迅先生说过'俯首甘为孺子牛'，我认为所有的记者、编辑都应该甘为孺子牛，再加上 1985 年的时候我已经 63 岁了，可以成为'翁'了，那时还没退休，我便说自己是'骑牛扬鞭'，所以给自己取了个笔名叫作牛翁。"

重庆标志性建筑碑铭很多都出自他手

去过解放碑的人一定都会注意到，在解放碑碑塔向南第一层花圃内，仰卧着一黑色大理石碑，上用楷书阴刻一段文字："此街区居山城中心，商贸素盛……重庆解放之次年，修整石碑，改称人民解放纪念碑，用志西南解放之盛。四十七年来，解放碑之名，驰名中外，遂为重庆之标识。"这段著名的文字就是《解放碑中心购物广场碑记》。许多人都读过这段文字，但很少有人知道它的作者是谁。

牛翁知识渊博，被誉为"重庆通""重庆的活字典"。无论是重庆的历史沿革、社会变迁、民风民俗还是商业金融、文化戏剧、抗战史实、地名由来……他都了然于胸，如数家珍。重庆烈士群雕碑铭、重庆“三三一”惨案纪念碑铭、杨闇公烈士铜像铭、重庆解放碑步行街碑铭……这些重庆标志性建筑或重大历史性建筑，其碑铭，都出自杨老之手。

邹韬奋演讲点燃他的新闻理想

1938年2月9日11时30分，空袭警报在重庆上空盘旋。第一模范市场的永年春餐馆里，重庆报界及文化团体代表40余人聚在一起，与来自上海的著名报人邹韬奋座谈。此后几天，邹韬奋先后在演武厅社交会堂、沙坪坝中央大学等地发表演讲，听者挤满礼堂，盛况空前。

16岁的少年杨钟岫亲历了这场“邹韬奋旋风”。在南开中学上学的他挤在听演讲的人群中，心中热情渐渐沸腾。

1944年，邹韬奋因病去世。这一年，在成都上大学的杨钟岫成为《华西晚报》记者。第二年，他回到重庆，进入《新民报》工作。

抗战时期，随着战火蔓延，全国各大城市的报纸相继迁入重庆。杨钟岫说，当时重庆有几十家报纸，主要分为两大阵营，一方面是中共领导的《新华日报》及进步的民营报纸，一方面是依附于国民党的部分报纸。

“共产党的统战工作做得好啊，国民党办的报纸里，掌握采编业务的常常是中共地下党。”他说，当时很多记者都充满新闻理想，他所在的《新民报》，呼吁“抗日、爱国、民主”，常在新闻和副刊文字中暴露黑暗，针砭时弊。

曾因参加民主运动被捕入狱

新闻人总是站在时代的风口浪尖上，亲历着每一个重大事件。1946年2月10日，“陪都各界政治协商会议协进会”所属的23个团体在较场口举行庆祝政协成功闭幕大会。大会尚未开始，国民党特务、打手数百人已经冲进会场，阻止大会举行，也阻止记者采访。章乃器、李公朴、郭沫若等均被打伤，各大报社的记者也在事件中受伤。

杨钟岫当时在报社办公室工作，事件发生后，他很快接到消息，报社有两个记者挨了打，一个是姚江屏，一个是邓蜀生。尽管受到威胁，新闻界并没有因此失语。《新华日报》《大公报》与《新民报》等迅速报道了较场口事件真相。13日，《新民报》刊登由42人联名的《重庆各报记者为较场口事件致中央的一封公开信》。

1947年6月1日，国民党在重庆进行大搜捕，因为参加民主运动，杨钟岫、姚江屏等多位记者被捕入狱，之后经营救陆续获释。

成立电台　几十个人办两台节目

“我这人天生不安分，做新闻也是一样，对新兴媒体比较感兴趣。”谈起亲历过的跌宕往事，语气风轻云淡，谈起自己热爱的新闻事业，杨老就会笑得像个孩子。

解放后，中央广播事业局派涂国林、陈寰等人来重庆筹建重庆人民广播电台，同时建成西南人民广播电台。“总共只有几十个人，一套班子和编播队伍，分工办两台节目，还办得有声有色。”

在广播电台，杨钟岫做过记者、编辑、培训员，也播过音。“当时在每个大厂矿都开设了广播站，我们还专门到厂里去培训播音员，我们的节目非常受欢迎。”他说，当时职工组的节目播出，80% 的工人都会准时收听，知名的节目有《工人俱乐部》《唐诗遗韵》等。“成渝铁路通车，也是咱们首播。”

参与创刊《重庆晚报》　兼任顾问

杨老不仅是新闻界老前辈，而且和《重庆晚报》渊源颇深，1985 年，参与创刊《重庆晚报》，兼任顾问，并在晚报上开设《朝闻夕议》时评专栏，署名“牛翁”。

谈及从事新闻事业 60 多年，杨老认为作为一名新闻工作者，千万不能追名逐利，真实是新闻不可逾越的底线。他说过，记者就应该多走基层，真正的新闻不在庙堂：“千万不要捡到封皮就是信——新闻一定要求真求实。作为记者，要经得住清寒，经得住艰苦，要沉得下去。”

记者手记
先生一句话让我至今受益

我刚入行时就久闻牛翁大名，第一次也是唯一一次见牛翁是在两年前，那一年是《重庆晚报》创刊 30 周年，我接到任务，采访曾参与《重庆晚报》创刊的老新闻工作者牛翁。

当时牛翁已 93 岁高龄，电话中我以一个晚辈虔诚的心态，试图放慢自己的语速让老先生听得更清楚。当他得知我是《重庆晚报》的记者，立刻就欣然地说：“好的，你直接来我书房找我，我们见面聊。”

来到上清寺广播电台大院，随便找个人问都知道牛翁，所以在一栋栋老房子中很容易就打听到牛翁家。牛翁的书房不大，不到 20 平方米，推开门映入眼帘的是满满的书柜，桌上、地上堆满报纸。老先生体型偏瘦，看上去很精神，拿着放大镜在写字桌上翻看当天的报纸。他看报纸很认真，无论是大新闻还是小消息，甚至是广告，都会一一细读。

九十多岁高龄，儒雅、博学、风趣、健谈，丝毫没有一般老者历经沧桑后的说教。谈到新闻，老人一开口，这座城市的新闻史便像长卷一般展开，娓娓道来。当我们聊到传统媒体何去何从时，老先生说新形势下必然会有很多无奈，但是要大胆尝试，探索出路。

采访结束时，老先生与我握了手，起身送我出门时还说："我认为你应该坚持，大胆一试，有何畏惧。"

友人眼中的牛翁

至今，重庆新闻界还未有人能超越杨老的《朝闻夕议》栏目创下的纪录。

原《重庆晚报》总编任美荣曾在"老记者牛翁九旬诗文展"开幕式上致辞："杨老师十数年如一日，既是晚报办报的掌舵人之一，又是出报的操刀手，他早起晚睡，指挥于新闻前沿，伏案在出版一线，4 年 1460 个日日夜夜，不间断为晚报新闻专栏《朝闻夕议》主撰时评、杂文千余篇，文风朴实泼辣，文思缜密幽默，说理恰当巧妙，或监督、或提醒、或告诫，神来之笔妙语连珠，至今，重庆新闻界还未有人能超越杨老师的《朝闻夕议》栏目创下的纪录，所以，至今仍是重庆新闻界的一大美谈。"

钟岫先生吾之良师益友矣

著名作家、资深报人许大立听说牛翁先生去世的消息后，哀叹不已："我初入晚报时，对我多有教诲督导，平日里谈笑风生，常伴忠言逆耳，嘻乐中亦有万般柔情。每年春节，都要寄来独具特色的诗书贺年片，每每才情横溢。"

"记得是 20 世纪 90 年代初，我的一本特写、散文小册子《瑞丽的故事》由西南师范大学出版社辑集出版，不知天高地厚的我冒昧找到先生，请他为我作序，先生不拿架子，也不推辞，很快写成了《留他年作野史看：非序之言》；先生在序中不但对我的陋作给予充分肯定，还针对其时新闻写作中的诸多问题和弊病作了科学的分析和评说，对我后来的报刊生涯有很大的帮助。至今读来仍韵味悠长，发人深省。"许大立回忆了牛翁先生的不少趣事。

牛翁是个率性而值得尊敬的人

原巴渝文化会馆馆长瞿庭涓说："我陪同澳门友人（澳门亚太低碳循环经

济发展促进会主席张成先生）去他家里拜访他。临走时牛翁像个孩子似的拉着我的手说：‘怎么不给我带炒米糖呢?’牛翁知道我是江津人，知道江津出炒米糖。最后一次见牛翁是给他送他心心念念的炒米糖，刚进门就碰上送他去医院。以后再也没有找我要炒米糖的老人了。我到会馆办的第一个展览就是牛翁的个展，真是想念啊。老先生千古!”

他是重庆新闻界德艺双馨的典范

“11·27”脱险志士、今年87岁的郭德贤说：跟牛翁在一起工作多年，牛翁给我最大的印象就是，他像牛一样勤恳地工作。他每天都在写，以前是在岗位上写东西，退休后还在为重庆的老新闻工作者做事，每年组织600多名重庆老新闻工作者聚会，讨论海内外的新闻事件，为重庆新闻界做了很多事情，他是重庆新闻界德艺双馨的典范。

为文做事，为重庆新闻事业贡献很多

市记协名誉主席、市书法家协会主席刘庆渝：牛翁从来都以新闻人自谓，入行之初便远离豪门富贵，与进步人士同行，面对反动势力奋笔抗争。新中国成立后，更是投身于对新社会的热情讴歌。虽曾受到不公正的待遇，但对于社会的关注始终未改。改革开放30多年，为文做事，为重庆新闻事业贡献很多。

最值得学习的是他的泰然

诗人余薇野谈及牛翁最值得年轻人学习的是他的泰然性格，他的人生遭遇了很多困难，但他的志向却不曾改变，一辈子都在坚持精益求精的工作态度。

牛翁的晚年生活

90岁高龄，每天练习书法一小时。

除了新闻，牛翁最大的爱好就是写书法、读诗文，这在牛翁看来是难得的精神享受。每天挥毫一小时，更是他雷打不动的“功课”。

2011年11月举办的“老记者牛翁九旬诗文展”，展现了他九十年风雨人生。牛翁爱写诗文，自然有不少人前来求文、求字，牛翁都率性为之，绝不吝啬。

一次，画家宋克君请牛翁为其枇杷画写诗。牛翁见画后，童心大发，写了首打趣诗。诗中先写宋克君画的枇杷色泽艳丽，料想味道应当可口，最后一句诙谐地作了一个猜测：“克君兄，你画上的枇杷如此鲜美，难道是从成都校书居采来的吗？”

有人评价，牛翁的诗文如宋诗，意境丰富，寓意深刻，纪实性强，尤其是牛翁所写书法均为原创作品，绝不是一味地去抄写别人的诗词。对此评价，牛翁“照单全收”。他说，书法需要深厚的文化底蕴，文化是书法的根底。

江雨晴画《采菊东篱图》，经文世昌编辑发表在《商报》副刊上。牛翁专门为这幅画赋诗一首。世人皆言陶渊明辞官后“采菊东篱下，悠然见南山”，而牛翁却感叹：纵然陶渊明淡泊名利，也终需为温饱着想。看似悠然实则包含着种种无奈。

牛翁部分作品欣赏

自嘲

天外游仙世俗神，悄然陋室自吟春。
一知半解空名士，不值分文忝报人。
偶拾余音翻旧句，惯巡僻巷逐新闻。
随心俚语难怡耳，信口嗡嗡过稷门。

牛翁九旬自寿诗

陋斋狭窄应酬宽，警听甜言泰听谏。
昔日壮怀成掠影，今朝冷眼对喧天。
亦知温故违时趣，便欲追新感力悭。
老调从无哗众意，偶吟不过赋情闲。

作品标题　人间少一孺子牛　天堂多一吹牛翁
参评项目　全媒体
作　　者　吴娟　何浩
责任编辑　朱亮
刊播单位　重庆晚报
首发日期　2017-08-15
刊播版面　慢新闻 APP

作品评价

名人逝世的报道往往都是生平梳理，如生前所做贡献、晚年生活等，这篇报道胜在情感。牛翁是重庆新闻界泰斗，终身为新闻事业奋斗，必然与新闻工作有千丝万缕的联系。除了生平事迹的报道，记者还采访了与牛翁在生活、工作中有过接触的年轻记者、友人、文人，通过他们的故事给读者呈现出牛翁的精神和情感，而不只是一个工作中的孺子牛。

采编过程

14 日晚，一生与新闻相伴的重庆新闻界泰斗、重庆晚报顾问牛翁因病与世长辞，享年 95 岁。他的一生干过报纸、广播、电视，对各种媒体了如指掌。牛翁仙逝对于重庆新闻界、文化界来说是一重大新闻事件。当晚，记者得到消息，为了缅怀先生，立即投入采访中，联系其亲友进行采访。顾及亲人的心情，不好过多打扰，记者选择了平时在生活、工作中与牛翁有过接触的友人、文人进行采访，试图从他们眼中呈现一个更真实有情的牛翁。

多年前，记者就采访过老先生，当时先生 90 岁高龄，坐在堆满书报的书房中，拿着放大镜阅读。至今仍记得先生对记者的勉励：努力一试，有何畏惧？怀着这样敬畏的情感，记者连夜完成稿件。

社会效果

慢新闻 APP 发布后，报纸相机见报，被多家网站和微信自媒体转发，晚报热线接到很多读者电话表达对牛翁的缅怀之情。记者曾接到一位读者电话，他说看到牛翁逝世的新闻他很悲伤，难掩心中的难过，在电话那头哭起来。这位读者说，他并不认识牛翁，纯粹是对新闻人的崇敬。

全媒体传播效果

稿件通过慢新闻 APP、重庆晚报、微博、微信发布。人民网、新浪网、搜狐网、腾讯网、网易网、凤凰网等网站转载。

关“黑山”护青山　打造“花果山”
——立足“黄金纬度”发展特色生态经济，黔江区10万亩“花果山”今年有4万吨水果装进市民果篮

重庆晨报记者　刘长发　宋岩　刘波

北纬29.5度，地球上的一条平凡纬线，却是诞生奇迹的地方。

黔江就处在这条纬线上。地球同一纬线上的珍稀植物，在这里几乎都能找到。

然而，这一地区曾变成荒山“黑山”，最严重时森林面积下降近半，蓄积量仅剩1/3。

近日，记者走进武陵山区了解到，如今，依托“黄金纬度”，黔江区正在2400平方公里的大地上，加紧绘制以“生态环境优良、绿色产业兴旺、生态文化繁荣”为标志的绿色崛起蓝图，打造十万亩“花果山”，加速发展生态经济，让“黄金纬度”发挥“黄金效应”，也让更多“武陵仙果”装进全国人民的果篮。

“黑山”变青山　农民致富有“靠山”

“灰千之下，塞上邻鄂。”

地处黔城东南的黔江邻鄂镇，因盛产煤炭“富甲一方”，曾为黔江的第一财政大镇。

“高峰时全镇有五六千人在挖煤，他们的月收入都上万元，每年煤炭收入的税收就高达1600多万元！”但因对煤矿资源的过度开发，这个曾经如画的山乡，一度被污染成了“黑色乡镇”。

2009年，从重庆大学毕业就留在黔江工作的山东潍坊小伙周涛，去年被任命为邻鄂镇镇长，其使命之一，就是关掉“黑山”，还来青山，促进经济转型。

“去年，镇里关掉了最后一批煤矿。但失去‘黑色经济’的支撑，产业工人怎么办?”驱车前往邻鄂，这位今年才30岁的镇长把我们带到海拔近1000

米的松林村石人山，一探究竟。

“我们的秘笈是靠山吃山，绿色发展!”周涛介绍，邻鄂镇因地制宜，通过发展生态经济，聚集绿色财富，为村民打造致富“靠山”。

松林村人胡维成，是将冬桃引入石人山村种植的“第一人”。他在新疆种果树多年，回乡时发现，老家的海拔高、光照好、温差大、酸碱值适中，种植晚熟冬桃的品质并不比新疆的差。

胡维成在松林村承包土地300多亩，种植冬桃树2万多株。“经过试种，产量、果品质量都不比新疆那边的差!”

如今，他还成立公司，带动当地30多户农户近80余人种植樱桃、梨子、黄桃、脆红李，并搞起了乡村旅游。

与胡维成一山相隔的简义相，大学毕业后回到老家所在地屋基山，承包300亩土地种植杭白菊、金丝皇菊、小黄菊，过上了“农夫、山泉，有点田”的生活。

“屋基山土质好，光照强，种植的金丝皇菊品质好，一朵能卖到2.5元，而且供不应求。”简义相说。他还玩起了电商销售，在家里看看手机，动动指头，就把货物卖到了北上广。

煤矿关闭后，邻鄂镇让昔日的黑山、荒山种上了许多经济作物，当地农户找到新的经济支撑点。曾经资源枯竭的“黑山”，如今重披绿装，再挂金果。

“目前，镇里已发展烤烟3300亩、马铃薯4000亩、高山蔬菜3000亩、菊花500亩、冬桃500亩、药材300亩……”站在石人山冬桃园，周涛掰着指头一一计算，对山区群众脱贫颇有信心。

邻鄂镇转型成效初显，目前，森林覆盖率由2013年的54%增加到了64%，农民人均收入达9600元。因为发展特色经济，人均增收达1000元以上，经济总量在黔江继续处于领跑地位。

青山是金山　黔江逐梦“花果山”

地处武陵山脉的黔江区，不少地方都被绵延的大山包围。居住在这些山区的农民，依靠传统的农业种植，只能勉强维持生计。

“以前是种什么亏什么。”黔江中塘乡仰头山村民周秀英一家，有十多亩土地，大多分布在陡坡上，是“巴掌田”“鸡啄地”，加上高山昼夜温差大，种玉米、蔬菜，产量都不高，“10亩土地种玉米，一年只赚2000多元”。

黔江区委、区政府请来农业专家“会诊”，发现武陵山海拔从数百米到上千米，光照强，昼夜温差大，是水果生长的“黄金纬度”。于是，黔江决定在全区高山地区打造“四季花果山”，发展特色水果。

仰头山现已成为黔江“逐梦花果山”的重要“战场”

8 月 21 日，我们来到黔江城北的仰头山，举目四望，上万亩猕猴桃树已经挂果，大的已有拳头大小。

“今年秋季这些猕猴桃将上市。”仰头山的“山大王”是重庆三磊田甜农业开发有限公司，总经理彭文平介绍，他们公司曾在渝鄂贵多处山区考察，最后发现仰头山是种植猕猴桃的“黄金纬度”。

公司成立了重庆唯一一家猕猴桃工程技术研究中心，并建立了猕猴桃科技专家大院，邀请中科院、四川省农科院、重庆市农科院等专业机构的专家进行技术指导。

目前，三磊田甜公司在这里发展猕猴桃种植面积已达 1.2 万亩，帮助当地农民管理猕猴桃种植面积 5000 亩。今年 8 月，公司收到来自全国各地的猕猴桃意向订货量已超过 200 万斤。重庆新世纪百货、重庆百货等大型超市，今年秋天也将销售“黔江猕猴桃”。

“黄金纬度”要出“黄金效益”
荒山成宝山

如今，仰头山效应迅速在周边扩散。黔江区农委有关负责人介绍，目前，该区猕猴桃种植面积已达 5 万亩，占全市种植面积的 1/4，“黔江猕猴桃”已成为地理标志产品，目前正在申报“全国猕猴桃之乡”。

“除了猕猴桃、冬桃、金丝皇菊，还有脆红李、葡萄、枇杷、蓝莓等，规划面积达到数十万亩。”黔江区农委有关负责人介绍，黔江按照“顺应市场、因地制宜、突出效益、发挥优势、形成特色”的要求，以中塘、沙坝、水田、濯水、马喇、石家等乡镇为重点，建起了蔬菜、水果、药材、花木等特色效益农业示范区，既促进了大地增绿，又实现了农民增收。今年，包括猕猴桃在内，黔江在武陵山上种植的特色水果产量将近 4 万吨。“黔江的目标是，做到四季花飘香，四季水果甜。”

与此配套，黔江打出系列“组合拳”：改善基础设施，把道路修进农家果园，方便农产品运输，同时搭建起“区—乡—村”三级电商服务体系，在 56 个乡镇街道建电商服务站；培养包括龙头企业、专业合作社、种植大户在内的一批“山大王”，推进规模经营、集约发展；聘请专家，提高科技种植水平，帮助农民增收；引来配套加工企业，提高产品附加值，建有 5 万吨猕猴桃冷链库中心，启动建设 5 万吨供港蔬菜加工项目……

按照规划，“十三五”期间，黔江区将发展单户经营 50 亩以上的种植户

100 户。到2020 年，全区水果总产量达到 7 万吨。其中，猕猴桃种植面积就将达到 8 万亩，年产量达到 4 万吨，形成 10 亿级的优质水果产业链，成为西南地区最大的猕猴桃生产基地。

新闻侧记：

黔江“四季花果山”一举多得

将劣势转化为发展优势，黔江区的“四季花果山”实现了“一举多得”。

黔江邻鄂镇松林村的石人山，曾经土地石漠化较为严重，已成了绿水青山的一块“伤疤”。通过发展冬桃产业，大量种植桃树，修复了绿水青山，也实现了向“金山银山”的转变。

仰头山的猕猴桃种植，采取了“公司+基地+农户”的形式。农户每亩地每年可收600 元租金，可承包果园进行劳务管理，每亩地每年可收益1200～1500 元，到年底，还会参与公司分红，每亩地大约有600 元。

村民周秀英一家通过这种模式，今年的家庭收入将超过 3 万元。在仰头山，像周秀英这样参与猕猴桃种植的农户还有 900 余户，其中有 102 户贫困户。

中塘乡党委书记潘东告诉我们，农户通过参与猕猴桃产业发展，户均增收可达到2 万元以上。

目前，黔江区以种养业为主的贫困村规模种养户数占到了45% 以上，特色主导产业覆盖农户70% 以上，其中建卡贫困户占40% ，参加合作制、股份制等现代经营组织和独立经营家庭农场的农户达80% 以上。

今年上半年，黔江区农业增加值实现 5. 5 亿元，增长 4. 5% 。新栽蜂糖李、白肉枇杷、树莓、草莓等优质水果4700 亩，发展玫瑰、油牡丹等精品花卉1000 亩。

黔江区“花果山”的面积还在进一步扩大……

黔江“四季花果山”是这样分布的

猕猴桃

中塘乡仰头山

种植海拔：600～900 米

全区种植面积达5 万亩，“十三五”将达到8 万亩。

有红阳、金艳、翠香等十多个品种的猕猴桃。

脆红李

中塘乡马岩山

种植海拔：450～730 米

全区脆红李种植面积已达 2.4 万亩，未来 5 年规划种植 5 万亩，今年产量 3800 吨，产值 4560 万元。

冬桃

邻鄂镇石人山

种植海拔：1100 米以上

石人山冬桃基地种植永莲蜜桃等果树 318 亩、2.3 万株。

菊花

邻鄂镇屋基山

种植海拔：1100 米左右

种植杭白菊、金丝皇菊、小黄菊共 300 亩。

草莓 500 亩

主要分布在正阳、冯家、城西、石会、舟白 5 个街道镇乡，常年产量 360 吨，产值 1500 万元。

枇杷 5000 亩

主要分布在沙坝、城东、黑溪、城南、濯水等街道镇乡，常年产量 1500 吨，产值 1200 万元。

蓝莓 300 亩

栽植于水田、沙坝 2 个乡，常年产量 80 吨，产值 240 万元。水田乡石郎村建立了 200 亩蓝莓园。

葡萄 300 亩

主要分布在冯家、蓬东、马喇、舟白 4 个街道镇乡，常年产量 450 吨，产值 600 万元。

作品标题　关“黑山”护青山　打造“花果山”——立足“黄金纬度”发展特色生态济，黔江区 10 万亩“花果山”今年有 4 万吨水果装进市民果篮

参评项目　通讯

作　　者　刘长发　宋岩　刘波

责任编辑　程果

刊播单位 重庆晨报
首发日期 2017-08-31
刊播版面 第1版、第2版 今要闻

作品评价

将总书记重要讲话精神落实在重庆大地上。到黔江采访，记者抓住黔江地处武陵山脉、发展数十万亩特色水果的这一特点，提出了“花果山”的概念。并采访多个部门，归纳总结了黔江“花果山”的布局，充分印证了“绿水青山就是金山银山”的观点。可读性和高度兼具。

采编过程

记者深入多个地方采访，挖掘“花果山”打造带来的前后变化。从小切口切入，讲故事，整个主稿用词讲究，文本流畅，多次推敲打磨。

同时，配发侧记：黔江花果山的一举多得，起到了点题的作用。

社会效果

稿件关注度高，得到了市委宣传部、黔江区委、区府等多个部门的认可，发出了好声音，引起了广泛关注。

全媒体传播效果

稿件制作了黔江区“花果山”H5产品，以孙悟空带你畅游“花果山”为主题，生动直观地展现了黔江区“花果山”的发展情况，关注度极高，传播效果好。

35 亿！《战狼 2》打破票房纪录 发行方高管开始准备偷偷套现？

重庆商报记者　方朝春

这一来一往、一贺一敬，让不少网友都表示很感动。

“猫眼电影专业版”数据显示，8 月 8 日 15 点，《战狼 2》的票房已经超过 35 亿元，一举打破《美人鱼》在 2016 年创造的 33.9 亿元中国电影票房最高纪录，正式登顶中国电影票房冠军的宝座。

随着该影片的爆红，北京文化（000802）作为《战狼 2》保底发行方，成为最大的赢家，自影片上映以来，北京文化股价飙涨 66%，总市值达到 154 亿元，短短 8 个交易日，公司总市值增长逾 50 亿元。

然而，就在北京文化借《战狼 2》暴涨之际，公司多位高管却准备“出逃”。

8 月 7 日晚间，北京文化公告称，包括董事长江勇在内的 5 位公司高管，计划在公告披露之日起 15 个交易日后的 6 个月内，通过集中竞价或者大宗交易等方式减持公司股份合计不超 144 万股，占公司总股本的 0.1978%。

与此同时，机构和营业部亦在大肆出逃，北京文化 7 日换手率高达 21.25%，龙虎榜资金净流出超 1.8 亿元。8 月 8 日，北京文化跳空低开后，开启震荡下行走势，临近尾盘，股价一度封上跌停。截至收盘，北京文化股价报 19.07 元/股，跌 9.79%。

《战狼 2》持续发酵 北京文化成最大黑马

“猫眼电影专业版”数据显示，由吴京自导自演的《战狼 2》至今已获得 35.15 亿元票房，超过周星驰执导的《美人鱼》（33.9 亿元），正式登顶中国电影票房冠军的宝座。同时，该片还刷新了华语电影最快破 10 亿元纪录，也是目前为止唯一一部春节档外单日票房破 3 亿元的国产电影。

而作为《战狼 2》发行方之一的北京文化，成为最大的一匹黑马。自《战狼 2》上映当日涨逾 4 个点开始，股价也不断创新高，截至 8 月 7 日收盘，公司股价自7月27日以来累计涨56.13%，区间最高涨幅超过66%；同时，8个交易日过去，北京文化的总市值逾154亿元，总市值飙涨50多亿元。

按照北京文化之前公布的合同约定，《战狼2》总票房收入在15亿元以上的部分，发行方票房分成比例则为制片方发行收入的15%，北京文化占比8.25%。

据此，腾讯“棱镜”曾推算，当《战狼2》票房达到20亿元时，北京文化分成收入约为7502万元；30亿元时，约为1.08亿元；如果票房最终接近40亿元，北京文化的分成收入将达到1.4亿元，而这些分成收入，绝大部分将直接转化为利润。

与此同时，在北京文化连续上涨、创新高之际，8月7日交易所盘后数据显示，前期参与的资金却纷纷在“高位”获利后大肆出逃。

其中，一机构专用席位净卖出2160.86万元，而申万宏源西部证券沈阳南五马路营业部则出货最多，净卖出9754.3万元。另外，国泰君安证券旗下顺德大良营业部、哈尔滨西大直街营业部和沈阳黄河南大街证券营业部联手出货9719万元。

北京文化当日换手率高达21.25%，全天总成交金额为17.36亿元，龙虎榜资金净流出超过1.803亿元。

受此双重利空消息刺激，8月8日，北京文化不再延续前期的强势走势，早盘跳空低开低走，最终跌9.79%，股价报19.07元，全天换手率为17.28%，主力资金净流出8027.72万元。

作品标题 **35亿！《战狼2》打破票房纪录　发行方高管开始准备偷偷套现？**

参评项目 **全媒体**

作　　者 **方朝春**

责任编辑 **石盛波　黎雨寒　罗文**

刊播单位 **重庆商报**

首发日期 **2017-08-08**

刊播版面 **上游财经APP　上游财经微信公众号　A05版财经**

作品评价

该报道题材有热度，兼顾了好看性和服务性。一方面，紧扣热播影片，在此前报道各方资本获利情况的基础上，再次结合A股盘面走势，介绍了主要投资方之一的北京文化股价上涨情况；另一方面，对北京文化高管纷纷套现获利了结进行揭示，对追高股民有很强的警示作用。

采编过程

关注到《战狼2》票房持续创新高，而该影片发行公司北京文化股价一路上涨，公司高管却急着要将获得的收益“落袋为安”，纷纷推出减持计划；高管减持会冲击北京文化股价，而股价下跌之后受伤的是普通投资者。因此，记者赶快搜集资料、采访证券公司投资顾问，采写出了稿件，以期对投资者提供较好的参考。

社会效果

该报道凭借好看性和服务性，一方面对持有北京文化的投资者给予了一定的警示作用；另一方面，在搜狐网、今日头条、新浪财经等媒体上得到了广泛的传播。

全媒体传播效果

8月8日，稿件在微信公众号刊登之后，阅读量达到2463次；同日，在上游财经APP刊发，上游财经搜狐号转发阅读量达17.6万次。

8月9日，在报版A05版财经头条核心刊发，视觉效果好。

洪崖洞的相亲角连卖烤鸭的都来凑热闹
它早已成为一个“经济江湖”

重庆商报记者　韦玥

七夕刚过，那些情侣秀的恩爱尚有余温，谁能关心下伤心的“单身狗”？

在重庆洪崖洞就有一个民间相亲角，专门关注“单身狗”的终身大事。

“开业”十年来，几乎每天都有大叔大妈来找儿媳或女婿，

一到周末，相亲角都自发形成相亲大会。

时间一久，这里就不再只是大叔大妈互换儿女信息的地方了，墙上除了征婚消息，还有各种其他方面的广告。

除了担忧子女婚姻的爸爸妈妈，有收费的媒婆排排坐，还有相亲平台的工作人员，甚至周边的商家也来捞一笔金。

这个热闹的相亲角，就变成了一个相亲“经济江湖”。

接下来，就随记者去探访相亲角，打探里面的门道。

广告墙

重庆相亲角，开业十年，分未婚场和离异场，周末开市，早而兴，午而散。

周末，记者来到洪崖洞一楼相亲角。今天是年轻未婚场，大叔大妈们相聚于此，寻找未来的儿媳或女婿。角落的空地上有六块简易展板，上面贴着密密麻麻的征婚启事，路边地上铺着一排征婚信息，就连围栏也挂上了征婚单，场面甚是壮观。

记者一路走过，与大叔大妈们聊着天，他们中的大多数认为婚姻要以孩子的感情为重，“家庭条件都是次要的，他们谈得来、有感情才行。”

但据记者观察，父母们手里的征婚单大多对经济条件有着明确要求，稳定的工作是标配，男方有房是理所应当，有车则是加分项。这些要求和父母们所说的却有些矛盾，一位大妈告诉记者，这里经济条件不行，第一关都过不了，还怎么见面谈感情，“不看经济条件都是说笑的。”

媒人摊位

周六上午10点，记者在洪崖洞相亲角看到许多“媒人”已落座，他们或圈地坐下，面前摊开广告纸，或搭张简易桌子，摆放相亲资料。

记者上前询问一位圈地而坐的“媒人”是否收钱，该媒人表示免费介绍，“不收钱，不收钱。”在记者准备咨询其他“媒人”时，一位大妈走到记者面前说：“莫相信这些，大多都是骗人的，不可能免费，现在不要钱，等看上了就要加价了。”

而在展板对面，一位“媒人”搭了张简易桌子，这位徐姓媒人自称在这里摆摊几年了，牵线成功上千对。

他向记者宣传：“我这里交20元，登记资料展示，家长任选，自主相亲，这种成功的不要钱，也可做媒，2600元包成功，我们资料很丰富。”随后指指桌上，30多张资料，每张记录有约50人的资料，“徐媒人”表示这还不是全部：“我这里起码有两三千人的资源。”

面对记者提出要求，他称：“肯定可以，我筛选下给你推荐，先交钱，不成功就退。”见记者有些犹豫，他又说，我们是正规公司，开发票，你放心。

此外，不少网络相亲平台也来拉人气。某本地交友征婚平台，立着展板在相亲角宣传，身着正装的工作人员与市场似的相亲角形成鲜明对比，就像工作人员所强调的“我们是专业的”。

桌子上一叠印有照片的征婚资料，引得大叔大妈交头接耳：“这个长得好。”“这个条件好，还是飞行员。”“给我给我，我给闺女看。”不少大妈直呼：“这里好多优秀男娃娃。”工作人员介绍，相亲平台最近做活动，登记加入都不收钱，在群里面可以自己联系见面，并呼吁在场的大叔大妈们赶紧为子女登记加入。

养生堂广告

据记者调查，相亲角做生意的，除了“媒人”，还有发小广告的。在征婚展板上，贴着某养生堂的广告，相亲角为子女征婚的大叔大妈正好是其服务群体，如此有针对性的广告，那效果又如何呢?

记者致电该养生堂老板，他称：“广告效果不大，看到相亲角广告过来的，一个都没有。”他觉得这种服务型的业务，还需要顾客亲自感受，“光贴广告没人知道好不好，如果去相亲角让他们免费体验，那样应该能招徕客人。”

另外，相亲角也有人招工，一位大叔想找家政阿姨，要求年纪50岁上下，正好与相亲角多数人群年龄符合。“有人来看，但还是没找到。”招工的大叔告诉记者。

作品标题 **洪崖洞的相亲角连卖烤鸭的都来凑热闹　它早已成为一个“经济江湖”**
参评项目 **全媒体**
作　　者 **韦玥**
责任编辑 **黎雨寒　杨虹**
刊播单位 **重庆商报**
首发日期 **2017-08-29**
刊播版面 **上游财经 APP 热闻频道　上游财经微信公众号**

作品评价

关注主城黄金地段知名商业平台相亲角，题材内容好看，传播性好。记者通过现场走访，以翔实的个案和细节，以及丰富的现场图片，从经济角度报道了相亲角衍生出的各种商机和盈利模式，体现了独到的观察视角。

采编过程

相亲角实地考察，周末再以相亲主角和“红娘”身份探访，打听里面的门道。结合七夕节，情侣秀恩爱霸占社交网络，却无人关心“单身狗”为由头编写。

社会效果

关注热点“相亲角”，贴近日常生活，有利于传播。不仅关注相亲角对征婚对象的经济要求，还报道其衍生出来的商机，告诉大家，有人也能靠着“相亲角”挣钱。

全媒体传播效果

上游财经微信号阅读量 2822 次。

深度调查："实习证明"百元包邮还能"私人订制"一纸假证明暴露诚信真漏洞

华龙网记者　伊永军　谢鹏飞　陈田甜

马上要开学了，交作业成了返校学生的一项重要内容。作业不仅是书面上的，还包括社会实践。近日，重庆大学城某高校大四学生小包就特别着急，因为她的暑假作业——"实习证明"还没有着落，情急之下，在朋友的推荐下，她打起了歪主意，网购了一份。一纸"实习证明"有那么重要吗？对大学生而言意味着什么呢？记者对此进行了走访调查。

没实习也想要"证明"　有同学动起歪脑筋

小包说，自己开学就上大四了，由于接下来准备去国外留学，所以整个暑假都泡在英语补习班和图书馆，根本就没时间去实习。但海外学校的申请要求却让她傻了眼——学校不仅要提供成绩单，还要求学生提供各类可以证明其综合发展的凭证，比如课外实践、社团活动、勤工俭学、公益活动等各种证明，而且所有的证明都要加盖鲜章以及有英文版。

"以前在学校嫌麻烦，不怎么喜欢参加实践活动。"小包说到这点，郁闷极了。正在她一筹莫展之际，从网上搜索到一个 QQ 群，加入之后发现，里面居然有很多代写作业、发表论文、代开证明的信息。小包忐忑地在群里询问是否有人可以开实习证明，竟然有几人回复。私聊后，小包说了自己的要求，最终以 150 元的价格谈妥。

尽管卖家一直强调真实可查，小包还是纠结要不要购买："一是担心真假被查出来；二是觉得自己这样做终归是不道德的，甚至还有法律风险。"记者走访部分在校大学生调查发现，与小包面临同样烦恼的大学生确实不少。这张盖有用人单位红色公章，并配有"评语"的实习证明，不仅是大学生们社会实践的见证，还关乎他们的学分甚至毕业成绩。

如此重要的证明，真的可以"得来全不费功夫"？记者对此进行了调查。

100 元包邮当天发货　想要啥还能“私人订制”

记者在 QQ 群查找里输入“实习证明”等关键词，搜索界面立即跳出数百个相关群组，记者随机选择了一家名为“实习证明盖章回访”的 QQ 群申请加入。

该群显示有成员 424 人，在群介绍里标注着：本群创建于 2017 年 7 月 6 日，承接实习证明盖章、就业协议书盖章、三方协议盖章，三年从业经验，可指定地区，都是正规真实在营业中的公司，有组织机构代码、营业执照等资质，需要办理请联系群管理员王老师 QQ：3047649×××。

随后，记者添加了该群管理员王老师的 QQ。约半个小时后，王老师通过验证。令人瞠目的是，其 QQ 名称赫然写着“实习证明王老师”（以下简称“王老师”），资料上显示为男性，26 岁。在他的 QQ 空间的照片墙上，显示有实习证明的样本，以及别人收到证明后给他发红包打款的截图。

记者以要办实习证明为由，想和他电话详谈，被警惕性颇高的王老师果断拒绝，并表示“谈业务”他只用 QQ。王老师表示，实习证明没问题，甚至可以专业对口。当记者提出想要中学学校的实习证明时，王老师又改口说学校的不好开，但可以开培训机构的，并表示“如遇大学电话回访，培训机构更好操作”。

王老师还表示，如果是选择他们指定的单位，比如上海和武汉的单位，当天晚上就可以做好发货，且大学回访也不会“穿帮”。

谈及制作价格，王老师介绍说，订金 20 元，总价 100 元包邮。先交订金，剩下的货到付款。

记者在调查中发现，除了王老师这类“标准产品”外，甚至还可以“私人订制”，想要什么样的证明和印章，只要提供相关名称，对方就可以提供。

提供样本马上刻章　不到 20 分钟就搞定

南岸区某高校大学生小刘告诉记者，上个月他也想过购买实习证明，并在淘宝网上咨询过一些商家，不少商家表示，花 50 块钱左右就能够私刻一枚公章。

记者在淘宝网上输入关键词“刻章”或“刻张”后，网页显示有十几家店铺。记者随机选取多家店铺以是否可以代开实习证明进行咨询，卖家均表示：“想开哪家单位的，自己打印一份实习证明，然后刻个章盖上就可以了，并且提出想要什么样的印章，只要发个样本过去就可搞定，并不需要相关单位提供的证明。”

记者通过了解发现，实习证明最关键的就是那枚鲜红的印章，只要能够刻到章，几乎是想要哪个单位的实习证明都可以搞得到。

刻个章有多容易呢？记者亲自体验了一把。淘宝网上一家主营刻章的卖家表示，愿意在重庆石桥铺佰腾数码广场门前当面交易。卖家自称姓张，并留下了手机号。

8 月 11 日上午 11 时许，记者与自称姓张的男子见面后，其从兜里掏出一把小尺子，很娴熟地量了样本印章的尺寸，并用手机拍下，并说大约 40 分钟就可以做好，收费 50 元。随后便消失在人流中。

过了不到 20 分钟，该男子就电话通知记者做好了。等他再次出现时，手里多了一枚刚刻好的印章。记者观察发现，假印章仿真度极高，盖在“编撰”出的“实习证明”上，足以乱真。

“小”证明有“大”用场　核实真假有难度

为何网购实习证明在大学生中间有市场？

记者通过走访重庆高校的一些大学生了解到，现在很多高校把大学生实践活动纳入学分考评，如果没有那一纸实习证明，学分和毕业都会受影响。另外，在找工作时，很多用人单位很看重求职者在校期间的实习经历，而这些实习经历往往需要靠实习证明作为凭证。因此，很多不愿意花时间和精力去实习的学生就会想方设法“制造”证明。而对于有些打算参加考研或者考公务员等考试的同学来说，假期是一个很好的复习时间，因此没有时间参加实习，为了完成任务，也选择走捷径。

那么，学生花钱买的实习证明能通过学校的相关审核吗？重庆某高校一位不愿透露姓名的老师告诉记者，实习证明的真假核实起来难度会比较大，虽然实习证明上会有单位联系人的姓名和电话，但一个个打过去求证，对校方来说需要耗费大量的人力和精力。而且有的实习证明造假者可谓“面面俱到”，不仅提供假的印章，而且也提供假的评语、联系电话、联系人等，如果学校真打过去核对，他们也有专人接电话来应对。

网上买卖实习证明是一种什么行为呢？重庆合纵律师事务所律师汪志国表示，依照我国相关法律规定，购买、使用假证件属于违法行为，一旦查实将受到行政拘留等治安处罚，如果涉嫌使用假证进行诈骗等行为，还会被追究刑事责任。

“证明”未必有用　诚信才是“基石”

在求职时，实习证明又能代表什么呢？

重庆华威人才市场总经理李舒雯表示，大学生参与社会实践是一个了解社会、积累经验、锻炼能力的大好机会，本身是一个非常有价值、有意义的行为。实习证明都能进行买卖，对于学生而言，不仅没有起到锻炼的作用，反而丢失了最宝贵的诚信。

“识破实习证明造假非常简单。”在李舒雯看来，面试的时候，HR 可能会针对实习期间的工作细节进行提问，没有真正实习过肯定回答不上来，最后应聘者面临的就是一票否决的淘汰，甚至被企业列入黑名单。她表示，诚信对于一个职场人来说，可谓是所有品质的基石，用人单位选人，很看重个人的诚信品质。

“一个人要在事业上有所成就，或者说在一个企业立足，并有提升的空间，如果连最基本的诚信都做不到，那么无异于痴人说梦。”李舒雯提醒说，为了一纸实习证明，却把自己做人的“诚信证明”丢到九霄云外，可谓“捡了芝麻丢了西瓜”。

现如今，网上出现的一些信用信息平台也成为企业诚信的“试金石”。重庆华龙信用信息平台相关负责人提醒广大高校学生，如今的社会是一个倡导守信的社会，企业要守信经营，学生也要珍惜和爱护自己的个人信用。代开实习证明，失信，还违法违规。因此，大学生们要从自我做起，做一个诚实守信的人。

记者手记：切莫得了“证明”丢了诚信

在调查中记者发现，尽管很多大学生有这样那样的理由为自己网购实习证明开脱，比如准备考研没时间实习；专业选择面太窄找不到地方实习；担心企业打着实习的幌子，把大学生当廉价推销员用，而不敢去实习。但无论何种理由，都不应该以丧失诚信为代价去换取，这不仅是对那些真正踏踏实实地实习的同学的不公平，长此以往，导致的将是整个社会信用体系的崩塌。

当你手捧实习证明时要经常扪心自问：实习证明的真正意义何在？大学生在即将踏入社会之际，在奉上一纸实习证明的同时，是否更应该献上一份诚信证明呢？

作品标题　**深度调查：“实习证明”百元包邮还能“私人订制”　一纸假证明暴露诚信真漏洞**
参评项目　**通讯**
作　　者　**伊永军　谢鹏飞　陈田甜**
责任编辑　**万浩睿**
刊播单位　**华龙网**

首发日期　2017-08-16
刊播版面　华龙网首页、重庆客户端

作品评价

这是一期深度文、图、视频融媒体的深度调查作品。在开学前夕，许多大学生面临交暑期实习证明的需要。一些学生打起歪主意，开假证明。究其根源，证明要的就是鲜章，一些人为了获取利益顶风作案，制造假公章开具证明。

作品围绕假证明的制作流程、为何在大学生中有市场、开假证明可能导致哪些后果的主线层层剖析，将主题上升至个人诚信、社会诚信的层面，配合记者手记，鲜明地提出“如今的社会是一个倡导守信的社会，企业要守信经营，学生也要珍惜和爱护自己的个人信用”的观点。

整个作品采写扎实，观点鲜明，给人警示，通过文、图、视频配合，加强了新闻的视觉冲击力。

采编过程

记者得到线索后，决定采取体验式的方式进行采访。为此，记者走访多所高校，并在相关 QQ 群里发布需求，与卖家交流，挖掘背后的产业链。开证明涉及刻公章，记者在淘宝上搜索刻章重庆的字眼后，检索出的 11 家网店中有 4 家表示可以刻公章，其中一位卖家愿意当面交易。随后，记者前往石桥铺暗访，揭露私刻公章的全过程。

弄清过程后，围绕为何假证明有市场，记者又采访了多位学子、老师、人力资源专家及律师，分析背后的原因及其可能带来的后果，并围绕诚信问题展开探讨。此后，理清思路，经过多次修改后最终成文。

社会效果

报道揭示了开假实习证明的个中环节，并上升至个人诚信、社会诚信的层面，配合记者手记，凸显了诚信的重要性。通过对诚信问题的探讨，扩展了作品深度，彰显了华龙网作为主流媒体的社会责任感。作品影响力大，给广大学子敲响了警钟，起到了良好的正面舆论引导作用。

全媒体传播效果

作品通过华龙网首页、重庆客户端等渠道刊发后，阅读量很快突破 1.1 万次，并被中国青年网、环球网、搜狐网、腾讯网、网易网、凤凰网等十多家媒体转载，获得众多网友点赞，社会影响效果明显。

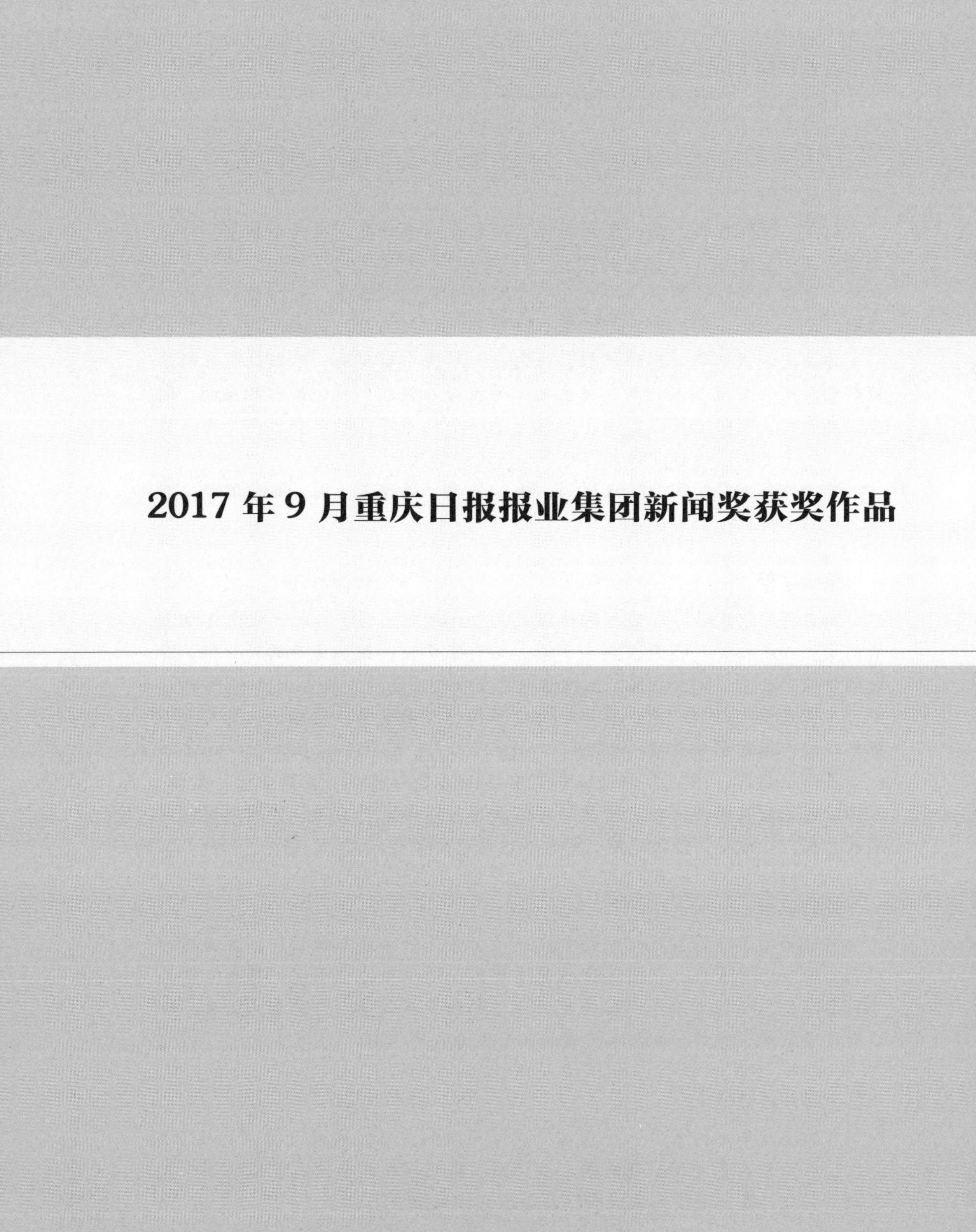

2017年9月重庆日报报业集团新闻奖获奖作品

西南大学在全球首次绘制出斜纹夜蛾精细基因图谱

重庆日报记者　李星婷　王韦

斜纹夜蛾是一种广泛分布于亚洲和大洋洲的害虫。由于其高繁殖力和强抗药性，对它的防治一直是个难题。9 月 25 日，记者从西南大学获悉，该校家蚕基因组生物学国家重点实验室联合法国、日本、美国等多国的研究机构，在全球首次绘制出斜纹夜蛾精细基因图谱，可为其防治提供科学依据。该研究成果的论文已于 25 日发表于国际权威期刊《自然·生态学与进化》。

斜纹夜蛾因前翅有一条灰白色宽阔的斜纹而得名。“因其多分布于亚洲和大洋洲地区，又名东方夜蛾。”牵头该项目的西南大学“外专千人计划”特聘专家三田和英教授介绍，斜纹夜蛾白天躲在草丛中或土壤里睡眠，晚上才出来，是夜蛾科最常见的害虫之一。

“斜纹夜蛾的食物范围很广泛，会食用近 100 个科目里的 300 余种植物。”三田和英介绍，斜纹夜蛾生长分为卵、幼虫、蛹、成虫几个阶段，一年可繁殖 5 ~6 代。其在幼虫期啃食叶肉，给苗木生产特别是小苗培育带来重大损失。

从 2012 年开始，西南大学启动“斜纹夜蛾基因组计划”。该校家蚕基因重点实验室联合法国、日本、美国等国家的研究力量，选取了分布于中国、印度、日本等国家的夜蛾样本进行基因组测序。

通过高通量测序技术，团队最终获得斜纹夜蛾的高质量基因组精细图谱。“团队把获得的 15317 个蛋白质编码基因进行了功能分组，如嗅觉组、味觉组、解毒组等。”西南大学家蚕基因组生物学国家重点实验室主任夏庆友教授介绍，通过对斜纹夜蛾基因组中的相关基因进行分析，可以揭示斜纹夜蛾的生态适应性等，并研究出相关对策，如斜纹夜蛾具有强抗药性，若对其解毒基因进行干扰，就可以让农药发挥更好的作用。

“斜纹夜蛾是鳞翅目夜蛾科第一个获得基因组精细图谱的害虫。”夏庆友告诉记者，鳞翅目是昆虫纲里的第二个大目，属于这个目的大部分是害虫。斜纹夜蛾基因组精细图谱的绘制和解析，将推动夜蛾科其他害虫的生物学研究，并为害虫防控提供有用的帮助。

作品标题　西南大学在全球首次绘制出斜纹夜蛾精细基因图谱
参评项目　消息
作　　者　李星婷　王韦
责任编辑　吴国红　张信春
刊播单位　重庆日报
首发日期　2017-09-27
刊播版面　重庆新闻

作品评价

斜纹夜蛾是一种广泛分布于亚洲和大洋洲的害虫，在幼虫时期靠食用农作物的叶片生存，由于其高繁殖力和强抗药性，对它的防治一直是个难题。近年来，在我国长江流域一带也频繁爆发夜蛾危机，对农作物危害重大。

这篇消息不仅用深入浅出的文字，还运用图示、图表、名词解释等多种方式，说明斜纹夜蛾的习性，以及对其防治的难度，然后阐释西南大学在全球首次绘制出斜纹夜蛾精细基因图谱的意义、作用。全文言简意赅，通俗易懂，手法多样，易于理解。

采编过程

9 月 25 日，西南大学联合法、日、美等多国科研力量在全球首次绘制出斜纹夜蛾精细基因图谱的科研论文，发表于国际权威期刊《自然·生态学与进化》。

重庆日报记者从西南大学独家获悉该消息后，当晚即赶赴西南大学采访，并拿回相关精细基因图谱图示。当晚，重庆日报夜编部在处理此稿件时，认为还应该配夜蛾成虫照片，更充分地包装此稿件。第二天，记者又补充夜蛾成虫照片，并对稿件精雕细琢，最终稿件在版面上得以完美呈现。

社会效果

斜纹夜蛾是昆虫纲鳞翅目（鳞翅目是昆虫纲里的第二个大目，属于这个目的大部分是害虫）夜蛾科里第一个获得基因组精细图谱的害虫。因此，斜纹夜蛾基因组精细图谱的绘制和解析，将推动夜蛾科其他害虫的生物学研究，并为害虫防控提供有用的帮助。

因此，稿件一经刊发，新浪网、搜狐网、人民网、中国科学网、中国高校之窗等网站纷纷转载刊发，科技报、重庆电视台等媒体均跟踪采访，起到了良好的宣传作用。

全媒体传播效果

值得一提的是，在推出报纸版科技新闻的同时，记者还用更通俗易懂、网络化的语言，写了一篇微信稿《搞定这只“妖蛾子”就要看透它》，发表在“重庆智造”（重庆日报旗下的科技、创新类新闻公众号）。这篇微信稿，用特别能吃、特别能生、特别能活等几大特点总结斜纹夜蛾的特点和习性，更利于读者的理解和传播。该篇微信稿推出后，点击率也很高，读者纷纷评价：生动、通俗，将深奥的科技道理讲得明白易懂。

解码街巷经济　如何才能星火燎原

重庆日报记者　吴刚

为了给自己买苹果手机，今年6月，四川美术学院学生杨佳，开始在校门口“贩卖艺术”。

杨佳设计出独具个性的挎包，然后委托广东某工厂代工。每天傍晚，她在学生宿舍进出黄桷坪街道最近的当口，摊开塑料布，摆上包包练摊。

每个包都独一无二。凭此，只用了两个月，杨佳就挣了6000多元，买手机已经绰绰有余，但她的练摊生意已经停不下来了。在黄桷坪，像杨佳这样的练摊者，最多时有400多户。

杨佳们的生意，可以冠以一个时髦的定义——街巷经济，即有效利用城市支路空间而兴起的商业形态。它焕发出浓郁的市井韵味，让城市生活更精致且充满趣味；它盘活了地域文化资源，也繁荣了市场。

近年来，北京、上海、深圳、杭州等城市，都把街巷经济作为新的经济增长点倾力打造，催生了上海新天地、苏州观前街、杭州四季青等一批特色街区。例如成都宽窄巷子，经过重新整饬和10多年的培育，目前每年吸纳游客1.5亿人，年旅游产值超过4亿元。

在我市，一批文创街区、创业型特色街区正兴起，渐形成燎原之势。

生机勃勃的商业新形态

目前我市还没有政府部门或专业机构对街巷经济进行专项研究和数据统计。但采访中，记者已深切感受到这种新的商业形态背后汹涌的商机。

解放碑石灰市，2013年前，还是一条以活禽屠宰、小摊小贩等低档经营业态为主的背街小巷，污水横流，臭气冲天。

后来，渝中区对这条街巷进行整体改造，对门面外观、牌匾进行统一设计，并沿街道坡度打造出错落有致、富有石灰市街吧区域特色的建筑立面及牌匾；同时，在业态上，过去的夜啤酒、大排档也相继退出，取而代之的是重庆老字号、特色小吃、日料韩餐和咖啡厅。

如今，原址上新建的“30度街吧”，近200米的街道上，消费者可以品尝到陆稿荐、正东担担面、顺庆羊肉馆、九园包子等老字号。每天的客流量超过5万人。

南滨路,1998年开发之前，南岸区即便免费提供土地招商引资，但问询者寥寥。此后，南岸区结合旧城改造和污水处理工程，采取“商家入驻给钱给政策”的优惠措施，吸引了第一批餐饮企业入驻。2000年前后，南滨路成为主城最大的餐饮业聚集区。此后，南滨路开始扩容，目前从弹子石至巴滨路共计24公里的滨江商业，已经初步形成。

在两江新区龙兴镇，电影《一九四二》留下的一座外景拍摄基地，以电影的热播为契机，持续开展营销活动和拓展经营范围，目前已经培育出吃、住、行、游、购、娱等旅游经济业态。5年以来，这个被称为“两江国际影视城”的山城新景点，已经接待了800多万游客……

秘诀：生活情境+文化植入

在街巷经济异军突起的同时，经营范围、经营形式大致相当的商圈商业，日子却并不好过。

世邦魏理仕统计数据显示:2016年，我国可投资商业地产规模达3.4万亿美元，排名全球第二，但交易活跃度偏低，正处于从低流动性向中等流动性市场进化的转折期。

搜房网最新统计显示，近5年，重庆主城区有13个大型商业体“洗牌”，其中包括3个购物中心和10家百货商场。而这10家百货商场，有7家转型为购物中心,3家关门停业，重庆商业地产急需突破困局。

那么，街巷经济为何发展得如火如荼呢?

分析人士认为，其成功秘诀主要在于接地气的商业形态，让消费者置身于一种真实的生活情境之中，可触摸，有着亲切、随意的消费体验。而促成这种体验的，是本地文化内涵的开掘和多元文化元素的植入。

在福州上下杭历史文化街区的开发中，当地政府注重对已有历史资源和特色进行保护，维持原有街区的格局和尺度，设置文物及民俗文化展示区，将现有院落式大宅改造成特色客栈，适当加入集中式商场，最大限度保护历史原貌，体现原汁原味。

在我市，南滨路先后建成了中国重庆长江当代美术馆、施光南大剧院、国际马戏城等重大文化设施，引进了全国首个“国家文物保护装备产业基地”以及享誉全球的杜莎夫人蜡像馆及海洋生物馆等重大文化项目。以“文化”突围，向吃、住、行、游、购、娱全方位发展，南滨路从最初落后的“4小时经济活动区”，逐渐发展到8小时、12小时，一直到今天“不打烊”的“24小时经济活动区”。

在一片荒芜中“无中生有”的两江国际影视城，是文化元素植入街巷的代表。“每个人对过去的历史，都有自己独特的认识，每个人都对过去充满情怀。”参与设计和创作的重庆大学建筑城规学院副教授胡斌说，他们对重庆近代老建筑进行了抽象化分析，提炼其中的文化符号，以此来新建了100多栋建筑，加上40余栋复建的知名建筑，最大限度还原当时的生活环境和历史风貌。施工方甚至在方圆300多公里内，收集了总计3万平方米的老石板，和1.2万立方米的老条石，用于背街小巷的建造。

系统工程需多方努力

不过，文化并不能自然地变成真金白银，它需要一个消化、与经济业态相融合的过程。在黄桷坪，一家名为“胡蹄花”的餐馆门口，每到饭点总有顾客排队等候。让人不解的是，和其他类似小店相比，这里不管是菜品数量还是风味，并无太大不同。

“在我这里吃饭，你可能遇到罗中立。”店主黄女士笑称，吃著名美术家罗中立招待贵宾的菜品，或者借吃饭偶遇罗中立，是食客络绎不绝的原因。商业自带文化牌，让“胡蹄花”的火爆生意已经持续了20多年。

正如文化元素需要转化为经济资源一样，作为一种复杂的商业经营活动，街巷经济的成功运营，涉及项目的前期定位、中期的招商，以及后期的商业维护以及业态调整。哪一个环节不好，都会影响整体运营效果。

杭州市上城区政协委员闵涛在一篇论文中透露，杭州市各个城区在打造街巷经济的过程中投入了不少的人力、财力和物力，但部分打造对象自身硬件条件欠缺，或周边商业氛围不浓，或支撑消费能力不足，导致业态调整困难、人气商气不旺，未能实现预想的社会效益和经济效益。

“街巷经济是一个系统工程，包括从街巷的特色主题确定、业态配置、整体形象塑造、公共设施配备、店招店牌设计等方方面面，而不单单为街巷的业态定位或只是为特色街巷树几块牌子，做一些灯箱广告等形象工程。”闵涛认为。

以项目选址为例，“渝中区30度街吧”就充分利用了毗邻解放碑商圈的区位优势。该项目利用商圈大型零售百货业、商业综合体及各大商业特色街区的集聚效应，根据现有产业集聚度和基础条件等，梳理选择业态基础较好、店铺较为连贯、具备一定商业发展空间，且与周边商业聚集地联系较紧密的业态，从而形成与商圈其他业态错位竞争的格局。

群众的主动参与与政府的管理和引导，也发挥着至关重要的作用。政府管理方面，既要鼓励创业，又要维护良好的秩序。我市鼓励创新创业的系列措施，以及给予众创空间的诸多补贴，均可在街巷经济的培育中采用。同时，乱摆摊乱设点、占道经营不是街巷经济，而是城市“牛皮癣”，必须治理好，否则影响城市的环境和秩序，干扰市民生活。

作品标题　解码街巷经济　如何才能星火燎原
参评项目　通讯
作　　者　吴刚
责任编辑　周季钢　李薇帆
刊播单位　重庆日报
首发日期　2017-09-13
刊播版面　第6版

作品评价

街巷经济是近年来兴起的一种新的商业形态，对于盘活既有资源和活跃区域经济，有着重要作用，可以说，如何搞好街巷经济，是政府关心、群众关注的重要话题。重庆日报推出这样一则报道，体现了党报服务决策和服务生活的双重职能，所以，这篇稿子首先胜在选题上。

从包装上看，稿件采用故事化的叙述手法，娓娓道来，灵活生动，将这一生硬题材的阅读门槛降到了最低，让读者能读得进去，能明白道理，可谓深入浅出。

采编过程

记者平时高度关注包括街巷经济在内的各种新业态，有充足的知识储备。接到任务后，记者进行了长达一周时间的采访，采访对象多达10多个。采访完毕，记者花费了一个星期的时间反复修改，最终成稿。

社会效果

重庆日报当日好新闻。

有媒体同行评价，街巷经济的话题，同城媒体屡有报道，但此次重庆日报这篇报道写得最全面，最深入，这篇稿件很有资料价值，以后谁要研究重庆的街巷经济，这篇稿件可作参考。

全媒体传播效果

传播指数：268.12。

藏羚羊今年迁徙结束
母羊保护小羊以身饲狼

重庆晚报记者　廖平

天刚刚亮，达才和同事洛松就开始烧开水。索南达杰保护站海拔4479米，水烧到约86℃就开了。水烧开之后，先把编好号的7只奶瓶逐一消毒，再把超市买的牛奶倒进奶瓶中，接下来就开始给7只收养的小藏羚羊喂奶。

三江源全国媒体大型采访最后一站，8月底来到可可西里索南达杰保护站。记者从保护站获悉，在可可西里集中产仔的藏羚羊于8月底结束回迁，绝大部分已陆续返至原栖息地。

救助

在索南达杰保护站背后，有好几片被铁丝网围起来的草场，7只小藏羚羊就养在其中一片草场上，这是他们在7、8月份救助的，有的是跟母羊走失，有的是母羊意外死去的孤儿。达才和洛松提着奶瓶还没走到围栏边，小羊们就"咩咩"叫着围过来，仿佛看到了母羊。奶瓶从1号到8号，缺了3号。3号羊从卓乃湖送回来时就身体虚弱，发热呕吐，尽管队员们悉心照料，还是没能救过来。"不想说了，我们都挺伤心的。"洛松说。

每只藏羚羊脖子下都吊着一个号牌，吃对应编号的奶瓶里的奶。由于羊的大小不一样，奶量也相应有区别。羊吃奶跟小孩子吃奶没什么两样，不过它们比人的求生欲望更强，300毫升的奶，"咕咕咕"20来秒钟就吃完了。吃完后又去抢达才手中的其他奶瓶。"要控制量，不能让它们吃饱，必须让它们去吃草。"达才说，纯牛奶是不行的，还得兑水，往里面加些葡萄糖，才适应小羊的肠胃。这样的喂奶每天要做三次。

达才在索南达杰保护站已经工作了8年，8年中救治了300多只藏羚羊，早就有了喂养经验。

记者在一旁隔着铁丝网拍照，达才一再叮嘱："千万不要接触到它们。"不到10分钟就喂完了奶，队员们就催促记者赶紧离开："不能让它们跟人类有太多接触，要是形成习惯，以后它们在野外看到人不怕不跑，那太危险了。”

吃完奶的藏羚羊，还要训练它们的奔跑。达才在前面跑，小羊们在后面追，索南达杰保护站海拔近4500米，一般人在这个高度快走两步都喘得不行，但队员们必须带着小羊奔跑，哪怕这是件对身体很危险的事。

半岁之后，小藏羚羊就要开始慢慢断奶，然后就会在围起来的草场上让它们自己吃草，自己奔跑，工作人员不再出现在它们面前，只通过摄像头监控。到明年4月份，工作人员就会打开围栏，让它们走出去，最终它们会融入周围的藏羚羊群体。达才告诉记者，这么多年，还没发现救助的藏羚羊无法融入新种群的现象。

迁徙

关于藏羚羊的迁徙，大概是高原动物中最神秘的现象，至今未能明确其迁徙动因。中国的藏羚羊有四大栖息地，青海可可西里、三江源、西藏羌塘、新疆阿尔金山，都在可可西里周围。

每年5、6月份开始，各地的雌性藏羚羊就向可可西里的卓乃湖、太阳湖、乌兰乌拉湖迁徙，行程从几百公里到上千公里，神奇的是，它们都带着雌性小羊，以让它们认路，就这样一代代传下去。到这几个湖边产下小羊后，又从8月份开始带着小羊们返回各自的栖息地，千百年来，路线固定。于是，每年5、6月藏羚羊迁徙过程中，就会出现非常感人的一幕：三江源的牧民和志愿者们，在藏羚羊迁徙的路途沿线，每隔一两公里就有一个人自愿去站岗，直到护送藏羚羊通过青藏公路，进入可可西里无人区。另外记者还注意到，青藏铁路在可可西里段，全部采用桥墩式路基，以便让藏羚羊从下面通过。

母藏羚羊产下小羊后，如何把它们安全带回家，这是一个生死博弈、物竞天择的过程，从羊群聚集到湖边开始，尾随而来的豺狼、棕熊、鹰隼、豹等动物就开始猎食藏羚羊。千百年的进化，让小藏羚羊们出生几分钟后就具有了奔跑的能力。达才讲述了一个悲伤的故事。一只母藏羚羊带着小羊返程，小羊的奔跑能力还很弱。这时，一只狼盯上了它们。

在经过几次偷袭之后，母藏羚羊知道在劫难逃，在下一次狼袭击时，它没有再全力奔跑，而是跑一段，就停下来看看狼，直到把狼引到一个山坡上，最终母藏羚羊被吃掉，而它的幼仔被救回了保护站。达才承认，当看到其他动物袭击藏羚羊的时候，在能救的情况下，他们也会违背弱肉强食的自然规律去尽量救助。

当然，参与捕杀的还有人类。在20世纪90年代盗猎猖獗的时期，盗猎分子大都是在藏羚羊产子期间出击。可可西里保护区抓捕的最大一起盗猎案件中，犯罪分子一次猎杀了上千只藏羚羊。因此在藏羚羊产子期间，卓乃湖设立了临时保护站，而其他地方则采用巡护的方式加强反盗猎。人为加强保护，让藏羚羊幼仔的成活率有所提升，目前在50%左右。

奶爸

达才和洛松都是喂养小藏羚羊的奶爸，他们喂大了几百只小动物，养育小动物的时间比养育自己孩子的时间多得多。

达才的家之前在曲麻河乡，后来搬到了格尔木的职工宿舍，但这两个地方离索南达杰保护站都有两三百公里，回趟家并不容易。儿子到保护站来玩过，知道爸爸是救助藏羚羊的，他会跟同学炫耀，把自己的爸爸形容成一个盖世英雄。“我把我自己的生命放在了这些羊身上，连我家孩子都没有照顾，每年把它们养到这么大健健康康地回到大自然时，特别感慨，那种感觉，没法形容。”他做了一个抱羊的动作，来形容羊的大小，眼睛有些泛红。

在喂食过程中记者看到，小藏羚羊特别黏人，甚至会用鼻子去触碰达才，但达才迅速避开，避免与小羊们建立感情，以免影响它们的野性。在将它们放归自然时，也不会在它们身上做任何记号或佩戴追踪设备，以免影响它们融入种群。不过，还是有曾经救助过的藏羚羊重新来到索南达杰保护站。2003年的冬季，有一只公藏羚羊在冰天雪地中找不到吃的，就来到索南达杰保护站求助。“那肯定是我们救助过的，因为一般的羊是不会主动靠近人类的，既然它来了，说明它有这里的记忆。”

救助是一件投入感情的事，但也容易被感情伤害。比如今年有一只小羊死去，大家都避免谈到这个话题。2014年春天，有游客给索南达杰保护站打电话，报告一只成年母藏羚羊被车撞伤了，达才他们赶紧过去，发现藏羚羊的前肢只剩一点点骨头连接着。他们把褥子铺在皮卡货厢里，把母羊抱上车，回来后尽力救治，但三天后它还是去世了。这样的情感伤害，犹如烙在他们手背上的疤痕，让他们时时触及。

一辆大货车在索南达杰保护站门前的青藏公路上疾驰而过，达才冲货车背影大吼一声：“开这么快做什么？撞到羊怎么办?”他在接受记者采访时不止一次提到，青藏公路上的很多司机开得太快了，根本无视警示路牌，撞死撞伤藏羚羊，有报案的每年都有十几起。

作品标题　藏羚羊今年迁徙结束　母羊保护小羊以身饲狼
参评项目　通讯
作　　者　廖平
责任编辑　邹渝
刊播单位　重庆晚报

首发日期　2017-09-04
刊播版面　慢新闻 APP

作品评价

这是重庆晚报记者青海三江源探访系列中的一篇，记者将目光聚集在可可西里藏羚羊保护上，采访了可可西里索南达杰保护站的救助人员。文章从一个普通工作人员与藏羚羊的感情发散开，涉及藏羚羊的生存环境改善、国民的野生动物保护意识亟待提高等话题，可以说通过特殊个例以小见大，另外文章的故事性也比较强。

采编过程

从 8 月 20 日到 30 日，记者参加了青海三江源大型媒体探访活动，采访全程都在 4000 米以上的高原地区。随行记者大都以采访面上的数字、政策、措施为主，记者一直坚持抓小人物、小故事、小角度，通过细小切口来映射大局。本篇文章的采访地在可可西里索南达杰保护站，从早上 7 点到下午 4 点，记者一直跟随保护站工作人员，通过观察他们的工作，见缝插针地与他们交流（采访对象达才和洛松都是藏族人，汉语不大好，记者通过语言和动作交流，有时还要写字）。

社会效果

三江源生态保护是习总书记亲自点名的重点项目，他曾 6 次到青海视察三江源生态保护。三江源国家公园管理局对三江源的宣传也很重视，本文刊发后，已经收录进三江源管理局和可可西里管理处的宣传资料中。

全媒体传播效果

藏羚羊保护是个比较热门的话题，文章中讲述的故事也比较罕见，所以文章的传播效果很好，搜狐网、新浪网、腾讯网等主流新闻网站都有转载，多家主流媒体的微博也进行了转载。

轨道5号线打造全球首条互联互通地铁

重庆晨报记者　刘波

近日，中国铁路通信信号股份有限公司（以下简称“中国通号”）发布消息，随着一期信号系统互联互通交叉测试成功，装备中国通号完全自主CBTC信号系统的重庆轨道交通5号线率先具备互联互通条件，标志着由中国通号打造的全球首条互联互通地铁即将诞生。

据了解，除了轨道交通5号线，规划中的轨道4号线、10号线和环线也都将装备互联互通信号系统。

轨道交通实现互联互通后，乘客可以不用换乘，一站直达目的地。同时，互联互通也将减少客流换乘压力，降低地铁建设成本，大幅度提高车辆利用率和运营效率。

解决世界性难题
5号线打造互联互通地铁

轨道交通互联互通是指一列车可以跨不同线路运营。轨道交通实现互联互通后，列车可以通过联络线，在不需要停车和不改变驾驶模式的情况下，从自己运营的线路到达另外一条线路上，也可以在另外一条线路上正常进行载客运营。

“互联互通”是一项世界性难题。长期以来，不同地铁线路车载信号设备与地面信号设备间无法“交流”，就好像一个说中文，一个说英文，导致列车一直无法跨线运行。

之前，虽然有少数轨道线路曾尝试过互联互通，但始终没有实现不同厂家间的地铁信号系统互通，无法实现真正意义上的互联互通。

轨道交通5号线装备了中国通号自主研发的FZL300型CBTC互联互通信号系统。这是为城市轨道交通互联互通量身定制的一套系统，真正意义上建立了不同厂家之间、车载信号系统与地面信号系统之间，互相兼容、互相“交流”的基础。因此，轨道交通5号线也将成为全球首条真正意义上的互联互通地铁。

同辆列车运行多条线路
乘客可一站直达目的地

据了解，重庆规划中的轨道交通4号线、5号线、10号线和环线工程都将装备互联互通信号系统。

目前，环线列车已接入轨道交通5号线进行互联互通交叉测试。接下来，10号线列车也将接入轨道交通5号线进行互联互通交叉测试。

轨道交通互联互通系统投用后，可实现列车不降速、不降级，跨线运行至其他线路，并支持其他线路车辆进入本线运行。

对乘客而言，轨道交通互联互通最大的好处是出行更加方便。同一列车从一条线路到另一条线路的跨线运行，既满足乘客快速、直达的需求，也减少换乘站的客流换乘压力，为乘客出行带来更好的体验。

比如，乘客乘坐轨道交通5号线列车，可以不用换乘，一站直达轨道环线等其他轨道交通线路的车站。

同时，互联互通也将提高轨道交通的运营管理效率。比如，当一条线路突发大客流，另一条线路客流较少时，就可以通过互联互通系统，将客流较少线路的列车调到客流较多的线路上，进行支援，减少线路客流压力。

作品标题　轨道5号线打造全球首条互联互通地铁
参评项目　消息
作　　者　刘波
责任编辑　王文渊
刊播单位　重庆晨报
首发日期　2017-09-11
刊播版面　第2版　今日要闻

作品评价

备受关注的独家新闻。稿件干货多，内容丰富，既有专业性，又有可读性，简单易懂。稿件解释了什么是互联互通，以及互联互通将给市民生活带来的变化，生动展现了重庆轨道交通建设“全球第一”。

采编过程

记者关注口岸动态，在国务院国资委和中铁通号公司官网上，获悉重庆轨道5号线顺利完成了首次互联互通交叉试验，将打造全球首条互联互通地铁的消息。记者立即联系相关部门进一步了解情况，并详细讲解了什么是互联互通，为什么是全球首条，未来将如何运行，以及互联互通将给市民带来的变化。

社会效果

稿件通过新媒体首发后，被今日头条、腾讯等多家媒体转载，关注度极高，传播效果好。

全媒体传播效果

上游新闻阅读量超过 13 万次。

燃油车要被取缔了？大重庆的车企表示：我们的淡定可不是装出来的

重庆商报记者　严薇

小伙伴们有没有想过这样一件事情，当你辛辛苦苦攒够钱准备买“Dream Car”的时候，却突然发现它已经被禁售了。这种情况或许在不久的将来真的会变为现实！

9 月 8—10 日，2017 中国汽车产业发展（泰达）国际论坛上，国家工信部副部长辛国斌透露，中国正在制订停止生产销售传统能源汽车的时间表。这对于很多还在热火朝天规划新车上市的车企，无疑是一道“惊雷”，甚至加油站和 4S 店也跟着“懵圈”了。

工信部已启动研究相关时间表

刚刚结束的 2017 中国汽车产业发展（泰达）国际论坛上，国家工信部副部长辛国斌表示，当前，许多国家纷纷调整发展战略，在新能源、智能网联产业加快产业布局，抢占新一轮制高点，一些国家已经制订了停止生产销售传统能源汽车的时间表。“目前工信部也启动了相关研究，也将会同相关部门制订我国的时间表，这些举措必将推动我国汽车产业发展的环境和动力发生深刻变化。”他说。

也就是说，在不远的将来，燃油车将彻底走下“神坛”。中国人只能选择购买零排放车型，如纯电动车或者氢燃料电池车！不少车企、加油站和 4S 店将面临彻底改变。

新能源汽车系大势所趋

事实上，新能源汽车的替代是大势所趋。

从现在到 2025 年将是汽车产业变革最为剧烈的几年。传统汽车节能减排要求越来越高，新能源汽车发展加快却对技术要求越来越高，智能网联汽车将对整个产业带来巨大影响。辛国斌及专家建议，中国车企应深刻认识这种趋势，及时调整战略，明确发展规划，适应新形势的挑战，助力我国从汽车大国向汽车强国的转变。

进入新世纪以来，我国汽车产业实现快速发展。2016 年产销量突破 2800 万辆，已连续八年位居世界第一位。汽车市场在国民经济支柱中的作用不断增强，汽车税收占全国税收比重，从业人员数占全国就业人员数比重，汽车销售额占全国商品零售总额比重，均超过 10% 。

尤其在新能源汽车领域，我国已成为最大的生产和销售市场。中汽协最新统计数据显示，2017 年 1—7 月，我国新能源汽车产销分别完成 27. 2 万辆和 25. 1 万辆，比上年同期分别增长 26. 2% 和 21. 5% 。今年 7 月份，我国新能源汽车产销量分别为 5. 9 万辆和 5. 6 万辆，同比分别增长 52. 6% 和 55. 2% 。纯电动汽车的增幅较大。

禁售燃油车国外已先行一步

近期，德国、英国、法国同时宣布：禁止销售汽柴油车！

今年 7 月底，据新华社消息，英国政府准备从 2040 年起全面禁止销售汽油车和柴油车，以期改善空气质量。届时，在英国出售的车辆将全部为电动车。

7 月初，法国能源部长 Nicolas Hulot 宣布，法国计划在 2040 年前停止销售汽油和柴油车，2050 年前成为碳零排放的国家。德国联邦参议会也曾提议将于 2030 年起禁止所有燃油汽车上路。荷兰和挪威曾提出，将在 2025 年禁售燃油车。不少车企也纷纷跟进。沃尔沃从 2019 年起不再推出新的燃油车型。今年内部投资者电话会议上，菲亚特-克莱斯勒 CEO 马尔乔内宣布，从 2019 年开始，玛莎拉蒂将只生产电动车和混动车型。大众也宣布，到 2020 年，大众集团预计在中国累计销售 40 万辆新能源汽车，到 2025 年，将为中国消费者提供约 150 万辆零排放的新能源汽车，其中绝大部分是纯电动车。

布局新能源车渝企早有行动

一个被燃油车统治了 100 多年的汽车时代即将结束，一个新能源汽车的时代即将到来，重庆的车企作何反应？

长安汽车发布了面向未来 10 年的新能源汽车发展战略——长安将利用分布全球的研发团队，以纯电驱动为主线，同步发展插电式混合动力及纯电动两大技术平台，未来十年将推出 34 款产品，累积销量达到 200 万辆。

力帆集团此前公布了未来发展的 i. Blue 1. 0 新能源战略（智蓝战略 Intelligent Blue Strategy），至 2020 年，力帆要达到年产 30 万辆的电动及混合动力汽车，建设500座换电站，换电池时间不超过3分钟，还将利用大数据、互联网技术，实现节能的服务。

小康股份去年以来一直在新能源领域动作频频，跨界杀入新能源的争夺。2016年1月，小康股份全资子公司重庆小康新能源汽车设计院有限公司在美国注册了SF MOTORS，主要从事新能源汽车设计、开发、制造、销售和服务等业务，随后又聘请特斯拉电动汽车创始人兼原CEO冯丁·艾伯哈德任公司新能源汽车顾问，收购三家新能源汽车公司。

新能源车市场走火还有很长的路要走

生产资质是车企的命根，众多车企争得头破血流，也丝毫不为怪。然而，即使这些车企博得生产资质，也并不意味着万事大吉。

新能源汽车生产资质并非终身“饭票”。同时，新能源汽车需进入工信部《道路机动车辆生产企业及产品公告》，方可进入市场进行销售。

如果说，造车赢得生产资质不易，那么车生产出来要获得销售资质的严苛程度与之相比，毫不逊色。

价格、技术等难题，让新能源车的市场真正走火，还有很长的路要走。

作品标题　燃油车要被取缔了？大重庆的车企表示：我们的淡定可不是装出来的
参评项目　全媒体
作　　者　严薇
责任编辑　黎雨寒　吴光亮　何恒
刊播单位　重庆商报
首发日期　2017-09-11
刊播版面　上游财经APP、上游财经微信公众号、报纸A06版财经

作品评价

稿件紧扣工信部最新表态，解读停售传统能源汽车的国际大势，分析我国国情，介绍长安、力帆、小康等重庆汽车企业进军新能源汽车情况，题材有热度和接近性。

采编过程

记者在第一时间捕捉到工信部相关负责人最新表态，中国正在制订停止生产销售传统能源汽车的时间表。分析国内目前新能源汽车的行业状况，停售传统能源汽车的国际大势。及时跟进了长安、力帆、小康等重庆汽车企业进军新能源汽车情况。

社会效果

稿件刊发后，引发众多读者和业内人士的关注和热议，被新浪财经、新浪汽车、搜狐汽车、网易汽车、盖世汽车网等财经、行业网站转载。

全媒体传播效果

稿件在上游财经 APP 阅读量 1178 次，今日头条阅读量 1.4 万次，搜狐号阅读量 280 次。

“匠心”系列直播（存目）

作品标题 “匠心”系列直播
参评项目 全媒体
作　　者 唐蜀春　冯珊　李力　王梅　尹建红　周盈　温阳　孙柯　张惠丽
责任编辑 唐蜀春
刊播单位 华龙网
首发日期 2017-08-23
刊播版面 华龙网、重庆客户端、新浪新闻客户端、凤凰新闻客户端、北京时间、今日头条、东方头条等

作品评价

2017 年 8 月开始，华龙网以网络直播的方式，聚焦重庆文化领域的“能工巧匠”，推出“匠心”系列直播，发扬工匠精神，传承传统文化，弘扬社会主义核心价值观。目前，华龙网已经推出 4 场直播，目前已经开展根雕艺术“接过大师的刀　我让枯枝开口‘说话’”、陶瓷艺术“跟非遗传承人梁先才一起做‘荣昌安陶’”、剪纸艺术“跟重庆市非遗剪纸传承人杨艺学剪纸”、针灸艺术“看老中医刘光瑞‘走火飞针’扶阳熨灸”四场直播。四场直播主题鲜明，嘉宾采访深入浅出，含金量高，看点十足，注重互动环节的设计，很多网友在各直播平台留言评论。优质的直播主题弘扬了传统文化，获得社会各界好评，各直播分发平台重点推荐，直播人气颇高。

采编过程

前期整体创意策划—制订执行方案及撰写直播流程—与非遗项目拍摄对象沟通直播细节—勘查直播现场并搭建符合直播条件的场景—互动直播、多直播平台分发—碎片化传播。

社会效果

“匠心”系列直播的策划获得市文化委高度认可，认为对激发传统文化生

机与活力，推进非物质文化遗产传承发展有积极作用，将其纳入重庆市“喜迎十九大·文脉颂中华”非物质文化遗产网络传播活动。系列直播生动展现所取得的显著成就，激发全市网民和社会公众对非遗传承保护重要性的认识和参与积极性，在全市形成弘扬中华优秀传统文化的浓厚氛围，进一步为党的十九大胜利召开营造良好网上舆论环境。

全媒体传播效果

“匠心”系列直播从8月份一经推出，在直播平台分发矩阵中，引起强烈反响，目前已经进行了四场，该系列直播也获得第三方平台新浪网、腾讯网、凤凰今日头条、东方头条、手机百度等的重点推介，每场直播在各平台播放总量平均达到10余万次。其中，根雕直播全平台共有超过21万人次观看直播；共有超过8万人次通过各平台观看“荣昌安陶”直播；共有超过17万人次通过各平台观看“剪纸”直播；超过13万人次观看第四场针灸的直播。目前系列直播还在进行中，有望收获更多点击，扩大传播效果。

学习时间：修身齐家治国聚天下来品读习近平讲话中的诗情画意（存目）

作品标题 学习时间：修身齐家治国聚天下　来品读习近平讲话中的诗情画意
参评项目 全媒体
作　　者 王祥　周梦莹　刘思其　刘芸怡
责任编辑 樊国生　张一叶
刊播单位 华龙网
首发日期 2017-09-01
刊播版面 华龙网首页大头条、重庆客户端、华龙网官方微信、华龙网官方微博

作品评价

作品巧妙借助《大国外交》政论专题片这一热点，盘点梳理了十八大以来习近平讲话中的诗情画意，既抓住了时下新闻热点，做好了主题宣传，也显得很有档次和格调。

采编过程

《大国外交》政论专题片形容习近平总书记“是中国在国际舞台上的‘最佳文化代言人’”，播出期间，制作团队敏锐抓住这一细节进行文化挖掘，整理出了习近平总书记讲话中涉及的文化部分，从而形成集群效应。

社会效果

作品推出后，受到市网信办领导点赞，称作品有档次。

由于原创漫画的使用，本作品相较于一般图解，显得更为精细、更有格调、更有品质。

全媒体传播效果

华龙网官方微信阅读量2.1万次，点赞0.24万次，重庆客户端流量1.36万次，华龙网官方微博阅读量2.7万次。

文物医生

今日重庆记者　胡婷　游宇

三峡文物保护工程中出土了大批青铜器，存在着不同程度的锈蚀、残缺、变形、裂隙等病害。由于锈蚀加剧，有些青铜器上珍贵的铭文和纹饰已难以辨认。在重庆中国三峡博物馆，文物修复师们担起了为它们“治病疗伤”，恢复旧貌，重新回到世人眼前的工作。这份工作的精细与繁复程度令人瞠目，修复师除了要有扎实过硬的技术，沉得住气，更需要一股特殊的支撑力。

34 岁的凡小盼，是三峡博物馆文物保护部的一名文物修复师。17 年前上大学时，她被调剂到文物保护专业，本打算按部就班地完成学业，没承想，渐渐对文物修复事业倾了心，动了情。

在她眼中，在博物馆修文物不是上班、工作，而是探索未知，获得欢喜与满足，是将一片片残缺、锈蚀的青铜碎片，步步“精心”地还原成器，重现古人的智慧之美。怀着简单的初心，她交出了一份份成绩单，入选“重庆市高层次人才特殊支持计划”第二批青年拔尖人才，是我市文宣系统唯一获此殊荣者。

开出最佳的“药方”

几十年前，给文物“诊病”需要文物修复者靠肉眼观察，然后凭借丰富的工作经验去判别“病因”。现在，在正式修复前，每件文物都会接受各种检测，进行科学、系统的健康评估。

“人生病了去医院会做检查，我们就好比门诊部，需要修复的文物先在我这里做检查，看看它们什么样的体质，生的什么病，再对症下药。”在凡小盼工作的文物保护部仪器室里，摆放着各种高科技检测仪器，每天，她要思考等待修复的青铜器健康状况如何，哪些部位发生了锈蚀、腐蚀的机理，从而决定用什么方法来修复，怎样达到最少的干预，让生了病的文物得到最好的保护。再研究一下，有哪些最新的修复保护方法。

她的桌上，摆放着各种待检测的样品，有粉末状的锈蚀，有脱落的残片。每一件等待修复的青铜器，都需要进行多种、多次检测分析。“干这个工作，不能说‘差不多’就算了。比如这两块残片，看上去状况差不多，但很可能腐蚀的成因和程度是不一样的，不能觉得‘差不多’就不测了。要做到细致的程度才行。”眼前的这些残片，普通人几乎看不出什么特别，而在凡小盼眼中，它们仿佛是独特的个体，各不相同。

“调剂”出的钻研者

“这些青铜残片肉眼看着又旧又破，但一放到显微镜下，有时能看到意想不到的东西。如果有网状纺织品的残留痕迹，就可以猜到这件青铜器曾被纺织品包裹过。除锈蚀的时候，精美的鎏金纹饰会慢慢显现，会很惊喜。”说起修复工作的乐趣，凡小盼一下子从严肃的学霸变成了少女。这是学生时代的她没有预料到的。

2000 年，凡小盼考入西北大学，被调剂到了文物保护专业。本科时，“只是例行公事，好好完成学业”。2004 年，她以优异成绩被保送到了中国科学技术大学考古与博物馆学专业。攻读博士学位期间，她证明了中国最早的人工冶炼金属“姜寨黄铜”为固体还原工艺所得，有力地支持了中国冶金起源的“本土说”，受到国内外高度关注和评价。她第一次感受到了钻研文物的乐趣，对文物修复专业有了热情。

毕业后，她在重庆工作七年，对重庆三峡库区出土青铜器的锈蚀产物开展了系统调研、分析和研究。她发现，三峡地区出土的青铜器中含有磷氯铅矿和磷铜矿等腐蚀产物，在已有的记载中很少看到。现在，她正在研究这些腐蚀产物与埋藏环境的关系，为这一地区出土青铜器的保护修复工作提供科学依据和指导意见。

“以前对文物修复停留在学习的状态。现在我是一名文物修护者，多了份责任感，就会想好好做事情。当你想要好好做一件事的时候，投入了感情，就会觉得有意思，会有探索未知带来的满足感。如果只是来上班，当成普通的工作，就不会有乐趣。”凡小盼喜欢自己的工作。

一群人的步步“精心”

一件青铜器文物的保护修复流程有很多步骤，除了凡小盼负责的实验室检测分析，还有清除有害锈、矫形、焊接、粘接、补配、做色等环节。就连表面封护、照相、记录，也一步都不能少，每一步都要用心，做到精细，否则文物就要受损。

凡小盼知道，与整体修复比起来，她的工作只是其中一步。出土文物的状况复杂多样，文物修复的链条，一环扣着一环。尽管有科技的介入，人的作用仍是最核心的。

很多大中型青铜器文物在地底下埋藏了上千年，出土时散落的青铜碎片锈成一堆，很多传世的文物，残损部位无法找到，“修复师们需要查阅很多资料，判定残缺部分的形状，做模具来补缺。补缺的部分正面要上色做旧，这样就看不出修补的痕迹，但里面就不上色，展示明显的区别。”凡小盼和同事们，就这样让文物在手中一点一点剥离，又拼上，有时得花上一整年，才能将一件青铜器恢复原貌。

“每次将一堆青铜残片复原成最接近它本来样貌的时候，就特别有成就感。”凡小盼嘴角上扬，会心一笑。

作品标题　文物医生
参评项目　系列报道
作　　者　胡婷　游宇
责任编辑　韩希
刊播单位　今日重庆
首发日期　2017-09-10
刊播版面　第58—63页　封面专题·匠心归来

作品评价

稿件选题有一定关注度，央视曾播放纪录片《我在故宫修文物》，引发了大众对文物修复工作的好奇心。本稿件选取本地同题材进行采访报道，既满足了读者的好奇心理，同时又契合了“工匠”这一选题的主旨，较为细致地揭开了文物修复师的“神秘”工作内容。所选择的采访对象具有典型性，反映了年轻一代的新时期工匠精神。文章逻辑清晰，细节较为充实，具有一定可读性。

采编过程

记者观察细致入微，抓住了人物的个性特征，并且对修复文物的现场进行了一定程度的观察和记录，从而保证读者阅读文章时有身临其境之感。

社会效果

稿件得到采访对象单位的认可，以一位年轻修复师的视角引出文物修复团队的工作过程，反映了文物修复师们精湛的技艺和投入奉献的精神。

数量不够　师资不稳　后劲不足
——我市发展普惠性幼儿园困境调查一

重庆日报记者　匡丽娜　陈丹

新学年开学近一个月，仍有不少幼儿家长在抱怨，幼儿园“入园难、入园贵”问题较突出。入公办园难，进民办园贵，我市普惠性幼儿园存在数量不足、教师流动性大、质量参差不齐、社会办普惠园积极性不高等问题。

期盼“质量好、平价且容易进”的幼儿园是众多家长的共同心声，也是党和政府最关心的民生大事之一。近年来，我市大力发展学前教育取得了较好成效：8 月 29 日重庆市政府信息网消息称，目前全市普惠园（点）增加到 5745 所，普惠率提高到 75%。根据去年 12 月市教委等五部门联合出台的《关于贯彻落实国家加快中西部教育发展的实施意见》的要求，到 2020 年，全市普惠性幼儿园覆盖率要达到 85%。

可为何发展有成效而百姓的意见仍然较大呢？记者在最近就此问题做的专题调查中了解到，我市普惠性幼儿园的发展还面临一些困境：

普惠园缺口较大

“读公办普惠幼儿园太难了。”家住江北盘溪一位姓刘的家长感慨。江北盘溪一带有一所公办普惠幼儿园，但因该园规模有限，一般一年只招收一个班，大约 30 名学生。

“公办幼儿园质量相对好，价格便宜，很多人挤破脑袋都想把自己的孩子送进去。”这位刘姓家长说，“为了读到这所公办普惠园，从今年夏天开始，每天天不亮，就有大量家长排队等待报名。”

我市某事业单位员工张磊为了让孩子就近入园，好不容易在主城一所公办幼儿园报上名，要缴纳赞助费 3 万元，每月还要缴保教费 800 元。虽然缴了赞助费，但张磊也觉得值，因为家附近的民办园一个月保教费接近 2000 元，环境、教师质量还不如公办园。

这两位家长的遭遇并非个例。记者调查过渝中区、沙坪坝区、渝北区等地区的幼儿家长，他们咨询过的公办普惠园都十分抢手，有的要提前一两年报名，有的甚至在母亲怀起小孩的时候就要到公办普惠园提前报名。

据媒体报道，西南大学教育政策研究所一份研究报告显示，“全面二孩”政策2016年正式实施，从2019年开始，学前教育资源需求开始大幅度增长。课题组分析发现，全市学前教育学生（3～6岁）峰值将出现在2025年，达122万余人，比2015年增加33万余人。学前教育专任教师和校舍的需求量也达到最高峰，相比当前都有大幅增加。幼儿教师总共需要8万余人，预计缺口为4万人，学前校舍需要1229万平方米，比2015年需增加831万平方米左右。

目前，我市学前教育的师资和园舍尚有缺口。普惠园总量不足更是广大家长最头痛的问题。今年的全国两会上，全国人大常委会委员、中国教育政策研究院副院长庞丽娟在议案中指出：“通过近年在各地的实地调研发现，资源不足，特别是普惠性资源严重不足是当前学前教育事业发展的主要矛盾。”

民办幼儿园多不愿成为普惠幼儿园

“目前我市普惠性学前教育资源增长后劲不足。”业内人士分析，在我市的普惠园中，民办性质占了很大比例。到2020年全市幼儿园普惠率要达到85%，每年平均需增长至少2个百分点，要实现这个目标有较大压力。

据西南大学教育学部学前教育系师生测算，如果我市要实现2020年学前普惠率超过80%的发展目标，普惠性学位数需在2016年699438个的基础上增加140562个。如果按照每园6个班，每个班30个孩子来计算，需要建设普惠园792所，每年约需建264所；如果按照2016年平均每个幼儿园126人的均值来计算，则需要建设普惠园1116所，每年约需建372所。目前很多民办幼儿园不愿成为普惠幼儿园，使这一目标较难实现。若要在2020年达到85%的目标，则更加困难。

“根本原因在于：政府给普惠园的补贴低，而普惠园的收费标准也低，民办园基本没有盈利空间，谁还有积极性?”李静称，2016年西南大学教育学部学前教育系专门针对民办普惠园做了一次调查，当时民办普惠园一个学生每月收费400元（目前，一些地区已提高到600元），尽管政府有相关补助，但总体来讲，民办普惠园的收益非常有限，有时只能勉强维持运行，这极大抑制了民间办普惠幼儿园的积极性。

江北东海岸幼儿园做过测算，以2015年为例，该幼儿园每月保教费收入14万元左右，政府补助资金月均5.7万元，加起来20万元左右，但每月教学、后勤支出都需20余万元。

待遇低留不住人致使教育质量参差不齐

“这学期，我家小孩幼儿园班上的老师又换了，不到三年里已换了两个老师了！”在采访中，有家长向记者抱怨。与此同时，一些民办普惠性幼儿园的负责人也无奈，“队伍不好带，来的都是新手，稍微成熟了，就跳槽了。”

师资不稳定，一定程度上影响了幼儿园保教质量。“收费相对低的普惠性幼儿园，教育质量也相对偏低。”李静教授区域抽样调查研究发现（抽取29个普惠园班级），大量的普惠园教育质量低于平均值。

“关键原因是普惠幼儿园教师待遇偏低，难以留住人。”李静教授说。据了解，目前，我市民办普惠幼儿园教师工资全市平均值为每月1500～2500元，农村地区平均每月大约为1300元。而2016年发布的全市主城最低工资标准是每月1500元，县级最低工资标准是每月1400元。民办普惠园教师工资在市区略高于最低工资标准，在农村甚至低于最低工资标准。

“因为待遇底，很多学前教育专业出来的本科生不愿去幼儿园。”重庆师范大学教育科学院副院长瞿亚红教授说。“待遇低，留不住人。有些幼儿园甚至不敢淘汰不好的老师，因为淘汰一个老师，这个坑就没人来填。”一位专业人士这样说道。

创新办园模式　鼓励社会力量参与
——我市发展普惠性幼儿园困境调查二

在采访中，不少专家就如何创新办园模式，在增加普惠性幼儿园数量的同时也提高保教质量提出一些建议。

政府应提高对普惠园的扶持力度

西南大学教育学部学前教育系李静教授建议，对于民办普惠园，政府可以通过购买服务的方式，给非在编老师岗位补贴，给予编制内同等待遇，同工同酬，让编制成为虚的概念，可以稳定师资。例如让一个幼儿园收500个孩子，按照师幼比该配备多少教师，就给多少编制。如果没有这么多编制，就将不足编制的教师补贴发放到幼儿园，由幼儿园去招老师。

从另一层面来讲，因为政府要办新的公办园，不仅要新建校舍，还要招收新老师，这种投入非常高，常常是有钱建没钱运作。可考虑把这个投入用于购买社会办学，鼓励其进入普惠园，降低保教费，缺口由政府买单，这样财政投入将远低于新建公办园投入。

引入 PPP 模式，减轻政府办园财政压力

近日，中共中央办公厅、国务院办公厅印发《关于深化教育体制机制改革的意见》（以下简称《意见》）指出，要创新学前教育普惠健康发展的体制机制。强调要鼓励多种形式办园，有效推进解决入园难、入园贵问题。

《意见》指出，以县域为单位制定幼儿园总体布局规划，新建、改扩建一批普惠性幼儿园。鼓励社会力量举办幼儿园，支持民办幼儿园提供面向大众、收费合理、质量合格的普惠性服务。

对此，清华大学公共管理专家王少华博士建议，重庆可借此机会，贯彻落实中央政策，加强将国家大力倡导的政府和社会资本合作（Public-Private-Partnerships，PPP）模式适用于普惠幼儿园建设的研究，借助专业研究机构、咨询服务机构的力量，积极引导适格的社会资本以 PPP 模式参与幼儿园的投资、建设和运营，包括新建、改建和扩建。这种方式在全国多地已有先例。

比如，2015 年，四川省在全国首先尝试用 PPP 模式建设公益性幼儿园，缓解入园难、入园贵的问题。

按照四川省财政厅当时的测算，一所建筑面积 5600 平方米，学位 360 个，入园费 1600 元/（人·年）的幼儿园，如果全部由财政资金投入，则初期建设投入 1500 万元；后期运营成本，包括教职工 36 人（按师生比 1∶10 计算）的工资 180 万元，每年水电杂费等 50 万元。按每生每年 1600 元计算，收入 57 万元左右。成本减去收入，每年财政净投入 170 万元。以 20 年为期，一个幼儿园从投建到运营，共需投入 4900 万元。

但按照 PPP 模式，初期 180 万元一次性补贴，加上 50 万元给予社会投资方的贴息，再加上 20 年内每年 21.6 万元运营补贴，政府 20 年只需投入 662 万元。换言之，采用 PPP 模式建设公益性幼儿园，20 年中，财政投入 662 万元就达到了 4900 万元的效果，撬动比达到 1∶7.4。

截至 2016 年 3 月底，四川省财政厅、教育厅共开展 20 个 PPP 模式建幼儿园项目，省级财政补助资金投入 3038.5 万元，吸引社会资本投资超过 2.2 亿元。

除四川省外，2016 年，乌鲁木齐市开始采用 PPP 模式建设普惠性幼儿园，目标是让孩子交着普惠幼儿园的费用，享受国办、公办幼儿园的入园条件。

2017 年，福建省新开工建设幼儿园 200 所，其中，省财政安排 4.5 亿元补助资金，吸引社会资本投资，采用 PPP 模式参与其中 100 所公办幼儿园的建设。

恢复艺术课程，教学实践相结合实现双赢

“建议在培训幼教人才时恢复艺术课程。”重庆师范大学教育科学院副院长瞿亚红教授认为，幼师培养课程里艺术类的课时不需要太多，但一定要有。现在很多地方性师范院校的课程设置太过于追求高大上的东西，实践性和操作性弱化了，反而失去自己的办学特色和优势。原来的中师和幼师教学模式很有传统，应该保留，再增加理论的东西，就可以培养出合格的，善于思考的幼儿园老师。

“学前教育专业的教师一定要经常到幼儿园去走一走、看一看、听听课，和幼儿园的教师多摆谈，这样才能查找教学中存在的问题，在培养学生时才能有的放矢，解决问题。”针对现在很多地方师范院校课程设置的实践性和操作性弱化这一情况，瞿亚红教授建议，依托高校学前教育专业，在周边区域各级幼儿园建立实习研究基地，高校老师既服务了社会，又培养了人才，不仅有社会效益，也有经济效益，还能成为教育教学的实践引领。既提升了高校教学质量，也提高了幼儿园保教水平。

出台幼儿教师最低工资标准

此外，李静教授还建议出台重庆市幼儿园教师的最低工资标准，实施农村幼儿园教师工资倍增计划，在现有基础上翻一番，提升为每月 3000 元。现有 7 万多教师，农村教师按一半算也就是 3 万多人受益，如果按照工资翻一番的标准发放，财政每年投入 6000 万元左右，就可以实施倍增计划，稳定教师队伍。

作品标题 **数量不够　师资不稳　后劲不足——我市发展普惠性幼儿园困境调查一（系列）**
参评项目 **内参**
作　　者 **匡丽娜　陈　丹**
责任编辑 **李诗**
刊播单位 **内参**
首发日期 **2017-09-30**
刊播版面 **重报内参总第 290 期**

作品评价

期盼“质量好、平价且容易进”的幼儿园是众多家长的共同心声，也是党和政府最关心的民生大事之一。近年来，我市大力发展学前教育取得了较好成效：8 月 29 日重庆市政府信息网消息称，目前全市普惠园（点）增加到 5745 所，普惠率提高到 75%。根据去年 12 月市教委等五部门联合出台的《关于贯彻落实国家加快中西部教育发展的实施意见》的要求，到 2020 年，全市普惠性幼儿园覆盖率要达到 85%。

可为何发展有成效而百姓的意见仍然较大呢？作者通过深入采访了解到了其中存在的一些问题，采访到的业内人士提出可行性办法。

采编过程

记者专题调查我市普惠性幼儿园的发展面临的一些困境。

社会效果

稿件刊发后，得到张国清市长批示。

2017 年 10 月重庆日报报业集团新闻奖获奖作品

这些重庆元素亮了

重庆日报记者赴京探访“砥砺奋进的五年”大型成就展

重庆日报首席记者　张莎

正在北京举行的“砥砺奋进的五年”大型成就展吸引了无数国人目光。10 月 11、12 日，记者赴京观展，为读者找到了收获许多点赞的重庆元素。

他们为重庆元素点赞

11 日 13 时，刚到下午开放时间，北京展览馆广场前就已人头攒动。人们争相前来观展，共同感受 5 年来国家发展取得的辉煌成就。

在第二展厅“长江经济带加快发展”板块上，一张高颜值大幅照片格外引人瞩目。照片中，在绿树繁花的映衬下，位于重庆市境内的瞿塘峡呈现出高峡平湖、绿水青山的美丽景象。这也是重庆市大力实施长江防护林工程的缩影。

“瞿塘峡是长江三峡中最短的一个峡，峡江两岸如削，岩壁高耸，极其险要。一千多年前，李白在此吟出‘朝辞白帝彩云间，千里江陵一日还’的诗句。”一位老先生左手牵着幼童，右手指向照片，给孩子讲解。

记者上前一问，原来老先生是北京人，这是第二次来观展，还特地带孙子来了解祖国的发展变迁。他告诉记者，自己多年前曾到重庆一游，对三峡美景印象深刻。“如今这里一江碧水从峡谷中流淌而过，用‘绿水青山’来形容再合适不过了。”老先生盼望能再到重庆畅游三峡，亲眼见一见照片中的美景。

在第四展厅“竞技体育再创辉煌”板块，吴敏霞、施廷懋夺得 2016 年里约奥运会跳水女子双人三米板金牌的照片，将人们的记忆拉回到那个激动人心的时刻。

“我知道，施廷懋是重庆人，重庆姑娘好样的!”来自河南的游客周先生是一个体育迷。他说，自己读中学时就听闻重庆球迷热情十足，重庆有施廷懋、李雪芮、田亮、古力等体育明星，他们为国争光。说到这里，周先生翘起大拇指，连连点赞。

满满获得感洋溢重庆人的幸福

第五展区围绕教育、养老、住房、扶贫、健康等领域成就，集中反映我国“以人民为中心，增进群众获得感”的发展思路与成效。

在这个展区，记者巧遇来京旅游的沙坪坝区居民朱艳红小两口，与他们一起寻找重庆元素。渝中区王鹰调解工作室调解家庭纠纷、永川区何埂镇干部慰问困难群众、黔江区小南海镇新建村发展乡村旅游、秀山建设农村公路等几张照片一一映入人们的眼帘。

“每张照片都能感受到重庆人民奔向幸福小康生活的信心。”朱艳红激动地说，这几年生活越过越好，儿子就近入学，父母有公园可逛，自己创业小有成绩，老百姓对美好生活的向往正不断成为现实。

朱艳红与丈夫翻拍下这些与重庆有关的照片，她兴奋地告诉记者：“我要把这些照片发到朋友圈，让重庆人都自豪一把!”

解说员心中的魅力重庆

山东姑娘小姜是第七和第八展厅解说组组长。“我是山东人，也是重庆人，在重庆工作已经 10 年了。”见到记者这“半个老乡”，姑娘绽放出灿烂笑容。

10 年前，小姜考入西南大学，毕业后入伍当兵，在重庆扎根。“我爱重庆的山，爱重庆的水，更爱这里的人和麻辣生活。”在她心中，重庆是一座非常有活力的城市，总能不断给人惊喜。在这里生活越久，每发现一个新的亮点，就会更爱重庆。几个月前，小姜通过层层选拔、面试、培训，成为“砥砺奋进的五年”大型成就展解说员，除负责第七、第八展厅解说员统筹协调外，也参与现场解说。“遇到说重庆话的观众，总会感觉特别亲切，我会尽量自己解说，希望能在‘第二家乡’人民面前表现得更好。”

小姜坦言，因为工作安排紧张，她还没有到其他展厅感受重庆元素。她计划着，展览临近尾声时，自己也要当一回观众，一次看个够。

逐梦他乡重庆人　遥祝家乡更美好

“砥砺奋进的五年”大型成就展正如火如荼举办中，逐梦他乡的重庆人也关注着重庆动态，遥祝家乡更美好。

中国原子能科学研究院院士张焕乔是沙坪坝区土主人。张焕乔说，重庆这 5 年的发展确实很快，变化很大。“我们沙坪坝团结村中心站还成了中欧班列（重庆）的始发点。我为家乡的发展和取得的成就而自豪，同时也祝愿重庆发展越来越好。”

重庆铜梁人、吉林省重庆商会会长、吉林省鼎盟投资管理有限公司董事长谭志在网上浏览了“砥砺奋进的五年”大型成就展。他告诉记者，自己对秀山县建设农村公路这张照片最有感触。“我家在铜梁农村，以前觉得去一趟县城特别远，去重庆主城更是要计划很久才能成行。现在经济发展了，道路四通八达，有时临时回一趟主城区，家里人菜还没买好，我就到楼下了。”

出生于重庆黔江、现居台湾的张森娜说，她与丈夫郎炜非常关注家乡的发展，每天都要看关于重庆的各类资讯。在他们心中，天下重庆人是一家，而两岸的中国人也都应该是相亲相爱的一家人。他们夫妇俩将继续为增进两岸的合作交流，为家乡的发展作贡献。

出生于重庆梁平的朱启辉在西班牙瓦伦西亚开武校，他同样通过网络了解到“砥砺奋进的五年”大型成就展。记者通过微信，将展览中与重庆相关的照片发送给朱启辉，他立刻把这些照片转发到朋友圈。朱启辉说，像这样激动人心的展览应办到海外，让海外华人为家乡的发展成就骄傲自豪。

重庆元素背后耐人寻味的故事
45 道拐成了民心路

重庆日报记者　蔡正奋

重庆市秀山土家族苗族自治县有一条公路，因“悬挂”在陡峭山壁上而闻名，被当地群众称为“45 道拐”。

为何叫“45 道拐”？原来这条从边城洪安通往涌洞乡川河盖景区的乡村公路，全长 5757 米，宽 5.5 米，海拔从 625 米升至 1175 米，相对高差 550 米，公路坡陡弯急，共 45 道拐。

这条路于 2014 年年底完工，通车之后，不但连通了洪安镇和川河盖景区，也加快了当地群众脱贫的步伐。

地处高山上的川河盖平均海拔超过 1000 米。以前，村民下山需要步行 4 个小时，交通不便严重制约了村民出行和当地产业发展。路通后，村民吃上“旅游饭”。2013 年，全乡旅游收入只有 40 万元。截至今年 8 月，涌洞乡全乡已有 526 人从事旅游业，有乡村旅游接待户 39 户、农家乐 12 家、旅游合作社

2 家。2016 年来，川河盖的游客人数达 51 万余人次，整体收入 2 亿元。

系上安全绳陡坡造林　誓让长江两岸披绿装

重庆日报记者　王翔

这幅瞿塘峡生态河道的照片清晰地展现出了如今重庆境内长江两岸的生态美景。

“为了绿化好长江两岸，我们可是下了大功夫。”奉节县相关负责人介绍，长江瞿塘峡两岸山高坡陡，该县长江边的永乐镇大坝村，以前是一片荒山，山体坡度在 70 度以上，树苗及种树用的客土全靠人力运输。在栽种树木过程中，工人还须系上安全绳，以免掉下山坡。

就是在这种困难条件下，奉节在这片荒山上栽种了 1000 余亩树苗，并通过大窝大苗、足水足肥、客土植树等新技术，保证了树苗的存活。如今，这片林子已是郁郁葱葱。

不只是奉节，党的十八大以来，我市长江沿线各地，都依托长江防护林建设、退耕还林、三峡水库生态屏障区植被恢复项目等各类重点工程，加快实施生态修复，使长江两岸的生态环境得到了根本性的改善。

截至目前，在长江两岸（即长江及支流第一层山脊范围内），我市已完成营造林 334 万亩，基本形成滨江景观林带、中山产业林带、高山防护林带的“三带”景观，长江两岸森林覆盖率比 2012 年提升了 26.8 个百分点，达到 49%。

艰苦攻关破解页岩气开采世界级难题

重庆日报记者　白麟

截至今年 9 月，涪陵页岩气田年度累计产量已超过 40 亿立方米。如果从 2012 年 11 月涪陵焦石坝的焦页 1HF 井试获高产页岩气流，取得中国页岩气勘探历史性突破的那一刻算起，至今刚好 5 年。

如今，焦石坝这片因遍布黑色石头而得名的土地，已成为国内页岩气产业的主力军，页岩气田产量占全国七成。中国页岩气大规模商业开发这一此前无人能解的世界级难题，在这里得到了解答。

实际上，20 世纪 70 年代，国内就有单位在焦石坝开展常规天然气资源勘探，但这块区域并不被看好。2012 年，随着全球页岩气开发利用的逐步兴起，中石化的勘探开发团队，针对焦石坝地质特性，大胆提出了“四川盆地周缘下古生界页岩气成藏”的新观点，并通过试钻，证实了焦石坝的气藏潜力。一轮轰轰烈烈的大开发由此展开。

气田建设初期，面临无技术、无经验、无装备、无人才的局面，开发队伍在施工实践中不断学习、探索、积累和优化。通过艰苦的攻关，一大批钻井、测录井、压裂试气先进技术和关键装备在涪陵页岩气田得到应用，申请专利104项，形成了完善的配套技术体系，极大推进了气田产建计划的开展。如今，涪陵页岩气田一期产建目标已顺利达成，预计2017年末将建成年产能100亿立方米的总体目标。

为患者点亮希望之光

重庆日报记者　李珩

今年7月21日，第四十六届南丁格尔奖章颁奖大会在北京举行，一袭军装的陆军军医大学西南医院感染科护士长游建平是获奖者之一，她也是重庆第三位南丁格尔奖章获得者。

游建平出生在一个军人家庭，受父辈影响，15岁那年，她怀揣梦想考入了第三军医大学（现陆军军医大学），从此和护理工作结缘。

2008年汶川大地震时，她作为抗震救灾医疗队护士长奔赴前线，带领护士们因地制宜、就地取材，收集衣物剪成布条消毒后代替绷带；从废墟上找来木板加工成夹板……在灾区连续奋战的60多个日夜里，她们为恐惧中的伤员点亮希望之光。

2014年，游建平参加中国首批援非抗埃医疗队执行埃博拉疫情防治任务，担任医疗队总护士长。从传染病专科医院每一项护理制度的建立到每一个护理流程的制定，她全程参与讨论；从每一个标志的制定到每一套防护用品的准备，她严格监督；从每一件清洁物品到每一张病床的摆放，她亲力亲为……在利比里亚的70天，她和队员共接诊患者112例，收治64例，其中疑似埃博拉患者59例，实现了“打胜仗、零感染”的目标。

领衔调解工作室　打造普法阵地

重庆日报记者　杨铌紫

“王大姐，帮我们调解一下社区群租房客影响小区环境卫生、邻里关系等问题。”10 月 13 日上午 10 点过，王鹰调解工作室里迎来了当天的第一批“顾客”——渝中区自然大地小区的几位业主。

今年 47 岁的王鹰是渝中区上清寺街道新都巷社区综治委员，从 2004 年开始从事社区工作以来，先后参与各类矛盾纠纷调解上百起，正式形成的调解档案卷宗就有近 400 份，被评为“全国模范人民调解员”，社区居民都称她是“谈判专家”。

去年 3 月，渝中区首个以个人名字命名的“王鹰调解工作室”正式成立。王鹰凭着 10 多年来的基层工作经验和在群众中的威望，工作室成立至今，共为群众提供法律咨询 130 多次，受理并调解各类矛盾 105 件，调解率和化解成功率、调解协议履行率均达 99% 。

通过不断摸索和总结，王鹰形成了自己的调解风格：分析事理、切中要害、找契合点。

“调解不是和稀泥，不是盲目地让双方让步，而是要辨明是非，让双方都明白自己哪些地方没有做对、伤害了对方的哪些利益，通过换位思考，理解对方的难处。”王鹰告诉重庆日报记者，除了化解矛盾，调解室还要成为普法阵地，起到法治宣传的作用。

土家十三寨走上旅游脱贫路

重庆日报首席记者　彭瑜

这张土家族群众跳摆手舞的照片，拍摄于黔江区小南海镇新建村土家十三寨。近年来，新建村大力发展乡村旅游，让土家十三寨的群众走上了旅游脱贫路。

土家十三寨地处小南海镇北部，紧临小南海 4A 级景区，距黔江城区 42 公里。土家十三寨是由宋代时期居住在湘鄂渝黔交界处的土家族先民聚居地演变而来，由 13 个原始古朴的土家山寨构成，聚居着 200 多户近 1000 名苗族、土家族人。

这里民风淳朴，至今仍保留着原汁原味的哭嫁、唱山歌、摆手舞、刺绣、编织、蜡染等民族风俗和传统工艺，其中后坝山歌、西兰卡普（土家织锦）制作技艺等项目被评为市级非物质文化遗产。

近年来，小南海镇依托富集的自然、文化资源，先后整合各类资金约 3500 万元，打造景点，架桥修路；充分挖掘土家民俗文化，以十三寨为依托，打造“一寨一品”特色项目；同时打造“世界地质园 · 千年十三寨”等景区品牌提升旅游吸引力。据统计，2016 年小南海景区接待游客量达 50

万人次，实现旅游综合收入突破5000万元，带动当地群众走上了旅游脱贫路。

服务群众最后一公里 党员赶场天集中办公

重庆日报首席记者 汤艳娟

三河镇是典型的山区乡镇，下辖的13个自然村分布在101平方公里范围内。不少村组距离集镇近20公里，地处偏远。村民到镇上办事，需走山路再转乘公交，要花两个多小时。因此，当地村民习惯利用赶场天前往镇公共服务中心办理事宜。

自2015年开展“三严三实”专题教育以来，该镇公共服务中心党员转变工作作风，利用赶场天为群众开展“一条龙”服务、“一站式”办公。如遇赶场天碰上周末，党员们也加班工作，切实解决服务群众“最后一公里”问题。三河镇组织委员谭盼感慨地说：“党员们利用赶场天集中办公，不仅方便了群众，还拉近了群众与党员干部的距离。”

石柱县委组织部相关负责人介绍，两年来，该县有赶场习惯的乡镇（街）公共服务中，均推行了赶场天集中办公制度。除此之外，党员们还主动为村民开展代办服务，两年累计代办事项近3万件。

“霞姐帮我起步奥运，我帮霞姐完美谢幕”

重庆日报记者 刘蓟奕

北京时间2016年8月8日晚，重庆姑娘施廷懋和搭档吴敏霞在里约奥运会女子双人3米板决赛，以总成绩345.60分夺得中国代表团在里约奥运会的第二枚金牌、跳水队首金。这不仅是重庆小将施廷懋的奥运“首秀”，也是她个人的首枚奥运金牌。

5岁时，施廷懋成为业余运动员，一开始练的是体操项目。1998年，施廷懋转练跳水项目。随后的两年多时间里，施廷懋在重庆市二体校接受艰苦的跳水基本功训练。

“有一次廷懋不小心，门牙被膝盖顶掉了大半边。”施廷懋的启蒙教练张运兰回忆说，这孩子当时才8岁，都没有哭，“我想她这么勇敢，这么顽强，将来肯定能有出息。”

2012 年，施廷懋成功进入国家队，并一步步成长为主力队员，与“跳水女皇”吴敏霞成为双人跳搭档。

里约奥运会，是施廷懋首次参加奥运会。虽然紧张，但在吴敏霞的带领下，她顶住压力，用扎实的技术、默契的配合，圆了自己的奥运金牌梦。

戴上金牌后，施廷懋与吴敏霞拥抱在一起，这是中国女子跳水的又一次“交接棒”，吴敏霞完美退役谢幕，而施廷懋开启了自己职业生涯的新篇章。就像施廷懋赛后说的那样：“霞姐帮我起步奥运，我帮霞姐完美谢幕！”

普法微信号深入群众心

重庆日报记者　黄乔

“我们结合当前年轻人的生活习惯，充分运用普法网站、微博、微信、微电影等，与网民互动，扩大普法宣传影响力。”长寿区司法局副局长黄云奎告诉记者，党的十八大以来，长寿区司法局创新性地运用新媒体，开展法治宣传，实现了普法网络全覆盖。

黄云奎说，如今，已上线运行近 5 年的“长寿普法网”主题网站，涵盖了普法工作的各个方面，既有规范性文件、法建动态及普法简讯的宣传指导，也有法律法规、法治小百科、以案释法的宣传解读，成了长寿区法治宣传的有效方式。

此外，长寿区司法局还在新浪微博、腾讯微博、微信等平台开通了名为“长寿普法”“长寿区委法建办”和“重庆市长寿区司法局”的官方账号，对群众关心的普法、学法、用法热点难点问题、涉法案件事件等，以案说法、就事论法，大力传播法治舆论的正能量。手机用户可与管理员进行在线互动，还可扫描二维码获得最新动态。

在普法“微电影”的推广中，长寿区司法局为全部基层司法所配备专业投影仪，节目除了播放全国普法办发放的影碟外，还与当地宣传文化部门合作，拍摄制作系列视频，让老百姓演自己的法治故事。

作品标题　这些重庆元素亮了

参评项目　系列报道

作　　者　张莎　蔡正奋　王翔　白麟　李珩　杨铌紫　彭瑜　汤艳娟　刘蓟奕　黄乔

责任编辑　张永才　李鹏　任锐　张莎

刊播单位　重庆日报

首发日期　2017-10-16
刊播版面　第10版

作品评价

这是一次前后方密切配合、及时沟通的好策划。既有记者赴京探访“砥砺奋进的五年”大型成就展的现场稿，又有12张重庆照片背后耐人寻味的故事，图文并茂地展示了在全国舞台上的重庆元素。

采编过程

为将重庆元素原汁原味地展现出来，记者赴京参观“砥砺奋进的五年”大型成就展，从数千张照片中找出12张与重庆有关的；又及时与后方联系、请示，最终确定为12张照片配上背后故事，将版面丰富起来。

重庆最帅刑警队长　满脸都写着闲人止步

重庆晚报记者　刘春燕

首届全国百佳刑警9月刚刚颁奖，重庆有两个，冉义智是其中一个。

一个体育系出身的颜值担当，在专业性极强的刑侦领域，凭什么？凭帅？不信。

一个死亡现场

渝北区公安分局刑侦支队，从平街的院坝看过去，看不到房子。这栋楼顺着崖壁沉在地下，支队所在的办公区是不透气的车库改建的。

支队长冉义智在这里7年。他在办公室的玻璃隔墙上凿开一个半米见方的气窗，心烦的时候站在那个小缺口下面等风来。

当天正在采访，下午四点多，下属来报告，一个钻孔工人疑因失足掉进小区消防池里，发现的时候人已死亡。他赶紧出发去现场。

一辆车，要挤满5人，四个男的，我一个女的，他手一指我："你坐前面。"事情一急，天性就优先，刑警版的霸道总裁。

小区的消防水池在车库底层的地下，昏黑的灯光仅能让人大体看清环境。消防池三米多高，冉义智搭梯子爬上去，用手电巡了一圈，在横梁上灰尘痕迹上停了一下。

我顺着电筒光，看到死者穿着运动鞋的脚，在横梁的下方，一个半坐卧的姿势。像现实版的死神来了。

物业、当时听到呼救的工人、包工头都找来了，冉义智一一问过，没有疑点。我问他，这样就可以排除他杀了？他在跟打捞遗体的消防员安排细节，抽空回了一句："这是侦探小说读者和刚入行刑警爱问的。要相信人物之间因果关系的排查、现场勘查痕迹、死者遗体上痕迹信息、法医的鉴定……不要放大自己感兴趣的那部分……"

这就是一场意外。随时都有意外：回程的路上，儿子打来电话，他音调降了起码两度，告诉儿子今天又不能回家吃晚饭了，儿子追问他什么时候去医院看外公，外公后天手术。

命案全破

35 岁担任支队长，至今 6 年，现行命案 100% 侦破。这更像是硬汉派罪案小说。

业务单位大多天然形成一个铁打的规则，即业务的岗位，终归是业务厉害的人担当：事情总要有人做。

成为一个“做事”的人，心里总要有点东西，才撑得住漫长的日复一日。

喜欢不喜欢，嘴上讲不算，行为会出卖你。

冉义智很不情愿说的一件事情，算是内心的一次曝光：当年各种机缘，大学读的体育系，但他就想当警察，当刑警。毕业考公务员，成绩前三，考上另一个单位。听说招警，回头重新考第二次，又进前三。然后，到处托关系——让第一家单位不要录取他，他怕公安局录不到……听上去像个笑话。

16 年后，这个当年长发飞扬的体育系男神，把一个“笑话”逆袭成今天成绩单上的 100% 。

不久前的一个命案，从接警到成功抓捕嫌疑人，只用了 37 小时。

故意杀人，情节极其恶劣，所有罪恶，压在一辆摩托车上，一路潜逃回四川老家。

一分钟都不能睡，抓捕前，谁也不知道答案是 37 小时。冉义智自己不抽烟，只有案情分析会他才允许下属们抽烟，怎么熏都可以。他刚从郑州的另一个案子回来，大脑还在两个案子间跨着切换。

收网那天，侦查员从嫌疑人门口经过，用手机拍下了情况：这是小巷子里的临街一楼，卷帘门往上拉开了一半。嫌疑人坐在堂屋凉椅上，屋子里还有两三个其他人，像是亲戚。

根据前期侦查，嫌疑人有枪。

冉义智决定马上抓捕。他没动卷帘门，弯腰从一米多的开口冲进去，嫌疑人看到他的眼睛，他们对视的时候相距只有一米多。那个时候对方醒了，知道他是警察。

对方几乎没动，说了句：就是个死嘛。

嫌疑人 28 岁，从小习武，身强力壮。

大部分的抓捕，他都是第一个冲进去。荷尔蒙型的领导。他手下一个副大队长陈劲说：“刑警不就是这样吗？需要荷尔蒙。这工作的魅力你们理解不了……”他喜欢东野圭吾的《嫌疑人 X 的献身》。

冉义智很不愿意讲命案：“那是人命，命很珍贵。”这一点不像他自己说的：我是理科生，理性和逻辑比情感强大。

救人质，也救绑架者

另一种“命案”，是离杀害只有一步，它就在你眼前，你负责一个人以及更多人的生，或者死。

正月十五早上6点多，一个年轻人因感情问题失控，用宰杀的尖刀绑架了早起卖菜的中年妇女，将其劫持到另一条街上的蛋糕店里间。

冉义智出发的时候，把枪上膛，放在便衣的内揣里。必要的时候，他准备自己去交换人质。

蛋糕店的里间只有四五平方米，是间备料的作坊，没有窗，狙击手无法行动。嫌疑人的刀抵住受害人的脖子，血从前胸往下流。

冉义智跟他谈，没有额外的谈判专家，他就是。

两个多小时的对峙，对方很警惕，烦躁得要水喝，水拿来，要冉义智先喝。他开出两个条件：要见女朋友，要见自己的父亲。

冉义智都答应了。他跟嫌疑人的女友说：如果对方提出要复合，重新开始，这些条件都答应，但是也要提出自己的条件，比如要他改掉一些毛病，要像真的。

他让女孩站在自己身后说话，又接通了嫌疑人父亲的电话，对方情绪慢慢稳定了下来。

受害者的血还在流，时间不能再拖了。冉义智说，我答应了你两个条件，你答应我一个：把人放了。她是无辜的，再不去医院，她可能会死。她也有家庭，也有父母。

万幸，对方答应了。放开人的一瞬间，对方立即把刀戳到自己脖子上，冉义智全身又绷成了满弓。

他想自杀。口中念念有词：“我不想活了……”身体左右晃动，刀已刺破皮肤。冉义智离他不到两米，这是个危险的距离，扑上去，有可能对方一反手，刀正好刺向他。

坏人要自杀管不管？对方向右转动身体，正好侧身对着冉义智的时候，他扑了上去，双手牢牢抓住对方握刀的右手。其他队友跟着扑上来。绑架者得救了。

什么是好爸爸

穿便装的冉义智，很难看出职业背景。跟很多刑警轻轻松松一身休闲装不同，他的衣着有棱有角，精良考究，每个线条都有秩序。

他毫不回避：“嗯，我和妻子都是独生子女，双方家庭条件都很好。钱诱惑不了我。……呃，知道你要问，我先答了：美色也诱惑不了。从小到大一路收情书和表白，没感觉，心不在这里。”

——“那什么能诱惑你？”

——“喜欢的事情，破案就是。”

单位的男女下属们，进门请示工作，连呼吸都是屏住的，他一张工作脸上有个无形的投影：闲人止步。

从35岁当支队长，到41岁成为全国百佳，又是自己热爱的领域，上天爱他？他否认：“不，很多不顺，很多次想辞职，转行。”他顿了顿，那些隐秘的暗伤让刚擦黑的天光又暗了暗。

情绪积压，涌溅到决堤的边缘时，他去跑步。重庆40摄氏度的夏天，顶着正午的阳光，他一圈一圈围着双龙湖跑，像一支孤硬的鸣矢，刺穿正午滚烫的空气，飞过湖水中的镜像，飞过树，飞过山，飞过云，飞过烦恼和时间。

一直到跑完最后一滴汗水和最后一点力气。

——“什么感觉？”

——“跑到了世界尽头吧……坦坦荡荡，光明磊落，舒服。”（笑）

如果是在晚上，他就把自己反锁在办公室，把灯开到最亮。就坐着，什么都不做。最长的一次，他坐了四个小时。

光芒万丈的狮子座，人前只发光，阴影都在放学后。

但今天依然不能“放学”。这周他一次都没回家吃过晚饭，今天还是不行：还有一个案情分析会他要参加；一份全套汇报材料要在提交前审看；一个次日上午的工作会要准备发言，其中重要的议题是关于他的支队；还有几个案子的情况他要督促跟进……这些都需要这个晚上在办公室里完成。

这不是套路。没人能把一天变出25小时，把时间种在哪里，人就在哪里立地生根，挺立成树。

他苦笑说，就这样，儿子还是坚定地说：他长大要当警察。他崇拜爸爸。

他很满意的是，自己是孩子崇拜的爸爸。

作品标题　重庆最帅刑警队长　满脸都写着闲人止步
参评项目　通讯
作　　者　刘春燕
责任编辑　严艺非
刊播单位　重庆晚报
首发日期　2017-10-12
刊播版面　慢新闻 APP

作品评价

这是一篇先进人物报道，此类题材的困难在于，在很长时间里，媒体自身的虚浮和拙劣，导致读者对此题材口味的败坏，“高大全、假大空”通常就是说的此类报道。

全国公安系统首次百佳刑警评选，重庆有两名刑警获奖，刑警队长冉义智是其中一名。这篇人物报道，从记者采访当天的突发事件切入，延伸到一次抓捕和另一次人质解救事件。整篇稿件有现场、有对话、有细节、有节奏紧凑的叙事和背景穿插，让一个刑警队长自己站到了读者的面前。

全篇报道没有一句赞美和歌颂，用普通平静的中景镜头讲述，但看完的读者会自己给出一个肯定的评价：一个人为什么能在自己的行业里做到全国最佳的一百人。

有价值的先进人物报道，是通过选材和客观表达，让读者自己来判断，而不是记者跳出来赞美。

采编过程

重庆晚报慢新闻此前的两篇关于刑警总队的特稿，获得口岸单位认可后，此次重庆晚报是重庆唯一受邀做两位百佳刑警特稿的媒体。

刑警队长很忙，以人物特稿通常的工作方式，至少需要两天左右比较完整的观察和采访时间，这次被压缩到半天，同时，这半天之内，采访对象还要不断处理各种工作事务，包括一起意外死亡的现场勘查。把采访的不利变为有利的方式，是对人物真实工作状态更细致的观察和记录，比如对方突然接到孩子的电话，孩子催问他何时去医院看外公，外公住院几天要手术了……这些真实的细节，比直接讲述他破过多少案件更有力量。在这个意义上，有时候，采访中的观察比直接提问更加重要。

社会效果

这篇人物报道在市局宣传群里受到普遍好评。稿件本身在“语言系统”、结构、素材选择等方面，都完全不同于公安系统的常规先进人物宣传稿。随后几天，市局各个职能部门和下属单位，连续有五六个采访邀约找到记者。重庆晚报慢新闻的人物特稿和深度报道，通过这个集体的每一篇稿件，逐渐在各个口岸单位中受到肯定并形成影响。

全媒体传播效果

稿件被新浪网、腾讯网、人民网等转载。重庆晚报微博该条稿件当日阅读量超过 135 万次。

生死一分钟

重庆晨报记者　范永松

危岩即将崩塌，生死时刻，3 名地质勘查队员冒险拦路并勘察险情不到一分钟，超 7000 方危岩轰然倒下，10 多位过路行人却安然无恙。

10 月 10 日晚 7 时许，巫溪又遭遇持续降雨，14 个地质灾害监测点传来险情报告，李元春和同事们神情再度紧张，赶紧刨了几口饭，连夜分赴各地质灾害点蹲守。

李元春是重庆市地勘局 208 水文地质工程地质队巫溪办事处主任，他和 7 名同事在每年的 5—10 月汛期常驻巫溪，帮助当地监测、预防和处置地质灾害。

进入 10 月以来，巫溪连续多日遭遇降雨，全县 400 多个地质灾害监测点频繁传来险情报告，让李元春和同事们疲于应对。

10 月 8 日中午，李元春和同事们在外出路巡时遭遇大面积危岩崩塌前兆，所幸他们在 1 分钟内毅然阻断道路，成功挽救了 10 多名过路群众和确保近十辆车的安全，避免了一起重大伤亡事故的发生。

异响

昨日上午，有雨，65 岁的巫溪县宁河街道桥北街居民郑达贵又来到距家几十米远的 102 省道垮塌现场，从垮塌的电线杆上剥除废弃的电线。望着巨大的垮塌现场，他感激地说："如果那天不是地质队员将我拦下，我可能就埋在塌方现场了。"

10 月 8 日中午 12 时许，巫溪县宁河街道，天空晴朗。吃过午饭，郑达贵推着板车出门，准备沿着 201 省道到一里外的居民区收废品。

201 省道临河街道段有 5 米宽，一侧临汹涌奔腾的大宁河，一侧是陡峭的凤凰山悬崖。

老郑沿着临江一侧道路向前走，他的身后不远处，还有六七名行人。

在凤凰山加油站附近，郑达贵碰到从对面过来的熟人老张，两人打了招呼，老张说，他过来时听见山上有窸窸窣窣的响声。"是不是山上有野东西

（野兽）在跑?”老郑以为对方开玩笑，没有理会，继续向前走。

此时，同是桥北街居民的肖庆翠也在往回走，与老郑擦肩而过。肖庆翠想给孙子做韭菜馅饺子，于是准备到201省道临河一侧斜坡上的菜地去摘点韭菜。

当她准备跨过公路的防撞栏杆下到菜地时，她突然听到公路上方的山上传来窸窸窣窣的响声。“天空晴朗，怎么会有这么奇怪的响声?”肖庆翠感到不解和不安，考虑了一下，她最后还是放弃了摘韭菜，转身步行回家。

前兆

山大坡陡，巫溪一直地质灾害不断。从1997年开始，208地质队就进入巫溪提供地质灾害防治的技术支持，负责全县16个乡镇227个地质灾害点的防治处理；从2011年起，208地质队派出李元春常驻巫溪。2015年，地质队给他增加了7名同事。

10月7日，巫溪下了场雨，但李元春并没有接到下面乡镇有地质灾害险情报告。这一反常情况，让他心里不踏实。8日上午11时许，眼看要吃午饭了，他决定和同事徐明山、车龙涛一起，坐着地质勘查越野车去巡查一下桥北街往兰英乡的地质灾害隐患点。

这段2公里长的桥北街从20年前就被列为凤凰山危岩带，从2007年开始一直在搬迁治理，已迁走居民459人，但仍有近千人居住。

12时8分，越野车超过要去收废品的老郑后，在距新近的滑坡地段还有500米时，坐在副驾驶的李元春看到前方公路上有两名行人在抬头望山。

凭着职业的敏感，李元春靠近他们询问：“你们在看啥子?”一名妇女回答说她在路边捡皂角，结果发现山上有石块掉下来。

李元春闻言一惊，和徐明山、车龙涛下车观察，发现山上有小石块掉落，将靠山一侧的一块巨大的铁皮广告牌砸得砰砰响，同时山顶上开始冒烟。

拦路

“情况已经非常危险，几乎到了千钧一发的时刻。”事后，李元春告诉记者，在地质工作中，一般判断岩崩和山体滑坡都有几个前兆，比如山体表面开始掉落小石块、山体移动造成岩石摩擦发出异响、山体上的树木开始晃动、从山体裂缝处会冒出烟雾等。

掉小石块、异响、冒烟……凤凰山危岩带此时已同时出现这几个岩崩或滑坡的前兆。

刻不容缓，李元春和同事们简单商议后，迅速作出安排，徐明山立即找一条小路上山查看情况，自己和车龙涛阻断公路两头的交通，先行避险，防止意外。

李元春跑到车头前方，立即将对面车道上过来的一辆面包车、一辆中巴车、一辆轿车和几名行人拦下，并将身后的行人紧急疏散。

车龙涛则返身往回跑，去阻断后方来车。

此时情况已经非常危急，车龙涛为了自身安全，不得不一边观察山上落石一边跑，而且不能跑公路，只能翻越到防护栏以外的路沿跑，还得提防不要踩空掉落到大宁河。

40 米的距离，车龙涛跑了近 20 秒，终于赶过去将老郑的板车和两个三轮车、一辆私家车拦截在路中。

崩塌

莫名遭遇陌生男子拦车，老郑和两个三轮车司机有些不满："你又不是交警，你拦我们的车干啥子?"

车龙涛解释："前方可能要塌方，非常危险，大家稍微等一等。"

在另一侧，一辆载有 6 名乘客的面包车司机也在大声斥责李元春赶紧让路。李元春、车龙涛始终不为所动，死死把住路口。

10 多秒后，李元春听见身后传来轰隆隆的几声巨响，接着漫天灰尘腾起，周围的路人顿时惊恐地四散而去。

在距李元春 10 米远处，巨大的山石从凤凰山上崩塌下来，将一段 40 米长的公路全部掩埋，大部分的山石冲入公路下方的大宁河中，填了 1/3 的河道。

此时，离他们停车拦路不到一分钟的时间。

李元春看到，刚才一直在指责他的面包车司机的脸一下黑了下来，不发一言，随后倒车离开。

老郑看到，刚才一直在和车龙涛吵架的两位三轮车司机也被巨大的塌方吓傻了，转过车头狂奔急驰而去。山上滚落的石头和泥土已落在距离他们四五米处，公路上的电线杆成排倒下。

老郑说："如果没有他及时拦路，我估计后面的车和行人不知有多少会被活埋在里面。"

余悸

目前，发生岩崩的凤凰山还不适合进行排危处置，需要等待国土资源部的地质专家前来确定处置方案。201 省道因此将长时间中断，从县城通往兰英乡、双阳乡、城厢镇的交通将绕行。

接到李元春的报警，当地街道应急办、消防、交警等部门迅速赶到现场，在确认没有行人和车辆被掩埋之后，将危岩崩塌现场管制。

李元春估计，整个崩塌的危岩总量在7000方左右，滑落的山体高达58米，而且现在地质情况依然不稳定。地质队员爬上山腰，发现发生岩崩的凤凰山上还有几百条裂缝。

虽然这次事故幸运地没有造成人员伤亡和车辆损失，但事后回想，李元春依然感到后怕："当时让车龙涛返回去拦车非常冒险，万一此时危岩崩塌，发生危险怎么办？我怎么向他的家人交代？"

两人年纪相仿，李元春今年32岁，车龙涛29岁，同是重庆交通大学毕业的师兄弟，家都在位于北碚的208地质队大院，两人都刚刚当上了父亲。

作品标题　生死一分钟
参评项目　通讯
作　　者　范永松
责任编辑　李德强
刊播单位　重庆晨报
首发日期　2017-10-12
刊播版面　第6版

作品评价

10月8日，巫溪因为连续降雨，导致县城旁边一处大型山体滑坡，而滑坡地下方正好是一条交通要道。让人惊奇的是，事故并未造成一人伤亡，也未有车辆等财物损失，其中关键就是当时有三名专门防治地质灾害的地勘队员从事故现场路过，及时发现滑坡前兆，紧急封路，从而挽救了10多名过路群众的生命，避免了重大人员伤亡事故的发生。

采编过程

记者驱车5个多小时，赶赴事故塌方现场，独家采访了三位机智英勇救人的地勘队员以及多位当时获救的群众，还原了当时分秒必争的救人场面和细节。

社会效果

稿件刊发后，成为当时十九大召开前的正能量稿件，引起社会各界广泛关注，并被国内多个媒体转载，是目前舆论环境下不错的正能量新闻报道。

全媒体传播效果

稿件被新浪网、搜狐网、腾讯网大量转载。

九园包子“露馅”：全国开店铺路上市

重庆商报记者　孙琼英

重庆老字号、享有重庆非物质文化遗产等荣誉的九园包子正加快开店步伐。26 日，上清寺九园包子店开业，这已经是九园包子今年复出以来的第五家门店。据悉，按照规划，今年九园包子将打入全国市场，预计总计新增 10 家门店，朝天门餐饮控股集团还欲推动九园包子上市。

九园包子　已连开五店

九园是“老重庆”耳熟能详的小吃店，20 世纪 30 年代，九园老板叫苏泽九，取名“九园”，有期盼“长久”之意。1931 年，九园包子在重庆城鱼市街成立第一家店。2004 年，最后一家九园老店关门歇业。至此，九园包子淡出重庆民众的视野。

从 2 月复出到现在，九园包子已有第五家店铺。26 日，记者在上清寺九园包子店看到，一大早就有市民前来排队购买包子。“小时候，九园包子给普通老百姓的印象是可望而不可即，现在又开了，希望味道还没变。”一位老太太表示。

欲推动老字号品牌上市

今年 2 月，朝天门餐饮控股集团与渝中商业发展有限公司开启“混改”模式，朝天门餐饮控股集团旗下老九园餐饮管理有限公司品牌总监唐玮介绍说，九园包子复出，最重要的是要传承，但同时也会创新，关注年轻市场。目前除了包子、油条等传统小吃外，还将针对年轻人喜好推新品。

九园包子下一步如何开展？唐玮介绍，朝天门餐饮控股集团已引入先进的管理理念和优秀的现代餐饮管理团队，在产品标准化、质量管控、消费者服务及评价体系方面全面突破，致力将九园包子全新打造为一个全国连锁加盟的餐饮品牌。除了全年新增 10 家门店外，还谋划打造出符合时代趋势的餐饮商业模式。届时，九园包子有望成为第一家上市的重庆老字号餐饮品牌。

■纵深

老字号全国化　核心仍是品质

老字号走向全国，将迎来新的发展机会，但同时，也会面临不少挑战，九园包子的全国拓展之路，如何才能走得更好？

中国烹饪大师、四川省特级厨师戴金柱表示，九园包子在重庆老一辈人心中，地位非常高，因此九园包子有发展基础，但同时，如今的九园包子仍有待丰富，例如其曾经非常火的花生酱、湖州粽子等产品，如能恢复，将会覆盖更多消费人群。

中国烹饪协会餐饮职业经理人陈异则表示，九园包子在老一辈人中耳熟能详，但对于部分年轻人来说，可能比较陌生，九园包子要把传统的餐饮品牌发扬光大，把九园传统的品类，如芝麻糊等都发扬起来，在保持传统的风格不变的情况下，也不忘创新，例如引进台湾小吃，结合重庆传统名小吃等，但最核心的是要保持九园老字号的品质不变。

作品标题　九园包子“露馅”：全国开店铺路上市
参评项目　全媒体
作　　者　孙琼英
责任编辑　吴光亮
刊播单位　重庆商报
首发日期　2017-10-26
刊播版面　A06 财经版头条、上游财经 APP 头条

作品评价

报道本地知名老字号九园包子餐饮在上清寺开店消息，稿件透露了九园包子品牌上市和全国开店规划，题材接近性强，行业关注度较高。延伸回溯其老字号发展历史脉络，增强了题材厚重感。重庆商报纸媒和 APP 以及微信同时推出，体现融合推广力度，报版 A06 版头条报道，标题《九园包子“露馅”：全国开店铺路上市》表述形象。

采编过程

作为重庆的老字号品牌，九园包子曾经在上清寺风光无限，但是随后却淡出市场。记者在打探到其上清寺店重开的消息后，从此动态入手，了解到九园包子今年参加了混合所有制改革，重新布局市场的消息，即九园包子品牌上市和全国开店规划，从而引入老字号如何布局全国市场的话题，报道由浅入深。

社会效果

稿件刊发后，搜狐财经、新浪网、中国财经观察报等多家媒体转载，引起行业内对老字号复苏话题的讨论。

全媒体传播效果

重庆商报上游财经 APP 和微信同时刊发，当日阅读和转发量破千次。

文化上网之《“数”说非遗》（存目）

作品标题　文化上网之《“数”说非遗》
参评项目　全媒体
作　　者　集体
责任编辑　唐蜀春　李燊
刊播单位　华龙网
首发日期　2017-10-11
刊播版面　华龙网PC端首页、华龙网视频频道、华龙网文化艺术频道、华龙网官方微博、华龙网微信公众号、华龙视听微信公众号、愉生活微信公众号、重庆客户端等平台

作品评价

2017年10月，重庆华龙网集团正式启动重庆历史文化上网工程项目。该项目设“数”说、“剧”说、“漫”说、“图”说、“云”说、“鸣”说六大系列，通过微纪录片、网络直播、微访谈、动漫、图集、微短剧形式带领广大网友穿越尘封历史，追寻巴渝文脉根脉。

其中《“数”说非遗》用微视频方式，依托华龙网全媒体平台推送，以网络化接地气的语态、丰富细腻的镜头语言、轻松活泼的包装制作风格向网友全方位、多角度地呈现巴渝瑰宝。

采编过程

《“数”说非遗》根据每个非遗项目的特色，追根溯源，挖掘项目本质，了解传承背后的故事。每期节目制作的过程中，突破传统纪录片的形式，通过人、本、势三个维度，探寻每个非遗项目的本身内容、追寻它的前世今生、了解传承人背后的故事。在节目内容与后期包装上，以网友更容易接受的网言网语的形态，来轻松了解每个非遗项目。每期视频短小精致，也更适合全媒体传播。

在传播平台上，《“数”说非遗》每期节目通过华龙网PC端首页、华龙网视频频道、华龙网文化艺术频道、华龙网官方微博、华龙网微信公众号、华龙视听微信公众号、愉生活微信公众号、重庆客户端等平台，以适合不同平台的传播特性，进行集纳包装，以形成矩阵传播态势。截至目前，《“数”说非遗》已发布13期。

社会效果

《“数”说非遗》通过华龙网全媒体推出后，每期节目传播量高达5万次以上，节目也引起网友热议，很多网友以及相关机构留言，纷纷表示希望参与此项目，并询问参与要求。该项目的持续播出刊发，也让更多网友通过探究中国优秀传统文化的传承与发展，深入挖掘其所蕴含的思想观念、人文精神和道德规范，让中华文化展现出永久魅力和时代风采。

全媒体传播效果

在传播平台上，《“数”说非遗》每期节目通过华龙网PC端首页、华龙网视频频道、华龙网文化艺术频道、华龙网官方微博、华龙网微信公众号、华龙视听微信公众号、愉生活微信公众号、重庆客户端等平台，以适合不同平台的传播特性，进行集纳包装，以形成矩阵传播态势，每期单集节目传播量高达5万次以上。截至目前，《“数”说非遗》在各平台上已发布13期。

大山里的羊倌

今日重庆记者　韩希　李婷婷

世上总有些地方处在聚光灯后面，缺少存在感。

重庆丰都县，位于长江上游地区、重庆东部，地处三峡库区腹心，其位于长江北岸的地方属于丘陵地带，农业较为发达，长江南岸的部分为喀斯特地形，以旅游为支柱。所辖三建乡虽身处南岸，却囿于“三山夹两河”，地势如同一个向内向下生长的“山城”，八个村子靠盘山公路连接在大山坳里，农业和旅游资源的光芒几乎被隐去。

好在这里的森林资源很丰富，养殖山羊对劳动力稍有富余的家庭来说，是条不错的路。刘继兵和向春梅夫妇俩认定了它，即便路上遇到了坎儿，也要翻过去。

刘继兵和向春梅是石龙门村人。石龙门村有一个传说，相传二郎神当年在天上挑着扁担没留神，其中一头落下来，在这里留下了一个乱石岗，以至于村子里不太找得到平坦开阔的地方。羊儿们倒是特别钟情这样的地势。赶羊上山吃草，向春梅最担心的就是那些有探险天赋的家伙们往峭壁走去，然后就不知去向了。

不过放羊的日子很踏实。靠着养羊，一家四口住上了三层楼的大房子，房前有牛棚，牛棚对着一小片产自家口粮的稻田，稻田后面是架在半空中的羊圈，羊圈往上便是山林草地。如此写意的田园生活，靠的并不仅仅是勤劳。

眼观六路　耳听八方

当地人说，三建乡曾为三箭乡，隔壁的三抚乡又叫三虎乡（现已并入南天湖镇——编者注），意为“三箭射三虎”，听上去有些凌厉。快到刘继兵家的路口，看门的竟是只嘎嘎大叫的大鹅。他憨憨地说，狗会乱咬人，鹅温顺一点。

他的房子在乡下算是大气，大约四年前就修好了。2013 年以前，凭着养殖牛羊，他挣出了修房子的钱，对牛羊收购的行情也一直有所掌握。

下午两点多钟，看着阳光没有那么强了，刘继兵揣了一把苞谷籽，拿着一根树枝，赶着几十只羊就往后山去了。刘继兵爱笑，黑黝黝的脸一笑就是扎堆的褶子。而当我们在路上聊起山羊的收购时，他显得有些冷峻。

以前他喂的羊主要赶到相邻的另一个县去卖，有相熟的买家，价格比较稳定。这两年，虽然烤羊的生意火了，但原料的竞争也更激烈了，买家对羊的品质越来越挑剔。

不管怎样，刘继兵始终掌握着行情。去年，他在位于主城的肿瘤医院照顾妻子，爱晃悠的他“考察”了一圈，随口就能说出几家烤羊店的名字来，还说知道以前的老买主现在就在给谁谁谁的店供着货。

脱贫像走路　一步一步来

刘继兵这个能干人，原本跟贫困户沾不上边，只是一个“学”、一个“病”把他拽住了一阵。当年房子修好后，积蓄所剩无几。2014 年人均收入 2000 元，正逢儿子念职高，费钱。夫妻俩喂着黄牛、种些苞谷，正准备再努把力多养点羊。不巧，2015 年 10 月，身体向来无碍的向春梅突然开始咳嗽不止，一查，肺肿瘤 A1 期（尚未扩散）。

堂屋里，向春梅跟我们说起生病的经历，精神还不错，刘继兵走到她身旁，眼光一直落在她身上，老是忍不住插话。向春梅扒拉着他，让他跟自己坐在同一条长凳上，由他讲。

手术是 2015 年 11 月做的，花了差不多 6 万块，保险报销了 2 万块，随后每月一次、持续四个多月的化疗，也花了不少钱。

肺上的病不能累着，化疗和术后恢复的日子里，种地喂牛家务活都成了刘继兵一人的事。他每天 5 点半起床，给女儿做早饭，有时炒点蛋炒饭。妻子要补充营养，他就给她打红枣豆浆，自己吃点白米饭加小菜。

然后他就把牛牵到山上，找棵树拴着，再撤下来到地里看谷子、种菜，中途上山去给牛挪个地儿，免得跟前的草吃没了。

弄完午饭，下午太阳不太毒了，又得把羊赶上山去吃草，直到天黑回家做晚饭。

向春梅听着丈夫复述这些家务事，时而大笑，时而目不转睛地看着他，有时又相视一笑。“跟走路一样，一步步地走。”这句话刘继兵聊收购山羊时说过，在念及背下的大笔看病债时，他也这么从容地说出。

家人齐心大过天

刘家堂屋的一面墙上，贴着十几张奖状，都是女儿刘婷的，看得出还在上小学的她很优秀。提起儿子刘洪林，夫妻俩就一句“读书不行”。实际上，他的存在是这个家另一段温情所在。

从实习开始，刘洪林就不再向家里要钱了。向春梅的卧室墙壁上挂着一台农村少见、样式十分简陋的空调，这是刘洪林知道妈妈怕热，用自己攒的钱买的。向春梅治病期间，他方才体会到养牛羊的辛劳。离开家后，他隔三差五就给向春梅打电话，关心家里情况，每次都要叮嘱“妈，不要喂羊了，太辛苦”。向春梅意识到儿子的孝顺，咧嘴笑。

现在，向春梅恢复得不错，不忍心再看着丈夫一人团团转。去年，政府给她家送来了 100 只羊，化疗期间由儿子刘洪林照看。儿子今年职高毕业，去了新疆，在舅舅介绍的单位打工，向春梅“背着儿子”又拿起了赶羊的树枝。只是夏天最热的时候，刘继兵不让她去。前段时间，她不小心在放羊路上摔了，右前臂不敢使劲了。儿子在电话里问东问西，她守口如瓶，丝毫不敢说右手受伤的事。

这天下午，向春梅跟着刘继兵一起上山赶羊，出门前，她问了他两遍“带苞谷籽没”，那是日落时用来唤羊回圈里的饵子。山路不宽，有的地方尤其窄，政府已经给他们铺就了硬化水泥路。大病初愈的向春梅，跟着领头羊走在了前面，我们紧跟着走到一个坡头上时，她已经钻进杂草丛中，走在峭壁边上，撵着那些大大小小上蹿下跳的羊去了。

蓝天白云，绿草山坡，羊群满地，夫妻俩勾勒出的乡间生活，纵然坎坷，却又令人心安。

作品标题　大山里的羊倌
参评项目　系列报道
作　　者　韩希　李婷婷
责任编辑　陈科龙
刊播单位　今日重庆
首发日期　2017-10-10
刊播版面　封面专题·深度贫困乡镇的“家访”22-25

作品评价

稿件真实客观地反映了深度贫困地区贫困户立志奋发图强的精神面貌、生活状况。稿件以主人公一手打造的田园生活、辛勤劳作为场景，刻画了人物通过辛勤劳动、任劳任怨、无悔付出的精神走出的脱贫致富之路。

文笔细腻，感情充沛，文风简练，段落安排和细节材料的组织与稿件主题联系紧密。

采编过程

采访中，记者全情投入，用心感受采访对象的生活与情感，从而捕捉到了充满温情的细节，将主人公脱贫路上的艰辛与幸福刻画得入木三分。摄影记者作为新人，用心感受采访现场，拍下了打动人心的照片，颇受好评。

社会效果

这篇稿件通过丰都政务微信公众号转发后，受到网友一致好评，称故事打动人心，写出了平实质朴而感人的力量，用平凡人的故事折射出脱贫致富路上，农民们坚韧、顽强又饱含深情的形象。

全媒体传播效果

这篇稿件在微信公众号上阅读量累计超过3000多次，有数十条评论，反响较好，取得了一定的社会影响力。

我市农村集体产权制度改革为何推进缓慢？

重庆日报记者　罗成友

我市农村集体产权制度改革的调查（上）

中央确定的以“资源变资产、资金变股金、农民变股东”为主要内容的农村集体产权制度改革，是探索农村集体所有制有效实现形式，创新农村集体经济运行机制，保护农民集体资产权益的重大改革措施。

这一改革措施在我市落实情况如何？记者近期深入部分区县，对此进行了调查。

启动较早　推进缓慢

记者在调研中发现，我市农村集体产权制度改革在全国起步较早，但近年来却由于种种原因这项改革推进缓慢。

1998 年，沙坪坝区覃家岗镇童家桥村的刘家坟经济合作社，为化解产权不明晰引发的社会矛盾，自发开展集体资产量化确权和股份制经营的改革，走在全国农村集体产权制度改革的前列。

2007 年以来，农业部、重庆市政府相继出台了关于推进农村集体经济组织产权制度改革试点的指导意见、实施方案。2016 年 12 月，《中共中央国务院关于稳步推进农村集体产权制度改革的意见》出台，至今年上半年，我市共有 2183 个村、9813 个组级集体经济组织进行改革试点。

从全市的情况来看，我市的这一改革可以说是启动较早，试点面也宽，全市已有半数以上的乡镇都在进行试点。

但记者在调查中发现，目前我市集体产权制度改革推进缓慢，这主要表现在以下几个方面：

一是试点启动不平衡、进度较慢。如梁平区，已累计完成量化确权 227 个村（社区），占全区 314 个涉农村（社区）的 72.3%；而奉节县在 2016 年启动了 6 个村试点，今年启动了 19 个村的试点；在渝西的璧山区，仅有几个村在开展试点。

据市农委提供的数据，在全市9212个村（居）集体经济组织中，目前开展量化确权改革的有2183个，而完成的仅有916个。

二是改革试点停留在量化确权上，缺乏向探索农村集体所有制有效实现形式、创新农村集体经济运行机制上的深化改革。

经营性资产的改革，是有效增加农民资产性收入最重要的途径。据市农委提供的数据，全市目前有经营性资产的村（居）集体经济组织共有3250个，已开展量化确权工作的有1080个，已完成量化确权的有425个。可是，这些已完成的量化确权的集体经济组织，在向农村集体经济运行机制上的创新探索，使集体资产保值增值上的深化，就明显放慢了脚步。如梁平区，虽然已有227个村（社区）完成了量化确权，有475051名集体经济组织成员获得了股权，但目前仅有2个村和社区建立起股份合作社。

三是集体资产的运营方式缺乏创新，未能在增加农民资产性收入上发挥大作用。调查发现，就是在已经建立股份合作社，开展资产运营的集体经济组织中，由合作社直接进行资产运营，提升资产收益的都极少。多数都是维持原有的出租资产，收点租金，并没有让量化确权后建立的股份制在资产运营上发挥出更大的优势。

基层重视不够　各方积极性不高

我市农村集体产权制度改革为什么会出现起步早、目前推进乏力的现象呢？记者在调查中发现，这主要与我市一些地方各级基层组织重视不够、农民参与积极性不高以及专业人士缺乏有关。

一些地方各级基层组织重视不够。据直接承担这一改革实施任务的区县农经部门的同志反映，目前这一重大改革，在一些区县，特别是乡镇（街道）一级领导层中，未引起高度重视，除由分管领导部署外，一般都交给农委分管领导去负责，交给区县的农经管理站去具体实施。铜梁区农经管理站站长刘久伦说，一些区领导和镇（街道）的领导，认为农村集体资产，特别是经营性资产和集体资金的量都不大，空壳村多，改与不改区别不大。而有些地方领导甚至抵触搞这一改革，害怕因集体经济组织成员和股份的确定等问题处理不好，引发纠纷，影响社会稳定等，觉得多一事不如少一事。

部分村组干部有不愿改的抵触情绪，成为推进这项改革的阻力。刘久伦说，农村的集体资金，甚至集体资产，村组干部都有实际支配权。改革后，这类支配权势必受限。铜梁区东城街道的青羊村，集体账上有100多万元存款，村干部用起来很方便。该村被确定为集体产权制度改革试点村时，村干部就不愿意改，以村里干公益事业用钱不方便、群众工作难等作为借口来拖。

一些地方农民参与积极性不高，对改革推进造成困难。奉节县农经管理站站长唐安程说，奉节县在试点村搞试点时，当组织农民开动员会时，不少群众连会都不愿参加；在具体的资产评估、量化确权时，参与农户也不多。

唐安程说，出现这种现象的主要原因，一是基层政府对这项改革宣传不够，未让农民理解到这项改革会给自己带来什么权利和利益；二是有的地方农村集体资产少，农民认为改与不改，对自己当前的利益关系不大。

基层缺乏具体实施这项改革的专业人手。前几年推行乡镇农业服务机构改革时，原乡镇农经管理站被撤销，每个乡镇只在农业服务中心里明确了1～2位兼职人员负责农村经营管理。由于只是兼职，无论从业务还是具体的管理上，都削弱了农村集体经济的经营和管理。而在农村集体产权制度改革中，从清产核资到量化股份确权到农户，以及财务管理，都更具专业性。因此，乡镇一级农村经营管理人员不足，也是目前集体产权制度改革推动不快的一个重要原因。

我市农村集体产权制度改革的调查（下）

农村集体产权制度改革，是维护农民合法权益，增加农民财产性收入的重大举措。《中共中央　国务院关于稳步推进农村集体产权制度改革的意见》要求，从2017年开始，力争用3年左右时间基本完成。如今时间已快过去一年，我市如何才能加快推进这项改革的进度呢？

记者在基层调查中发现，要加快推进这项改革，需重点解决以下四方面问题：

其一，思想应重视，责任要上肩。一项改革措施能否在一个地方真正落地，与这个地方领导层重视程度密切相关。针对一些地方领导层对农村集体产权制度改革认识上不足、思想上没能高度重视、责任也没落到“第一责任人”肩上的问题，应通过多种方式大力提高各级领导层对这一改革深远历史意义的认识，并将稳步推进这一改革的责任，有效地落到改革的“第一责任人”肩上，以形成有效的推动力。

其二，用细来保稳，在稳中做细。任何一项改革的设计和实施都必须过细，才能保证改革顺利、社会稳定。因此，农村集体产权制度这一涉及每个农村集体经济组织成员利益的改革，更需要过细。但目前在一些地方，这项工作并非做得很细。从全市来说，也需要有较细的政策来指导基层。比如，目前在集体经济成员股份的确定和分配上，市级政策层面还缺乏较细的、可供基层参考并指导基层具体操作的细则。基层的同志说，如果在这个直接涉及农民利益的问题上，不能在一定范围内做到基本一致，会给社会的不稳定埋下隐患。

基层不少直接参与这项改革的同志认为，只有具有操作性的过细政策，才能确保改革的稳定，也才会在稳步推进中把改革的每一步做细。

因此，不少基层同志建议，应在市级层面尽快制定出台集体经济组织成员确定、股份分配等方面的指导意见，让基层在具体操作中，有具体的政策依据，把改革的每一步做细，走稳。

其三，政策需配套，措施要完善。农村集体产权制度改革的最终落脚点，是要促进集体经济发展和农民持续增收。因此，通过量化确权，明确农村集体经济组织的市场主体地位，实现好、维护好、发展好集体经济，才是最终目的。

然而，目前农村集体经济组织的市场主体地位并未落实，集体经济的发展也缺乏配套政策的支撑。沙坪坝区覃家岗街道童家桥村在2010年产权制度改革完成后，新建立的童家桥村社区股份有限公司，至今也未获得到工商登记，其法人地位未确立；江津区石门镇李家村在量化确权的改革后，由村民组依托集体资产组建起新型股份合作社，然后由每个合作社出资5万元，成立的李家村集体资产经营管理公司，虽然股东会、董事会、监事会齐全，但至今也未获得工商登记，没有法人地位。

农村集体产权制度的改革，不能只停留在量化确权上，如果只到这一步，就只是保护了农民对集体资产产权的拥有。而更重要的是对经营性集体资产的运营，实现保值增值，增加农民的资产性收入，这样才能调动起农民对集体经济发展的积极性。

因此，基层的同志建议，希望从市级，甚至国家层面，尽快确立农村集体经济组织法人地位，以及在生产、经营中有关税收、收费、用水用电用地等出台相关的配套扶持政策。

其四，政经要分离，资产需激活。记者在调查中发现，目前已经完成产权制度改革的村，虽然实现了资源变资产、资金变股金、农民变股东的“三变”，但是，绝大多数都没有在激活资产上有大的作为，在经营性资产的运营上缺乏有效的探索，资产增值不多，农民的资产性收入增加不大。也就是说，在农村集体经济的发展上，还没有明显的效果。

其实，只要敢于大胆探索，农村集体经济是很有发展潜力的。沙坪坝区覃家岗街道的童家桥村，在产权制度改革后，坚持加快发展，村级集体经营性资产，已从2010年量化确权时的7100万元，增值到2016年的近2亿元，年经营纯收入已从731万元，增加到2016年的1815万元。股民的股份分红收入也大幅增加，村民李广芝家，2011年分红1032元，2016年就增加到2064元。

然而，记者在调查中发现，目前我市已经完成集体产权制度改革的村中，像童家桥村这样将集体资产经营得好的少得可怜，绝大多数村都没有把量化确权后的集体资产激活，没有通过经营使资产增值和增加农民的财产性收入。

而目前在不少已经改革的村中，还实际存在村委会和集体经济组织两者定位不清、职能交叉的问题，没有实现政经分离，集体经济组织的监管责任和监管方式也不明晰。

因此，在农村集体产权制度改革中，需要真正在政经分离、资产激活上多下功夫。从目前实际情况来看，虽然不能完全从管理人员上分开，但也应从严格的制度上来对村党组织、村委会和村集体经济组织上进行“分权”和“限权”。同时，在激活集体资产，发展集体经济中，还需要从政策、项目，乃至经营管理人才上进行扶持并积极探索新的发展路径。

作品标题　我市农村集体产权制度改革为何推进缓慢?
参评项目　内参
作　　者　罗成友
责任编辑　田娟
刊播单位　重庆日报
首发日期　2017-10-31
刊播版面　重庆日报内参总第291期

作品评价

中央确定的以“资源变资产、资金变股金、农民变股东”为主要内容的农村集体产权制度改革，是探索农村集体所有制有效实现形式，创新农村集体经济运行机制，保护农民集体资产权益的重大改革措施。

这一改革措施在我市落实情况如何？记者近期深入到部分区县，对此进行了调查。

记者在调研中发现，我市农村集体产权制度改革在全国起步较早，但近年来由于种种原因这项改革推进缓慢。

作者通过深入调查采访，分析了农村集体产权制度改革推进缓慢的原因，同时还提出了加快改革需重点解决四方面问题。

采编过程

中央确定的以“资源变资产、资金变股金、农民变股东”为主要内容的农村集体产权制度改革，是探索农村集体所有制有效实现形式，创新农村集体经济运行机制，保护农民集体资产权益的重大改革措施。

这一改革措施在我市落实情况如何？记者近期深入到部分区县，对此进行了调查。

社会效果

通过记者的调查采访，深入地分析了农村集体产权制度改革推进缓慢的原因，同时还提出了加快改革需重点解决四方面问题。

2017 年 11 月重庆日报报业集团新闻奖获奖作品

巫溪县女干部郑彩成：重拾传统腊肉制作技艺带动500多户村民增收

重庆日报记者　彭瑜

核心提示

相传巫咸古国，巫姑为“盐水女神”的代表，在劳作中发明了盐水腌肉。这便是后来的腊肉。现在，巫溪县女干部郑彩成，在海拔1400米的大山上，采取传统小作坊方式腌制腊肉15载，并带动500多户村民脱贫致富。人们都说，巫姑当年的腊肉味又回来了。

11月25日，巫溪县塘坊镇梓树村四组，村民谢进轩家闲置的土瓦房冒出缕缕炊烟，不时飘出一股腊肉的香气。

循味入院，记者发现，土瓦房内挂满了香肠、猪腿、猪耳等，这里正在烘烤腊肉。“郑孃孃正教我学习小作坊腌制腊肉。”谢进轩口中的郑彩成今年50岁，系塘坊镇干部。早在2002年，她就开始带领山区群众腌制腊肉创收。谢进轩说：“她教会我，我再带动其他贫困户做腊肉挣钱。”

塘坊镇负责人告诉记者，在很多群众眼里，郑彩成就是传说中的巫姑，她不但重拾起传统的腊肉制作技艺，让腊肉味“复活”，还带动当地群众增收。所以，群众都说，巫姑郑彩成回来了！

四年摸索

她最终掌握腊肉腌制烘烤技术

15年前，郑彩成是一名财税干部。她先后多次登门找一位老大爷收税无果。老人指着灶台上的几块腊肉，一脸无奈。“真没得现钱。”这不是郑彩成第一次遇到村民想用腊肉抵税钱。在巫溪，老百姓土地多、产粮也多，但那时受交通制约，粮食卖不了钱，只好用来喂猪，但猪长大了也运不出去，只好杀了吃，吃不完的就做成腊肉挂着。“如何将腊肉变成钱?”老人的话，让郑彩成和同事们陷入思考。

2012年，镇里安排郑彩成与另外一名同事利用闲置的薯片厂做腊肉卖，带动村民销售生猪。入冬后，最适合腌制腊肉，但那时气温低至零下七八摄氏度，猪肉里的冷气让手钻心地胀痛。每到冬天，郑彩成的手都会裂开口子，有时还浸出血来，沾了盐水非常疼。为此，她的手指都缠上了创可贴。

“吃点苦、受点痛还能熬，腌制技术不过关最难受。”郑彩成说。

虽然生在农村，但郑彩成对腊肉腌制一窍不通。她于是请教当地的农村妇女，发现她们的技艺也不能满足批量销售的要求。“只能自己摸索做对比试验。”郑彩成说。

腌制腊肉，盐的比例很重要，咸了没有腊香味，淡了猪肉要变味。用盐腌制的时间也有讲究，既与猪肉的块形大小有关，还要考虑室外温度，气温高则腌制时间短，反之，腌制时间就会长。历经四年摸索，郑彩成最终掌握了腊肉腌制烘烤技术。为此，她耗损猪肉3000多斤。有一次腌制猪脚，因为气温太高，腌制时间较短，有了异味。于是，她将这些猪脚全部销毁，损失约6万元。

为了诚信
扑杀158头母猪后一夜白发

一头仔猪，饲养8～10个月后能长到300斤左右，这样的猪肉正适合腌制腊肉。但不少村民坚持把猪喂到400斤，才出栏宰杀。

为保证腊肉腌制的品质，郑彩成自建母猪扩繁场，养殖60头母猪，产仔销售给村民，要求用熟饲料喂养，并建立养殖跟踪档案。待猪长到250～300斤后，她以高出市场价1元的价格进行回收。

2008年，郑彩成引回158头母猪，随后出现了脚趾脱落、嘴角有泡等类似口蹄疫病的现象。当时，仅有20头母猪疑似出现口蹄疫，但郑彩成一狠心，将引回的母猪全部扑杀掩埋。之后坊间传闻，她将掩埋的猪肉掏出来做了腊肉。相关部门及时到现场开挖查看，戳穿了谣言，还了郑彩成清白。

“说不心疼，那是假的。”当天，郑彩成不忍目睹宰杀现场，独自回了家。那天，她在家坐了整整一夜，第二天就出现了白发。“当时我刚好41岁。”郑彩成说，这批母猪价值40万元，但不能为了钱就昧了良心，危害消费者的健康。做产品就像腌制腊肉一样，要将诚信、安全腌制进产品。

“做产品就是做人。”王昌秀说，这是郑彩成常说的话。当年，王昌秀是郑彩成请来做腊肉的师傅。她告诉记者，跟着郑彩成干，提升了腌制腊肉的技术，挣了钱，还被郑彩成讲诚信、有责任的情怀所感染。

郑彩成不仅用行动影响村民，还出资帮扶困难群众。谢仲清2万元、谢仲林5000元、欧世品5000元……从2014年开始，郑彩成借出6.5万元资金，帮助7户困难群众改建圈舍、引进种源，带动他们养猪脱贫。10多年来，郑彩成用诚信感染着身边的人，培养了塘坊、通城、凤凰、文峰、尖山等乡镇近500户“诚信养猪户”，并每年收购成年猪1000余头，带动村民创收300多万元。

回归传统

带领群众用小作坊腌制腊肉

在郑彩成看来，腌制腊肉不应只是为了赚钱，更要传承技艺，把腊肉做成巫溪一张响亮的“名片”。

2014年，郑彩成引进外来投资商，希望将巫溪腊肉做大做强。郑彩成说：“但后来工厂化的腊肉生产不是我想象中的腊肉味道。”

通过调查研究，郑彩成发现，腊肉还是要坚持用传统的腌制方式，才能保证原汁原味。今年7月，在郑彩成的主导下，再次开始了小作坊生产方式腌制腊肉，并注册了巫姑腊制品品牌。塘坊镇梓树村的常年气温在22℃左右，村民闲置的土瓦房多，非常适合小作坊腌制腊肉。郑彩成在这里精选了15户村民，继续她的小作坊生产方式腌制腊肉。

“腊肉不是烟熏，是炭火烤。”11月25日，在谢进轩家，郑彩成为姚胜明、杜廷玉、姚世菊等村民讲解烤房的炭火管理。

谢进轩说，15户村民大多数是贫困户，目前都在他的烤房里学习腌制烘烤技术。待掌握了技术、试点成功后，郑彩成会把猪肉分发到大家各自的土瓦房内烘烤。

谢进轩告诉记者，这两个月，他烘烤了30吨腊肉，按协议可以领到约9万元的加工费。

“没想到利用破旧的土瓦房还能挣大钱。”村民姚胜明说，等把技术学到手后，把自家的土瓦房修整出来，也跟着郑彩成烘烤腊肉，“明年脱贫应该问题不大了。”

目前，巫姑腊肉已经拿到了150吨订单。郑彩成表示，随着市场的拓展，将组织更多的农户利用闲置土瓦房腌制烘烤腊肉，带动大家脱贫致富奔小康。

作品标题 **巫溪县女干部郑彩成：重拾传统腊肉制作技艺　带动500多户村民增收**

参评项目 **通讯**

作　　者 **彭瑜**

责任编辑 **张国勇　张信春**

刊播单位 **重庆日报**

首发日期 **2017-11-28**

刊播版面　第20版

作品评价

文章用讲故事的笔法，形象、生动地讲述了一个真实、感人，又符合实际的创业故事，有情怀、有细节、有心理，传递了诚信、真实、奉献的品质。

采编过程

11月中旬，领导要求记者前往巫溪县蹲点采访当地的腊肉产业。深入采访中，记者发现了女干部郑彩成15年采用传统技艺腌制腊肉的故事，遂采写回该文章。

社会效果

文章见报后，广大读者被郑彩成带着情怀创业、讲究诚信做产品的故事深深打动。与此同时，不少客商、商家纷纷致电郑彩成，要求代理他的巫姑腊肉。

全媒体传播效果

巫姑腊肉，既是一个创业故事，又是一门传统技艺，文章见报后，被国内外网站、自媒体大量转载。

“儿子的债，我们来还”

重庆日报记者　周立　彭瑜

核心提示

17 日上午，习近平总书记在人民大会堂金色大厅，亲切会见参加全国精神文明建设表彰大会的代表。我市铜梁区巴川街道居民陈淑梅、李其云夫妇，作为第六届全国道德模范诚实守信模范，有幸在现场聆听了总书记的讲话。

2013 年，儿子去世，给两位老人留下了数十万元的外债，陈淑梅夫妇靠卖包子馒头、打工、捡垃圾等，替儿子还债，陈淑梅还被附近孩子们亲切地称为“包子婆婆”。他们也是本届道德模范中唯一获此殊荣的重庆人。

昨日下午，陈淑梅夫妇从北京载誉归来。记者兵分两路前往铜梁，再次感受“包子婆婆”夫妇替子还债和他们与爱心邻居们的温情故事。

67 万元巨额债务
——两位老人承诺：“儿子的债，我们来还！绝不赖账！”

昨日下午 4 时许，铜梁区巴川街道袁家社区六顺花园小区里，王守富、李寿群等小区居民又漫步来到小区幼儿园门口那棵黄葛树下。

“怎么不知不觉又走到这儿来了。”看到树下那个空荡荡的摊位，李寿群笑了，“守富，你晓不晓得陈淑梅两口子哪阵回来?”

“应该就是今天吧！昨天晚上我在新闻联播里看到他们了，习总书记还和他们握手哩!”

大家口中的陈淑梅也是该小区住户，是进城务工的农民工。2013 年，陈淑梅的儿子李道生在工地打工时，被高处掉下的建筑材料砸中，不幸去世。这时，陈淑梅夫妇才知道，儿子生前因生意亏损，竟然欠下了高达 67 万元的外债。即便儿子的死亡现金赔偿和房子抵押贷款可以偿还一部分债务，但仍有 31 万元的债无力偿还。

31 万元！对靠打工维持生活的陈淑梅夫妇来说，无疑是个天文数字。况且在此前不久，陈淑梅才患了多发性肌炎，花光了 10 多万元积蓄。然而，面对债主，他们没有丝毫迟疑，当即应下：“儿子的债，我们来还！绝不赖账！”

王守富和陈淑梅以前在农村是同一个村的，现在又同住一个小区，她对记者说：“一开始，他们为还债什么都干过，扫大街、发传单、捡垃圾、替人洗衣服。我跟他们说，你这样干，哪年哪月才能还完啊。你不是很会做包子吗，干脆在小区卖包子吧！”

就这样，4 年来，这对年过花甲的夫妻分工合作，丈夫李其云外出打工，妻子李淑梅在小区这棵黄葛树下摆了个卖包子馒头的摊点，两人起早贪黑，省吃俭用，为儿子偿还债务，同时抚养两个年幼的孙子。

“这些年他们吃的苦，没亲眼看到的人，实在难以想象。”王守富长长叹了口气。

大家七嘴八舌间，一个五六岁的小女孩走了过来，有些失望：“‘包子婆婆’呢？还没回来吗？都 4 天没吃到她做的包子了。”

李寿群笑了：“这些年，我们小区的居民几乎每天早餐都吃李淑梅做的包子。这几天不吃，还真不习惯。小区的孩子们都叫她‘包子婆婆’。”

“‘包子婆婆’做的包子好吃！”小女孩说。

的确，陈淑梅的包子，个大、料好、味美，而且 4 年不涨价，当街上其他人的包子已经卖到 1 元钱一个时，她仍然只卖 5 角钱。

4 年，近 100 万个包子馒头

——得奖的喜悦勾起了艰辛的过往，回家路上，陈淑梅的泪又流了下来

与此同时，陈淑梅正坐车行驶在回家的高速路上。昨日下午 3 点，铜梁区委安排了专车前往江北机场接陈淑梅夫妇从北京载誉归来。

17 日上午在人民大会堂那激动人心的一幕，不时在陈淑梅脑海中重现。得奖的喜悦之后，便是深深的哀伤，因为这一切，缘于儿子的去世。

李道生是陈淑梅夫妇唯一的孩子，他们永远记得，2013 年 4 月 17 日儿子出事当天，便有得知消息的债主找上门来，拿出李道生生前签字的借条来追讨欠债。

随着上门的债主越来越多，尚处在失子之痛中的夫妇这才知道，儿子生前竟欠下 67 万元的外债！

“他之前在做塑钢门窗生意，我知道他生意不太好，亏损了一些，但没想到竟有这么多外债！”对于陈淑梅来说，这些年她最怕的就是回忆，但她又偏偏常常忆起这段过往，“我知道，他是不想让我们操心，所以瞒着我们，想着去工地开水泥罐车挣钱还账，没想到……”

看到妻子的眼泪，坐在旁边的李其云伸手拍了拍陈淑梅的肩膀，而他自己的眼睛，也红了。

“这些都是你们的血汗钱，我们绝不赖账。儿子的债，我们来还！”虽然有这样的保证，但仍有部分债主并不相信——这对老人能靠什么来还债？

有一次，几个债主竟然拉扯了20多个人将陈淑梅夫妇和两个年幼的孙子堵在屋里，甚至恶语威胁。

“我们只有报警。”李其云看着窗外飞驰而过的树木，“那是我们这辈子最痛苦的时候，儿子去世、债主逼债，两个还在上幼儿园的孙子天天吵着要爸爸——道生去世前便离了婚，两个孙子的妈妈离婚后便几乎再没联系过。他们成了事实上的孤儿。”

心再苦，钱要挣，债要还！

每天凌晨3点，陈淑梅准时起床，烧水、揉面、煮稀饭、包包子，包子有几种馅——酱肉、鲜肉、白糖，以及3种口味的蔬菜。

5点半，李其云起床蒸第一批包子。6点，两人便弯着腰，几步一歇地将重达六七十斤、装满稀饭的大锅从6楼小心翼翼地抬下楼，再回去将第一批蒸好的包子抬下去。这时，已有早起的小区居民来照顾生意了，陈淑梅留在楼下卖包子，李其云回家蒸第二批包子，照顾两个孙子吃了包子上学后，他又将蒸好的第二批包子端下楼，然后出门上班。他在天然气公司打工，做点铺设管道之类的下力活，好歹每月能有两三千元的收入。

上午10点过，做好的包子馒头差不多卖完了，简单的午餐后，陈淑梅又开始做下午要卖的包子了。

这是个20年前建成的老小区，没有电梯，4年来的每一天，夫妻俩就这样在楼道里跋涉着，日复一日、年复一年，一共卖出了近百万个包子馒头！

67万元债务涉及10多个债主。为还债，陈淑梅和李其云将日常生活费降至最低，每月生活开销不到1000元。“两个孩子中午在学校有营养午餐，我们两个，一周吃一次肉足够了。”李其云说，这些年，他每月工资、两个孙子和自己老两口每月共1800元的抚恤金，以及卖包子的大部分钱，都用来还债了。

“没想到他们真的兑现了承诺。”之前，同住六顺花园的张成美借了6万元给李道生。张成美说，李道生去世后，虽然陈淑梅老两口承诺偿还这笔钱，但她实际上没抱多大希望。没想到在将近两年时间里，两位老人先后还了10余次，硬是还清了这笔钱。

4年来，陈淑梅夫妇先后替儿子偿还了20余万元债务，目前仅剩6万元。有个债主得知两位老人的故事后，主动提出，李道生欠他的2万元借款不用还了。“有了钱，我们还是要想办法还给她。”陈淑梅说。

汽车刚驶下高速路，陈淑梅便接到了社区主任赵吉福的电话：“你们好久到家，邻居们自发在小区门口给你们接风呢！”

想起那些邻居，陈淑梅鼻子又是一酸。

这份荣誉不仅仅属于我们
——陈淑梅和丈夫拉着两个孙子，向大家深深鞠了一躬

下午 5 点，陈淑梅和李其云乘坐的汽车刚到六顺花园小区门口，邻居们便兴奋地围了过去。

“谢谢！谢谢！”泪花在陈淑梅眼睛里打着转。突然，她张开双臂紧紧地抱住了王守富，泪水终于淌了下来。王守富说：“祝贺你！我知道，这些年，你太不容易了。”

李寿群、张成美、刘小玲、张玲……陈淑梅在人群中搜索着每一张熟悉而亲切的面孔，一一与她们相拥道谢。

“没有政府，没有你们这些好邻居，我可能早就活不下去了，我们一家也没有今天。我们这次去北京见到了习主席，握了手，这是我们大家共同的荣誉。”陈淑梅嘴角颤抖着，她拉过两个孙子，与老伴一起，向大家深深鞠了一躬。

陈淑梅告诉记者，当年儿子去世后，是干部和邻居们的陪伴和安慰让她走出人生低谷；当巨额债务让他们一家 4 口连吃饭、穿衣都成问题时，是邻居们送饭菜、给衣物、捐现金，让他们渡过难关；当她因不知如何挣钱还账而迷茫时，是邻居的启发让她想到了卖包子；当她担心自己一个人无力胜任时，是邻居们拍着胸脯说“别怕，我们帮你”；当包子摊开起来后，又是这些邻居，义务帮她卖包子，甚至做包子……

“没事时，我们早上 6 点过就起来，7 点准时到包子摊帮忙。高峰时生意好，她一个人忙不过来。”李寿群说，下午 4 点过，大家又上楼帮陈淑梅将才蒸好的包子端下来，然后，有的收钱，有的夹包子，有的装袋，收摊时，大家又一起帮忙打扫卫生，将炊具搬上楼。

去年，陈淑梅将一日卖两趟包子的规律变成了只卖早上，“这样可以少麻烦他们。”

2015 年，陈淑梅在蒸馒头时，不小心摔倒在厨房，左边半个身子被开水严重烫伤，皮肤溃烂。“整整两个月，全靠邻居们帮忙买食材、做包子馒头、守摊叫卖，每天收入比我以前还高。”陈淑梅说，虽然没了儿子，但他们却收获了最好的邻居。

陈淑梅的包子摊越来越有名气，她和丈夫替儿还债的故事被越来越多的人知晓，铜梁不少居民每天绕路也来照顾她的生意，“有时，顾客丢下 10 元钱，然后拿两个包子就走。”

虎峰镇、侣俸镇的政府食堂每周都要找陈淑梅买包子馒头；在龙门堤，两位农民常常步行 3 公里专门到六顺花园买包子馒头当早餐；南门车站两位

70 多岁的老人在报纸上看到陈淑梅一家情况后，固定每周来买两次包子馒头，每次一买就是一大包，老人说："买她的馒头包子也算是支持他们早日还清欠债。"

"再困难，他们都没来找过我们要这要那。"袁家社区主任赵吉福说，街道和社区了解到陈淑梅一家的情况后，为他们申请过低保、"三无"补助等救助。巴川街道还在小区里那棵黄葛树下为陈淑梅落实了经营场地，免费提供给她卖包子，还帮助其两个孙子解决就近上小学、营养午餐的问题，"现在两个孩子即将面临上初中，成绩不错，我们正在想办法联系好点的学校，让他们免费入学。"

用良心做出好包子

——他们用自己的方式回馈各方关爱，并教育孙子要学会感恩

被邻居们团团围住的陈淑梅和李其云好不容易才抽身回到家里，一人牵着一个孩子，两个孩子一蹦一跳地跟着。看到孙子走出阴影后那灿烂的笑容，陈淑梅含着泪笑了。

"你们看，政府、邻居，还有很多我们不认识的人都这么关心我们，你们一定不能忘记，要学会感恩。"一进屋，文化程度仅限于算账和能写自己名字的陈淑梅便这样叮嘱两个孩子。

而陈淑梅和李其云这些年也一直在用自己的方式回馈各方关爱——用良心做出好包子！这，也是她的包子 4 年不涨价的原因，"现在包子卖 5 角钱一个，仍然有利润，这就够了。"

"你见过用经过绿色食品认证的猪肉做包子生意的吗?"邻居官兴琼对记者说，从第一天做包子起，陈淑梅就定点在一家专营店里买猪肉，而且只买前夹子肉，"这里猪肉每斤价格比一般猪肉高出好几元，后来老板听说陈淑梅一家的遭遇后，每斤肉主动降价 2 元。"

王守富常常陪陈淑梅去农贸市场买原料，"每次她都宁愿多花钱，也要买好的，从不用糖精，采购的面粉也是特级面粉。"

"再穷也不能缺德。"陈淑梅说。

此次到北京领奖，带给陈淑梅和李其云的，不仅是荣誉和激动，更有深深的震撼，"全国 58 个道德模范，他们才是为社会无私奉献的人。和他们一比，我觉得我们这些年所做的，简直算不得什么，因为欠债还钱，这根本就是天经地义的事。只不过，这账，我们还得更艰辛一些。"

作品标题　“儿子的债，我们来还”
参评项目　通讯
作　　者　周立　彭瑜
责任编辑　倪训强
刊播单位　重庆日报
首发日期　2017-11-19
刊播版面　第4版

作品评价

文章以陈淑梅、李其云夫妇获全国道德模范诚实守信模范奖归来为线索，生动、详细地讲述了老两口在儿子去世后，替儿子偿还债务的故事。文章质朴、感人，既有细节描写，又有心理描写，读了让人感觉真实、感人，栩栩如生地刻画了一对讲诚信的老人平凡又伟大的形象。

采编过程

11月17日上午，习近平总书记在人民大会堂金色大厅，亲切会见参加全国精神文明建设表彰大会的代表。我市铜梁区巴川街道居民陈淑梅、李其云夫妇，作为第六届全国道德模范诚实守信模范，有幸在现场聆听了总书记的讲话。

2013年，儿子去世，给两位老人留下了数十万元的外债，陈淑梅夫妇靠卖包子馒头、打工、捡垃圾等，替儿子还债，陈淑梅还被附近孩子们亲切地称为“包子婆婆”。他们也是本届道德模范中唯一获此殊荣的重庆人。

报社领导获悉，陈淑梅、李其云夫妇将于18日从北京回铜梁老家，遂派记者跟踪采访，当日成稿，次日见报。

社会效果

文章见报后，国内外媒体广泛转载，广大读者对老两口讲诚信的事迹广为赞颂，同时也有不少网友围绕老两口的事迹，展开了诚信问题的热烈讨论。一些区县、学校将老两口的故事做成教材，进社区、进班级，掀起了诚信大教育。

全媒体传播效果

文章见报后，海内外多家网站转载，网友纷纷留言称赞老两口讲诚信的品质。

一家众筹的小面馆51个老板全是邻居

重庆晚报记者　赵方敏

重庆人鲜香麻辣的生活，多半是从早上的一碗小面开始的。

渝中区白象街的东来面仓看准了这一点，成了这条商业街门面中第一家开始营业的面馆，面馆左右的门面，都还没有经营，显得有几分冷清。

但这里却有一个凝聚温度的故事。

一家众筹的面馆

8日，早上近8点开门的面馆，却也不着急，26岁的面馆小二刘锐不紧不慢地系上围裙，在通透的店里，轻声拾掇，格外安静。

9点过的白象街开始有人群过往，尽管门口的施工地遮挡了面馆正前门，还是有不少附近的上班族、游客走进面馆，或随意或认真地看着菜单，叫上一碗面，坐下等待。除了按照吩咐做面，刘锐不会主动与顾客搭话，埋头静静做好一碗面。

面馆是开放式，一窗之隔，左边是食客，右边是厨房，崭新整齐的面锅，简单的木质桌椅，使面馆看上去文艺不油腻。

10点，李俊熹的到来，让面馆走进了一位时尚人士，枣红丝绒卫衣、运动小脚裤、运动鞋，发型清爽、模样干净，倒是与面馆的装修风格颇为相搭。

“哦，他就是老板之一，面馆主要是他在管。”如果不是刘锐提醒，我很难猜到这是面馆主要管理的老板，赴店三次，总算是“巧遇”了。

此前第一次来，记者向刘锐打听老板。“这个店老板几十个，我认识的就几个。”刘锐如实告知。

是的，这是一个众筹而成的面馆，股东加上李俊熙有51个老板。

51个老板全是邻居

李俊熹换了件青布大褂走进厨房，帮忙煮面，做得有模有样，数分钟后，一碗上了浇头的牛肉面就端到了食客面前。

"嗯，这家面馆有 51 个老板，我算是大股东之一，主要负责店里的管理工作。"李俊熹说，面馆的筹备还要从业主群说起。

去年上半年，李俊熹在白象街买了房，小区总共三栋楼，一栋还在装修，其他两栋还未交房。为了方便交流，业主之间建起了 400 人的业主群，举办过一次邻居活动，邻居之间算是打了个照面，有一定认识。

业主群里一直还算活跃，茶余饭后大家都爱在群里或闲语，或高谈阔论。今年 8 月，业主群里的话题扯到家门口商业。

"大家都是邻居，邻里之间可以一起做点事情，一来增加邻里感情，二来也实在。"做金融行业的小区业主嘎子哥提议。

"嘿，你是开面馆的，要不就在我们小区附近开一个吧。"

"对，面馆是刚需店，开起不得亏，小区总共一千户，入驻后吃面的人也不少。"

"嗯，这里以后是旅游街，游客肯定也不会少，有商业规模。"

"来，来，来，大家一个出点钱，面馆就开起了。"

……

在业主群里滚烫烫的讨论中，面馆有了雏形，面馆以众筹模式成立，股东必须是本小区业主，分工为：李俊熹从事面馆行业多年，愿意出资源，负责面馆管理；业主嘎子哥是金融一把好手，管账绝对放心；业主段先生心够细，后勤沟通全靠他；业主 Raymond wang 以自己白象街门面的方式入股。

说干就干，一个公共账户成立后，李俊熙把小面馆分为 60 股，每认购一股 3000 元，51 个邻居很快认购。资金到位后，李俊熹选择好门面，股东们利用各自的渠道，为面馆装修从设计、建材、软装都出谋划策，将开支降到了最低。

股东为什么一定要是同一个小区业主，隔壁小区或朋友呢？

"凝聚力！"李俊熹说，通俗点说，远亲不如近邻，能抱团在家门口做事挺好。

"51 个老板，除了大部分是重庆人，还有来自上海、北京、成都、台湾等地的业主，有做各种生意的，也有医生、警察、金融各行各业的，股东之间大多没有见过面，但彼此有种先入为主的信任感。"李俊熹说，在白象街能开这样一家面馆，真的算是天时地利，最重要的是人和。

10 月初，这家名为东来面仓的面馆开始试营业了。

邻居既是老板也是食客

"这种信任感是如何建立的？万一面馆处于亏本状态，股东意见分歧大，一言不合翻脸了呢，邻里关系反因抬头不见低头见尴尬呢？"记者问道。

51 个老板给出了不同却又相似的回答：

“目前，试营业的面馆就处于亏本状态。‘丑话’已说在前面，做生意有赚也有赔，事先做好风险预估。”34 岁的李俊熹坦然说。

“我是从事服装租赁的，认购了一股。目前，附近商业街才起步，亏一点正常，从长远看，面馆位置当道，是住宅区也是旅游景区。”41 岁的段庆旅说。

“3000 元并不算多，这像一个大家重在参与的游戏，邻居一起做一件事情，本身就很有意义。赚钱更好，不赚钱也没关系。况且，因一起做面馆，邻居虽然还没有住进小区，就感觉很熟悉了，谁生活中有点事情解决不了的，在群里知会一声，绝对有人帮忙。”28 岁的刚子哥说。

……

午后的阳光很好，凡先生带着新疆来的朋友进入面馆，一碗肥肠面，一碗牛肉面，付钱出单等待。很快，两碗分量很足的面上来了。

“你是知道我是老板，把二两变成三两了吗？”凡先生自报老板身份，笑呵呵地问。面点服务员赶紧摇摇头，反而有些不好意思地回答：“看你催得急，想必是饿着急了。”

“自从入股这家面馆，外地朋友来了，第一选择都是带他们来这里吃面，”凡先生一边吃面，一边打趣说，“吃面我是要提建议的，上次来就觉得味道咸了一点，这次果然有改进。”

众筹模式或可复制

李俊熹把当天的经营情况发到群里

凡先生说像他这样的“翘脚老板”，一点也不担心面店账目问题，面馆在管理上运用了互联网方式，一个 APP 将面店的全部工作细节打点得很清楚，全程透明。一碗面的卖出，都有精确到时间点的详细信息。最后按照盈利多少，按比例分红即可。

李俊熹对小面馆也上了心，除了管理，在宣传上也下了不少功夫。曾写过歌当过歌手的李俊熹，请来了叶一茜、江映蓉、满文军、范文芳等明星大咖朋友，为东来面仓做微视频宣传。

李俊熹成了业主群里的活跃人物，他把一种商业理念传达给邻居们。“面馆这种邻居众筹模式是可以复制的，面馆只是一个尝试。如果成功，可以按部就班，书店、健身房、早教中心，都可以做。”李俊熹说，小区总共有千户，如果每户出 10 万元，就是一个亿。钱聚到一块，让邻居中熟悉或在某个领域做得好的业主管理，并不困难。

“我们赚路人的钱，给我们自己消费。”李俊熹说，既可以成为这里的业主，也可以是这条商业街的打造者。

作品标题　一家众筹的小面馆51个老板全是邻居
参评项目　通讯
作　　者　赵方敏
责任编辑　龙春晖
刊播单位　重庆晚报
首发日期　2017-11-10
刊播版面　重庆晚报　慢新闻APP

作品评价

题材：文章关注的是市民生活，走进城市，属于接地气的生活题材，容易引起广大读者的兴趣和讨论；立意：除了有邻里情，更多在采访中，直白明了的阐述，邻里情走上一种商业模式后，会不会带来利益纠纷，从采访脉络中说清邻里的信任；看点：除了众筹小面馆，这个小区的邻里们更多是尝试性的探索，直观表达承包整条小区附近商业区的想法，也会给读者带来不同的感想。

采编过程

通过自媒体公众号得到线索，在钢筋水泥城市，早已习惯了彼此关门不认识的状态，却在一个小区发生了逆转，这群人想着能够做点事，也正在用邻里之间的信任，为情感架起沟通桥梁，值得采访。

三次赴面馆，寻找面馆主要负责人，再通过该负责人，向小区物业、面馆其他老板展开采访，了解这个众筹背后的来龙去脉，以及温情故事。

社会效果

经APP刊发后，各大媒体网站纷纷转载，网民除了对邻居感情点赞，邻里之间新的一种商业众筹模式、管理模式，也在微博上引起讨论。

全媒体传播效果

经APP刊发后，各大媒体网站纷纷转载，引发广大网友讨论。

幸福像花儿一样

重庆晚报记者　黄艳春　伊文

党的十九大报告提出，坚持人与自然和谐共生。建设生态文明是中华民族永续发展的千年大计。必须树立和践行绿水青山就是金山银山的理念，坚持节约资源和保护环境的基本国策，像对待生命一样对待生态环境，统筹山水林田湖草系统治理，实行最严格的生态环境保护制度，形成绿色发展方式和生活方式，坚定走生产发展、生活富裕、生态良好的文明发展道路，建设美丽中国，为人民创造良好的生产生活环境，为全球生态安全作出贡献。

怎样才能坚持人与自然和谐共生？记者近日走进铜梁区，探求该区在树立绿色发展理念、践行绿色发展方式等方面的进展。

绿色观念
最小投入最小改动最大敬畏最好效果

明年春天，铜梁城外的石鱼镇，2 万多村民的房前屋后，将被迎春花、牡丹花等拥簇。说起这事，罗定琼等村民笑得特别开心。

原来，镇政府给村民们免费发放了花种，明春开花时，这里将是一片花海。

石鱼镇位于风景名胜区巴岳山脚下，距铜梁城区五六公里，区域优势使这里成为不少城里人周末休闲的首选地之一。除了清新空气、绿树、农家乐等，还有什么可以充分体现美丽乡村给人带来的愉悦？铜梁区的决策者们另辟蹊径，以“四最”观念在绿色之路上再出发。

本月中旬接受采访的石鱼镇党委书记张光明告诉记者，全镇正在践行的“四最”绿色观念，含义是以最小的投入，做最小的改动，保持最大的敬畏之心，取得最好的效果。

为此，本月初镇上还启动了最美家庭、最美庭院、最美村民小组、最美村落评比活动。获胜者，得到流动红旗、牌匾及现金奖励；违背“四最”观念的参评者，一经查实取消参评资格。这项活动覆盖全镇 8 个村及 1 个居委会，涉及 2 万多人，村民们参与度很高。镇政府测算了一下，购花种，制流动红旗、牌匾及发放奖金，仅需 3 万余元。

“这样的好事，没有哪个不愿意参与。我们就算没有评上，至少美化了各家各户的房前屋后。那些花看着养眼，也为绿化环境作了贡献。”罗定琼说出了村民们最朴实的想法。

绿色环保导轨电车明年走进铜梁人生活

明年 3 月，重庆轨道交通将添新成员——铜梁区导轨电车届时下线，具有低噪声、绿色无污染的特点。

导轨电车项目是铜梁区高新技术产业开发区引进的。“如果说以前招商是有商即招，那么现在我们引进的项目，必须是绿色无污染的。”铜梁区高新技术产业开发区管委会副主任陈刚说，该区确立新型工业化之路发展战略后，园区成功招商导轨电车组装基地项目，并带来产业集群效果。

据介绍，铜梁区高新技术产业开发区管委会获悉导轨电车项目很偶然。陈刚是参与谈判者之一，“谈判两天一夜后，双方就签了合同。”陈刚对谈判的过程记忆犹新。

去年 11 月的一个周五，临下班时，管委会得到一条非常有价值的信息：中国中车股份有限公司一个项目在主城区考察落地事宜，相关人员即将离渝。

管委会在区有关领导带队下立即赶往主城，抵达时已是当晚 8 时许。

导轨电车项目绿色无污染，属新型化工业，且能带来上下游配套产业集群。这些信息在谈判中被管委会锁定，伴随判谈往纵深方向发展。陈刚说，双方谈到次日凌晨 2 时左右才暂时结束，约定天亮后继续谈。

次日是周六，双方又谈了一天，到周日凌晨 2 时左右暂停。到了周日中午，谈判终于结束，铜梁方面守住了预期底线。第二天，双方签订了合同。

管委会预计，这个项目带来的配套企业约 37 家，将形成年产值 200 亿元的轨道交通装备制造产业集群。

“项目在铜梁落地后，项目公司叫重庆中车交通装备有限公司，投产后将形成年产 100 列生产能力。”陈刚说，项目本月开工，首列导轨电车有望明年 3 月下线，“届时，铜梁市民出行会更加便捷，也更加环保，对推进生态文明建设有积极意义。”

绿色行动
用近似修复文物的方式恢复矿山绿色

明年，毓青山将新增 4 个社区公园和一座水质接近九寨沟的人工湖。这些美景是当地一家采矿企业送给村民的，它们由曾经的废弃矿场蜕变而来。

毓青山，铜梁区主要山脉之一，华兴镇团林村与之相依相伴。受这里的石材适合制成石粉的因素影响，团林村的石粉供应规模在铜梁及周边地区占一席之地。

“听说这里的矿区绿化搞得很不错，我们特意来取经。”日前，江津区重庆华能石粉有限责任公司相关负责人周敏说，这里干出了废弃矿场披绿装的效果，让自己感到很震撼，园林化思路整合地形及周边植物布局，统筹性理念确实该点一个大大的赞。

铜梁区国土房管局地矿地震管理科科长徐斌介绍，以前，当地开采石材留下的废弃矿场、矿凼，使毓青山植被受到破坏，扬尘污染也让人揪心；现在，这些大山的伤痕得到有效治理且效果可圈可点。前不久，重庆市绿色矿山建设推进及矿管工作会在这里召开，周边区的矿山企业自发前来学习。

彭品全是当地矿主，对矿山披绿装一事，他既是全程参与者，更是推动执行者。谈到推行披绿力度，他以公司名称的变化举例。以前公司叫铜梁区团林建材厂，现在更名为铜梁区林水建材有限责任公司。“林水”寓言有成林的植物、清洁的水源。

“你们看，这是才交还给村民的社区公园。”彭品全刨开一处种有紫薇花的土层，“验收时，村民是第一个验收环节，土层厚度低于 50 厘米就是不合格。”

为啥有这样的规则？彭品全介绍，土层下面是近 200 米废弃矿场堆砌的碎石，若土层厚度不达标，种花卉的泥土就会流失。现在，他身旁的这个社区公园不仅有鲜花，还有配种的红苕和豆子。

“是林还林，是土还土。这样的方法，我们很满意。”矿区公路旁一位姓赵的村民说，林水建材公司送给大家的社区公园，其绿色轮廓跟没开采前的山林没太大区别。

“我们用近似修复文物的方式恢复矿山绿色。”彭品全坦言，开采前，公司会对矿场山脉拍照，一些大树拍特写后进行移栽；开采中，继续拍照，为后期恢复植被提供直观概念；开采后，参照前期照片，对受损地形进行原貌恢复，把移栽的大树请回来，植上草皮和应季鲜花。

现在，林水建材公司在落实采矿披绿主体责任等方面，已投入 5900 多万元。彭品全的梦想是，逐年加大技改力度，以后把矿区周边打造成矿山地质公园。那时，将是采矿业向旅游业转型的新时期。

让重点农产品有规模有数量有质量

记者日前从铜梁区农委获悉，明年该区将努力打造两三个“三有”重点农产品，其特征是有规模、有数量、有质量。

换句话讲，铜梁区要有在重庆及周边省市拿得出手、叫得响亮的品牌农产品。

铜梁区是保障主城蔬菜供应的四个核心基地之一。主城市民在不少超市及农贸市场，都可以见到来自铜梁的农产品。

铜梁区农委副调研员杨龙介绍，截至目前，对全区农产品摸排发现，具备“三有”重点农产品潜质的产品有：鹌鹑，养殖和销售规模占全市总量的80%，在西部省市市场占比 70% 左右；莲藕，无公害农产品，种植面积约 3 万亩，规模不一的种植户约 200 户；乌鱼，养殖水域3000 亩，年产 4000 吨，销往重庆及四川等地；枝壳，种植面积超过 1 万亩，年产量约 2000 公斤，因品质特别高，中国药典标准以它的品质为行业标准起草；粉葛、挂面及平滩柚子，在深加工或电商渠道占一席之地，名声在外。

立足打造“三有”重点农产品思路，铜梁区接下来将在两个方面发力。

首先，依托线下聚合优势，对已拥有“三品一标”（无公害农产品、绿色食品、有机农产品、农产品地理标志）的农产品，进行政策扶持及有序管理。

其次，借力入驻铜梁区的京东电商渠道，对上线农产品进行输出，做大做强产业链延伸的广度和深度。

铜梁区农委质量安全监管科科长胡胜勇介绍，目前，铜梁区是农业部确定的第二批国家农产品质量安全县（市）创建试点单位之一，正在继续夯实已建立健全的区、镇、村三级农产品质量安全监管体系等措施。计划在未来两年内，让铜梁区农产品的市场知晓度更高。

绿色明天

一聊火龙果就掩不住幸福的汉子

今年 48 岁的阳达明，是铜梁区火龙果种植大户。现在，他正对用火龙果研发出的酵素继续改良，不出意外的话，明年就能通过电商平台实现一定规模的销售。届时，这种酵素不仅能提升他种植的火龙果品牌，还能助推现有的观光采摘、鲜果进超市等项目。

他说，这是他的梦想，更是他努力的方向。

3 年前，他在湖北省经营一家物流公司，发展势头不错，乡愁却越来越浓。当年回家乡，他萌生一个大胆想法，转型留在家乡发展。干哪行？他走访后发现商机，铜梁区石鱼镇的土壤适合种火龙果，且铜梁区没有热带水果种植先例。

说干就干。次年，他种的火龙果挂果，引得不少铜梁人前来观光采摘。

用阳达明的话说，自己彻底转型从事绿色产业是幸福的：他雇了 13 个当地村民为固定工人，每人月薪不低于2500 元，非固定工人 10 人，日薪 60

元；火龙果一到成熟季节，城区及周边游客自发前来采摘，很大一部分鲜果就地消化；对火龙果深加工，做成酵素，利润较鲜果翻倍，且供不应求……

说起火龙果，阳达明能一口气数出七八个品种，最让他看好的是水晶火龙果，售价每公斤560元，还俏销。

在他办公室里，有10多桶正在发酵的酵素，揭开盖子，一股酵香让人嘴馋。他说，再过10天左右酵素就制成了，会用快递方式交到预订客户手中。

在他的库房里，储备有为方便运输而改进的酵素包装盒。他坦言，这是为走深加工、品牌化之路打基础。

火龙果是阳达明的宝贝，一聊到这个话题，他脸上就有掩不住的幸福。

300株李子树收入七八万元没问题

在《西游记》里，花果山是自由富足的地方。在铜梁区永（川）铜（梁）公路旁，有一座绿意盎然的山，也叫花果山。这里，属于铜梁区石鱼镇兴发村。

村民罗定琼的家在山脚下，紧邻永铜公路，汽车拐个弯就能开进她家院坝。得益于交通便捷及富足起来的生活，她在院坝建了一间独立式车库，里面停着私家车。站在院坝里，目光所及之处，格桑花在阳光下开得鲜艳。一个木质休闲凉亭建在院坝边，入内闲坐，花果山的一片绿色纳入眼里；屋内清爽整洁，用于娱乐的露台上，铺着高尔夫练习场常见的草坪……

“我有300株李子树，春天开花的时节，赏花的人特别多，我就顺带办起农家乐；李子成熟的时候，不用我摘，来耍的人就买光了，收入七八万元没得问题。”她很开心地告诉记者，“我们一家三口，现在一年能挣30多万元。”

兴发村党支部书记张兴洪介绍，花果山因产李子等水果得名。以前，村民挑李子进城去卖，普遍卖价不超1元，更多的是烂在树上没人摘。现在，花果山算是实至名归了，不仅果树种植得到农技扶持，镇政府还投资为每户修通水泥路，每家每户则在房前屋后种上四季鲜花——花果山成为城里人休闲采摘的后花园后，倒逼村民想方设法美化家园，进一步推动乡村绿色经济发展。

花果山虽已实至名归，但不能坐吃山空，还得打造响亮名片。张兴洪说，在镇政府扶持下，花果山代表性水果脆李，被中国绿色食品发展中心认定为绿色食品A级产品，商品名为“石鱼李子”。

石鱼李子为花果山带来人流，满山绿色留住人流，花果山的村民们逐渐富足，住在山腰的村民宋集会对此感触特别深。

“村里没发展特色经济果林前，我家里很穷。回一趟家，路边茅草多，就像回深山老林。那个时候，路也特别烂，下雨天穿胶靴都要摔跤。现在好了，水泥路通到家门口，穿布鞋都可以放心下山进城。”今年70岁的宋集会，在老年人中算是比较健谈的，一提到花果山的变化，她就兴奋不已。“最让我高兴的是，城里以前不经常来往的亲戚，现在只要天气好，都像牵着线似的到我屋头来耍，一耍就是一两天。他们喜欢跑到果树下搭帐篷，还特别喜欢吃红苕……”

说到激动处，宋集会依在老伴身旁，要记者给她和老伴照张相，爽朗幸福的笑声在屋前的绿树下回荡……

作品标题　幸福像花儿一样
参评项目　通讯
作　　者　黄艳春　伊文
责任编辑　马京川
刊播单位　重庆晚报
首发日期　2017-11-30
刊播版面　第4版、第5版

作品评价

作品以讲故事的手法，把党的十九大精神进行了很接地气的诠释，传播效果集生动形象、易读和耐读于一身。

作品的主旋律振奋人心，绿色观念、绿色行动和绿色明天的递进，使谋篇布局清晰，逻辑关联性也强。更难得的是，这是一篇把主题报道写得鲜活、气势恢宏的稿件，传播范围因此变得广泛。

写作上，下笔低、调子高，是作品成功的另一特质。

采编过程

这一篇走基层的“命题作文”，记者通过持续3天的走访，从10多个采访单位中，精选出最能烘托主题的6个素材。

去山村、田野和矿山等地，跟村民、创业者、企业主，甚至政府主管部门聊天。经走访和体验，记者发现不少鲜活素材，比如，火龙果产品线延伸做酵素；村民因乡村振兴战略生活得以翻天覆地地改变；数十年不来往的亲戚现在成了常客……采访中，相对困难的是把一个个看似完全不搭界的素材如何有机地统领起来。

庆幸，记者在一大批冒露珠、带热气的众多素材前，用新闻人的职业素养+双脚，抓住一条又一条“活鱼”。

社会效果

传播面广，效果好，当天，得到重庆日报报业集团领导首肯，并在晚晨商报的采编联席会上，进行了表扬，认为该作品是近期走基层的不错模板。

在网站等新媒体渠道，作品同样受关注。不少人留言说到这样的信息，看似生硬的时政题材，居然能写得如此鲜活，不知不觉中，像看小说一样就看完了。

全媒体传播效果

作品经慢新闻、上游新闻等新闻 APP 转载后，传播范围快速扩大。

难得的是，腾讯·天天快报等商业 APP 也争相二次传播。

据不完全统计，作品在新媒体平台的传播量超过 10 万次。其间，铜梁区政府官方网站、铜梁报在全文转载的前提下，也进行相应的跟进报道。铜梁区电视台以作品为蓝本，进行了专题报道。

70 多年前，范长江在重庆走出新的人生路

重庆晨报记者　裘晋奕　聂晶

今天，是我国的第十八个记者节，同时也是中华全国新闻工作者协会（以下简称“中国记协”）成立80周年的纪念日。70多年前，中国记协的前身“中国青年记者协会”不仅活跃在重庆，还走出了一位至今仍对我国新闻事业产生积极影响的领导者：范长江。

作为我国著名新闻记者、无产阶级新闻事业出色的领导者、中华人民共和国新闻事业的开拓者，范长江的整个新闻生涯可以说是同国家和民族的命运、党领导的进步事业紧紧联系在一起的。而重庆是他成长和身份发生重大变化的起点。在第十八个记者节到来之际，我们走访关注并研究范长江的专家、学者，借此缅怀这位杰出的同行、先行者。

■范长江简历

范长江（1909—1970），男，四川内江人。我国著名新闻记者，无产阶级新闻事业出色的领导者，中华人民共和国新闻事业的开拓者，在中国现代新闻史上具有重要地位。

1935年5月，范长江以《大公报》社旅行记者的名义，从上海出发，沿长江西上，经四川江油、平武、松潘，甘肃西固、岷县、兰州等地，深入敦煌、玉门、西宁、包头等地采访。此行历时10个月，行程6000余里，他沿途写下的旅行通讯在《大公报》上发表后在全国引起强烈反响，后汇编为《中国的西北角》，成为他的代表作之一。

他是第一位追踪报道红军长征的记者，他是第一位在报道中公开称“红军”的记者，他是第一位真实报道西安事变真相的记者，他是第一位进入延安采访的国统区中国新闻记者。

为纪念范长江同志，每年11月8日，即他创建“中国青年记者协会”的日子被国务院确定为“中国记者节”。以他名字命名的“范长江新闻奖”，是长江韬奋奖的前身之一，是由中国记协组织的全国中青年记者评选最高奖。

求学

“可以说，范长江的一生与重庆这座城市紧密相连。”11 月 3 日，为了纪念中国记协成立 80 周年和迎接第十八个中国记者节，范长江生平展在渝中区大溪沟的沈钧儒旧居开展。重庆大学新闻学院研究员龙伟是本次展览文字部分的撰稿人，站在满是范长江生平图片的展板旁，他这样说道。

范长江本名范希天，1909 年出生于四川省内江市田家乡赵家坝。中学时，范长江就组织了“进步青年谈话会”，传阅进步书报、制作宣传标语，支持北伐战争。范长江的活动受到保守的家庭长辈的粗暴干涉。死气沉沉的环境，让年轻的范长江有了离开家乡、寻找真理的想法。

而他的第一站就是重庆。

在读高中时，范长江就听闻吴玉章在重庆创办中法大学重庆分校训练革命青年，于是慕名而来。范长江加入中法大学后，被编入中法大学短期训练班学习，在校期间他积极参加反帝反封建的革命斗争。1927 年“三三一”惨案发生后，范长江成为四川军阀通缉的对象，被迫前往武汉。

正是从重庆出发，范长江走出夔门，踏上了新的人生道路。

西行

范长江这个名字其实是从 1933 年下半年才开始在报纸上出现的，这也是他投身新闻事业的开始。取笔名“长江”，他看重的是长江水滔滔不绝、奔腾不息的大气和壮阔。

1937 年 2 月，他抵达古城西安，当时的西安风急雨骤，张学良、杨虎城在这里发动的兵谏蒋介石已经两个月，围绕着事变众说纷纭，真相仍不明了。其中内幕成为各报社争抢的新闻。范长江之所以能到风暴中心一探究竟，是因为事变前四个月，他以著作《中国的西北角》一书成名。

1935 年 5 月，范长江以《大公报》社旅行记者的名义，从上海出发，沿长江西上，经四川江油、平武、松潘，甘肃西固、岷县、兰州等地，深入敦煌、玉门、西宁、包头等地采访。

范长江此行历时 10 个月，行程 6000 余里。出发前他的目的之一就是要真实地报道红军长征和西北近况。最终，他沿途写下的旅行通讯在《大公报》上发表后在全国引起强烈反响。这些报道后来汇编成范长江的代表作之一《中国的西北角》。

入党

在 1939 年回到重庆之前，范长江经历了人生中的一个重要节点：接触到了中国共产党。龙伟研究员在接受本报记者采访时表示，这是在中国的抗日战争大背景下，忧思国家命运前途，进而不断寻找真理的必然结果。

据介绍，受到当时客观条件的局限，范长江自 1934 年才开始有意识地去了解共产党。这一年，他开始系统地研究苏区的土地问题，阅读苏区的小册子，意识到以前对中国共产党的认识完全被国民党的宣传欺骗了。

1937 年 2 月 4 日，范长江在西安认识了周恩来，这是他见到的第一位共产党人。随后他在延安又受到毛泽东同志的亲切接见，毛泽东与他彻夜长谈。次年 10 月，范长江提出了入党的愿望，但当时周恩来认为非党身份便于团结新闻界人士参加抗战，暂时就没有同意。

1939 年 5 月，范长江再次提出入党，一周后，周恩来通知他延安回电已批准他加入中国共产党。在当时国民党特务机关严密监视下的曾家岩 50 号“周公馆”，由周恩来作为介绍人，范长江秘密地加入了中国共产党。不过，因为工作需要，他并未公开身份，而是以救国会爱国人士的身份活动。他与周恩来（在重庆）、李克农（在桂林）单线联系。

龙伟说，回顾范长江的一生，在重庆的入党非常关键。“自此，可以说他从一个民主主义的爱国主义者，进入了无产阶级先锋战士的行列。”

战斗

西南政法大学全球新闻与传播学院副教授蔡斐也关注、研究范长江的生平多年。在他看来，重庆之于范长江的一生还有一个重要意义：“1939 年他回到重庆开展活动时，身份上已经有了不小的转变：他已经从一名记者，成长为进步的社会活动家和新闻战线的领导者了。”

1939 年 4 月至 1940 年年底，范长江主要在重庆工作。他领导“中国青年记者协会”（以下简称“青记”）致力于团结全国青年新闻记者，主持中共领导下的国际新闻社（以下简称“国新社”）重庆办事处工作，并以救国会成员身份在重庆文化界发挥着党的一个社会活动家的作用。

在直接领导“青记”的工作中，他一方面努力巩固国统区已成立的分支机构，一方面大力发展“青记”新的分会。他积极推动成立战时“记者之家”，创办《新闻通讯》，举办战时新闻工作讲习班，团结文化战线上的同志揭露国民党政府摧残进步新闻事业真相，声讨汪伪投敌叛国行为。

在日军轰炸重庆期间，“青记”总会两度被炸。范长江站在废墟上鼓励大家：“敌人可以炸毁我们的房屋，但不能动摇我们抗战的决心！”他把自己仅存的衣物被褥分给同事，和大家共渡难关。

蔡斐说：“当时，记者之家一方面收留了很多流亡到大后方的新闻工作者和大批进步人士，另一方面在他的主持下培训了很多进步记者，这在当时是非常具有进步意义的。”

而范长江兼管的“国新社”重庆办事处的工作也发展迅速，很快就成为桂林总社的重要支柱。

结缘

范长江于1940年12月离开重庆，就在离开前，他还完成了自己人生中的一件大事：当年12月10日，在今天重庆大礼堂背后的马鞍山“良庄”，范长江和民主人士沈钧儒的女儿沈谱举行了婚礼。周恩来、李公朴、邹韬奋、茅盾、王炳南等200多位政要和社会名流出席，轰动山城。

值得一提的是，范长江和沈谱都是中共地下党员。并且巧合的是，沈谱早范长江一年，即1939年5月还在金陵大学读书时就加入了中国共产党，她的党内联系人正是邓颖超。但是为了保密，他们并没有告诉对方。而在婚礼现场，只有周恩来知道范长江的党员身份。

成长

虽然范长江在重庆待的时间并不算长，但“范长江在重庆的活动完全可以说是他人生中的重大转折点”。在本次范长江生平展开展之际，重庆大学新闻学院研究员龙伟教授这样说道。

龙伟说，无论是早期到中法大学重庆分校求学，还是1939年开始在重庆领导“中国青年记者协会”和主持国际新闻社重庆办事处工作，以及入党、结婚，重庆的经历都对他今后的事业发展乃至整个人生产生了重大影响。中华人民共和国成立后，范长江成为无产阶级新闻事业出色的领导者以及他在我国新闻工作者中的崇高地位等，可以说都是在重庆打下的良好基础。

“他近20年记者生涯的经历、展现出来的精神到现在仍然有很强的现实意义。”龙伟说，范长江对待新闻的执着，在抗战中能坚持不断地深入一线，不辞辛苦、克服种种困难采访，对真理的不懈追求，仍然值得现在的新闻工作者学习。

龙伟说，回顾范长江的记者生涯，首先他勇立潮头，以历史的高度报道新闻；他关注热点、敢于创新；他不畏艰险，坚持脚板底下出文章；他忠诚于党的新闻事业，真正成为党和人民信赖的新闻工作者。

蔡斐则认为，范长江之所以能成为无产阶级新闻事业出色的领导者，在中国现代新闻史上占据重要地位，就是因为“他不断地追求进步，把自己的大众情怀、家国立场转变到工作中。他不仅把新闻当成职业，更是视为事业，把新闻和国家、民族结合到了一起。而他实现从民主主义的爱国主义者到无产阶级新闻战士的转变，就是在重庆。”

作品标题　70 多年前，范长江在重庆走出新的人生路
参评项目　通讯
作　　者　裘晋奕　聂晶
刊播单位　重庆晨报
首发日期　2017-11-8
刊播版面　第 5 版

作品评价

本文在第十八个中国记者节，尤其是今年是中国记协成立八十周年的这个具有特殊意义的重点节点时刻上，由中国记协的前身的创始人范长江生平展切入。本文详细回顾了范长江这位无产阶级新闻事业的先驱者、领导者的生平，尤其突出了他在重庆经历人生中的三件大事、三个重要节点，由此引发他人生发生改变走上全新的人生道路这一闪光点。稿件既突出了范长江对于我国新闻事业的重大贡献，同时又非常突出地指出了他和重庆的关系，通过采访长年关注、研究范长江的专家、学者，指出了重庆对他一生的影响。令稿件既具有了厚重感，同时也具有了本土接近性，增加了可读性和权威性。

采编过程

接到范长江生平展开展的采访线索后，记者立即联系了长年关注、研究范长江的专家、学者，指出了重庆对他一生的影响，并且请他们逐一分析了在重庆期间对范长江职业生涯和成长的解读。

社会效果

稿件刊发后被众多门户网站转载，在记者节这个特别的时间节点上成为话题性极强的热点话题。

在无声世界　踢出个未来
——秀山两名农村听障女孩入选中国 U18 听障女足

重庆晨报记者　汤皓　高科　蒋敬诗

两个来自秀山土家族苗族自治县偏远农村的女孩，天生就有听力障碍，未来最好的出路也许就是从特教学校顺利毕业，然后外出打工或做点小生意……如今，她俩却靠踢足球走出了大山，不仅去了首都北京，还将代表中国前往国外参加世界大赛。

昨日，记者在新桥医院见到 14 岁的黄婷和 17 岁的李方树时，她们虽然说不出话，但两张稚嫩的脸上满是兴奋和期待。

“带着她们训练了两年时间就能踢成这样，我也算是完成了一个梦想了。”37 岁的蔡蓓蓓是二人的教练，作为重庆最早一批女足队员之一，她感到很欣慰。明天，作为中国 U18 听障女足的教练之一，蔡蓓蓓就将带着两个女孩飞往泰国，参加 U18 世界听障室内五人制足球锦标赛。

她们的教练　一次偶然的机会发掘出好苗子

2015 年年底，蔡蓓蓓到秀山只是为了帮助一名前队友训练一所中学的男子足球队，偶然去特殊教育学校找一个朋友办事，发现了操场上有一群正在玩足球的听障女孩。

“之前我就听说广东那边的听障人足球搞得有声有色，就想能不能在这里也拉一支队伍。当时找到校长一说，他就答应了。”而此时，蔡蓓蓓已经退役 10 年了，似乎从这群听障女孩身上，她又找回了自己当初踢球时的激情，开始了主城到秀山的两地奔波，“和健全人踢球不一样，平时训练只能靠打手势和自己做动作。比赛的时候，听不见哨声，还要跑到她们面前喊停。虽然有很多困难，但我还是坚持了下来”。

“说起辈分，我跟浦玮（前女足国脚）她们是一届的，徐媛（重庆第一位女足国脚）比我还小一届，不过我们在一起当了八年的队友。”蔡蓓蓓是沙坪坝人，小学时她就是全校唯一一个跟男孩子一起踢球的女孩，刚刚进入光明中学（现重庆市第七十一中学校）就入选了区体校，开始了正规的足球训练，随后又特招进入位于广西北海的八一足校，而一起去的就有小蔡蓓蓓5岁的徐媛。

2001年，蔡蓓蓓、徐媛等人进入兰州队踢球，当时身披19号的蔡蓓蓓已经是中国女足的教父级人物马元安特别看重的一名小将。

不过由于女足的生存环境不佳，2005年，25岁的蔡蓓蓓选择了退役，而徐媛则加盟上海女足开始了自己的国脚之路。在成都当了三年体育老师后，蔡蓓蓓回到重庆做起了小生意，渐渐地，足球变成了她的一种业余爱好，直到碰见了那群在操场上踢球的听障女孩们。

她们的人生　大山里的女孩因足球找到新方向

9月底的北京阳光明媚，球场上的黄婷晃过一个又一个防守队员破门得分，最终拿到了2017年残疾人民间足球争霸赛总决赛聋人女子组的银靴奖，而她38岁的母亲罗桂花还在千里之外的秀山一家工厂里做着水泥砖。

2000年12月16日，黄婷出生在秀山县官庄镇观音村山河组，她是家里的第二个孩子，一两岁时父母发现她对声音没有反应，就送她到县城检查，才发现她听不见。

“后来也送她去正常的小学读书，但是只会读写，不能听说，最后只好将她送到特教学校。”罗桂花告诉记者。

17岁的黄婷有着一双大眼睛，开朗活泼、笑容灿烂，正是一名摧城拔寨的前锋样子。而14岁的李方树虽然个子更高，却彬彬有礼、性格沉稳。两人在一起的时候，她倒是更像一个大姐姐，也更像一位镇守最后一道防线的门将。

在中午一起吃饭的时候，记者注意到，李方树默默地站起来，给饭桌上每一个人的碗里添好了饭，然后自然地坐了回去，这样的礼貌如今在大多数孩子身上都很难看到。

2003年2月12日，李方树这个土家族女孩出生在秀山县峨溶镇三溪村刘家坡组，她是家里的第三个孩子，不过她的出生并没有给这个家庭带来欢乐，她的听障比黄婷还要严重，而家中已经有了一个患有癫痫的姐姐。

为了照顾二女儿，母亲吴小妹常年都在家务农，这也不难理解李方树为何拥有了超出同龄人的成熟。蔡蓓蓓说：“她也是训练最刻苦的一个，去北京参加比赛一共只丢了2个球。这次去泰国比赛，黄婷还是替补，但她是绝对的主力门将。”

“当时的想法只是希望这些孩子能够从踢足球上学会自律，以后出去不要学坏了，但现在这两个孩子的发展已经超出我的想象了，”蔡蓓蓓感叹道，“希望她们能够给所有的残疾儿童做出榜样。”

她们的征程　明日将飞赴泰国征战世界大赛

在国内，广东湛江是听障人足球运动开展得最好的地区。今年 7 月在土耳其举行的第 23 届夏季听障奥运会上，中国残联选派的中国女足几乎全部是由湛江听障人女足队员组成，而湛江听障人男足队员也在广东小有名气，蔡蓓蓓介绍："就算参加正常人的五人制比赛，能踢过他们的也就两三支队伍。"

由于重庆只有听障男足和特奥足球队，为了参加今年 9 月的 2017 年残疾人民间足球争霸赛总决赛，黄婷和李方树被蔡蓓蓓带到了国内水平最高的广东湛江听障女足队，并最终帮助球队夺得了聋人女子组的全国冠军。

此次为了备战 U18 世界听障室内五人制足球锦标赛，要在全国范围选拔 12 名队员，黄婷和李方树成功入选，蔡蓓蓓也成为教练组成员之一，她们将于明天飞赴泰国曼谷，比赛将于 12 月 3 日落下帷幕。

而对于黄婷和李方树这两个从大山走出来的听障女孩来说，人生的比赛才刚刚开始。

■小资料
听障五人制足球赛规则有何不同

据了解，这是国际听障足球协会第一次组织 U18 室内五人制足球锦标赛，和正常人的赛制有所不同，听障五人制比赛分为上、下半场各 15 分钟，中间有 5 分钟的休息时间，场地是 50 米×30 米的长方形，约是标准足球场地的一半，而规则与正规比赛一样。

在这样特殊的比赛中，不允许佩戴助听器，场上的听障球员几乎都听不到裁判的哨声，甚至当终场哨声响起时，过于投入比赛的队员还会继续拼抢，直到裁判员跑到他们面前做出停止的手势。

作品标题　**在无声世界　踢出个未来——秀山两名农村听障女孩入选中国 U18 听障女足**
参评项目　**通讯**
作　　者　**汤皓　高科　蒋敬诗**
责任编辑　**郭承斌**
刊播单位　**重庆晨报**
首发日期　**2017-11-25**
刊播版面　**第 3 版**

作品评价

在正常人之外，听障人也有自己的足球赛，这是社会很少了解的一面，尤其是听障女孩踢球的就更少了，记者通过采访展现了听障人足球不为人所知的一面。

采编过程

记者通过朋友了解到这一线索，并联系采访了两名听障女孩和她们的母亲，还有教练，由于两名女孩不会说话，两名女孩的母亲一个是文盲一个是小学文化，记者通过耐心地采访，写出了这篇报道。

社会效果

同城独家，传递了正能量，在秀山当地反响强烈，新桥医院和一家丹麦企业，为两个孩子配置了价值十多万元的助听器。

全媒体传播效果

同城独家，传递了正能量，在秀山当地反响强烈。

700 万，重庆老字号“凌汤圆”易主了

重庆商报记者　孙琼英

重庆老字号“凌汤圆”易主了。记者从重庆联交所获悉，经过一个多月挂牌，重庆凌汤元食品有限公司（以下简称“凌汤元公司”）100% 股权项目近日已经成交，最终成交价 700.62 万元。

49 轮竞价　最终 700 万元成交

重庆凌汤元食品有限公司原本是重庆商业投资集团有限公司的全资子公司，今年 8 月份，重庆商投集团顺应国企改革需求，在重庆联交所挂出重庆凌汤元食品有限公司 100% 股权转让预披露信息，9 月 21 日，以 677.02 万元的起价正式挂牌。

29 日，记者从重庆联交所获悉，该项目已于 11 月 8 日成交，最终成交价为 700.62 万元。

重庆联交所方面表示，凌汤元食品公司近年虽然连续亏损，但“凌汤圆”作为重庆的传统名小吃，距今已有 70 多年历史，并先后获“优质产品奖”“重庆名小吃”“重庆知名产品”“中华名小吃”“重庆老字号”等多项荣誉，“凌汤圆”品牌在川渝地区有很高的知名度，“凌汤圆”商标这个无形资产还是有很高的商业价值，本次共征集到两家意向受让方参与项目交易。

记者查询交易记录发现，本次项目交易报价次数共达到 49 次，竞价持续了一个半小时，最终项目增值率达到 3.49%。

接盘者为自然人　目前正在交接中

“凌汤圆”到底被谁接手？接下来又将何去何从？

记者打探到，在此次参与凌汤元公司的竞价中，两家意向受让方均为自然人。

而就在 11 月 27 日，凌汤元公司在工商系统做了股权变更，股东由重庆商投集团变为自然人范昭燕，法定代表人也由许懿变更为范昭燕。

记者查询发现，目前并无范昭燕的公开信息，而记者多次致电凌汤元食品公司，也未能联系上这位“新东家”。

不过，据凌汤元公司原来的一位高层透露，目前公司正在办理交接工作，下一步具体如何发展还不得而知，凌汤元食品公司原有的高层是否还将以职业经理人身份运营公司也还无定论。不过，此次是公司、品牌、工艺等一起打包转让，且“凌汤圆”商标效应只是在食品领域，因此，受让方接手后，继续生产汤圆、水饺等食品的可能性极大。

而根据工商注册信息，凌汤元食品公司的经营范围仍然为批发、零售预包装食品；生产速冻食品、糕点，其他粮食加工品、冻库租赁，并未作调整。

新鲜血液　或助老字号重生

作为重庆传统名小吃，“凌汤圆”的发家史要追溯到抗战时期。其创始人林名合，12 岁到重庆谋生，卖起了汤圆，生意越做越火，由此诞生了“凌汤圆”。20 世纪 90 年代速冻汤圆应运而生，凌汤圆的名号更是广为传播。尤其是一部由刘德一主演的电视剧《凌汤圆》，让这个“重庆老字号”家喻户晓。

但是近两年来，在市场速冻汤圆产品等众品牌夹击下，凌汤圆在汤圆心粉方面已无优势，市场已经缩减至川渝地区。

数据显示，2016 年，凌汤元食品公司亏损 225.43 万元，2017 年 1—8 月份，公司营业利润为 -413.36 万元，截至 8 月 31 日，公司资产总计 1455.81 万元，负债 875.67 万元。

“国有企业机制不够灵活，在食品等竞争性领域不占优势。”重庆工商大学 MBA 教授姜维表示，食品领域竞争大、产品更新快，需要更加灵活的反映机制，新鲜资本的注入，对这些在走“下坡路”的老字号来说，也未尝不是一次机遇。目前已经有不少老字号通过混改获得新生，例如黄花园酱油、九园包子、天府可乐等。

例如，诞生于 20 世纪 30 年代的九园包子在重庆沉寂了多年，2016 年 5 月品牌持有方渝中商业发展有限公司和朝天门餐饮控股集团联手开启老字号混改模式，截至今年 10 月份，九园包子已连开五家门店，按照规划，九园包子还将打入全国市场。

同样，天府可乐“消失”了 20 多年，2016 年年初，在新鲜资本的注入下“满血复活”。目前，重庆 38 个区县都有天府可乐经销商，在重庆的主要几大卖场，天府可乐在可乐品类中的份额已占据第一位。

作品标题　700 万，重庆老字号“凌汤圆”易主了
参评项目　全媒体

作　　者　孙琼英
责任编辑　杨虹
刊播单位　重庆商报
首发日期　2017-11-29
刊播版面　上游财经 APP

作品评价

报道本地知名食品品牌“凌汤圆”成功转让的消息，题材有较高行业关注度。记者打探到转让情况、接盘者信息，并对凌汤圆发展历程和遭遇的困境进行了回溯性报道，增强了新闻的纵深感。

采编过程

“凌汤圆”是重庆的名小吃，从8月份“凌汤圆”预挂牌开始，记者就开始报道，并持续关注进展。11月份，记者独家获悉“凌汤圆”已经有人接盘，便通过查阅工商信息等了解到接盘者姓名等信息，也从联交所获得“凌汤圆”转让竞标过程，对此展开采访。

社会效果

稿子一经刊发，立马引起新浪网、搜狐网等媒体转发，以及引起同城媒体跟踪报道。同时，有部分投资者也致电记者咨询“凌汤圆”转让情况。作为重庆的老字号，“凌汤圆”转让消息引起了广泛关注。

全媒体传播效果

上游财经微信公众号当天阅读量达到2500次，上游财经APP头条当日阅读量达到2900次。

南下，再次开启快捷通道

今日重庆记者　韩希　胡婷　游宇

2017 年 9 月 29 日，兰州至重庆的兰渝铁路运行，重庆又开一条北上快速通道，媒体人“千里走兰渝”的大手笔，可从侧面佐证这条通道对于重庆北上的重要意义。17 天后，好消息穿透秋雨而来，重庆至贵阳的渝贵铁路正式联调联试。这一次，关联的是重庆的南下快捷通道。渝贵铁路正式运营后，从重庆南下到贵阳两小时，经由贵阳至广州、昆明，分别只需约 8 小时和 5 小时。这是重庆交通“内畅”中“外联”的现实表达，也是未来更宽广的“外联”的期许。

2017 年 10 月 17 日上午，连日秋雨带来的雾气笼罩着长江，重庆西南郊的白沙沱和江津区珞璜镇之间，新白沙沱长江特大桥天蓝色的桥身竟格外亮眼。它的“前任”，白沙沱长江大桥与它相隔几十米，一身黑灰色，是重庆最早修建的长江大桥。新白沙沱长江特大桥作为渝贵铁路的重点工程，不久后，将接过历史的接力棒，为重庆打通新的出海大通道，发挥咽喉要道作用。

就在我们到达新白沙沱长江特大桥的前一天，27 岁的朱远友天还没亮就接到了电话，“检测车今天要经过綦江东站了。”他是中铁二局第一工程有限公司的技术员，负责渝贵铁路綦江境内桥梁、隧道路基建设，10 月 16 日这天，渝贵铁路正式实施联调联试，由检测动车组上线运行。

渝贵铁路北起重庆，南至贵阳，是我国西南地区连接西北和华东、华南的快捷通道。全线设车站 12 座，分别为重庆西、珞璜南、綦江东、赶水东、桐梓北、桐梓东、娄山关南、遵义、龙坑、遵义南、息烽和贵阳北。三个多月前，经过五年艰苦施工，渝贵铁路已全线接轨铺通。

尽管工程已经交付，朱远友所在的施工团队依然在待命，检测车何时到来，他都会提前收到通知。我们能理解他这种既是建设者又是最直接受益者对渝贵铁路关注的热切，因为他家就在贵州桐梓，通车后，他从綦江回家就只要半个小时了。

桥隧路基都有他们的足迹

由于铁路进入联调联试阶段，现场实施了全封闭，朱远友便带着我们在綦江东站外围寻找最佳取景点。途经一处坡度超过 45 度的斜坡，坡顶山脊上几乎无路可走，面前则是悬崖。不同于我们的颤颤巍巍，朱远友健步如飞。施工四年多，这些地方他走过不知道多少次了，皮肤也晒得黝黑。

施工现场虽已不再，建设者们的足迹和汗水仍萦绕其间。

10 月 17 日上午 10 点，新白沙沱长江特大桥旁，小南海桥路检查工区和培训基地内，成都铁路局首席技师兰平正在给 27 名青年技工上课，授课内容是关于铁路的检测检修。当渝贵铁路的话题抛出时，兰平的语调温和而平静：“渝贵铁路每一处桥梁和隧道都有我的脚印……”

渝贵铁路正线全长 345 公里，穿越大娄山山脉，是横跨长江、乌江天堑的“主动脉”，架设桥梁 323 座，挖建隧道 144 座。近两年来，兰平一直负责从重庆至桐梓 8 个标段所有桥隧安防的检查。每天，他带着两个徒弟，拿着 600 克重的检测锤，每间隔 30 公分挥舞敲击一次，“像电影里的香港赌王一样，我们也靠声音来识别桥隧立面的空洞、空响、裂纹和掉块等现象，每天要挥舞差不多一万次检测锤。”

中铁十八局五公司承建渝贵铁路土建 2 标正线，新建、改建铁路共 57. 4 公里，车站 4 座，其中包括重庆西站。自 2015 年 11 月架梁施工以来，建设者们先后克服了雨季周期长、运梁距离长、交叉干扰多等诸多困难，按计划节点时间顺利完成架设任务，为 2017 年年底开通奠定了基础。

闭着眼往返重庆贵州

他们付出的努力所带来的变化，不久的将来我们就能看得见、摸得着。

万盛区人侯光毅，毕业于西南大学，2009 年大四实习时，他在贵州找了一份水利工程设计工作。每个月，他都要往返于贵州、学校和家之间。那时，他所乘坐的列车只能运行在川黔铁路上，每到星期五，他会登上晚上 8 点的列车，从贵阳出发，“闭上眼，睡一觉，第二天早上 7 点回到重庆”。

渝贵铁路全线 10% 是路基，20% 是桥梁，剩下的 70% 是隧道。“足迹遍布全线桥隧”的兰平说：“从重庆出发，十几分钟到綦江，过了綦江基本上都是隧道了，闭着眼睛就可以到贵州了，只要两个小时。”

现在，侯光毅在綦江工作、生活，每年会开车从綦江去贵州旅游，仅从綦江到贵阳单程就需要 3. 5 个小时，他期待着新的渝贵铁路，坐火车去黔南、黔东南旅游。

受益更多也更期盼铁路开通的，是侯光毅的表妹胡欢。

胡欢的老家也在万盛，现在她嫁到了贵阳，在那里当一名小学教师。每年寒暑假，开车回家也需要 4 个多小时，路上弯路、隧道多，而坐火车要 10 个小时左右。这条铁路通车后，每逢周末，她都可以轻松地往返于老家和贵阳。

这样的未来已经很近了。

渝贵铁路等级为国铁Ⅰ级，双线，旅客列车运行速度为每小时200公里，建设工期为5年，预计2017年全面建成，目前已经通过静态验收，进入为期两个月的联调联试。

这一阶段，将逐级提速试验，对轨道、路基、隧道、桥梁、通信、信号、噪声振动等13个项目开展全面测试，根据测试结果对发现的缺陷进行调整，直至各个系统以及整体系统满足符合高速运行及动态验收。

连通的是城际间的美

人们常把交通和“动脉”一词联系在一起，足见每一条路都带有温度，代表着生命与生机。

渝贵铁路项目总投资约530亿元，同时建设重庆和贵阳两大枢纽。其北端通过重庆枢纽与渝万高铁、成渝高铁、兰渝铁路等相连，极大提高了西北至西南间铁路运输的机动灵活性。南端则通过贵阳枢纽与贵广铁路、沪昆铁路等相连，形成重庆新的“出海”大通道。

这条铁路沿线还有着丰厚的人文历史、富饶丰富的旅游资源。如綦江的花坝、石角白云观、“一湖西子水，半壁桂林山”的桐梓、“红色旅游景区”遵义等，把沿线的景点串联起来，就是一条以革命圣地、国酒文化、自然遗产、民族风情为特色的旅游“黄金通道”。

渝贵铁路正式通车后，首席技师兰平就要调往下一个项目了。他从1993年开始进入铁路系统工作，熟悉每一条从重庆延伸开来的铁路，无论是新的还是旧的。眼下，他正忙着给刚入行的年轻人培训，把自己的技艺交接下去。他的学徒温佳今年7月才入职，供职于重庆工务段。

温佳在铁路边工作了几个月，写下了这样的句子：

行走在铁路的路肩/感受雨水的洗礼/远方的灯光/穿越了时光/璀璨着世界/照亮了铁轨/是通向美丽天国的阶梯

文采本身并不重要，这样的句子，让年轻的铁路建设者的深情跃然纸上，让冰凉的铁轨、桥梁、隧道变得有温度，让渝贵铁路将要连通的未来充满了希冀。

作品标题　南下，再次开启快捷通道
参评项目　系列报道
作　　者　韩希　胡婷　游宇
责任编辑　陈科龙

刊播单位 今日重庆
首发日期 2017-11-10
刊播版面 封面专题 P48-51

作品评价

稿件采访踏实，素材类型丰富，将这一重要铁路工程的背景信息巧妙地与建设者付出的辛劳之细节穿插在一起，使较硬的主题读来更有骨肉，记者对现场的观察以及对采访描述的还原增强了现场感。材料的选取和组织是稿件的一大亮点。

采编过程

从铁路重点桥梁工程到重点站点，此稿采访空间跨度较大，加上施工已经结束，难以进入第一现场，联系采访单位频频受阻，采访难度较大。然而记者在现场积极开动脑筋，寻求采访突破口，最终获取了较好的新闻素材，既有打动人的细节又有突出主题的事实，更好地为稿件策划的主题服务。

社会效果

稿件突破传统主题报道面孔化的写作思路和角度，可读性较高，获得了读者好评。

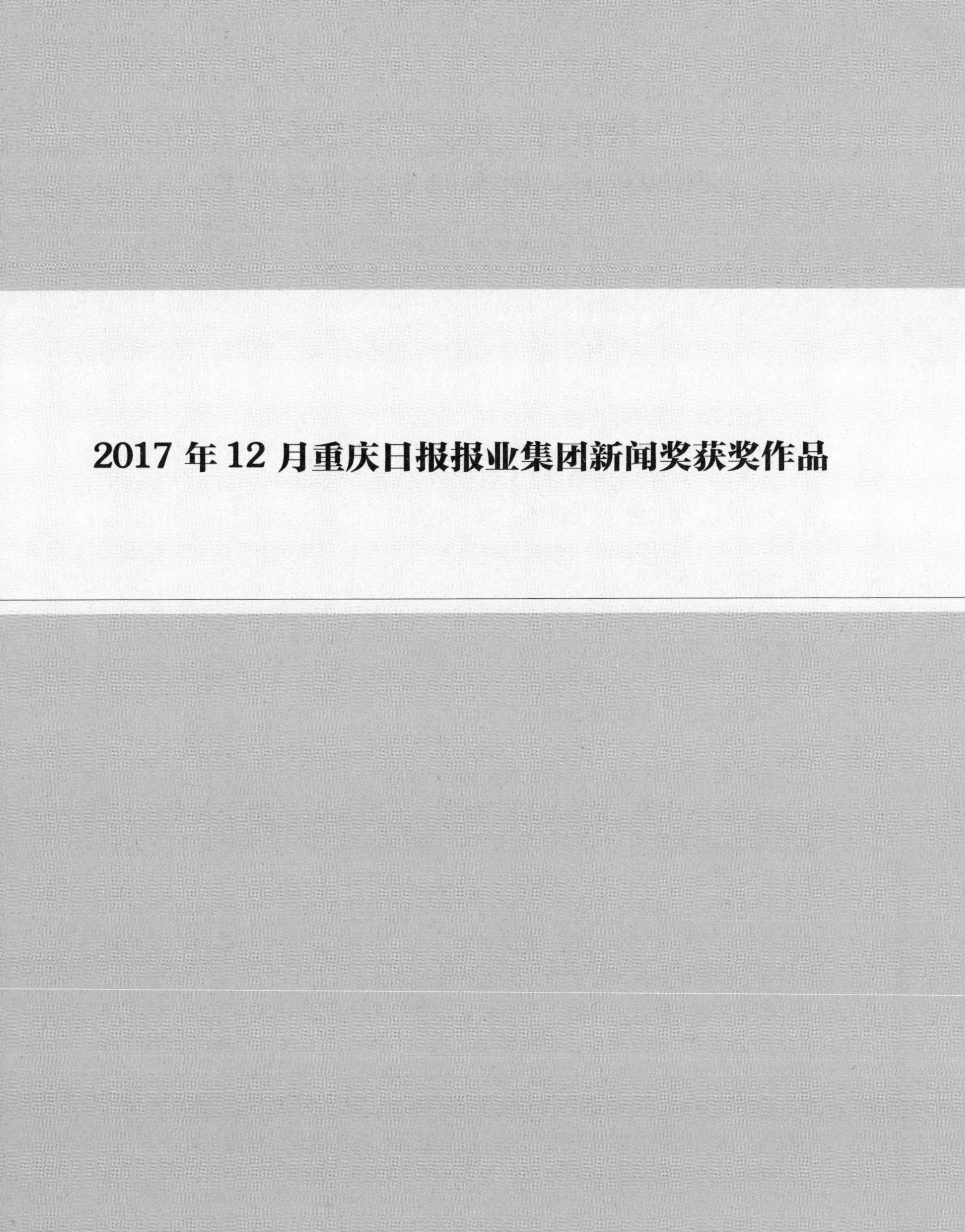

2017 年 12 月重庆日报报业集团新闻奖获奖作品

“微空间”彰显“大形象”
厕所革命：既要面子，也要里子

重庆日报记者　韩毅　王亚同

看一个国家的品格看哪里？梁实秋先生说得妙，察人观耳后，看国家则看厕所。

随着国家旅游局在旅游系统推进“厕所革命”，我市旅游、卫生、市政、规划等部门，蹄疾步稳，在全市城区、景区、乡村掀起了一场扎实细致、创新有为的厕所行动。截至目前，市旅游局推动建设旅游厕所2458座，超目标任务6.45%，各地旅游厕所面貌一新；市爱国卫生运动委员会下发通知，各区县年内共计要完成农村卫生厕所改建12.2万户；市城管委将推动主城区三年内新建公厕720座。

一场厕所革命正从景区扩展到全域、从城市扩展到农村、从数量增加到质量提升，“微空间”重塑彰显着我市发展的“大形象”。

“难言之隐”的民生拷问

在很多人看来，厕所似乎无缘风雅，“将就”一词是口头语。

在我市秦巴山区、武陵山区及三峡库区，农民以往习惯把厕所称为“茅厕”，即在猪圈旁挖一个坑，人畜粪便一起排进坑内。人在如厕，直接面对着猪，听着猪的哼哼声。这类厕所蛆蝇滋生、臭烘烘，卫生堪忧。

在城区，伴随市政建设的完善和市民文明程度的提升，厕所问题有极大改观，但在部分老旧居民区、老旧车站，当你辗转几个路口、憋着内急冲进公厕时，被里面脏乱臭吓到的情形也时而有之。

在部分偏远景区，车辆下高速后，行驶一两个小时沿途找不到公厕，好不容易找到一个乡村厕所，卫生环境又不尽人意。而一些热门景区，客流高峰时，由于男女厕位分配不合理，女性如厕排长龙情形也不鲜见。

去年，我市某A级景区被国家旅游局摘牌，原因之一就是检查员在暗访中发现：厕所污物、异味严重，厕所用具脏乱，随意摆放，损坏严重。

厕所是人类生活的必需空间，也是一个社会文明程度的一面镜子。它虽小，却是一种全世界通用的嗅觉语言和视觉语言，是文明沟通中最短的直线。

据联合国预测，卫生设施每增加 1 美元投入，医疗健康开支就会减少 9 美元。

我市提出了建设国际知名旅游目的地的目标，面对日益提高的厕所需求和较大的历史欠账，补足厕所这一短板，必须有所为，有大作为。

“微空间”重塑“大形象”

对于长期存在的厕所问题，我们如何寻找解题之钥?

韩国的经验是制定《公共卫生间法》，对公厕实施评价认证制度，使当地厕所面貌焕然一新，甚至成为一道风景线。美国则开放餐馆、商场、超市等地厕所，如厕不用看主人脸色，还配有残疾人厕位、“同伴帮助厕所位”等，卫生纸全覆盖。

我市旅游系统从 2015 年起掀起了一场扎实细致、创新有为的“厕所革命”。

万盛经开区结合全域旅游发展，打造了一批“设计独特、注重实用、倡导环保”的旅游厕所。如黑山景区以鹅卵石装饰旅游厕所墙面，卧龙岗景区则以单向可视玻璃做墙面，游客如厕时可欣赏风景。永川在茶山竹海、乐和乐都等景区，以及旅游环线重要节点都设置了公厕，且巧妙地利用周边环境建起主题厕所，实现了厕所与景区融为一体。

璧山引导鼓励社会企业参与建设，以捐建单位命名公厕，公厕显示屏还滚动播放企业公益广告。依靠创新，该区走出一条以厕养厕的市场化经营新路，目前该区建好 38 座 AAA 级厕所，其中 80% 来自企业捐建。开州则下好规划“先手棋”，对城乡旅游景区、景点厕所全面摸底，在新建和改扩建厕所时，从区位、数量、男女厕位比、儿童及残疾人专用厕位等进行科学规划，新建和改建“布局合理、管用够用、质量优良”公厕 168 座。

南川采取以奖代补的措施，建设“厕所+垃圾中转站”“厕所+老人活动室”“厕所+办公楼”三种模式的旅游厕所。

两年多来，我市旅游厕所建成 2458 座，超过目标任务 6.45% ，厕所存在的供给不足、分布不均衡、管理不到位等问题得到有效改善。旅游厕所基本实现“数量充足、干净无味、实用免费、管理有效”的目标。旅游服务环境有较大改善，旅游形象有极大提升。

旅游厕所革命取得明显成效。如何让厕所革命从景区扩展到全域、从城市扩展到农村、从数量增加到质量提升，进而惠及城乡呢?

云阳盘石镇活龙村位于三峡库区，与长江相邻。几年前，这里的村民使用的还是与猪圈合在一个屋檐下的“茅厕”，不但臭气熏天，一到下雨，各种粪污漫过储粪坑随雨水直排到江里。从2009年起，当地在此实施农村改厕，予以村民相应补贴，改造了670个“茅厕”，在改善村里环境、降低疾病发生率的同时，粪污直接排长江的情况也在逐渐减少。

铜梁则在农村按照统一规划、方案、标准、材料、队伍和考核“六统一”模式，对18个镇街数千所旱厕进行无害化改造。綦江、江津、南川等多个区县也都下大功夫改善了农村厕所，让农村人居环境有明显提高。

不能只是“看上去很美”

不过，厕所革命是一场旷日持久的变革，任何一蹴而就的想法都将失败。

“其原因在于，它不仅是对硬件的改造，更是对管理的细致考验。既要面子，更要里子。”市旅游局相关负责人称。

新加坡厕所在世界游客中有口皆碑。其经验是，在厕所里安排专门的卫生纠察员，并出台法律明确规定“如厕后必须冲水”“不能踩在马桶上”等，如有违反就将受罚。

因此，补齐厕所问题短板，解决厕所“无人愿进、无人想管”是突破口。

现我市已把厕所工程纳入对各区县的年终目标考核中，把旅游厕所纳入对游客满意度问卷中。对没有完成年度计划的区县，其申报A级景区、旅游度假区、星级饭店等所有评定、认定事项实行“一票否决”和退出机制，并取消其本年度所有申报旅游项目资金的补助资格等，强力推进厕所管理工作。

南川针对比较偏僻厕所缺乏有效管理的短板，开启了常态化监管模式，督导业主落实专人加强厕所的保洁及管理工作，指导业主设置打包式、泡沫式、瓮式等生态环保型厕所，克服因缺水原因引起厕所脏乱臭等问题。

开州对旅游厕所实行了“六有六无”，即有制度、有专人值守、有厕纸、有净手和干手设备、有防滑措施和提示、有供特殊人群使用的设施；无异味、无积水、无污垢、无垃圾、无卫生死角、无故障。武隆、永川、铜梁等地安排专人时时巡回打扫，确保卫生干净整洁，并填写保洁记录卡，管理人员随访严查等。

目前，我市厕所革命仍在路上。市旅游局提出了厕所革命新三年行动计划，将秉承“因地制宜、注重实用、倡导环保、反对奢华”的原则，未来三年将在全市建设旅游厕所3197座。

市城市管理委员会将推动主城区未来三年新增公厕720座，使主城区的公共厕所数量达到3000多座。市爱国卫生委员会也已下发通知，年内全市要完成农村卫生厕所改建12.2万户，改善农村人居环境，建设美丽宜居村庄。

作品标题　“微空间”彰显“大形象”　厕所革命：既要面子，也要里子

参评项目　通讯

作　　者　韩毅　王亚同

责任编辑　周芹　许阳

刊播单位　重庆日报

首发日期　2017-12-05

刊播版面　第5版

作品评价

文章文笔流畅，结构完整，事例翔实，调查深入且全面。用事例、数据和记者体验等，“全景式”描述了我市“厕所革命”工作遇到的问题及解决方案，对今后推进“厕所革命”工作有较强的借鉴价值和指导意义。

采编过程

11月27日，新华社报道了中共中央总书记、国家主席、中央军委主席习近平就旅游系统推进“厕所革命”工作取得的成效作出重要指示。本文在第一时间对重庆市如何贯彻落实“厕所革命”作了全方位采访报道，系统采访了市旅游局、市城市管理委员会，记者现场体验了旅游厕所、市政厕所、农村厕所，并走访了大量市民，调查深入全面、素材翔实。

社会效果

文章见报后，引起了社会各界的强烈反响。新华社、人民网、新浪网、腾讯网、凤凰网等新闻网站纷纷转载，多地政府网站也纷纷转载。市旅游局、市城市管理委员会、市爱卫委等部门陆续制订出台了推进厕所建设新三年计划。

一条未修完的路
——巫山老党员刘典元17年修路的故事

重庆日报记者　张红梅　陈维灯

一条18.8公里的村级公路，修了17年。至今，还有100米没通。

这条路是从巫山县官阳场镇通往老鹰村的村级公路。修了这么久，村民们对牵头修路的刘典元却毫无怨言，反而说："跟着老刘干，我们不后悔！"

老刘，曾任官阳镇副镇长、老鹰村第一书记、驻村工作队队长，一位有着31年党龄的老党员。今年11月已退休的他，现在还成天泡在平均海拔超过1700米的老鹰村里，不肯下山。

时常，老伴打来电话："这路你修了17年，修得差不多了，你该歇歇了。"

老刘说，这条路一定要修通，他才甘心。

老鹰村位于官阳镇西北，接壤巫溪县兰英乡，是巫山最偏远、条件最艰苦的贫困村之一。不通公路，多年来村民进出只有"毛毛路"。2001年，刘典元开始联系老鹰村，为了摸清情况，他起早贪黑，用了整整10天时间，才把全村10个组逐一走遍。

当年10月，刘典元请缨，和村干部一起，带领村民为老鹰村修路。这一修，就是17年。这条未完全打通的路，像老鹰村的座座山峰，压得他经常彻夜难眠，"路不修通，我这辈子都转不出这些山沟沟。"

转不出去的，还有老鹰村225户、740名村民。

"做梦都想修条路出去，老的等死了，年轻的等老了"

老鹰村村名，源于境内深逾500米、绵延十几公里的老鹰沟。在2001年以前，这里只有一条宽不足30厘米的"毛毛路"与外界相通。

700多名村民就散居在沟两侧的陡坡上。他们靠种苞谷、洋芋、红苕填饱肚子，靠种植党参、独活、云木香等中药材贴补家用。

"下沟、爬崖，再上坡、翻山、下坡……"12月中旬，阴沉的天飘着雪花，74岁的黄权明在象鼻子崖下驻足，讲述着进出老鹰村的艰难，"清早天不亮出门，到官阳赶个场，下半夜能回屋。”

在黄权明的记忆里，进出村子，印象最深的是肩挑背扛那100多斤担子的重压和翻山越岭的艰险，“滑到沟里，就算交代了。”

这样的经历，在老鹰村每个村民的心里烙下了抹不去的“疤痕”。

村支书王远太曾在老鹰村雾溪阳坡村校任教8年。孩子们的教材，就靠他从官阳场镇背进山，“全校40多名学生的教材，太重了，只有先背语文和数学课本，其他的过两天再背。”

天蒙蒙亮时出山，孩子们倚在村校的木门上，看着老师的背影逐渐模糊，往往到深夜睡眼蒙眬时也等不到老师归来的消息。

和大多数村民相比，村主任郑芳雄出村要轻松些，因为他养了几匹骡子。可2010年年初，两匹骡子却摔死在象鼻子崖下。

“做梦都想修条路出去，我们自己修了200米，再也修不动了。”风冷，71岁的胡怀玖猛嘬两口烟，叹了一口气，“老的等死了，年轻的等老了，小的等走了，都觉得修这条路是没指望了。”

隧道在山肚子里转圈，修成了“9”字形

总有人不信邪。

2001年，刘典元下定决心，要带领大家修通从官阳场镇通往老鹰村的村级公路。“我看了地形，觉得三五年肯定能搞成。”

当年10月，在刘典元多方筹措了10万元资金后，村级公路开工了，两个月修了1公里。“万事开头难。开了头，就不难了。”他想。

困难，却接踵而至。

第二年，当刘典元雄心勃勃准备大干一场时，钱，却成了最大的问题。

交通局、农委、扶贫办……相关的部门，门槛都快被刘典元踏平了。

“挤牙膏，一万、两万地给。”刘典元就一米、两米地修。一年下来，不过修了1.5公里的“毛路”（意为“机耕道”）。

“毛路”修到了杜家湾，高耸的崖壁绕不过去了。

刘典元带着老鹰、雪马、梨坪、八树4个村的400多名村民，用钢钎和铁锤挖隧道。“挖了两年，却在山肚子里转了个圈，隧道挖成了‘9’字形。”

今天，被村民称为“杜家湾洞子”的这个隧道，依然呈“S”形。

“隧道其实只有135米，因为没技术人员，无法定位，打弯了。”现在的“S”形隧道，是刘典元找来官阳镇田家煤矿的技术人员重新定位后，于2004年5月挖通的。

此后，一直到2007年，这条路又断断续续往前修了1.3公里。

这1.3公里的“毛路”，将人们带到了老鹰沟的阴坡——大槽、二等崖、

山王庙三面连片的崖壁。

黄权明说，猴子都爬不过这三面崖。

“骗”人来修路，还让人赔了钱

猴子都爬不过的崖，能修路吗？

参与修路的村民如同霜打的茄子——蔫了，就连施工人员都觉得“搞不过去了”。

“都修到这了，把命丢了也得想办法打通这崖壁。”刘典元说。可是，面对绝境，并非每个人都有着同样的决心和勇气。

当地的包工头退缩了，镇政府里绝大多数人都不愿意陷入这个“泥潭”，就连老刘的家人也强烈反对。

“总得有人搞啊，要不老鹰村的老百姓怎么办？”没有包工头愿意接活怎么办？刘典元只有去“骗”——“我就给所有认识的包工头打电话，说这个工程有钱赚，可以搞。”

2010 年，在停工 1 年多后，包工头涂远友在刘典元的“连蒙带骗”下，接下了修路的工程。

刚一动工，涂远友就知道自己上当了，在这片崖壁上施工，难度远远超过他的预估。

崖壁直上直下，大型机械设备几乎没有用武之地，使用炸药爆破又极易引发崖崩，严重危及施工人员的人身安全。

每一米的路，都只能从崖顶往下挖斜面，挖成半隧道形式，再修成路面。

这样的修路方式，极大地增加了成本。涂远友修了一年半，只修了 600 多米的一截“毛路”。除去施工成本，涂远友到手的不过 4000 多元。

可这 4000 多元，根本无法填补涂远友的损失：因为之前修的“毛路”垮塌，涂远友所有的机械设备都无法运出，不得不丢弃在这 600 多米的崖路上，总损失超过 5 万元。

此后，涂远友只要见到刘典元，气就不打一处来：“骗人来修路，还让人赔了钱，能不生气吗？”

由于对施工的难度预估不足，在这条路上赔了钱的包工头远不止涂远友一个人。就这样，5 年后，大槽、二等崖、山王庙崖壁上，3.5 公里的绝壁路打通了！

“人没了，带 1000 个编织袋进山吧”

这 3.5 公里，每一步都历经生死。

2010 年 8 月的一天，天气晴好。刘典元说，那天的事，他这辈子是忘不掉了。多少次闭上眼，都能看见那被烟尘遮蔽的血色太阳。

午后，山王庙崖上，两名工人正在打炮眼，准备装填炸药。

崖壁上没有固定点，刘典元蹲在两人中间，帮忙稳住风钻。钻头在岩石上“嗤嗤”作响，扬起的岩屑喷了刘典元一脸。

见固定点已有两三寸深，工人就劝刘典元到旁边拿水清洗面部，清理喷入口中的碎屑。

他才走出去 10 多米远，崖顶就垮下来了。刚才还活生生的两个工人，瞬间被碎石掩埋。

回过神来，刘典元发疯般冲向垮崖处，顾不上依然有岩石崩落，双手在碎石堆中乱刨。刨得十指鲜血淋淋，却只刨出残肢断臂。

“人没了，带 1000 个编织袋进山吧……”呆坐乱石堆，刘典元用手机给山外报信，泣不成声。

“人死不能复生，可总得给人把身体都找回来。”刘典元和村民、工人刨了三天三夜，也只刨出了大部分，“家属说不刨了，但要记得他们把命留这儿了。”

把命留在这 3. 5 公里绝壁路上的，还有老鹰村原支书罗诗财。

2014 年 9 月 29 日，罗诗财失踪了。

那段时间，时常暴雨倾盆，老鹰村多处山洪暴发。身在场镇的罗诗财担心村民安危，连夜从镇上赶到村里查看灾情，顺便带回一些材料。

“刚刚过崖壁路，黑毛堑那条沟，水特别大。”时任老鹰村村主任的王远太记得，因为无法蹚过黑毛堑，他和罗诗财就在黑毛堑两侧进行了交接，“我把村里的情况和他说了，他把带的材料用塑料袋子装好，用绳子绑好扔给了我。”

随后，王远太步行返回村里，可骑摩托返回镇上的罗诗财却失踪了。

4 天后，多方寻找的村民在山王庙崖下发现了罗诗财的遗体和已经摔烂的摩托。

对于活着的人来说，只有一个信念——把路打通，才是对逝去的这些生命最好的祭奠。

“路打通了，脱贫就有希望了”

正是这样的信念，让刘典元和老鹰村的村民们 17 年一直坚持着，也让越来越多的人开始关注老鹰村这条路。

2015—2016 年，利用烟草专项资金，官阳场镇到黑毛堑的“毛路”得以硬化，并加装了防护设施。

今年，巫山县委书记李春奎两次到老鹰村调研，要求一定要打通村级道路，助力老鹰村产业发展和村民脱贫致富。

今年6月，巫山县交委全面接手老鹰村村级道路建设项目。

“目前我们已经将黑毛堑至象鼻子崖的机耕道全部硬化，年底前将完成护栏的安装。”巫山县交委大昌官阳当阳片区建设工作组组长潘远国介绍，施工团队还同时由巫溪县兰英乡西安村向老鹰村修路，机耕道也已修至象鼻子崖下。

然而，象鼻子崖这短短100米的崖壁，却成了施工团队几乎不可逾越的天堑。

崖顶有一块向外突出的巨大岩石，崖下又是滑坡带，这给施工带来巨大的挑战。

因为滑坡，大型机械设备无法立足作业；如果使用爆破，又会引起山体崩塌，对环境造成巨大破坏。而且在象鼻子崖下的河沟两侧，还散居着一些村民，滚落的岩石势必会危及村民的生命财产安全。

“现在拟订的方案是在崖下搭建脚手架，并做好防护措施，由工人利用铁锤和钢钎进行开挖。”潘远国介绍，如果天气条件允许，这100米有望在两个月内打通。

这100米，让老鹰村的一至六组和七至十组，被隔成了两个世界，也让该村至今还有43户、177名贫困人口。

“我们七至十组现在到场镇很方便，50分钟的车程，大部分东西都能拉进来了。”12月20日，七组村民谭圣军正在盖新房，他告诉记者，“过去路不通，材料进不来，村里都是土坯房。现在路通了，好多人都回来盖砖房了。”

可对于一至六组的村民来说，现在要想坐车到官阳场镇，还要转道巫溪县兰英乡西安村，从西安村到通城镇，再从通城镇转车到巫山县大昌镇，然后从大昌镇转车到官阳场镇，即使不算转车等待的时间，单程也要接近4个小时。

“老鹰村什么都不缺，吃住医疗都好，就缺这条路。”胡怀玖的话，说出了所有村民的心声。

老鹰村山高路远，却适合种植党参、独活等中药材和烤烟。如今，村里中药材种植面积3000多亩，烤烟种植面积205亩。

“如果路通了，我们要扩大中药材和烤烟种植面积，收入会成倍增加。”对于未来，村民们充满期待，“路打通了，我们脱贫就有希望了！”

作品标题　一条未修完的路——巫山老党员刘典元17年修路的故事

参评项目　通讯

作　　者　张红梅　陈维灯

责任编辑 **张永才　姜春勇　隆梅**
刊播单位 **重庆日报**
首发日期 **2017-12-25**
刊播版面 **第 1 版转第 4 版　要闻**

作品评价

文字细腻、流畅，故事性强，可读性强，人物刻画细腻生动真实，事件描述完整动人，充分体现了一名基层老党员的执着、坚持和担当，反映了党员在脱贫攻坚工作中所起到的重要作用。

采编过程

重庆日报编委带队一行人在寒冬时节驱车来到巫山最偏远、海拔 1800 多米的老鹰村进行采访，采访过程中需要步行和攀爬，还要防范随时会掉落悬崖的危险，与修路工人同吃同住，全面、充分地了解修路的艰难和村民对路的渴望。采访结束后，经反复讨论、多次易稿后方成定稿。

社会效果

文章被众多门户网站转载。央视重庆记者站已计划前往拍摄报道。报道引起市交委，巫山县委、政府等的高度重视，承诺将尽快打通老鹰村村级公路。

一副药10元钱，乡村医生行医40年不舍离去

重庆晚报记者　王渝凤

12月的重庆，已经有些冷了。位于大足区宝顶镇东华村街上的一排门市，一溜烟地都关上了门，唯独一间开着门的门市，偶尔有一两个人钻进去。“喏，那就是吴医生的诊所，只要不出诊，他都在门市看病。”

小诊所很简陋，几个装药的大柜子整齐地排放着，里面有堆得像小山的中药袋子：柴胡、藿香、鱼腥草、白芷、苍术、川芎……

“你好！请坐，我给他们把病看了就有时间聊了。”坐在桌子背后的男子礼貌地向我们打招呼——他，就是宝顶镇五六个村子都交口称赞的吴华医生，61岁，行医整整40年。

吴华，一位右手残疾的村医，在大足宝顶镇周围，几乎无人不知。为了周围近万名村民的求医问药，40年来，他用坚实的脚步、医者仁心，无限拉近着医生与患者之间的距离。

随着年龄增长，最近这段时间以来，吴华越来越担心：自己走不动了，谁来接自己的棒？

10来块的医药费
患者要赊吴医生也愿意

在大足区宝顶镇周边，开诊所的医生不少，可要数口碑，吴华绝对是最好的。

62岁的患者杨文钊，这几天咳嗽不停，腰杆也觉得很痛，常因太累直不起腰，熬着难受，他终于出门找吴医生看病。

吴医生听过肺部、看过喉咙后说，老杨患了“上呼吸道感染”。这段时间天气冷得快，加衣服不及时就容易受凉，一旦感冒没及时吃药，年纪大的人腰痛就要来。

“是啊，我一个人在屋头，娃儿又不在身边，感冒以为拖两天就好了，结果这几天连下床都恼火了。”老杨和吴医生聊起天来。

“娃儿不在身边，更应该注意身体，你要是病倒了，他请假回来看你，还不是一样操心?”吴医生的“指责”，让杨文钊很受用：“对头，你说得对，他还有一家人要养，我还不能给他添麻烦。”

一切都是家长里短，一切都和生病有关。

“吃中药还是西药?”后面来看病的人开始排队了，聊天也结束了。“吃西药嘛，好得快一点。”老杨笑了。

说完，吴医生开始开药。看上去和常人无异的吴医生，用左手熟练地写起处方来：阿莫西林 12 片、穿心莲 12 片、扑热息痛 9 片……

两天的药费，合计 10.66 元。临走前，杨文钊为难地看着吴华：“我早上出门急，也没带钱，能不能把药先赊给我?”

“要得，你拿去先吃，等病情好了再拿卡来，把药费交了就行。”随后，杨文钊拿着药，慢悠悠地走了。

若是没有吴医生
我们生病了还真不方便

42 岁的陈善国也来排队看病。他肚子痛、浑身无力好几天了，无奈从大足回到老家休养。60 多岁的父亲实在看不下去，硬把儿子带出来看病。“病都是拖严重的，再不看不准回家。”

父亲的表情看似严厉却充满了关爱，吴华医生一边招呼陈善国坐下，一边和他聊着病情。同样是因上呼吸道感染引发各种问题，吴医生感觉有些棘手：“年轻人生病了不要拖哟，拖严重了后面就不好治了。”

这一次西药处方更便宜，两天合计 6 次的药，总共才 9.67 元。精确到粒的穿心莲片，一张张白色的纸平铺在桌子上，吴医生熟练地用左手拿过药瓶，一粒一粒地把药倒出来，又一粒一粒地放在白纸上，一粒不多一粒不少。

配好药后，吴医生用左手熟练地将药包起来，放入一个干净的塑料口袋里，递给陈善国。

父亲递过 10 元钱给吴医生，吴医生准备找补零钱。这时，陈善国和父亲摆手：“才几毛钱，你去哪里找补给我嘛，药都那么便宜了。”

“不补唧个要得，乡里乡亲的。”吴华说。

“在城头，这点钱就是一个普通门诊的挂号费，吴医生，你就不要客气了，感谢你。”父子俩终于在彼此推让致谢中“赢得胜利”，离开了诊所。

临走前，陈父对记者说：“吴医生人好，善良，经常有人赊药没给钱，我们这一点找补，算啥子嘛。”

11 岁落下残疾立志学医
自己造船划船为乡亲看病

吴华的家就在宝顶镇大石村，从小生活在这里的他，对当地村民求医问药的困难深有体会。

11 岁那年，一天，吴华睡到深夜两点，被右手钻心的疼痛惊醒。父亲打开手电筒，发现一条近 1 米长的“烙铁头”（蛇名）从泥墙的缝隙溜走。由于没钱医治，加上中毒严重导致手臂化脓腐烂，吴华留下终身残疾，也因此立志当医生。

初中毕业后，吴华开始跟着在卫生院工作的三叔吴全胜学习中医。为了掌握医学知识，吴华不分昼夜地看书，出去放牛时也带着书本，空闲时就翻一翻，晚上看到眼睛都睁不开了才睡觉。“那几年看过的书，一个人用扁担都挑不动。”吴华笑着说。

“除了看书，实际操作中也有不少困难。因为右手残疾，出去不能带太多东西，给别人输液打针也不方便。”练习注射时，为了锻炼左手腕的活动力，吴华曾拿红薯和萝卜练了一个月。

自学 3 年后，1980 年吴华被招为大足县第一批乡村医生，并被推荐到卫校村医学习班脱产学习半年，取得了乡村医生资格证书。次年，吴华的卫生室开张，从此他背着医药箱，开始了行医路。

离吴华的卫生室不到 5 分钟的路程，是宝顶镇化龙水库码头，一艘铁皮船停靠在岸边。这是 3 年前，吴华花了 3000 多元钱打造的一艘船，就是为了方便去给周围村庄的乡亲看病。

吴华说，化龙水库周围，有荷叶村、天宫村、铁马村、大石村和古佛村等好几个村子，居住着近万人。由于村民住在河两岸，进出主要靠划船和走山路。“村里的年轻人大都外出打工，剩下的都是一些老人和孩子。只要有人病了，不管深更半夜，还是刮风下雨，我都要去。”吴华说。

由于右手残疾，吴华只能左手划船桨，右手两个手指稍微使下力。“刚开始的时候，右臂使不上力，木船一直在岸边打转，练了 3 个多月才把船划出岸。”吴华的手满是划船留下的茧疤。

收入微薄却愿坚持
直到动不了的那一天

61 岁的吴华，如今儿子已在重庆主城上班，爱人也在大足县城帮忙带两个孙子，家里还有一位 80 多岁的母亲。为照顾母亲，吴华坚持每天划船，然后走一个半小时山路回家，就是希望母亲能每天吃上一口热饭。

吴华坦承，他的这份医生工作，收入也很微薄，对绝大多数患者，他一般都会将药费控制钱在10元左右。在中医方面擅长治胃病的他，时不时会有人找上门来，这种胃药一副几百元，但要捏成药丸子吃一个月，“这算是最贵的一种药了。”据了解，经吴华治好的胃病患者，为数众多。

在大家眼里，吴华是一位善良到不肯谈钱的医生。按照政策，乡村医生出诊可以收取4元/人次的诊疗费，但吴华基本上分文不取，除了收取基本药物费外，村民的求诊都当作义务服务。对于生活困难的村民，他连药费也不收，有些村民写下欠条，吴华也从来不追讨。

村民刘泽高和老伴都80多岁了，刘泽高患有耳聋，他老伴患有高血压和类风湿，七八年来，每次夫妻俩过来拿药，吴华都是“有钱就给点，没钱就算了”。只要出诊路过刘泽高家，吴华都会进去看看老两口怎么样了，问一下他们需要什么药，记下来下次带给他们。

“我每个月有1200多元的补贴，儿子已成家立业，这些钱足够支付我们老两口和母亲的开销，很知足了。”吴华说。

吴华的儿子在重庆主城工作，曾多次劝他到城里去生活，都被他拒绝了。他的理由是，“村民对我产生了感情，这个地方也需要我，我就定下心来，在这个地方做下去。”

“我们这个地方说不艰苦是假的，假如我不干了，还不知道有没有人愿意来。既然乡亲们需要我，我就坚持下去。”吴华说。

记者手记：

向默默付出的基层工作者致敬

吴医生的个子不高，身材瘦削，眼眶深凹，看上去满脸疲惫。

每天早上8点准时开门，按照这个时间推算，他起床的时间在凌晨5点左右——起床后，他要为母亲做好早饭和午饭，临走前，还要用柴火余温把饭焐热，直到母亲中午吃饭时，依然是热的。

从住家的大石村到诊所所在地东华村，走路加上划船一个半小时，这位身材瘦削的医生，背着医药箱划船的身影却显得十分伟岸。

“吴医生，你好!”

“吴医生，我家广柑要熟了，到时候我给你带两个来。”

“吴医生……”

这一声声尊称，让吴华脸上经常露出满意的笑容。行医40年，自己依旧是来时模样：“只要这些乡亲需要我，我就会一直干下去，直到动不了的那一天。”

让我们向吴华，向默默工作在各条战线的基层工作者们，致敬。

作品标题　一副药10元钱，乡村医生行医40年不舍离去
参评项目　通讯
作　　者　王渝凤
责任编辑　朱亮
刊播单位　重庆晚报
首发日期　2017-12-09
刊播版面　慢新闻APP

作品评价

一个感人至深的乡村医生，在他问诊的道路上，用自己的技术给当地的居民带来福音。

文章于12月9日在重庆晚报慢新闻APP上刊发，这是一篇被医生感动至深后写的文章。一个平凡的乡村医生，他的年纪，本可以颐养天年，为了那些穷得看不起病的老乡生病了有地方治疗，他最终选择了坚守并留下，他不止感动我，也感动了很多的陌生人。

采编过程

记者在外采访时听说大足宝顶镇一位村医，手部虽然残疾但是医德高尚，当地村民相对贫穷，而医生的处方每张都不超过10元钱。

得到线索后，我们的第一反应是这是一个不错的新闻题材，在向值班主任王蓉汇报后，她建议我们深入实地对老人进行采访。

12月6日，记者驱车前往大足宝顶镇东华村，找到了这位乡亲们交口称赞的好医生吴华。

吴华和他的诊所、吴华和患者、吴华和他花钱打造的船，以及发生在这位村医身上的所有故事，都让人为之动容。

一个平凡普通的医生，为何会有这样伟大的义举？原来，他学医是因为自己的手被蛇咬致残，下定决心要当医生。他之所以每张处方不超过10元钱，也是因为当地的老百姓大多贫穷，他离不开这片故土，原因是他已经把自己深深地扎根于此，只有这里才是发挥他医生才能的最好沃土。

这篇人物故事并没有惊天动地，但是所有的细节都足以打动我们，在经过细致的打磨后，最终这篇关于吴华医生的报道成文并见报。

社会效果

文章刊发后，随即引发全国关注，包括上海电视台、北京电视台、中央电视台等多家媒体关注并跟进采访，也得到了市委宣传部相关领导的高度赞扬。

同时，社会上也掀起了一股向残疾医生吴华学习的风潮，在大足当地，卫计委通过了解吴医生的难处，为他增添了部分设备，解决了他给病人看病无法打针的问题，而更多的人也通过关心吴医生，表达自己的问候与祝福。

全媒体传播效果

文章在网络上引发了上千家媒体转载，最高阅读量超过 100 万次。同时，我们的首发也引发了重庆本地媒体的高度关注，并跟进新闻。

“重庆领队为救游客被大象踩踏牺牲”事件慢新闻·泰国特稿

重庆晚报记者　江飞波

一
泰方坚称游客致大象发疯　家属拒绝赔偿要真相

最高气温 32 摄氏度，曼谷烈日灼心。当地时间中午 12 时许，何永杰的 8 位亲属从芭提雅乘车到达曼谷，在中国驻泰大使馆办理相关证明手续后，前往医院看何永杰最后一眼。下午 4 时许，一家 8 人到达曼谷警察总院，何永杰的遗体存放在这家医院。

何永杰的爱人回忆，19 日傍晚她送丈夫到江北机场 T3 航站楼，离别时何永杰和她还深情拥抱。不承想，如今已天人永隔。看见爱人浑身伤痕累累，何永杰妻子冯怡号啕大哭：“他人那么好，不应该是这个下场，我不走，我要陪他……”何永杰亲属回忆，21 日当天，他们还在何家微信群讨论第二天冬至去哪里吃羊肉，身在泰国的何永杰还在群里说，希望带完今年最后这个团，24 日回到重庆后再吃一顿羊肉。如今，何家的微信群依然在，却再也无法接收到来自何永杰的消息。

何永杰亲属到达泰国后，于 22 日晚和当地警方进行了接触，要求查看笔录等资料，并希望拍照进行核对，当地警方未回应家属诉求，只对园方和家属方赔偿事宜进行了协调。何永杰家属向记者介绍，22 日下午协调时，泰国园方称，事故系有游客大声喧哗导致大象受惊发疯伤人。但此前，多位何永杰旅行团团员证实，事发时肇事大象附近并没有游客。

据悉，目前泰国园方提出 100 万泰铢（约 20 万元人民币）赔偿方案，已被何永杰家属拒绝。“我们不要那些钱，我们要真相，要一个明明白白的答案，为什么一个活生生的小伙子会死在这个园内？我们后来才了解到，那头肇事大象两脚之间的铁链都拉断了……”

何永杰家属称，事发时肇事大象背上的座椅内有两名中国游客（一男一女，可能是北京的游客），大象发狂肇事时女游客被甩下象背，男游客和象夫直到事后才下来。因为这两位游客是事发时为数不多的亲历者和见证人，何永杰家属希望两名游客能主动联系，澄清事实和提供事发经过的详细信息。

同时，针对何永杰无私救助游客的义举，目前重庆、四川以及全国各地的领队人员共500余人，合计为何永杰家属捐助了10万余元。23日下午17时，此前素不相识的一位重庆领队将筹集的爱心款交到何永杰父亲手中。

目前，何永杰家属正在积极配合大使馆和国内旅行社与泰方进行协商，解决善后事宜。

二

驻泰使馆、国家旅游局曼谷办事处慰问何永杰家属
家属希望认可何永杰救人行为

当地时间24日上午11时许，中国驻泰国大使馆李春林参赞、中国国家旅游局曼谷办事处主任张新红，到曼谷何永杰家属所住酒店进行看望慰问，李春林和张新红表示，将尽最大努力和泰国警方沟通，调查案件事实，积极协调善后补偿等事宜。

21日下午，重庆旅行团领队何永杰在泰国芭提雅象园为救游客，被大象踩踏致死。李春林和张新红向家属询问、了解何永杰生前在泰国带领旅游团队的工作情况，并表示非常敬佩何永杰的救人行为。

中国驻泰国大使馆李春林参赞对何永杰家属说："你们家属当前还有什么困难？如果遇到困难或有情况，要和大使馆随时保持沟通、联系。中国大使馆是为中国公民服务的。"

李春林参赞介绍，每年节假日都会有大量中国游客赴泰旅游，预计2017年全年赴泰旅游的中国游客将达到1000万人次，此前大使馆多次和泰国旅游主管机构接触，督促泰国旅游部、行业协会、旅游警察以及旅游相关的交通、水上等相关机构落实旅游安全措施。

何永杰父亲说，希望何永杰无私救助游客、见义勇为的行为获得大家的认可，得到应有的承认。国家旅游局曼谷办事处主任张新红介绍，鉴于何永杰领队的行为，将会向国家旅游局进行反馈。大使馆李春林参赞建议家属等待泰国警方调查结论，同时建议家属回国后向民政部门反馈和呼吁，保留相关资料和佐证等。

何永杰爱人冯怡提出，希望泰国象园和旅行社方面积极面对，对何永杰的离去有一个交代，希望对方不推卸责任。

何永杰家属介绍，目前泰国旅行社方面在积极配合解决。

中国驻泰国大使馆李春林参赞称，将和泰国当地旅游行业协会进行沟通协调，和泰国警方进行交涉，积极解决。

中国驻泰国大使馆、中国国家旅游局曼谷办事处再次提醒赴泰国及东南

亚旅游的游客及旅游工作人员，注意自身安全，提前做好出国旅游准备工作，遇到突发事件及时报警和联系当地中国使馆。

三
“杰，我来带你回家。此生，我不要再来这片土地”

只要记住你的名字，不管你在世界的哪个地方，我一定会，去见你。

——题记，新海诚《你的名字》

冯怡说，比她大 7 岁的何永杰是个热体质，冬天睡觉时身上总是滚烫滚烫的，脚都要晾在被子外面。从 19 日晚上 10 点在重庆江北机场 T3 航站楼拥抱告别，到 23 日下午 4 点左右在曼谷一家陌生的医院再次相见，那副滚烫的身躯已经变得冰冷。冯怡多想再次拥抱、再次亲吻他，可是她不敢，怕滚烫的眼泪让故人无法心安。

任凭内心崩溃、翻江倒海，她只是不停用袖子擦拭眼泪。伸手，最后一次轻轻地握了握爱人早已冰凉的手臂……

1

冯怡眼神空洞地望着酒店房间的屋顶，唯有回忆丈夫时，眼神才能回到所处异国的现实当中。回忆往事，冯怡的嘴角能泛起微笑，笑出声音，仿佛那个人就在她眼前，就在她身边。

冯怡回忆，丈夫何永杰非常守时，其他旅客为了保险起见，一般也就提前 3 个小时到机场，但是何永杰每次都要提前 5 个小时左右到机场。19 日晚上 9 点半，在丈夫的催促下，冯怡开着车从家里将丈夫和此次同团旅游，第一次到外国旅游的母亲、外公外婆、叔叔一同送往江北机场 T3 航站楼。到达机场时是晚上 10：03，此时距离航班起飞还有近 5 个小时。

下车时，冯怡交代母亲和叔叔在国外要照顾好外公外婆。“我知道他那个人，我怕家人在国外给他带团添麻烦，所以就单独交代了要照顾好家人。”冯怡说，当时因为车子停在路边，她担心停久了可能会有罚单，于是匆匆与母亲、外公外婆拥抱告别，转身时听到丈夫带着醋意说：“你不抱我啊?”冯怡又转身和他拥抱，随即开车离开了机场。

不承想，这次再普通不过的拥抱、告别，是他们此生最后一次拥抱，成了他们的诀别。

20 日凌晨，冯怡早已回到家中睡熟。当晚，航班晚点后何永杰用手机在网上选购了一张新海诚动画电影《你的名字》封面主题的数字油画，20 日白天，冯怡醒来后看到了丈夫的留言，便支付了 48.9 元，购买了这幅画。何永杰准备带完2017年最后一个旅游团回家后，用象征生活五颜六色的油墨将画布填满。

“他喜欢《你的名字》，拉着我一起看了好几遍；他喜欢吃重庆火锅、江湖菜，还有磁器口的鸡杂；他喜欢踢球，是利物浦的铁杆球迷，还说要带我去俄罗斯看世界杯，去英国现场看利物浦踢球；他喜欢旅游，我们都约好了，一年至少要去两个地方，要不重样；他喜欢热闹，热爱生活，总是想把生活过得多姿多彩……”冯怡回忆道。

随着爱人离去，所有存留在冯怡脑海中过往的画面，如同洗过的扑克牌顺序一样，杂乱地在她眼前晃着、晃着……

2

何永杰生于1982年，生肖属狗，其父亲也属狗，何永杰和冯怡原计划在2018年要一个狗宝宝，这样的话，家中三代都属狗。何永杰在外带团时，在家中备孕的冯怡的日常生活有些平淡，19日到21日这几天原本和平常无异。事发2小时前，21日下午3点多，她还在QQ上和丈夫聊天。

21日晚7点左右，冯怡接到丈夫一位大学同学的电话，这位同学在电话里问：“何永杰的事是不是真的?”冯怡回忆，这句话问得没头没尾，她当时稀里糊涂没听懂，电话就被匆匆忙忙挂掉了。但她感觉不对，就立即打了丈夫的QQ电话，没人接。

她随即打了同在一个旅行团的妈妈的电话。“电话接通后，我问我妈何永杰在做什么，我妈说他在忙，她挂电话前让我好好照顾自己，好好吃饭。”冯怡说，她当时听到妈妈让自己好好吃饭时就慌了，感觉出事了。她又立即打了丈夫的QQ电话，这时电话接通了，是泰国的导游接的，对方用不是很流利的中文说道：“阿杰不在了!”

“我这几天一直都是昏沉沉的状态，不知道该怎么形容这几天是怎么度过的……”

“我们两个是2013年3月10日下午在磁器口一个茶馆见面的，我们见面的过程其实很有趣，当时他们5个男生和我们5个女生通过微博上的一个中间人介绍，说见面试一下，成不成无所谓。我当时才24岁嘛，就抱着看一看的心态参加了这次见面。”冯怡说，那天见面时何永杰就挨着她坐，一直帮她夹菜。第二天，何永杰单独约她到一个餐馆吃饭，冯怡回忆说，她记得很清楚吃的是剁椒鱼头，咸得要命。此后连着十多天，何永杰都约她出来吃饭，两人恋情迅速升温。

热恋8个月后，2013年11月3日，另外一位朋友约冯怡出来喝茶、吃晚饭，将地点定在了磁器口。“我当时和朋友说，喝茶吃饭去哪不好，非要挤到磁器口去。”冯怡清楚记得，当天重庆下了雨，磁器口的地上湿漉漉的。走到第一次见面茶楼的附近时，远远看见有人围着拍照，走近一看，茶园门口挂着一个横幅，上面写着：“冯怡嫁给我 我爱你，永远!”

“他知道我超级喜欢哆啦A梦，所以早有准备。”冯怡说，熙熙攘攘的磁器口茶馆门前，何永杰穿着租来的哆啦A梦人偶服，将自己套在里面。“那时他有点穷，我记得他一个月工资才1500元，大大的人偶服是租来的，他有点尴尬地站在那里，手里捧着99朵鲜艳的玫瑰花。大家都起哄让他单膝跪下求婚，然而地上是湿的，他担心跪下去会弄脏租来的衣服，还在犹豫……”冯怡笑着回忆，那天何永杰土得掉渣，在现场，她还用激将法激了一下何永杰，当着大家的面调侃：“你还跪不跪哦?”何永杰手捧鲜花单膝下跪，求婚成功。

3

何永杰20日从网上购买的那幅新海诚动画电影《你的名字》封面主题的数字油画，23日已经快递到了重庆。

23日，冯怡和亲友从芭提雅回到曼谷，到大使馆办理手续后去医院看丈夫最后一眼。“在芭提雅接收遗物时，我送他的一条项链上全是血，家里的钥匙都被大象踩变形了，我不敢拿……”

在没有看到丈夫前，从21日晚上接到消息，到23日下午到达曼谷警察总院，43个小时里，她一直恍恍惚惚地对自己说这些不是真的，这些不是真的。

两部手机成了冯怡无法释手的宝贝，独处时总是习惯性地点开相册，手机屏幕的光幽暗地照在她的脸上，手指滑动，一张鲜艳的照片过目，紧锁的眉头终于展开，仿佛那一刻穿越回到照片里的场景，那个人仿佛从未离开……

直到23日下午看见丈夫满身伤痕、永远无法回应她的呼喊时，冯怡才意识到，那个最爱她的人，真真实实地离开了。

冯怡说，丈夫喜欢热闹、非常黏人，总会在三伏或大寒的天气里去踢球，她不想陪着去，他就一直在旁边黏着，央求说，哎呀，去嘛、去嘛，去外面走一下嘛多好……

冯怡说，丈夫身上有些“泡泡肉”，拥抱的时候感觉像抱着大白一样……

冯怡说，自己很强势、很任性，他们夫妻结婚后也会吵架，每一次总是丈夫先认错，用各种搞怪的办法来获取原谅……

《你的名字》海报油画的材料已经到了，画板上的空白恐怕再也无法填上颜料；利物浦的主场，有一个球迷，永远无法完成他朝圣的梦想……

相比重庆的四季分明，被称为天使之都的曼谷好像只有夏天，海洋的季风吹拂和温暖着这里每一个乐天安命之人。但有一位柔弱的女子例外，此次她要带着她的爱，穿过这座城市，回到只属于他们的地方。

她说这次离开，此生不想再来这片土地了。

四
当事象夫接受慢新闻专访：何永杰本有逃生机会

12 月 21 日下午，重庆籍领队何永杰为救游客不幸被泰国大象踩踏致死的事件引起广泛关注。事件发生后，先有网友发帖称，系有游客不听劝阻拉扯象尾惹怒大象导致了悲剧发生。随后该团队游客多次向媒体发声，并手写“事情经过”详述何永杰救人过程，同时对网友质疑进行了回应和澄清。

大象为何突然发怒攻击游客？事发时大象上的象夫在做什么？象园安全保障措施问题到底出在哪里？诸多细节的缺失，将整个事件拖入悬疑的旋涡。

25 日下午，记者抵达芭提雅事发现场，寻找园方目击事件发生的当事人。据悉，当天园方目击者至少有三人：象夫乌（Ud yoon lam）、警卫萨达（Sada）和一位女性象夫阿颂（Som），其中乌是肇事大象的象夫。

骑象门票 20 泰铢
园方称靠照相等收费增加收入

此前，有媒体报道称事发象园为“金三角风情园”。25 日，园区老板巴硕（Prasert）告诉记者，“金三角风情园”只是导游取的名字，园区正式注册名称是“芭提雅少数民族村”，除象园外，还有鳄鱼、马车、民俗等相关主题参观区域。记者在现场看到，目前还有不少游客乘坐旅游大巴车进出，到场参观。巴硕称，目前象园已经关停，其他的经营正常进行。

24 日，泰国 huayyai 警察署一名警官向媒体透露，大象发怒的原因还在具体调查，目前仍无法确定有游客拉象尾的行为。警方称，事发时两名游客和象夫坐在大象身上，游客曾围着大象拍照，刺激到了大象。警方表示，可以认定的是驯象师控制大象不当，景区的老板也被认为同样应担责。

巴硕介绍，芭提雅少数民族村成立已有十多年，其中象园经营了近两年，有大象 12 头，象夫 12 人。巴硕说，其本人并没有这 12 头大象的所有权，大象所有权一般是象夫拥有，园区只是提供经营场地和服务。

“骑行大象走一圈大概是 10 分钟，每人收费 20 泰铢。我们在象道旁边设置有专门的照相点，提供安全的照相服务，照相收费是每次 100 泰铢。门票加照相和小费等收入，分配到每位象夫身上，一天的收入大概是 500～600 泰铢。”巴硕说，骑行的门票价格很低（20 泰铢/人，约 4 元人民币，一次乘坐

2 人），单靠门票收入无法维持，所以园区是想依靠照相等附加服务费增加收入。“事发时我在园区外，泰国当地警方的调查称，是有游客围着大象照相，刺激了大象，这是大象发怒的主要原因。”巴硕说。

不过，这一说法与重庆游客的说法却大相径庭。25 日华龙网报道，此次事件团队游客回到重庆后详述了事件始末。事件发生后，团队成员李正华在和团里的游客讨论时，好几位游客都表示，大象发疯时，前后至少 10 米距离内没有人。

记者现场体验，大象园环境比较嘈杂，人声喧哗，车辆不断。退一万步讲，即使当时有游客拍照，如何证明拍照是引起大象发疯的直接原因，而不是其他因素所致？对此，目前还没有官方解释和答案。

肇事大象 17 岁
兽医报告称无发春迹象

记者追问，作为此次事件的焦点，肇事大象当时的健康状况和状态是否正常？

巴硕提供了一份泰文的鉴定报告，称事后泰国春武里府挽拉蒙县政府兽医署对肇事大象进行了“血细胞样本验证”，25 日出具了“按宏雅警察署对县政府官方兽医署检验该大象是否发春的事实报告”，结论为“现在县兽医署已经证实当事大象（派普康）并没有发春迹象”。

当事象夫称，肇事大象派普康 17 岁，公象。这头大象是 5 岁时购入，大象此前进行过多项工作，约在 8 年前开始从事骑行工作，在到这个园区之前，派普康还在普吉岛当过骑行大象。

事发当天，大象的工作状态又是否正常？

当事象夫乌称，事发当天中午 12 点左右开始有游客到园区骑大象，他也是 12 点左右骑着自己的大象为游客提供服务，下午 1 点左右——游客开始逐渐增加，到当地时间下午 4 点左右（北京时间下午 5 点左右——记者注）共有 4 个旅游团游客在现场依次骑行大象。

21 日下午 4：20 左右大象伤人事件发生，此时大象已经工作了 4 个多小时，其状态到底如何，谁也说不清。

事发现场人象同道
分离游客和大象靠人喊

记者在事发现场看到，骑象台和停车场只隔了一条水泥路，距离约 20 米。现场目前正在新建栏杆，而事发时现场是没有栏杆进行隔离的。同时记者在现场看到，大象走的土路象道和停车场之间只有一条浅沟，距离也不到10米。万一停车场汽车不小心鸣笛，也可能会对正在行走的大象造成影响。

游客要进入骑象台，有一段二三十米的路程，是那条骑象台和停车场中间的水泥路。这段路，大象也要在上面通过。

记者追问园方，此前为何没有设置游客和大象间的隔离设施？

园方老板巴硕承认，此前没有隔离栏对人象进行隔离。大象园在经营时，园方在水泥路入口处设置了警卫，由于没有隔离设施，有游客靠近大象时，警卫的工作便主要是进行警示，把游客喊回来。当天在象园值班的警卫萨达回忆称，事发时有多名游客靠近大象拍照。

需要再次指出的是，此前旅行团成员在事发后写了多份“事情经过”的情况说明，表示没有上前拍照，更没有人上前摸大象尾巴。到底有没有游客靠近拍照？到底有没有人摸了象尾？是此次事件争论的焦点和核心。

巴硕称，该园区主要接待中国游客，中国游客占比90%以上。为此，骑象台还贴了“不准拍照”和“不准拍照　罚款500铢”等中文提示。他说道：“因为游客用自己的手机照相不用钱，而园方照相要100泰铢，所以很多游客就自己用手机照，想省掉这笔费用。”

21日事发时，到底有没有人靠近大象拍照，有没有人摸了象尾？巴硕称他当时不在园区，泰国当地警方事后调查，主要询问了象夫和警卫等目击者。

肇事大象象夫乌、警卫萨达和另外一位女象夫阿颂，均称大象发怒前有游客靠近拍照。但是否真的有游客靠近拍照，具体有几个人上前拍照等，因为事发突然，场面又混乱，加上现场没有监控设备等，无法盖棺定论。

象夫描述事件经过
何永杰曾有机会逃生

对于此事最大的疑点，到底有没有游客摸了象尾，更是成了“罗生门”。

现场目击者萨达在事发前一刻，正在骑象台的阶梯处领着几名游客出去，注意力没在肇事大象上，女性象夫阿颂和肇事大象也有一段距离，均无法确定有没有人摸了象尾。

当事象夫乌说，他坐在大象上载着两名游客准备下水泥路的边坡。“当时左侧有人拍照，他在象上发出急促的‘诶、诶、诶……’的声音，想把拍照的游客赶走。正要下坡时，大象先是浑身抖了一下，随即发出一声嘶吼，然后大象出于本能反应掉头，大象转身时其前腿绊倒了一位游客。”乌说道。

现场情况，也从这一刻开始失控。

记者问：有没有看见有人摸象尾？乌说，他坐在大象上，是看不到尾部情况的，他无法确定是否有人摸了大象尾巴。

同时，园方也没有证据能证明，有游客摸了大象尾巴。

大象发出嘶吼后，现场一片混乱。象夫乌、警卫萨达和女象夫阿颂称，此时游客开始四散奔逃，大多数是跑到停车场躲避。而在大象发出嘶吼的一刻，在停车场附近的领队何永杰（象夫和警卫等均不知道何永杰姓名，表述时均为“他”——记者注）已经知道危险即将发生，看到团队成员有人倒地（重庆游客赖天丽）受伤，并遭受大象攻击，他便第一时间上前施救。如果不是何永杰的举动，大象也许会持续攻击赖天丽，何永杰等于是拿一命换了一命。

“本来大象戴了铁链（后来大象彻底失控将铁链拉断——记者注），是跑不过人的，如果那位领队一开始跑开了就不会有危险了，而且事发现场有一条小沟（目前已填平——记者注），他回来救人的时候是跳过那条小沟的，这个跳跃的动作可能被大象看到了，大象会以为他这个动作是攻击的动作，于是大象的注意力便完全转到这名领队的身上。”象夫乌称，他此时在极力控制大象，用象钩不停大力敲打大象的头部和颈部，但大象已经彻底失控，用鼻子卷住了上前施救的领队何永杰，重重摔在地上，重伤的何永杰已无法逃脱，大象疯狂持续，而此时象背的一位女游客（上海游客——记者注）也掉了下去。疯狂的大象针对何永杰的攻击持续了近 3 分钟。

目睹攻击过程的女象夫阿颂称，女游客是在停车场内的空地上掉下来的，掉下来后抱着头蜷缩在大象身体下，大象此时的注意力并不在这位女游客身上，而是继续攻击领队何永杰。最后，何永杰倒在了一堆杂草丛里。

象夫称，约 5 分钟后，疯狂的大象才被逐渐平静，随后被控制。

园方老板巴硕还讲述了一个细节，称 17 岁的肇事大象派普康下边坡时，左前方鳄鱼馆旁边，也停了一头大象，而这头大象是派普康讨厌的一头大象，当时两头大象距离不远。

关于大象突然发怒的原因，似乎更加扑朔迷离……

巴硕承认，园内没有隔离设施将游客和大象进行完全分开，是事件的主因，园方有管理漏洞，同时现场象夫控制不当；园方全力配合泰国警方调查，后续泰国警方相应的指控，如果败诉也会承担相应责任。而关于事件中游客领队何永杰死亡的赔偿事宜，他们会参照泰国的相关规定进行。

五
何永杰遗体昨在曼谷火化　家属即将返回重庆

“你是所有人的英雄，却偏偏辜负了我，你承诺的爱我一生，记得下辈子还我……”泰国当地时间 27 日晚 8：40，重庆领队何永杰遗体在曼谷当地火化后，其妻子冯怡发布微信朋友圈，进行悼念。

记者获悉，昨日（27 日）中午，何永杰家属与涉事园方在曼谷 HIP BANGKOK 酒店达成协议，园方赔付 150 万泰铢（约 30 万人民币），保险赔偿 100 万泰铢（不包括中国国内的保险公司赔偿）。昨日下午，何永杰遗体已在泰国曼谷火化，家属即将启程回国，并择期举行追悼仪式。

此前，记者在芭提雅涉事大象园区现场采访了园区老板巴硕，巴硕承认，园区没有栏杆进行人、象隔离是悲剧发生的主要原因。芭提雅当地 HUAY YAI 警察署此前也认定，驯象师控制大象不当，园区老板也被认为同样应担责。巴硕接受采访时表示，园方没有尽到安全管理责任，愿意承担相应的法律责任。根据泰国法律，他和驯养大象的象夫可能面临 20 万左右泰铢的罚款，还可能面临 2 年左右的刑期。

记者 27 日下午在芭提雅 Memorial 医院，对话此次事件中被何永杰救下的重庆游客赖天丽。赖天丽介绍，当时的情况和此前团员介绍的情况基本吻合，事发前她和领队何永杰在停车场内面对面聊天，她是背对大象而来的方向。大象突然转向停车场越过一条小沟对她进行攻击时，因为是背对着，所以没有看到大象来了，而在她对面的领队何永杰将她拽开，大象转为攻击何永杰。

“我先是被大象鼻子卷起，重重地甩在地上。当时我本能地想爬起来，但是腿已经受伤了，起不来，我就侧了一下身子，大象没有管我，直接就从我头上越过去了，象腿过去的时候踢到了我，我的头直接磕在地上，被踢断了 5 根肋骨，当时就昏过去了。”赖天丽介绍，她也是事后才知道，此后昏死的十多分钟内，现场极度混乱，大象疯狂攻击导致领队何永杰死亡。

“小何（何永杰）是因为把我拉开才出的事，我之前昏迷重伤，在芭提雅多次转院抢救，一直没能联系上他的家属，今天也借此机会郑重地道一声，谢谢！”

记者获悉，事件发生后，为帮助何永杰家属渡过难关，同时表达对何永杰救人行为的敬佩，川渝两地以及全国各地的导游、领队及旅游相关从业人员等，多次自发募捐，截至 27 日，何永杰家属已收到近 20 万元爱心款。

作品标题　“重庆领队为救游客被大象踩踏牺牲”事件慢新闻 · 泰国特稿
参评项目　系列报道
作　　者　江飞波
责任编辑　杨昇　邹渝　李莉　欧鸿
刊播单位　重庆晚报
首发日期　2017-12-23
刊播版面　慢新闻 APP

作品评价

“重庆领队何永杰在泰国为救游客被大象踩踏致死”事件于2017年12月21日发生后举国关注，该系列报道是全国媒体中唯一对话到当事人家属，唯一到达事发现场，最先对话象园老板以及唯一对话当事象夫等全国重磅独家新闻。《泰方坚称游客致大象发疯　家属拒绝赔偿要真相》《何永杰遗体昨在曼谷火化　家属即将返回重庆》等是系列稿件中的时效性报道；《杰，我来带你回家。此生，我不要再来这片土地》是死者家属专访，体现了媒体的人文关怀；《当事象夫接受慢新闻专访：何永杰本有逃生机会》首次传达了事件中泰国象园、象夫的声音，是此次事件中争论焦点的直接展示。

采编过程

记者奔赴泰国曼谷、芭提雅等地，最终采访到了此次事件的所有核心各方：当事家属、我驻泰大使馆、事发象园老板、当事象夫、被何救下的游客赖天丽等。同时坚持到事发象园现场进行采访，以求还原事发过程。

社会效果

旅游安全事件频发，此次事件焦点更是聚焦游客行为，此系列报道展示了事件各方的观点，同时记者重点做了家属的专访稿《杰，我来带你回家。此生，我不要再来这片土地》，体现了媒体的人文关怀，引发网友广泛热议。

调查：乐山女教师公园跑步之死

重庆晨报记者　范永松

12 月 22 日，四川乐山市警方发布消息，称在公园跑步离奇失踪 7 天的女教师遇害案告破，涉嫌抢劫杀人的凶手李某被警方抓获。

记者在乐山调查案件时发现，行凶的犯罪嫌疑人李某刚退伍不久，因嗜赌半年输光 15 万元准备用于结婚的退伍补助金，于是铤而走险踏上抢劫之路，碰巧遭遇孤身在公园跑步的女教师王某。

一个是 31 岁热爱跑步健身的单亲妈妈，一个是嗜赌如命输光未来的 24 岁退伍兵，双方在一个没有人的公园里完成了一次致命的邂逅。

女教师最后的一条朋友圈

“宝贝，妈妈出去跑一圈就回来，你和奶奶乖乖在家看电视。”12 月 14 日下午 5：35，眼看天色渐晚，31 岁的王某向 6 岁的女儿打了一声招呼，就出门跑步了。

在厨房洗碗的母亲范建英看见女儿出门时，上身穿棕黑色貂皮外套，下身穿青色短裙和黑色紧身裤，脚上一双白底运动鞋，手里拿着手机和耳机线。“她出门跑步随身都不会带钱。”

自从一年多以前搬到七星海棠小区之后，王某养成了几乎每天出去跑步健身的习惯。

七星海棠小区位于乐山市中区人民西路，小区的背后几百米就是植被茂密号称是城市肺叶的绿心城市公园。

王某这次出门后再也没有回来。

从家门口出来之后，王某顺着大门向左，跑过一段 30 米的门前公路，然后再向左拐，就进入大丛林巷，巷子弯弯曲曲，路面只有 4 米宽，两车交错必须停车让行。沿着巷子跑 300 米，就进入了绿心公园环线的入口。

绿心公园面积超过 10 平方公里，四周修建了一条长达 10 多公里长的环线步道，供周围的居民跑步和骑车健身。

为了保留原始森林公园的原貌，公园里只修了一条从东北延伸向西南的双向四车道过境公路绿心路，将绿心公园截成一大一小两个半圆。王某经常跑步的就是被绿心路截断的东南角小半圆。

王某的堂哥谭俊琪说，妹妹在绿心公园长期跑步的线路是进入东南入口之后，就向西南方向慢跑，沿途会经过一碗水、塘湾和桥儿洞三个小地名，然后在快接近绿心公路时掉头原路往回走，线路单程 3 公里左右。

谭俊琪说，下午 6：19，当地天已经开始慢慢黑了，王某一边慢跑，一边在微信上发了一条配图的朋友圈，“是我来得太早，还是雨纷飞就没有人走路了”，配图是黄昏时候的跑道；4 分钟后，她在这条信息下回复“我已经走了半圈，雨下大了只能跑回去”。自此之后，她再无消息。

晚上 7 时许，早已超过了女儿应该返回的时间，范建英给女儿打电话，结果关机。随后拨打多次，电话一直无法拨通。而给女儿的朋友们打电话，也均无结果，一种不祥的预感顿时涌上老人家的心头。

“妈妈去外地出差了”

15 日凌晨 2 时，依然找寻无果之后，王家到人民西路派出所报警，但警方表示成人失踪需要 24 小时之后才能立案。

通过调取沿途监控录像，王家发现王某在当天下午 5：41 离开七星海棠小区大门，10 分钟后，从绿心公园大门入园，由于绿心公园多个监控镜头损坏，最后只看到王某在 6：23 从塘湾附近经过，此后再无踪迹。

15 日，焦急如焚的王某家人和朋友除了到处在网上发寻人信息外，也开始自发组织起来到绿心公园寻人。下午 3 时许，王某的家人和朋友 30 多人来到绿心公园，沿着她曾经的跑步线路四处寻找，但依然没有任何踪迹。

此时，王某的家人们已经陷入绝望。6 岁的女儿一直哭喊着要找妈妈，范建英只能瞒着年幼的孙女，告诉她妈妈到外地出差了。为了防止消息走漏，家人专门给孩子的班主任打招呼，让全班的家长都不要告诉孩子真相。

女教师失联 7 天后警方抓获凶手

16 日凌晨零时 20 分，人民西路派出所介入调查。由于女教师跑步失踪案在乐山整个市区传得沸沸扬扬，引起乐山警方重视。

乐山警方在 12 月 17 日开始组织数百民警携带 10 多条警犬，开始沿着王某跑步的线路进行搜山。但由于前两天下雨，公园面积太大，搜救效果并不理想，现场依然没有找到王某的任何踪迹。

12 月 22 日，当地警方突然通知王某的父亲王珉高，王某的遗体已经找到，抢劫杀人的凶手也已经抓获，让王家下午到乐山市殡仪馆来领取尸检通知书。

在殡仪馆，王珉高终于看到了失踪 7 天的女儿，浑身伤痕累累，头部遭遇重创，额头右侧塌陷，疑遭遇钝物打击，同时多颗牙齿脱落，显然生前经过了激烈的反抗。王某手腕上的玉镯消失，连同跑步时听音乐的手机一并被歹徒抢走。

赌博输红了眼的退伍军人

女教师失踪案传得沸沸扬扬，在中铁二十局乐山基地家属区摆鞋摊的老陈目睹了凶手落网的一幕。

12 月 21 日下午 3 时许，他正在和一个补鞋的居民聊天，突然看到一大群人从小区里涌出，几名荷枪实弹的警察提着一个头上罩着头套的男子出来，然后押上了警车，呼啸而去。旁边围了一大群围观群众，大家这时才知道戴头套的男子是杀害女教师的嫌疑人李某。

嫌疑人所住的中铁二十局家属区距离王某住的七星海棠小区也不过四五百米，两个小区均背靠绿心公园，在一个路口分叉。在中铁二十局家属区大门口，距离李某租住的民房不足 200 米，就是人民西路派出所，无论作案前后，李某只要出门，都必须从此经过。

邻居们介绍，李某所租住的 1—3 号位于五六米高的堡坎之下，采光不好。防盗门上张贴着一张白色的封条，封条上写着人民西路派出所封，查封时间为 12 月 21 日。

这套房是两室两厅的结构，客厅摆了一台电视机，还有简单的茶几和沙发，阳台上有一个梳妆台，阳台一侧晾晒有衣服，其中有多件是女人的内衣。

隔壁邻居杨先生说，原来的房东廖先生因为嫌房屋受潮，在一年以前搬到几公里外的女儿家住，于是将房屋挂到网上出租。大概半年前，李某通过中介租了此房。

通过交谈，房东了解到李某今年 24 岁，19 岁参军，今年上半年退伍。老家在距离乐山市区 83 公里的马边彝族自治县。

邻居们介绍，当时李某入住时还带来了女朋友，李某个子不高，约一米六，皮肤黝黑，偶尔出门和邻居相遇，还打一声招呼。

据房东介绍，李某计划先在乐山市区找份工作站住脚，边上班边按揭买一套房，然后结婚。

但不久，邻居们发现这对小两口经常争吵，女友也随后离开，原因是李某沾上了赌博的恶习，半年多时间就将 15 万元退伍补助金挥霍一空。这笔钱，本来是李某的全部未来。

女教师曾与劫匪激烈搏斗

邻居们推测，在输光家底之后，李某情急之下走上了抢劫之路，结果没有想到在绿心公园与冒雨跑步的王某相遇。

12 月 25 日，在绿心公园，多名清洁工一边在公厕边扎扫帚，一边向健身的市民闲聊案发地经过。李某落网后，很快向警方交代了作案的过程，并被警方带回案发现场指认，他很快交代了抛尸地点。在公园里做清洁的清洁工目击了指认过程。

李某介绍，在输光家底之后，他决定铤而走险，去小区背后的绿心公园抢点钱。12 月 14 日下午，在王某出门跑步之前，李某就已经骑着摩托车早早进入了绿心公园守候。

绿心公园里的 1488 户原住民被迁走后，方圆 10 平方公里的公园里就此没有了常住人口，变成了一个巨大的无人区。沿着步道周边，还有多条支路连接绿心公路，方便驾车逃跑，而茂密的植被也易于躲藏。

当晚近 6 时 40 分左右，天色渐晚，还飘起了小雨，在塘湾附近守候多时的李某终于见到了一边听音乐一边往回走的王某。

看见对方只是一名孤身女子，还穿有貂皮外套，李某猜想对方可能有钱，当即上前将其手机和玉镯抢走，由于事发突然，王某根本来不及反应。

让李某失望的是，对方身上没有带钱。李某有些失望地转身准备逃离现场，走出不到 10 米，他没有想到被抢后的王某不服气，高声说要去报警抓他。李某顿时有些气急败坏，返身回来，将王某劫持进步道旁边的树林里，身高 1.55 米的王某拼命反抗。经过十多分钟的激烈搏斗，力量更占优势的李某用石头将对方砸晕杀害。

趁着夜色，李某沿着小路，将王某尸体运到距离绿心公路不远的一处竹林找了一个靠墙的排水沟，将上面的竹叶和浮土刨开，将王某丢进去，然后用泥土和竹叶勉强盖上，随即仓皇驾车上了绿心公路逃回家。

12 月 25 日，在谭俊琪带领下，记者找到了埋尸的地点——一处距离小路不到 3 米的小竹林，上方 20 米就是车来车往的绿心路和一处公厕，该处距离案发地差不多有 2 公里，沿途会经过一个涵洞和多个已经变成断垣残壁的民居，周围荒无人烟。

埋尸地点是一个靠墙挖的小坑，很浅，不到半米深，坑里摆放着家属送来祭奠的几支绿色康乃馨，旁边有几个橙色的橘子，以及几支燃得只剩把柄的红烛。

家属希望严惩凶手以命还命

12 月 26 日，七星海棠小区门口，两顶蓝色的帐篷搭在小区门口空地上，白色的挽联高挂在帐篷门口，几十个花圈沿着门口公路摆放了 100 多米远。灵堂里摆放着王某的遗像，灵堂里没有冰棺，因为王某遗体还在殡仪馆等待警方鉴定。

56 岁的范建英坐在灵堂前声音沙哑，神情已经有些恍惚，不时呼天抢地地号哭，但已经哭不出眼泪："老天啊，你可不可以用我的命换我女儿的命啊!"

王珉高说，自己老家在乐山五通桥附近，他和老伴的文化水平不高，妻子范建英最开始蹬三轮，后来两人在街道服装厂做缝纫工，历经艰辛将女儿抚养长大。

女儿高中毕业后，进入当地卫校读书，但毕业之后，她没有选择去当一名护士，而是自谋出路，到乐山一学院当了一名招生办老师，这一干就是 9 年。

王珉高说，女儿是家中独女，性格外向，要强，不服输，家里大小事都自己做主，同时待人热情，朋友很多。服装厂十多年前倒闭，他们不得不靠女儿缴纳养老金。

女儿结婚后，先后生有一女一子，2015 年，因为感情不和，女儿与丈夫协议离婚，孙女跟了女儿，当时 2 岁多的孙子跟了父亲。

财产分割时，女儿要了七星海棠的房子，王珉高老人说，当初就是考虑距离绿心公园近，空气好，宜居，没想到却让女儿在此遭遇生死劫，等来白发人送黑发人的人间悲剧。

王某随后找朋友借了 10 多万元进行装修，一家人在 2016 年 11 月搬进新居。在装修过程中，女儿发现预防装修过程中的甲醛等空气污染很重要，于是和几个朋友在工作之余成立了一家环保公司专门做预防空气污染的生意。

作为家里的顶梁柱，工作繁忙的王某开始通过抽空跑步来舒缓压力，没想到却遭遇生死劫杀。"家里还有 10 多万元的债务未还，孙女才上小学一年级，未来真的不知道怎么办?"

对于凶手，王家希望予以严惩，"必须要他以命还命"。

警方多措施填补真空

绿心公园是乐山在居民搬迁后打造的城市公园。据介绍，2017 年，因为城市发展需要，绿心公园开始实施绿色生态整治工程，对绿心公园内 1488 户村民全部实施生态搬迁，目前完成了总进度的99.87%。

女教师王某在绿心公园跑步遇害案发生后，公园原居民生态搬迁后的“真空期”引起了乐山警方重视。

据多家媒体报道，12月19日，乐山市公安局副局长、政治部主任姚平率队调研绿心公园治安防控工作。警方经过调研后，确定了6方面措施，加强治安防控，排查安全隐患。

这些措施包括加强巡逻防控力度，增派警车警力，针对重点时间段以汽车巡、摩托车巡、徒步巡等多元化模式开展巡逻防控；对拆迁未倒房进行逐一清查，彻底消除各类不安全因素；组织发动社区人员、绿心公园管理处人员开展巡逻防控，严密治安防控网；加强对绿心公园环线监控探头和路灯亮化的梳理，做到重点路段、重点部位全覆盖、无盲点；联勤消防、森林公安、绿心公园管理处防火员，进行消防安全风险隐患大检查；加强对绿心公园内流浪犬只的管理，联合相关部门开展对绿心公园内流浪犬只的捕捉工作。

乐山市市中区公安分局政工科工作人员告诉记者，除了凶手李某被抓获，遇害者遗体找到外，该案件还在进一步侦办中。

提醒：女性夜跑事故频发　专家提醒应结伴而行

记者统计发现，近年来，随着跑步热在国内蔓延，越来越多的年轻人开始夜跑，但也由此带来很多安全事故。

2014年，宁波一姑娘夜跑时被歹徒拖进草地强暴并被拍裸照；此前杭州一夜跑女孩被抢劫，成都一女孩在夜跑时也差点被强暴……

2015年9月，合肥一名女孩独自夜跑时被歹徒盯上，遭到强暴，犯罪嫌疑人已被包河区检察院批准逮捕。

2015年10月，陕西宝鸡一名女舞蹈老师夜跑时失踪，后证实遇害。

安全专家提醒，女性夜跑应该尽量结伴而行，不要时间太晚，也不要跑偏僻的地段，如果遭遇抢劫等犯罪，一定要智斗，采取宁可舍财也要保命的原则，千万不可过于慌乱，大喊大叫，这样会激怒歹徒，很可能起杀意。

作品标题　调查：乐山女教师公园跑步之死
参评项目　通讯
作　　者　范永松
责任编辑　周杨
刊播单位　重庆晨报
首发日期　2017-12-27
刊播版面　上游新闻头条

作品评价

12 月 14 日，四川乐山一名 31 岁女教师在城区最大的公园内跑步，意外失踪 7 天后，证实被歹徒杀害。记者重走案发现场，独家还原了案发经过。

采编过程

记者通过在案发现场走访，不但还原了案发经过，独家寻找到埋尸地点，更是寻找到凶手的住所，还原了凶手案发前的生活状况。

社会效果

稿件刊发后，被腾讯网、新浪网、网易网、凤凰网等各大门户网站全文转载，更被澎湃等新媒体转载，目前阅读量创造上游新闻成立以来的巅峰：9800 万次。

抢滩人工智能的重庆企业

根据口型变化“听”出谈话内容

重庆晨报记者　杨野

拥有这项技术的重庆公司获比尔·盖茨点赞重庆海云数据科技公司研发的唇语识别技术，目前已被应用在公安系统，未来还将在公共安全、军事情报、身份识别、残障教育等领域广泛应用

党的十九大报告提出，推动互联网、大数据、人工智能和实体经济深度融合……培育新增长点，形成新动能。

刚刚结束的重庆市委五届三次全委会部署，着力实施以智能化为引领的创新驱动发展战略行动计划。

重庆企业在人工智能领域有什么样的成果？正在或即将创造出一些什么样的产品？今天起，我们推出“抢滩人工智能的重庆企业”系列报道，为你呈现重庆人工智能领域发展的最新产品和企业故事。

12 月 3 日，第四届世界互联网大会开幕，记者在展会现场发现一家落户重庆两江新区的高新企业。这家名叫海云数据的科技企业，展台虽然不大，但近年来却在人工智能和大数据领域做得风生水起，甚至还吸引了比尔·盖茨到公司参观。

他们研发的拳头产品，听起来很像武侠小说里的功夫——“密语传音”。你嘴巴动动，即使不发声，它就能知道你说了啥。这项唇语识别技术，是不是很牛？

技术牛
唇语识别中文准确率达到 71%

海云数据的展厅位于 5 号馆，因场馆面积较小，他们的展位并不大。正面一块显示屏上，不断展示着公司的各项黑科技：唇语识别、图易等。

公司创始人冯一村不是重庆人，却与重庆结缘，曾在川美读书，又将公司总部设在重庆。他学的是油画专业，却从事了高科技行业，跨度巨大。

该公司最牛的技术之一是唇语识别。公司技术人员介绍，唇语识别应用技术是目前国际研究的热门课题。原理是使用机器视觉技术，从图像中识别出人脸，判断其中正在说话的人，并提取此人连续的口型变化特征；随后，将连续变化的口型特征输入到唇语识别模型中识别出对应的发音；最后，根据识别出的发音再计算出可能性最大的自然语言语句。

目前，海云数据与重庆市公安科研所共同研发的唇语识别系统，对英文的识别准确率在80%左右，中文准确率为71%。71%是什么概念？据悉，国外最高的识别率不到50%。

市场大
无声变有声将开启万亿级市场

唇语识别技术用在哪些地方，才能发挥出其独特魅力？

冯一村认为，该技术就是结合其大数据可视分析优势及AI技术能力，从唇语识别发力，将大幅提升其在公共安全、军事情报、身份识别、残障教育等领域的竞争力，进而开启万亿级大数据市场。

业内的一个共识是，基于唇语识别技术开发的产品绝不会是一个小众化的产品。目前，可以预见得到的有四个领域：残障教育、身份识别、公共安全、军事情报。

冯一村具体介绍说，对于海云数据来说，最初的想法是用于公安系统中。因为公安部门的视频数据占到其全部数据的95%以上，基本都是无声数据，激活视频的语义内容价值非常巨大。可以预想，加入唇语识别技术后，公安人员可通过平台锁定视频中犯罪嫌疑人的语言记录，这将极大助力犯罪缉查工作的开展。

除了服务公共安全领域，唇语识别技术还可以应用到移动支付、军事情报、残障教育等领域。比如，通过唇语识别，让无法开口说话的残障人士“开口说话”，他们虽然不能发声，但他们能表达心里所想，只要有了这套识别系统，就能轻易将他们心里所想变成文字，让更多人听到他们的心声。

此外，它还能让听力障碍者和不少老年人更清晰地听懂他人；而在军事情报领域，唇语识别让远距离获取情报成为可能。

获誉多

比尔·盖茨参观公司并高度评价

海云数据近年来深耕人工智能和大数据行业，还有不少其他“黑科技”。其独立开发的一款大数据可视化工具——图易，能帮人们快速地处理数据，全面地分析数据，并且科学地运用数据，而且全程自主化作业。

据悉，目前通过图易技术平台，海云数据已经孵化出了两款产品——智警和智航顺。智警产品覆盖超过 1/3 的公安市场，使情报分析准备时间缩短 70%，指挥决策效率提升 50%。而其智航顺产品能使飞机飞行准备时间缩短 33%，航班延误率降低一半。

2014 年，比尔·盖茨在探访海云数据时表示：海云数据是一个饱富激情的团队，他喜欢他们对待数据的创新性。

今年 11 月份，海云数据凭借其唇语识别等人工智能技术和公安领域“拳头产品”——智警大脑，在全球人工智能杭州峰会 AI 创新创业大赛中获得一等奖。

海云数据在全国拥有好几个公司和研究机构，但在 2016 年选择将全国总部设在了重庆。冯一村说，当初考虑时，着重考虑了重庆两江新区良好的区位、政策、人才等优势，是其落地西部的首选。

“海云数据将以重庆两江新区为核心，充分利用区位优势，实现海云数据西部战略的落地，辐射整个中西部地区。在研发、销售、市场、人才储备等方面，实现整体落地和提升，使海云数据像杭州的阿里、深圳的腾讯那样，逐步发展成为重庆的海云。”据悉，目前海云已在积极参与重庆市乃至西部的智慧城市建设。

车载智能“小飞鱼”

重庆晨报记者　蒋艳

开车不动手照样用手机，这家公司用自主研发的翻译机当见面礼，奥巴马收到连说“太棒了”

开车时，需要接打手机、临时导航怎么办？车载语音助手“小飞鱼”可以让你开车中安全地使用手机。

这只是科大讯飞的人工智能“明星产品”之一。位于重庆仙桃数据谷的科大讯飞重庆公司的人工智能展厅内，还有晓译翻译机、叮咚音箱、咪咕灵犀、阿尔法蛋、晓曼机器人等人工智能产品，也越来越被大众知晓和喜爱。日前，科大讯飞用晓译翻译机当见面礼，还受到奥巴马的喜爱和称赞。

智能系统帮听障学生“听课”

11 月 29 日，GES 2017 未来教育大会在北京举行，科大讯飞董事长刘庆峰专门为奥巴马准备了一份见面礼——晓译翻译机，并现场演示。

刘庆峰说：“欢迎再次来到中国，人工智能正在改变世界。”翻译机进行了准确的翻译，并用地道的美式英语朗读出来。奥巴马十分开心，连称：“这个太棒了!”

当天，奥巴马发表大会主题演讲，讯飞听见智能会议系统将其英文演说实时翻译成中文并投放在现场大屏上，让国际会议充满科技感。

这个“讯飞听见”系统，应用范围很广，还可帮助残疾人士。在重庆师范大学特殊教育学院，“讯飞听见”系统实时将老师讲课的语音转化为文字，并通过大屏幕显示出来，即使没有手语老师的翻译，听力障碍的学生也能顺利学习。

科大讯飞听见系统重庆区客户经理乐俊介绍，“讯飞听见”能达到 1 分钟 400 字的录入速度，而且还有“川渝方言包”，识别准确率达 90% 以上。

“智慧庭审”运用范围更广了

在渝北区人民法院，“智慧庭审”系统帮助记录庭审笔录，比人工记录更加完整、快速，识别率更高，让平均庭审时间缩短 20% ~30%，复杂案件庭审时长缩短 50% 以上。

如今，这已在我市得到了更多推广，重庆第一中级人民法院、重庆第三中级人民法院、重庆第四中级人民法院、重庆第五中级人民法院、渝北区人民法院、江北区人民法院、南岸区人民法院、永川区人民法院、万州区人民法院等，都用上了“智慧庭审”系统。

“大家好，欢迎来到重庆科大讯飞。”解说员唐利君的话刚落音，手机上很快就出现了一行字。有趣的是，唐利君用重庆话复述一遍，手机显示仍一字不差。这是科大讯飞自主研发的讯飞输入法，除了识别近 20 种各地方言，还支持在线中译英、英译中、中译日、中译韩等。

“我们让机器不仅能听会说，还要能理解会思考。”科大讯飞重庆公司相关负责人说，下一步，将通过“智慧医疗”提升基层诊疗水平，解决居民“看病难的问题”。

让你开车也能安全用手机

市交巡警总队将针对当前普遍存在的驾驶员驾车时接打、玩耍手机现象开展为期70天的专项整治行动，根据相关规定，违者将被处以罚款200元记2分的处罚。

开车安全第一，不能耍手机。但有时候确实找不着路，想临时导个航；或者突然想起有个急事，想打电话又碍于正在开车；又或者想听首歌放松一下……怎么办呢？科大讯飞研发的车载语音助手“小飞鱼”能解决这些问题。

汽车领域最热门的词汇是自动驾驶，其实在人工智能与汽车融合的过程中，相比起需要“理解环境”的自动驾驶，让汽车“理解人”也是一个重要的方向。

“拨打周总电话”“点播一首歌”“下一首”……演示者只需简单地说出指令，接收器就能立即接收，实现准确拨打电话、点歌等功能。

科大讯飞重庆公司相关人员介绍，“小飞鱼”有几大特点：没有按键，规避车内驾驶员触碰按键带来的潜在风险；没有屏幕，避免车内驾驶员通过扫屏幕来获取信息带来的潜在隐患；只需要一次连接，之后进车会自动连接；体积小巧，可以通过磁力吸附在驾驶舱；内置双麦克风，保证在车内噪声较大的情况下依然可以正常使用语音进行交互。

目前，长安汽车部分车型已实现了系统内置，可以直接链接交互，你也可以方便地买到这款产品，让你在行车过程中安全使用手机。

从研制无人机　到诱捕“黑飞”无人机

重庆晨报记者　杨野

重庆翼动科技成功研制出反无人机电磁盾，已广泛应用到公安、国安、军事及反恐领域

随着无人机、无人飞行机器人的普及，很多科技企业都在研发各种高性能无人机，但无人机带来的“黑飞”事件、擅闯禁飞区事件也层出不穷。重庆两江新区的一家原本研制无人机的科技企业，反其道而行之，成功研发出无人机反制技术，可对“黑飞机”进行击落或驱离。

敏锐

海归察觉到无人机的市场

这家企业叫重庆翼动科技有限公司，总经理名叫乐放，是一位留英归国的管理学硕士。

乐放说，他是地道的重庆崽儿，还在海外留学时，就一心想要回到家乡创业。因为专业的关系，当时他敏感地觉察到，未来几年无人机将会呈爆发趋势，他便将创业目标锁定在这一领域。

2013 年，回到重庆后，乐放与朋友们一起组建了研发团队。“团队成员既是朋友，又是专家。他们都是曾服务过德国无人机公司以及军工研究所无人机领域的专业人才。”

公司经过几年发展，现在已经成为一家掌握无人机生态人工智能技术的企业。

反思

反向研究诱捕“黑飞”无人机

乐放说，公司成立之初，就成为国内最早研制无人飞行机器人的企业之一。但在 2015 年，研发团队却开始反思：随着入门门槛降低，全国很多企业都在制造无人飞行器，而且随着价格的降低，很多普通市民也可以拥有无人机，这将对未来公众安全、禁飞区等形成一定威胁。

威胁存在，却无天敌制约这一个空白。

同一年，他们将研发重点进行了转向，开始研制反制无人机的技术，抢占空白市场。

经过一年的研制，2016 年，“黑飞”无人飞行器的天敌——“反无人机电磁盾”问世。

强力

能将三公里内无人机击落

这款电磁盾的外形酷似一杆科幻“电磁枪”。重 3.5 公斤、售价 20 万～30 万元。“3 公里范围内，只需瞄准，扣动扳机，2～8 秒时间内就能完成对‘黑飞’无人机的反制。”乐放介绍，该产品利用复杂的人工智能算法，通过电磁信号对无人机指挥信号进行干扰，可以实现对“黑飞”无人机的驱离以及击落，并且可针对行业内超过 90% 的无人机产品。全过程无声、无味、无火光。

"出于行业内对无人机飞行安全的重视，新的产品功能也在同时研发。"乐放透露，近期两款新产品就能面世。一种可实现对无人机的诱捕，并可反向协查入侵无人机的控制人员；一种则为雷达型产品，无须人眼发现，只要进入雷达范围，就能自动反制。

如今，这款电磁盾已经被广泛应用到公安、国安、军事以及反恐领域。乐放介绍，在今年 2 月，该产品成功问世，推出不到 4 个月就完成了对超过 30 架"黑飞"无人机的反制。

延展

让无人机为大桥"体检"

今年 3 月 10 日，翼动科技获得了 5500 万元的投资，他们又开始在智能无人机产品技术研发上发力。

乐放介绍，翼动科技与澳大利亚墨尔本大学合作的研发实验室，今年 3 月正式落地。在位于墨尔本大学的该研发实验室内，未来将由翼动科技技术研发团队与墨尔本大学华裔教授 Lihai Zhang 牵头的博士、硕士团队共同进行技术与产品的研发。预计 5 年产出 50 架新无人机。

乐放说，在该实验室，无人机的主要研发方向是智能交通方面。未来将实现无人机对关键道路、桥梁的监测，以及对交通设施的体检等功能。

"和过去人力完成上述工作相比，无人机将更加节省成本且实时精准。"乐放说，如交通设施体检，过去因道路阻碍无法完成，封路检测浪费时间等因素导致一年只能体检一次，无人机因其优势可以实现实时体检，保障交通安全。

作品标题　抢滩人工智能的重庆企业
参评项目　系列报道
作　　者　杨野　蒋艳
责任编辑　赵本春　李德强　王文渊　罗皓皓
刊播单位　重庆晨报
首发日期　2017-12-05
刊播版面　头版

作品评价

独家系列报道，紧握时代脉搏，好看又有服务性。整个系列报道共 7 篇稿件，不仅涉及重庆本土企业，还扩大到知名人工智能企业在渝总部，写出了新闻性，也有行业前瞻性。

这是重庆媒体首次大篇幅、多角度、集中对我市人工智能产业取得的成果、新技术、实现应用等方面进行的全方位报道，全面展现了重庆人工智能产业取得的成就，反响热烈。

采编过程

“人工智能”是李克强总理今年在《政府工作报告》中带火的热词，随着国务院印发《新一代人工智能发展规划》之后，也意味着“人工智能”有了国家规划。接到本报领导安排，政经部派出 3 名记者，重点对重庆的人工智能企业进行采写，形成了 7 篇重磅报道。

社会效果

整个系列报道影响力大、阅读率高，获得了极高的转发率，也得到市民和行业主管部门好评，多篇报道在上游新闻获得超过 10 万次的阅读量。

全媒体传播效果

整个系列报道影响力大、阅读率高，获得了极高的转发率，多篇报道在上游新闻获得超过 10 万次的阅读量。

重庆又一开发商破产
五星大酒店项目 3.17 亿元起拍

重庆商报记者　刘勇

市场竞争，大浪淘沙，重庆又一开发商倒下。

12 月 21 日，受法院委托，重庆市泽江实业发展有限公司（以下简称“泽江实业”）破产管理人将在网络拍卖平台，公开拍卖泽江实业的在建工程和土地使用权，占地 95704 平方米，规划总面积为 77266.29 平方米，起拍价 3.171133 亿元。

记者获悉，该标的位于重庆市万州区江南新区核心地段，原拟打造五星级“屿江国际大酒店，因开发商泽江实业资金链断裂，资不抵债，经泽江实业申请，法院裁定其破产清算”。

原拟打造五星级酒店

记者获悉，该标的为泽江实业破产财产，位于重庆万州区江南新区核心地段，即江南新区江南大道与南山路交汇处，附近有万州区政府、万州区园林局等单位。

公开资料显示，该标的占地 95704 平方米，约合 143 亩多，为商业金融用地、出让地，规划总面积为 77266.29 平方米，原拟按照五星级酒店标准打造“屿江国际大酒店”，设有总统套房等，成为继重庆万州万达希尔顿逸林酒店之后又一五星级酒店。

项目计划分两期开发，一期包括酒店 1 号楼、酒店 2 号楼及其他附属建筑，二期包括 5 幢贵宾楼和酒店景观绿化等。

一期项目自 2011 年 11 月 13 日起陆续建设，至 2014 年 10 月 15 日停工，其间共有重庆伟太建筑工程有限公司、重庆市万州区光华机械化工程有限公司、重庆建工第九建设有限公司 3 家建筑企业参与施工，后因合同纠纷等原因退出，成为烂尾工程。

资产评估价增值183%

泽江实业成立于2010年4月，成立后主要进行“屿江国际大酒店”开发，其土地使用权均抵押给三名自然人，由于资金链紧张，最终断裂，资不抵债，无力继续开发。

2016年7月，泽江实业向重庆市万州区人民法院提出破产申请，重庆市万州区人民法院于2016年8月10日裁定公司破产清算，并指定重庆合纵律师事务所为申请人重庆市泽江实业发展有限公司的破产管理人。

破产管理人委托专业评估机构对该“屿江国际大酒店”在建工程和土地使用权进行评估，评估值为32031.64万元，资产评估增值额20716.07万元，增值率183.08%。

评估价主要增值原因为，当时土地使用权原值取得成本较低，而本次评估是参照近期同类用途土地交易等情况测算的市场价格，因此造成评估增值。本次司法拍卖确定的起拍价3.171133亿元，主要根据评估价确定，略有小的下调。

买家进场参与，需缴纳保证金1600万元。12月19日，一位房地产业内人士指出，该项目地处万州区江南新区核心地段，未来具有较大发展潜力，买家可以综合测算，决定是否参与。

新闻纵深
泽江实业背后为四川资本

记者获悉，泽江实业成立于2010年4月23日，注册地在重庆市万州区江南新区管委会办公楼212房间。

泽江实业经营范围为房地产开发（凭相关资质证书执业）、物业管理（取得相关资质证书后方可执业）、旅游开发（不含旅行社业务）、装饰工程（取得相关资质证书后方可执业）、酒店管理、自有房屋租赁、机电设备安装（不含电梯）、商务信息咨询服务、企业营销策划、企业形象策划。

泽江实业注册资本6000万元，四川省黄浦投资控股（集团）有限公司占75%，程体明占25%，法定代表人熊涛，处于吊销未注销状态，列入“经营异常”名录。

泽江实业对外投资有重庆屿江酒店管理有限公司（注册资本200万元，2011年成立，100%出资），现处于吊销状态。

查询泽江实业大股东四川省黄浦投资控股（集团）有限公司，该公司成立于2008年7月7日，注册资本1.5亿元，注册地在成都市武侯区武兴一路

11 号，法定代表人骆正明，骆正明占 95%，张力占 5%。

作品标题　重庆又一开发商破产　五星大酒店项目 3.17 亿元起拍
参评项目　全媒体
作　　者　刘勇
责任编辑　黎雨寒
刊播单位　重庆商报
首发日期　2017-12-19
刊播版面　上游财经微信公众号

作品评价

记者独家报道重庆市万州区一开发商破产，拍卖旗下江南新区核心地段拟建五星大酒店的地块，揭示泽江实业背后的四川资本，题材有一定社会和行业关注度。

采编过程

记者了解到线索后，迅速了解该拍卖有关情况，并顺藤摸瓜，调查到拍卖背景。

社会效果

在目前房地产较热的情况下，给行业适当泼了冷水，社会反响不错。

全媒体传播效果

稿件微信公众号阅读量 3566 次，大渝网头条 QQ 弹窗，今日头条转发阅读量 7.6 万次。

百度输入“重庆又一开发商破产　五星大酒店项目 3.17 亿元起拍”，前 20 个网页均有该篇稿件，其中前 15 个网页的每条搜索均有该篇稿件。

这一年，谢谢你（存目）

作品标题 **这一年，谢谢你**
参评项目 **全媒体**
作　　者 **康延芳　张译文　徐淼　佘振芳　黄宇　董进　莢天宇　罗盛杰　谢鹏飞　石涛　易华　宋卫　李春雪**
责任编辑 **周秋含　张一叶**
刊播单位 **华龙网**
首发日期 **2017-12-31**
刊播版面 **华龙网首页头条、重庆客户端热头条、华龙网微博微信、iH5平台**

作品评价

在刚刚过去的2017年，重庆的发展有力度，建设有速度，民生有温度，如何通过一则走心的新闻作品体现出重庆一年的发展变化，同时又叩击观者的心弦，是一个优秀的年终盘点作品应该具备的条件。年终盘点作品《这一年，谢谢你》从选题立意、文案创作、拍摄、剪辑包装等各方面均选择了走心的路线，同时以2017年重庆在重大工程、文明发展、民生实事等方面取得的成绩为主线，聚焦了一个个成绩背后默默付出的普通人。他们有隧道工人、机场搬运工、科技工作者、环卫工人、医疗工作者、社区养老工作人员，通过对他们故事的讲述，寓意在这个城市的发展中，每一个付出汗水的劳动者都是主角。每一个看似普通的工作背后，都有一个惊人的数字，超乎常人想象。在立意和内容上，作品拍摄总结盘点了重庆2017年取得的重大成就，也展现了普通劳动者的伟大和正能量；在制作和包装上，作品画面精美，剪辑包装精良，感人至深，是一个既有深度又有温度的作品。

采编过程

《这一年，谢谢你》这一作品从头脑风暴策划，到拍摄制作，再到不断修改，都是集体智慧的结晶。在12月初，新闻中心就提早筹备，多次开会讨论细致推敲选题方向和具体操作思路，最终在对数个方案进行优化改进后，确定了初步思路。由于作品涉及部门领域较多，新闻中心各路记者分头行动，提早联系，沟通采访拍摄细节，同时，为确保后期包装和前期拍摄的较好对接，后期制作人员也参与到了前期拍摄过程中，从而确保了整个作品完整地呈现出了最初策划时的既定效果。在后期制作过程中，主创人员以用户体验为准绳，对作品进行了十余次的修改调整，最终使作品较完美地呈现在了网友面前。

社会效果

作品拍摄总结盘点了重庆 2017 年取得的重大成就，展现了普通劳动者的伟大和正能量。该作品上线发布后，受到了广泛关注和大量好评，形成了很好的社会反响。

全媒体传播效果

通过华龙网、重庆客户端等渠道刊发，吸引众多网友点击。iH5 平台浏览量达到 17691 次，客户端平台点击量达 8.11 万次，此外在微博、微信上也有数万点击量和大量转发分享。

九岁重病女童渴望父爱的蓝天

重庆法制报记者　杨雪

12 月 19 日，一场特殊的生日会在渝都监狱教育多功能厅进行，9 岁的萌萌（化名）虽不能像其他小女孩一样头戴王冠、身着公主裙，开心地蹦到生日蛋糕前吹蜡烛，但能依偎在父亲怀里已是她最大的幸福。

与父母一起庆祝生日是很多孩子每年都能经历的，但对萌萌来说，这太珍贵了。这一次，是她第一次和父母一起过生日，也可能是最后一次。

在江北区公安分局民警和渝都监狱民警的共同帮助下，她和妈妈走进渝都监狱，与正在服刑的父亲一起吹蜡烛、吃蛋糕、拍合影……尽管父亲穿着服刑服，母亲眼里噙着泪，重病的萌萌已不能站立，也无法喊出“爸爸、妈妈”，但她与父母合影时，露出了最灿烂的笑容。

“我已经两年多没有抱到她了……”看着怀里的女儿，父亲邓某把脸贴在萌萌脸上，早已泣不成声，母亲涂女士也在一旁不停地抹眼泪……

坚强母女感动辖区民警

萌萌家住江北区复盛镇，父母离异，她一直由母亲涂女士抚养。因长期肺功能差，并伴有肺心病、肺性脑病，目前萌萌已经脑萎缩、脑组织软化，时刻诱发癫痫，但生活拮据的母亲从未想过放弃她。

“她很乖、很听话，虽然她不会用语言来表达，但给她喂药时从不拒绝，我哭的时候她会走过来抱抱，用小手给我抹眼泪。”回忆起陪伴女儿一路走过来的时光，涂女士眼里充满爱。

萌萌患的是先天肺不张、闭塞性支气管炎，氧气是必需品。因为经济拮据，萌萌不能像其他孩子一样，生病就往医院跑。于是，涂女士就将一些常用的药物、器材备在家里，一有症状，就给孩子服药、吸氧、做雾化等。可换氧气一事，让涂女士很是头疼。因为没有车，复盛镇上又没有换氧气的地方，每次她都要租车到龙兴去换，花钱不说，还得亲自去，萌萌得找人照看。

“还好后来古所给我们的生活带来了希望。”涂女士口中的古所是江北区公安分局复盛派出所副所长古金华。2013 年年底，他被分配到复盛派出所工作，是萌萌所在村的驻村民警。入户走访中，古金华得知了萌萌的情况。

“说心里话，当时我很震惊。明知没有结果，母亲仍在坚持，小女孩也在坚持。她们是坚强的、伟大的、值得敬畏的。”古金华想起第一次见到萌萌时，她一个人坐在板凳上做雾化，了解情况后，他就暗下决心，要尽力帮助她们，让她们感受到社会的温暖。

后来，古金华承担了为萌萌换氧气瓶的任务，即使自己有特殊情况去不成，也会安排其他民警去完成。古金华还联系社区干部，与江北区社保局衔接，说明情况和具体困难，经过多部门的协调配合，帮助涂女士解决了低保问题，并帮萌萌办理了大病救助。

逢年过节，古金华还会带上粽子、米、油等物品去看望萌萌，或者硬塞给她一些零花钱。前年春节前，看见家家户户都在灌香肠、做腊肉，而萌萌家里什么都没有，古金华问起涂女士，她浅浅地笑道：“我们不喜欢吃。”

“哪里是不喜欢吃，她是舍不得花几百块钱在吃上，因为萌萌的药费都是个问题。”古金华哽咽地回忆，出了萌萌家的门，他就到菜市场灌了十几斤香肠、买了十几斤肉送了过去。

考虑到萌萌早已到了上学年龄，因为身体情况生活完全不能自理，古金华还联系辖区的幼儿园，希望老师多多照看。但确实因身体原因不能坚持，萌萌上了一个多月幼儿园就回家了。

“萌萌知道感恩，以前我每次从她家里走，她都会说再见，去年开始她说不了话了，能走路的时候还会走过来让我抱抱。”古金华说。

重病女儿成父亲改造希望

今年年初，医生告诉涂女士，萌萌的病情已进入恶性循环，随时都可能离开，让她做好心理准备。这对于涂女士来讲，无疑是最痛心的消息。看着自己日夜陪伴时刻照顾的女儿，涂女士似乎感应到了女儿还有一个心愿未实现。

“她虽然现在已经说不出话来了，但我能感受到她的心意。”涂女士说，她的前夫邓某，也就是萌萌的父亲因犯故意杀人罪在渝都监狱服刑，孩子想他。

“刚转到监狱那会儿，邓某很悲观，缺乏改造信心，内心对改造也很抵触，反叛意识强烈，不愿参加习艺劳动，偶尔还顶撞管教民警，有悲观厌世的迹象。”渝都监狱二监区监区长刘忠怡介绍。后来，监区了解到邓某的家庭情况，通知萌萌和涂女士到监狱进行了一次特许亲情会见，邓某的情绪稳定了一些。

但萌萌病情逐渐加重，四处求医无果，压得这个本就贫困的家庭喘不过气来，邓某十分担忧，无心改造。为尽快消除邓某的心理包袱，监区及时联系上了邓某家庭所在地的复盛派出所及镇政府，各单位和部门通力合作进行帮扶。同时，将走访家庭录制的视频资料回放给邓某看，邓某顿时泪眼婆娑。随后，邓某主动向民警提出，将自己的习艺岗位进行调整，到一线参加习艺劳动。

“她从小就缺父爱，我也想让她多见见爸爸。”此后，涂女士每隔一两个月就带着萌萌去监狱探望邓某。

邓某在监狱的表现逐渐变好，但女儿的病情却一天天变坏，从开始自己能走路进监狱，坐在凳子上隔着玻璃在电话里喊“爸爸”，到后来只能由涂女士背着进监狱，坐在轮椅上看着玻璃那端的父亲不能言语。“都是我的错，不能照顾她……”想起女儿，邓某又痛苦又自责。

眼看还有几日就是萌萌的 9 岁生日，江北区公安分局和渝都监狱经商讨，决定开启“绿色通道”，邀请涂女士和萌萌 12 月 19 日到监狱进行亲情帮教，给萌萌办一个特殊的生日会，圆萌萌与父母合影的梦。

“女儿，爸爸一定好好改造”

按照约定，12 月 19 日一大早，古金华就去涂女士家中，将萌萌和涂女士接到渝都监狱。

“幺儿，马上就要见到爸爸了哦。”上午 10 点左右，在监狱门口等待办理手续的涂女士给女儿胸前垫几张卫生纸，避免萌萌嘴里流出来的口水弄脏衣服。萌萌瘫坐在轮椅上，9 岁的她看起来只有五六岁，身体也极为虚弱。由于当天大雾降温，涂女士害怕冻着女儿，特意给她戴上毛线帽，穿上棉衣、棉裤、棉鞋。

在民警的带领下，涂女士推着萌萌渐渐走向监狱，在进监狱铁栏最后一道门时，涂女士竟然听到了萌萌微弱的笑声。

“上一次她这么笑，还是一个月前古所来看望我们。”涂女士看着萌萌，强烈感应到了女儿要见到父亲前的欣喜。

而在教育多功能厅，萌萌的父亲邓某坐在监狱为萌萌准备好的生日现场，想着两年多了，以前见女儿都隔着玻璃，这次，终于能零距离看看女儿的模样，亲亲女儿的脸蛋，邓某内心也早已和女儿一样欣喜难掩。

果然，当看到前妻推着坐在轮椅上的女儿进门时，他三步并作两步上前，迫不及待又小心翼翼地抱起女儿，用自己的脸贴在女儿脸上，眼泪止不住地“簌簌”流下，一旁的涂女士也不停抹着眼泪，连在场的江北公安分局民警和渝都监狱民警都红了眼眶。

“祝你生日快乐……”教育多功能厅里，渝都监狱二监区还为萌萌准备了蛋糕，唱起了生日祝福歌，送上了玩偶和慰问金，还为他们一家人拍下了合影。

“感谢你们，是你们让我们一家人有了希望，圆了我们一家人的梦。”会见的两个小时里，邓某一直紧紧抱着女儿，连一秒都舍不得放开。他说，自己会在监狱好好改造，争取早日回归社会，好好照顾女儿，弥补一个父亲的亏欠。

作品标题　九岁重病女童渴望父爱的蓝天
参评项目　通讯
作　　者　杨雪
责任编辑　陈洁
刊播单位　重庆法制报
首发日期　2017-12-22
刊播版面　头版转 2 版

作品评价

该文报道的是患先天肺不张、闭塞性支气管炎的 9 岁女孩萌萌（化名）在江北警方、渝都监狱等各方帮助下，终于圆了一次和父母过生日的愿望。对于病入膏肓的她来说，这可能是她最后一次过生日。由于在她很小的时候，父母离异，父亲后来犯故意杀人罪在渝都监狱服刑，她虽然判给父亲抚养，可一直是母亲在照顾。本来她有个姐姐，也在五岁时因病夭折。这几年来，萌萌的母亲一个人寸步不离地照顾她，即使不知道萌萌哪天突然就离开这个美好的世界，她依然没有放弃女儿。母亲不能上班就没有收入，可萌萌又不能停药，就在一家人陷入困难之际，江北警方以及当地政府获知情况后都伸出援手。渝都监狱在了解到萌萌父亲邓某的家庭情况后也加入了帮扶队伍，这就有了本文的故事。

我们拥有健康的身体、完整的家庭，所以我们可能感受不到萌萌一家人的辛酸，不能体会萌萌和母亲那种为了生命努力争取的坚强，但是，我们可以通过弘扬她们这种坚忍不拔、坚持不懈的正能量，以及传递江北警方、渝都监狱、当地政府等社会八方这样帮扶萌萌一家的大爱精神，告诉社会上其他正遇到困难的人，你们要坚强下去，社会上还有关心着你们的人，阳光迟早会普照你们。

采编过程

最先发现这个线索是从江北警方一篇很小的通讯稿子里，帮扶萌萌一家的社区民警长期帮萌萌换氧气瓶。记者在得到此通讯稿后立即联系江北警方，希望获知更多信息。在后期越来越多的了解下，记者被萌萌母亲的那种坚持不懈的母爱感动，也希望能和江北警方、渝都监狱等一起为萌萌开通绿色通道，让她和父母一起过生日、拍合影，记者参与了这些过程后采访成稿。

社会效果

该作品经在本报社与华龙网合作的法治频道头条、重庆长安网头条、本报头版转二版、本报社微信公众号、重庆法制在线头条等刊发后，得到不少网友评论、读者致电，大家对萌萌的身世遭遇表示同情，为本文开篇叙述萌萌一家团聚的场景感动，更敬佩她的母亲，也希望她的父亲早日改造好能在萌萌在世时给她更多父爱。同时，大家也对参与帮扶的江北民警、渝都监狱民警等点赞。

全媒体传播效果

本报社与华龙网合作的法治频道头条、重庆长安网头条、本报社微信公众号、重庆法制在线头条等刊发后，获得全国各地网友点赞转发和评论。网友“爱河马的猪”说：看哭了，民警们都是心善的人。网友“勇敢的心”说：“感人一幕，无不动容。”

"沙变土"创新技术引发全球关注
科研团队望对重庆原创成果予以支持

重庆日报记者　周季钢

近日，阿联酋副总统、总理，迪拜酋长国酋长阿勒马克图姆的特使阿勒·马祖奇在北京会见了重庆交通大学副校长易志坚教授，希望易志坚去阿"种菜"——携"沙变土"技术帮助开发迪拜农业，并愿意与重庆市政府建立友好城市、全方位合作，共同推进沙漠土壤化在中东国家的应用。

不仅是阿联酋，目前还有美国、澳大利亚以及众多一带一路沿线国家，如沙特阿拉伯、阿联酋、科威特、卡塔尔、阿曼、巴林、巴基斯坦、土库曼斯坦、苏丹等在积极联系易志坚和他的科研团队，希望学习和引进"沙变土"技术并与重庆建立多种形式的合作关系。

易志坚和他的科研团队表示愿按实施"一带一路"建设和促进重庆内陆高地建设要求，积极开展对外合作，并希望得到重庆市相关部门的指导和支持。

破解土壤密码

易志坚是重庆交通大学的教授，长期从事力学、道路、桥梁、材料等学科的教学科研工作。

他和他的研究团队在做力学研究时发现，固体状态的干土壤和流变状态的湿土壤之间在一定条件下是可以转换的。土壤还拥有"自修复"和"自调节"两大生态力学属性。

"自修复"是指土壤在干时即固体状态发生开裂、破碎后，能够在吸收水分回到流变状态后完全修复！如果自修复属性丧失，土壤就将出现板结和沙化这两种极端退化形式。

"自调节"有两层含义：一是指土壤颗粒之间的顺序可以任意调整，二是指土壤之间结合力始终不消失。认识了土壤的自调节属性，也就理解了参天大树的根系为什么能够在土壤中不断扩张、发展，但土壤始终给予植物根系一定的温和拥抱力。

基于此，易志坚提出了“万向结合约束”（ODI 约束）理论。该理论认为，要使沙子转换为“土壤”或“沙变土”，就在于给沙子颗粒之间施加万向结合约束，从而改变沙子的力学属性，使其在湿时是流变状态（湿土），干时是固体状态（干土），且这两种状态之间能够随着干湿状况的改变而持续、稳定转换。

2009 年起，研究团队通过深入研究和室内室外试验，得到了大量验证和数据，完成了具有 ODI 约束的植物纤维黏合剂研发。经国家权威机构检测，该黏合剂无毒无副作用。

2013 年开始，研究团队在重庆开始进行为期 3 年的模拟沙漠环境的“沙变土”种植试验。

2016 年，研究团队在中国内蒙古阿拉善乌兰布和沙漠进行了 25 亩“沙变土”种植试验，取得了良好的试验和示范效果。同时，通过进一步种植观察研究，发现“沙变土”第二年“土质”更加优良，植物生长更加茂盛，微生物、有机质含量显著增加，生态效果更为显著。

2017 年，研究团队采取“科技+产业”的模式，在乌兰布和沙漠进行万亩中试基地建设。基地位于乌兰布和沙漠东南边缘，沿乌磴公路（南北向）长 800 米，东西向 12 公里。

至 2017 年 8 月底，中试基地一期完成 4000 亩种植试验（其中春播 3000 亩、秋播 1000 亩），长势良好，除了防风固沙效果显著，生态环境也明显改善。

该项目研究成果已于 2016 年发表在中国科学院刊物 *Science China*（Physics, Mechanics & Astronomy）和中国工程院院刊 *Engineering* 上，并获得 17 项国家发明专利授权、1 项澳大利亚发明专利授权。

经济效益显现

据了解，目前全球沙漠治理方法很多，主要划分为三种类型，即工程固沙、化学固沙和植物固沙。比较而言，这些方法大多着眼于固沙，没有从改变沙子本身的性质使其获得土壤的属性入手。

而“沙变土”技术从根本改变沙子属性，实现再造土壤，有望成为使沙漠变绿洲的全新手段。

综合前期研究，研究团队得到如下结论：

土壤化沙子保水保肥，节水效果显著。在阿拉善盟中试基地的试验中取得了平均节水 57% 的效果。

植物生长旺盛，生物量普遍高于当地农民地。对改造后的第二年情况（2016 年实施的 25 亩试验地）统计来看，植物生物量明显优于上一年。“沙变土”后，植物产量喜人。如西红柿产量可达7000公斤/亩，土豆大于4000公斤/亩，高粱大于600公斤/亩。

“沙变土”中微生物群落和数量增长迅速。2016年实施的25亩的微生物种类和数量已超过附近农民熟地，4000亩中试基地微生物种群和数量已接近农民熟地样品。

约束材料和土壤化沙子环保安全。研究团队在对约束材料进行重金属、挥发性有机化合物、游离甲醛以及苯类化合物等有害物质检测表明，各项指标均完全合格。

“沙变土”的成本不高，有潜在经济效益。“沙变土”成本（含材料、人工、机械）2000~5000元/亩，中试基地平均成本3000元/亩，低于国内多数地区动辄数万元的复垦标准。

物理方法快速实施，可规模化施工。“沙变土”采用机械搅拌方法将约束材料施加到沙子颗粒之间，土壤化过程快速，具体实施采用先撒布约束材料然后就地旋耕搅拌工艺，施工简单、高效，有利于规模化施工。

仅需一次添加，土壤特性持久。前期研究已经证明，“沙变土”经一次改造并种植后，无须再添加约束材料，土壤特性逐年加强。

项目引起全球媒体和中央领导关注

土地荒漠化是一个全球性生态问题。长期以来，世界各国一直在寻找沙漠治理的方法。经过环境与水资源评估，在离水源较近或有充足地下水的沙漠，都可以通过“沙变土”方法恢复生态，改善气候、环境，优化土地利用条件。

毋庸讳言，荒漠化治理和利用，对解决我国生态环境、民族团结、边疆稳定、土地安全、扶贫攻坚等，对于“一带一路”建设等都具有重要的战略和现实意义。易志坚表示，“沙变土”技术至少可在以下几个方面应用。

治理沙害：解决相关的一系列生态环境问题；遏制或逆转沙漠化：改善沙漠化土地，恢复生存发展空间恢复生态；适当的农牧开发应用：在生态和水资源评估允许的地方，适当农牧应用，精准扶贫、振兴乡村；其他应用：南海岛礁绿化、公路铁路沿线绿化等；沙漠和“一带一路”沿线国家应用：通过政府间合作形式应用于需求强烈的沙漠国家，服务国家“一带一路”建设……

“沙变土”的潜在前景，引起了各界的高度关注。

中国工程院院士钟志华在实地考察后表示：“运用力学原理实现沙向土壤性能的逆转，此项技术是治沙思路的重大创新。”

国务院参事室特约研究员、世界自然保护联盟主席章新胜说，从力学角度出发研究解决沙漠植物种植问题是一个重要的新思路，我国科学家迈出了了不起的一步，应当积极支持。

中国工程院院士郑颖人说，土壤力学特性是被验证过的已知科学，将其用于治沙这一创新既有理论依据，又有试验成果，需得到重视和进一步投入扶持。

新华社、中央电视台、光明日报等上百家媒体对“沙变土”成果进行了报道。美国、澳大利亚、伊朗、印度、巴基斯坦、新加坡等国的电视和报纸甚至用 game-changing tech（改变游戏规则的技术）或 breakthrough（突破性进展）等为题进行了报道。

媒体的报道，也引起了中央领导的关注。

全国政协主席俞正声、刘延东副总理等中央领导均作出重要批示。新疆自治区和新疆建设兵团、科技部、国家自然科学基金委员会、国家林业局和农业部先后按中央领导批示精神到重庆和新疆的试验基地考察调研，均充分肯定了项目的创新意义，对项目的研究和应用寄予了希望。

科研团队几点建议

易志坚团队在接受采访时向记者表示，愿意按照实施“一带一路”建设和促进重庆内陆高地建设的要求开展对外合作，并希望得到市里相关部门的指导和支持。

一、将“沙变土”成果作为重庆原创重大科技成果予以重点关注和支持。建议在需求强烈和技术、经济条件、水资源条件许可的地区，划定一定区域开展“沙漠土壤化治理试点”并配套产业建设，为该项目实现纳入国家的战略规划的目标创造条件和夯实基础。此外，作为我国原创知识产权成果，应切实加强知识产权保护，恳请政府在该成果的国内外知识产权申报与保护上，予以指导、支持和帮助。

二、凝练创造沙漠生态恢复新成果。该成果的深入研究和推广应用，是一项长期、艰巨而复杂的系统工程。建议以打造高水平研发团队、搭建高起点研发平台为基础，以建设系列中试研究基地为手段，深入、持续开展沙漠土壤化相关学科理论与技术研究，力争我市在该领域培育一批高水平人才、凝练一系列高水平的理论研究成果和产出一系列适合沙漠土壤化生态恢复技术推广应用的新工艺和新技术。

三、“三步走”实现产业化目标。在现有基础上，建议我市采用“三步走”战略助推土壤化生态恢复技术产业化。一是前期主要解决项目推进中的技术保障、工艺优化、装备研发、标准制定；二是中期继续开展多学科结合的前沿科学技术研究，提升研发平台自身造血功能的同时，为沙漠土壤化技术的大规模应用打下研究基础。三是在项目技术中试完成基础上，结合国家战略规划，探讨出可持续的产业发展模式。

四、积极主动服务和贡献“中国创造”“一带一路”建设等。目前，沙漠国家和“一带一路”沿线国家，通过多种渠道、多种方式与研究团队联系，对这一技术表示出浓厚兴趣，并希望尽早引进或共同研发这一新技术。在有序开展国内沙漠土壤化应用的前提下，建议在国家和地方政府的指导和支持下，该项目积极与有相关需求的国家建立产业或政府间合作，争取将这一中国原创科技成果和技术推向沙漠国家以及“一带一路”沿线国家，让“中国创造”服务全世界、贡献全人类。

作品标题　“沙变土”创新技术引发全球关注　科研团队望对重庆原创成果予以支持

参评项目　内参

作　　者　周季钢

责任编辑　李诗

刊播单位　内参

首发日期　2017-12-18

刊播版面　重报内参总第294期

作品评价

目前全球沙漠治理方法很多，主要划分为三种类型，即工程固沙、化学固沙和植物固沙。比较而言，这些方法大多着眼于固沙，没有从改变沙子本身的性质使其获得土壤的属性入手。

而“沙变土”技术从根本改变沙子属性，实现再造土壤，有望成为使沙漠变绿洲的全新手段。

易志坚是重庆交通大学的教授，长期从事力学、道路、桥梁、材料等学科的教学科研工作。

他和他的研究团队在做力学研究时发现，固体状态的干土壤和流变状态的湿土壤之间在一定条件下是可以转换的。土壤还拥有“自修复”和“自调节”两大生态力学属性。

经过多年的研究、实践，该项目研究成果已于2016年发表在中国科学院刊物“*Science China*（Physics，Mechanics & Astronomy）和中国工程院院刊*Engineering*上，并获得17项国家发明专利授权、1项澳大利亚发明专利授权。

采编过程

作者通过对易志坚及其团队的采访，深入细致地采写了“沙变土”项目的优势和潜在前景。

社会效果

阿联酋副总统、总理，迪拜酋长国酋长阿勒马克图姆的特使阿勒·马祖奇在北京会见了重庆交通大学副校长易志坚教授，希望易志坚去阿“种菜”——携“沙变土”技术帮助开发迪拜农业，并愿意与重庆市政府建立友好城市、全方位合作，共同推进沙漠土壤化在中东国家的应用。不仅是阿联酋，目前还有美国、澳大利亚以及众多一带一路沿线国家如沙特阿拉伯、阿联酋、科威特、卡塔尔、阿曼、巴林、巴基斯坦、土库曼斯坦、苏丹等在积极联系易志坚和他的科研团队，希望学习和引进“沙变土”技术并与重庆建立多种形式的合作关系。

注：书中出现的 H5 指微场景；PC 指私人电脑；APP 指智能手机的第三方应用程序；PV 指页面浏览器；UV 指独立访客。